ショコラ

歴史から消し去られたある黒人芸人の数奇な生涯

ジェラール・ノワリエル 著
舘 葉月 訳

集英社インターナショナル

ショコラ

歴史から消し去られたある黒人芸人の数奇な生涯

CHOCOLAT,
La véritable histoire d'un homme sans nom
by Gérard Noiriel

ショコラ　目次

ARIS MONUMENTAL.
モンマルトル
☆ムーラン・ルージュ
メドラノ座☆
ロシュシュアール通り
フォリ・ベルジェール☆
ポルト=サン=マルタン劇場☆
レピュブリック☆広場
シルク・ディベール☆
サントノレ通り
ノートルダム寺院☆
サンジェルマン大通り
カルティエ・ラタン
☆リュクサンブール公園
☆高等師範学校
セーヌ川
MONTMARTRE
ST DENIS
AUBERVILLIERS
LA VILLETTE
PANTIN
BAGNOLET
MÉNILMONTANT
MONTREUIL
CHARONNE
VINCENNES
ST MANDÉ
BERCY
CHARENTON
LA GLACIÈRE
IVRY

本書の舞台となる19世紀末のパリ

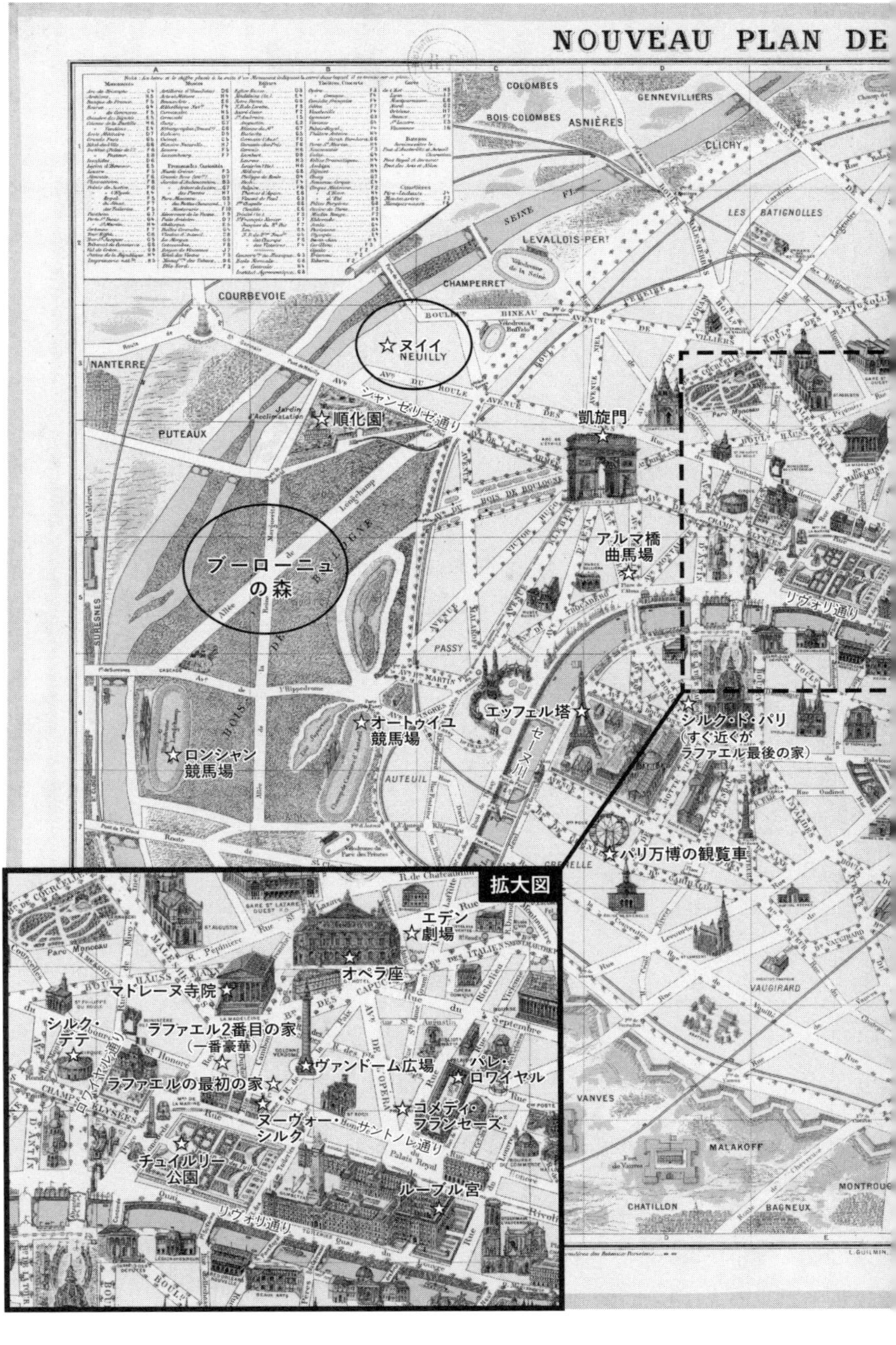

※本文には、今日《こんにち》の人権意識に照らせば不適切と思われる、黒人に対する呼称や表現が用いられておりますが、本書のテーマおよび時代性を理解するうえで必要不可欠であると判断し、あえてそのままといたしました。なにとぞご理解いただけますようお願い申し上げます。

※本文には、カッコで括《くく》った〔注〕が2種類出てきますが、以下、次のように分けて使用しております。

（ ）……原著者自身による〔注〕。あるいは、訳者および編集部による、前の単語の別の言い方や表現

［ ］……訳者および編集部による、前の単語の補足説明

第1章
ハバナ生まれのある奴隷の物語をいかにして発見したか

歴史から忽然と消えてしまった男

「海の向こう」――この魔法の言葉は、幼かった私に、光にあふれた白とブルーの世界を想わせた。私はといえば、アルザスの小さな村の灰色に染まった対極の世界で生きていたのだった。大人になって、しばしば現実はそんな憧《あこが》れの世界とは大きくかけ離れているのだと学んだ。それでも、このキューバへの旅は、私が長らく待ち望んだものだった。シンポジウムや講演会のために大西洋を渡ることはよくあったが、今回の目的はそうではない。私はここハバナに、ある調査を最終的に完成させるために来たのだ。

波面から1万メートル上空の飛行機のなかで、ラファエルの足跡を追い求めてたどった道筋を、私は思い返していた。当初は、この人物にさほどの注意を払っていなかった。２００９年の初めのことだ。アーティストの友人たちと共に、若い聴衆が差別をめぐる問題に関心を持てるような演劇の小品を作ろうとしていた。レイシズムを告発するよく聞く道徳的な台詞《せりふ》の羅列は避けたかった。そうした言葉はもはや大して役に立たないだろう。いまでは誰もが、レイシストとは自分のことではないと信じているのだから。自分自身に直接関係していると聴衆が感じられるような、何か新しいアイディア

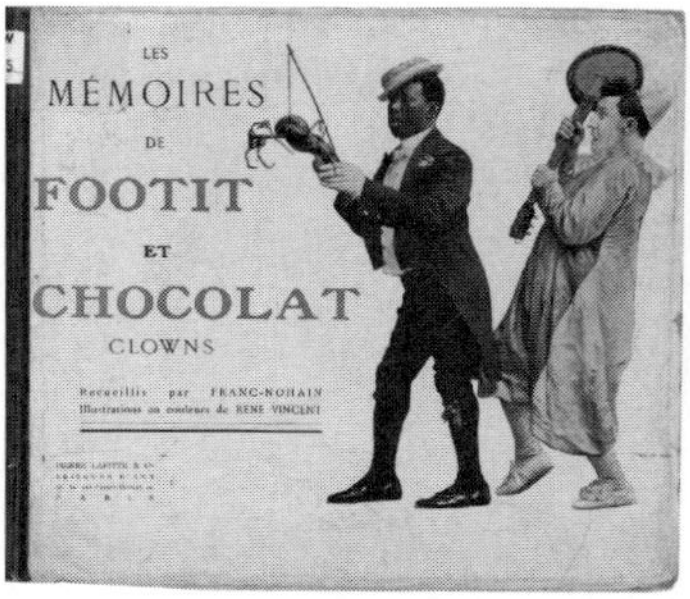

フランス人作家フラン＝ノアンが書いた
子供向けの挿絵つき本
『フティットとショコラの回想録』(1907年出版)

が必要だった。
「理想的なのは、笑いを通してこの問題を扱うことだ。君が何について笑うかで、君が誰かが分かるだろう」。この提案に全員が一致した。友人たちは、劇の主人公になるような歴史上の人物を見つけてほしいと私に言った。そのとき、カナダ人言語学者による1889年のフランスに関する記念碑的な著作のなかで、ある脚注を読んだことを私は思い出した。「パリの人々が大好きな黒ん坊（モリコ）はショコラだ。ヌーヴォー・シルク座の道化師だ！」

　ショコラの名前に言及した歴史家は他にもいるが、どれも当時の黒人に対する偏見を浮かび上がらせるための文脈においてだ。ステレオタイプの後ろにはどんな人間が隠れていたのか？　彼はクラウン芸術にどのような貢献をしたのか？　フランスでどれくらい生活したのか？　フランス人が向けた差別的な視線に苦しんだのか？　準備している演劇作品のために、私は少なくともこれらの質問に何らかの形で答える必要があった。国立図書館の目録で、私は1907年に出版された子供向けの挿絵つき本『フティットとショコラの回想録』を発見した。そこで初めて「ショコラ」とは、19世紀末にパリで道化師となったキューバ生まれの若い奴隷のあだ名であり、彼がジョージ・フティットというイギリス人道化師とデュオを組んでいたことを知った。

　私は演劇的要素を取り入れた講演会という形で作品の初稿を書き、私自身も、ミュージシャンとショコラ役を演じる役者と共に、舞台に立った。初めは、それ以上のことをするつもりはなかった。挿絵つき本の作者であるフラン＝ノアンが黒人道化師にインタビューを行ったのは事実だが、おもしろくするためにこの道化師の言葉を大きく歪《ゆが》めていた。当時、「ニグロ」というのはいつでも冗談の種だったからだ。それでも、ショコラの比類ない運命に私は興味をそそられた。新聞でさらなる情報を探すと、「ショコラ」はベル・エポック期［主に19世紀末から１９１４年第一次世界大戦勃発までのパリが繁栄した華やかな時代］パリのショー・ビジネス界の中心にいた人物だったことが分かった。道化師だが、ダンサーで歌手でもあり、首都で最も名高い場所のひとつヌーヴォー・シルク座で20年ものあいだ花形を務めた。彼は、ルイ・フィリップ王の息子や大臣・議員お歴々の前で演じた。パリの貴族たちのサロンで、カフェ・コンセール［ベル・エポック期のパリで流行《はや》った、お酒を飲みながら様々なスペクタクルを観る店］で、ムーラン・ルージュで、オランピアで、フォリ・ベルジェールで、パリの大きなサーカスや劇場で、そしてオペラ座でも演じた。映画の黎明《れいめい》期にも深く関係したし、パリの病院でセラピー診療に携わった最初の道化師だった。フランス共和国は謝意を込めて彼に勲章を授けた。つまるところ、このアーティストは、20年後に登場するジョセフィン・ベイカーよりも人気者だったのだ。だが、いまでは誰も彼のことを覚えていない。彼の名前はいかなる辞典にも出てこない。

これら最初の研究成果に基づいて、私は「ショコラ」に関する最初の本を執筆し、２０１２年に出版した。だが、未完成だという感触が残った。著作では、当時の人々に「ニグロ道化師」と呼ばれたこの人物のイメージを主に扱った。しかし、それでは十分ではなかったのだ。研究の過程で、彼がその人生の終わりに、忘れられていくことにどんなにか苦しんだことを、私は発見していた。彼に公正であるために、与えられた役どころの陰に隠されたひとりの人間の運命をたどる必要があると私は感じた。

両親も名字もないハバナ生まれの奴隷

奴隷で、黒人で、外国人で、道化師であるラファエルは名字を持たず、6年にわたってどんなに調査しても、私は彼に関する文書をひとつも公文書館で見つけることができなかった。だが、この男は、パリで最も有名なアーティストのひとりだったのだ。そして当時のパリは世界の文化的首都と見なされていた。

調査を続けるにあたって、私は歴史家が通常用いる史料を得られなかった。とはいえ、私には小説家が使う「本当の嘘」という類《たぐい》の能力を発揮することもできなかった。そのため公文書館の沈黙は、ほかの道を進むことを私に余儀なくした。なんらかの新しい史料を見つける必要があるというだけでなく、私は歴史家の「領域」の境界に足を踏み入れなければならなかった。心躍りつつも危険な、歴史と文学を隔てる境域にである。研究に費やした6年間、私はあちこち飛び回り、ラファエルが生きたすべての場所を訪ねた。彼の子孫たちの記憶を呼び起こそうと努力し、彼の足跡を見つけるために膨大な印刷物を渉猟《しょうりょう》し、世界じゅうの大勢の同僚たちに助けとアドバイスを求めた。彼らはいつも私に気前よく応えてくれた。

キューバの首都ハバナへの旅に、私の主人公についての新事実を発見できるかもしれないという希望を持っていたわけではない。すでに数年にわたり遠くパリからの調査は行っていた。奴隷制を専門とする歴史家たちが手伝ってくれたが、芳《かんば》しい結果には結びつかなかった。フランスでもキューバでも彼の足跡は公文書館にはなかった。私は、ただ彼が生まれた街の雰囲気に浸り、彼が生きたであろう場所をこの目で見たかったのだ。奴隷としての彼の過去が、その先の人生にどのように作用したのか、フランスで花開くアーティストとしての才能をどのように育んだのかを理解したかった。

フラン＝ノアンという作家が書いた『フティットとショコラの回想録』では、「ある黒ん坊（ネグリオン）の苦難」というタイトル――これ自体が著者の偏見を十分に示すものである――でラファエルの子供時代に一章が割《さ》かれている。フラン＝ノアンはベル・エポック期の狭いパリの文学界における非常に典型的な作家兼ジャーナリストだ。この光の都が世界の中心だと信じて疑わない。彼は、インタビュー相手の言葉を自分自身の自民族中心主義的な読み方にとらわれたまま解釈し、歪めてしまった。けれども、彼の本がほぼ唯一の私の史料であったから、それに私は真剣に向き合い、真実と嘘を選《え》り分けるために一字一句読み解いていく必要があった。

「ショコラはハバナで生まれたが、名字はなかった。ただ名前のみ、ラファエルと。それが両親が残してくれた唯一のものだ。両親？　彼は一度も会ったことがない。自分の正確な年齢さえも知らない」

身元登録が存在しないという事実は、著者がそのような言葉は使ってないとしても、ショコラが奴隷出身であることを窺《うかが》わせている。様々な情報から、彼は１８６５年から１８６８年のあいだに生まれたであろうことを私は突き止めた。その20年ほど前からフランスの植民地では奴隷制は廃止されている。アメリカ合衆国では、まさに南北戦争が反奴隷制支持者の勝利に終わろうとしているころだ。しかし不幸なことにキューバでは、趨勢《すうせい》はむしろ真逆だった。１８４０年代から１８６０年代は、拡大さなかのサトウキビ産業に必要な労働力を提供するため、奴隷制が再び盛り返していた時期だった。16世紀初頭以降、83万人以上がアフリカ大陸からこの島に連れてこられていた。彼らの多くが中央アフリカの出身だったが、19世紀には、製糖産業拡大に伴うキューバの転換期が、ナイジェリアのオヨ王国［１４００年ごろから１９０５年まで、ナイジェリア南東部を支配した王国］の衰退期と重なっていた。西アフリカのこの地域で生活していたヨルバ人（ハバナでは「ルクミ」と呼ばれる）が、まさに大規模な黒人奴隷売買の対象となった。彼らは自分たちの伝統のすべてを移送先の国に持ち込み、アフリカの諸文化をその地で再び活性化させていく。

キューバでのラファエルの足跡

ラファエルが子供だった頃、製糖プランテーションにおける奴隷の生活は過酷を極めていたが、彼はその地獄のなかにはいなかっただろうと思われる。フラン＝ノアンは、著作のなかで、「小さな黒ん坊」は「彼が養母と呼ぶ大きくて力強い黒人女性に預けられ、育てられた」と記している。この4年後にラファエルに生い立ちを尋ねたあるジャーナリストは、日刊紙『ジル・ブラス』紙面上で、彼がハバナで生まれたことは確認しているものの、子供時代に関しては少し別の見方を提示している。「母親は彼がまだ幼いときに亡くなった」。「ラファエルを育てたのは彼の主人だった。売る以前は、彼を小さな使用人として扱っていた」。

「養母」と「小さな使用人」というこれらの単語は、ベル・エポック期のフランス人ジャーナリストたちが全く理解していなかった社会的現実を実は示している。1835年に書かれたフアン・フランシスコ・マンザーノの自伝――19世紀のスペイン領カリブ地域における奴隷の手による唯一の書物――を読むと、これらの単語が意味するところをもっと理解できる。マンザーノはあるプランテーションに生まれたが、まだ幼いときに母親の手から離れ、ハバナの「養母」の家に預けられ、幼い女主人サンタ・アンナ侯爵夫人に仕えたという。当時、幼い奴隷が同年代の主人の専属使用人兼遊び相手として連れてこられることはよくあった。

私は初め、ラファエルも幼い頃こうした道をたどったのではないかと想像した。この仮定が頭にあったため、幼い奴隷たちが「小さな使用人」として働いていたコロニアル様式［スペイン統治時代に見られる建築様式で、ベランダや白い壁が特徴」の邸宅のひとつを訪ねることから、私はハバナ滞在を開始した。ガイドブックに従って、ムライア通り107番地のロス・コンデス・デ・ハルコ邸に向かうことにした。この私邸は18世紀初頭に、あるスペイン貴族によって建てられた。その1世紀のちには、マリア・メルセデス・デ・サンタ・クルスという女性が住んでいたが、彼女はフランス人貴族と結婚しメルラン伯爵夫人となった。私は、彼女が回想録（1833年出版）のなかで描写した空間を、実際に自分の目で見てみたかった。

現実には、この訪問は、歴史家としての想像力を掻《か》き立てるというよりも、「記憶の場」をどう捉えるべきかということを、私に改めて考えさせるものとなった。ガイドブックには、この大邸宅は「修復」されたとあった。その場に着くと、ビエハ広場に臨《のぞ》む完璧に改修されたアーケードと列柱つきの壮麗なファサード［建築の正面］や最初の中庭（パティオ）を見ることができた。しかし、ロス・コンデス・デ・ハルコ邸のほかの部屋は見学できなかった。入り口で案内をしていた学生が、それらがまだ工事中であることを教えてくれ、邸宅の簡単な歴史を説明してくれた。

19世紀末にクリオーリョ［スペイン領植民地において、スペイン人を親として現地で生まれた人々］のブルジョワ階級［19世紀以降の産業の発展のなかで、一定程度の財産を有するようになった市民階層。貴族、労働者と区別される］がキューバで権力を奪取した際に、彼らはコロニアル様式の旧市街から出て、ハバナ西側に位置するヴェダド地区に、今日でも賞賛の的《まと》になっているヴィラをいくつも建設した。数世紀にわたってスペイン帝国の至宝であった旧市街ハバナ・ビエハは、こうして見捨てられた。公共投資が始まり、世界でも稀有《けう》だったこの地区の建築遺産をそのまま維持することは不可能となった。わずかな資金で壁の亀裂が大まかに修繕され、居住空間を増やすために部屋や中庭が細かく仕切られて、大邸宅や美しい屋敷は社会住宅へと変わり、キューバの庶民が住むようになった。しかし、19

ラファエルが生まれ育った19世紀半ばのハバナ

80年代初頭に、旧市街はユネスコの世界遺産に指定された。野心的な改修計画が始まり、その結果が、現在私たちが目にする姿である。

　キューバ政権は、個人による所有を許可することで、この政策をさらに推し進めた。現在ではますます多くの人がこれら不動産資産を改修し、観光客に貸し出そうと躍起《やっき》になっている。滞在者に要求する1泊分の料金（25ユーロから30ユーロ）は、キューバの公務員のひと月分の給料とほぼ同額である。こうした状況下では、観光業の発展は確かに頼みの綱なのだろう。ハバナ・ビエハのすべての通りに、改修中の工事現場があり、至るところに「貸し部屋」と書かれた看板がぶら下がっている。

　ときに同じ通りのなかにさえ現れる過去・現在・未来の交錯が、ハバナの都市景観を奇異で意表をつくものにしている。古い邸宅の大半はいまだ廃墟のままだが、完全に復元されたものもいくつかある。とはいえ、多くの場合、植民地時代の遺物は、時間の経過のなかで都市空間が獲得してきた多様な様式の歴史を反映させた、不調和で雑多な建築様式のなかに取り込まれている。

　メルラン伯爵夫人の邸宅は、ハバナで現在進行形のこの過渡期をそのまま映し出していた。20世紀を通じて、邸宅は工場となり、学校となり、ホテルにも変えられた。現在復元されたわずかな部分だけしか観光客は訪れることができず、残りの部分は壁に隔てられて見ることができない。

　ムライア通りは、シリロ・ビヤベルデの有名な小説『セシリア・バルデス』（1839年刊）のなかで、ハバナで最も活気のある大通りのひとつとして描かれている。多様な商店が軒《のき》を連ね、あらゆる人々が集まっていた。石畳を走る車輪や馬の蹄鉄《ていてつ》の響きが、風を通すために開け放たれた家々にやむことのない轟音《ごうおん》を届けた。喧騒は、叫び声やら悪態やらで一層ひどくなった。さらには、荷車や馬車が衝突し、奴隷たちのあいだで喧嘩が始まるのだった。良家の若い娘たちは、「ヴォラント」と呼ばれた軽馬車に乗って移動していたが、決して道路に降り立ちはしなかった。靴が欲しいときには、足を少し振れば、すぐに店員が飛んできて用を聞いてくれるからだ。

矛盾するようだが、現在では、商店の並ぶ大通りに1世紀前ほどの交通量はない。馬車は姿を消し、自動車はいまもまだ珍しいからだ。ハバナで現在最も利用される交通手段は、「自転車タクシー」だ。それはかつての「ヴォラント」を思い出させるが、自転車のペダルを漕ぐ人間が馬に取って代わり、植民地エリートがいた席には観光客が座っている。

私はオフィシオス通りを歩き続け、ハバナ旧市街の歴史的心臓部アルマス広場までやってきた。この改修工事は完了していた。観光客を満足させるために、修復政策では旧植民地政権のふたつの柱、すなわち軍隊と教会に関わる記憶の場を優先させているのだ。

旧市街を歩いていると、軍隊にまつわる過去ののしかかるような存在感に驚かずにはいられない。港を見張るふたつの要塞、プンタ要塞とモロ要塞は、いまも往時の場所にある。アルマス広場のすぐ近くには、完全に改修されたフエルサ要塞があり、ハバナで最も多くの観光客を集めている。スペイン王フェリペ2世によって1558年に建立《こんりゅう》された、アメリカ大陸全体のなかで最も古い石造建築である。すぐ近くに宮殿を持つ植民地総督は、おかげで十分に警護されていたわけである！

これら軍事関連の遺跡は堂々としたものではあるが、ラファエルが子供の頃のハバナでスペイン軍が果たしていた役割について、多くを教えてくれるわけではない。住民は、高台に存在する無数の要塞、砦《とりで》、砲台、砲塔に常駐する数千人の兵士の監視のもとで生活していた。24時間常に650もの砲台が街に狙いを定めていたようだ。ハバナに駐屯する5師団の兵士が毎日アルマス広場で観兵式を行い、軍歌が民衆たちを喜ばせた。

現在は市立博物館になっているスペイン総督宮殿の中庭にいまも納まっているクリストファー・コロンブスの像にぼんやりと目を向けたあと、私はメルカデレス通りを北上し、大聖堂の前に出た。植民地政府は、軍事力だけでなくカトリックという宗教にも依拠しながら、数世紀にわたってキューバ民衆の上に君臨した。私が数えたところ、旧市街には少なくとも12の教会があった。18世紀に建てられたサン・クリストバール大聖堂には、そのなかでも最も美しい装飾が施されている。しかし、私は、かつての日曜の朝の礼拝の様子を思い浮かべずにはいられなかった。白人の主人がミサに参加するためにこの場所に足を踏み入れるとき、彼らの小さな奴隷は祈禱《きとう》台や典礼書［ミサに関する儀式や儀礼の規範書］を手にその1メートル後ろを歩いていたのだろう。ふと高位の人物の葬列に関する話を思い出した。そこでは、馬車を引く黒人御者もまた礼服を着用していた。光沢のある三角帽子に、白い毛織物製のぴったりしたキュロット、金か銀の飾り紐《ひも》がたっぷりついた赤または青のジャケット、黒革の巨大なゲートルといった具合だ。この格好は奴隷たちのコミュニティで賞賛の的だった。誰もがいつか白人貴族階級に仕えて、豪華な服を着てみたいと夢見た。おそらく小さなラファエルもこうした場面を見たことがあったのではないか？　だとしたら、パリで道化師になった彼が、美しい舞台衣装に熱心だったのもうなずける。

私は大聖堂の前には長くとどまらず、早々にそこから500メートルほどのクアルテレス通りにある別の教会を目指した。前述した小説『セシリア・バルデス』のなかで、ビヤベルデは、聖ラファエルの日である10月24日にサント・アンヘル・クストディオ（守護天使）教会で行われた儀式について詳述している。北からの風によってフロリダからの渡り鳥たちがこの日にすでに浜辺までたどり着いているのは珍しいことではなく、それは対岸にはもう冬が訪れていることの印《しるし》でもあった。あらゆる階層、あらゆる出自の巡礼者たちが、この日に教会で顕示される聖遺物《せいいぶつ》［聖人の遺骨や着衣などの遺物］を目にしようとあふれかえっていた。白人は馬車で、黒人は徒歩で。こうした縁日には、クアルテレス通り沿いにずらっと並ぶ屋台の前で人々が押し合いへし合いしたものだ。アフリカ出身者たちは、ヒマラヤ杉の板の上でトウモロコシのガレット［クレープの一種］を売っていた。

当時のキューバとはどんな街だったか

私はさらに進んで、旧市街と中心地を分けるパセオ・ディ・マルティ大通りに達した。19世紀にはエル・プラド［スペイン語で「草原」の意］と呼ばれていた。パステル色の美しい邸宅が並ぶこの広い通りには、キューバ人が乗合《のりあい》タクシーとして使っている１９５０年代物のシボレーやキャデラックといった「アメリカ車（ベル・アメリケーヌ）」が走っている。

ラファエルが子供だった頃、エル・プラドは、植民地の上流社会の人々が好んで散歩していた場所だった。さしずめキューバのシャンゼリゼである。良家の若い婦人たちはモスリン［薄手の綿織物］の服を着て、髪に花を挿し、この通りを行き来した。肩と腕を出し、白い肌を惜しげもなくさらしたが、彼女たちの豊かな髪はといえば、キューバ人に身近な鳥ウタムクドリモドキの羽根のように黒いのだった。ビジネスマンたちは「ル・ルーブル」という名の高級カフェで待ち合わせた。毎夜、アイスクリーム屋のテラスには人があふれ、炭酸レモネードやグアナバナという南国の果物のアイスクリーム、シャンパンで凍らせたパイナップル、それに卵黄のお菓子ドゥルセス・デ・イェマなどを味わっていた。

かつてのタコン劇場の内部

ハバナは、スペイン植民地帝国の真珠、「アンティル諸島のパリ」、享楽と踊りと賭け事の街として知られていた。エル・プラド大通り沿いには、ヨーロッパやアメリカからの裕福な観光客が宿泊する高級ホテルが建ち並んでいた。今日ではハバナ大劇場と名前を変えたタコン劇場は、世界でも稀に見る広さと絢爛《けんらん》さを備えており、ショー・ビジネス界の殿堂だった。ヨーロッパの名だたるコメディアン、ミュージシャン、ダンサーや歌手が定期的に招かれた。白人エリートたちの娯楽場は今日《こんにち》完全に復元され、古き良き時代と同じように観光客を集めている。

当時この島を支配していた独裁者マチャド将軍が１９２９年に建造したエル・カピトリオ（旧国会議事堂）を訪れたいとは思わなかった。そこで、私はその近くのフラタニダード公園まで足を進めた。そこにはアメリカの解放者たちの胸像がある。シモン・ボリバール、ホセ・デ・サン・マルティン、ベニート・フアレス、そしてアブラハム・リンカーン。19世紀にこの場所はカンポ・デ・マルテ（練兵場）と呼ばれていた。スペイン連隊はここでも観兵式を行っていたのだが、港に不法に連れてこられた奴隷たちがこの場所に陳列されていたことも私は知っていた。歴史家たちによれば、最後の奴隷船がハバナに横づけしたのは、１８７3年である。6歳から8歳のあいだだったはずのラファエルもまた、バスク人の密売商人フリアン・スルエタのもとで行われていた恐ろしい「奴隷の行進（ネグラダス）」の場面に遭遇したこともあったのではないか？　数百人の奴隷たちが歩いて島じゅうを横切り、プランテーションに向かった。政権は見て見ぬふりをしていた。

黒人蔑視に満ちた、あるフランス人ジャーナリストの記録

小さなラファエルが、ハバナの植民地エリートのもとで生活していたのではないかというシナリオに、私は初め魅了された。そう考えれば、彼が大人になったときにパリの貴族たちとうまくつき合うことができた理由を説明する、ひとつのヒントになると思ったからだ。しかし、この解釈は実際のところは疑わしかった。もしラファエルが上流社会の白人一家に仕えていたのだったら、その時代のいくつかの思い出をフランに話していて不思議はないが、そのような事実はない。道化師ショコラの子供時代について、ノアンが書いているのは次の通りだ。「ラファエルはハバナの庶民的な界隈《わい》で大きくなった。そこには養母のあばら家があり、ラファエルは朝から夜までふらつき、ほかの少年たちと些細《ささい》なことで喧嘩をしていた」。さらに、ノアンによれば、ある日、スペインに向かう予定のひとりのヨーロッパ人が仲間たちと悪ふざけをしているラファエルに目を留めた。少年の力強さに驚き、その養母のところを訪れた。「『彼を買いたいんだがね、いくらだい？』黒人女は耳を疑って、質問を聞きなおし、今ではラファエルを限りなく愛するようになっていたので彼と離れることなど決心できず、そんなことになったらとても耐えられないだろうと思った。けれども最終的には、18オンスの値段で合意した」。

親愛なる読者よ、あなたもこの文章を読んで腹が立ったに違いない。私も憤慨《ふんがい》した。フラン＝ノアンは、フランス共和国の子供たちに向かって、階級と人種という二重に自民族中心主義が刻印された世界の見方を伝えている。彼はキューバの奴隷の世界を、当時の新聞が「ならず者」を描くのと同じやり方で表現している。郊外の若い労働者階級は喧嘩っ早く仕事もまじめにしないと考えられていた。そして、ラファエルが「黒人女（ネグレス）」によって育てられたから、その家は「あばら家」に違

いないのだった。そう、つまるところ、このパリのジャーナリストは、ハバナの庶民地区とはベルヴィル［1860年にパリ市内に統合された、東部市壁近くの労働者地区］のアフリカ人街のような場所だと想像していたのだ。彼によれば、もちろん「黒人女」は愛情より財布の中身が大事で、わが子に対して母親らしい感情など覚えることもなく、数枚の金貨ですぐにその子を売ってしまうのだ。

この一節は実に我慢ならず、私は本当に不愉快だった。この文章をベル・エポック期パリのエリートの人種差別的偏見を告発するために使うことはできるだろう。けれども、この唯一の史料からでは、ラファエルの本当の物語のその断片さえも見つけ出すことは不可能なように思えてきた。このときから私は、自分の主人公とのつながりを作るためにどんな小さなことでも日記をつけることにした。

２００９年１月13日火曜日

親愛なるラファエル

私は君に手紙を書くことにする。君の助けが必要だ。劇の小品を書くことを承諾したとき、私はフラン＝ノアンの本から信頼できる情報を見つけられると思っていた。だが、残念なことに、彼が読者に紹介したのは君の「回想録」ではなく、彼自身の黒人世界に対する幻想だった。次に私はサーカスに関する歴史書のなかに君についての情報を探した。無駄だった。どの本も、言わないだけか知らないのか、フラン＝ノアンの作ったステレオタイプをなぞるだけだった。人生の最後に君がシルク・ド・パリで働いていたとき、観客のなかに、レイモン・デプレという名の子供の顔を見かけたかもしれない。第一次大戦後に、彼は作家兼『ユマニテ』［フランス共産党の機関紙］の記者になった。そして、トリスタン・レミの名で「プロレタリア文学」の推進者となった。この筆名で、１９４５年に彼は道化師に関するぶ厚い本を出版し、丸々1章を「フティットとショコラ」に割いているんだ。そのなかで君は、ばかで可哀想な黒人、いつも殴られているのにいつも笑っている、フティットのいじめられ役として紹介されている。私は、いまでもこの本が道化師の歴史の主要文献であると知って驚いた。どの図書館にも置いてあるし、本屋でも売られている。

私たちの劇では、こういったステレオタイプを批判するだけでなく、君がそれにどうやって立ち向かい、笑いを武器にして乗り越え、人気アーティストとなったのかを見せたかった。だけど、私が持っているショコラという人物に関する情報といったら。君の本当の人生については何も分からない。いままでの研究のなかでも、確かにこういう困難はあった。移民たちは表立って声を上げることがないから、文書館で彼らの足跡をたどるのはとても難しい。だけど、かつての移民たちに彼らの思い出を記録するように促すことで、こういった欠落を埋めることは可能だ。

だから私はいまこうして君に書いている。私に話してくれないか。そうしないと、君の真実の話を語ることができない。君がもうこの世にいないことはよく分かってる。だけど、それがなんだというのだ？　君はおそらく知らないだろうが、歴史家も霊と交流できるんだ。歴史学の父ジュール・ミシュレは、死者たちと会話するために文書館で幾晩も過ごした。そこで着想を得たと、語っている。

2009年1月、私はまだ調査の入り口にいた。そのときはまだ歴史学の作法と文学のそれをどのようにすり合わせればいいのか分からず、なぜラファエルは私にちっとも答えてくれないのだろうと頭を悩ませていた。前に進むためには、フラン＝ノアンの本を解析していくほかなかった。幾人かの親切な同僚が、この謎に満ちた物語の糸を解きほぐすヒントをくれた。彼らは、私の奴隷制に関するイメージが、19世紀初めの文章と、ハリウッド製映画が今日流布する表現に影響されすぎていると指摘した。ラファエルが生まれた１８６０年代のハバナ社会は、その40年前にメルラン伯爵夫人やシリロ・ビヤベルデが描いたものとは、もはや同じでなかった。キューバ島にはいまや80万人の人が住み、そのうち15万人がハバナに居を構えていた。軍人家系の貴族や大土地所有者は、街に対して依然強い影響力を保持していたものの、そのほかの白人の多くは、貧しさから移住してきたスペイン人農民の子孫だった。彼らは、商店主、職人、雇われ人、労働者だった。キューバで生まれた者たち（クリオーリョ）は、とりわけ労働市場での顕著な差別を理由に、植民地支配に対する不満を募らせていた。数の上ではスペイン人の３倍にも上《のぼ》るクリオーリョが、公共領域の雇用に占める割合は5分の1でしかなかった。キューバ独立のための闘争を始めた多くが、この階層出身の白人系住民である。

新しい移民が流入すると、富裕層は旧市街ハバナ・ビエハを捨てセロ地区に移り住んだ。１８７０年代初頭、最も裕福な者たちは、さらに西にある海岸沿いのヴェダド地区に豪奢《ごうしゃ》なヴィラを建て始めた。１９０1年にエル・マレコンと名付けられた遊歩道が8キロにわたって整備され、いまでは高級ホテルが並んでいる。

およそ5万人を数える黒人はハバナ住民の3分の1を占めたが、彼らも決して均質な集団ではなかった。１８７０年代初頭、黒人の半数は「有色自由人」というカテゴリーに属していた。その多くは、16世紀以降キューバに連れて来られた奴隷の子孫である。有色自由人の数が大きく伸びた理由は、妥協したスペイン政権が、すべての高齢者と１８６８年以降に生まれた子供を解放する法律を施行したからである。ラファエルは、運がないことにこの日付の少し前に生まれていた。

キューバでは、奴隷の所有者は白人貴族だけにとどまらなかった

私たちが現在持っているイメージとは異なり、奴隷の所有は白人貴族の特権では必ずしもなかった。私が扱う時代のハバナには、１万人の主人に対し、３万人の奴隷がいた。すなわち、職人、商店主、雇い人といったつつましい暮らしをする者のなかにも、奴隷所有者が一定数いたのである。その大半は白人であったが、なかには有色自由人もいた。とはいえ、白人であろうと黒人であろうと、これら少数の中流階層は、奴隷の維持が可能なほど裕福とは限らなかった。彼らは、お針子、家内使用人、乳母、荷物運搬者として奴隷を貸し出し、余剰収入を得ていたのである。

この第三者への貸し出し契約により、従属関係はより流動的なものとなった。ハバナの奴隷の多くが、日曜日に耕す小さな畑を所有していた。稼いだ金を貯めて、自由を買い戻すことを夢見た。次第に、法律的に中間に属する人々の数が増えていった。同じ黒人家族のなかに、自由人、奴隷身分の妻、異なる身分を持つ子供たちがいた。男性に対して妻であり奴隷でもあるという女性のケースも存在し、また、自分の家族を奴隷としている黒人たちもいた。ハバナには、ほぼ賃金生活者とも言える奴隷たちがいる一方で、限りなく奴隷に近い状態に置かれている自由人もいた。その顕著な事例が、19世紀中葉以降キューバに連れて来られた12万５千人の中国人クーリーである。彼らは８年の労働契約にサインしていた。契約を破棄する自由は表面上あったが、帰国するのに十分なお金を稼ぐことができず、悲惨な状況から抜け出せずにいた。過酷な扱いからある程度身を守るのに十分な強いつながりを持ったコミュニティをすでに形成していた黒人とは異なり、極めて孤立した環境に置かれていた中国人はダイレクトに人種差別にさらされた。１日の仕事が終わり、彼らが街の路地を歩けば、誰もかれもが嘲《あざけ》りの言葉をぶつけた。とりわけ黒人の労働者も白人の労働者も、酔っ払っては、酒場で彼らに喧嘩

を吹っかけた。これらクーリーの自殺数が最も多かった。

19世紀半ばのハバナの奴隷制に関するデータは、フラン＝ノアンの言葉の信憑性《しんぴょう》を裏づけるものだった。確かにラファエルが「養母」の奴隷であった可能性はある。とはいえ、彼女が自分の子供をちょっとしたお金のために売ってしまったという点は受け入れがたい。

このパリのジャーナリストには、「黒人女」あるいは「黒ん坊」の立場に立って考えることはできないのだろう。彼らのことを生身の人間として捉えずに、ヨーロッパ人の幻想を煽《あお》るのにちょうどいい劇中人物もしくはステレオタイプとしてしか考えていないからだ。だからフラン＝ノアンは、ラファエルが彼に話した内容を理解できなかった。「お金のために」という仮定を退けるために、「母親が子供と離れざるを得ない状況とはなんだろう」という問いをここで立ててみよう。ノアンの話の次の言葉から、私は別の説明にたどり着いた。「ショコラは幼い頃から、憲兵たちの前からは全力で逃げなければならないということを知っていた」。奴隷たちの用語法で、「逃げる（フュイール）」という動詞は明確な意味を持つ。それは、スペイン語でシマロン、すなわちプランテーションから逃げ出した「逃亡奴隷」と呼ばれる人々を連想させる動詞なのである。1868年に起こった「栄光の革命」［砂糖工場所有者のカルロス・マヌエル・デ・セスペデスが自身の奴隷の解放とスペイン帝国からの独立を宣言したこと］を機に、ハバナでは独立のための「10年戦争」が始まった。多くの奴隷が蜂起側に加わり、自分たちが使役されていたプランテーションを焼いた。スペイン当局から犯罪者と見なされたシマロンたちは、弾圧を逃れるために山中に潜んだ。彼らの多くが自分の子供と離れ離れになった。親戚のつてで、子供たちはハバナの下町に住む「養父」「養母」のもとに預けられ、「孤児」として育った。こうして、別のシナリオが私の頭のなかで形を取り始めた。シマロンの家に生まれたラファエルは「養母」のもとに預けられ、彼女はお金のためではなく、ヨーロッパでのよりよい運命を願ってラファエルを売ったのではないだろうか。

街の歴史に関して記したメモを丹念に読み返してから、私は港の区画を歩き回った。フラン＝ノアンは著作のなかで、ラファエルを買ったヨーロッパ人商人は、中継のためにハバナに一時滞在していたと述べている。ラファエルと商人は、きっとこの埠頭《ふとう》か周辺の路地で出会ったに違いない。今日《こんにち》、港周辺は、海上交通と近くの工場のせいでひどく汚染されている。湾の向こう側には、昼夜を問わず製油所の炎が見える。

旧港の再開発計画が始まったのは2009年と最近だが、すでにその成果はあがってきている。税関の古びた建物の破損した正面部分に誰かが描いたチェ・ゲバラの肖像はもうすぐ消され、「忠実に」再現されたこの記憶の場は、黄金時代の植民地港湾の姿をよりはっきりと観光客に想像させるだろう。

困窮にあえぐ人間に一片の同情も感じない白人ブルジョワの印象記

私は、ようやく幼いラファエルが生きていた、まさにその場所にたどり着いた。彼を大西洋の向こう側へと連れていった蒸気船が錨《いかり》を下ろしていた船着き場だ。当時、3週間の航海の末に港にたどり着いたヨーロッパ人は、そのコスモポリタンな雰囲気に驚いたに違いない。

フランス人旅行者たちが残した文章は、人種的特徴を捉えた語彙《ごい》を用いて港で見られる多様性を描写している。例えば、ジョルジュ・カロンという旅行者のひとりが驚愕したのは、次のようなことだ。

「短い丈の服を着た黒人たちがうろうろしてる。さらに、裾が地面に届く服を身につけた中国人、レモン色の肌のキューバ人や、白い服にクラシックなパナマ帽を被った、日焼けしたスペイン人も。サン・カルロス、デ・エウロパ、デ・イングラテーラ、デ・イサベル、デル・テレグラフォといった最高級ホテルを獲得しようとする叫び声、喧嘩。客船の顔見知りが私に言う。『恐れることはありませんよ。あなたも罵倒《ばとう》し、喧嘩しに行けばいいのです』。そこで、私も罵倒し、喧嘩し、ある程度の成果を獲得した。今は、6人の男が私の鞄《かばん》を運ぼうと争っている」

この一文を読んで、私は「喧嘩（バタイユ）」という言葉にすぐに気づき驚いた。フラン＝ノアンも同じ言葉を使って、ラファエルが「朝から夜までふらつき、ほかの少年たちと些細なことで喧嘩（バタイユ）をしていた」地区のことを描写していた。

「喧嘩する（バタイエ）」というフランス語の動詞は、ハバナの市井《しせい》の人々が生き残るために奮闘することを指すのだろう。御者、荷物運搬人、雑役、色ガラス細工売り、くじ売りなど多種多様な人々が、白人旅行客が港に着くやいなや注意を惹《ひ》こうと熾烈な競争を開始する。小さな奴隷たちもまた、この幾重にも危険な争いに飛び込んでいく。埠頭や近接道路を優雅に走り抜けていく馬車に気を付けなければならない。巨大な樽《たる》を猛スピードで運んでいく荷物運搬人も危険だ。しまいには、運搬中に小麦粉の樽が壊れただとか、荷馬車が道路で積み荷を落としたとかいったきっかけで始まる乱闘に巻き込まれることもある。

フラン＝ノアンは小さな「黒ん坊」に関する章で、ラファエルが近所で「最もぼろを纏《まと》っていて、食べるものも十分になかった」とも記している。１８７０年代のハバナの住民に使われる際の「ぼろを纏う」という言葉が何を指すのかを、私は様々な旅行記を読んで探そうとした。そして、１８８９年に出版された作家エルネスト・ド・レピヌの作品のなかに、次のような一節を見つけた。

「醜《みにく》い人間のあらゆる見本がその場所に集まる。コンゴ人、マンディカ人、ソファラ人といった、しし鼻でずんぐりとして足が曲がったニグロたち、狭い額《ひたい》に、突き出た頬《ほお》、がっちりした上半身にひょろ長い脚、縮れた髪に、膨らんだ腹、べたべたした肌。

すべてがそこにある。肌の黄色い中国人、かさかさしてか細く、平たい顔、髭《ひげ》の生えない顎《あご》、彼らはただ静かに黙々と働く。一方で、黒人は突然けたたましく笑い、真っ白な歯を見せるが、それらは殴られたか小刀の一撃のせいで不ぞろいだ。

それにしても、なんという浮浪者どもだ！　彼らの思い出は私に吐き気を起こさせる。ぼろを纏ったこの年寄りども、ゴリラだって親戚にするには恥ずかしいぞっとするほど醜い黒人女たちを知らぬ者は、おぞましい醜さというものを知らないのだ。この生き物たちは、敬意も憐《あわれ》みも起こさせない」

この文章を読みながら、フランス人として私は少し恥ずかしくなった。キリスト教徒であると称し、あるいは「共和主義者」であると宣言する一方で、困窮にあえぐ人間に対して一片の同情も感じないこの白人ブルジョワ階級の、自分はある意味で「継承者」なのだと考えると。しかし、こうした人種差別的言説の告発に留まっていては、まさにこの作家が選んだ枠内にしかいられないだろう。堪《た》えがたい筆致で彼が描いた人々のあまりに悲惨な様子は、街の南、港と湾と兵器廠《しょう》に挟まれたサン・イシドロで生きる人々を正確に表現していない。住民たちの多くは労働者や職人の白人や有色自由人であり、今日でも「ソラール」と呼ばれる小さな中庭つきの、正面が隣同士接した2階もしくは3階建ての家に住んでいた。

敬虔な宗教意識に基づいて結びつく、サン・イシドロの住民

サン・イシドロ地区に足を踏み入れて、私は雰囲気が変わったと感じた。空気はより湿り気を帯び、教会やコロニアル様式の美しい家の数は減り、復元政策の影響はあまり見えない。この街区の入り口、

キューバ
第一次独立戦争の
英雄ホセ・マルティ

レオノール・ペレス通りで、第一次独立戦争の英雄ホセ・マルティは生まれている。父親は貧しさからスペインを離れた移民の階層に属していた。博物館になっている彼の生家を訪れたかったが、改装のためにここもまた閉まっていた。私は、ホセがこの道沿いでラファエルとある日すれ違っていたという想像を楽しんだ。彼は20歳で、ラファエルは8歳か9歳だ。この仮定はあながちずれているとも言えまい。

サン・イシドロ地区で驚いたのは、住民の社交空間の濃密さである。人々は挨拶《あいさつ》し合い、ひと言ふた言交わすためにしばしば立ち止まった。キューバ人の友人たちは、こうした社会的な結びつきの強さを説明する要素として、とりわけ宗教の役割を忘れてはならないと言う。マルクス主義のイデオロギー的支配が公的には三四半世紀も続いているにもかかわらず、ハバナの住民たちは非常に敬虔《けいけん》だった。ライシテ（政教分離）教育を施された——あるいは植えつけられた——フランス人にとって、日常生活のすべての行動が、スピリチュアリズムに深く根づいた宗教的感情によって導かれ、解釈されている世界を理解するのは難しい。「イク・ロビ・オチャ」「死が聖人をもたらす」。民衆信仰においては、人の霊は死後もこの世をさまよい続ける。どんな人間にも守護霊がついていて、「守護天使」である霊的な父と母を持つ。これらの存在は、その人のアイデンティティの一端を成す。「ブルヘリーア」という、己《おのれ》から不幸を取り除く守護的呪術《じゅじゅつ》は、日常の振る舞いのなかに深く溶け込んでいる。病気や不運は決して偶然の産物ではなく、霊との交流によって解読すべき予兆なのである。カードを使った未来の予知の仕方や霊と会話するためにトランス状態になる方法といった瞑想《めいそう》術を学ぶことで、信仰者たちはそういったことができるようになると考えている。ロウソク、水の入ったグラス、少しの食べ物があればこれらの儀式は可能だ。

19世紀初期にキューバで奴隷制が再び盛り返した際に、こうした民間信仰も豊かになった。ヨルバ人はサンテリーアを広めたが、この信仰では、秘儀を伝授された人（サンテロ）を通して、神殿（カサ・デ・サント）に住まう神々（オリーシャス）を讃《たた》える。弾圧を免れるために、信仰者はカトリックの聖人の名を彼らの神々に与えた。雷と太鼓を司《つかさど》るチャンゴは、火器職人の守護聖人である聖バルバラとなり、オルーラは聖フランチェスコ、ババル・アジェは聖ラザロと名前を変えた。

ヨルバ人はまた、出身民族集団ごとに有色自由人と奴隷を集めて、自助組織カビリドのシステムを作り上げた。ラファエルが子供だった頃、いくつかのカビリドはすでに強い影響力を持っていた。土地や建物を所有し、港湾における労働者の雇用まで一部コントロールしていた。これらの組織は収入の一部を使って奴隷の自由を買い戻し、1万1千人以上の奴隷がカビリドを通して解放されたと推計されている。

キューバの民間信仰「サンテリーア」の儀式

サンテリーアの信仰者は、アシエントと呼ばれる壮麗な儀式を通して、秘儀加入者の段階に進むことができる。これは一種の「聖体拝領」であり、文字通り信仰者の頭に聖人を据え置く。こうして、自身の神と交流できる媒介者になれるのだ。霊の存在は、石、真珠、木切れといった様々な小さなオブジェによって物質化され、箱に収められ、信仰者はこれらを身近に置いておく。同じ神を持つ者たちは同一の霊的家族に属すると見なされ、ひとりの秘儀加入者の保護下に置かれる。この秘儀加入者は、彼らの宗教上の父「パドリーノ」あるいは母「マドリーナ」とも呼ばれる。自分の「養母」についてラファエルが言及するとき、彼が思い描いていたのはもしかしたらこうした結びつきだったのかもしれない。

ラファエルのからだに刷り込まれたキューバ独自のリズム

フラン＝ノアンが自民族中心的な語彙で「黒人女のあばら家」と呼んだ住居は、実際にはサン・イシドロの「ソラール」であったのだろう。住民たちは定期的に集まり、おしゃべりをし、歌い騒いだ。19世紀にこうした場所でルンバが生まれた。ただし、特定の振付の踊りを指すわけではまだない。ルンバという言葉は、ソラールに住民たちが集まり、食べ、歌い、踊る祝祭的な活動を指した。アフリカのリズムに乗って、手を叩き拍子を取り、クラベス（港で回収された木で作った小さなバチ）を打ち鳴らし、さらにイヤ、イトテレ、オコンコロという大中小3つの太鼓《たいこ》からなるバタを叩く。

カサ・デ・サントで行われる宗教的儀式ではさらに驚くべきことに、音楽や踊りを通したトランス状態がもたらされて初めて、信仰者は神との交流が可能になるとされた。

こうした宗教的儀式は、聖者を讃えるために催される祝祭の際に最高潮に達する。なかでも最も重要なものが1月6日に催される「諸王たちの祭り（エル・ディア・デ・ロス・レイエス）」で、ローマ帝国のサートゥルナーリア祭に似ている。ハバナの路地という路地に人々があふれかえり、白人の主人たちは不安を覚えるほどだった。各カビリドが次から次へと、それぞれの守護聖人を担ぎ出し、女王役に手を恭《うやうや》しく差し伸べた王役を先頭に、練り歩く。参加者たちは歌い踊りながら、ふだんは白人の若い娘たちが「ヴォラント」で行き来する街の美しい大通りに繰り出す。さらに、プランテーションョン所有者たちの私邸や大聖堂の前を通り過ぎ、アルマス広場にたどり着く。カビリドの代表者たちは、次々に総督宮殿の中庭に入り、恭順《きょうじゅん》の意を示す。

当時の画家たち、例えばハバナに長年住んだフランス人フレデリック・ミアル、あるいはスペイン人パトリシオ・デ・ランダルーセが、版画やリトグラフで、このアフリカ起源の儀式の祝祭的性格を後世に伝えている。しかし、フェルナンド・オルティスのような人類学者たちが、儀式の文化的重要性に着目し始めるには、20世紀初頭を待たなければならない。太鼓は、この種の行列において最も重要な楽器だった。短く明快な中心のモティーフにリズムを与え、同じ主題に基づいた無限の変奏が休みなく反復される。踊る人々はみな、からだ全体で幸福感を感じ、共に踊る行為で喜びは増幅される。参加者たちが身に着ける衣装とマスクの絢爛さもまた、諸王たちの祭りの壮麗な性格を際立たせる。大げさなまでの装飾品は、主催者が伝えたい「メッセージ」に応じて、ハバナの民衆地区で何か月も前から辛抱強くカビリド構成員によって製作される。また、日常的に実践しているダンスに加えて、飽くことなく繰り返される練習を通じて、参加者たちは当日には自然に動きや振付に身を任せ、からだを震わせ、トランス状態に至る。あるいは、ディアブリトと呼ばれる様々な目に見えない力に扮しもする。ココリカモ（別名ココリョコ）などが特に人気で、角《つの》のある牛の頭のマスクに、編んだスカート、足首にアンクレットをつけて行列に参加した。そのほかのディアブリトたちもこの日ハバナの路地を練り歩き、小さなパントマイム師たちが、霊たちの深淵な世界を演出した。

パトリシア・デ・ランダルーセ作『キューバ島の習俗』(1881)に描かれたディアブリトたち

　ラファエルがその人生の最初の数年間を過ごした社会では、踊りは、1日の仕事の後で行う「趣味」といった分離された領域にあるものではなかった。踊りは、人々の社交の中心にあり、社会生活上の出来事すべてが表現される集団的ランゲージだった。アフリカの踊りは、足、胴、腕、手、頭、顔、目、舌といったからだのあらゆる部分を動員する。からだ全体がマイム的表現をしようと動く。言葉では表せない、ありとあらゆるステップ、ジェスチャー、顔の表情があり、だが踊り手にとって、それらはそれぞれの意味を持っているのだ。生まれたときから、ショコラはこうしたからだの法則とリズムを自分の内に持っていた。祭りの期間になるとラファエルも、ディアブリトの化身であるミステリアスで威光を放つ踊り手たちに、おそらく自分を重ね合わせてみたりもしただろう。彼らは、演ずる技法を完全に自分のものにした真《しん》のアーティストたちだった。哲学者ガストン・バシュラールは、子供は最初に上った階段の一歩を人生を通じて覚えているものだと述べている。ラファエルもまた、自分が育った奴隷コミュニティで受け継いだからだの表現法を決して忘れることはなかっただろう。

当時のフランス社会に蔓延していた、黒人奴隷への偏見

このサン・イシドロの民衆地区、汚れがこびりついている細い路地裏でラファエルが過ごした日常を、私は想像してみる。家々のすだれが互いに長い糸でつながれ、そこには緑、赤、青で継《つ》ぎをあてられた衣服が干されている。雨期である冬でも気温が18度より下がることはなく、夏には30度を超える。暑くて湿気の多いこの環境では、蚊やごきぶり、ムカデが繁殖する。この地区の住民は、さらにゴミを食べあさる赤い顔をしたタカ目のヒメコンドルとの共存を学ばなければならなかった。

造船所のハンマーが鉄や木を叩く音は、堪えがたいほど周辺に響く。毎朝、ラファエルは港の桟橋に向かい、ほかの世界からやってくる乗客を待つ。彼は、湾の中心に滑らかに入ってくる白と黒の戦艦や、セイレーン［ギリシャ神話に登場する、上半身が女性で下半身が鳥、もしくは魚の、海の怪物］やトリトン［ギリシャ神話に登場する海神］、様々な英雄が彫られ彩色された船首を持ち、いくつもの階

が優美なバランスで連なった大きな商船に目を輝かせていただろう。世界じゅうからやってきた船乗りたちはあらゆる言語で歌いながら、鎖やロープを手繰《たぐ》る。ラファエルもまた「海の向こう」と聞いたとき、夢を見たのだろうか。

１９６６年、１００歳になるキューバ人が奴隷として過ごした若い頃の生活を語った証言を、人類学者のミゲル・バルネが出版した（『逃亡奴隷』［１９６８年／学芸書林刊］）。ラファエルとほぼ同い年のこの男性の話は、アフリカと強制移送の記憶が世代から世代へといかに受け継がれてきたかを示している。

「すべては深紅のハンカチーフがアフリカの海岸の古い城壁を越えた日に始まった。長いあいだ、まるで悪魔が彼らの侵入を阻むかのように、魔の虫が白人を刺してくれていた。しかし、濃い紅色がみんなにわれを忘れさせた。黒人の王たちは白人が深紅のハンカチーフを取り出すのを見たとき、それを欲しいと思った。黒人はいつも赤い色が好きなのだ。そのせいで、彼らは鎖をかけられたのだ。子供たちよ、赤には気をつけなさい」

ラファエルの子供時代を描写したフラン＝ノアンの一節には、「養母」に関する記述で私をさらに不快にした箇所がある。

「この黒人女は温かい人ではなかった。ショコラがのちに私たちが知る素晴らしいクラウンとなり、平手打ちを受ける仕事をするようになったとき、彼にそのための訓練は必要なかったと言えるだろう。なぜなら、彼の養母が無意識のうちに将来のために最適な教育をショコラに施していたのだから。平手打ちがすなわち、彼女がショコラに与えたもののほとんどすべてだ」

そのようにからだにプログラムされているから奴隷は叩かれても満足だという偏見が、ベル・エポック期パリの上流社会に広まっていたから、この作者は、自分はうまいことを言ったと思ったのだろう。ラファエルは若い頃に受けた身体的暴力の問題について確かに言及したのかもしれない。そして、フラン＝ノアンはすぐにそれは「黒人女」によるものだと結論づけた。実際には、この暴力はスペイン政権によって押し付けられた植民地法のなかにある。１８８６年に奴隷制が廃止されるまで効力があったキューバの黒人法典は、主人の主要な義務は自分の奴隷にカトリック教義の基礎を植え付けることだと定めている。奴隷は洗礼を受け、カレンダーに従い聖人の名前がつけられ、日曜日と祝日には休息の権利があった。その代わり、奴隷には主人への従属と恭順の義務があり、破れば身体的な懲罰が待っていた。１８４２年の規則は、血を流さない程度の25回の鞭《むち》打ちに罰を「軽減」していた。

ラファエルがその幼少時に白人貴族のかたわらで生活していたわけではなかったとしても、彼らの生活様式を身近に見る機会は幾度もあっただろう。ハバナの上流社会はいついかなるときも自己を顕示していたからだ。コロニアル様式の邸宅の所有者は、街を覆《おお》う堪えがたい暑さを避けるために窓を地面に届くところまで大きく開け、夜の爽《さわ》やかな風が入ってくるようにしていた。奴隷たちはこうして街路から社交界の様子を窺うことができたのである。

パリから輸入した淡い色のモスリンの美しい服を着、染みひとつない白い肌をした婦人たちは、近いようで遠く、若い奴隷たちの幻想を掻き立てた。この時代、白人貴族がすべてのお手本であり、社会を形作っていた。しかし、人種的境界は、アメリカ合衆国ほど明確に引かれてはいなかった。キューバではすでに、夜会を盛り上げるために黒人やムラート［白人と黒人との混血］の音楽家を呼ぶことが習慣化していた。メルラン伯爵夫人は回想録のなかで、「エレガントなニグロ、プラシド」と呼ばれたバレエ教師兼オーケストラの指揮者に言及している。この人物は、１８３０年代にハバナのシュトラウスと目されていた。また、この頃、ヨーロッパの対舞曲［男女のペアが順番にパートナーを交換していき、グループの全員に当たるようにするダンス］がここキューバでも受け入れられて、アフリカ出身の音楽家たちがそれをアレンジした「ハバナ風」と名づけられたダンスの型が定着した。足だけでなくからだ全体で踊るハバナ風ダンスは大いに流行ったと、伯爵夫人は述べている。

　数少ないムラートや有色自由人のエリートたちがキューバの上流社会に溶け込むのに、障害や反発がなかったわけではない。１８６０年代初め、アメリカのミンストレル・ショーに着想を得たブフォと呼ばれる新しいタイプの演劇がハバナで誕生した。黒人に扮した白人俳優による二人劇《ににん》である。シルクハットを被り着飾ったクリオーリョ演じる有色自由人の教授のカテドラティコという役は、白人の真似《まね》をしようと一生懸命なのだが一向にうまくいかず、その様子が人々を笑わせる。もうひとりの登場人物は下船したばかりのボサル（アフリカ生まれの黒人奴隷）という奴隷の役で、ＬとＲを混同させたスペイン語を話し、アフリカから来たばかりであることは丸分かりという具合だ。

　ラファエルは、ハバナ社会で最下層のこのボサルの階級に属していた。電車やトラムに乗ることはできたが、許されていたのは三等車両だけである。

　ハバナ滞在中に私は、ここでは誰も道化師ショコラの名を聞いたことがないのだと知った。この名を口にすると、キューバ人はすぐに同じサン・イシドロ出身の別の人物「キッド・チョコラテ」を連想する。彼の本名は、エリヒオ・サルディニャス・モンタルヴォ。１９１０年生まれで、１９３１年のボクシング世界チャンピオンだ。エル・カピトリオ前にある大きなスポーツ施設は彼の名を冠している。キューバ国立サーカスの責任者のひとりと会ったときに、私はショコラについて話をし、ラファエルが生まれた街に戻ってくることができずにどんなに苦しんでいたかを語った。自分がパリの花形スターになったと故郷の人々が知らないことを、彼は死ぬまで残念がっていた。私たちはその晩、道化師ショコラが、キューバの人々みんなの記憶のなかに居場所を見つけるためにはどうしたらいいかを、熱く語り合ったのだった。

第2章
ショコラはビルバオで漂白されそこねた

白人の主人との旅立ちの日

「その人物は、優美なステッキと太い鎖の懐中時計を持ち、灰色のパナマ帽を被っていた。ショコラは、彼の姿を昨日のことのように目の前に思い浮かべることができる」。幼い奴隷時代に関しては曖《あい》昧《まい》な答えを繰り返すラファエルだったが、運命が動き出した決定的な瞬間について話す段になると、フラン＝ノアンに詳細な証言をしている。ハバナから強制的に出発させられてから30年が経っていたが、彼は何も忘れていなかった。カスターニョという新しい主人の名前も、ラファエルを買うために彼が払った18オンスという金額も、はっきりと憶えていた。この額は、当時のハバナの公務員の給料4か月分だった。

親愛なる読者よ、コミュニティから唐突に切り離され、外国人に売られ、海の向こうの見知らぬ土地に連れて行かれた、この子供が体験した別離の痛みを想像していただきたい。現在でも、アメリカ合衆国に向かうために、フロリダ海峡を非合法で渡ろうとする若いキューバ人たちは、街区の霊媒師のところにお守りをもらいに行くという。出発の少し前、悪い運命から守ってくれるようにと、宗教的な母親であるマドリーナがラファエルにレスグアルド（魔除け）を授ける場面を、私は想像してみる。小さなオブジェが呪術的な力を宿すようにカサ・デ・サント（P．37）でラファエルのために開かれたささやかな儀式には、街区の人々がみな参加したに違いない。最後に、サンテロ（p．37）が、魔除けの役割をラファエルにしっかりと教えた。

「これらは戦士だよ。お前のために道を開き、人生の闘いに勝たせてくれるだろう。決して手離してはいけないよ。このブリキの小さな箱のなかに入れて、住む家の扉の裏に置きなさい。家の出入りを見張ってくれるだろう。この真珠の首飾りも大切に持っておきなさい。悪い力を追い払ってくれるからね。もし悪い運命がお前に近づいているというお告げを受けたら、首飾りを壊して霊たちの怒りをそこに閉じ込めてしまいなさい」

ラファエル、大西洋を横断し、ヨーロッパまでの3週間の船旅

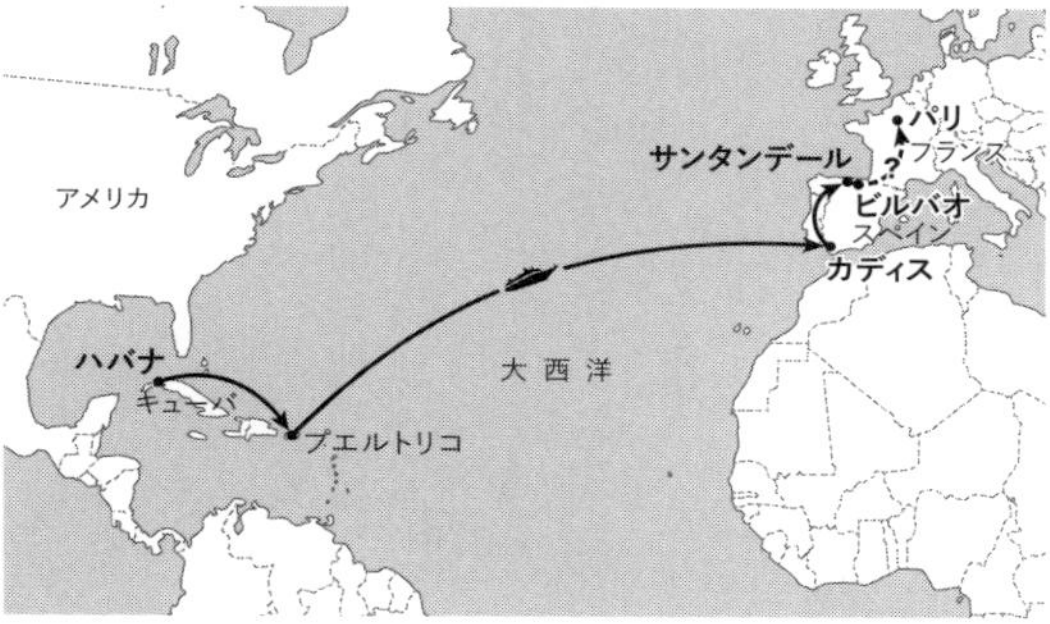

ラファエルの旅立ちの正確な日付は分からなかったが、１８７５年から１８８０年のあいだのどこかで故郷の島を発ったと考えられる。蒸気船による航海技術の進歩は目覚ましかったとはいえ、当時、大洋の横断は依然として危険に満ちていた。汽船は帆船よりも速く、正確で、確実ではあったが、それでもハバナからプエルトリコを経由して、スペイン南西部のカディス、スペイン北部のサンタンデール、あるいはビルバオに到着するには3週間を要した。航海中に事故や遭難に巻き込まれることは、十分に起こり得た。客たちは乗船するとき、贔屓《ひいき》にしている日刊紙で読んだ災厄の話が頭をよぎり、少し不安を覚えたろう。例えば、１８７５年９月に、まだぴかぴかだった蒸気船ヴィル・ド・ビルバオが、

フランス南西部、ブルターニュ沖のイル・ド・モレーヌで沈没した事故は、当時の乗客たちの記憶に新しかっただろう。霧のせいで船長は岩礁に気づかず、船体は衝突により文字通り真っぷたつになったのだ。

別離の辛さが、送別の儀式をどんどん大仰《おおぎょう》なものにしていった。ラファエルも、ハバナ港の河岸からそうした場面を何度も目にしていただろう。出発のずいぶん前から、クレーンが貨物を積むために稼働し始め、続いて、航行中に牛乳や新鮮な肉を乗客に提供するための家畜も船内に運ばれた。荷物の積み込み後に、いくつもの小船が乗客たちを客船に運んでいった。親や友人たちも、長らく別れることになる愛しい者とできるだけ一緒にいたいと、ついていった。もしかしたらこれが最後になるかもしれなかった。船長の合図があっても、別れの挨拶はやむことはない。嘆き、涙し、抱擁し合い、「神があなたを守ってくれますように」あるいは「早く戻ってきて」と繰り返す。感動的で、人間的な場面だ。こうした愛情の表現が白人に限られていた、という事実を除けばであるが。乗客のなかにいる黒人たちは使用人であり、主人の別離の儀式が終わるのをただ黙って待っていた。彼らにも家族や友人がいた。しかし、彼らは河岸に留まり、鉄の怪物の巨体に飲み込まれていく愛しい者たちに、最後に控えめに手を振るのみだった。

その日、客船へ向かう小舟のなかで、ラファエルはカスターニョ氏の隣にいた。サン・イシドロ地区のソラールで愛しい者たちが静かに涙に暮れていることを、もちろんラファエルは分かっていた。この別離は彼にとって辛いものであり、さらには知らない国に旅立たなければならないことは彼をとても不安にさせただろうと、私は思う。

当時の海上交通はイギリスの船会社にほぼ独占されていたが、ヨーロッパのほかの大国も大型船舶を保有するようになっていた。カスターニョ氏のお気に入りは、「A・ロペス郵船会社」だったかもしれない。1881年に「エスパニョーラ・トランスアトランテカ社」と名前を変えた、カスターニョの同国人が設立したこの船会社は、公権力の認可を受け、スペイン政府からの補助金があった。「メンデス・ニュヌス」は、会社で一番の豪華船だ。著名な設計士ロベール・ナピエによって設計され、100人の乗客と1000トンの貨物を載せることができた。3本マストが誇らしげにそびえ、多くの新聞記事がその豪華さと優美さを褒め讃えた。

私は、船長が最後に汽笛を鳴らし、メンデス・ニュヌスが滑り出す場面を想像する。ゆっくりと、とてもゆっくりと、気づかないほど少しずつ滑らかに、まるで船自体も親しんだ港を離れるのが辛いかのように。あるいは、桟橋に残る人々に向かって甲板から手を振る乗客たちに最後の余韻を与えるかのように。徐々に蒸気船は速度を上げ、ぼやけて境界が見えない広大な青い海原に意を決して乗り出す。モロ要塞もプンタ要塞も、もはや彼方の白い染みだ。甲板の上のラファエルは、新しい主人の隣で、生まれてからずっと生きてきた世界を、全く新しい視点から目にしていた。もはや彼の路地でもなく、彼の街区でもない。彼の目はいま初めて、街全体を捉えている。それは、青、ピンク、黄色に塗られた外壁、ムーア様式［イスラームの影響を色濃く受けたヨーロッパの建築様式］のテラスや教会の小尖塔が描かれた、一枚の色彩画のように見えた。

岸からほんの数百メートル離れただけで、ラファエルはもう以前と同じ人間ではなくなった。彼はいま、自分の生きた場所を遠くから眺めたことがある類《たぐい》の人間に仲間入りした。俯瞰《ふかん》で目にした故郷は、まるで熱帯の太陽のもとできらきらと輝くひとりの人間のようだと、思った。桟橋に残った人々は、自分の路地、自分のソラールを離れることはないのだと、ラファエルは分かっていた。いつかハバナに戻ることがあったとしても、もはや以前と同じではいられない。自分が生きてきた世界を遠くから見て、ラファエルは距離を取ることを知った。彼らと自分のあいだに生じた、このほんのわずかな境界は、決して消えることはないだろう。

船上無線通信がなかった時代、航行は不確実性に満ちていた。3週間のあいだ外界から遮断された乗客にとって、旅はまるで幕間《まくあい》、流れゆく人生のつかの間の休憩であるかのように感じられた。同じ客船に乗り合わせることになった人々は、出身、性別、社会階層がどうであれ、この短い時間、運命共同体となる。船会社は、この混ざり合った状況を非常に警戒し、金持ちと貧乏人の接触は心配の種だった。船上で伝染病が発生すると、船は到着後の一定期間隔離を余儀なくされた。一等船室の金持ちの客たちは、三等の貧しい者たちが原因と考え、シラミや病原菌を移されることを恐れた。また、盗難、暴力、そしてとりわけ暴動を起こされやしないかと、心配した。

危険予防のために船会社は、切符の値段に応じた厳密な住み分けを実施していた。二等・三等の客は、船の前方の船員たちの傍に入れられた。その多くが、文無しで国に帰る移民たちか、契約終わりの兵士たちだった。彼らは、倉庫区画に詰め込まれ、吊るされたハンモック、あるいは鉄枠の上に設置された簡易寝台に寝かされた。

規則には、二等・三等の客は、メインマストよりも後方に進む権利がないと明記されていた。そこから先の客船後方部は上級客の専用区域で、一等の豪奢《ごうしゃ》な船室があった。使用人は、客室近くの下層部のスペースに寝泊まりし、主人に呼ばれればすぐさま駆けつけた。

ラファエルにとって新しい生活の始まりだった。いまや彼は、ハバナにいた頃に夢見ていた家内使用人だった。裕福な客を集めるために、船会社は、快適さと贅沢さを提供していた。客室に水道が設置されたので、客室係が船尾まで走って手摺から洗面器を空《から》にする必要はなくなった。サロンは、金箔、板ガラス、寄木細工などで豪華に装飾され、シャンデリアが金の鎖で天井に吊るされていた。毎晩、コンサートや舞踏会が、こうしたサロンで催された。日中、太陽が出ているあいだは、女性たちは彫刻が施された階段から甲板に上り、互いの装いを賞賛しあっていた。ハバナの上流地区の社交界がこの小さな生活圏に再現され、人々は暇をつぶし、不安を払拭《ふっしょく》することに努めていた。

1日の仕事が終わり藁《わら》布団に寝に戻ると、ラファエルはきまって、拘束され強制されて大西洋を逆向きに横断した祖先に思いを馳《は》せた。それは彼の両親だったか、あるいは祖父母だったのか。彼らがいたから、そして懸命に働いたから、白人の主人たちはいま、自分の富をあのように大いばりで誇示していられるのではないか？

カスターニョというラファエルの主人の出自

調査を進めるために、このカスターニョ氏の情報を集める必要があった。でないと、ラファエルがスペインで過ごした数年間が空白のままになってしまう。『フティットとショコラの回想録』にはいくつかのヒントがあった。フラン＝ノアンによれば、カスターニョは「スペインとカリブ海域のあいだの貿易を営むポルトガル商人で、ビルバオに商館を置いていた」。さらに、この貿易商は、ビルバオから20キロのカストロソプエルタという村に農場を所有する母親のところで働かせるために、ラファエルを買った、ともノアンは書いていた。

私は、これは幸先がよさそうだと感じた。当時のスペインでは、植民者が「小さな黒ん坊」を持ち帰り、近親者にプレゼントすることは珍しくなかったからだ。カスターニョという名の裕福なポルトガル商人はそう多くはないだろうし、公文書館に何らかの足跡が残っているに違いない。

ポルトガル最古の名門国立大学であるコインブラ大学で開かれた講演会に招待された折に、私は同僚たちに質問してみた。冷水を浴びせ掛けられたようだった！　カスターニョとはポルトガルではなくスペインの名字であり、カストロソプエルタという村は存在しなかった。私は認めざるをえなかった。フラン＝ノアンが名前を勝手に作っていたのだ。改めて、この社交好きで教養のない作家に怒りを覚えた。なんという無知、なんという好奇心の欠如であることか！　数か月後、私は自分の研究について、バルセロナのある研究者に話す機会があった。彼女のおかげで、カストロソプエルタ Castrosopuelta という言葉が、バスク地方にある互いに近いふたつの町、カストロ・ウルディアレス Castro Urdiales とソプエルタ Sopuerta の名を合わせたものであることを、私は発見した。ラファエルが生涯ずっと舌を巻いてRの発音をしていたことを、私は知っていた。回想録のための聞き取りをしていたとき、フラン＝ノアンは、ラファエルの発音 Sopuerta を Sopuelta と聞き違えてしまったのだろう。新しいヒントを得て、キューバで財をなしたスペイン人（より正確にはバスク人）商人の情報を、私は集め始めた。そして、１８３６年12月15日ソプエルタに生まれたニコラス・デル・カスターニョ・イ・カペティーヨという人物にぶつかった。刑事コロンボさながらの捜査を重ねていた歴史家にとっては、真に幸福な瞬間だった。歴史は科学ではないと誰が言えるだろう。

キューバへのバスク移民に関する歴史研究をさらに調べていると、ニコラス・デル・カスターニョ・イ・カペティーヨが非常に重要な人物であったことが分かった。彼は１８５０年頃、キューバの中央部南岸にある大きな街シエンフエーゴスに居を構えた。小さな会社に雇われたカスターニョは、ロウソク製造から始めて事業を徐々に拡大させ、販売や金融にも進出した。ハバナから７００キロ南のマンサニーヨ地方でいくつかのサトウキビ・プランテーションも所有していた。

この伝記を書くための文書史料がなかったため、私は他の調査方法をなんとしても見つける必要があった。この段階で、新しいテクノロジーが提供してくれる素晴らしい可能性を、私は実感することになった。インターネット上を「サーフィン」していて、私はビルバオのアマチュア歴史家のブログを見つけた。彼は、街の慈善家であったパトリシオ・デル・カスターニョ・イ・カペティーヨという人物についての記事を載せていた。

ソプエルタ生まれのこの人物は、当然ながらニコラス・デル・カスターニョの家族だろうと思われた。それを確認するために、スペイン・バスク州の北西部にあるビスカヤ県の教会歴史文書館のサイトから、この村の教区《きょうく》簿冊《ぼさつ》［教区の司祭が、教区民の洗礼、婚姻、埋葬の日付を記載した古記録で、今日の戸籍簿のようなもの］を閲覧した。確かにニコラスとパトリシオ・デル・カスターニョ・イ・カペティーヨのふたりは、パブロ・カスターニョ・アルコとロサウラ・カペティーヨ・ソビナスの息子だった。ニコラスが10人兄弟の長男で、彼らはみな１８３６年から１８５７年のあいだにソプエルタから１キロ半のラ・バルーガの別荘で生まれていた。そこにラファエルが連れて行かれた農場があるに違いない。

スペインでのラファエルの足跡

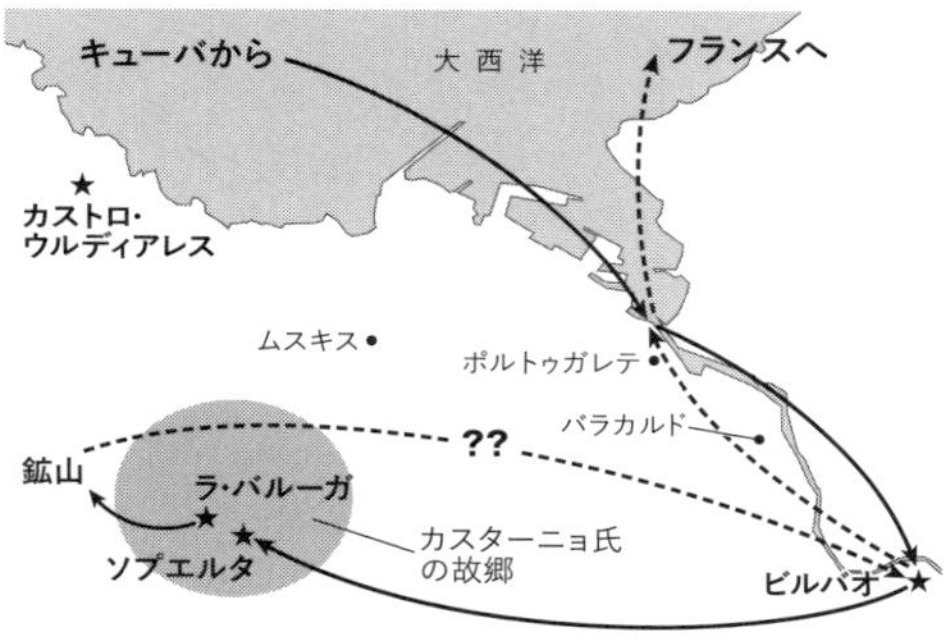

カスターニョ家の子孫からの手紙

私がこのビルバオの歴史家に連絡を取ると、マドリードに住むカスターニョ家の子孫の連絡先を教えてくれた。私はすぐにその人物にラファエルについての手紙を書き、何か聞いたことはないかと尋ねた。以下が、私が２０１４年5月４日に受け取った返事である。

「祖母から、ひとりの黒人が使用人（クリアード）として私の家族のところに住んでいたと聞いたことがあります。祖母は、奴隷という言い方はせず、使用人と言っていました。彼女によれば、私たちの祖先であるパトリシオ・カスターニョが、キューバから生まれ故郷のソプエルタにその少年を連れ帰ったとのことです。その村にはパトリシオが建てた屋敷があって、今でも私たちが所有しています。ビスカヤ地方にある、その内陸の村では、少年は黒人ということで、かなり目立っていたようです」

歴史家としての喜びを再び感じた瞬間だった！　5年にわたって、私はフラン＝ノアンの話の信憑性を確認するための情報を集めてきた。そして、架空のワードであるカストロソプエルタから組み立ててきたシナリオが、ここでぴたりとはまった。カスターニョ家の子孫が口にした家族の名前は、私が戸籍で見つけたものとひとつひとつ一致した。パトリシオの孫娘であった祖母から伝えられたという黒人のクリアードについての思い出は、証言者がフラン＝ノアンの著作を知らなかっただけに、一層信頼できる。彼は、「黒人使用人」がビルバオから逃げ出して数年後、フランスで花形スターになっていたことを知らなかった。この日私は自分が、実験によって発見の正しさを証明した化学者になったような気がした。私はシナリオの段階から証明の段階に進んだのだった。同時に、この口述史料は、フラン＝ノアンの話の信憑性を高めた。もちろん、十分な解読が必要であるが。

パトリシオ・カスターニョの子孫は、祖先が港で雇った使用人をすぐにビルバオまで連れてきたとは考えにくいと続けた。ラファエルは初め、ハバナのミラマール地区に家族が所有していた海沿いの美しい邸宅で働いていたのではないか、と言う。この場所は、いまではベトナム大使館になっている。

子孫の証言は、ラファエルの話を理解するためにさらに決定的に重要な情報をもたらした。引用しよう。

「私の祖母によれば、パトリシオ・カスターニョには、レイス、ホセーファ、ドロレスという、非常に古風で典型的なバスク女性であった姉妹がいました。三人は、この使用人が怠け者であまり働かず、さらには家に入れるには十分に清潔でないと感じていたようです。そこで、彼女たちは彼を『消毒する』ことに決め、ふろに入れ、馬を相手にするように硬毛のブラシでゴシゴシと洗ったのです」

そして、こうした扱いから逃げるために、ラファエルは逃亡を決意したと言う。

この告白は、私の心を強く揺さぶった。ラファエルがパリに来てからずっと、観客たちが繰り返す「漂白されそこねたニグロ」というつまらない冗談に耐えなければならなかったことを、私は知っていた。しかし、証言は、差別がここソプエルタでからだを対象とする形ですでに始まっていたことを示している。カスターニョ姉妹が、馬用のブラシで彼を「洗おう」としたのだ。ラファエルは酷い目に遭わされていた。

フラン＝ノアンの本のなかでは、このエピソードは言及されていない。ラファエルは彼に話したくなかったのだと思う。30年経った後でも、あまりに屈辱的なこの体験を公《おおやけ》にすることは、ラファエルにはできなかった。しかしながら、ノアンも待遇が悪かったことについては触れている。すなわち、カスターニョ氏は、「少年を、厩《うまや》の灰色の雌馬のかたわらで寝泊まりさせ、彼がしっかりした藁のベッドと十分な上掛けを使えるよう心を配った」。

馬小屋で寝るという動物のような扱いを受け、ラファエルはキューバでの生活よりもずっと辛い体験をしたのだろうと思う。紛れもなく孤独だった。夜は「灰色の雌馬」と共に、日中は牛や鶏と過ごし、カスターニョ夫人の娘たちから雑言《ぞうごん》や肉体的な暴力を受けた。寒さにも苦しんだろう。今日でも、暑い国から来たかつての移民たちは、受け入れ国での最初の思い出を尋ねられると、しばしば冬の厳しい寒さが頭に浮かぶようだ。ソプエルタは海洋性気候ではあったが、霜が降りることも珍しくなく、納屋に暖房はなかった。のちに、それこそパリに落ち着いてだいぶ後になってからも、道化師ショコラのまわりの者たちは、彼が真夏でも毛裏つきコートを着ていることに驚いた。刺すような冬の寒さが、彼の記憶のなかで、癒《い》えない傷のように刻まれていたのかもしれない。

野生動物か怪物のように扱われた、バスクでのラファエル

バスク地方の特殊性のせいで、この地域の農民たちは孤立を深めていた。当時３００人が住んでいたソプエルタは、ラス・エンカルタシオネスと呼ばれる小さな地方の中央に位置する。山がちな地形で、ビスカヤ地域圏のなかで最も農業に向かない区域だった。自分の家を持つ農民であっても暮らし向きは非常に貧しく、数頭の牛を飼育しながらトウモロコシを耕作していた。

１８３３年から１８７６年まで３次にわたって続いた、スペインの王位継承をめぐるカルリスタ戦争が終結したばかりのバスク地方には、戦禍の跡が風景の至る所にまだ残っていた。人々の心の傷もいまだ癒えておらず、それが一層地方の特殊主義を強めた。

ラス・エンカルタシオネスの地域アイデンティティがますます強くなったのは、住民たちが自分たちへの脅威が増大していると感じていたからである。産業革命がこの地まで届こうとしていた。ソプエルタは、開発ただなかの鉱山地帯の中心にあった。地元の農民は地表に出た鉄鉱石を数世紀前から発掘していたが、それに大きな資本会社、とりわけイギリス企業が目をつけた。国は大部分の共有地を取り上げ、外国企業に売却した。古い村から少し離れたカストロ・アレン地区に、会社は山を崩した後、次々と労働者向け集合住宅を建設し、商店やカフェも作った。突如として現れたこの新しい街

区に、農民たちは危機感を募らせた。ラス・エンカルタシオネスの鉱山地帯の住民たちが、封建的特権を守ろうとした教会や貴族を中心とするカルリスタ勢力を強く支持したのは、こうした搾取に対する集団的抵抗でもあったのである。

ラファエルは、不幸なことに、外国からの脅威にコミュニティ全体が一致団結して対抗している、その中心に突然連れて来られたのである。それまでバスク地方の農民たちにとって「よそ者（エトランジェ）」とは、隣村や近隣地区から来た人間のことだったのが、いまや、見知らぬ人々が大挙して押し寄せ、自分たちの財産を奪っていく事態となっていた。抗夫の世界とはなんのつながりもなかったが、ラファエルもこの「ごろつき」のひとりだと見なされた。よそ者の最たるものとさえ思われていた。まずは肌の色によって、そして、ハバナのクレオール語を話すので、バスク語を話す農民たちと会話ができず、絶対的よそ者だった。

抗夫としてこの地方に働きに来た者は、村から離れた集合住宅に住んだ。しかし、ラファエルは、農民たちのコミュニティのなかで生活し続けるしかなかった。それゆえ、農民たちにとって身近なよそ者であり、腹いせのためにちょっとしたことで罵倒された。フラン＝ノアンの著作には、ラファエルはカスターニョ姉妹に虐げられていただけでなく、ソプエルタのほかの住民たちからもいじめを受けていたことを連想させる描写がある。明言は避けつつも、ノアンは、ラファエルが村の若者たちと敵対的な関係にあったことを示唆している。あるときには、カスターニョ夫人から預かっていた1週間分の買い物代である14フランをすべて村の若者たちに盗られてしまった。このソプエルタで、ラファエルは「エル・ルビオ（ブロンド）」というあだ名をつけられ、スペインにいるあいだじゅう、そう呼ばれることになった。

ハバナでは、ラファエルはただの奴隷だった。バスクの村で、人生で初めて、「よそ者」であるとはどういうことかを知った。ハバナでは、彼はコミュニティの一員であり、集団的アイデンティティの壁を張り巡らせることで、外からの攻撃から身を守ることができた。「彼ら白人主人」に対して、「われわれ黒人奴隷」と言うことができたわけである。しかし、ここソプエルタでは、そのようなアイデンティティ上のつながりは存在しなかった。ラファエルは、奴隷制の軛《くびき》に苦しみ続けただけでなく、周囲の農民たちに日常的に野生動物か怪物のように扱われた。

ショコラがこうした攻撃を受けた場所を目にしておきたいと、私はソプエルタを訪れた。唯一残っているラファエルの痕跡は、まさしく彼の主人を顕彰する痕跡だった。パトリシオ・デル・カスターニョは、村の篤志家《とくしか》であった。上水道の設置や、家族全員が洗礼を受けたラ・バルーガの村のサン・ペドロ教会の塔の建設に資金を提供していた。パトリシオは非常に敬虔な人物だったようで、邸宅内の礼拝堂で私的なミサを執り行う許可を教皇から与えられていた。彼の娘は、村の教会に一番大きな祭壇を建立させた。この寄付を記念するプレートには、次のように刻まれている。

「ドン・パトリシオ・デル・カスターニョ・イ・カペティーヨ、大十字功労勲章シュヴァリエ、シエンフエーゴスのスペイン・コロニー名誉総裁、1915年11月5日ソプエルタ。教皇から聖なる秘跡と使徒としての祝福を受けた」

その晩、私は、ラファエルとの架空のつながりを再び結ぶ必要を感じた。そして、日記を開いた。

2014年8月13日火曜日

私は、君が若い頃に過ごした場所をこの目で確かめたくて、ビルバオを訪れた。最初の手紙からもう5年が過ぎてしまった。君が私に答えてくれないから、私は君の人生の物語を語ることができないでいる。私たちの演劇作品では、君が演じた道化師ショコラの姿を通して、ベル・エポック期のフランス人が黒人をどのように見ていたかを聴衆に見せてきた。２０１２年には同じテーマで小さな本も出版した。そのときは、もうこれ以上の調査はできないだろうと感じていた。歴史家という職業上、真実をごまかすことはできないからね。証拠なしには、何も断言しない。それが学生たちに私たちが教える基本的な約束事だ。研究者として大学で職を得たいのならば、同僚たちに自分が職業上の作法をきちんと心得ていることを示さなければならない。すなわち、史料の所在を把握し、問いを立て、文書の読解・批判・対照・解釈ができなければならない。

私はいつも敬意をもって、この歴史研究の作法を守ってきた。とりわけそれはわれわれに信頼を置いてくれている人々のためである。しかし、公文書館になんの史料も残されていないがために君の真の人生が闇に包まれたままなのを見て、このままでは、君が記憶に拒否されている現状を、私自身も容認することになってしまうのではないかと感じ始めた。この罠《わな》から逃れるために、鏡の向こう側に行くことを私はついに決意した。文章を書きイメージを作る人々からは距離を置き、書かれたものを受けとる側、そして応答する術《すべ》を持たないがために、しばしばそれに苦しまされる人々の側に行くことにした。ラファエル、いま、私は君のいた場所に立とうとしている。そして、「エル・ルビオ」あるいは「ショコラ」と呼ばれたときに、君がどのように反応したのか、新聞や挿絵付き雑誌に掲載された（事実とは違う）自分のイメージを見つけたときにどのように感じたのかを、理解したい。

私がこの道を進んでいくうえで、作家たちの助けが必要だった。彼らだけが、想像力を動員して、舞台上の登場人物たちの親密な空間に入り込み、困難にぶつかったときに彼らがどのように感じたかを描写することができる。だからといって、私は歴史を文学の類として再定義するつもりは毛頭ない。確かにこの20年間、「歴史は物語に過ぎない」とする批判に歴史学はさらされてきたが、結局のところ私たち歴史家が専門的営みを行ううえで大きな変化をもたらすものではなかった。ここでの私の目的は、もっと実用的なものだ。私は、君が仕事のうえで成長するためにどのような努力をしてきたのか、本当のところは分からない。だが、ほかの例やモデルを取り上げて、目的に合わせてそれらを君の場合に当てはめていくことを試みた。歴史と文学の架け橋ができないかと、多くの小説を手に取った。君と同じ経験をした者たちの自伝を読み漁った。記憶の残し方を分析した書物からも大いに刺激を受けた。だからこそ、私は君が生きた場所を直接訪れようと考えたのだ。

からだを馬用ブラシでこすられたラファエルは、カスターニョ家から逃げ出した

ソプエルタの村でラファエルが過ごしたという痕跡は、カスターニョ家の人々の記憶のなかにしか残っていない。証言者の祖母は1899年の生まれで、それは「ニグロの漂白」エピソードから15年ほど後である。それでも彼女がこの話をしばしば耳にすることになったのは、家族全員が罪の意識を感じていたからだ。ただ自分たちと違うからという理由だけで、身を守る術を持たない者に苦しみを与えていたことは、その責任を負うべき者たちの記憶のなかに、傷跡として残っていた。だから、こうして130年を経て、パトリシオ・カスターニョの玄孫《やしゃご》(孫の孫)が私にその話をすることができたのだ。

ニグロを洗濯して、漂白する。当時、多くのヨーロッパ人がそのような幻想を抱いていた。ソプエルタの農民たちは、黒人を見たことがなかった。彼らにとって、黒い色とは、不潔さや野蛮さに結び付けられるものだった。馬体用ブラシでニグロの肌を洗うことは、文明化のための重要な使命だった。すなわち、黒から白へ、陰《いん》から陽へ、汚物から清潔さへと。当時の教養層で広く読まれていた人種差

別的理論を、カスターニョ姉妹は目にしたことがなかったろうと思う。それでも、彼女たちは、自発的に人種差別の最たるものと言える行為——人間のからだと動物のそれとを一緒にし、拷問に近い虐待——を行ったのである。無防備なからだへの直接的攻撃という彼女たちの行いは、ラファエルの人間としてのアイデンティティそのものを傷つけた。

自分が生きている場所で支配的集団からの絶え間ない嘲《あざけ》りと冗談の対象となってしまったとき、人はその尊厳を守るための拠《よ》り所が必要となる。農場に着いてすぐに、マドリーナから渡された金属小箱をラファエルが納屋の入り口近くに埋めて、レスグアルド（魔除け）の助けを求める場面を私は想像する。残念なことに、魔除けはこうした類の侮辱から彼を守るようには想定されていなかった。

ラファエルは、拷問者に対抗するための言語的手段を持たなかった。そうであれば、からだを使って逆らうしかない。多くの社会心理学の研究が、恵まれない階層出身の若者たちが暴力をふるう主な原因は、謂《いわ》れのない烙印《らくいん》を押されていることにあり、それから逃れようと物理的な暴力に頼ろうとすると、分析している。こうした行動は、たいてい14歳から15歳の思春期初期に始まる。まさにこの年齢のときに、ラファエルはソプエルタの地獄から逃げ出すことを決意し、その後はしばらく非行を繰り返すことになる。カスターニョ夫人から預かった14フランを「賭けに負けて」村の若者たちに盗られてしまったとき、ラファエルは最初の家出を試みたと、フラン＝ノアンは記している。そのときは憲兵に捕まったが、また逃げ出した。夫人が彼を学校に送ることを決めたからだ。裏を返せば、それ以前は彼女はラファエルを教育する必要を感じていなかったということだ。

フラン＝ノアンは、ラファエルが農場を逃げ出したのは、カスターニョ夫人のお金を勝手に賭けに使ってしまったことに罪の意識を感じていたからだと書いている。しかし、ドン・パトリシオの子孫は、若い黒人の「漂白」エピソードと逃亡には、直接のつながりがあると述べた。

「この漂白の経験は、あなたの言うラファエルには気に入らなかったようで、彼は逃亡してフランスに向かったそうです。私の家族からの通報を受けて、当局はビルバオの港に、『カスターニョ家所有の黒人使用人を捜索中』という内容の『捜索と捕獲《ほかく》の通告』を出しました」

ヨーロッパの地に足を踏み入れた時点で奴隷は自由人になると、当時の国際法は定めていた。しかし、少し調べを進めると、この規則はスペインでは大いに議論の的であったことが分かった。なぜなら、キューバのスペイン人植民者たちは、奴隷制を危ぶませるすべての措置に対して極めて否定的だったからである。彼らは、ヨーロッパに戻って来る際には、一緒に連れている黒人を「クリアード（使用人）」としてパスポートに記載し、この法をやり過ごしており、実際のところこうした黒人の多くは奴隷だった。「クリアード」。この言葉は、私の証言者であるドン・パトリシオの子孫がラファエルに対して用いたものである！

カスターニョ兄弟は、奴隷制廃止に反対する植民者階層に属していた。長兄のニコラスは、奴隷に対する最も抑圧的な法律を要求していたシエンフエーゴス地主協会の地元支部を統率していた。だとすると、パトリシオ・カスターニョが、ラファエルを自分の所有物と考えていたとしても不思議ではない。当局を通してラファエルに対する捜索と捕獲の通告を発したこととの説明もつく。植民地のキューバでシマロン［P. 32「逃亡奴隷」］に対して適用されていた手続きを、スペイン当局がビルバオでも継承していたことに私は驚いた。そこで、マドリードの内務省文書館に連絡を取り、私の調査の目的について説明した。２０１４年11月3日に返事を受け取ったが、ラファエル逃亡事件の痕跡は何も見つからなかったとのことだった。

史料がないために、若いラファエルがいかに試練を乗り越えたのかを理解するには、文学という最後の手段を使うしかなかった。アメリカの黒人作家リチャード・ライトは、『ブラック・ボーイ』という著作のなかで、自身が若い頃に体験した人種差別の実態について語っている。確かに、コンテクストは違う。『ブラック・ボーイ』は、依然として暴力を伴う人種隔離が実施されていた１９２０年代アメリカ南部が舞台だ。しかし、ラファエルの状況と共通点もある。リチャードは孤児院に預けられたとき、ラファエルと同年齢だった。母親と引き離されたことに耐えられず、自分の殻に閉じこもり、明日こそはここを出ると毎朝誓っていた。そして、ある日行動に移した。

「扉を開け、走って外に出た。日は落ちていた。立ち止まり、ためらった。戻るべきだろうか？いいや。僕の後ろにあるのは、空腹と恐怖だ。再び走り出した。〈中略〉どこに行こうとしているのか？自分にも分からなかった。進めば進むほど、怖くなった。自分は何かに向かっているのではなく、逃げているのだと、混乱した頭で思った」

鉱山で働きながら、ラファエルは人生で初めて「自由」を味わった

１９１１年の『ジル・ブラス』紙掲載の記事（p．20）のなかで、ビルバオで雑役をしているときにトニー・グライスと知り合ったと、ラファエルは述べている。若者はカスターニョ家から逃げたあと、まず鉱山で働き、続いてビルバオに出てチャンスを摑もうとした。このシナリオは説得力がある。カスターニョ夫人の農場があるラ・バルーガは、カストロ・アレン鉱山地区からほんの数キロのところだったからだ。会社は当時来る者は拒まずで雇用していた。

まだ幼いラファエルだったが、簡単に雇ってもらえたのだろう。露天の採掘場では、仕事自体は、同時代にフランス・ロレーヌ地方で拡大した地下鉱山よりも、危険は少なかったかもしれない。しかし、強制労働に近い状況だった。20から30メートル四方の採掘場が、クアドリーヤと呼ばれる少人数のグループごとに振り分けられ、出来高で賃金が払われた。抗夫たちは、爆薬を使って、山腹から岩

りていく。

盤を崩していった。それから、ペオン・デ・ミナスと呼ばれた単純労働者が、つるはしで石の塊《かたまり》を砕き、鉱石、土砂、岩石を背負ってトロッコまで運ぶ。トロッコは、木製レールの上を走って谷底に降りていく。

農場から鉱山へと逃亡したラファエルは、おそらくいままでで肉体的に一番きつい仕事をすることになった。しかし、人生で初めて、彼は自由を味わっていた。齢《よわい》15にして、初めての給料を受け取った。額は多くなかったが、それは紛れもなく彼のものだった。好きなように使っていいのだ。ラファエルはまた、匿名の空間で生活できることもうれしかっただろう。唯一の黒人だったから、ふざけて「エル・ルビオ」と呼ばれ続けはした。しかし、この冗談は、ソプエルタにいたときほど彼を傷つけなかった。労働者文化では、「侮辱」を受けた者は、手厳しく相手にやり返すことが許されていた。フラン＝ノアンによれば、抗夫たちはラファエルのことを、腕相撲のチャンピオンで、気前がよく、いつでも笑わせてくれる「陽気な仲間」だと見ていたようだ。この記述から、ラファエルがすでに喜劇の才能を開花させつつあり、そうすることで自分の尊厳を守ることができると理解していたことが窺える。

ビルバオ地方のすべての鉱山はもう閉鎖されたので、こうした世界はいまは失われている。ただ丘の斜面に、産業採掘の跡が残るのみである。森を歩いていると、いまでは雑草に厚く覆われた、いくつかの打ち捨てられた労働者住宅の壁があった。あるいは、トロッコ駅の遺物や、鉱石で一杯になった車両が通っていたトンネルの一部も見かけた。

ラファエルのまわりにいたのは、風来坊と呼ばれる類の男たちだった。炭坑労働者の世界は非常に不安定で、みな、この地獄から抜けることだけを考えていた。そんななかで、ラファエルも、ビルバオに行ったほうが簡単に仕事を得られると思ったのかもしれない。彼は徒歩で逃げ出し、少ない荷物を腕に抱いて野外で眠ったと、フラン＝ノアンは語る。山中を行くほうが警察からの追跡を逃れられると判断したのだろう。

　今日ビルバオを訪れる大勢の観光客たちは、みなグッゲンハイム美術館を訪れる。彼らの多くが、15キロにわたって桟橋沿いに打ち捨てられた物置や建屋には目もくれない。しかし、それらこそがわれわれに、かつてビルバオがバスク大工業地帯の中心であったことを思い出させてくれる。１８８０年代初頭、都市の人口は３万人ほどだった。ハバナに比べると、多くはない。ラファエルは、この街のいかめしい雰囲気は好きになれなかったに違いない。彫刻が施された梁《はり》のある立派な家々が並ぶ街並みには、しかし、どこか悲しげな雰囲気が漂っていた。数年前に街を破壊した内戦の痛手から、まだ完全に立ち直ってはいなかった。

　街は、ネルビオン川沿い10キロにわたって発展した。河口にある小さな区画ポルトゥガレテには、大きな船舶がいくつも横づけされている。ラファエルは、カスターニョ氏がポルトゥガレテに商館を持っていたとフラン＝ノアンに話したのだろう。そのために彼は、カスターニョがポルトガル人だと結論づけたのだ！

　港湾活動はハバナと同じくらい盛んだったが、ハバナほどバラエティに富み、色彩鮮やかで、騒々しくはなかった。貿易の根幹は製鉄業だった。船舶が港に運び込んだ石炭で、採掘場ではたまった水を汲《く》み上げる蒸気機関のポンプがひっきりなしに稼働した。傾斜面とトロッコを用いて何トンもの鉱石が貨物船倉庫内に吐き出され、イギリス、フランス、あるいはアメリカへと向かった。鉄は、ネルビオン川を赤く染め、訪れた人々を驚かせた。埠頭は果てしなく長く、樽や荷袋、荷車であふれていた。大勢の労働者が、船舶の積み荷の出し入れを繰り返していた。ラファエルは、大勢の女性が力仕事に従事していることに驚いただろう。彼女たちは、石炭や鉱石を大きな籠に入れて運び、牛が引く

19世紀後半のポルトゥガレテ

荷車のなかに移していた。あるいは、大きな麦わら帽をかぶり、お腹のまわりに太い縄を巻き、ネルビオン川沿いに荷舟を引っ張っていた。白人女性がみな、プリンセスか売春婦のどちらかというわけではないことを、この日ラファエルは知った。

埠頭周辺には多くの建築現場があり、喧騒は一層大きくなった。港湾当局は、地域全体の急速な産業振興に対応しようと、躍起になっていた。海運交通量の増加に伴い、ネルビオン川の堆砂《たいさ》除去は大仕事となった。８００メートルの新しい埠頭「鉄埠頭」は、まさに建設中だ。入り江に入ってくる船を誘導するための、潮の高さを正確に測ることができる巨大な計測器は設置されたばかりだった。かの優美な吊り橋プエンテ・ビスカヤの建設も始まった。橋は１８９３年に開通し、いまではユネスコの世界遺産に登録されている。海運交通の負担を軽減するため、ビルバオ・ポルトゥガレテ間の鉄道敷設《ふせつ》工事も開始された。

これらの大規模工事を進めるために、建設会社は常に新しい労働力を雇い入れていた。ラファエルもまた、建設作業員あるいは埠頭の港湾労働者の職を簡単に見つけたのだろう。フラン＝ノアンを信用するならば、そうした日々のなかで、ラファエルは、ベルトランという名の若いフランス人に出会い、コンビを組もうと誘われた。彼のあだ名はトランペット。ふたりで駅やホテルの前で旅行者を捕まえ、鞄を運び、街を案内しようというわけだ。

この新米コンビのターゲットはビジネス客だけではなかった。ネルビオン川左岸のポルトゥガレテや右岸のラス・アレナスといった海沿いの小地区には、海水浴場として人が集まってきていた。鉄道の発達により観光業の進展も目覚ましく、大勢のイギリス人やフランス人がバスクの海岸に滞在するようになった。

一緒に働くことを承知させるために、トランペットは、黒人のボーイはヨーロッパではとても評価されるとつけ加えた。埠頭での荷箱積み降ろしに飽きていたラファエルは、新しいキャリアを始めることを決意した。しかし、それは長くは続かなかった！　ある日、彼はひとりの旅行者と顔を突き合わせた。忘れもしないかつての主人だった。「カスターニョ氏は恩知らずにも仕事を放りだしたハバナの少年のことはとうに諦《あきら》めており、彼がいま何をしているかも知ってはいったが、捜し出そうとは思っていなかった。しかし、ラファエルのほうは、この急な出来事になんとも居心地が悪かった。顔を合わせていられず、すぐに踵《きびす》を返した」。

「恩知らずにも仕事を放りだした」！　フラン＝ノアンの目には、納屋で寝かせる白人主人のもとから逃げ出すことが、「恩知らず」と映るようだ。ラファエルは、カスターニョ家が彼に対して実際追跡をかけており、捕まるのが怖かったと説明したのだろうに、ノアンは、良い白人主人像を粉飾するために臆面もなく全く反対のことを書いている。このような書き方で、自由人となるために逃亡生活を余儀なくされた黒人少年に、若い読者たちは感情移入できるだろうか？

ビルバオで出会い、新しい主人となったトニー・グライスという人物

カスターニョ家と完全に縁を切って、ショコラは解放への第一歩を踏み出した。しかし、いつ追っ手に捕まり無理やりカスターニョ夫人の農場に戻されるかも分からない。それを恐れて、このときラファエルはこの地方を出ることを考え始めた。彼の守護天使はちょっとした救いの手を差し伸べようと、トニー・グライスという男をラファエルの行く先に据えた。ラファエルのパリ到着からわずか３

年後に出版された『ムッシュー・クラウン！』のなかで、著者エドゥアール・ド・ペロディーユは、グライスはある日、ビルバオの路地をふらふらしているラファエルを見つけたと記している。

「短い会話を交わした後、彼を連れて帰った。そのときショコラという名前も与えた。以降、彼はずっとそう呼ばれることになった」

ふたりの出会いは、ビルバオ駅でラファエルが旅行者の鞄持ちをしていた頃の話だと考えられる。妻と子供たちと共に街に着いたトニー・グライスは、手伝いを見つけなければならなかった。そこで、ひとりの若い黒人を滞在中雇うことにしたのだろう。

「トニー・グライス」とは誰なのか？　エドゥアール・ド・ペロディーユによれば、この「晴れ晴れとした丸い顔のクラウン」は、アシスタントのアントニオ、一匹の小さな猿と一頭のブタと一緒にステージに立っていた。19世紀初頭以来、イギリス人クラウンがヨーロッパのサーカス界を席巻《せっけん》していた。彼らは、シェイクスピア作品にも出てきた、不器用だがずる賢い農民を模したキャラクターである「ジェスター（宮廷道化師）」の後継者である。アメリカでは「ミンストレル」とも呼ばれる黒人に扮した白人役者の芸の影響も強く受けつつ、独自の芸を発展させてきた。

トニー・グライスは主にスペインのマドリードやバルセロナで演じていたが、夏祭りの時期にはスペインの他の大きな町にも招かれた。ある新聞記事が、彼が1886年8月の終わりにビルバオにいたことを伝えている。このときにラファエルと出会ったと考えていいだろう。

当時、クラウンはまさに座長だった。彼の命令のもとで動く「オーギュスト」と呼ばれるアシスタントがひとりおり、さらに「カスカドゥール」という数人の付き人がいた。カスカドゥールは、クラウンから平手打ちを受けたり、クラウンの道具を持つのが主な役割だった。オーギュストは通常、クラウンが後継者と認めた若いアーティストだった。クラウンはオーギュストに、秘技やコツを伝授する。代わりに、歳をとり演じられなくなったときに、オーギュストが自分の世話をしてくれることを期待した。トニー・グライスがラファエルと出会ったとき、すでに後継者は決まっていた。アントニオ・ハルケという名のリスボンの衣装屋の息子で、「プティ・トニー」あるいは「トニート」と呼ばれていた。

もう20年以上も演じている十八番《おはこ》『コリーダ（闘牛）のパロディ』で、トニー・グライスはスペインでは大変な人気者だった。ビルバオに招待されたのは、1886年8月22日から24日の年次大祭の期間だった。コリーダや競牛もプログラムされており、ふたりの有名な闘牛士フラスクエロとラガルティホも参加した。夜になると町じゅうがエリシオス広場に詰めかけた。慣習通り、角先をゴム製の球で飾られた子牛が広場に放たれ、素人が危険なく闘牛に興じることができた。人々がこのイベントに沸いた直後に、サーカスが開幕した。舞台に上がったトニー・グライスが、観客が待ちに待っていたコリーダのパロディを披露した。

フラン＝ノアンによれば、ラファエルは、グライスのアシスタント兼家族の使用人として雇われていた。さらに、ブタのチャーリーが逃げ出したら、隠れ場所からステージに連れ戻す役目もあったが、この子ブタはいつも力の限り抵抗してきた。コリーダのパロディでは、トニー・グライスが闘牛士に扮し、偽の牛と対峙《たいじ》した。牛のなかにはアシスタントふたりが入って、前進したり後ずさったりした。アントニオが動きを指示し、後ろ足を担当するラファエルがそれに従った。

トニー・グライスはまた、アメリカのミンストレルのパロディも演目に入れ、ラファエルも含めた団員全員が

ラファエルの
主人のクラウン、
トニー・グレイスを描いた
当時のポスター

黒人に扮した。ラファエルの役割は、ただパンチを受けるだけで、お返しは禁じられていた。

ラファエルは、ステージ上のアーティストたちの技を観察して学ぶことはできなかった。牛の後ろ足を操る仕事が終わったらすぐにグライス夫人のもとに行き、使用人として働かなければならなかったからだ。トニー・グライスは、ラファエルがサーカスの世界に入るのを手助けするのではなく、ただ奴隷のような条件下に置いた。シマロン（逃亡奴隷）はいま一度白人の主人から逃げ出すことを決意した。ラファエルがカスカドゥール兼使用人の立場に長くは我慢できなかったことを示す一文が『ムッシュー・クラウン！』のなかにある。ビルバオでラファエルが置かれた状況について、エドゥアール・ド・ペロディーユは次のように書いている。

「ショコラはしばしば反抗的だった。殴られることに対してではない。彼の主人の名誉のためにつけ加えるが、殴打はステージ上の演出のために必要なときにのみ限られていた。しかし、新しい生活やそこでのお決まりの仕事に反発を示した。一度ならず、トニー・グライスは彼を追い出さざるを得なかった。追い出されたラファエルはどうしたか？　駅で重労働をしていた。この哀れなやつが陥ったみじめで痛ましい境遇に同情して、トニー・グライスは彼をもう一度雇ってやった」

ペロディーユはフラン＝ノアンと似たような屁理屈《へりくつ》を並べている。彼の頭を占めていたのは、白人主人に立派な役を与えることだけだった。だからこそグライスは、ラファエルがあまりに規則を守らないので追い出「さざるを得ず」、しかし「同情」を覚え、元に戻した、と書いたのだ。しかし、「反抗的」という言葉を使い、ペロディーユは、無意識のうちに別の仮定を示唆してしまっている。すなわち、それはラファエルが自分の意志でグライス家を去り、鞄持ちという〈仕事〉に戻ったということだ。彼はカスターニョ家で味わった奴隷の立場にもう戻りたくなかったのだ。もしかしたらラファエルが「トランペット」に出会ったのは実はトニー・グライスのもとから逃げ出したこのときだったのかもしれない。彼のせいで手持ちの金を全部使ってしまい、ラファエルは困窮した。鉱山には戻りたくないが、「浮浪者」として生きることには恐怖を感じた。彼はシマロンだったから、状況は単なる流浪人では済まされないのだった。主人に連れ戻された奴隷を待ち受ける運命が、彼の記憶には深く刻まれていた。血だらけになるまで馬体用ブラシでけずって黒人を白くしようとする体罰はもうごめんだった。連れ戻しにきたトニー・グライスが、自分のところに戻るのなら彼をパリに連れて行くつもりだと話したとき、ラファエルはためらう気持ちを抑え込んだ。スペインから完全に離れられるという選択肢が、ついにラファエルにサーカスの世界に飛び込む決意をさせたのだった。

第3章
ラファエルはいかにして「ショコラ」になったか

ラファエル、主人に連れられて名門サーカス座、ヌーヴォー・シルクを訪れる

1886年9月26日、トニー・グライスは、スペイン・マドリードのプリセ座でシーズン最後のステージを飾った。この日以降、スペインの新聞にグライスの名前は出てこない。そして、同年10月2日土曜日に、グライスがパリのサーカス座、ヌーヴォー・シルクの新シーズン初日の公演に参加していたことを示す新聞のコラムを、私はフランス国立図書館の電子サイトGallica（ガリカ）上で見つけた。つまり、ラファエルは、おそらくこの日にパリでアーティストとしてのキャリアを開始したということだ。

ヌーヴォー・シルクは、パリ1区のサントノレ通り251番地に位置する。8か月前に華々しくオープンしたばかりだった。その折に新聞に掲載された写真やデッサンが、繊細な彫刻が施された堂々としたファサードや、二本のギリシャ風石柱が設《しつら》えられた玄関ホールの威厳ある様を伝えてくれる。このサーカスが1927年に閉じてしまったことは知っていたが、それでも、その場所に行けば、半世紀のあいだパリの上流社会——当時の言葉で言えば、ハイ・ライフ——を魅了した建物の名残《なごり》が何か残っているのではないかと期待した。

かつてのサーカスは、いまでは高級ホテル「マンダリン・オリエンタル・パリ」に場所を譲っていた。もはや、小さなキューバの奴隷だったラファエルが道化師ショコラとなり、20年ものあいだパリじゅうから拍手喝采《かっさい》されていたことを思い出させるものは何もなかった。

私の主人公にまつわる記憶は、彼が生きていた場所からすっかり消されてしまっていた。ラファエルがパリに着いたときに何を感じたのかを想像するためには、私は手元にある資料を丹念に紐解いていく必要があった。歴史書は助けにならなかった。サーカスとは、大道芸人（サルティンバンコ）の世界である。将来を思い悩まず、過去のことに頓着せずに、その瞬間を生きるアーティストたちが集まる。彼らの文化は、ジェスチャーと喋《しゃべ》りでできていて、そこには映像や文字は出てこない。歴史家は、つかの間を生きる人々はあまり好きではない、というよりも、知らない。なぜなら、そうした人々は史料を残さないからだ。アカデミアの世界では、おびただしい数の博士論文が演劇の歴史を扱っているが、サーカスやミュージック・ホールが取り上げられることは稀だ。サーカス芸術が完全なる忘却を免れているのは、アマチュア研究者、収集家、あるいはかつてのアーティストたちのおかげだ。１９３０年代、画家のポール・ヘイノンはサーカスに魅了され、パリじゅうの目ぼしいサーカス団それぞれの記録を作り、数百人の曲馬師《きょくばし》、曲芸師、クラウンの目録を作成した。彼は、これらを元に辞書を作ることを構想していたが、それは実現しなかった。

サントノレ通り251番地のヌーヴォー・シルク外壁（左側）

　パリ市文書館に保存されているヘイノンの残した仕事は、私に

パリ随一のサーカス座
といわれたヌーヴォー・シルクの
支配人、ジョゼフ・オレール

とって非常に貴重なものだった。手で描かれた1891年時点のヌーヴォー・シルクの図面や、多数のプログラムを発見した。そこには、1886年から1926年にわたってこの栄光の場で演じたアーティストたちの正確な情報も付されていた。当時の雑誌や書物も参考にしつつ、私はヘイノンの史料を読み込み、ラファエルがパリに到着したときのシナリオを書いた。

1886年9月30日木曜日のことだ。時刻は午後2時になろうとしていた。平服を着たクラウンが数名、ヌーヴォー・シルクの正門前で待っていた。彼らは予定より早めに着いていた。なぜなら舞台監督であるレオポル・ロワイヤルがトニー・グライスに、興行主は時間にうるさいことを伝えていたからだ。2時ちょうどに、男が脇の扉から現れ、合図をした。50絡みの男で、黒檀《こくたん》のようなつやのある髪を美しくカールさせ、鼻の下にかの小説『三銃士』のダルタニャン風の立派な髭をたくわえていた。彼は、トニー・グライスの手を握った。ふたりの男は、前年シルク・ディベール［「冬のサーカス」という意味で、文字通り1852年の興行開始以来、現在も冬限定の上演を行っている］で一緒に働いていたため、すでに顔見知りだった。グライスは一座の他の者たちを紹介するように手で示した。しかし、ロワイヤルは彼らに挨拶する手間は取らなかった。興行主のオレール氏を待たせるわけにはいかないからだ。ロワイヤルが前を行き、トニー・グライスとアントニオが続き、一番後ろをラファエルが歩いた。廊下から小さな階段を上がり、4人は興行主の部屋に着いた。

「オレールさん、かの有名なトニー・グライスを紹介します。こちらはオーギュストのアントニ

1893年に描かれたフォリ・ベルジェールのポスター（左）。
パリ10区にあるポルト＝サン＝マルタン劇場（右）

オです」

　と、レオポル・ロワイヤルが会話の口火を切った。

「プリーズ・トゥ・ミーチュー、ミスター・グライス。ウェルカム・トゥ・パリス、ウェルカム・トゥ・ザ・ヌーヴォー・シルク」

　オレール氏は手を握りながら、グライスに挨拶した。そして、英語の台詞の言い訳をするようにつけ加えた。

「私は1870年に普仏戦争が始まったときは、ロンドンにいたのですよ」

　グライスは、ジョゼフ・オレールがスペイン出身であることを知っていた。お返しするように、彼は作家セルバンテスの言葉で答えた。

「ブエノス・ディアス《おはようございます》、セニョール・オレール。グラシアス・ポル・アコ《ありがとうございます》……」

　しかし、ヌーヴォー・シルクの経営者は挨拶をさえぎり、人差し指をラファエルのほうに向けた。

「それで、あそこの彼。あなたの使用人ですか、それとも団員なのですか」

「両方です！」

　と、グライスは答えた。

「あなたはもしかして猛獣を扱えるのですか？」

　と、オレールは興奮したようにラファエルの目を真っ直ぐ見つめて尋ねた。

「10年前、私はパリ最初のカフェ・コンセール『フォリ・オレール』を作りました。そこで一番人気だったナンバーは何だと思います？　実は、黒人の猛獣使いだったのですよ」

「オレール氏は、パリでの黒人猛獣使いのブームを作られたのですよ」

と、ロワイヤルは、笑いながら続けた。

「最初のはデルモニコという名前でした。彼は、それ以前フォリ・ベルジェール（パリのナイトシーンを代表する伝説的なミュージック・ホール）に登場していました。でも、すぐに消えましてね。新聞は彼はライオンに喰われたと書き立てたものですよ。そのあと、オレール氏が彼を『生き返らせた』のです」

「その通り。あれは、1876年の終わり頃だったね。覚えてますよ。デルモニコのおかげで、1か月間満員御礼でした」

「ですから、みんなが自分の黒人猛獣使いを欲しがり始めたのです。ポルト・サン・マルタン劇場にさえいましたからね」

「マカオという名前でしたね。ご婦人たちが彼に夢中になっていましたよ」

「あなたも猛獣使いになってみませんか、ムッシュー……」

ラファエルは彼らが交わす会話をひと言も理解できなかった。全員の視線が自分に向いているのを見て、困ったように主人のほうを向いて、代わりに答えてくれることを期待した。

「残念なのですが、オレールさん。私のニグロはそのような才能はないと思います。私は道具を持ってくれる者が必要、妻は使用人を欲しがってました。それで、彼がぴったりだったというわけです」

「私はニグロに目がないんですよ。どうしてかお分かりですか？」

オレールが尋ねた。グライスは首を横に振った。

「私がパリに住み始めた頃、子供たちが私のことを『モリコ（黒ん坊）』と呼びましてね」

この小話は、みんなを笑わせた。だから、ラファエルも合わせて笑った。その様子に気をよくして、オレールは彼らに施設を見学するよう提案した。

「案内係についていってください。まずは、ロワイヤル氏の王国である厩舎《きゅうしゃ》（うまや）からどうぞ」

ヌーヴォー・シルクは、サントノレ通り、カンボン通り、モン・タボール通り、カスティグリオーヌ通りに囲まれた広大な四方形の敷地にあった。そして、その半分が厩舎として使われており、20ほどの馬房《ばぼう》（馬1頭が入る長屋風の馬小屋）が二列に並んでいた。ラファエルはこの藁と馬糞の強烈な臭《にお》いにはっとしたと、私は想像する。それは、納屋で寝起きさせられ苦痛に満ちていた、カスターニョ夫人の農場での数年間を否応なく思い出させた。

オレールは機嫌よく自分の話をし続けた。見学のあいだじゅう、自分の生い立ちから商売のことまで事細かに語り、つまりは自分が経営の天才であることを示したいのだった。親愛なる読者よ、私が簡潔に彼の話をまとめよう。すべてを聞いていたら退屈してしまうだろうから。

ヌーヴォー・シルクの帝王、オレールの素性

この男は、第二帝政（１８５２年〜１８７０年）以降のパリでよく見かけるようになった、危険を冒してでも儲《もう》けようとする類の人物だった。スペインで紡毛織物《ぼうもうおりもの》商人の息子として生まれたが、銀行家や鉄鋼王に対抗するほどの財力はなかった。しかし、わずかな投資でも、誕生したばかりの娯楽産

業では大きな儲けが出ることに、若いうちに気がついた。パリジャンが賭けや競馬が大好きなのを見て、現在では場外勝馬投票と呼ばれるパリ・ミュチュエル方式［投票券の総売り上げをプールし、興行主はそこから一定割合を差し引き、残りの金額を勝馬投票券に配分する方法］を編み出した。しかし、この新方式はパリに大勢いたブックメーカーたちの強い抗議を招き、1876年、彼はイタリアン大通り28番地の営業所を閉鎖せざるを得なくなった。その建物を今度はカフェ・コンセールに変えたが、その経営も失敗に終わった。

パリの西方にあるマルリ・ル・ロワの種馬牧場並びにメゾン・ラフィットとサン・ジェルマン・ダシェールの競馬場の所有者であったオレールは、富裕な馬主たちと親しくしており、そのつき合いのなかで、〈上流〉の観客向けのサーカスを作ることを考えついた。サーカスの世界は非常に閉鎖的で、いくつかの曲馬師の一族に牛耳《ぎゅうじ》られていた。シルク・ディベールとシルク・デテ［シャンゼリゼ通りに1841年にできたサーカス。夏のサーカスという意味で、シルク・ディベールとは逆に夏のあいだだけ営業した］の経営者がフランコーニ兄弟で、モンマルトルの丘の下のフェルナンド座を率いていたのがバエル家という一族だった。ウック一族のイポリット・ウックはアルマ橋曲馬場に絶大な影響力を持ち、ランシー家のテオドール・ランシーはフランスの地方都市にサーカス小屋を建て、彼の一座が巡業できるようにした。

しかしオレールは、これら昔ながらの一族は、ショー・ビジネス界に訪れようとしていた大変化に対応できないだろうと踏んだ。ジュール・フェリー［第三共和政期に首相を2度務めた政治家］の改革により、政治状況が興行にとって大いに有利な状況になっていた。検閲は実質的になくなった。フランス人の生活水準は飛躍的に上がり、鉄道が発達して大勢の観光客がパリを訪れるようになった。そして、世界じゅうの注目を集める一大イベントがまもなく開催されようとしていた。1889年のパリ万国博覧会である。ジョゼフ・オレールは、ついに自分の出番が来たと感じていた。

サントノレ通り251番地の大きな建物が売りに出されたと聞いたとき、オレールは飛びついた。ここは、フランコーニ兄弟が1807年にパリ最初のサーカスであるオランピック座を作ったまさにその場所だった。ジョゼフ・オレールにとって、この地で興行するということは、すなわち揺るぎない正統性を手にすることでもあった。

「私たちは、劇場がいくつも並ぶ大通りに近いんですよ。だから、大きな集客が望めるわけです」

と、オレールは、小さな階段を指さしながらつけ加えた。

「あそこが、あなた方の楽屋ですよ。明日ロワイヤルが案内します。右手にあるのが団員用応接室です。いわばヌーヴォー・シルクの参謀本部ですね。幕間《まくあい》や終幕後に後援者の方々とお会いするのもここですよ。ハイ・ライフの紳士方は、一座の者と話すのがお好きなのですよ。彼らを失望させないようにしてくださいね。奥が、改装中のダンスホールです。ヌーヴォー・シルクは、もうすぐ専用のバレエ団も持ちますよ」

彼は腕時計を見た。

「おやおや、もう3時ですね。そろそろ行かねば。でも、最後に立見席に行ってみましょう」

一団は急いで階段を上った。

「ソリニャック、電気をつけてくれないか」

すぐに、部屋は光の海に包まれた。アーク灯が建物の上層階を明るく照らし、円形の立見席の上に張り出した豪勢な桟敷《さじき》席を露わにした。数珠つなぎの光が、立見席の金色に塗られたアーチ部分をぐるりと巡り、きらきらと際立たせている。そして、白熱電球のシャンデリアが八つ、舞台を煌々《こうこう》と照らした。おびただしい数の色つき電球が淡い黄色の壁と相まって、曲馬芸を描いたドローネのフレスコやマグニディアスのステンドグラスといった観客席の装飾を効果的に輝かせていた。

一堂は文字通り、あまりの驚きで固まっていた。当時、電気照明がある建物はまだ珍しかった。金色《こんじき》に輝く観客席はサーカス小屋とは似ても似つかず、まるで瀟洒《しょうしゃ》なお屋敷のようだった。ラファエルも仲間に負けず劣らず、驚き、感激していた。非現実の世界に迷い込んだように感じ、自分の居場所ではない気がしたのではないか。自分はここでは、背景の染み、全体を台無しにしてしまう無粋な存在なのではないか。こんな金ぴかのサーカスで何をすればいいのだろう？　馬でさえも自分がお尻を拭くのを嫌がるのではないだろうか！

「素晴らしいシャンデリアですね」

と、トニー・グライスが叫んだ。

「装飾は、正教の教会に着想を得てるのですよ」

と、誇らしげにオレールは答えた。

「オペラ・ガルニエ［通称『オペラ座』。パリにある有名な歌劇場］かと思いました」

「私たちはオペラ座にいるのですよ、親愛なるグライスさん。サーカスのオペラ座！　あそこに見える玄関広間の大階段は、他ならぬガルニエ［オペラ座を設計した建築家］の作です」

「どのくらいの観客が入るのですか」

「1500、いや3000まで入るでしょうね。とはいえ、私が目指しているのは、クオリティであって、数ではありませんよ。ここは、世界一大きなサーカスではないですが、最も洗練された場所です。明日、ロワイヤルがあなた方を桟敷席に案内しますよ。青い縁取りのついた古色を帯びた金色のパイル織物、大きな柔らかいソファ、それに赤い絨毯《じゅうたん》。まさに、社交界にふさわしい場所ですよ。そして、ご婦人方の美しさも一層際立つでしょうね」

少し前から、トニー・グライスは舞台のほうをじっと見つめていた。

「あの舞台は妙ですね。砂がないではないですか！」

「その通りですよ、親愛なるグライスさん。砂ではなく、厚いカーペットが敷いてあります。前列の紳士方の目がほこりでかすむなんてことがあってはならないですからね」

「それに、このほうが馬の脚にもいいんですよ」

と、ロワイヤルが茶目っ気を交えてつけ加えた。

「どうして砂を使わないのか、すぐにお分かりになるでしょう。さぁ、今だよ、ソリニャック！」

10人ほどの男たちが舞台に上がり、カーペットを畳み、舞台裏に運んだ。技術者がハンドルを動かすと、床が少しずつ下がり始め、深い水槽が姿を現した。格子状の板の間を水が勢いよく流れ始めた。それを見てクラウンの一団は再び驚愕した。

「信じられない！　話には聞いていたのですよ。でも、これは、本当に驚きです」

と、グライスが叫んだ。

「あなた方が目にしているのは、世界でひとつの、プールに早変わりするステージですよ。ここまでするのに私の技術者たちがどれほどの技術を駆使したのかは、あえて言いませんよ。エッフェル塔を造るよりも難しいのですからね。ですから、世界じゅうの専門家たちが装置の見学に来るのです。2週間後にも、エコール・サントラル［フランスの工学・技術系エリートを養成するための国立高等教育機関］の学生たちが来ます」

プールに早変わりする、当時の
最新技術の手によるヌーヴォー・シルクの舞台

「地下に80メートルも掘ったのです」

ロワイヤルがつけ加えた。

「水は、電気ポンプの力で表面まで上がってきます」

「さぁ、気分を落ち着かせるために、一杯いかがですか」

と、オレールはうれしそうに声を上げた。

「立見席の横に、アメリカン・バーを設《しつら》えたんです」

一同はバーのテーブルを囲み、ロワイヤルが全員分のビールジョッキを運んできた。オレールが相変わらず会話を独占していた。彼はトニー・グライスに向かって、なぜ彼を雇ったのか、そしていかに前任のビリー・ヘイデンには失望したかを語った。オレールは、この有名なイギリス人クラウンに1886年2月のヌーヴォー・シルク除幕式の演目を頼んだのだった。しかし、フランスの日刊紙『ル・フィガロ』の評価は厳しかった。曰《いわ》く、「クラウンは非常に物足りなかった」。

観客はステージがプールに変わる瞬間に熱狂していたので、オレールはプログラムの第三部を水上パントマイムにあてることにしていた。10月から始まるヌーヴォー・シルクの新シーズンに、最初の演目『水浴場（ラ・グルヌイエール）』が上演されることになっていた。

「『ラ・グルヌイエール』の後は、セヴィリアの春祭り（フェリア・ド・セヴィーユ）をモティーフにした大スペクタクルを作りたいと思ってます」

と、オレールは続けた。

「スペインでは、あなたのコリーダのパロディは大評判だったようですね。頼もしい限りです。

最初は月に１５００フランから始めましょう。評判が良かったら、倍にしますよ。そして、正規契約を結んで、第一クラウンの地位を保証しますよ」

２０１４年9月16日火曜日

ラファエル、私はついに君の伝記を本格的に書き始めた。アカデミックなスタイルはやめた。そうじゃないほうが、読者が君に感情移入できるからね。君が犠牲となっている記憶の不公正と闘うためには、それが一番いいやり方だと思っている。フランスを作ってきた偉人たちのギャラリーに君の場所を見つけることが、私の願いだ。18世紀の教養小説からインスピレーションを得て、君が私たちフランス人の世界を徐々に発見していく過程を、物語ることにした。そして、それは一歩引いてみないと気づかない私たち自身の様々な姿をも浮き彫りにしてくれるはずだ。

しかし、私はまだ君の沈黙という問題を解決できていない。君の人生に関する信用に足る情報はとても少なくて、壺のかけらや硬貨、墓の残骸からシナリオを作り上げる先史学者のように、頭を働かせなければならない。そう、シナリオ。作家の用語であり同時に知識人のボキャブラリーでもある、この言葉を私は気に入ってる。両者の違いはひとつだけだ。作家のシナリオはフィクションだが、歴史家のシナリオは、手にしているデータから構築されたものでなければならない。両者の間に架け橋を作る際に、劇作品の執筆で培《つちか》ったちょっとした能力が役に立った。つまり、この本のなかに、台詞劇を挟み込むことにしたんだ。登場人物は全員実在している。君が人生のなかで出会った人々だ。描写されている場所と状況も事実だ。彼らの会話は、それぞれの人物が残した本や記事に基づいている。ただ演出だけがフィクションだ。

歴史学の博士論文の口頭試問の席で博士号取得候補者がこうした形で議論を展開したら、審査員は認めないだろうことはもちろん分かっている。しかし、私はこのやり方が、歴史的真実をフィクションと区別する赤い線を越えているとは考えない。哲学的命題を会話形式で展開したからといって、誰もプラトンが書いたのは「小説」だとは非難してない。

つかの間のパリ散策で目にしたもの

ラファエルはパリに着いてすぐにチュイルリー公園を散歩したと、フラン＝ノアンは書いている。おそらくジョゼフ・オレールとの会談後に、トニー・グライスはラファエルに自由時間を与えたのではないか。なぜなら翌日からは再び使用人とカスカドゥールの二足のわらじの生活が始まるからだ。ラファエルは、つかの間の自由な時間を存分に楽しんだ。

ハバナでは、パリを訪れた白人主人たちはみなこの都《みやこ》をべた褒めしていた。そして今、カスターニョ氏に18オンスで買われた「黒ん坊」が、「正真正銘」ルーブル宮の巨大な外壁が続くリヴォリ通りを歩いている。

これまでの研究のなかで、私はたくさんの移民の回想録を読んできた。彼らの多くが、都市空間があまりに美しすぎて、最初は居心地が悪かったと告白している。ラファエルも、初めてこの洗練された界隈をぶらぶらしたときには、同じように落ち着かなく感じたのではないかと思う。通り過ぎるひとつひとつのファサード、商業施設、邸宅が、ラファエルにはまるで無縁の、固有の歴史を有していた。ルーブル宮は、フィリップ・オーギュスト［1180年に即位し、40年以上在位したカペー朝の王］によって当時より700年も前に建てられた。初期の城塞は、その後フランス王たちのための宮殿に改修され、いまでは世界一大きな美術館になっている。すでに多くの観光客が訪れていたが、ラファエルは泥棒に間違えられたらたまらないと思って入ろうとはしなかったに違いない。

さらに別の堂々とした建物がラファエルの目を引いた。１６２８年にリシュリュー枢機卿が建てたパレ・ロワイヤルだ。サントノレ通りを西にとると、ルイ14世が１６８０年に建てたコメディー・フランセーズが右手に見えた。この有名な「モリエールの家」は、古典劇の愛好者たちには「ル・フランセ」とも呼ばれた。それから、サントノレ通り１６１番地のカフェ・ド・ラ・レジャンスの前を通り過ぎた。パリで最も古いカフェのひとつだ。ヴォルテール、ディドロ、ルソー、ベンジャミン・フランクリンらがここで落ち合い、啓蒙哲学と人権について語り尽くした。

左から、カフェ・ド・ラ・レジャンス（当時）、パレ・ロワイヤル（現在）、コメディー・フランセーズ（内部。当時）

このような華々しい建築物は、彼自身の歴史とは縁もゆかりもないものだとラファエルは思った。だが、そんなことはないのだ！　黒人貿易に積極的に関与し、ラファエルの祖先たちをアメリカに送り出すことになる貿易会社の設立をリシュリューが決定した場所は、パレ・ロワイヤルではなかったか？　あるいは、奴隷制廃止の正当性についての議論が練られたのは、カフェ・ド・ラ・レジャンスではなかったか？　ラファエルが通り過ぎたばかりの場所は、彼と全く無縁というわけではない歴史の舞台だった。しかし、もちろんラファエルはそんなことは知らなかった。

　7月29日通りを左に曲がり、リヴォリ通りを横断し、彼はチュイルリー公園に着いた。カルーゼルの中庭からコンコルド広場へと続く広い散歩道を歩いていると、芝居小屋や小さなマリオネット劇場が設置された大道芸のスペースに気づいた。ギニョル（人形劇）は、毎週木曜日と日曜日の午後に行われ、界隈の子供たちを楽しませていた。両親につき添われてきた子供らが舞台前に輪になって座っており、そこにラファエルは近づいた。周囲の楽しそうな様子や憲兵をこっぴどくやっつける登場人物のユーモラスな姿に、ラファエルもまた心から笑った。それもつかの間、突然ギニョルが顔をラファエルのほうに向けた。

「やや！　あそこにショコラがいるぞ。お前は、ショコラだな！」

金髪の子供たちの顔が全員こちらを向いた。そして、一斉に叫び始めた。

「ショコラ！　ショコラ！」

以上の場面は、私の創作ではない。ラファエル自身がフラン＝ノアンに語ったものだが、案の定このジャーナリストは自分勝手に解釈していた。

「ほら、ショコラだ！　これがあだ名の由来だ。界隈の子供たちのあいだであっという間に広まり、リヴォリ通りからサントノレ通りでも噂になり、遂にはヌーヴォー・シルクまで届いた」

フラン＝ノアンは、ひとりの大人（マリオネット劇場の主人）が無邪気な子供たちの前で黒人の若者を馬鹿にするという話を、私たちに冗談めかして伝えている。この場面は、さらに20年ほど後にマルセイユで起こった別の話を私に思い出させた。こちらは、被害者側の視点で語られている。若いアルベール・コーエン［ギリシャ生まれのユダヤ系スイス人の作家、政治家］は、行商人の口上《こうじょう》を聞いている一団に混ざっていた。

『おい、お前、ユーピン［ユダヤ人への差別的表現］だろう！　顔みりゃ分かるよ。ブタを食べないんだろ、おい』〈中略〉これが、この日10歳の私が何の疑いもなく近づいた行商人から、投げつけられた言葉だ。私は美しいフランス語を聞けるとばかり思っていたのに」

それから、コーエンは、このような象徴的暴力を受けた子供が自分のアイデンティティを守るためにどのように反応したかを、詳細に描写した。「お願いするような眼差し、同情を誘う笑み、臆病そうな笑み、病んでいる笑み、頭の弱い笑み、女々しさとか弱さを前面に出し、相手の怒る気をなくさせるほど穏やかなユダヤ的笑み」を必死で作ろうとしたと、筆者は告白している。最後に、若いアルベールは、共犯的笑みについて次のように表現した。

「あぁ、面白い冗談だね、もちろん本気じゃないことは分かってるよ。あなたは笑わせようとしているだけで、本当は僕たちはいい友達だ。自分を守る術を持たない孤独な子供の馬鹿げた希望だ。そうすれば、彼は同情してくれて、いまのはちょっとした冗談さと言ってくれると思って」

しかし、彼の相手は容赦なかった。まわりの同意するような笑い声に追い立てられて、子供は逃げ出すしかなかった。

アルベール・コーエンの思い出は、どうしてラファエルが「ショコラ」という名前をあっさりと受け入れたのかを理解させてくれる。自衛の手段を持たぬ者は、主人が彼に向ける眼差しに自分自身を合わせて、その同情を誘う以外にやりようがないのだ。しかし、フラン＝ノアンが語る場面は、アルベール・コーエンにトラウマをもたらした出来事ほどは暴力的でなかったと言えるだろう。当時、ユダヤ人は反セム主義の根深い憎しみを向けられていたが、黒人はまだ脅威と見なされておらず、どちらかと言えば、見下すような笑いの対象となっていた。

ラファエルに「ショコラ」というあだ名をつけたのは、トニー・グライスと、後にラフェエルとコンビを組むことになるジョージ・フティットの「功績」だと考えられていた。実際には、パリジャン全員、いやフランス人全員が、名づけ親だと誇ってもいいかもしれない。なぜならフランス本土に住むすべての黒人が、当時、「ショコラ」あるいは「バンブーラ」と呼ばれていたからだ。「ショコラ」は肌の色の違いから来たもので、「バンブーラ」は、アフリカの踊りに由来し、それはヨーロッパ文化の洗練と対極にある、原始的なものと考えられていた。

黒人偏見の長い歴史

これらの偏見には長い歴史がある。ラファエルはこの日、突然に、自分が目にしている壮麗な装飾の裏側を知った。パレ・ロワイヤルからリシュリュー卿が推進した植民地政策は、アンティル諸島やレユニオン島、ギアナにおけるアフリカ人奴隷制に頼ったプランテーション経済へとつながった。「ネグル（ニグロ）」という言葉は18世紀にフランス語のなかに定着し、同時にヨーロッパ人は、コーヒー、チョコレート、砂糖（サトウキビ）を味わい楽しむようになった。裕福な植民者は黒人奴隷を連れて頻繁に本土に戻り、ときには親戚に可愛らしい「小さな黒ん坊（ネグリオン）」を贈り物にした。

この習慣は奴隷制廃止（1848年）後には廃《すた》れ、アンティル諸島やレユニオン島からの移住の流れは減少した。ラファエルがパリに着いた頃は、アフリカ征服はまだ始まったばかりで、パリのアフリカ出身者の人数はとても少なかった。この希少さが、黒人世界が想起させるものに対する相反するいくつかの反応を招いた。貴族階級にとって、黒人使用人を所持することは、革命以前の旧体制（アンシャン・レジーム）を後継する社会階層に属していることの証と見なされ、自分たちの価値を高めた。逆に、庶民のあいだでは、黒人はよそ者の最たるものという認識を持たれた。彼らに向けられた好奇と驚きの目は、半世紀前のアルジェリア征服の際にパリに招かれたアラブ人に対するものと変わっていなかった。1840年にあるジャーナリストが次のように書いている。

「集団が彼らに向かってどっと押し寄せ、無言の好奇心を向けた。そして、彼らが自分たちとは違う時代、違う種類の人間なのではないかと訝《いぶか》しんだ」

19世紀末のパリは、コスモポリタンな都として広く知られていた。田舎《いなか》や地方都市からやって来たフランス人にとっては、首都は確かに本物の「バベルの塔」のように思えただろう。しかし、このコスモポリタニズムは、実際にはヨーロッパを超えるものではなかった。ほかの大陸からやってくる旅行者はほんの少数で、彼らは道を歩けば振り向かれたり、指さされたりした。「ニグロ」という言葉は、黒人にのみ向けられていたわけではない。アラブ人、当時のフランス植民地ポンディシェリのインド人やニューカレドニアの先住民カナックに対しても使われた。

当時の人々は現在の私たちのような映像であふれた世界に生きていたわけではないから、なおさら黒人のことを奇妙な存在だと感じたのだろう。テレビや映画が存在しないのはもちろん、新聞紙面に写真はほとんど使われておらず、色刷りの挿絵ですら稀だった。黒人世界のイメージの少なさは、それだけ幻想を掻き立て、商売人は宣伝目的に使用した。ラファエルがパリに着いたとき、パリで一番有名な「ニグロ」は、サンドニ大通りの時計宝飾店がショー・ウィンドウの上に彫刻した、お腹の中心に見事な振り子時計を埋め込んだマネキンであった。

はるか彼方で生まれた人間に対してパリジャンが向けた熱狂に、ショー・ビジネスの興行主たちは新たな可能性を見出した。1880年初頭から、パリの動物園は頻繁に展示会を開催し、人を集めていた。「ニグロ」は、移動式サーカスや祭りの芝居小屋にも登場し、「奇形の見世物」と同等に扱われた。「奇形の見世物」とは、身体的特性から、不健全な好奇心を掻き立てていた、「大男」「小人」「豹女」「腕無し男」などのことである。

これらの薄暗い現実は、小さなパリジャンたちの笑い声と共に、強くラファエルの印象に残った。この日、彼は、初めてのフランス語「ネグル（ニグロ）」と「ショコラ」のふたつを学んだ。ひょっとして彼は、人権の国では、肌の色による偏見はもうないだろうと期待していたのかもしれない。全くそんなことはないと、ラファエルは知った。フランス人の子供たちは、スペイン人の子供たちとそっくり同じやり方で、彼に接した。

この瞬間にラファエルが感じていたことをさらに理解するために、似たような体験をした作家たちの自伝的作品を私は読みこんだ。

「パリの街を歩いていた。辺りを見回す。白人ばかりだ。店員も白人だ。どこにもニグロはいない。確かにここは白人の国だ。人々は慌ただしく、走り回っている。ここでは、視線がすべてを語っている。私の姿は人々を驚かせた。文字通り本当に驚愕していた。誰もが、神様はいったいどんなつもりで色を間違えて、私にタールを塗りたくったのだろうと言いたげだった。とりわけ彼らを興奮させたのは、厚い唇のあいだに見える白い歯と、炭のような顔だ」

コートジボワールの小説家で政治家、ベルナール・ダディエの自伝『パリのニグロ』は1950年代に出版されたもので、ラファエルがヌーヴォー・シルクに来たときから3四半世紀も後のことだ。このあいだに、フランス人は、第一次世界大戦時にフランス軍に動員されたアフリカ出身者から成るセネガル狙撃兵たちを目にし、ジョセフィン・ベイカーとルイ・アームストロングに熱狂した。数人の黒人議員も国会に選出されていた。それでもダディエが感じた疎外感を、ラファエルはもっとずっと強烈に感じていたと想像できる。現地の言葉を話せないラファエルの場合、周囲とのコミュニケーションはさらに少なかった。白人世界にいる黒人というだけでなく、フランス人のなかの外国人だった。

貴族たちの見事なパフォーマンスで人気を誇ったモリエ・サーカス

パリの人々との最初の接触は、ラファエルにとって十分にトラウマとなる体験だった。しかし、それだけでは終わらなかった。翌朝、さらなる試練が彼を待っていた。ヌーヴォー・シルクの観客たちだ。ラファエルはどのように迎えられたのか？　観客たちもまた彼を指さし、馬鹿にしたのか？

この問いに答えるために、新たな視角からの調査を開始した。まずは、首都のサーカスの常連客だった貴族階級に関する史料に当たったが、すぐに、ある名前が目を引いた。エルネスト・モリエである。このフランス北西部サルト県出身の貴族は、熱狂的な馬の愛好家で、パッシーのベヌヴィル６番地の邸宅の敷地内に乗馬学校まで作っていた。そこで彼は、自身の調教技術を磨き、乗馬の名手を夢見る若者たちに高等馬術を教えていた。馬術、フェンシング、器械体操などをたしなんだ貴族の若者たちが、彼のまわりに集まった。１８８０年以降、このセミプロともいえる一団は、毎年友人たちを集めて、盛大なお披露目会を開催していた。

当時の新聞は、この芸を磨いた貴族たちのパフォーマンスに大興奮だった。エルネスト・モリエ率いるモリエ・サーカスの演目は各紙でこぞって紹介され、詳しく解説された。入り口で招待客は、舞台監督を務めたサント・アルドゴンド伯爵に迎えられる。次に赤いジレ（ベスト）を着た取次係が恭しくプログラムを差し出し、階段席に案内した。舞台が設置されているため、上階の席に行くには梯《はし》子《ご》を使わなければならなかったが、このちょっとした冒険に上流階級の観客たちは大はしゃぎだった。見事なサテンの靴を履いた小さな足の持ち主たちは、一歩一歩梯子の段を上がった。その際に、優雅な御婦人方がこのソワレのために纏った、シンプルさを気取った高級布地の裾がさらさらと音を立てる様子は、陽気な雰囲気をさらに盛り上げた。

ジェームス・ティソ画
『パリの女性／サーカス愛好家』(1885)

1885年、公演は、エルネスト・モリエその人のナンバーから始まった。彼は、ビジ男爵とモントゥロ伯爵と共に、高等馬術や馬たちの自由跳躍の演技を行った。続いて、モルド伯爵が器械体操の才能を披露した。しかし、衆目を驚かしたのは、なんといってもユベール・ド・ラ・ロシュフーコー伯爵だった。スカイブルーの素晴らしい衣装を身につけ、ゴールドの房がついたスカーフを巻いていた。宙返りに、ブランコや鉄棒の演技に、全員がスタンディング・オベーションした。

親愛なる読者よ、いつかマサチューセッツ州に行くことがあったら、ボストン美術館を訪ねて、フランス人画家ジェームス・ティソの『パリの女性／サーカス愛好家』という絵を鑑賞してほしい。貴族の男性がブランコに座り、背景には階段席に座る夜会服を着た観客たちが描かれている。モリエ・サーカスが有していた社交界の雰囲気の一端を垣間見ることができる。

エルネスト・モリエは、こうした催しのひとつにジョゼフ・オレールを招待したのではないかと私は考える。オレールは跳び上がって喜んだ。まだ単なるスペイン移民だった頃、パリジャンの冷たい視線に彼は苦しんだ。時間を経てもその傷は完全には癒えず、だからこそ、貴族との繋がりを作り、認められたいという強い欲求を満たしたかった。モリエ・サーカスを知って、オレールは、曲馬の演技とカフェ・コンセールの庶民的ナンバーの組み合わせが、貴族たちを魅了することに気づいた。このときに、ヌーヴォー・シルクのアイディアが生まれたのだろう。

貴族たちのサーカスへの熱狂は、フランス社会のなかでこの階層が今後果たしたいと考える新しい役割を如実に示している。彼らは、共和派の政治家たちによって、政治から唐突に切り離されたところだった。しかし、国家権力を手中にしたブルジョワ階級は、土地を所有する古い貴族の家系に相変わらず強い劣等感を抱いていた。貴族の生活様式や価値観が、社交界での規範を形成し続けていた。

パリ社交界、そして貴族が好むサーカスの主役は馬だった

では、この社交の場で堂々たる主役を張っていたのは誰だったか？　答えは、馬だ。当時、「人間の最良の友」であった馬は、まだ日常生活でも重要な役を果たしており、馬車は依然として主要な移動手段だった。それゆえ、御者と従者つきの豪奢な馬車に乗った貴族たちは、パリの街なかで自分たちの優位性を見せつけることができた。高級地区では、どの邸宅にも厩舎が備え付けられていた。エリザベト・ド・クレルモン＝トネール［アンリ4世に連なる公爵家の出身で、文筆家］が回想録のなかで語るところによれば、彼女の両親は大型馬車専用の馬、ランドー型の中型馬車のための「中くらいの馬」、ジョッキー・クラブやオペラ座で夜会を過ごした公爵を連れて帰る「夜専用の馬」に加えて、屋根の覆いをたためる無蓋《むがい》四輪車を引くためのがっしりした小型の馬を所有していた。

貴族階級のアイデンティティという点からも、馬は重要だった。馬はかつての騎士道精神の生きた証言者なのであり、古い帯剣貴族家系の出身者は自分たちこそが騎士道精神の継承者だと自任していた。この戦士の価値観は馬術のなかに受け継がれ、貴族特有の趣味となり、ブーローニュの森を馬で散歩することが紛れもない上流階級の証だった。優れた騎手になるために、子供たちは幼い頃から乗馬を学ぶ。馬術は、「ナショナル・アイデンティティ」にとっても重要な要素であった。馬術学校では、軍隊文化の影響が色濃い「高等馬術」を教授する。騎手は、馬に乗り手側の規則を守らせ、馬が

自分の意思で動くことを許さない。これはイギリスの伝統とは異なる。

ルイ・フィリップ治世（1830年～1848年）初頭、当時は貴族の趣味という意味でしかなかった「スポーツ」がドーバー海峡を渡り、パリで流行した。馬を育て、レースに参加し、自分の馬の幸運に賭けることが、社交活動の中心として定着したのである。1833年に設立された馬種改良奨励協会が、すぐにロンドンのそれと関係の深い「ジョッキー・クラブ」という会員制サークルを作った。翌年には、ルイ・フィリップの長男オルレアン公後援のもと、ジョッキー・クラブ賞という初の競馬大会が開催された。

「パリ一の伊達男」
といわれた
ボゾン・ド・サガン

ラファエルがパリに来た19世紀の半ば頃、首都には72以上のサークルがあった。競馬、曲馬芸、ギャンブルが行われる機会は増えたが、ヒエラルキーは七月王政期から変わっていなかった。ジョッキー・クラブが相変わらずフランスで最も権威あるサークルだった。会員は古い貴族の家系に占められていたが、ロチルド（ロスチャイルド）家のような銀行家、ヴァンデルやシュナイダーといった鉄鋼王などの新興の実業家たちも一定数存在した。ジョッキー・クラブは、フランス国内に絞ったクラブではなかったため、イングランド王、デンマーク王、ベルギー王、ロシアのアレクセイ大公などが名誉会員として名を連ねていた。

ハイ・ライフ、あるいはクラブマンと呼ばれたエリート層は、首都の地図上でも、他と一線を画していた。彼らは、サンジェルマン通り、サントノレ通り、クレベール大通り、あるいはシャンゼリゼ大通りに邸宅を構えていた。文化行事のスケジュールを意のままにしていたのも彼らだ。社交界の1年は、ハイ・ライフが保養地から戻る10月に始まり、5～6月にパリ近郊のオートゥイユ競馬場で開催されるパリ大障害、シャンティ競馬場でのジョッキー・クラブ賞や、パリ市内にあるロンシャン競馬場のグラン・プリ・ド・パリといった競馬大会で幕を閉じる。

美しい衣装、洗練された身だしなみ、豪勢な馬車、そして邸宅によって、貴族たちは、自分たちが下々の者とは一線を画し、上位の「人種」に属するのだということを外に向かって印象づけようとしていた。このデモクラシーに対抗する時代遅れの闘いを最も体現していたのが、タレイランの遠縁にあたるボゾン・ド・サガンであろう。この完璧なクラブマンはパリで最もエレガントな男だと評されていた。サン・ドミニク通りの邸宅には１２００人まで招待できた。誰もが彼のファッションを真似したがり、オートゥイユでの競馬やサイクリングの流行を牽引《けんいん》したのも彼だった。

十分な財産を持っているにもかかわらず、ジョゼフ・オレールは、「成り上がり」である自分に対する軽蔑の視線を感じていたに違いない。それでも、貴族階級から認められたかったオレールは、サーカスの世界に投資し、エルネスト・モリエを味方につけた。サーカスは、馬が主人公の唯一の舞台芸術だという点において、極めて貴族的な娯楽と言えた。オレールはまた、貴族たちが彼のサーカス座を訪れるようになれば、サーカスはカフェ・コンセールよりも流行るのではないかと期待した。

ヌーヴォー・シルクの舞台監督、レオポル・ロワイヤルという人物

エルネスト・モリエの支援があって初めて目論見《もくろみ》は成功する。そこで、ジョゼフ・オレールはモリエにヌーヴォー・シルクの馬術部門を仕切ってくれないかと頼んだ。モリエは、友人のレオポル・ロワイヤルを舞台監督として雇うことを条件に、提案を受けた。舞台監督を務めるのはたいてい元曲馬師であり、「ショーの支配者」とも言えた。曲馬師を指揮するだけでなく、サーカス全体の構成にも関わる。オーケストラの指揮者に始まりの合図を送るのも、最初のナンバーの演者を入場させるため

に「バー」を上げる指示をするのも舞台監督だ。時間を管理し、大道具・小道具の配置にも目を配った。つまり、この立場を任せられるのは、サーカスの仕組みを熟知している者でなければならなかった。

レオポル・ロワイヤルはその意味で最良の人選だった。彼は、フランスで最も古いサーカス家系の出身だった。祖父のアンセルムは、第一帝政期［1804年から1815年まで存続した、皇帝ナポレオン1世による軍事独裁政権期］にフランコーニによって創設されたパリ最初の一座で働き、その後、自分の移動式サーカス団、『ロワイヤル兄弟のインペリアル・サーカス』を作った。息子や孫たちがそれを引き継ぎ、曲馬芸を得意としていた。しかし、この一座は1860年代に破産し、レオポルはシルク・ディベール（p. 72 当時はまだナポレオン座という名だった）の舞台監督として雇われていた。

フランスで最も有名な曲馬師を雇うことができ、オレールはますます意気揚々だった。エルネスト・モリエを満足させたし、ハイ・ライフの人々も気に入るだろう。しかし、こうした集客戦略は、このスペイン人興行主の財政能力を超える投資を必要とした。そこで、株式会社を作ることにし、馬主兼育成者の友人たちに協力を求めた。その筆頭には、モンテカルロのカジノとモナコの海水浴クラブの創始者で、不動産開発で巨額の富をえたフランソワ・ブランの息子であるカミーユとエドモンが名を連ねていた。

私は、ラファエルが飛び込むことになった世界の輪郭を徐々につかみ始めていた。ヌーヴォー・シルクの最初の公演に訪れた人々について正確に知るために、パリの新聞に掲載された批評を注意深く読んだ。除幕式は1886年2月15日だった。貴族が好んだ日刊紙『ル・ゴロワ』は、翌日、前日の晩に桟敷席を埋めた客の全リストを掲載した。王位請求者であるパリ伯の弟シャルトル侯爵ロベール・ドルレアンがいた。王党派の長であるラ・ロシュフーコー・ビザシア公も来ていたし、さらにはトルベツコイ伯爵、ド・プルタレス伯爵夫妻、チュレンヌ子爵、オーストリア大使であるホヨス伯爵夫人も顔を出していた（これ以上は書ききれないが、子孫のかたがたにはご容赦いただきたい）。幾人かの「非貴族」もいた。『ル・ゴロワ』の経営者であるアルチュール・メイエやパリ県知事であるウジェーヌ・プベルである。プベルに関しては、この本の主題からは外れるが、一言加えておきたい。彼は、都市の衛生問題に（そう言えるならば）大ナタを振るったところだった。パリジャンに蓋《ふた》つきの小箱にゴミを入れるよう徹底したのである。この箱は、これ以降プベルと名づけられた。

ジョゼフ・オレールは、この晩、誇らしさで一杯だった。「ゴミ箱」の発明者が桟敷席にいたからではなく、パリじゅうの流行を自由に操っていた魔術師、エレガンスの体現者サガン公その人が来ていたからである。彼が「パリに姿を現せば、現政権が奪っているこの街の輝きと人生の楽しみを、再び見出すことができる」のであり、彼の来場は大変な名誉だった。この上のコメントは『ル・ゴロワ』に載っていたのだが、プベル知事に対するちょっとした皮肉であろう。ともあれ、ジョゼフ・オレールにとっては、輝かしい時間だった。目標は達せられた。ヌーヴォー・シルクは社交界の評判を獲得したのだ。この勝利が一層輝かしかったのは、来場者たちが結果的に首都の社交界の主要サークルの他の会員たちも巻き込んだからである。ジョッキー・クラブ会長であるラ・ロシュフーコー・ビサシア公は、４つの桟敷席を年間契約した。ロワイヤル通りサークル（ここはジョッキー・クラブ会員の子弟向けだったので「ロワイヤル・べべ（赤ん坊）」とも呼ばれていた）を統率していたサガン公は、ふたつの桟敷席を契約した。これに続いて、エクレルール・サークルは４つ、シャンゼリゼ・サークルとヴォルネィ通りサークルはそれぞれ３つの桟敷席を契約した。

最初の弾みがつき、ヌーヴォー・シルクの経営は、年間を通じたパリのハイ・ライフのネットワークの支持をうまく取りつけることができた。契約を結んだこの階層が、サーカスの観客の主柱となった。頻繁に訪れ、影響力もあり、要求も高い、規範と習慣を共有するこれらの常連は、ヌーヴォー・シルクがこれから毎晩彼らを楽しませてくれることを期待した。

最初の夜の成功は、1886年6月6日のチャリティ・イベントでさらに裏づけられ、強固なものとなった。これはエルネスト・モリエが、ウゼス公爵夫人の後援のもと、取り仕切った。フランス中部のモルトマールで生まれたウゼス公爵夫人は、「ヴーヴ・クリコ」の名で知られるクリコ・シャンパーニュの販売で得た相当な財産を母親から相続し、パリで最も優雅な建造物のひとつと評判のシャンゼリゼ通りの邸宅に住んでいた。30歳のときに寡婦となった。彼女が纏う、ウェストを絞った立ち襟のドレスにちりばめられた立派なダイヤモンドは、社交界でもとりわけ目を惹いた。ウゼス公爵夫人は、王党派の重要人物でもあり、ブーランジェ将軍［第三共和政の転覆を図ったものの失敗に終わった反議会主義的政治家］を財政的に支援していた。

社交欄のジャーナリストたちは、ウゼス公爵夫人がパトロンを務めるチャリティ組織「職業斡旋《あっせん》慈善団体（オスピタリテ・ド・トラヴァイユ）」が後援した、この「最高に華々しい」夜会にこぞって熱狂した。

「電気の光の下で、ダイヤを身に着けた婦人方の明るく煌《きら》びやかな装いに目が眩《くら》むほどだった。幹事の赤い服が、紺碧の斜面に咲くケシのように目を刺した。フォブール・サンジェルマンの住人、フランスのユダヤ人コミュニティ、あるいは文学界の選ばれた人々がそこにいた。モリエ閣下とマドモワゼル・ヴィオラによるパ・ド・ドゥ、ラ・ロシュフーコー閣下の宙返り、ウゼス公爵夫人の息子による見事な馬術に、拍手喝采だった」

公演のフィナーレは、あっと言わせるものだった。モリエの一団が、プールに飛び込んだのだ。会場は笑いの渦に包まれ、割れんばかりの拍手が起こった。

以上の人々が、１８８６年10月初めにラファエルが対峙することになった観客だ。どんなに優れた小説家であってもここまでの対比は思いつかないに違いない。人間の序列のなかで最下層に分類され、自分でも逃亡奴隷という自覚を持っていたラファエルが、ヨーロッパが世界の覇権を握っていた時代に、かつてフランス、いやヨーロッパそのものを手中にしていた家系の子孫たちの隣に立つことになったのである。

第4章
手ひどく殴られて

カスカドゥールとしてのデビュー舞台

パリに来てからも、ラファエルの待遇は改善されなかった。相変わらずグライス夫人の使用人であり、クラウンである彼女の夫の下働きもしていた。もう「エル・ルビオ」とは呼ばれはしなかったが、代わりに「ショコラ」と名づけられ、意味するところは同じだった。しかし、ひとつの疑問が頭をもたげた。ヨーロッパに来て初めて生活したスペインのビルバオでは、ラファエルはいつも反抗的だった。誇りを守るために必死で闘い、ついにはカスターニョ家の農場から逃亡した。トニー・グライスとも一旦は縁を切り、その後戻ってきた。しかし、ヌーヴォー・シルクに来てからというもの、彼の振る舞いはすっかり変わった。どの史料からも、彼が自分の待遇について反抗的な態度を取ったことを示すものは見つからなかった。なぜラファエルが急にこうも従順になったのかを考える必要がある。謎を解く鍵はヌーヴォー・シルクのなかにあると私は確信していたので、その方向での調査を開始した。文書館に保存されたプログラム、新聞に掲載された批評、曲馬師、曲芸師、クラウンに関する当時の著作が、いまはもう消えてしまったサーカス世界の雰囲気を再構築する素材を提供してくれた。

1886年10月1日金曜日午後、最後のリハーサルの後、レオポルド・ロワイヤルが一座を一堂に集めて、新シーズン開演の演説を行った場面を私は想像する。彼は、全員に向かって、非の打ちどころのない装いをしなければならないことを強調した。

「舞台の上では、曲馬師、馬事係、その他すべての係が、この真鍮《しんちゅう》のボタンがついたライトブルーのわが団の正装を着用してください。ステージ外でも、山高帽、白い革手袋、白ネクタイ、エナメル靴が義務です」

親愛なる読者よ、突然知らない世界に投げ込まれたラファエルだから、この厳しい規則は彼を余計に不安にさせたと、あなたは思われるかもしれない。私の意見は実のところその逆だ。パリ到着後わずか2日、ラファエルは、すでに一座の紛れもない一員となっていたということなのだ。規律に関する指令は、ラファエルに対しても向けられていた。

同日午後8時ちょうどに、ロワイヤルは、全団員を柵近くに一列に並ばせて最終点検した。8時半、一座の専属指揮者ローラン・グリエが指揮棒を振る40人編成のオーケストラが、快活に公演の開幕を告げた。曲はオリヴィエ・メトラ［「フランスのシュトラウス」とも呼ばれた作曲家］のワルツだ。みなみなさまがた！　まずロワイヤルが舞台に登場する。シルクハットにフロックコート、白ネクタイ、光沢のある灰色のキュロット、拍車付の乗馬用ブーツ、飾りカフス、白手袋をはめた手には乗馬用鞭という彼の装いは、非の打ちどころがなかった。長身で堂々とした態度、それにステージ上で回転技を見せる四頭の大きな虎毛の馬に対して長鞭を打ち鳴らす姿が、観客を魅了した。ロワイヤルが熟達していた自由調教の技は、とりわけ競馬愛好家を熱狂させた。

レオポル・ロワイヤルに続いて、トニー・グライスが登場した。サーカスの誕生以来、クラウンの主要な役割は、幕間の出し物であり、装飾を替え道具を出し入れするあいだ、観客の注意を引きつけておくことだった。トニー・グライスが最初のナンバーに選んだのは、子ブタのチャーリーとのデュオだった。

舞台袖では、ラファエルとアントニオが、子ブタをステージに向かわせようと必死でおだて励ましていた。やっとのことで、ぱりっとした青い衣装を着たアントニオが、子ブタをトニー・グライスのところまで連れて行く。チャーリーは嫌な顔せずに次々と主人に命じられた動きをする。演技が終わりに近づくと、ラファエルは急いで子ブタに馬具をつけて、そこに小さな猿を乗せる。チャーリーとこの風変わりな騎手はステージを一周し、紙の輪っかをくぐる。そして、アントニオが彼らを厩舎に戻す。

観客の反応は、マドリードに比べるとそっけないものだった。パリは、世界一多くのサーカス座がある街である。それだけに観客たちの要求は高かった。クラウンと子ブタのデュオは、サーカス愛好家にとってはなんの珍しさもなかった。トニー・グライス以前に、ビリー・ハイドンやジェロニモ・メドラノといった名の知れたクラウンたちがすでに同じことをしていた。結果、拍手はまばらなものとなり、エルネスト・モリエのお気に入りである女性曲馬師、カミーユ・フォン・ヴァルベルクが登場すると、それもやんだ。彼女はゆっくりと、ギャロップ、巻《まき》乗り（正確な円を描く動き）、見ごたえたっぷりのスペイン式常歩《じょうほ》（最もゆるやかな歩き）でステージを何周かした。ところが、彼女が観客に挨拶しようとしたとき、ぎこちない動きのひょろひょろの人物がステージに乱入し、強い英語のアクセントで自分のほうがうまく馬に乗れると彼女に向かって叫んだ。補佐たちが彼を捕えて、ステージの外に追い出した。しかし、すぐにこのクラウンが今度は短いスカートをはいた女性に扮して戻ってきて、しなをつくったポーズを取って見せたので、会場じゅうがどっと笑った。それから、尻尾側に頭を向ける形で馬の上に這《は》い上がり、叫んだ。

「オー！　この馬は頭がないね」

曲馬師が答えた。

「反対側ですよ、クラウンさん」

彼は即座に答えた。

「じゃあ、頭をこっちに回してください」

このやり取りに、観客は大爆笑だった。しかし、クラウンは落ち着く間も与えず、カミーユ・フォン・ヴァルベルクが演じたばかりの一連の動きを、素晴らしいパロディで繰り返して見せたのである。観客たちは、大喜びした。ラファエルもびっくり仰天しただろう。彼は、トニー・グライスによる曲馬のパロディしか見たことがなかった。しかし、グライスの演技は、敏捷さの不足を補おうと、やたらと大げさで、奇抜なことを繰り返し、ときには滑稽《こっけい》でさえあった。ところが、この女性に扮した若いクラウンは女性曲馬師そっくりの動きをしただけでなく、続いて、舞台芸のあらゆる技を自在に組み合わせた演技をこなして見せた。彼の曲馬の才能を讃えるべきなのか、曲芸師、あるいはパントマイム師として評価すべきなのか分からなくなるほどだった。彼は悪魔に取り憑《つ》かれたかのように、バレエのような跳躍（カブリオール）や馬の横腹に傾くポーズを繰り返し、幻覚的な効果を引き起こした。あちこちと飛び回り、曲馬師や補佐たちと喧嘩する。自在に動く彼の顔は一瞬のうちに表情を変え、あらゆる感情を表現していた。この才能あふれる若い男の名を、ジョージ・フティットと言う。ラファエルは、10年後に自分がこの男と組んでクラウン芸術に革命を起こすことなど、このときは知る由《よし》もなかった。

この晩、ラファエルは、超小型犬の調教師や何頭かの象のステージも見たが、何よりも心躍ったのは、曲芸のナンバーだった。ジョゼフ・オレールは、ブランコ曲芸で世界的に有名なハンロン・ヴォルタ・カンパニーを2か月間の契約で雇っていた。彼らが空中に飛び出し、ブランコからブランコへと飛び移ると、見守る者たちのあいだに震えが走った。観客の「おぉ」とか「あぁ」といった叫び声がときおりはさまれる賞賛と不安の混じったささやきに、オーケストラのシンバルがかぶさった。突然にティンパニーの轟音。一番の若手がブランコに乗り、膝《ひざ》を伸ばし、目を前に据えると、すでに勢いよく跳躍して彼に向かって飛び込んでくる相手のブランコ乗りが見えた。「ゴー」という合図が聞こえ、彼も飛び出した。彼の手が、相手の手とぶつかった。激しい揺れが一瞬、空中のふたつのからだを貫いた。宙返りで二回転するあいだにふたりは再び離れ、舞台の上に張られた網の上に着地した。

ラファエルは、鳥のようにヌーヴォー・シルクの丸天井の下を飛ぶ若い曲芸師たちに心から感嘆したに違いない。彼らは、何の気負いもなしにブランコからブランコへと飛び、鉄棒で回転し、軽やかに地上に二本の足で降り立った。ラファエルは、すべての動きが滑らかにつながった曲芸師たちの機械のような演技に興奮した。ハンロン・ヴォルタ・カンパニーの後には、トニー・グライスがコリーダのパロディを披露するために舞台に戻ることを一瞬忘れてしまうほどだった。アントニオが容赦なく彼を夢想から引き戻し、ラファエルは慌てて偽の牡牛の後ろ足に潜り込み、舞台に出た。動きを仕切るアントニオに合わせて暗闇を進むのは容易でなかった。ラファエルのヌーヴォー・シルクでのデビューがさほど輝かしいものでなかったことは明らかだ。

公演は、最後のサラバンド［三拍子のにぎやかなダンス］で幕を閉めた。出演者一同は観客に向かって挨拶し、舞台からはけた。馬事係、オーギュスト、そして裏方にとっては、夜はまだ終わらない。装飾、衣装、備品を片づけ、ホールを掃除しなければならなかった。ラファエルはこれらのきつい仕事にも、おそらくうきうきとした気分で取り組んだ。公演の最中に、頭のなかで何かがかちりと鳴った。彼は、この大サーカスの持つコスモポリタンで共同体的な雰囲気にすっかり魅了されていた。祝祭の空気は、彼に子供時代のハバナでの楽しい日々を思い出させたかもしれない。彼はこの瞬間にもう逃げる必要はないと感じたのではないだろうか。自由を求めてきた奴隷の反射的な動きで思わず膝をついた。追い詰められた人間の仕草、人間扱いしてくれる場所を探してきた伝染病患者の仕草だった。自分が軽業師、パントマイム師、曲芸師の一員になったことを、彼は突如として理解した。ここの人々は、言葉ではなく、ジェスチャーというユニバーサルな言語を操るのだ。

ヌーヴォー・シルクは、スペクタクルの一大企業だった。数百人がこのサーカスのために働いていた。曲馬師、楽士、ダンサー、衣装係、美術担当者、馬事係、オーギュスト、職員、技術係、さらには肉体労働に就く者たちまでおり、その多くがフルタイムで雇用されていた。さらに２週間から数か月の短期契約を結ぶアーティストたちがいた。１８８６年から１８８７年にかけて一座に所属したすべてのアーティストの名前が記された手稿書類を、私はヘイノン文書のなかに発見した。曲馬師、曲芸師、クラウンがほぼ同数で、三つの大きな集団を構成していた。曲馬師が午前中にリハーサルをし、ほかのアーティストたちが午後に回った。

曲馬師であるレオポル・ロワイヤルを総合舞台監督に選んだ時点で、ジョゼフ・オレールはクラウンの立場にあまり重きを置いていなかったと言える。実際、ロワイヤルは曲馬芸の練習を優先させたため、ほかの者の練習時間が減った。彼は曲馬師である自分のふたりの息子を雇い入れ、ロワイヤル一族は曲馬師たちの世界に君臨した。調教師、調教助手、馬事係まで全員が彼らの命令のもと動いた。ヌーヴォー・シルクの内規には、「アーティストは、細部にまで気を配って職務を遂行し、通常の曲馬師一座の慣習により、ショー用台座の組立、舞台準備、カーペット設置に参加しなければならない」というものがあった。ロワイヤルはこの規定を盾に、トニー・グライスに「彼のニグロ」を厩舎での仕事に貸し出すよう要求した。堆肥を集め、馬房を掃除し、動物たちをきれいにし、藁束を運ぶといったことだ。ビルバオの農場で使用人として仕えていたときに「灰色の雌馬」と一緒に住まわされて散々苦しんだラファエルは、またも馬たちの世界で生活することになり、どこにいても彼の居場所を知らせてしまうようなきつい臭いが染みついた。

さらに、ラファエルは、調教の場にも協力することになった。リハーサルでは、長鞭を手にロワイヤルが舞台の中心に立った。そのまわりを20人ほどの曲馬師が囲んだ。厩舎に戻りたがる馬は、頭を四方八方からバシバシと叩かれ、その後調教師からニンジンを与えられた。ロワイヤルは教授然と振る舞うのが好きだった。

「馬は地球上で最も愚かな動物です。たったひとつの能力しかない。つまり、記憶力です。鼻革と長鞭でしっかりと動きを覚えさせるのです。抵抗したら鼻革を使い、言うことを聞いたらご褒美をあげましょう。何をすべきかを脳みそにしっかり刷り込むのです」

厩舎での雑用のせいで、ラファエルの舞台練習の時間は著しく減ってしまった。訓練は別の理由でも妨げられた。彼はいまでもグライス夫人の使用人だったのだ。毎食事どきに給仕をし、夫人がパリで買い物をするときはお供しなければならなかった。グライス夫人は、老舗《しにせ》の百貨店ベル・ジャルディニエールやボン・マルシェに「ニグロ」を連れ歩いて、自分の社会的地位を見せつけるのが好きだったのだろう。ラファエルは、野生動物のように扱われている気がして、そうした時間に我慢できなかった。彼が通ると、みな振り向くか、指を指すかした。あまつさえ悪趣味な冗談を言ってくる者までいた。私は、当時の新聞に「ニグロ」に関するたくさんの冗談が掲載されていたことを確認した。ラファエル自身もパリの通りで直接聞かされたことがあっただろう。

「あるニグロが隣のサルを羨ましがった。あいつは喋れないから、働かなくていいんだな」

あるいは、

「ひとりが言った。『ほら、あいつすっげー真っ黒だぜ』。もうひとりが答えた。『ほら、それは葬式に行くからじゃないのか？』」

さらに子供たちまで言った。

「いいなぁ、僕もああなりたい。からだを洗わなくていいんでしょ」

ラファエルにとってヌーヴォー・シルクが直ちに避難場所になったのだと、私は確信している。クラウンのアシスタントであるカスカドゥールの仕事やその他の力仕事に忙殺され、自分の運命を嘆くひまもなかっただろう。毎朝、厩舎での仕事に加えて、リハーサルや本番の度に舞台を掃除し、カーペットを巻いたり広げたりし、装飾や道具の配置を変えなければならなかった。これらの雑役は気に入らなかったろうが、それでもラファエルの新しい環境にはいくつかの利点もあった。彼は、曲馬師の仕事を間近で熱心に見ていたので、すぐに「曲馬鞍」と「高等馬術」の区別がつくようになった。「曲馬鞍」とは、詰めものをした板状の道具を指し、スパンコールで飾られイニシャルが縫われた絹の馬衣で覆われている。それを鞍の代わりに馬の背に乗せ、その上で、跳躍、障害飛越、宙返り、後《こう》肢《し》旋回、平衡《へいこう》といった一連の伝統的な型を曲馬師が披露した。「高等馬術」の演技はより要求が高かった。各騎手が常歩、駆歩《くほ》（ギャロップ）、跳躍を独自に構成した演技を行い、プログラムに芸術的な色合いを加えた。

ほかのアーティストたちが舞台で毎日リハーサルするのを見て、ラファエルは彼らの演技にも親しんだ。わずかな自由時間はそれらを真似ることに充てた。親切な者は、助言やちょっとした「コツ」を伝授してくれた。

ショコラ、ついに「芸人」としての一歩を踏み出す

シーズン最初の公演の2日前に到着したので、トニー・グライス一座にはほとんど練習時間がなかった。そのためトニー・グライスは、パリの観客の前で、スペインで長いこと繰り返してきたナンバーを披露した。しかし、反応がいまいちだったためプログラムから外し、新しいクラウン寸劇を準備した。1886年10月26日にパリのいくつかの新聞が掲載した囲み記事がある。それによれば、トニー・グライスが、ヌーヴォー・シルクで「彼のニグロ、サル、ブタと一緒に再び舞台に上がる」という。このとき初めて、イギリス人クラウンが一座に「ニグロ」がいることを明言した。

グライスにとっては、ヌーヴォー・シルクで第一クラウンの座を獲得するための大事な局面だった。ビリー・ハイドンは第一線を退いていた。しかし、若いフティットが頭角を現してきていた。フラン=ノアンを信じるならば、トニー・グライスはフティットに1885年にマドリードのプリセ座で初めて会っている。そこで、フティットは背中の真んなかあたりまで三つ編みを垂らした闘牛士に扮してコリーダのパロディを力いっぱい演じ、観客に拍手喝采された。この若く才能豊かな男は、ヌーヴォー・シルクでも気に入られたようだった。

トニー・グライスが1886年10月末に演じた新ナンバーのうち、ひとつだけ後世に残っているものがある。『駅長（ル・シェフ・ド・ガール）』というタイトルだ。『ムッシュー・クラウン！』（p.66）のなかで著者のエドゥアール・ド・ペロディィーユは、この寸劇がヌーヴォー・シルクで2年間演じられ、「観客は、初日から最終日まで興奮しっぱなしだった」と述べている。ペロディィーユ自身もこのナンバーを目にしていたので、後の解説は彼に任せよう。

「『三人の男性にご登場いただきましょう』と、トニーが始める。『イギリス人、イタリア人、そ

して……ショコラ！』。ショコラとはこの一座のオーギュストだ。三人の男が舞台に現れる。『さて』と、クラウンがよく知っているあの調子で言う。『舞台はサン・ラザール駅です。だんながたは旅行者で、私は汽車の運転士です』。お決まりのやつだ。ちょっとした説明のあと、近くにあった鐘を摑み、つんざくような音を響かせた。そして、鉄道職員の言い方を真似て大声で叫んだ。

『アニエール、ルヴァロワ、シャトゥー、シャラントン方面に向かうお客様がた！』

地名はさほど重要ではない。最初の男が前に出る。

『お客さま、どこに行かれるのですか？』

『〇〇です』

『お座席はどちらですか？』

『一等車です』

『それはそれは。それでは、鞄をこちらにどうぞ』

クラウンは即興のマイムをつけて台詞を口にした。これがひとり目だ。また合図が鳴る。ふたり目の男の番だ。

『どこに行かれますか？　お座席はどちらですか？』

『二等車です』

気の毒なこの乗客は、柵の後ろに押し戻され、ひどい言葉まで投げつけられた。ここで、三人目の登場だ。その男の顔を見て、観客たちははしゃぎ始めた。三人目はショコラだ。興奮は徐々に高まっていた。可哀想なこの男は、脳天になにを受けるのか？　同じやり取りがもう一度繰り返されるが、三等車の男を待っていたのはきついパンチだった。そして、地面に打ちつけられ、転がり、そして最後に柵の向こうに放り出されてしまう。客席はみな夢中になった。ときどき本気で殴られることもあるのかと、私はショコラに尋ねた。『何度かね』と、彼は答えた」

このナンバーが瞬く間に収めた成功は、ラファエルのキャリアにとって非常に重要だった。サーカスのアーティストになろうとしていたラファエルは、最初の舞台から観客の大笑いを引き出すことができたのだ。とはいえ、彼は幻想を抱いていたわけではない。観客が笑ったのは、自分が「ニグロ」だからだということを十分に理解していた。上流階級が集まる会場でのこの笑いは、パリの路地でラファエルが通り過ぎるのを見てからかう腕白小僧たちの延長線上にあるものだった。だが、彼の立場になってみてほしい。ラファエルに選択の余地はなかった！　この舞台のおかげで、彼は、舞台裏あるいは牡牛の後ろ足にいる無名の団員から抜け出ることができたのだ。まさに一歩を踏み出し、カスカドゥールはオーギュストになった。

ヌーヴォー・シルクの水上パントマイム
『水浴場（ラ・グルヌイエール）』のデッサン

ラファエルの名前はまだヌーヴォー・シルクのプログラムのなかには記されていなかった。1886年10月から12月までに発行された日刊紙や雑誌を丹念に見てみても、何ら新しい情報はなかった。しかし、当時発行部数の多かった挿絵入り週刊新聞『リリュストラシオン』のある号で、ヌーヴォー・シルクで演じられた初めての水上パントマイム『水浴場（ラ・グルヌイエール）』のデッサンを私は発見した。左手の「釣り禁止」と書かれた標識の前で、村人が釣り糸を垂らしている。その後ろに、馬丁《ばてい》の恰好をした若い黒人がいる。ラファエルはヌーヴォー・シルクの唯一の「ニグロ」であったから、推論は自《おの》ずと出てくる。彼は、１８８６年秋の初めに、ぬるい水のなかへ服を着たまま飛び込むという素敵な体験をしていたのだ。

ラ・グルヌイエール。この名前を聞いて、私はニューヨークのメトロポリタン美術館で見たクロード・モネの一枚の絵を思い出した。セーヌ川の真んなかのごく小さな島に集まった一団が描かれている印象派の初期作品のひとつとして、１８６９年作のこの絵はいまや世界的に知られている。クロワシー近くの「水浴場」という名の島は、パリジャンが頻繁に訪れた水浴場だ。男性たちが葉巻を吸いながら、水浴びをする若い「ニンフ」たちに見とれていた粋な場所だ。ヌーヴォー・シルクの経営陣はこの景観と雰囲気が一座の最初の水上パントマイムにぴったりだと考えた。見せたいものはただ、水に飛び込むクラウンたちと、水着姿の美しい女性たちだったからだ。当時、この種のスペクタクルは、馬の背にまたがる女性曲馬師たちと同様に、依然として男性たちの幻想を掻き立てた。

クロード・モネ作「ラ・グルヌイエール」

ラファエルは現実のパリ生活では見習い同然で、「地元っ子」の習慣を理解しようと大いに努力していた。とりわけ、子供時代に慣れていたものとはだいぶ違うパリの気候に適応する必要があった。１８８６年12月４日、パリに大雪が降った。雪は一晩じゅう降り続けたと新聞が報じている。ラファエルは目の前の光景に大興奮したと、私は想像する。街は機能しなくなり、奇妙な静寂に包まれた。この予期せぬ出来事を前にしたパリジャンたちの行動に、ラファエルは興味をそそられた。乗合馬車［いまで言う路線バス］や路面馬車は、凍った地面で滑らないように車輪に鉄輪をはめ、各車体につき2頭から3頭の追加の馬が配された。それでも登り坂は厳しく、路面で立ち往生する車両も多かった。通常だと、交通機関の少しの遅れにも人々はイライラしたが、今日に限っては乗客たちは静かに辛抱強く待っていた。あるいは互いに少し会話をしたり、子供たちは雪玉を投げ合って遊び始めたりした。御者の態度もこの日ばかりは慎重だった。2時間ごとに馬を替えることができない辻《つじ》馬車［いまで言うタクシー］の御者は、乗合馬車よりも大変そうだった。多くの御者が、事故を起こしてしまうことを恐れ、さしあたりは乗客を拒否し、状況が改善するのを待つしかなかった。抜け目のない者だけがこの状況をうまく利用した。雪の最初のひとひらが落ちてきた時点ですぐに蹄《てい》鉄《てつ》をつけ、どうしても約束に遅れたくない乗客を捕まえては法外な値段を要求した。同僚たちが立ち往生してあたふたしている横を、こうした馬車が駆け抜けていた。サントノレ通りで、ラファエルは普段は見かけない類の職人たちにも遭遇した。彼らは、大きな革エプロンをつけ、やっとこ、釘、金槌などの道具一式を持って、遭難している御者たちを助けていた。釘1本につき5から6スー［1スーは1フランの20分の1］、馬に蹄鉄するなら4から5フランが相場だった。吊り上げられた値段に対し、値引き、悪態、喧嘩などが繰り広げられ、しかし最終的にはどうにか落ち着いた。

この光景が、選択を迫られていたラファエルを力づけたのかもしれない。地上には二種類の人間がいる。まずは、何か困難にぶつかったときに、正面から挑むことなく何もせずになんとかやり過ごそうとする人々。もう一方は、起こってしまった予想外の出来事からも何かを引き出し、自分の運命にうまく使える人々である。ラファエルは、自分がどうするかを決めた。人々は彼の肌の色をからかって「ショコラ」と名づけた。だが、それはいま、アーティストとしての彼の名前となった。名字と戸籍を持たないラファエルは、ショコラとなることで、ステージ上でも街なかでも、奴隷状態に終止符を打った。これからは、彼の人格と役柄は一体となる。
氷の世界は、ラファエルがヌーヴォー・シルクのステージ上から遠くに見ていた黒の燕尾《えんび》服にシルクハットの紳士たちを、クラウンに変えてしまっていた。いまや観客なのはラファエルのほうだった。紳士たちが滑り、大げさな身振りをし、見えない手すりにしがみつこうとするが、ひっくり返り路面を滑ってしまう様子を、ラファエルは面白がったに違いない。真っ直ぐに立っていられた者が、他の者の不運を笑った。雪のおかげで、ラファエルもまたこっそりと笑う側に仲間入りしたのだ。人がバランスを崩して地面に転がってしまう様子は万国共通でどうしてこうも笑いを誘うのだろうと、ラファエルは思った。

2009年4月25日土曜日
数週間前から、学校や文化センターで、演劇形式の講演会を始めた。初め、私は舞台に上がりたくなかった。役者になりたいと思ったことなど一度もなかったし、コメディを演じる才能が自分にあるとは思えなかった。私はどちらかと言うと、いつもしかめ面をしているようなタイプなのだ。君とは正反対なことにね！
だが、友人のアーティストたちは、自分の振る舞いは自分の言説と合わせないとだめだと言い、舞台に上がるよう強く勧めた。彼らは私の説得に成功した。私は自分の本でいつも、人がアイデンティティに凝り固まり閉じこもってしまうことを批判してきたので、自分の日常と異なる役を演じるという危険に足を踏み入れることを受け入れざるをえなかった。それで、私は舞台に立った。観客と直接的な接点を持つことを体験して、アーティストとしての君の経験を少しだけ理解できたように思う。しかし、それ以上にうれしかったのは、私たちの演劇が研究に与えた影響だ。

当初、演劇に参加することで、歴史家が文書館の沈黙に打ち勝つことができるなどとは想像していなかった。しかし、このわれわれの挑戦が、観客からの様々な反応を引き出したのだ。観客たちは、自分の両親や祖父母たちが「フティット&ショコラ」の話をしていたことを思い出してくれた。彼らのなかには、私にシルク・ド・パリの舞台に立つ君の古い写真を送ってくれた者もいた。あるジャーナリストは、フランスで活躍したアメリカ人作家ジュリアン・グリーンのラジオ放送の録音を聞かせてくれた。グリーンは、幼い頃にヌーヴォー・シルクで君を見たと語っている。君の子孫が私たちの公演の話を聞きつけて、思い出の箱を開けて連絡をくれることを、私は願っている。

ラファエル、闘牛士ピカドールの役を見事にこなす

ヌーヴォー・シルクでは、『セヴィリア祭り』のリハーサルが始まったところだった。このパントマイムは、1887年1月に『水浴場』の後を引き継いだ。1853年にスペイン生まれの伯爵令嬢ウジェニー・ド・モンティジョがナポレオン3世と結婚して以降、スペイン・コミュニティは社交界で重要な位置を占めていた。そのおかげで、パリジャンたちは競牛やコリーダに関心を持ち、ブーローニュの森のなかに建てられたペルゴレーズ通り円形劇場ではその種のスペクタクルが定期的に行われていた。パリのヒスパニック系コミュニティの卓越した代表を自認するジョゼフ・オレールも、こうしたスペクタクルに愛着を抱いていた。しかし、レオポル・ロワイヤルもトニー・グライスも本物のパントマイムを書いて演出する才能はなかった。そこでオレールは、パントマイムを得意にしていたアンリ・アグストに依頼した。当時エデン劇場の舞台監督を務めていた人物だ。そこで、アグストは、プロスペル・メリメの小説を元にジョルジュ・ビゼーが1875年に作りあげた有名なオペラ

『カルメン』に着想を得た小品を構想した。

パントマイムは、サーカスにおいてマイナーなジャンルだと考えられてきた。史料は少なく、歴史研究は存在しない。当時の新聞に掲載された批評は、『セヴィリア祭り』を大絶賛しているが、肝心の内容については何も教えてくれない。しかし私にとっては幸運なことに、共和国が検閲を廃止する法律を可決したにもかかわらず、依然として舞台芸術に対する検閲は残っていた。カフェ・コンセールや劇場と同様に、サーカス団も、芸術省の役人に上演作品のシナリオを送らなければならなかった。とある資料箱がちょっとした宝物を隠し持っていた。ヌーヴォー・シルクのすべてのパントマイムの要約が集められていたのだ。

１８８７年初頭のプログラムが『セヴィリア祭り』の公演を大文字で次のように紹介している。

「有名なマタドール、トニー・グライスが観客に披露する闘牛ショー、クアドリヤ［マタドールを助ける一団］は、ピアリア、ベナモ、ショコラ（Chocola）、トニーノ」

ラファエルのアーティスト名が初めてヌーヴォー・シルクのプログラムに載せられた。綴《つづ》りで最後の「t」が抜けているのは、スペイン風にするためだろう。ラファエルは、出世の階段をひとつ上った。彼はもはや牡牛の足のなかに隠れる役ではなく、マタドール［闘牛で、剣で牛に最後のとどめを刺す主役の闘牛士］であるトニー・グライスを助けるピカドール［馬に乗り、槍で牛を刺す役目の闘牛士］の役についた。

『セヴィリア祭り』は大成功を収め、その証拠にシーズンが終わる１８８７年６月まで中断なしに公演が続いた。続く週には、アミアン、ル・アーヴル、リールでの巡回公演も行われた。トニー・グライスの弟子であるアントニオは、『ムッシュー・クラウン！』の著者に、ヌーヴォー・シルクとの正団員契約を結びたいという希望を明かし、『セヴィリア祭り』での自分の演技が観衆に評価されることを願っていた。しかし、実際に賞賛を勝ち取ったのはラファエルだった。1887年3月16日、『ル・フィガロ』は読者に対して、パリ・オルレアン鉄道が、地方の者もパリで評判のこのパントマイムを観劇できるように特別列車を走らせたとの記事を載せている。舞台芸術の世界に対して絶大な影響力を持っていた「演劇通信」欄の編集責任者であるジュール・プレヴェルの署名記事は、以下の言葉で締められている。

「牡牛たちのコミカルな競牛は、毎晩、スペインの有名な闘牛士フラスクエロのライバルである偉大なるトニー・グライスと、滑稽なピカドール役を務めた忠実なショコラに、大きな勝利をもたらした」

ラファエルは依然としてサーカス世界のヒエラルキーの底辺にいた。ほかのアーティストたちは、「ニグロ」で文盲であるからというだけでなく、この世界において必要な専門能力を持っていないという理由で、ラファエルを見下していた。しかし、ジャーナリストたちが特別な注意を向けたのは、彼だった。この早すぎる名声は、ヌーヴォー・シルクの他のクラウンたちの嫉妬心を煽《あお》った。新聞に名前が掲載される名誉にあずかったことがないアントニオや他のカスカドゥール、オーギュストたちは恨みを晴らそうとし、ラファエルへの嫌がらせは過熱した。次に引用するペロディーユの小話は、この文脈において解釈できると、私は思う。

「何人かの彼の同僚が、ニグロのマネキンにショコラの衣装を着せ、楽屋扉近くの椅子に座らせた。その前を通るアーティストは全員、本物と勘違いし、マネキンにかなり辛辣なからかいの言葉をかけた。本物のショコラは、扉の後ろで大笑いをしていた」

この仮装は、ただのマネキンでさえ簡単に彼に化けられてしまうのだということを、ラファエルに示した。そして「同僚」が彼にぶつけた「かなり辛辣な」冗談とは、パリの路地の腕白たちが口にしていた類のものと想像できる。

ペロディーユがこれらの嫌がらせに対してラファエルが「大笑いしていた」と書いたのは、事実だと思う。ラファエルは、この種の冗談を悲劇的なものとは捉えなかった。彼はむしろ笑い飛ばしたかった。そのように考えることができたのは、それでも道化師たちのあいだに一種の連帯感があったからだろう。彼らには共通の敵がいたのだ。

ヌーヴォー・シルクでのクラウンにとっての大いなる敵とは、曲馬師である。レオポル・ロワイヤルは、挿絵つきスポーツ誌『ル・スポール・イリュストレ』誌の記者に対して、一座の公演において水上パントマイムが近頃幅を利かせてきていることへの不満を漏らしている。6週間ものあいだ、曲馬師たちは舞台での練習ができなかった。朝も夜も『セヴィリア祭り』のリハーサルに使われていたからである。朝の練習時間を奪われて、ロワイヤルは馬たちを完全な支配下に置けなくなっていた。

曲馬芸ナンバーが隅に追いやられ、曲馬師たちはジョゼフ・オレールに裏切られたと感じた。デジタル化された新聞を調査していて、ヌーヴォー・シルクのクラウンと曲馬師の対立が身体的な衝突にまで発展していたことが分かる記事を私は発見した。1887年6月28日付の『ガゼット・デ・トリビュノ』誌によれば、ある曲馬師がトニー・グライスに対して殴打と傷害の苦情を申し立てた。

「二名の彼の仲間かつ共謀者は、ひとりはイタリア人で、もうひとりの出身は不明だ。後者は、ヌーヴォー・シルクの常連であればすぐに思い出すだろう。かの有名なショコラだ。ショコラとは、肌の色のせいでアントニオ・ラファエルにつけられたあだ名だ。彼の身体的特徴を、ラテン語の語尾変化風のフランス語で表現してみよう。『ニ・グリ（灰色でなく）、ニ・グロ（太っておらず）、ニ・グラ（脂っぽくもない）』。実際、ショコラは痩せ細っていて、縮れた髪をしていた。

彼は19歳だ。［中略］「あなたは何語を話しますか」と裁判長が尋ねると、ショコラは、何も分からないといったふうに目をぐるりとして彼を見返した。『通訳が必要ですね』と裁判長が言い、ヌーヴォー・シルクのアーティストであるひとりの証言者に、ショコラがどの言語を話すのか尋ねた。証言者が言うには、『分かりません。ニグロ語じゃないでしょうか』。事件は免訴となった」

この審問要約を書いた人物はサーカスの世界を知らないようだ。アントニオが「イタリア人」になっているが、彼はポルトガル人だ。喧嘩の原因も間違っていた。『セヴィリア祭り』の際にコリーダに参加できなかったのは、クラウンではなく曲馬師たちだ。そのせいで、ヌーヴォー・シルクでロワイヤル一族以外で唯一の専属曲馬師であったレコルシェがトニー・グライスを侮辱し、結果、彼の若いアシスタントたちが拳《こぶし》で応答したというのが事の真相だ。このとき、ラファエルは自分のうちにため込んでいた暴力的衝動を外に発散することができた。なぜなら、この殴り合いには正当性があったからだ。彼はアントニオと共にクラウンの名誉を守るために戦った。それは彼がこのコミュニティに溶け込もうとしていたことの証左でもある。しかし、この要約でさらに驚かされることは、この話は１８８７年６月のことで、ラファエルがパリに着いてから９か月も経っていたのに、彼はいまだに誰とも意思疎通ができない宇宙人かのように思われていたことだ。同僚でさえ、彼が「ニグロ語」を話すと思っていた。

第5章
歴史家はなぜ主人公が悪魔との契約書にサインしたと考えたか

ショコラ、ついに主役を演じ、スターの仲間入りを果たす

1888年初頭、ショー・ビジネス界の歴史においておそらく前代未聞の出来事が、セーヌ川沿い界隈で起こった。ある若い黒人移民が、首都で最も威光のある劇場のひとつで、パリのお歴々の前で披露されるパントマイムの主役に選ばれたのである。ところが、ペロディーユは、このアーティストを「私たちの種の奇妙な見本」と描写し、さらには「彼の喉は何を言いたいか分からない支離滅裂な音しか発しない」とまで言っている。だが『ショコラの結婚（ラ・ノス・ド・ショコラ）』は大成功を収め、この若い移民は、この晩、パリのナイト・エンターテイメントの世界でスターの仲間入りを果たした。

長いこと私は、誰も予想しなかった、この突然の成功の理由について考えていた。それは、この黒人の男がフランス人のあいだに掻き立てた、奇妙な対象に寄せる興味のせいだったのだろうか？　同じ頃にロンドンで大衆が押し寄せていたエレファント・マンと同様の「奇形の人」と認識されていたのだろうか？　それとも、この成功は、彼のアーティストとしての才能によるものだったのだろうか？　これは新しく解明すべき謎だ。しかし、私はまたしても、この男の歴史を覆っている沈黙の壁

にぶつかってしまった。それでも、いくつかの断片的なデータを集めることができた。『ショコラの結婚』の概要、公演ポスター、演出家の名前、新聞の批評などである。これらの素材を用いて、私は、信憑性のあるシナリオを作ることができた。キー・パーソンは、奇妙にして魅力的な人物、演出家アンリ・アグストである。

　1887年6月末、『セヴィリア祭り』に出演していたアーティストたちは、フランス北部のアミアンから始まる地方巡業に出た。この長期旅行のために、一座は翌シーズンの準備に取り掛かることができないでいた。ヌーヴォー・シルクの再開は、1887年10月8日に予定されており、最初の公演では曲馬師のナンバーが中心に据えられ、加えて『水浴場』も再演されることが決まっていた。『セヴィリア祭り』の大成功は、アンリ・アグストの地位をゆるぎないものとし、彼は総舞台監督に任命された。

　トニー・グライスは依然長期契約への夢を諦めておらず、新シーズンのためにいくつかの寸劇を構想していた。「彼のニグロ」と演じたナンバーが聴衆に好評であったことから、グライスは同種の寸劇を提案してみようと考えていた。一座が、フランス北部、リールの曲馬場に滞在していたある日、日刊紙『ル・ゴロワ』の1ページ目に掲載された次の記事が彼の目に飛び込んできた。

「ヌビア人、ラップ人、フエゴ人、ガウチョ、ガリビス人、カルムイク人、セイロン人に続いて、動物園がアシャンティ人［現在のガーナの内陸部に住んでいた黒人先住民］を公開する運びとなった。12名の男性に、若い娘も含む8名の女性である。アシャンティは、肥沃《ひよく》な平原に住む戦闘的な人種だ。彼らの王は、3333人の妻を持つことができる。貴族階級が死亡すると、その奴隷には凄惨な運命が待ち受けており、人身御供《ひとみごくう》は毎年定期的に起こる。動物園で彼らは、国の習慣そのままの生活を披露してくれ、民族衣装も身に着けている。彼らは黒人で、弓を引き、向かい合って相手の鼻に切りつけるような振りのダンスを踊る。彼らの肌は銅に近い色をしている。チョコレートのような銅色だ。その顔は、人前に出せるものとはほど遠い。口は肉感的で残忍な感じだ。下唇が厚く垂れているせいで中途半端に閉じた口元から、狼のような歯が覗いている。まともな感覚であれば、彼らの妻が胸から垂れ下がったたるんだ乳を厚い綿で覆うことを望むだろう。しかし彼女たちは、もっと下、大きな臀部《でんぶ》あたりにしかベールを巻いていない。そして、あの尻！　なんという尻か！　籠を背負ってもびくともしない」

この記事を読んで、イギリス人クラウンは爆笑した。新聞を脇に置き、パリに戻ったらすぐに、これを元に自分のニグロと一緒に新しいナンバーを準備しようと、独りごちた。９月末になってもアシャンティ人がいまだ紙面を賑わしているのを知り、グライスは喜んだ。アルベール・ジョフロワ＝サンティレールが、ブーローニュの森に娯楽と好奇心のふたつを満たす憩いの場として「動物園」を作ったのは１８６０年のことだ。アルベールは、著名な動物学者だったエチエンヌ・ジョフロワ＝サンティレールの孫である。エチエンヌは、１８１５年に「ホッテントット・ヴィーナス」［南アフリカの元奴隷。イギリスに連れて行かれ、臀部《でんぶ》の大きい身体的特徴から見世物にされた］を調査し、彼女はオランウータンの顔を持ち、マンドリル種の雌の尻を持っていると結論づけた人物だ。

動物園は最初、世界中から輸入してきた動物を主に展示していた。続いて、アルベール・ジョフロワ＝サンティレールは、「原始人」の陳列という新しいタイプの教育的企画を提案した。１８８７年９月末、彼は新聞記者たちを招き、エキゾチックな新一座アシャンティ人を紹介した。彼らはその日の祝祭的な夜会で注目の的だった。幻灯機で写真を映し出しながら、彼らが「ネグロイド種」である

アシャンティ人が
登場した
順化園での
出し物ポスター

ことを説明する講座も開かれた。翌日、ジャーナリストたちは、アシャンティ人たちもこの市民講座を楽しんだようだと記事に載せた。「この大きな子供たちは、喉から発する叫び声を上げて、喜びを表現した」と、彼らのひとりが書いている。それからの日々、「民族衣装」を身に着けたアシャンティ人はパリじゅうで展示された。彼らは、曲馬場やフォリ・ベルジェールのスペクタクルにも登場した。流行に合わせてインスピレーションを働かせることで知られる歌手ポリュスは、早速アシャンティ人に捧げる歌を書いた。流れに乗り遅れてはならないと感じたトニー・グライスは、新しい寸劇を完成させるために、ラファエルを呼んだ。

　パリジャンたちを熱狂させているアシャンティ人についてラファエルが聞いたのはそのときが初めてだったが、その後、彼は動物園に彼らを見に行ったのではないだろうか。柵の後ろで体を丸めているこの男女のグループを目にしたとき、彼は強い衝撃を受けたに違いない。しかし、彼は「アフリカの兄弟たち」の運命を自分に直接関係づけて考えはしなかったと思う。アフリカの民族もヨーロッパと同様に多様である。フランス人がドイツ人やイギリス人と一緒にされることを嫌うように、ラファエルもアシャンティ人に対して親近感は覚えなかった。もしかしたら、若い頃にハバナで見かけた奴隷貿易船から降り立ったばかりの奴隷たちよりもさらに「原始的」に見えるこれらの「アフリカ出身奴隷（ボザレス）」に対して、ラファエルはある種の不快感すら抱いたかもしれない。突然、見学者の一集団がコインを投げ始め、アシャンティ人にダンスをするよう要求した。4人のミュージシャンが太鼓を手に、緩急のリズムを付けながら拍子を取り始めた。一座の他の者たちは、輪を作り、そのうちふたりが前に進み出た。そのからだはすぐに太鼓の音に調子を合わせ、疲れを知らないかのように素早く激しく腰を振り続けた。胴体を真っ直ぐ保ち、腕も固定し、ただ足だけを筋肉の動きが見えないほど小刻みに動かし、交互に前に進んでは後ろに戻った。

震えを隠しながらラファエルがこの場面をじっと見ているところを私は想像する。トニー・グライスがアシャンティのダンスを彼に真似させようとしているのではないかと考え、ラファエルは混乱し、どうやって抵抗しようかと自問した。幸いなことに、グライスは、伝統的なクラウン寸劇に流行要素を少し加えるに留めた。ラファエルは「アシャンティ」に扮し、つまり腰巻だけをつけ、小麦粉の樽に飛び込む。そして真っ白になった顔で出てきて「ジェ・フロワ（寒いよ）！」と叫ぶ。トニー・グライスが彼に「サンティレール」と答える［動物園を作ったジョフロワ＝サンティレールの名前に引っかけたやりとり］。

新聞は、この場面に触れながら、ヌーヴォー・シルク新シーズンの公演について寸評した。ラファエルは、動物園支配人の名前を知らなかっただろうから、この言葉遊びは理解できなかっただろう。しかし、前回ほどの反応ではなかったにしろ、再び観客を笑わせられたことに満足した。

ショコラを一躍有名にした人物

いままでのところ、ラファエルがなぜ1888年3月にヌーヴォー・シルクのプログラムに採用されたパントマイムでの主役に選ばれたのかを理解する鍵はなかった。しかし、総舞台監督で、スペクタクルの演出も務めたアンリ・アグストが、人選において重要な役割を果たしたことは間違いないだろう。そこで、この人物について私は調査を進めた。

サーカスに関する文書館の沈黙に幾度となく阻まれ、私はフランス国立図書館のデジタルアーカイブGallica（ガリカ）に収められた文書を探索するしかなかった。この電子図書館は、今日、今昔《こんじゃく》の何百万というテキストを保持し、「クリック」ひとつでアクセス可能だ。私はまず、この奇妙で驚くべき道具に慣れなければならなかった。私がキャリアを始めた頃はこんなものはなかったのだ。初めは途方に暮れてしまった。古いテキストを読み解き、解釈するという長い時間をかけて獲得した能力が、ここでは何の助けにもならず、「本物」の文書とのつながりが途切れてしまった気がした。哲学者ミシェル・フーコーは往年、研究の過程で、灰と化した生命との対峙を可能にするような、震えた古い文字の痕跡を見つけたときに歴史家が強く感じる感動について言及した。Gallicaのなかに沈みこむことは、手稿文書でも印刷物でもこうした魔法を諦め、デジタルの法に屈するということだ。しかし、デジタルなしに救いはない。部屋でひとり、パソコン画面に目を凝らし続け、私は少しずつ、電子文書の大海原を「航行する」あるいは「サーフィンする」やり方を学んだ。この「海の向こう」が私の主人公の秘密を明らかにしてくれることを願って。

Gallicaを使った調査手法によりばらばらな情報が積み上げられると、今度はそれらを解析する仕事が待っていた。辛抱強い捜査を重ね、アンリ・アグストの経歴の大枠を私は再構築することができた。フランス南部、地中海に近いニーム地方に生まれ、大道芸人からキャリアを開始し、マルセイユではマイムを学んだ。その後アメリカに渡り、世界的に有名なアクロバット一座ハンロン・リーと出会う。このアイルランド出身の6人兄弟は、フランス人ジュール・レオタールが始めたブランコ曲芸にさらに磨きをかけたことで知られていた。不幸にも、兄弟のひとりトーマス・ハンロンが1865年にシンシナティで、跳躍に失敗し頭蓋骨を骨折してしまった。老いてきたアクロバット師がみなそうであるように、ハンロン・リー兄弟も若いときのような身体パフォーマンスができなくなってきていた。トーマスの代わりとしてアグストを雇い、彼のおかげで、一座はアクロバット・パントマイムに重点を置いた第二のキャリアを開始した。幅広い訓練を積んできたアグストは、その才能で、ボヘミア出身の役者ジャン・ガスパール・ドビュローによって練り上げられたピエロのパントマイムと、アメリカの黒人奴隷文化から生まれたジェスチャー劇であるミンストレルという、マイムのふたつの伝統を融合させた。１８６７年、一座はアメリカの舞台で、ドビュローから主題のヒントを得たパントマイム『村の理髪師（ル・フラテ・ド・ヴィラージュ）』を披露した。ピエロはコロンビーヌとの結婚を望んだが、彼女の両親が反対した。そこで、彼は理髪師に扮して彼らの前に現れ、両親の頭を切断してしまう。良心の呵責を覚え、頭の破片を集め、叩いたり、蹴ったり、水中に沈めたりする。支離滅裂などたばたの末、ついに父親が結婚を承諾する。

この種のパントマイムで重要なのはプロットではなく、リズミカルな流れと舞台演出上の奇抜な発想である。『村の理髪師』が大成功を収めたのは、舞台に荒唐無稽なギャグが満載だったからだ。腸を失くしてしまうヴァイオリン、ソーセージを産み落とす段ボールの馬、死んだネズミがその上で巣を作っているピアノなどが登場した。ハンロン・リー座のおかげで、単純で、度を越していて、残忍で、臆面もなく冷酷な要素が盛り込まれた新しい形の滑稽劇（ビュルレスク）が誕生したのである。この種のパントマイム劇作家たちが練り上げたコミカルな場面の多くは、その後のクラウン寸劇でも繰り返し使われている。完全に「たがが外れた」側面が、アメリカの観客に大うけしたのだった。

ハンロン兄弟の武器は、幼い頃から一緒に働いてきたがゆえの、まるで全員でひとりの人物であるかのような完璧にシンクロした動きだった。しかし、パントマイムの主題、演出、テクニックの刷新をもたらしたのは、アグストだった。１８７０年７月に普仏戦争が始まり動員されフランスに戻っていたアグストは、１８７６年に新しいパントマイム『スイスへの旅』でハンロン・リー座に合流し、初演のパリから、ロンドン、ニューヨークと廻った。ある薬剤師が若い妻と新婚旅行に出発するが、予想を超えた数々の途方もない出来事が彼らの新婚生活の邪魔をする。公演はパリで大成功を収め、

1878年、フォリー・ベルジェールで大ヒットした、ハンロン・リー座、『ド・ミ・ソ・ド』のポスター

ヴァリエテ劇場で軽喜劇（ボードビル）に脚色された。これを機会に、演劇界がハンロン・リー座を知ることになった。

一座の成功は、１８７８年に『ド・ミ・ソ・ド』という舞台で最高潮に達し、ポスターはフォリ・ベルジエールに13か月間ずっと貼られていた。当時の人気ポスター作家、ジュール・シェレが手がけたそのポスターを私は国立図書館で見つけた。ミンストレルの舞台を写したものである。ハンロン兄弟が扮した興奮状態のミュージシャンたちが四方八方に向けて大げさな身振りをし、ジャンプし、突っ込み、空を飛んでいる。舞台中央に描かれたアンリ・アグストは、顔を黒く塗り、緋色のレオタードの指揮者の姿だ。目は飛び出、口を馬蹄形に歪め、力いっぱい指揮棒を振っている。彼は、この不協和音のなか、ミュージシャンたちが彼に繰り出すパンチにも臆せず、指揮を続ける。

電子資料を通じての調査で、アグストがプライベートでいくつかの問題を抱えていたことが分かった。アメリカで結婚していた妻がアグストに裁判を起こした。離婚が成立していないにもかかわらず、彼がイギリスで再婚したからである。さらにハンロン兄弟とも決別した。彼らが、事故死したトーマス・ハンロンの役を替わりに務めたから、という理由でアグストの存在をなかったものにしようとしたからだ。ハンロン兄弟が自分たちの伝説を後世に残すために準備していた伝記のなかで、序文を執筆した詩人テオドール・ド・バンヴィルが、一座の刷新に多大な貢献をしたアグストの役割に全く触れなかったのである。その後、ハンロン兄弟はアグスト抜きでパントマイムを披露し続け、アメリカでの活躍は続いた。

ショー・ビジネスの世界にいる者であればみな、アンリ・アグストの才能を知っていた。１８８３年にブドロー通りにエデン劇場が新しくできたとき、彼は道化師の一団を指揮するために雇われた。１８８５年後、彼は劇場の総舞台監督になった。エデン劇場はオペラ座に次ぐ大きなホールを持ち、大がかりな振付作品を多数上演し、パリの観客たちは非ヨーロッパ圏の文化に親しむことができた。その建築には、ヒンドゥーの寺院と千一夜物語のバザールの影響が見て取れる。ジュール・シェレの手によるパントマイム『ド・ミ・ソ・ド』のポスターに着想を得て、ジョルジュ・クレランが大ホールの天井にフレスコ画を描いた。毎晩、エデン劇場の観客たちは、目を上げれば、悪魔染みたオーケストラ指揮者のポーズを取るアンリ・アグストの表情をはっきりと見ることができた。

アグストは舞台監督として精力的に働き、日本からエド一座を招待したり、クレオール［植民地生まれのフランス人］の作曲家フランシス・トメの音楽に乗せて「ペルシア・バレエ」である「ジェムナ」のプログラムに振りをつけたりした。また、『パリの狂騒』というスペイン文化をテーマにした二幕四景の舞台の台本を執筆し、大成功を収めた。こうした実績から、ジョゼフ・オレールはヌーヴォー・シルクに彼を雇うことを考えたのだと思われる。アグストが『ショコラの結婚』で黒人奴隷に主人公を任せた理由を、私は少しずつ理解し始めた。

アグストが
日本から招待した
「エド一座」のポスター

スペクタクルの興行主たちがエキゾチックな一座をプログラムに入れるときに気を遣うのは、それが観客の期待に沿うものかどうかという点だ。舞台上での「ニグロ」の演出は、動物園やミュージック・ホールでのものとは異なっていた。例えば、１８７８年にフォリ・ベルジェールの支配人レオン・サリが

「ズールー［南アフリカからジンバブエ一帯に住む民族］」一座の上演を行ったとき、彼は事前に新聞でキャンペーンを張った。すなわち、これは単なる展示ではなく、「高貴な家柄」の野蛮人たちによる本物の舞台だと、パリジャンたちに説明したのである。そこには、歌も芝居もマイムもあり、観客はその「奇抜さ」と斬新さに驚くだろうと語った。

「ニグロ」の使い方は社会階層によっても異なった。エキゾティスムは、庶民の商売でもときに利用された。ゴブラン通りでは、ある軽業師がガラクタ屋を開き、扉の前には見張りとして色とりどりの羽根や鼻輪をつけ、カルソン（ひざ下までのゆったりしたパンツ）をはいた「本物のニグロ」を配置した。腕や足はしっかりと鎖に繋がれたうえで、アフリカで捕まえられた危険な人喰いだと明示されていた。通行人は驚いて、ついつい店内に入り、ちょっとした品物を買ってしまうのだった。

『ショコラの結婚』でラファエルが主人公に抜擢された理由を理解するために、ヌーヴォー・シルクの常連である上流社会の観客たちが何を期待していたかを知る必要があった。彼らはステージ上にどのようなタイプの「ニグロ」を見たがったのだろうか？　答えは、次に示すアンリ・アグストとジョゼフ・オレールのあいだのちょっとした会話のなかに見つけられるだろう。1887年9月末にオレールの支配人室で交わされたものだ。

「オレールさん、今度のパントマイムのプログラムに関してひとつ提案があるのですが」

と、アグストが楽し気に口火を切った。

「お聞きしましょう、親愛なるアンリ。どうぞ」

「高くつくものではありませんよ。手近なところでできます」

「お気遣いありがとう」

と、オレールは笑いながら答えた。

「10年前に私がフォリ・ベルジェールでハンロン・リー座と大成功を収めたときのことを覚えてますか」

「もちろんですよ！『ド・ミ・ソ・ド』に『スイスへの旅』でしたね。そのせいで、私のファンタジー・オレール座は撤退するしかなかったのですから」

「私はヌーヴォー・シルクでも似たようなパントマイムをしたいんです。今度は水上ショーを使って」

「聞いてください、アンリ」

と、オレールは少し気色ばんで続けた。

「私も考えてはいたのですよ。でも、メーキャップで顔を黒くするミンストレルのようなエキセントリックなものを、私たちの観客は好まないでしょう」

「偽の黒人の話ではないですよ」

アグストはオレールの目を真っ直ぐ見て答えた。

「なんですって？　どういうことですか？」

「本物の黒人に主人公をやらせたらどうでしょう」

オレールはまだ話が見えず、聞き返した。

「本物の黒人？」

「はい、正真正銘の黒人です」

「だけど、そんな貴重な鳥をどこからみつけてくるんです？　動物園ですか？」

「ヌーヴォー・シルクのなかですよ」

「ヌーヴォー・シルクで？」

「はい。トニー・グライスのオーギュストを務めているショコラがぴったりでしょう」

オレールは飛び上がり、残っていた葉巻を灰皿に押しつけた。

「気でもちがったのですか、アグスト。冗談だとしたら趣味が悪いですよ。私は忙しいのです」

「黒人猛獣使いのデルモニコのことを思い出してください。彼がファンタジー・オレール座に利益をもたらした唯一のアーティストだったと、あなたはよくおっしゃってますよね」

「だけど、あれは猛獣使いです！　も・う・じゅ・う・つ・か・い！」

オレールは叫んだ。

「ニグロが獰猛《どうもう》な動物に対峙する、それは自然なことで、だからデルモニコはできたんです。ですが、グライスのニグロは何もできません。たった3年前、彼はまだビルバオの炭鉱で働いていたんですよ。それでいて、私がそいつを私のサーカスの花形にするですって。彼の名前をポスターに大文字で印刷する、あなたはそうしようと言うのですか？」

「オレールさん、聞いてください。私はいままで、幾人ものクラウン、パントマイム役者、踊り子を見てきました。私はあのニグロは喜劇の才能を持っていると思いますよ。だが、グライスはその価値に気づいていない。このままでは彼はずっとグライスのカスカドゥールだ。偽アシャンティの寸劇をご覧になったでしょう。バカげてる！　彼には本物の役を演じる能力がありますよ。とにかく、やってみましょうよ」

オレールは、肘掛椅子に深く沈んだ。そして、考え始めた。目は空《くう》を見つめ、思考はさすらった。この賭けにかけたい気持ちもあった。デルモニコの衝撃をもう一度、しかし桁違いの賭けだ。彼は若い頃の気持ちを思い出した。「黒ん坊（モリコ）」と呼ばれた自分が、サーカスで、しかもパントマイムの主要な役で、ニグロを登場させる最初の支配人になる。悪くない。同時に、彼は自分が物笑いの種にならないだろうか、株主たちは気に入らないのではないか、とも自問自答した。オレールは、総舞台監督に礼を言い、少し考えてみることを約束した。

「今夜、彼のことをあなたの席からよく見てみてくださいね」

と、アグストは微笑みながら答えた。

オレールは最終的に同意した。しかし、総舞台監督に、いざというときのために、『ショコラの結婚』が失敗しても観客の興味をしっかり引きつけておける別のステージも同時並行で用意するように言った。

アグストによる地獄の特訓が始まる

おそらくこの少し後にアンリ・アグストはラファエルを自分の部屋に呼び、良いニュースを伝えた。まだおぼつかないフランス語で、ヌーヴォー・シルクの花形クラウンはトニー・グライスとジョージ・フティットであると、ラファエルはアグストに伝えようとしたと思う。主役はいつも彼らだと。これまで舞台の上でラファエルが口にした台詞と言えば、『駅長』のナンバーでの「三等車」と、偽アシャンティの寸劇での「寒い」だけだった。それ以上の台詞などどうしろというのだろう。

アグストはラファエルに、本物のパントマイムは無言劇であり、役者は言葉ではなく身振りで伝えるのだと説明した。『ショコラの結婚』には、「うん」「そう」「へー」「おお」以外の台詞はない。

次回の公演で主人公を務めるのがラファエルだと聞いて、ヌーヴォー・シルクのクラウンたちのあいだには間違いなく衝撃が走っただろう。組織で一番能力がないと思われていた者が昇進すると、他の者たちが不公平だとか贔屓だとか叫ぶのは一般的な反応だ。ましてや、当時ラファエルは「私たちの種の奇妙な見本」と見なされ、舞台では殴られっ放しがお似合いだと思われていたことを忘れてはならない。いくつかの手がかりから、「ニグロ」の昇進がほかのクラウンたちのあいだに大きな不満を生んだことは明らかだった。ヌーヴォー・シルクのプログラムを調べて、トニー・グライスとアントニオの名前が1888年3月以降に出てこないことに、私は気がついた。彼らは、「彼らのニグロ」の名がポスター上方に載せられるのを見るより、一座を去ることを選んだのだ。フティットのほうは総舞台監督の決定を受け入れた。ただし、1888年秋の次回作では自分を主人公にすることをアグストに約束させた。

国立文書館で見つけたヌーヴォー・シルク関連の文書のなかに、『ショコラの結婚』の要約と舞台装置のいくつかのスケッチがあった。台詞がないので演劇の台本とは似ても似つかぬテキストだが、これらの小冊子と素描は場面の動きを詳細に教えてくれる。こうした情報のおかげで、公演の最初の稽古がどのように進められたかを私は想像することができた。

アグストは、ジャグラー、ダンサー、そしてバレエ教師でもあった。当時、古典舞踊はサーカスを学ぶうえでの基本だった。足と腕をエレガントに動かし、優雅にステージ上で転ぶために、バレエの習得は真の道化師であるために必要不可欠だと言われていた。何年ものあいだエデン劇場で、アグストは、世界じゅうから来たアーティストを育成し、指導した。『ショコラの結婚』の台本を書くうえで、アグストはラファエル自身と彼の出身文化についてもっと知りたいと考えたのだろう。彼はラファエルに自分の前で踊って見せるように言い、その動きをパントマイムのなかにどのように取り入れられるかを見ようとした。しかし、ラファエルは、子供時代に学んだからだの動かし方を自分の奥底に閉じ込めてしまっていたため、命じられたからといってすぐに動くことはできなかった。そして、彼は「クラシック」バレエを学んだことがなかったため、動物園で見たアシャンティ人のようにからだをくねらせて総舞台監督を失望させてしまうのではないかと不安になった。

生まれ故郷のハバナでは、踊りとは、個人が日常生活とは別のところでするものではなかったのだと、ラファエルはアグストに説明した。ダンス・ホールもないし、ダンスだけに費やす時間というものもない。それに、彼のコミュニティでは、音楽や身振りと分かちがたい表現方法としてダンスがあったと、付け加えた。彼は太鼓のリズムに合わせてひとりで踊ろうとしたが、その動きはどうしようもなく不自然なものとなってしまっただろう。

ラファエルが子供のときにハバナの奴隷たちのコミュニティで最も踊られていたダンスのひとつが「蛇踊り（ラ・マンタール・デ・クレブラ）」だった。諸王たちの祭りの日に、街中の路地を大きな行列が練り歩くことを、ラファエルはアグストに説明したかもしれない。男たちは背に巨大な蛇を背負い、総督の宮殿の前に着くと、歌いながら踊りだした。

「イ　ミラーレ　ロス　オホス、パレセン　カンデラ
イ　ミラーレ　ロス　ディエンテス、パレセン　フィレ
ケ　ラ　クレブラ　セ　ムリオ
ラ　クレブラ　セ　ムリオ
カルバソン、ソン、ソン
サンガラ、ムレケ」
（目を見てごらん、シャンデリアのようだ
歯を見てごらん、フィレのようだ
蛇は死んでしまった

1908年に撮影された、
ジャグリングをする
日本人ジャグラー

カルバソン　ソン　ソン
蛇は死んでしまった
サンガラ、奴隷の少年）

ラファエルはこのリフレインを歌いながら踊りだしたのかもしれない。アグストは、メモ帳を取り出して、パントマイムに取り入れられそうな動きをいくつか書き留めた。

「ニグロ」のショコラが何もできないことはパリでは周知のことだったので、アグストはおそらくかなりの特訓をラファエルに課したに違いない。まずは、息を吸い込み、吐き出すこと、それから、くるぶしのほぐし方とストレッチを教えた。そして、プリエ、デガジェ、ロン・ド・ジャンブ、バットマン・ア・テール・エ・アン・レールといったクラシック・バレエの基本の動きを教授した。飽きさせないために、アグストはジャグリングの練習もあいだに入れ、段々と複雑な動きの見本も見せた。

私が読んだある古い本によれば、ジャグリングは最も科学的で練習を必要とする曲芸だという。同じ動作を一生のあいだ、毎日繰り返し、よいジャグラーとしての勘を養う。常にエレガントで、笑顔を絶やさず、申し分のないしなやかさで、アグストは手にする物をなんでも驚くほどの速さでジャグリングし、その名声を獲得した。激しいポルカの音に合わせて、瓶、紙ボール、金属球、卵を同時にくるくると回した。彼は、『ショコラの結婚』のなかにジャグリングの場面を入れようと考えていたので、ラファエルにその基礎を叩きこんだ。アグストは素晴らしいクラウンでもあったので、ラファエルの前で、彼の言う「大道芸のちょっとしたコツ」も披露して見せたのではないかと思う。帽子のなかから衣装一式を引き出し、５秒以内で着てみせた。それから、蝶がクラウンの鼻回りをひらひらと舞い、額に止まるが、クラウンは捕まえることができないというパントマイムの流れを教えた。さらに、坂を上ったり、転げ落ちたり、ひっくり返ったりというコミカルな動きもラファエルは学んだ。アグストは、『ショコラの結婚』のなかにアクロバット的動きを多く取り入れたかったので、ラファエルに体操の練習もするように言った。数週間の特訓後、ラファエルは、逆立ち歩き、側転、そして当時は「アラブ跳び」と呼ばれた側面宙返りができるようになった。

舞台に立つ者が技術を磨くためには、様々な公演を見て、他のアーティストの優れた演技を観察することが必要だとアグストは知っていた。彼は、おそらくラファエルにアルマ橋曲馬場の舞台を見るよう提案しただろう。鉄と石でできた巨大な円形の建築物で、１万人を収容することができた。観客は舞台からかなり遠くに座ることになるので、とりわけ優れた演技しか彼らの注意を惹くことはできなかった。ここの観客たちの目当ては、戦車競走や騎士の闘いなどが登場する壮大なパントマイムだった。

私は文書館で、アルマ橋曲馬場の古いプログラムを見つけた。日付は１８８７年12月15日、すでにラファエルがアグストとの稽古を開始していた時期だ。ふたりが連れだってこの公演を見に行った可能性は十分に考えられる。第一部で最も印象的なナンバーは、アバシとマズスという兄弟のアクロバットだった。彼らは、幼いときはアラブ人の移動式サーカスで過ごし、その後、独立した。彼らが作ったエジプト・ピラミッドというナンバーは極めて斬新なもので、サーカス芸の殿堂に入っている。ふたりは、レンガに似た小さな木のブロックを持ってステージに登場する。そして、片手倒立をしながら、もう一方の手でブロックを持って少しずつ積み重ねていき、平行するふたつの支柱を完成させ

アバシとマズス兄弟による
「エジプト・ピラミッド」の曲芸

る。より面白くするために、作った支柱それぞれの上に壺を載せ、そこに兄のアバシが乗り、さらにその首の上で弟マズスがバランスを取った。

会場は割れんばかりの拍手に包まれた。しかし、雑役係が散らばった小道具を片付けているときに、アリーナ、特に庶民が押しかけていた下方の列がざわざわし始めた。一番高いところに、綱の上でバランスを取る男のシルエットが見えたのだ。突然、彼は空に舞い、綱の一箇所を摑んだ。そして、綱から綱へと伝い、地上に降り立った。頭で逆立ちをしたり、前に後ろにの宙返りを目が回るほどのスピードで繰り返した。ざわめきは叫びに変わった。「ギュギュス！　ギュギュス！」。男は、自分よりもだいぶ大きな黒の衣装をだらしなく着、大きなどた靴を履いていた。白粉《おしろい》をはたいた顔には赤い鼻をつけており、まるで真っ白なケーキの上に乗っかったサクランボのようだった。ギュギュスの顔は傷だらけだ。なぜなら恐ろしく不器用だからだ。相棒のボブを殴ろうとするが、狙いを外し、自分を殴ってしまう。

このクラウンの名をジェームズ・ギヨンと言う。8年前からこの曲馬場の花形クラウンだった。イギリス人水夫の息子として生まれたが、8歳のときに移動式サーカス一座に養子に出された。1864年にイギリスでデビューしたのち、アルマ橋曲馬場に雇用された。パリのサーカス界に赤鼻のピエロを持ち込んだのはギヨンだ。「20スー」の格安な観客席を占めていた庶民たちは、よれよれの服を着て純朴さを装うこのピエロに自分たちの姿を重ねていた。

アメリカの奴隷によって作られたミンストレルというスペクタクル

ラファエルは間違いなくギュギュス［道化師の一タイプで、不器用でお馬鹿、しばしば酔っ払いの愛すべき性格の持ち主］の演技に感激しただろうし、彼に対抗するなんてとんでもないと思っただろう。しかし、アグストはラファエルに彼が目指すべきはギュギュスではないと説明した。この種のピエロは、ハイ・ライフの人々には下品すぎるように感じられ、ヌーヴォー・シルクの洗練された観客に受けないのだ。だから別の方向性を探さなければならなかった。

ミンストレルは、アメリカ南部の奴隷たちによって作られた、マイム、踊り、音楽を組み合わせたスペクタクルだ。奴隷たちは踊りを学んだことはなかったし、コメディーを演じたこともなかった。しかし、彼らはひそかに、パリやロンドンで生まれたカドリーユ［4組の男女のカップルが四角になって踊るもの］やコントルダンス［対舞曲］に興じる白人主人を観察していた。彼らの動きを面白おかしく真似、奴隷たちは新しいジャンルのスペクタクルを作りだしていった。しかし、奴隷が本物のアーティストと認められることはなかった。結局、そのパフォーマンスに興味を持った白人コメディアンのトーマス・ダディ・ライスが、「ジム・クロウ」というアメリカじゅうで有名となったキャラクターを中心にミンストレル・ショーの最初の形態を作り上げた。

フランス人の歴史家でこのテーマを取り上げた者がいないので、ミンストレル・ショーがいつ、どのようにフランスに上陸したかは分からない。新聞記事をたどって、ロンドンで上演されたミンストレル・ショーについての批評欄に、庶民たちが大声で笑い転げたいくつかの冗談が掲載されているのを見つけた。

「こんちは、ベティお嬢さん。

──あらぁ、でもあなたのことは存じ上げませんわ、ムッシュー。

アメリカで大人気となった
ミンストレルのキャラクター
「ジム・クロウ」

—なんと！　あなたは先週河に突っ込んだ客船に乗っていましたね。
—そうですけれど、それが？
—私たちは空中で出会ったんですよ。船底の三等席にいた私は上に放り投げられて、一番上の一等席にいたあなたは落下していました」

音楽と下品な冗談とエキセントリックなダンスが混ざったこの種のユーモアは、アメリカやロンドンでは大成功を収めたが、第二帝政期で風紀の取り締まりが厳しかったフランスではそうはならなかった。こうしたスペクタクルは、検閲によってカフェ・コンセールで禁止されていたし、そもそも劇場に通う教養層は全く評価していなかった。新聞の批評欄には次のように書かれている。「奇妙なサルのダンス」「胸の悪くなる黒塗り」「醜悪な表情、品位のない身なり、吐き気を催す」「彼らが身をよじって笑うさまは、まるで腹を下しているかのようだ」。1870年の普仏戦争以降は、フランス第三共和政の大統領になったマクマオンによって公序良俗が徹底されるようになり、警察長官は「公共の場でバンブーラを踊るニグロのスペクタクル」まで禁止するほどだった。

　検閲が徐々に廃止されるにつれ、パリのカフェ・コンセールの数は増えた。そこでは、歌、ダンス、パントマイムを組み合わせたスペクタクルが提供された。ロンドンから20年、30年遅れて、パリジャンはようやくミンストレル・ショーを発見したのだった。国立図書館の図像部門に収められたいくつかのポスターに、この新しい種類の娯楽のパイオニアたちが描かれている。「ジルソンとリード、滑稽なニグロたち」「オリジナル・ノヴィルス、おもしろニグロ・ミュージカル」「シェイプス兄弟、サヴァトフォニスト、エキセントリック・ミュージカル」。これらのポスターによると、彼らの多くがシャンゼリゼ大通り近くにあるカフェ・コンセール、アルカザール・デテ座で公演をしていた。しかし、これ以上の情報を見つけられず、彼らがフランス人だったのか、イギリス人、あるいはアメリカ人だったのかさえも分からない。フランスで成功を収めた唯一のミンストレル一座は、マゾンとディクソンのデュオだ。彼らは、ハンロン・リー座オリジナルの『スイスへの旅』（p．１２３）を脚色した『新婚旅行』というパントマイムで、10年以上にわたってパリの舞台に立っていた。

いまでは忘れられたミンストレルの世界を調べていて、このスペクタクルをパリに導入する際に決定的な役割を果たしたのはアンリ・アグストではないかと、私は考えるようになった。アグストは南北戦争以前のルイジアナに滞在していた。彼はそのときにプランテーションで重労働に従事する奴隷たちのパフォーマンスを目にしたのではないだろうか？　その後ニューヨークで黒人に扮した白人アーティストたちがアフリカ起源のこの文化をどのように脚色しているかも見た。そこで、彼自身もハンロン・リー座とパントマイムを作ることを思いついた（p．１２４）。

『新婚旅行』という
ミンストレル・ショー

パリでミンストレルは、しばしば「エキセントリック」「グロテスク」あるいは「癲癇《てんかん》発作的」とも表現された。演じる者は、マイムも跳躍もジャグリングもコメディもすべてこなす。アメリカの多くの歴史家は、黒人を馬鹿にし戯画化したこれらのアーティストのレイシズムを告発した。それは疑いようのない事実ではあるが、同時に、歴史のいたずらか、彼らのおかげで、パリの観客はそうとは知らずにアフロ・アメリカンの奴隷たちの文化に触れることができた。

キーボードをかちかちたたきながらGallicaでの調査を進め、ハンロン・リー座とミンストレル・ショーのパリ上陸以降に、その影響を強く受けた『アマンダの愛人』『アルマン・ベン』『ポリュス・オリジナル・コミック』といった舞台のポスターを私は見つけた。黒く塗った顔、痙攣したような動き、エキセントリックな衣装。ポリュスは間違いなく19世紀末のフランスのエンターテイメント・シーンで最も人気のあった歌手である。彼は、「唇と目を歪ませてしかめ面をして見せ、グロテスクなマリオネットのような動作をする」様が聴衆に受けていた。回想録のなかでポリュスは、舞台での「癲癇発作」のような動きは自分が考案したのだと語るが、実際のところはミンストレルとイギリス人クラウンから取り入れたものだろう。１８８３年10月31日付の彼のナンバーに関する『ル・ゴロワ』の評も、「偉大なるポリュスは、ハンロン・リー座の自在な動きを自分の歌に取り入れた」と書いている。同様の指摘は、「不条理劇の王様」であるドラネム、「元祖エキセントリック」と言われたブリュナンや同時代の他の歌手たちにも言えるかもしれない。

アンリ・アグストは、フランスのショー・ビジネス界の新しい潮流のために自分が果たした決定的な役割が正当に評価されないことに、不公平さを感じたに違いない。彼がハンロン・リー座に対して彼らの伝記の件で訴訟まで起こしたのは（P．１２４）、自分が片隅に追いやられていることへの抗議だったのだろう。しかし、キューーバの奴隷にヌーヴォー・シルクのパントマイムの主役を与えることで、アグストはもうひとつの不公正を正そうとしたのかもしれない。ヨーロッパでは、２００年以上前から、踊り手のからだの動きはほとんど軍隊的ともいえる規律に縛られ、自発性が殺されてしまっていることを、アグストはよく理解していた。ラファエルは、それとは異なる歴史の継承者だった。彼はクラシック・バレエの踊り手からはほど遠かったが、それこそがアグストが気に入った点であった。彼が主人公に求めていたのは、ピエロとミンストレルの両方の要素だったからだ。

アグストがラファエルの進歩に満足し、一座の他の者たちとの練習を開始できると判断したとき、マイムの世界では知られたちょっとした伝説をラファエルに聞かせたと、私は想像する。それは真実に基づいたものだ。1836年4月、フュナンビュル座（仏映画『天井桟敷の人々』の舞台となった一座）が休演だったため、パントマイムの創始者ジャン・ガスパール・ドビュロー（p．122〜123）は、妻と犬とふたりの子供たちと一緒にバニョレ界隈に散歩に出かけた。19歳の若いちんぴらが彼らに気づき、叫び始めた。「おや、ピエロがマルゴ［軽薄女］と一緒にいるぜ。やい、ピエロ！やい、ピエロ！」。男は、ドビュローの妻を「街の街娼か汚物籠」のように扱い、その顔に唾を吐いた。ドビュローは、この不作法な男にステッキで一発お見舞いした。妻に対するあまりに敬意に欠けた振る舞いは堪え難かったし、舞台上の役柄と自分自身を混同されたことも気に入らなかったからだ。男は即死だった。裁判が1か月後に行われたが、ドビュローは無罪となった。傍聴席は、ドビュローの声を聞こうとする人々であふれかえっていた。しかし、伝説によれば、彼は一言も発さなかった。パントマイム師は何が起ころうとも沈黙を守らなければいけなかったからだ。詩人たちが彼を擁護するために声を上げるのに任せ、彼は無罪を勝ち取った。

パントマイムの創始者
ジャン・ガスパール・
ドビュロー

第6章
ショコラはうまく切り抜けた

ラファエル、主人のトニー・グライスと決別す

年末行事の期間、サーカス団員はくたくたに疲れ果てる。クリスマスと元旦のあいだは、どこも子供たちのためのプログラムを毎日午後に組み込むのだ。この「マチネ」に加えて、夜の公演と朝の練習がある。1888年1月初め、ヌーヴォー・シルクの一座は文字通りへとへとになっていた。彼らの献身に報いるため、ジョゼフ・オレールは団員に限定したトンボラ［ビンゴに似たゲーム］大会を開催した。この日団員のほとんどである330人が参加し、そこにはトニー・グライスとアントニオの姿もあった。居心地の悪さにじっと耐えていたふたりは、『ショコラの結婚』は大失敗するだろう、そして、そのときには雪辱を果たせると考えていたに違いない。

しかし、予想外の出来事が、ショコラとその主人のあいだの決裂を早めた。ラファエル自身がこの絶縁について、フラン＝ノアンに明かしている。アグストの期待に応えられなかったらどうしようという不安に駆られていたラファエルは、演出家に課された訓練をとにかく繰り返し、休む間もなく練習を続けていた。アーティストとしての技術を磨きたい思いが勝《まさ》り、徐々に使用人の仕事をしなくなり、それがグライス夫人を激しく苛立たせた。「彼女は、ほとんどその場にいない使用人があまりに

役立たずだと、夫に毎日のように不満を訴えていた」と、フラン＝ノアンは書いている。花瓶から遂に水があふれたのは、イギリス人クラウンの末息子の洗礼式のときだった。大きな会食が予定されていた。ラファエルは「テーブルで給仕をしなければならなかったが、いつものように遅れてしまった。料理人が彼の代わりに運んでいた皿を、慌てて取り上げたので勢いあまり、ソースポットの中身をグライス夫人の上にひっくり返してしまった」。かんかんになった夫人は、ラファエルを即座に解雇した。

グライス家の使用人ではなくなったので、ラファエルは新しく住まいを見つけなければならなくなった。後で詳述するある公文書によれば、彼は1895年の時点でサントノレ通り338番地に住んでいた。私は、この場所が主人との決別後の引っ越し先だと思う。当時、この界隈の住人はまだ非常に雑多だった。西――サントノレ通りを進み、さらにブーローニュの森に向かうほう――に行けば行くほど、社会階層が上がり、東（パリの心臓部レ・アールの方角）に行くと、下がっていく。ラファエルのご近所について何か情報を得ようと、Gallicaでのちょっとした調査を試みた。住所を入力してみると、当時地上階にあったのはニルソンという名の本屋で、他の階を占めていたのは皆借家人だったことが分かった。パリの大きな日刊紙であれば必ずある求人広告欄もまた、いろいろな情報を提供してくれた。そのうち例えば1887年から1893年に掲載されたもののいくつかをそのまま書き写してみよう。

「夫婦、33歳、子供なし。従僕、家政婦、アルザス人の夫、管理人職求む、豊富な経験あり、B．H．サントノレ通り338番地」「料理人、23歳、ドイツ語およびフランス語、豊富な経験あり、ブルジョワ家庭での職求む、すぐに出勤可能、サントノレ通り338番地」「従僕、給仕長、38歳、背が高く活動的、職求む、豊富な経験あり、J．J．サントノレ通り338番地」「マドモワゼルC．G．32歳、料理人の職求む」「23歳、料理できます、職求む、何でもします。豊富な経験あり」

これらの求人広告は、グライス家を出たラファエルが、サーカスの外ではどのような社会階層の人々に囲まれていたのかを教えてくれる。サントノレ通りがあるヴァンドーム広場界隈では、10人中4人までもが家事使用人だった。その多くが女性で、地方あるいは外国出身者だった。パリのこの区には、当時最も多くの外国人がいたのである。

使用人の労働条件は地方よりも都市のほうがずっと恵まれてはいたが、それでも主人の意思に服従せざるを得ない状況に置かれていた。従僕は制服を着用し、女中はキャップをつけることが義務だった。家事に従事する奉公人に対し、上流階層は時に不快感を覚えることがあった。女中たちは食事を給仕しているときに、家の女主人から「残飯（あるいは食洗後の汚れ水）の臭いがする」とひどい叱責を受けることも稀ではなかった。彼女たちを近くに置くことは適切ではないと考え、主人たちは使用人を7階に住まわせた。いまでも「女中部屋（シャンブル・ド・ボンヌ）」と呼ばれる場所である。そこには使用人専用の階段で上がり、部屋には通常暖房はない。使用人は孤独にも耐えなければならなかった。旅行は高くつくので家族のもとに帰ることも滅多にできず、職を失う覚悟をしなければ結婚もできなかった。自身も長いこと使用人をしていたラファエルにとって、新しい居住空間は彼がいままで知っていたものとそう遠くはなく、肌の色の違いを多少は相対化してくれただろう。

2014年10月17日金曜日

先週、フランス人作家のパトリック・モディアノがノーベル文学賞を受賞した。それで私は、彼の小説のひとつを思い出した。フランスの警察に連行され、アウシュヴィッツの死の収容所に送られた若い女性ドラ・ブリュデールの足跡を、モディアノがたどるという内容だ。

本を読み返してみて、著者が本物の歴史家のような調査を行っていることに気がついた。彼は、文書館で探索したこと、あるいは証言者や子孫を探して話を聞いたことなどについて書いている。ヒロインが生きた歴史的状況を再構築し、史料を引用するためにしばしば話を中断してもいる。作家の道筋が私が目指す方向性と一部重なっていたため、彼とは反対側から進めていけば、歴史と文学の交差点を見つけられるのではないかと考えた。そこで、この小説を、「歴史家の職業に忠実であることを前提にしつつも、ここから何か得られることはないか」というただひとつの問いに絞って分析を試みた。

モディアノの調査の文学的特徴は、彼の主観に大きく拠っていることにある。ドラ・ブリュデールがよく訪れていた場所に自分も赴き、彼自身の思い出や感情を延々と描写する。どんな歴史研究も主観的な部分を含んでいるものだから、モディアノの方向性に私自身も抵抗は覚えない。10年ほど前には、歴史を書くうえで研究者のパーソナリティや道程、情動がどのような役割を果たすのかということをテーマにした本を書いたほどだ。通常、大学人は自分の仕事における感情的な部分を隠そうとするが、それは科学の客観性と真実の探求を混同しているからではないのか。

パトリック・モディアノもまた史料の沈黙にぶつかり、小説のなかで、ヒロインに起こった出来事や彼女の行動、希望や欲望を想像することで、その欠落を補おうとした。『ドラ・ブリュデール（邦題『1941。パリの尋ね人』作品社刊）』において想像力は全く恣意的には用いられていない。だからこそ私もまたこの方向性をたどることが許されると信じることができた。調査の過程で発見された足跡が、作者の仮定を裏付け、導き、結論に向かわせていた。また、作者は読者に対して、確固とした事実と推測される事実の境界を明確にするために「おそらく〜」「〜はありえなくない」「〜と想像する」とその都度断っていることに私は気がついた。

私もこれら仮定法の語彙を用いて史料の沈黙を補うことができるのではないかと考えた。同僚たちの書くものを読み返してみても、本人たちが認めているよりもずっと頻繁にこうした言い回しを使っていることを私は確認した。さらに言えば、ラファエル、君のことを書いてきた歴史家たちはみな、事実と異なる断片をさも本当のことのように紹介してきた。ベル・エポック期のジャーナリストたちが残した君の名前、出自、アーティストとしての役割についてのいいかげんな記述を、彼らは実際に確認する調査の労力を惜しんで、それらを確証ある真実として提示した。矛盾することだが、『ドラ・ブリュデール』においては、作家モディアノのほうが、正規の歴史家たちよりもよっぽど歴史家の職業規則に忠実だ。だから、私は史料の空白を埋めるために仮定の語彙を動員することをためらわないことにした。

確信を持てないときはそう告白することで、回り道をしながらも自分が真実への道を前進していることに、私は気づいた。ラファエル、いま確かだと思えることは君自身もその人生をずっとこうした不確証性のなかで生きてきたということだ。ステージ上で演じる君を見てフランス人が笑ったのは、「ニグロ」だと馬鹿にしたからなのか、君に才能があったからなのか？　どちらの説も擁護できる文書をいくつも私は見つけた。私にははっきり言うことはできない。君の代わりに答えることはしたくない。判断は読者に任せることにする。

この旅が終わりに近づこうとしているいま、私は確かに歴史と文学を隔てる境界、その赤い線があることを自覚している。史料からは導くことができない過去と現在の関連づけを正当化するために、モディアノが動員したのは確かに「小説家の過去や未来を透視する天分」だった。分かるかい、ラファエル、私にはそこまで行くことはできない。歴史家には、予見の才能はない。私の推測、仮定、シナリオは、すべて過去の私の研究や読書、そして私自身の人生経験を通して獲得した知見に基づき構築されている。

アグストの傑作「ショコラの結婚」が完成するまで

1888年1月初め、アンリ・アグストは新しいパントマイムの筋を説明するために団員たちを集めた。国立文書館に保存された『ショコラの結婚』の要約と新聞に掲載された挿絵を元に、その場面を私は詳細に再構築することができた。

「『ショコラの結婚』で、私たちは新しいジャンルを確立するでしょう」

と、アグストは口火を切った。

「これはパントマイムではなく、水上滑稽劇です。舞台はラパン・アジル、パリ近郊のセーヌ川の島にあるレストランです。第一幕は朝。店主がレストランを開けます。投網《とあみ》をし終えたふたりの漁師がレストランの主人に魚を売るために島に降り立ちます。皿洗いたちも猫と一緒に出勤し、猫はウサギのように跳ねて鍋のなかに潜り込みます。農民の夫婦が市場からブタと一緒に戻ってきます。第二幕、身なりのいいブルジョワが妻と一緒にレストランに入ってきて、結婚式の食事を頼みます。ショコラが結婚するのです。けれど、同時に学生の一団がひとりの女工を伴ってどっと入ってきます。1階は結婚式のために予約されていたので、彼らは2階を占拠します。若者たちは、早速結婚式の招待客たちにちょっかいを出し始めます。彼らは招待客たちに向かってあらゆる悪ふざけをし、そのうちのひとりは、ショコラの目と鼻の先から花嫁をかすめ取ることまでしてします。ショコラは絶望し、彼女をあちこち捜し、遂には彼女が学生たちとテーブルについているところを見つけます。苛立ちのあまり、乱闘。ショコラと結婚式の客たちは、花嫁を取りかえすために若者たちを囲い込みます。しかし、弾丸は、ソーセージ、羊肉、腸詰めに変えられていて、花嫁は、一連の騒ぎに興奮状態のブタに追い掛け回されます。彼女は水に飛び込みます。彼女を救うために、全員が飛び込みます」

ヌーヴォー・シルクの限られたステージでは、アグストがハンロン・リー座で『スイスへの旅』や『ド・ミ・ソ・ド』のために作った大がかりな舞台装置を使うことはできなかった。水があるので、役者の出入りによって摩耗する落とし床や板を設置するわけにはいかなかった。アグストは、ジャグリングの経験からヒントを得て、もっと軽く柔軟な方法を考えた。場面は結婚式の食事なので、台所用品と食べ物を弾薬として使うように役者に提案したのである。

パントマイムの最初のシーンで、三人の学生と女工が2階から結婚式の参列者たちに向かって皿を投げつけることが想定されていた。アグストは、どうすればコミカルに物を投げられるか、顔に物をぶつけられたらどんなふうにショックを表現するか、どうすればリズミカルに応酬できるかを時間をかけて役者に示した。さらに別々の動きが舞台上では同時に行われなければならないと一団に説明した。投げ合いに専念する者たちの横で、別の一団は階段を転げ落ち、水に飛び込むのだ。そして、そこには招待客たちが花嫁救出のために浮かべた小さな船がぷかぷかしている。アグストはまたあちこちを見て回り、ソーセージ、羊肉、腸詰めをジャグリングしながら、場のバランスを調整した。

すべての人の流れがうまくいくためには、団員全員があきることなく同じ動作を練習しなければならなかった。殴り合い、跳ね起き、転倒、追い掛けっこ、乱闘、それぞれの細部こそが重要だった。アグストは特に、役者の自然でコミカルな動きに「余分なもの」が加わることのないよう注意した。笑わせなければならないが、適度である必要がある。

「だらしのない服装や、下品でグロテスクな動きはいけません。あなた方はどこにでもいるようなミンストレルの一団ではない。あなた方は、ヌーヴォー・シルクのクラウンなのです」

所作がだいたい完成すると、アグストはより難しい「リズム」の練習に入った。動きがスペクタクルの輪郭を決める。物や人がものすごいスピードで舞台を駆けめぐり、どのシーンもよく油を差した機械のように、淀みなく流れなければならない。このパントマイムにおいて、動きは事件を引き起こすためだけにあると、アグストは一座に対し説明した。事件が諸々の調子を崩し、尋常ではない状態を作り出す。結果として、何ひとつ同じところにひと時も留まらない。様々なものが飛び交い、人々はくるくると動き回り、そこで演者たちは対峙し、拳をぶつけ合い、足蹴りをし、背中で椅子を壊す。引っかき合い、仲直りし、いがみ合い、衝突し、互いに相手を転ばせ、追い掛け回し、耳元をかすめる弾丸のごとく階段を駆け上がり、そしてすぐに転げ落ち、水に飛び込み、びしょぬれになりながら橋によじ上る。すべては、衝突と飛び回る物体の渦のなかだ。アグストは団員たちに、彼らは自分のからだを使って譜面を奏でるミュージシャンなのであり、そのテンポを刻むのがショコラなのだと繰り返し言った。「全体を通しての不協和音」。それが、アグストの目指すものだった。

顔を突き合わせての長期にわたる練習を通じて、アグストは、チームの一員であるときや相手との掛け合いをするときに、ラファエルがとりわけその才能を発揮するタイプのアーティストであることに気がついた。そして、それがまさにアグストが求めていた能力だった。新郎のショコラがこのパントマイムの指揮者だ。アグスト自身もハンロン兄弟と舞台に立ったとき、一座で唯一のよそ者であったから、なおさらこの役をショコラにあてたいと考えたのかもしれない。『ド・ミ・ソ・ド』でアグストが扮した悪魔的な指揮者は言葉を発せず、ただただ演奏に没頭するという役回りだった。ほかの者たちは、彼を罵《ののし》り、叩くが、彼はただ黙って指揮棒を振り続け、ミュージシャンたちに徐々に高まる地獄のようなテンポを課した。他の者を生かすためだけに存在するような人物像を演じられるのは、よそ者だけだ。ただ、世界を指揮棒で動かしているのは、そのよそ者なのだ。

生ぬるい水に飛び込むとき、ラファエルは全身を震わせて恐怖を演じた。ほかの場面では、ジャグリングの最中に、アグストがふたりでの練習時に巧みに振り付けた由来不明のサラバンドを踊った。激しいポルカのリズムに乗って、おそらくは「蛇の踊り」から取ったいくつかのステップを踏み、ミンストレルの大げさな身振りでさらに滑稽味をつけ加えた。続いて、逆襲に出て、花嫁を見つけるためにあちこちと走り、大股で階段を駆け上り、背中で滑り落ち、水に飛び込んだ。パントマイムの最後には、恋人を見つけだし、コロンビーヌを腕に抱いたピエロのように踊る。

衣装と宣伝用ポスターの綿密な戦略

最後に決めなければいけないのが、衣装である。『ショコラの結婚』の告知のためにヌーヴォー・シルクが作成したポスターから、演出家が下したいくつかの美的選択を読み取ることができる。ショー・ビジネス界は、広報分野においてその転換期にあった。カフェ・コンセールやサーカスは、宣伝――当時は「色つき広告」と呼ばれていた――の持つ絶大な効果に気がつき、多額の費用をかけて優れた挿絵画家に依頼するようになった。パリじゅうの壁に貼られるポスターは、道行く人の目を惹くだけでなく、いくつかの色の線だけでテーマ、つまりスペクタクルの「哲学」を示すことが求められた。

『ショコラの結婚』のポスターにはアルフレッド・シュブラックに白羽の矢が立った。風刺週刊誌『ル・クリエ・フランセ（フランス便り）』や日刊紙『ジル・ブラス』の挿絵画家であるシュブラックは、兄と一緒にパリで草創期のデザイン事務所を設立したところだった。

ラファエッリのミンストレルを題材にしたデッサン(1887)

ヌーヴォー・シルクの総舞台監督がシューブラをサントノレ通りの自分の事務室に呼んで、目指す方向性を説明する場面を私は想像する。目の前には『ル・クリエ・フランセ』の最近の号があり、ミンストレルに関する記事につけられたページ一杯に描かれた挿絵が広げられている。ラファエッリというサインつきだ。そのうちひとつは、シルクハットをかぶり、白く強調したピエロの口をし、顔を黒く塗った男だ。右手は杖の握りに置き、左手は美しい夜会ドレスを着た白人女性の肩に触れようとしている。その男は彼女に微笑み、若い女性は嬉しそうに振り向いている。

「このデッサンが参考になるでしょう」

と、アグストは新聞をシュブラックに渡しながら言った。

「しかし、クラウン風の味付けやミンストレルを思わせるものは避けてくださいね。舞台の夢幻的な雰囲気やふたりの登場人物の互いに思い合う心を強調してほしいんです」

シュブラックが口を開いた。

「確かショコラの役は本物のニグロがするんでしたよね？　その点ははっきり分かるようにしたほうがいいですか？」

アグストは首を振った。

「フランス人は夜会服を着たニグロを見たことがありません。もしショコラを黒人として紹介したら、すぐミンストレルやジップ・クーン［お洒落な色男の黒人キャラクター］を連想させてしまいます。それに私たちの観客は貴族がパロディ化されるのを嫌うんです。挑発されていると感じるんでしょうね」

挿絵画家アルフレッド・シュブラックによる『ショコラの結婚』のポスター

「でも、どうやって彼の肌の色を隠したらいいんでしょうね。彼に焦点を当てないようしますか？」

「いいえ、ピントは新婚夫婦に合わせてほしいんです。ピエロとコロンビーヌの伝統的な図像を思い起こしてください。ピエロの青白い顔を見て、あなたは『あ、ほら、白人だ！』と言いますか？」

「いいえ、言いませんね」


シュブラックは少し考えて言った。

「そうですよね。私は、観客がすぐにはそれがニグロだと気づかずに、ゆっくりと黒人のピエロを発見してほしいんです。このパントマイムの美学は、すべてを飲み込むような強烈さだけれども、実は全く意味はないのだという形で、人生を再現することにあるんです。写実的なスペクタクルではないんですよ。お分かりですか？」

「ショコラは新郎の服装だけれど、貴族のそれではないのですね。分かりました！」

シュブラックが言った。

「あなたがおっしゃる生きることへの熱い思いを表現するために、彼の顔は丸く生き生きとした子供のようにしましょう。トーンは少し濃い目にしますが、彼が黒く塗っているのか、日焼けなのか、はたまた本物の黒人なのか、分からない程度にしますね」

「素晴らしい！」

アグストが叫んだ。

「ポスター上でも動きが必要ですね。例えば、コロンビーヌと腕を絡ませて、膝を折り曲げ、未来を恐れず人生をひた走るという感じを出しましょう」

シューブラはノートを取りだして、メモをした。そして、尋ねた。

「それで、衣装はどのようなものを考えていらっしゃるんです？」

「ショコラはシルクハットにロイヤル・ブルーの衣装です。ブルーはヌーヴォー・シルクのカラーですから」

「了解しました。タイトルの位置を考えてみて、いくつかの提案を出しますね」

１８８８年３月初め、『ショコラの結婚』は形になりつつあった。ある日、舞台裏からのざわめきで練習が中断された。突然入ってきたのは、ラファエルのライバル、サンクトペテルブルクから来た熊のカヴィアールだ！　水上パントマイムが失敗したときの保険のために、アグストはヨーロッパじゅうのサーカスで大成功を収めていたこの熊のナンバーをプログラムに入れていた。以前からサーカスでは調教された熊の出し物があった。しかし、カヴィアールには、ヌーヴォー・シルクの選ばれた観客たちを確実に魅了するであろう特色があった。この熊は曲馬師なのである。馬の臀部に乗ったり、鞍にまたがったり、その上に立ったりすることができた。そのまま足を使って、薄紙を貼られた輪から跳び出ることもした。オレールはこの熊をサーカスに迎えるために、調教師に月５０００フラン払い、

熊の曲馬師
カヴィアールのポスター

カヴィアール用の特別ポスターも刷った。

準備はすべて整った

地獄のような特訓の成果で、団員たちはまさに「一体となる」域に達した。それぞれの演者が、まさに全体に貢献するためだけに舞台に立った。ラファエルは、ひとりひとりがグループとしてひとつにまとまる感じが気に入ったに違いない。なぜなら、それは、子供の頃にハバナで見て、おそらく参加もしたパントマイムを思い出させたからだ。そして、与えられた役が特定の意味やイメージを表現していなかったからこそ、ラファエルはより容易にこの人物に入り込むことができた。アンリ・アグストは、魔法の杖のひと振りで、人間として普遍的な領域にラファエルが行きつく近道を開いた。つまり、舞台でショコラの衣装を着ると、彼は、笑いの法則に基づき治められている共和国の市民となるのだ。

1889年に出版されたユーグ・ル・ルー著『サーカス芸と大道芸人の生活』は、サーカスの世界ではどのような職業的関係が結ばれていたのか、詳細な情報を提供してくれる。大半のアーティストがヨーロッパじゅうを街から街へと移動し、招かれればアメリカにも渡る。あちこち移動しているにもかかわらず、彼らはみな、ある糸で互いに結びついていた。それは、サーカス芸人が頻繁に利用するカフェが定期購読し、そこに行けば誰でも自由に読めた雑誌の求人広告だ。ヌーヴォー・シルクのアーティストたちがよく使っていたのは、カフェ・ペルドリという店だった。

練習後に、アグストがラファエルを誘ってこのカフェに一杯やりに来る場面を私は想像する。この頃アグストは、フティットを主人公に1888年末から作ろうとしていたパントマイムの踊り子を探していたから、主人に店が購読している専門誌の最新号を持ってきてくれるよう頼んだ。

「ラファエル、君が文字を読めるようになったら、これらの雑誌に目を配るようにしなきゃだめだよ。一生ヌーヴォー・シルクにいたくないのならね。こうした三流雑誌のおかげで、サーカス芸人たちは互いに連絡を取れてるんだ。コミュニティの他のメンバーに、結婚、死亡、子供の誕生なんていうニュースを伝えたりだとか、それに、どこで興行しているか、うまくいったのか、事故があったのか、ということもね。郵便箱の代わりにもなっている。このページを見てごらん。編集部に手紙が送られてきている人の名前が書かれている。世界じゅうの公演の劇評や、宣伝、求人も載せられている。これは一番古くからある雑誌だね。『ザ・エラ』だ。毎号、何百もの三行広告があるよ」

アグストは1ページ目に目を通した。しばらくして顔を上げて微笑んだ。

「ほら、ここ、面白いぞ。『ミス・アドリエンヌ・アンシウ、空中の女王、芸の極み、向かうところ敵なし、1888年8月以降可能、28 East 4th Str. ニューヨーク』。まさに軽業師の用語満載だな。それに、これ。英語だけど、私が訳そう。『一家の父が興行主の皆様方に、鼻の上にひとつの目しかなく、肩の上にひとつの耳しかない14歳の娘を提供します』だと！」

アグストは大笑いした。

「もっと以前に知っておくべきだったな。そしたらショコラの妻としてこの娘を雇ったのに！」

ラファエルがこの冗談に反応しなかったので、アグストは言いつくろった。

「おやおや、怒らないでくれよ。もちろん冗談だよ。ほら、ラファエル、君は本当にサーカス芸人になりたいのかい？　過酷な世界だよ。知ってるだろう。イギリス人が言うところの『生存競争（The struggle for life）』さ。生き残りをかけて父親が障害のある娘を売り飛ばすような場所だよ。この世界で一番大事なのは、目立つこと、他人と違うように見せることだ。ほら、こいつを見てごらん。雑誌の一段を丸ごと買って、横と縦と斜めに自分の名前を書いている。300回も自分の名前と素質を縦横斜めに書いてる。悲しいことさ。だろう?」

アグストは、まるで秘密を漏らすかのように声をひそめた。

「雑誌の他には、代理人もいるんだ。強欲な奴らだよ。だけど、彼らなしにはどうにもならないのが実情だ。ほら、あそこのテーブルに黒いフロックコートの髭の男がいるだろう。ロジンスキーだ。誰か若い新人を探してるんだ。彼がこっちで事務所を開く前に、ニューヨークで知り合ったんだけどね。ジャックリーズというアクロバットの一家と一財産作ったんだよ。各契約ごとに1割を取るんだ。いつかヌーヴォー・シルクを首になったら、あの男に会いにいったらいいよ。とんでもなく分厚い住所録を持ってるからね」

このとき、ラファエルの思考は別の場所をさ迷っていたと、私は思う。『ショコラの結婚』の初日が2日後に迫っていたのだ。人生がかかっている人間の常として、彼はとても緊張し、だが同時にその逃れられない瞬間が来ることを心待ちにもしていた。

運命の瞬間

1888年3月19日月曜日。最後のリハーサルの後、ラファエルは楽屋にこもっていた。頭のなかで、数時間後に演じる跳躍、ピルエット、かけっこ、飛び込みを繰り返し、それから頭を空っぽにしようとした。数週間前、彼がサントノレ通り338番地の小さな屋根裏部屋に落ち着いたとき、まず最初にしたことは玄関の扉近くに魔除け(レスグアルド)を置くことだったろう。ラファエルはマドリーナの教えを忠実に守った。戦士たちはブリキの小さな箱のなかで真珠の首飾りと一緒に安全に収まっていた。これまで邪悪な力を除くために首飾りを壊さなければならないような悪いお告げはなかった。彼は落ち着いた気分で、聖人たちを敬うための静かな短い祈りを捧げ、楽屋に備え付けられた小さな長椅子に横たわった。サントノレ通りを小型四輪車や屋根をたためる無蓋《むがい》四輪馬車などの様々なスタイルの馬車が絶え間なく行きかい、建物の門前にハイ・ライフの客を下ろしていく音を聞いていた。馬の蹄《ひづめ》が重たく石畳にぶつかり、御者は扉を音を立てて閉めた。彼らは、互いに大声で、主人の観劇が終わるのを待つあいだロワイヤル通りのカフェで落ち合おうと約束しあっていた。徒歩や乗合馬車で到着した観客たちは入り口の窓口へと急ぎ、

「満席です！　席を予約していない方は入れません」

と切符係が大声で叫んでいるのをラファエルは聞いた。

８時ちょうどに、お決まりの儀式で、すべてのアーティストが柵のところに集まった。一列に並んだところを、レオポル・ロワイヤルが彼らの装いをチェックして回った。曲馬師、クラウン、曲芸師が公演が始まるのを待ちきれない様子で、会場に続々と入ってくる人々についていちいちコメントを述べていた。大きなサークルが定期予約している桟敷席はすぐに埋まった。ラファエルはロワイヤルを目の端でちらりと見た。この曲馬師の王は、まるで突然恩寵を受けたかの如く輝くばかりであった。彼は、この夜サントノレ通りに集合したハイ・ライフのお歴々全員と知り合いだった。まるで侍従が陛下の到着を知らせるかの如く、小声でもったいぶった様子で彼らの名前を口にした。

「シャルトル公ロベール・ドルレアン」「ザクセン＝コーブルク＝ゴータ公国フィリップ王子」「ボゾン・ド・タレイラン＝ペリゴール・サガン公」「マッサ侯爵夫人」「ガリフェ侯爵夫人」「ウゼス公爵夫人」

レオポル・ロワイヤルの目の前を通り過ぎる燦然《さんぜん》と輝くこれらの名前は、彼にとっては勲章、このうえない栄誉、これまでの人生の苦労が報われる瞬間、そしてさらに煌めくであろう将来への約束だ

った。自分はまだ終わっていない。ハイ・ライフがまだこれだけ期待してくれているのだから。

8時半、オーケストラの指揮者が指揮棒を力強く振り、公演の始まりを告げた。曲馬師たちが舞台に流れ込んだ。全員着用のフレンチブルーの美しい衣装が、レオポル・ロワイヤルの立派な胸部でも旗のようにはためいている。いつものように彼が、ウラディミールという名の牡馬の自由調教で舞台の口火を切る。この馬がよく調教されていることはラファエルも知っている。息子のリュシアン・ロワイヤルが続いて鞍なしの馬の上で騎手の演技を始めた。卓越した体操を披露したジロス姉妹も喝采を受けた。そして予告されていたように熊のカヴィアールが馬の上に立ったとき興奮は最高潮に達した。

幕間には、多くの観客が舞台装置を見物したがった。その後全員が聞き分けよく席に戻り、新しいパントマイムの開始を待った。刷毛《はけ》状のマットが敷かれた後、床にゆっくりと水がたまっていった。すぐに一団の演技が始まり、興奮しきったショコラが飛び出した。演者たちはこの3か月で1000回は繰り返し、いまでは何も考えずに出てくる身振り、かけっこ、跳躍を披露し、彼らのエネルギーの塊は渦のように回転した。そして、終着点、芝居の最後にたどり着いた。ラファエルを先頭に全員が手と手をつなぎ、陽気なサラバンドを踊りながら、観客に挨拶をした。

この最後の運命的な瞬間、ショコラは目をつぶったと、私は思う。判断を下す観客の反応を見るのが怖かった。しかし、騒然としたざわめきが聞こえ、彼は勇気を出して彼の運命をまさに決しようとしている審判者たちを見た。会場じゅうが立ち上がっていた。第一列から立見席も、そして桟敷席まで。ハイ・ライフは魅了された。彼らは「ブラボー」「最高だ!」「ショコラ万歳」と呼びかけていた。

1888年3月19日にラファエルが体験した類の感情、つまり、ずっと静かに座っていた観客たちが、強い電流を一斉に流されたかのように立ち上がり、自分に向かって拍手喝采をしたときに彼が感じたような気持ちを体験したことがないのなら、この勝利がラファエルにどのような効果をもたらしたかを理解するのは簡単ではないだろう。しかし、たとえそのような瞬間を知っていたとしても、ラファエルの気持ちを正確に推しはかるのは難しいだろう。なぜなら、私たちの誰も彼のような運命に翻弄されてはいないからだ。白人主人に売り買いされ、血が出るほど肌を傷つけられて動物のように扱われたキューバ人の奴隷、スペイン当局が「捜索と捕獲の通告」を出したシマロン（逃亡奴隷）が、突如として文化の中心パリで、貴族たち上流社会に賞賛されたのである。

この日ラファエルは、人間の置かれうる状況について新たな一面を発見した。これまでの人生は主に侮辱という苦痛を味わってきた。それがいま突然に賞賛の美酒に酔うことになった。20世紀アメリカの黒人作家ジェイムズ・ボールドウィンの自伝的小説『汽車はいつ出てしまったか』では、アーティストとして名を成すために人生を通じて闘ったアメリカ黒人俳優の運命が描かれている。これを読んで、ラファエルを襲った矛盾する感情を私は想像することができた。ボールドウィンの主人公は目標に達したもうその瞬間から、それを疑っている。自分のありえない成功の理由を自問自答する。

「人々が私に予想するものと、私自身はかけ離れている。だから、私が舞台に出ると、人々は私に注目する」

ラファエルが『ショコラの結婚』で演じた役も、観客が予想していたものではなかった。それがパリジャンたちがラファエルに目がいった理由なのだろうか？　彼は本当にこの成功にふさわしかったのか？　腕一本で階段を一歩一歩上ったほうがよかったのではないだろうか？　ラファエルはおそらくこの晩、毎日命を懸けて空を飛ぶ曲芸師たちや、栄光の瞬間をいつも夢見ている友人のカスカドゥールやオーギュストたちに思いを馳せたことだろう。しかし、彼らは、一生を通じて、虚空に向かって飛び続け、殴られ続け、舞台を掃除し続ける。そして、観客からの熱狂を受けることはない。ラファエルは、自分が突如切り離された故郷を思い返し、自分がまだハバナの路地にいたらと想像したとき、この突然の成功に少し罪悪感を覚えたかもしれない。確かに、奴隷制はキューバで廃止されたところだったが、ひとつの法律ができたからといって、人々の苦しみがそう簡単に癒《いや》されるものではないと、ラファエルも分かっていた。

しかし、彼は、パリジャンたちが予想していたものではない役を演じることに恥ずかしさを覚える必要などなかった。『ショコラの結婚』では、それまでフランス人を笑わせてきた「ニグロ」に関する冗談は一切出てこないし、ちょっとしたほのめかしすらない。このスペクタクルには屈辱的な要素は何もない。どんな身振りもマイムも彼の人種や出自を侮辱していない。ラファエルのマイムの才能が観客の笑いを引き出したのであり、彼がニグロだったからではない。だからラファエルは、白人が黒人を馬鹿にするために作りだした自分のあだ名の意味そのものを変えてしまったことを誇りに思っていい。彼のおかげで、ショコラは、ピエロと同様に、パントマイムの登場人物の名前となったのだ。

翌週から、『ショコラの結婚』は毎晩、そして木曜日と日曜日のマチネにも上演され、常に大盛況だった。観客の熱狂的な支持を受け、一座も熱が入った。日が経つにつれ、スペクタクルは完成度を増し、より滑らかになり、さらなる調和が生まれた。

1888年4月11日、初演から3週間後、ジョゼフ・オレールは一座を団員応接室に集め、高々とこれまでの成果を発表した。

「20日間で、興行収入は10万フランに達しました。お分かりですか！　毎晩5千フランになっています！」

オレールは書類鞄から大きな紙ばさみを取り出した。

「新聞の批評を持ってきました。安心してください。読むのはいくつかだけですから。『ル・フィガロ』によれば、『このハンロン・リー風のパントマイムほど創意工夫に富んだものはない。ショコラは、その巧みな腕で大騒ぎを先導する』。『ル・ゴロワ』も続きますよ。『祝祭の主人公であるショコラほど、今興に乗っている者はいない』。『ル・マタン』は、『勇敢なショコラが並外れた成功を収めた』と書いてますし、『ジル・ブラス』もすごいですよ。『ショコラの結婚』は、われわれが目にできるもののなかで最も笑わせてくれる常軌を逸したパントマイムだ』」

オレールはさらに別の新聞記事を次々に取り出した。

「『ショコラは、本当に面白い喜劇芸人だ。その黒い顔ととんでもなく脈絡のないジェスチャーは最高だ』『観客たちはショコラをアーティストとして褒め讃える。ハチャメチャな悪ふざけ劇のなかでの、彼のジグの踊り方、カエルを真似た歩き方、リノリウムにすっころぶ様は本当に傑作だ』『ショコラ、彼は最も洗練された道化役だ』『ショコラ、色の黒いクラウン』『黒人ピエロ』『ヌーヴォー・シルクの若い主役』。もっと続けられますけど、もういいでしょう。私が最初にラファエルに主役を与えたとき、みなさんの多くが懐疑的だったと思います。けれど、心配する必要はなかったのですよ。黒ん坊（モリコ）はいつだって勘がいいんです」

オレールは一座に向かって、この成功のおかげで『ショコラの結婚』はシーズン末まで延長されることが決定したと発表した。

「熊のカヴィアールの契約は今月末で切れます。代わりに、曲芸師のアルフォンソ一座とイギリスの自転車乗りウィロン一座を迎えます。彼らは行く先々で大成功を収めてるんです」

ラファエルの肌の色は確かにこの大きな成功の一因だろう。1880年代末、パリに黒人はまだ少なく、彼らの外見はそれだけで人目を惹いた。アグストがラファエルに『ショコラの結婚』の主人公を託したのは、こうした差異をポジティブな形で利用しようとしたからだ。ただし、半分裸でタムタムに合わせて「バンブーラ」を踊るような黒人だとか、アメリカでジップ・クーン、キューバでカテドラティコと呼ばれたようなシルクハットの気取った黒人といった、これまでの典型的な黒人像とは違う、新しいキャラクターを作りだすというカードを彼はきった。

アグストは、主人公の両義性を前面に出して、成功を収めた。同時に、彼は、批評家の世界に一石を投じた。ジャーナリストたちは、自分たちの想定範囲を超えたスペクタクルを判断する言葉や基準を持たなかったからだ。

道化師ショコラの成功を説明するためには、黒人を馬鹿にすることばかりに興じるフランス人という「想像の産物」についての単純な分析もまた超えなければならないと、このとき私は理解した。人種に基づく笑いは、確かに紛れもなく存在した。しかし、それを見た目のままに捉えてはいけない。時機や階級によって様々にそして微妙に表れる笑いとして考えなければならない。今日私たちは、肌の色と人種を結びつけることにあまりに慣れてしまっている。しかし、社会が成立していく歴史がそこにどう関係するかも忘れてはならない。つまり、国によって、そして社会階層によって、異なるテンポで進む歴史である。

パリの観客たちは、ピエロの叶わぬ恋という主題には慣れ親しんでいたし、ミンストレル風に黒人に扮した白人役者を見たこともあった。『ショコラの結婚』のポスターを見て、ショコラが黒人であることにみんなが気づいたが、アグストがその点を強調したくなかったため、ショコラを演じるのが本当の黒人なのか、白人が扮したのか、はたまた煤《すす》を塗りつけた黒人なのか、誰も分かっていなかったのだ。

第7章
世界の人気者

ヌーヴォー・シルクの総帥オレール、突然、一座を去る

1888年4月末、青天の霹靂《へきれき》の如き知らせがヌーヴォー・シルクの一座のなかを駆けめぐった。

「オレールが辞める！」

『ショコラの結婚』がとてつもない興行収入を上げたことを高らかに宣言したばかりの興行主が一座を去るだなどと、どうして信じられるだろう？　しかし、4月20日付の『ル・ゴロワ』の小さな囲み記事が報じるところによれば、それはすでに決定済みのことだった。

「ムッシュー・オレールは、ヌーヴォー・シルクの支配人職の辞任を発表した。株主たちは5月7日月曜日の臨時株主総会で集まり、オレール氏の辞任を承認し、新しい支配人の指名を行うことが予定されている」

サーカスの世界はとても小さいので、可能性のある候補者は自ずと限られていた。レオポル・ロワイヤルとアンリ・アグストは、どちらも自分はヌーヴォー・シルクの創始者の後を継ぐにふさわしいと自認していた。そうなると、重要になってくるのは、個々の資質だけではなく、サーカス内の政治だった。ロワイヤルが守る曲馬芸を優先させて「サーカスの真の伝統」に回帰するのか？　あるいは、

アグストが望むように、クラウンとパントマイムの比重を大きくしていくのか？　ラファエルはもちろん、マイムか曲馬かという上層部での対立に口を挟める立場にはなかった。しかし、自分自身にも直接関係する出来事だと感じていた。もしロワイヤルが勝ったら、また厩舎に戻されて馬の尻を掃除することになる可能性が非常に高い。

5月8日の株主総会で、オレールは株主たちに、ヌーヴォー・シルクの内規では、支配人がほかの施設の運営に関わることは許されていないと説明した。自分は3月末にキャピュシーヌ大通りに新しくオープンした遊園地、モンターニュ・リュス（ローラーコースター）を経営することになったので、サーカスの支配人職から辞する必要があるが、経営顧問として留まる意思があることを伝えた。この発表は「スクープ」だった。なぜなら、モンターニュ・リュスの所有者はシャルル・ジドレールという人物だとみな思っていたからだ。

若い頃ジドレールは肉の卸売業を営んでおり、口さがない人たちは、彼がひと財産作ったのは、1870年の戦争時に、飢えたパリジャンたちに馬肉を法外な値段で売りつけたからだと言っていた。エンターテイメントの世界に魅了されたジドレールは、1877年にアルマ橋曲馬場の支配人となり、異国趣味にあふれた雄大なパントマイムの作品を次々にプログラムに入れていった。数年後には、シャンゼリゼに「ジャルダン・ド・パリ（パリの庭）」を作った。劇場やカフェ・コンセール、サーカスから出てきた観客たちをこの公共空間に呼びこみ、音楽の催しやダンスパーティで楽しませるというのが趣旨だった。ジョゼフ・オレールはジドレールと以前から組んでおり、彼にモンターニュ・リュスの支配人を一時的に任せていた。しかし、この遊園地を新しいタイプのカフェ・コンセールに変えるために、オレールは自分が直接関わることにしたのだ。

ヌーヴォー・シルクの頂点に立つオレールの後継者の名前は、1888年7月11日に新聞上で発表された。エルネスト・モリエ（p．89他）が中心となった曲馬のための「ロビー活動」が功を奏し、選ばれたのはレオポル・ロワイヤルだった。アグストはもう1年ヌーヴォー・シルクのパントマイムの責任者として残ったが、今後はプログラムを一手に引き受けるロワイヤルの指揮下に置かれることになった。

1888年の新シーズンのプログラムは、この政治的変化を如実に反映している。いまや曲馬芸が全体の半分以上を占めていた。自分のことは自分でするのが一番だと言わんばかりに、ロワイヤルは、自身の自由調教芸やふたりの息子の演技を多く取り入れた。同時に、ポーランド人の若い曲馬師ラスゼウスキー夫妻を雇った。彼らの7頭のロシア産サラブレッドが披露した演技は、玄人たちの喝采を受けた。

予測された通り、支配人の交代は、クラウンたちにとっては完全なる敗北だった。ロワイヤルは「間違いのない人物」だけを採用し、ジョージ・フティットに多くのナンバーを担当させた。フティットは馬に乗ることもでき、曲馬師とのデュオも可能だった。

1888～1889年のシーズン開幕時の公演では、フティットはプログラム三部すべてに登場した。クラウン寸劇をいくつか見せただけでなく、『リュリュ』という新しいパントマイムでは主役を演じた。アンリ・アグストが演出したこの作品は、作家のフェリシアン・シャンソールによって書かれていた。この若い作家は、フランスの文化的空間の民主化の恩恵を受けて文壇で一旗揚げようとする地方出身の新しい世代を代表する存在だ。オット・サヴォワ地方の憲兵の息子であるシャンソールは、バカロレア（大学入学資格試験）取得後すぐにパリに出てきた。モンマルトルのボヘミアン・アーティストたちと交流を持ち、詩人で作家のエミール・グードーと共に、「ふざけたエスプリ」を探求するアナーキストの文学者小集団である「イドロパット（水恐怖症派）」の旗揚げにも関わった。

これら若い作家たちの破壊的な性分は、日々の生活が苦しかったがゆえに増幅された。彼らの小説や詩はほとんど出版されることなく、その戯曲が演じられることもなかった。彼らは、1ページにつき10から25フラン支払われる新聞での出来高払いの仕事で、糊口《ここう》をしのいでいた。しきたりを破ることを騒々しく宣言しながら、自分たちのみじめな立場を訴え、偽善的なお世辞で時の権力者におもねることもしなければならなかった。

社会の周縁に生きる若者たちは、ブルジョワ社会に強い憎しみを覚えているという点で、上流貴族との共通項を持ち、そのために両者は接近した。そして、このふたつの世界の共謀が容易に可能となる芸術形態が、サーカスだった。貴族がサーカスを讃えたのは、それがアバンギャルドな演劇やブルジョワ的な軽歌劇（ボードビル）、庶民的なカフェ・コンセールと一線を画しているからだ。第二帝政以降、バルベ・ドールヴィリやエドモン・ド・ゴンクールのような保守派の作家たちが、文学界においてサーカスの名を高らしめてきた。1887年には、ラウル・ド・ナジャックが『上流社会のためのパントマイム小論』を出版し、アングロ・サクソン風のエキセントリックさとは異なる、ピエロの「フランス的伝統」を復権させた。この原点回帰は、綱渡り芸人の専門学校（アカデミー）に集結した150人の作家、挿絵画家、ジャーナリスト、音楽家、役者から成る団体から支持された。

モンマルトルで伝統破壊のリーダーとして名を轟かせていながら、フェリシアン・シャンソールは、彼にとって有用な上流階級におべっかを使うような記事を多く書いた。とりわけ、モリエ・サーカスの公演に関するお世辞満載の批評のおかげで、彼の名は貴族たちのあいだで知られることになり、すぐにその報酬を受けることになった。1888年6月の大きな公演の際に、モリエはシャンソールの『人生に疲れた人々』という戯曲をプログラムに入れたのである。大きな成功とはならなかったが、「最上流」の観客たちは、リュリュという脇役の女ピエロに魅了された。そのすぐ後に、おそらくエルネスト・モリエの口添えがあってヌーヴォー・シルクからパントマイム作品を依頼されたとき、シャンソールはこの登場人物をヒロインにすることに決めた。アグストが演じるアルトゥル・ショーペンハウアーという名の「滑稽な博識者」であるところのピエロが、若いイタリア人ダンサー、マッソーニ嬢が演じる美しいリュリュに恋に落ちるという話だ。最終的には、フティット演じる若い「伊達男」アルルカン［イタリアの即興喜劇コンメディア・デッラルテのなかのキャラクターで、トリックスター的な役柄を演じる］が若い女を誘惑し、奪ってしまう。

『リュリュ』は、『ショコラの結婚』の対極にある。この新しいパントマイムは、コンメディア・デッラルテ［16世紀中頃にイタリア北部で生まれた、仮面を使用する即興演劇］に出てくる人物像を復権させ、ラウル・ド・ナジャックが擁護した「原点回帰」を象徴している。しかし、性のアイデンティティをごちゃまぜにしているという点で、多少は破壊的な側面もあった。女性道化師が舞台に出たのはこれが初めてだったのだ。伝統的なパントマイムでは、コロンビーヌはほとんど脇役でしかなかったのに対し、この作品のリュリュは男性的な特徴を有し、一方でアルルカンは女性的な仕草をしてみせた。

この3年後、ドイツの若い劇作家フランク・ウェデキント［ドイツ表現主義と不条理演劇の先駆者］が、ヌーヴォー・シルクでの『リュリュ』の再演に足を運んだ。そのファム・ファタル［男にとっての「運命の女」「魔性の女」］的な人物像に衝撃を受け、自分の作品のひとつにその要素を取り入れた。1929年に映画監督ゲオルク・ヴィルヘルム・パブストがヴェデキントの作品を『ルル（邦題：『パンドラの箱』）』のタイトルで映画化した。オーストリアの作曲家アルバン・ベルクも、そのすぐ後にリュリュをオペラ化した。

ショコラ、失脚から見事な復活へ

教養エリート層とサーカス世界が結びついた結果、ジョージ・フティットは他のクラウンたちから頭ひとつ抜けて出世した。彼は、いわゆる「芸能一家の生まれ」だった。父親はイギリスでは大変有名な「グレート・フティット・サーカス団」の創始者で、母は曲馬師だった。幼い頃から、ジョージ

ジョージ・フティット

はあらゆる種類のサーカス芸を学んできた。学校の休暇時期には、両親についてあちこちを移動し、バレエ教師が彼に読み書きを教えてくれた。その後、ノッティンガムの私立中学に通うが、すぐに叔父のサーカスに曲馬師として雇われた。噂によれば、彼がクラウンになったのは、ボルドーでの巡業中に賭けで自分の馬を失ってしまったからだという。ジョージ・フティットがパリの舞台に初お目見えしたのは、1884年フランコ・アメリカン・サーカス座においてだということは確かだ。それから、ロンドンのコヴェント・ガーデンでも得意の女曲馬師のパロディで人気を集めた。アルマ橋曲馬場でしばしばジェームズ・ギヨンと肩を並べたのち、ヌーヴォー・シルクに雇われた。

　この天賦《てんぷ》の才能を持つクラウンにラファエルが強い印象を受けていたのは確かだろう。彼の外見は人目を惹いた。その頭は、まるで顎のほうがてっぺんにあるかのように、円錐形をしていた。鼻は鶴のくちばしのようで、頬には笑いじわが刻まれ、おでこの上には、フティットの気分次第で垂れ下がったり上げられたりする一房のメッシュが乗っかっていた。ベルギーの漫画キャラクター、タンタン風の一房はすぐに彼の目印となった。

　コピーに取ったヌーヴォー・シルクのプログラムの山を調べていて、ショコラの名前が消えてしま

っていることに、私はすぐに気がついた。ロワイヤルが、彼をカスカドゥール（クラウンの付き人）に戻してしまったのだと思った。しかし、ラファエルは心の底でひそかに、この不興が一時的なものであることを願っていた。1888年6月には『ショコラの結婚』の100回目の公演が、3000人も収容できるサーカス座で行われていた。たとえ、いつも満員ではなかったとしても、15万人以上の人がラファエルの偉業を賞賛したことになる。どの新聞も彼について書きたて、パリジャンたちはみな、白人のコロンビーヌと手を組んだ彼のポスターを目にしていた。これは、微笑む黒人男性の腕のなかで白人女性が幸せそうにしている場面を描いた最初のものである。ここで諦めるのは、臆病者のすることだ。いまは拳を握りじっと耐えるべきときだ。ラファエルは、アーティストの人生には、いいときも悪いときもあることを承知していた。いまは停滞しているが、必ず這いあがってみせる。

ラファエルが私に話したがらないのをご存知の親愛なる読者よ、あなたはこうした心の様を私に打ち明けているのは彼自身ではないと思われているかもしれない。しかし、私は、1888年6月2日『ル・マタン』に掲載された次の小さな記事から、想像して書いたのだ。その文章をそのまま引用しよう。

「『トニー・グライスがニグロを探している』。こんな広告がパリのある新聞の4ページ目に掲載された。トニー・グライスは人気道化師だ。どうしてニグロが欲しいのか？　洋服をブラッシングさせるため？　サトウキビを栽培して、儲けようとでも考えているのか？　そうではない。この広告は、率直に言って、想像以上に痛ましい。トニー・グライスは、巡業で訪れたあるスペインの街で、あてもなくぶらつき職探しをしていた気の毒なニグロに出会った。彼は、黒い顔は自分の白塗りした顔といい対照になるかもしれないと考えた。そこでニグロを引き取り、仕事を教え、かつての家なしニグロが、いまやアーティストになった。それがショコラだ、毎晩かの有名な結婚式を演じているショコラだ。彼はもはやかつての庇護者を必要とせず、トニー・グライスは悲しみに沈み、孤独を感じている。それが、トニー・グライスが新しいニグロを求めている理由だ！」

冗談めかした口調の裏側には、イギリス人クラウンにとって残酷な現実がある。雇われていたドイツ北部ハンブルクのサーカス団での契約を更新できずに、ショコラが大成功を収めていたまさにそのときに、彼は無名に転落しようとしていた。世界が反転した！　万策尽きて、グライスは新しい黒人道化師が自分を助けに来てくれないかと広告を出したのだった。実際、『ショコラの結婚』の成功は、他の興行主たちに種々の着想を与えていた。しかし、肌の色だけでは、パリの観客たちに好かれるには十分でない。後から参入した者たちはその教えを苦い経験から学ぶことになった。

ラファエルが失脚から復活するきっかけを与えてくれたのは、またしても社交界の新聞のジャーナリストたちだった。当時のショー・ビジネス界では珍しいことに、ヌーヴォー・シルク再出発の際にレオポル・ロワイヤルが作ったプログラムは、文字通り批判の嵐に晒《さら》された。ヌーヴォー・シルクに最も肩入れしていると考えられていた『ル・ゴロワ』のジャーナリストでさえも「ヌーヴォー・シルクはもはや時代遅れだ」と書いたのである。確かにロワイヤルのやろうとしたことは「昔風」だった。曲馬術をサーカスの出し物の中心に据えるのは、彼の祖先、彼の歴史に忠実なやり方だ。そう、かのロワイヤル一族！　燦然と輝くこの名字！　この名に生まれついて、どうしてレオポルが「真の」サーカスの在るべき姿を裏切ることができるだろう。子供の頃から、彼は父親に、17世紀のルイ14世時代から将校たちの訓練所で教えられてきた「高級馬術」のすべての技術を叩きこまれてきた。彼の祖父はパリで最初のクラウンだ。まだフランス語にこの言葉がなかった時代で、彼はパス・カローと呼ばれていた。その役回りは、主人よりもうまく馬に乗れると主張する従者で、実際のところは愛馬にまたがることもできず、大げさに地面に落ちてしまい、みんなに笑われる。

ロワイヤルにとって曲馬は科学であり、自分を学者であると自任していた。実際に古典的な訓練を積んだ騎手のみが、真に曲馬技術を評価できるのだと考えていた。彼にとって不幸なことに、こうした技を好む通《つう》は今では少なくなり、観客たちは派手なカブリオール（p．１０１）のみに熱狂するようになっていた。

ヌーヴォー・シルクの支配人に就任したことで、ロワイヤルは自身のキャリアの頂点に達したとも言える。しかし、いつ放り出されるか分からない状態で、踏ん張りどころでもあった。そこで、１８８８年12月のプログラムでは大文字で「新しい一座」と銘打ち、アンリ・アグストに彼の好きにパントマイムを作るよう依頼した。アグストは、ハンロン・リー座で演出したこともあるドビュローの寸劇を再び取り上げることにし、舞台を「南アメリカのある島」に置き換えた。

裕福な大農園主が井戸を掘るためにニグロたちを働かせていた。水が湧き出したあかつきには、盛大な祝祭が開かれた。植民者たちがキューバの民俗舞曲ハバネラを踊る横で、黒人たちはバンジョーとタンバリンを手にバンブーラの激しいリズムに身を委ねた。猿たちがこのお祭り騒ぎを邪魔しにやって来た。料理人の「われらが勇敢なるショコラ」は、雌猿《めす》の一団の襲撃に遭った。雌猿たちは彼にちょっかいを出し、井戸は破壊され、水が噴き上がった。幸いなことに、農園主が銃を持ち出して猿たちを殺し、その場を収めた。

この要約を読んで、私はアグストに対する評価を改めなければならないと感じた。国際的なキャリアを持ち、非ヨーロッパ圏の文化にも関心があったアグストには、フランスにおける黒人世界への偏見と闘う意志があるのだと私は思っていた。しかし、この『猿の島』では、一般的なステレオタイプを彼自身が繰り返してしまっている。白人主人公が舞台の主人公だ。招待客たちは、カルメンの有名なアリア「愛は野の鳥」を彷彿《ほうふつ》とさせるハバネラを踊り、ニグロは「激しいバンブーラ」を踊る。アグストはこの機会にパリジャンたちに、ハバナの奴隷たちのコミュニティで非常に人気のあった仮面ダンス「クロナ」を披露したいと思ったのかもしれない。しかし、このダンスがアフロ・キューバの文化にルーツがある点については知らないふりをした。彼は、エデン劇場で働いていたアーティストのつてを使って、アフリカの村々で雇ったダンサーたちを連れてきたのである。

この新しい企画の話を聞いたときのラファエルの落胆は想像に余りある。自分の出身コミュニティを戯画化する役を演じるよう彼に求めるのは残酷な仕打ちだ。ラファエルは裏切られたように感じただろう。アグストは、ハバナでの奴隷としての子供時代についてラファエルが打ち明けた話を、完全に歪曲して使ってしまった。『ショコラの結婚』に出てきた誘拐される女性、喧嘩、競争、水上ショーといった要素が、今回は、パリの観客たちの植民地への偏見を助長するような筋書きのために使われた。

ヌーヴォー・シルクが年末行事のために準備したプログラムを見れば、曲馬師の演目を救おうとしたロワイヤルが、エキゾティスムを好む観客たちのために、多くの譲歩をしたことが分かる。スペクタクルの最初の二幕には、自分の調教技術と息子たちの演技をそのまま残した。同時に、ロワイヤルは、ダビドス＆バティストス兄弟のミンストレルで異国情緒色をさらに強めた。「エキセントリック・ネグロ・ミュージシャン」と書かれたポスターには、シルクハットをかぶりチェックのパンツをはいた偽ニグロが、バンジョーやヴァイオリンを手にして、滑稽な表情を作っている。しかし、このナンバーは完全に黙殺された。『ル・フィガロ』は、『猿の島』についても支離滅裂なパントマイムと評し、「絶え間ないトンデモ話の嵐に、どんなにしっかりした頭の持ち主でも消耗させられてしまう」と講評した。

１８８９年１月末、ヌーヴォー・シルクの株主たちのあいだには重苦しい雰囲気が漂っていた。万国博覧会が５月６日から開幕しようとしていた。３月31日には、エッフェル塔の落成式が政府主催で行われることになっていた。大量の観光客がパリに押し寄せるだろう。ジョゼフ・オレールはこの一大イベントをうまく利用することを考えてヌーヴォー・シルクを創立したが、レオポル・ロワイヤルが指揮を執るようになってからは失敗が続いていた。苛立つ株主たちは、シーズン終わりまで支配人としての契約を延長していたロワイヤルの後任をすでに探し始めていたと私を考える。そのあいだ、『猿の島』に代わって、１８８６年以降ヌーヴォー・シルクで大成功を収めたいくつかのパントマイムの再演が決定した。１８８９年２月８日、『ショコラの結婚』がプログラムに入れられ、ラファエルは再び水上ショーの主人公として舞台に立った。

パリ万国博覧会、始まる

フランスの歴史において、万国博覧会は、文化的にも政治的にも一大イベントだった。共和国は、普仏戦争敗戦のトラウマを乗り越え、文明国のなかで再び優位に立ったことを、世界に示そうとした。キャリアを再び上向きに転じさせる機会となった博覧会は、ラファエルにとっても極めて重要な出来事だった。

ラファエルは、自由時間に、数千人の労働者たちが働く博覧会の工事現場周辺をぶらぶらと散歩してみたに違いない。会場は、シャン・ド・マルス公園、トロカデロ広場、アンヴァリッドの周辺であり、ラファエルの家からはほんの数百メートルだった。芸術館、自由学芸館、産業館などの堂々たるパビリオンが次々と建っていくのを目の当たりにした。なかでも彼は、「機械館」、そして世界で一番高いと言われた「鉄の塔」といったフランスの産業力を象徴する金属の建造物に衝撃を受けた。

このイベントが続いた6か月のあいだ、ラファエルはパリで本当に自分の家にいるような気分になったと私は思う。3500万人がこの街を訪れた！　世界じゅうがこの光の街で会う約束をしていたようなものだ。各「国（ナシオン）」が、自分たちの館、宮殿、村を作った。数千人の出展者が、自分たちの発明品を展示したり、自分の地方や国の産物を推奨したりするためにやってきた。博覧会は、訪れた人々に、「原始的な」人々――アフリカの人々――から、文明の最も進んだ段階にいる、エッフェル塔を発明した人々、つまりはフランス人までの人類の歴史をたどるための教育的なコースも用意した。

ラファエルは、広い意味での「黒人世界」にかなりの場所が与えられていることに驚いたに違いない。フランスに着いてからというもの、彼はいつも自分ひとりで自分の「種」を代表している気がしていた。しかし、博覧会の主催者たちは、この機にフランス人に自分たちの植民地帝国の様々な側面を見せたいと考えた。アンヴァリッドの広場には、コーチシナ［フランス統治時代のベトナム南部の呼称］、コンゴ、カナークの「村」や、ジャワ島の「集落」、「カイロ通り」が再現された。少し離れたところにあるビリー河岸（現在のケ・ブランリー）には、セネガル「村」が作られた。これらのエキゾティックな設営地では、その土地の服を着た数十人の現地人によって生活が再現されていた。

博覧会における植民地世界の存在感は、こうした展示に限らなかった。当局は、植民地帝国のイメージをこの祝祭に結びつけるあらゆる努力をした。統治を強固にするためにフランスと同盟を結んだアフリカやアジアの元首たちは、盛大に迎えられた。1889年7月のパリに到着したギニアのナル人の王ディナ・サリフーについて、新聞は多くの記事を書いている。ほかの君主たちと同様に、ディナ・サリフーもヌーヴォー・シルクで観劇をした。ラファエルはその際にこの人物に会っただろう。

当時のフランス共和制政権の植民地に対する関心の高さは、軍事パレードにおけるアルジェリア騎兵（スィパーヒー）、ズアーヴ歩兵［1831年にアルジェリア人、チュニジア人を基本に編成されたフランスの歩兵］、アルジェリア人軽歩兵（チュルコ）、トンキン［ベトナム北部の旧称］、セネガル、マダガスカルの狙撃兵の存在からも明らかである。総数としては数百人程度だったが、パリジャンたちはもっと多くいるように感じた。彼らがすぐに目につくからだけではなく、毎日グループを組んで博覧会会場の路地を行進していたからである。

しかし、万国博覧会の際にパリジャンが発見した「エキゾティスム」の大半は、兵士ではなく、アーティストだった。公権力は、18世紀の哲学者ジャン・ジャック・ルソーが望んだような、人々が自発的に祝う盛大な祭りを想定していた。より利益を上げるために、私設の団体もこのお祭り騒ぎに参加するように求められた。国家元首、議員、公務員、将校たちによって盛り上げられた公的行事の裏で、万国博覧会は、巨大な商業フェア、あるいは大きなテーマパークにも似ていた。どんな人の趣味にもかなうあらゆるものがそこにはあった。フランス革命を懐かしむ者は、「1789年の如き」バスティーユ界隈を散歩した。『モヒカン族の最後』を書いたアメリカ人作家フェニモア・クーパーの読者は、バッファロー・ビルが連れてきた1200人の団員たちのなかのスー族やカウボーイと触れ合う機会を得ただろう。植民地の現地人たちの村は、この大がかりな舞台装置の、ほんの一片だった。

祝祭的な要素は、万国博覧会の会場の内側に留まらなかった。コーラス、軍楽、吹奏楽がパリじゅう至るところに設置された野外音楽堂から聞こえてきた。数多くのパレード、ダンスパーティ、コンサートが会期中開かれ、そこでも植民地のイメージがかなりの場所を占めていた。剣を飲み込んで見せる芸人、燃え上がる松明《たいまつ》を食べる芸人、ポルノグラフィックな銅板や奇妙なオブジェの売人など

「エキゾティック」なアーティストたちがパリの路地を占拠した。彼らあっての祝祭だった。賞の授与の際にも欠かせなかった。例えば、1889年8月のあいだ、毎週火曜日に、アマチュア合唱団、ハーモニー音楽、ファンファーレのコンクールが開かれ、フランスの各村々がその伝統を競い合った。賞の授与の前には、アラブ人、セネガル人、アルジェリアの歩兵団や騎馬団が、行進をした。舞台衣装をつけランタンを持ったアンナン人［フランス統治時代にベトナム人に対して用いられた呼称］の役者たち、人力車を引くジャワ島出身者、ガボンから来た黒人音楽家たちが、受賞者を囲んで栄誉を讃えた。

少し大げさに言えば、博覧会の最中、パリの人々はその長い歴史のなかで初めて、自分たち自身もまた少し「エキゾティック」であると感じたのではないだろうか。すべての需要を満たせるほど植民地帝国の代表者の数は多くなかったので、顔を黒くしたミンストレルに倣《なら》った偽黒人が多く「作り」出された。いくつかの統計によれば、植民地帝国の正統な臣民として紹介された軍人、アーティスト、エキゾティックな商品の販売人のうち三分の一は、実際のところは仮装したエキストラたちだった。公式の仮面の裏で、パリは巨大なサーカスとなり、万国博覧会は、自分の役割をきちんと把握した役者たちによって盛り上げられた巨大なパントマイムだったと言える。

フランス人の、植民地世界に対するふたつの視線

数か月のあいだ、博覧会に魅了されたパリジャンと数百万人の観光客は、信じられないほど多様な音と身振りがこの世には存在することを知った。人類が感情や欲望、不安を表現するために発明したありとあらゆるものが、パリに集まり、数か月のあいだ披露され続けた。この一大行事は人々の世界の見方を根底から変えてしまった。とりわけ、踊りの世界でその影響は強烈だった。万国博覧会では、

オリエント、ジャワ、アンダルシア、マルティニック、そしてインドシナの踊りの振りに象徴されるような、からだの動きが大成功を収めた。

当時、すべての人が、ヨーロッパ文明は他よりも優れていると信じていた。植民地の人々でさえ、力によって獲得され、続いて技術の革新によって毎日のように示されたヨーロッパの優位性を、明白なものとして認めてしまっていた。そうは言っても、自分たちはより「文明化」しているから「ニグロ」より優れているのだと自己認識していたフランス人たちのあいだにも、大きな差異はあった。一方で、自分たちが特別であることを納得し続けるために、他者を過小評価し、軽蔑的な態度を保ち続ける者たちがいた。他方で、より寛容な者たちは、世界に関する自身の知識を豊かにしたいと望み、見知らぬ文化の代表者たちを称賛した。なるほど。つまりこの点においては、当時のフランスは現在のフランスに限りなく近い。ここで、万国博覧会の会期中に実際に起きた出来事を元に、私が準備したふたつの小さなシナリオを披露しよう。植民地世界への相反するふたつの視線が浮かび上がるはずだ。登場人物の言葉は、全部がその場で口にされたものではないとしても、すべて歴史的に正確なものであることを、ここでもう一度確認しておく。

最初の場面は、シャン・ド・マルス公園に造られた自由学芸館であるが、この建物はいまでは存在しない。1889年7月20日のことだ。パリ人類学協会が主催した展覧会で、ボナパルト公の写真と共に、「原始人」のポートレイトが展示された。市議会議員で、将来の国会議員、人類学学校の教授であるアベル・オヴェラックは、新著『赤道アフリカのニグロ』を紹介するためにやってきた。講演会で、彼は著作のなかでの主要な命題を力説した。

「真のニグロは、ギニアのニグロです。彼らは、サハラから赤道にかけての土地に住んでいます。

彼らの肌はかなり黒く、赤みがかっていることもありますし、とてつもなくくすんでいることもあります。髪の量は非常に多く、髭や体毛は少ないです。この写真を見ればお分かりの通り、前腕がとても長く、ふくらはぎはあまり発達していません。頭蓋骨は前後に伸びています。真のニグロは、この特徴的な長頭（ドリコセファリ）に苦しんでいます。専門的な言葉で恐縮ですが、科学は不正確ではいけませんから。頭脳の容量は並以下です。それから、大きくて平べったい鼻、突起した顎、そげた顎先なども特徴的です」

博識者の発表の後には、議論が続いた。聴衆のひとりが立ち上がり、講演者に質問をした。

「あなたのご意見では、私たちはいつかこれらの野蛮人を同化することができると思われますか」

「ムッシュー、私の個人的見解は重要ではありません」

と、オヴェラックは答えた。

「優れた研究者たちの近年の成果をご紹介いたしましょう。フレデリック・ミュレは、その多岐にわたる民族学の知識をもって、アフリカの真のニグロの知能的特性を見事に描写しています。曰く、多くの点で子供との類似点が見られます。しかし、客観的になってみましょう。原始的なメンタリティといっても、すべてがネガティブということはないのです。自然に、いくつかの良い気質を育てることもありますから。私たちの研究は、ニグロが模倣において非常に卓越していることを示しています。真似をするということにおいては、ニグロの子供は白人の子供よりも抜きんでています。残念ながら、思春期からは停滞してしまいます。自分で入念に学ぶということができないからです。ですから、ニグロの人々は知性の面で私たちに大きく劣っているのです」

「私はニグロは軽薄な感性の持ち主だと読んだことがあります」

と、他の聴衆が口を挟んだ。

「その日暮らしだということです。スペクタクルやダンスを好むのは、心配事を忘れるためだそうですね。教授、その点についてはどう思われますか？」

「その点については賛成ですね。ニグロは自分の衝動に支配されています。それが敵に対して恐ろしく残酷になれる理由です。すべての文明国は奴隷制を廃止しましたが、ニグロのあいだでは相変わらず行われています。それが、遠くの国でも私たちの存在を強めていかなければならないヒューマニズム的な理由です」

この言葉は会場にちょっとした動揺を生んだ。どこからか誰かが叫んだ。

「耳に穴を開けた一夫多妻の野蛮人たちを文明化するために私たちの金を使ってどうしろって言うんだ。しかも、あんたは自分でそれは不可能だと説明したばかりじゃないか」

「私たちはフランス人なのですよ、ムッシュー」

と、オヴェラックは毅然《きぜん》として答えた。

「１週間前、私たちは人権宣言の１００周年を盛大に祝いました。私たちは、たとえどんなに難しくても、この文明化の使命を諦めてはならないのです」

「あなたが人権について触れてくださってありがたく思います」

と、会場の奥に座っていた女性が言った。

「ニグロたちは人間です。パリの路地で腕白たちが『漂白されそこね』『太鼓皮《たいこがわ》』『カンゾウジュース［様々な植物を混ぜて作った黒いジュース］』などと彼らに向かって言っているのをよく聞くのですが、ニグロを私たちのようにするために皮膚を白くすることはできないのでしょうか。アメリカの化学者が何か薬品を開発したそうなのですが。３か月でニグロの肌が白くなるものだとか。

それって、彼らがもう侮辱を受けないための解決策じゃないでしょうか」

この発言に会場は爆笑の渦に包まれた。

「女性は口を開けば、馬鹿げたことしか言わないな」

と、黒い服の男性が言った。

「彼らの髪の毛も刈り込まなきゃいけないんじゃないでしょうか」

と、他の誰かが言った。

「それで、漂白されたニグロの子供たちは何色になるんです？」

と、三人目が尋ねた。

「その処方箋をオセロがもし試していたら、デズデモーナを殺すことはなかったでしょうな」

と、深い教養を持っているらしい老紳士が意味ありげに言った。

「みなさま方、このような重大な主題で冗談を言うのはよくないですよ」

と、眼鏡をかけた髭の小柄な男性が議論に加わった。その自信に満ちた雰囲気からいって、教師に違いない。

「産業館をちょっと回ってみてください。ニグロの肌に白人の肌を移植したオーストリアの科学者に会うことができるでしょう。使い古して色落ちした靴下のように、ニグロが白人になるところを考えてみてください。移植、これが人類の未来です！」

ラファエルがこうした場に居合わせたところを想像してみてほしい。彼もまた、ソプエルタで少年だった頃に、あらゆる暴力のなかで、この白人の幻想にさんざん苦しめられた。彼が唯一できたことは、講演のあいだじゅう椅子の上で縮こまり、カノチエ帽［日本でいう「カンカン帽」］を傾け、顔を隠し、暑くても首まで引き上げた上着の襟の中に顎を沈めることだった。

このように黒人について話すことがどんなにか侮辱的であるかをオヴェラック教授に分からせるためには、役割を逆にしてみるしかないだろう。つまり、ラファエルが立ち上がり、この市議会議員の肌を黄ばみと赤味の中間であると説明し、頭蓋骨、膨らんだ頬、くぼんだまぶたの形を大声で描写してみたらどうだろう。しかし、そんなことは不可能だ。なぜなら、ニグロもパントマイム師も、公衆の前で話すことは禁じられているからだ。

２０１2年8月3日金曜日

ラファエル、君はおそらくこの自由学芸館の講演を聞いていなかっただろう。だけど、似たような場面に居合わせたことはあると思う。現在のパリ13区のある通りにはアベル・オヴェラック教授の名が付いていることを、君は知っているか？　そして、君には、何もない。本当にゼロだ。君は歴史のなかで相変わらず口をつぐんでいる。しかし、ラファエル、このままにしておくつもりはない！　いつの日にか、パリには君の名前を冠した通りができるだろう。約束しよう。

パリジャンたちがみな黒人世界に同じヴィジョンを持っていたわけではないことを示すために私が作ったふたつ目のシナリオは、作曲家にして音楽学者のジュリアン・ティエルソの著作『１８８９年博覧会での音楽散歩』を読んだ際に着想を得た。9月10日、この音楽愛好家は、ビリー河岸の「ニグロ村」を訪れた。確信を持っているわけではないが、彼はひとりの友人と一緒だったと想像する。その友人クロード・ドビュッシーもまたティエルソと同様に他文化から来たアーティストたちに強い関心を持っていた。

「いま聞いたエキゾティックな音楽には本当に驚いたな。君はどうだい、クロード?」

と、ティエルソが言った。

「テクニカルな面から言っても、学ぶべきものがあるな」

と、ドビュッシーが答えた。

「彼らが歌うのを聞けるのは貴重だとか。恥ずかしがると聞いたよ」

「知ってるか、フランスの地方の農民に彼らの歌について尋ねても、全く同じ反応だそうだ。いかにもな服を着た私たちが都会からやってくると、それだけで警戒されてしまうのだ」

ティエルソがさえぎって、友人にある楽器を指差した。

「見ろよ。シロフォーンというそうだ」

「『バラフォン』というものかと思ったよ」

「あの男の演奏を聞いてくれ。本当に見事なんだ」

と、ティエルソが続けた。

「彼はただの村人ではなく、プロの演奏家で、ディナ・サリフーが一緒に連れてきたんだそうだ」

「彼らがメロディーより打楽器を重視していることには気づいたかい?」

と、ドビュッシーが聞いた。

「即興でリズムを作ることで満足してるんだ。歌いたがらないのは残念だな」

「昨日の夜、村が閉まった後に、誰にも見られていないところで彼らが歌っているのを聞いたよ。驚いたね」

と、ティエルソが言った。

「彼らがハーモニーを知っているとは思わなかったよ。学校では、ハーモニーは私たちの中世における発見で、国民的才能の証だと習ったけど、アフリカのニグロたちも毎日奏でていたとはね。三度、四度、五度の音程が論理的に使われてるし、非常に高い調性の感覚を持ってると言えるよ」

「間接的にヨーロッパの影響を受けているということはないかな？」

と、ドビュッシーが尋ねた。

「そうは思わないね。彼らの音楽的形式は、われわれのものとは似ても似つかないよ」

ラファエル、世界から愛される人気者に

この年、ヌーヴォー・シルクは例年のスケジュールを変更して、あふれる観光客で利益を上げようと夏じゅう営業を続けた。毎晩、前売券興行で一座は営業を続け、かつてない興行収入を上げた。120万フラン（現在の日本円に換算すると約6億円）以上だ！　この額に達するために、ヌーヴォー・シルクは一流というイメージを前面に押し出した。観光客たちが、エッフェル塔や機械館と並んで「世界で唯一」とされる設備を訪れようとすることを期待したのである。

『ショコラの結婚』は1889年3月15日まで毎晩演じられたが、2月末からは、一座は交代のために『セヴィリア祭り』のリハーサルを始めていた。アグストはラファエルに、コリーダの場面で闘牛士の役をやらないかと提案した。ラファエルはこの提案をとても誇らしく感じたと私は思う。しかし、偽闘牛の後ろ足に入るカスカドゥールはどうするのだろうとも心配になった。アグストは笑って答えた。「動物の足には誰も入らないよ。スペクタクルを盛り上げるために、本物のカスティーリャ牛を

連れてくる予定だ。だから君は自分の練習だけすればいいんだよ」。

これはラファエルにとって突然の新しい挑戦だった。彼は、新聞の記事を大いに騒がしていた、ペルゴレーズ通り45番地のグラン・プラサ・デ・トロスのコリーダで起こった事故のことを知っていたに違いない。剣に模した棒のみで武装したアフリカの若者たちが、雄牛に向かってバンデリリャ［色紙やリボンの飾りのついた槍］を投げつけ、雄牛が反撃してきたら、ボールのように転げまわるという出し物をしていた。ところがある日、そのうちのひとりが宙に放り出されて足をくじき、そこを角で刺されてしまったのだ。

人生で初めて、ラファエルは不安を抱えてリハーサルに臨んだ。もちろん、牡牛の角先にはコルク栓をつけ、攻撃できないようにしてあると説明されていたが、それでも安心できなかった。起こるときは、起こるものなのだ。ある日、雄牛の前に赤いケープを広げ、「オレ！」と叫んだとき、彼は顔面に強烈な突きを食らった。カスカドゥールたちがすぐに跳び出して、彼を救出したので、命に別状はなかった。事故は秘密にされた。20年が経ってから、ラファエルはこの事実をあるジャーナリストに明かし、この日以来彼の顎は変形してしまったのだと説明した。

観客たちは誰も、ラファエルが闘牛士の役を学ぶために耐えた苦痛には気づかなかった。彼は歯を食いしばり、おかげで大いに報われることになった。実際、劇評は手放しでの称賛だった。１８８９年３月22日の『ル・フィガロ』は次のように書いている。

「万国博覧会でわれわれを楽しませてくれるだろう競牛がどんなに素晴らしいものであろうと、ヌーヴォー・シルクのコリーダと比べて遜色《そんしょく》ないものかどうかは疑わしい。カタルーニャの山岳地帯からやって来た８頭の立派な牡牛は、昼のあいだは、パリ郊外のマルリーのプティ・パルク農場で自由に跳ねまわり、夜になれば、干上がったプールのなかで、ときに蹄、ときに角を巧みに操る。そして、なんと素晴らしいマタドールとピカドールたちか！　ありがとう！　ピアブラ、フティット、そして何よりも陽気で滑稽で筆舌尽くしがたいショコラよ！　みなさん、かの闘牛士フラスクエロを演じるこの比類ないクラウンをいますぐ見に行って、私に最新の話を伝えてください。あぁ！　そう、いまやコリーダの名声を作ったトニー・グライスははるか彼方だ！　今夜、ショコラがあまりに役になりきっていたため、あるスペイン人などはすっかり熱狂し客席で立ち上がり、『ブラボー、トロ』と叫んだ。私は、彼が舞台に向かって帽子を投げ入れる場面を目撃した」

この批評には、パリで最も影響力のある日刊紙の興行欄を担当していた編集責任者が署名している。いやはや、恐れ入った。彼はクラウンの才能を褒めちぎっただけではなく、ラファエルを、2年前には彼がその鞄を運んでいた男や、ステージ上の天才フティットの上にさえ据えたのである。ラファエルがいくらこの賛辞は大げさだと思い込もうとしても難しかっただろう。少しはそうかもしれないと考えたのではないかと、私は思う。

1889年3月から11月のあいだにパリを訪れた数百万人の人々全員が、ヌーヴォー・シルクを観劇したわけではない。しかし、エッフェル塔から遠くなかったため、多くの人がこのサーカス座を訪れ、プールに早変わりする舞台をその目で見、道化師ショコラと大笑いした。

マタドールを演じるショコラに熱狂したスペイン人観客についての『ル・フィガロ』の挿話は、われらが主人公がコスモポリタンな観客に気に入られたことを示す点で興味深い。スペクタクルを見ていない者も、ショコラの名前を新聞や観光ガイドで目にすることはあっただろう。あるいは、街じゅうの壁に貼られていたポスターに気づいた者もいただろう。パリの路地で本物を見た者もいたかもしれない。実際、ヌーヴォー・シルクは、万国博覧会の公的な祝賀行事と連動することも多かった。1889年6月1日土曜日の花祭りの行列を見物したあるジャーナリストは、そのなかに、『ショコラの結婚』に捧げられたエレガントな山車《だし》が、劇場で最も美しい2頭のサラブレッドに引かれて行進していることに気がついた。ラファエルは、青い衣装に白い帽子をかぶり、山車の上から行列に参加した。進む先々で、見物人は彼に向かって歓声をあげた。父親たちは子供を肩に乗せ、母親たちは指を指した。

「見なさい、ショコラよ。ヌーヴォー・シルクのクラウンよ」

そして、みんなが叫んだ。

「ショコラ万歳！」

「ショコラ万歳！」

ラファエルは、群衆に手を振り返した。台の上で、踊り、跳ねまわった。彼にとって、大いに感情が高ぶった瞬間だったと思う。人生で初めて、ヌーヴォー・シルクで観劇することができない人々、つまり庶民からの歓声を受けたのである。

数か月のうちに、ラファエルの名声は驚くべき速さで広まった。万博の際にパリに集まったコスモポリタンな観客が『ショコラの結婚』を称賛したのは、このパントマイムが普遍的な笑いに基づいていたからでもある。ショコラは新しいタイプの滑稽劇アーティストとして強烈な印象を与えたのだ。彼は、皿を飛ばし、転んでみせ、道具の調子を狂わせ、受けたパンチにはお返しをする道化者だった。この数か月のあいだ、彼は本当に万国のギニョル［フランスじゅうに愛された人形劇の主人公］だった。

第8章
カラモコ・ドゥアッタラ

パリのサーカス、変貌の予兆

「ショコラが現れ、大げさな身振りをし、柄つき眼鏡を鼻にかける、それだけ。あるいは、何もしなくたって構わない。ショコラが登場すれば、みんな楽しくなってしまう。猿の種族をなんとなく思い浮かばせる彼のぎくしゃくした動きがなんともしっくりくるのだ。彼は何かいままでにないタイプのギュギュスで、新しい人物像をまさに作ろうとしているのだが、それがどこに行きつくのかは分からない。少し遠い未来に、『ショコラ』を演じる者が舞台に現れても私は驚かない。オーギュストを演じるように、ショコラを演じるようになるかもしれない。同時代人のみなさん、とりあえずいまは、新しい類型がゆっくり開花する場に居合わせようじゃないか。その名声を将来の演者たちが遠い先まで届けてくれるだろう」

私は長いこと、ジャーナリスト、エドゥアール・ド・ペロディーユの『ムッシュー・クラウン！』（p.66）のなかの謎と矛盾に満ちたこの抜粋の意味を考えていた。今日《こんにち》、ショコラの動きを猿になぞらえたこの文章を「人種差別的」と見なすことを誰もためらわないだろう。しかし、著者がラファエルをおとしめるつもりは微塵《みじん》もないことも明らかだ。むしろ逆に、ラファエルを、時代を先取りする新しいジャンルの芸人と位置づけている。ショコラは、パリジャンたちがこれまで見てきたどのアーティストにも似ていなかった。エキセントリックなミンストレルでもなく、正真正銘のクラウンでもなかった。また彼は、この先も頻繁にそう呼ばれてはいるが、オーギュストとも違っていた。

ペロディーユは、ショコラのダンスの流儀を描写する言葉を持たず、比較できるような見本も頭に浮かばなかった。多くのフランス人と同様に、彼は、大西洋の向こう側で、アフリカ出身の奴隷たちが、新しいリズム、新しいジェスチャー、新しい踊りやパントマイムを生み出していたことを知らなかった。それでも、ペロディーユは文化的特殊性を超えたこの才能に純粋に感動した。本能的に、目の前にいるアーティストが、誰もその到来を予言しなかった未来を作るだろうことを理解したのだ。歴史は、このジャーナリストが正しかったことを証明している。ラファエルの後継者たちが成功を収めたのはサーカスのステージ上ではなかったが、黒人のダンサー、ミュージシャン、コメディアンたちは、20世紀の舞台芸術の世界が経験することになる革命で、決定的な役割を果たした。

エドゥアール・ド・ペロディーユは、水晶の玉で占ったわけではないので、クラウンについての調査を尚早な時期に行い、将来の変革を予見することができなかった。万国博覧会でラファエルが演じたときに、コスモポリタンな観客たちが感情移入できたのは、ショコラが特定の誰かを演じたわけではなかったからだ。しかし、すべての夢は儚《はかな》く、ヌーヴォー・シルク座は万博の閉幕を不安な気持ちで迎えていた。矛盾するようだが、サントノレ通りの劇場は毎晩満員にもかかわらず、雰囲気は良好とは言えなかった。ロワイヤルは、顔色が優れなかった。噂によれば、彼は病気らしい。アグストに、ライバルの衰弱を利用しようとする素振りはなかった。自分の契約が更新されないことを分かっていたのか、彼はすでに「心ここにあらず」であった。

40年のキャリアを持つアンリ・アグストとレオポル・ロワイヤルは、当時のサーカスのふたつの主要な役回り、すなわちクラウンと曲馬師の姿を体現してきた。しかし、学術の世界と同様、芸術の分野でも、年長者たちが熱中する「学派争い」に若い者たちは興味を持たず、争いはしばしば継ぐ者がいないまま終息を迎える。それがまさにサーカスの世界で進行していたことだった。優先権を巡る小競り合いは徐々に減った。なぜなら、どちらのコミュニティも、いまや共通の敵であるミュージック・ホールの歌手たちに、脅かされるようになったからだ。

１８８９年春先、ヌーヴォー・シルクの取締役会が大きな変革を入念に準備しているという噂があった。ジョゼフ・オレールは1年前にサーカス座の経営を離れていたが、依然として最も大きな影響力を持つ株主だった。数年来、オレールはフォリ・ベルジェールの興行収入を注視していた。この劇場を所有するマルセイユの清涼飲料水製造業者ムッシュー&マダム・アルマンは、非常に幸運なことに、才能あるエドゥアール・マルシャンを芸術監督として雇っていた。彼はロンドンやニューヨークのミュージック・ホールを頻繁に視察し、パリの観客の目にかなう新しいアーティストを発掘してきた。１８８６年、アメリカでの滞在から戻ったとき、彼はフォリ・ベルジェールで大がかりなレビューを作る計画を温めていた。定期市での演劇というパリの伝統を引き継いで、男女の司会者がその1年の時事を紹介しながら、ダンサー、歌手、サーカス芸人がショーを披露する。一度試すやすぐにその成功は明らかとなった。衣装や装飾の豪華さやマルシャンが細部までこだわった演出は、何か月ものあいだ、パリの「最も洗練された」観客を夢中にさせた。

新しい文化の中心地、モンマルトル

ジョゼフ・オレールは、スペクタクルの世界も競馬の世界と同様の流れになってきていると判断していた。民主化が進み、すべての社会階層の人々がスペクタクルを楽しみたいと思うようになっていた。興行主たちは、新しい消費者の関心を惹こうと、苛烈《かれつ》な競争を繰り広げ、カフェ・コンセール、定期市、公園、ダンス場、遊園地などがあらゆるスペクタクルを提供しようと、サーカスの豊富な資源を使うようになった。クラウン、ジャグラー、曲芸師、パントマイム役者、動物の調教師が至るところで求められた。かつての大道芸人も日の目を見た。彼らはいまや世に認められたアーティストだ。曲馬師だけがこの熱狂の恩恵を受けなかった。なぜなら、新しい娯楽場は曲馬芸をあえて採用しなかったからだ。厩舎や馬の維持や年間での契約を求める曲馬師たちの高い出演料はサーカスの支出の多くを占めていたが、この芸に熱狂する観客は徐々に少なくなっていた。

競馬で一財産を作ったオレールではあるが、いまのヌーヴォー・シルクの足を引っ張っているのがまさにその馬であることを理解していた。とはいえ、収入の大半を競馬場、種馬牧場、そしてとりわけ勝馬投票（パリ・ミュチュエル）に拠っていた彼としては、そうと声高に言うことはできなかった。それではどうやって、貴族に不満を抱かせずに、ショー・ビジネスの世界の民主化をうまく利用するか。

ジョゼフ・オレールがヌーヴォー・シルクを辞職し、シャルル・ジドレールに替わってモンターニュ・リュスの支配人の座に就いたとき、誰もがこれはこのふたりの男がパリのナイト・エンターテイメント（パリ・バイ・ナイト）を牛耳るために練り上げた計画の最初の一歩だということを疑わなかった。これまで彼らが指揮を執ってきた施設は、舞台芸術が集中しているシャンゼリゼとグラン・ブールヴァールのふたつの界隈に限られていた。しかし、パリジャンたちは将来有望な新しい地域に投資し始めていた。モンマルトルである。モンマルトルがパリ市に併合されたのは１８６０年になってようやくである。地代は安く、丘の上から首都の格別な景色を楽しむことができ、まだ名の知られていないオーギュスト・ルノワール、エドガー・ドガ、あるいはフィンセント・ファン・ゴッホといった画家たちがアトリエを構えていた。モンマルトルはダンス場を備えた酒場（ガンゲット）の街としても知られていた。パリの庶民たちは、エリゼ・モンマルトルやムーラン・ド・ラ・ガレットといったダンスホールに、シャユー（大騒ぎダンス）やカンカンを踊りに出かけた。

１８８０年初めまで、ブルジョワ階層は「いかがわしい」と評判のこの界隈には出入りしていなかった。様子が変わってきたのは、小さな移動サーカスの所有者であるフェルディナン＝コンスタンタン・バエルがロシュシュアール通りの空き地にサーカス小屋を建てることを決めてからである。フェルナンド・サーカスの誕生だ。あっという間に界隈の娯楽の中心のひとつとなり、丘のアーティストたちが頻繁に通うようになった。開業当初の夜には、周辺のダンスホールの経営者たちが盛大なパーティを開催した。フランス中西部シャテルロー出身のビストロの経営者ロドルフ・サリスは、同じロシュシュアール通りにカフェ・コンセールを開き、時代の偏見を断ち切りたいと望む若いアーティストたちを迎え入れる場所にすることを考えていた。例えば、水恐怖症派（p．１６３）のエミール・グドーや「非一貫性芸術」の促進に力を入れていた画家アドルフ・ヴィレットなどだ。

彼らの後押しがあり、このカフェ・コンセールはシャ・ノワールという名のキャバレーに変わった。謳い文句は、明快だ。「凡庸《ぼんよう》さに死を。若者に幸あれ」。ジャンルの混ぜ合わせがここでのルールだ。地元アーティストのカンバスやデッサンを飾り、歌い、踊り、詩を読み、さらには巧妙な影絵を使ったスペクタクルも作った。キャバレーは界隈の生活と積極的に関わり、芸術的な催しに参加したり仮面舞踏会を開いたりした。さらには雑誌を発行し、国じゅうに自分たちの作品や著作を紹介した。成功は約束されているようなものだった。なぜなら、モンマルトル全体で感じられた、伝統を打破しようとする反逆者の精神は、文化に触れようとする「新しい階層」の求めるものと重なり合っていたからである。

数年のうちに、社会の枠外にいた運動家の若者たちは、パリのショー・ビジネスの世界で出世していった。彼らの多くは、シャ・ノワールのやり方を踏襲した風刺週刊誌『ル・クリエ・フランセ』の定期寄稿者になった。そこでは、演劇、芸術、文学、政治が語られた。『ル・クリエ・フランセ』は、仮装舞踏会を幾度も開催し、コンメディア・デッラルテの登場人物たちを再び流行らせた。雑誌の表紙のほとんどを担当していたヴィレットのおかげで、ピエロとコロンビーヌはモンマルトルの人々を象徴する人物像となったのである。

ジョゼフ・オレールとシャルル・ジドレールもモンマルトルのボヘミアン文化の開花を興味深く観察していた。丘のマージナルなアーティストたちが、庶民階級とハイ・ライフ双方を魅了する秩序破壊的な文化を形にしつつあることを、ふたりは認めた。ジョッキー・クラブの最上流の会員たちは、ブル・ノワールやレーヌ・ブランシュの舞踏会に顔を出して、自分たちの「赤いヒールの短靴［上品で洗練された階級の比喩］」の評判が傷つくのを恐れはしなかった。新しい刺激を求める彼らは、カンカンを踊る若い踊り子たちに熱狂した。踊り子のひとりが、1880年代半ばから社交界のゴシップを賑わせるようになった。彼女の名前はルイーズ・ヴェバー、あだ名は「ラ・グリュ（大食い女）」だ。彼女は初めモンマルトルの洗濯女だったが、一生のあいだそこに留まるつもりはなかった。自分の肉体しか資産を持たない庶民の若い女が持つ武器を、彼女は早いうちから使った。モデルとしてオーギュスト・ルノワールの前でポーズを取り、レーヌ・ブランシュで踊りを学んだ。その後、ヴァランタン・ル・デゾセ（骨なしヴァランタン）の一座に加わった。新しいタイプのカンカン「カドリーユ・レアリスト」を作った男である。観客たちが輪を作りその中心でダンサーたちが踊るところまでは通常のカドリーユだが、突然ひとりのダンサーが他から離れ、足を上げはじめ、最後には全開脚をするのである。

シャルル・ジドレールは、ジャルダン・ド・パリで開いていた夜会に、ある晩この小さな一座を呼んだ。そこには、ジョゼフ・オレールや、名だたるパリのハイ・ライフが参加していた。カドリーユ・レアリストの披露の後、驚くべきことが起こった。ラ・グリュがロチルド男爵に近づいた。そして、左足を固定させたまま、彼女は右足を目の高さまで上げ、その下着とレースを振り上げて彼のシルクハットを蹴跳ばしたのである。社交界の新聞によれば、ラ・ロシュフーコー伯爵とサガン公は、この大胆不敵な行動を熱狂的な歓声を上げて賞賛し、ロチルド男爵は大笑いし、誰もがラ・グリュに向かって祝杯を上げた。この日を境に、彼女はありとあらゆるパーティに呼ばれるようになった。

オレールとジドレールは、常に頭の片隅にあった考えが論証されたと思った。貴族たちは社会的な面では保守的であるが、道徳という点では破壊的な側面を見せるものだ。彼らは庶民が好きなのだ。それが、昔ながらの古いパリ、場末の香り漂う絵画的な雰囲気のなかでの、生意気な若いダンサーの茶目っ気という形であれば。スペクタクル的世界に留まるうちは、「伊達男たち」は、境界を越えたり、自分で自分を笑ったりする瞬間にかえって興奮した。

ふたりの商売人は、彼らの伝統的な観客を拡大するためには、モンマルトルに進出し、首都での影響力を高めているジャーナリスト、ポスター描き、画家、ミュージシャンたちとの関係を深めていく必要があると考えた。レーヌ・ブランシュのダンスホールが売りに出されたことを知ったジョゼフ・オレールは、機会を逃さなかった。彼の目的はジャルダン・ド・パリのような場所を新たに作ることであったから、おのずからシャルル・ジドレールにその指揮を任せることとなった。この場所は「ムーラン・ルージュ」と名づけられ、装飾はアドルフ・ヴィレットに任された。

ヌーヴォー・シルクの新しい支配人、ラウル・ドンヴァル

1888年末、さらに別の出来事が、サーカスがパリジャンの好む新しい娯楽の形と両立しなくはないことを、オレールに確信させた。フェルナンド・サーカスの中心にいたのは、舞台監督も務める道化師だった。「ムッシュー・ブム・ブム」と呼ばれているが、本名はジェロニモ・メドラノ、モンマルトルで最も人気のある芸人のひとりだ。彼はかなり若くしてマドリードで軽業師としてデビューしたのち、ヨーロッパじゅうのサーカスを回り、最終的にパリに落ち着いた。1888年12月、メドラノは自分の一座でフォリ・ベルジェールのレビューに近いものを、もっと値段を抑えて、つまり丘のアーティストたちを呼んで作ってみることを思いついた。サーカスの法を逸脱するわけでないことを示すために、これは曲馬のレビューであると明言し、『レビューのために鞍に飛び乗って』というタイトルをつけた。

この曲馬レビューの台本を書くにあたり、メドラノはガブリエル・アストリュクとアルマン・レヴィというふたりのジャーナリストに依頼した。『ル・モニトゥール・ユニヴェルセル』紙の演劇欄を担当し、『ル・ゴロワ』紙へ演劇に関する原稿を送っていたアストリュクは、各方面にアンテナを持っていた。『ル・プティ・ジュルナル』と『ル・フィガロ』も自分たちの「ギッド・ブルー（観光ガイド）」を刊行するにあたって彼に宣伝を頼んでいた。アストリュクは、フェルナンド・サーカスの曲馬レビューについての記事を書くように、あらゆる新聞に働きかけることができる立場にあった。

ジョゼフ・オレールは、捕食者《ほしょく》だ。ヌーヴォー・シルクを始める際も、ロワイヤル、アグスト、ビリー・ヘイデン［ヌーヴォー・シルクに最初に雇われたクラウン］、トニー・グライスにフティットまで雇った。彼は最高の成功を得るためには大枚をはたくことを厭《いと》わなかった。今回、オレールはジェロ

ニモ・メドラノを雇った。ただ惜しむらくは、メドラノにはサーカスの指揮を執った経験がなく、彼にサントノレ通りのような重要なサーカスの経営を任せるわけにはいかなかった。彼とうまくやれる支配人を別に見つける必要があった。1889年6月16日、新聞を通じて新しい情報が公にされた。

「ヌーヴォー・シルク社は、非常に魅力的な条件で、施設の経営を任せることになった。今日から支配人を務めるのは、ラウル・ドンヴァルである」

ラウル・ドンヴァル――戸籍名アルチュール＝テオバル・ギロロー――は、鉄道会社の職員だったが、芸術の世界に飛び込み、画家および役者として名をあげようとした。大きな成功はなかったが、アルチュール＝テオバルは口髭をはやした若いエレガントな男で、たいそうもてた。そして、かの有名なテレザ――戸籍名はエンマ・ヴァラドン――を口説き落とした。第二帝政末期に大成功を収めた歌手であり、アルチュールと知り合った頃の彼女は、間違いなくフランスで最も人気のあるアーティストだった。ふたりが1877年に結婚したとき、彼は25歳で、彼女は40歳だった。彼女は彼に新しい名前を与え（ドンヴァル Donval はヴァラドン Valadon のアナグラムである）、自分のマネージャーになるよう提案し、ポワソニエール大通りのカフェ・コンセール、アルカザール・ディベールの経営を任せた。テレザが、フランスの民衆がみんな口ずさむほどの人気を得た歌「くすぐったいのは鼻の穴」を披露し、一躍有名にした場所である。

ジョゼフ・オレールはドンヴァルをよく知っていた。ロシュシュアール水浴場の経営のために1887年に一度雇っていたのである。彼をヌーヴォー・シルクの支配人に選んだその意図は明らかだった。オレールは、自分のサーカスをカフェ・コンセールの世界にもっと近づけたいと考えていたのだ。この人選に株主全員が手放しで賛同したかどうかは疑わしい。ラウル・ドンヴァルは庶民の出身で、名字に小辞「ド」はついていなかったし、馬も持っていなかった。そこで、舞台監督はロワイヤルに任せるという、安全策が取られた。さらに、サーカスの財政面を堅固にするためにフォリ・ベルジェールの元監査長が雇われた。彼は改革を断行し、アーティストたちに契約書にサインさせることを徹底した。

1889年8月末、ジェロニモ・メドラノが2年契約でヌーヴォー・シルクに雇われたことが公になると、新聞はすぐに騒ぎ立てた。

「メドラノ、フティット、ショコラでもって、サントノレ通りのヌーヴォー・シルクは最高の道化師トリオを持つことになった」

経営上の変化は、ラファエルのキャリアのうえでも大きな影響があった。生まれて初めて、彼は契約書にサインしたのである。私はパリ市文書館で、ラウル・ドンヴァルがアーティストたちに渡した契約書を一部見つけた。契約者は、「曲馬、寸劇、グループ劇、狩り、街での山車行列だけでなく、芝居やパントマイムを、フランス国内および外国のすべての劇場、サーカス、曲馬場、さらには公営私営を問わずスペクタクルを提供するすべての場所で、1日の公演数がいくつであろうと、演じることを受け入れなければならない」。そして、それに対して「出演料の値上げやいかなる補償も要求してはならない」。

契約書はさらに、アーティストは、「公営私営を問わずヌーヴォー・シルク座が提供する以外のいかなる場所でも舞台に上がってはならず、違反した場合は一回につき1か月分の給料が差し引かれる」と明記していた。

契約破棄の条項も細かく定められていた。「観客から不興を買った場合、並びに支配人がその技量が十分でないと判断した場合」、支配人は被雇用者を解雇できる。契約者が「支配人あるいは部局責任者または職員に対する、なんらかの暴力行為、侮辱的振る舞い、不服従、あるいは醜聞、または舞台やサーカス内での酩酊あるいは不適切な態度などの理由で、司法あるいは警察当局により３日以上拘留された場合」にも同様の制裁がなされる。

最後の項目は給料についてだ。ポール・ヘイノン（p．71）の要請で、ラファエルの息子ウジェーヌが１９３３年に記入した書類によれば、父親は当初1日につき7フランの報酬を得ており、それは熟練労働者の賃金と同等だった。『ショコラの結婚』の成功は、彼の出演料を釣り上げた。いくつかの史料が、１８９０年代初め、ラファエルが月に８００フラン稼いでいたことを示しているが、それは定年間近の技師の月給に相当する。彼はヌーヴォー・シルクの正団員のなかでも最高給取りのひとりだった。

ヌーヴォー・シルクの新作『巴里をギャロップ』の大ヒット

ジョゼフ・オレールは、さらにガブリエル・アストリュクとアルマン・レヴィを雇い、フェルナンド・サーカスを丸裸にしてしまった。彼らには、ヌーヴォー・シルクが１８８９年末に上演する曲馬水上レビューを執筆するよう依頼した。シュルタックとアレヴィの筆名で、ふたりの作者はドンヴァルに『巴里《パリ》をギャロップ』という名の舞台を提案した。筋書きは極めて単純だ。万国博覧会を訪れる暇がなかったサーカスの支配人とその補佐が、埋め合わせのため、この一大イベントの濃厚な時間を追体験できるようなレビューを準備するのである。曲馬芸、アクロバット、ダンス、歌、パロディ寸劇を組み合わせて、観客を楽しませるという内容だ。舞台は最後に最大の見ものを用意していた。背景として舞台に設置されていた巨大なエッフェル塔が、光の噴水の中心で明るく輝く。舞台はプールに変わり、曲馬レビューは水上ショーに変わる。

ガブリエル・アストリュクは回想録のなかで、検閲を担当していた芸術省の役人アドリアン・ベルネムの要請により、このレビューの最初のシーンを変更せざるをえなかったことを告白している。文書館の調査で、私は台本の初期ヴァージョンを発見した。問題になった箇所は、バッファロー・ビルが通りで辻馬車を襲撃する場面だった。スー族の一団がショコラ演じるカラモコ・ドゥアッタラ王子を捕獲し、羽根の王冠をかぶせた。スペクタクルのあいだじゅう、王子はそれをかぶり続けなければならなかった。メドラノ演じる大将と補佐のフティットが、ニグロ王子を救い出す。そこで、ちょっとした会話が彼らのあいだでなされる。「その紳士に説明させてあげなさい。こちらは立派な方に違いありませんよ」と、メドラノがフティットに言った。彼はニグロ王子との会話を試みるがうまくいかず、メドラノが後を継いだ。「私がやりましょう。6か月間サルを飼っていたことがあります。彼らの言葉を理解できると思いますよ」。ニグロ王子がそこで、不可解な言葉で「ちんぷんかんぷん」なことを言いだし、物々しい雰囲気で片眼鏡を調整した。メドラノはフティットのほうを向き、叫んだ。「まぁ、なんと。なんとしたことだろう。こちらはカラモコ・ドゥアッタラ王子であられる。コン王国の統治者だ」。最終的に、カフェ・コンセール出身の喜劇役者ドゥラム演じる御者が、ショコラを隣に座らせて言う。「ほら、あんた、おいで。そちらのブルジョワとなんか一緒にいちゃだめだよ。わしの隣に来なさい。よくしてやるよ」。

この台本が検閲の対象となったのは、共和国の同盟国であるアフリカの首長に対して侮辱的であると当局が判断したためである。ニジェールでの植民地派遣軍との5年にわたる戦争ののち、ディアウレ・カラモコはフランスと講和条約を結び、1886年8月にはパリに盛大に迎え入れられていた。『巴里をギャロップ』の最終稿では、「コン王国の統治者であるカラモコ・ドゥアッタラ」という部分が「ショコラ王子、南コンゴの著名なクラブマン」という言葉に置き換えられた。

ラファエルはおそらくこのとき、サーカスで年末レビューを披露するという革新が、今後自分が演じることになる役回りに大きな影響をもたらすだろうことを理解した。『巴里をギャロップ』は大成功を収めた。この種のスペクタクルが、民主主義が「創造」しつつあった観客の期待に合致していたからである。数年前に採択された初等教育の義務化と表現の自由に関するジュール・フェリーの法律のおかげで、新聞の購読者数は飛躍的に伸びた。１８７０年のパリには36の日刊紙があったが、20年後には１６０紙になっていた！　１８８５年に自動鋳植機が導入されると、発行部数は急増し、値段は大きく下がった。その結果、大新聞はあらゆる社会階層に読まれるようになり、一面の「時事」欄に載せられた出来事は誰もが聞いたことがある共通の知識を醸成した。この流れにうまく乗り、スペクタクルの興行主たちは大衆の関心を惹くことができた。フランスじゅうに吹いた自由の風のおかげで、新聞はユーモアあるいは風刺の形で時事問題を扱うようにもなったのである。

印刷文化の急成長によって、新聞記者（パブリシスト）の数も3倍に増えた。現在ではジャーナリストと呼ばれる、校正者、ゴシップ欄担当者、通信員、編集責任者などから成る新しい社会階層が形成された。彼らの多くは、同時に、小説や劇の台本、カフェ・コンセールの寸劇、シャンソンも書いた。スペクタクルの興行主たちは彼らに依頼することで、観客層の拡大を狙った。同時に、ジャーナリストたちもプログラム担当者の寵愛を受けることができれば、自分の作品を出版したり演じてもらったりすることができた。いま風に言えば「ウィン・ウィン」の関係だ。とはいえ、残念ながら、実際にはいつだって負ける側がいるものだ。

シュルタックとアレヴィは、ニグロ王子の場面を書くために、ジャーナリスト的能力を動員した。この場面は、万国博覧会の会期中パリジャンたちを大いに面白がらせていたある出来事を想起させた。ギニア王ディナ・サリフーの公式訪問である。『ル・ゴロワ』や『ル・フィガロ』といった日刊紙は、何ページにもわたってパリに滞在する「王たち（テット・クーロネ）」の一挙手一投足を少しの皮肉も交えずに描写していたが、このアフリカの王に関してだけは冗談がお決まりとなっていた。この種のユーモアが白人読者を喜ばせる理由を私たちはすぐに思いつく。ある人物が普段はしていない役回りを演じているのを見ると、私たちは笑ってしまうのだ。とりわけ、社会的ヒエラルキーのなかでその人物よりも上に位置している誰かを、その人物が真似しようとするのを面白がる。例えば、子供が大人を真似するとき、動物が人間を真似するとき、農民がブルジョワを真似するときなどである。新聞で「王」という言葉を読んでフランス人が思い浮かべるのはルイ14世、そうでなければヴィルヘルム2世である。「ニグロ」が王だなんてことはありえないのだ。彼らは君主に仕える側なのだから。カラモコに羽根の王冠をかぶせることで、『巴里をギャロップ』の作者たちは、自分は王だと言い張る思いあがったアフリカの首長たちを茶化して、観客たちを笑わせようとした。

大衆新聞の隆盛に伴い、庶民を読者層に取り込みたいジャーナリストたちは、物語の力を使って、政界の動きを伝えようとした。このやり方は、すぐに、新聞のあらゆる欄をまたいで取り入れられた。『ル・ゴロワ』は道化師ショコラの才能を最初に褒めそやした日刊紙である。そして、彼を、国内政治欄に最初に引っ張り込んだ新聞でもあった。1888年末から、この欄の担当者アルフレッド・カピュは、「ショコラ議員」と題された非常に攻撃的な記事に署名している。この王党派新聞は、共和党が今度の国民議会選挙のために複数の外国出身の候補者を擁立していることを非難していた。極めつけに、カピュは、コミカルな調子で、共和主義者たちはショコラを立候補させたがっていると述べたのである。このジャーナリストは、万国博覧会のときもこの種のユーモアを発動させ、ディナ・サリフーの訪問についての記事を書いた。ニグロの王はショコラに首相のポストを提案したが、ショコラはフランスでそうなることを諦めてはいないからと断った、というものである。

選挙直前に守れもしない約束をする政治家たちへの市民の落胆を煽《あお》るため、ジャーナリストは「国会サーカス」だとか「政治をする道化師たち」といった表現で告発し始めた。民主主義を倒したい者たちは、当然ながら、こうした対比を喜んで使うようになった。道化師でありニグロでもあるショコラは、政治の場において二重に場違いな存在だった。彼は、このときから新しいギニョルを体現するようになった。今日《こんにち》フランスでいう「レ・ギニョル・ド・ランフォ」［人形劇形式で政治や社会を風刺するフランスのテレビ番組］だ。

しかし、１８８９年11月12日にヌーヴォー・シルクが配った『巴里をギャロップ』の初演を案内するプログラムを見て、パリに来てから初めて「ショコラ」の名が公演第一部に出てくることに気がついた。「クラウン寸劇：メドラノとショコラ」。メドラノとショコラである！　この同位の組み合わせは、サーカスの歴史において画期的だった。当時、クラウンはアシスタントを使うのが通常だったが、彼らアシスタントの名前がポスターに書かれることはなかったのだ。

ラファエルは、羽根飾りをつけたニグロ王子の不名誉な役を受ける代わりに、経営陣から、クラウン寸劇を演じる約束を取りつけたのだろう。メドラノとショコラはヌーヴォー・シルクでの最初のデュオだった。彼らの出し物「象のパロディ」は、大いに成功した。衣装の選択という点においても、演技のスタイルという点においても、彼らは革新的だった。親愛なる読者よ、パリの装飾美術館を訪れてほしい。当時のラテン系クラウンに特徴的な衣装を着たこのふたり組のマリオネットを何体か見つけることができる。ショコラは青い縞の入った白いズボンをはき、肩にバンジョーをかけ、シルクハット型の柔らかい帽子をかぶっている。そして、南アメリカの「山師」風の容貌を際立たせる髭を蓄えている。もうひとつのマリオネットは、フェルナンド座でモデラノが流行らせた、かの有名な三角帽に、三本の房を逆立てた麻のヘアピースをつけ、豪華に飾りつけられた黒のぴったりした服という、いでたちだった。

ラファエル、『ショコラの28日間』で演技の幅を一気に広げる

1890年1月末まで、ラファエルは毎晩メドラノと組んでクラウン寸劇を演じ、『巴里をギャロップ』につなげた。年末行事が終わった翌日に、ラウル・ドンヴァルは、ラファエルに彼を主人公にした『ショコラの28日間』を作ることを伝えた。ショコラが軍隊で引き起こすドタバタ話だ。この滑稽劇は、1890年5月末まで上演されたが、批評にはあまり取り上げられなかった。この期間のヌーヴォー・シルクの真の花形は、猛獣使いのダーリンだった。彼は、3匹のライオンに引かれた戦車に座り、「世界で唯一」のナンバーを演じていた。

自分の名前をポスターの上方に載せ続けるためには、できる技を増やし演技の幅を広げることだと、ラファエルは分かっていた。この時代のサーカスでは、動物が重要な位置を占めていて、馬、熊、犬などの調教ナンバーは観客にとてもうけた。カスターニョ家の家畜小屋での「雌馬」との数年間と、『セヴィリア祭り』のリハーサルの際に受けた牡牛の角の一撃がトラウマになったためか、ラファエルにとって動物との共演は鬼門だった。

しかし、ラファエルにこの不安を克服しなければならないときが来た。『ショコラの28日間』で、不器用な曲馬師を演じる場面があるのだ。ギャロップで駆ける馬の尻に直《じか》に飛び乗り、背中でカブリオールを見せ、あらゆる身振りをしながら舞台を二周しなければならなかった。だが、彼は見事に成し遂げた。劇評は、彼の「白馬の上での奇抜なピルエット」を称賛している。この場面の絵をアメリカのウィリアムズタウンにあるスターリング&クラーク・アート・インスティチュート（クラーク美術館）で見ることができる。トゥールーズ＝ロートレックが実際のパントマイムを見たずっと後に、記憶を頼りに紙に色鉛筆で描いたデッサンだ。

馬と仲直りを果たしたラファエルは、少々大胆になったのか、ダーリンのライオンたちに少し近づきすぎた。１８９０年４月、ある日刊紙が読者に「パリのサーカスにいるニグロのクラウンが猛獣使いダーリンの野獣たちと遊ぼうとした。よしておくべきだった。肩をがぶりとやられてしまったのだ」と伝えている。ラファエルはパリで唯一の「ニグロのクラウン」だったから、みんなの知るところとなった。ラファエルは、どうもサーカスの動物との相性は悪いようだ。

この時期、ラファエルはさらに別の訓練も積まなければならなかった。ある意味で動物たちを手なずけるよりもずっと辛かっただろう。にこやかに何の意味もない会話を続ける技術だ。ヌーヴォー・シルクでは、団員たちはこの種の社交性を身につける必要があった。豪奢に装飾された団員応接室に観客を招き入れていたからである。そこでは、白粉や、ヘリオトロープ（ムラサキ）やスミレ、インペリアルブーケの様々な香水に混ざって、馬やジェントルマンの近くに行けば避けようのない厩舎や葉巻の臭いが漂ってきた。社交界では、みなこの種の「処世術」を子供のうちから身につけていたが、ラファエルはここで当たり前の習慣を全くと言っていいほど知らなかった。そうしたときに、キューバの奴隷としての過去が重《おも》りのように強く彼を捉えたと、私は想像する。ハイ・ライフの誰かが彼に近づいてきたときには、一目散に逃げるというシマロン（逃亡奴隷）としての条件反射に従ってしまいたくなるのをぐっとこらえた。私は偶然に、ヌーヴォー・シルクに関する新聞記事で、ショコラが頻繁に、サーカス内に設置されたバーを訪れていたことを知った。そこは理想的な避難場所だった。カウン

『ショコラの28日間』でのショコラの曲馬の様子を描いたロートレックのデッサン

ターの後ろにいるショコラは装飾のなかに溶け込んでしまう。この「難攻不落の場所」から、彼は気づかれることなしに、目の前の奇妙な種族の振る舞いを観察することができた。

当初からオレールは、自分のサーカス座のイメージに非常に気を使っていた。きな臭い評判のあるフォリ・ベルジェールとは一線を画したものでなければならなかった。ヌーヴォー・シルクの開業時には、案内嬢ではなく礼儀正しい守衛が置かれ、彼らは無料でプログラムを配布し、チップは受け取らなかった。しかし、表玄関の後ろ側を、いかがわしい人々が過ぎていくことはあった。若い頃からこうした界隈に頻繁に出入りしていたガブリエル・アストリュクは、回想録のなかで、「シルクハットに片眼鏡、金の柄頭がついたステッキ、シュヴァリエ章のついた指輪、たっぷりした替えカラー、水玉模様のネクタイ、花柄のジレ（ベスト）を身に着けた、名門の友人たちのとてもパリ的な行列」を思い出している。

経営陣が「名門の友人たち」に頼まれて雇っていた女性曲馬師たちのうち、モリエの学校で数か月間曲馬の訓練を受けただけの高級娼婦（ドゥミ・モンド）たちは、肌にぴったりと張り付き、まるで裸のままかと錯覚させるジャージーを身に着け、自分の柔らかなシルエットを称賛しに来る者を待っていた。彼女たちは「騎座を後ろから前に押し出す」ようなお尻の動きを心がけた。年老いた競馬愛好家たちは、とりわけ当時の慣用句で言うところの「鞍の奥を求める」女性曲馬師を好んだ。ラファエルはこうして、分かる者にしか分からないコード化された言葉の解読方法を少しずつ学んだ。遅ればせながら、ラ・グルヌイエールで水浴びする女性たちが「グルヌイユ（カエル）」と呼ばれ、それは葉巻を吸う男たちに色目を使う貞操観念に欠けた女性たちを暗示していることも知った。

バーの定位置から、ラファエルはハイ・ライフの政治的振る舞いにも徐々に親しんでいったと思う。実際、ヌーヴォー・シルクは、この時代王党派の一種の参謀本部でもあった。影響力のあるジャーナリストたちが定期的に訪れては、最新ゴシップについて情報交換をし、次の閣僚構成について議論した。『ル・ゴロワ』の経営者アルチュール・メイエはとりわけ重要な人物だった。彼は、１８８７年にパリに居を構えて『ニューヨーク・ヘラルド』のヨーロッパ版を開始したジェームズ・ゴードン・ベネットJr.とよく一緒に来ていた。メイエは、成り上がりの典型だった。ユダヤ人のつましい家庭にラビの孫として生まれたが、カトリックに改宗し王党派となり、貴族たちの社交の場で認められていった。１８８８年、ショコラがコロンビーヌと一緒に舞台で奮闘していたとき、アルチュール・メイエは桟敷席でウゼス公爵夫人と、どうやって共和国を転覆するようにブーランジェ将軍を説得するか謀《はかりごと》をめぐらせていた。

ヌーヴォー・シルクの舞台裏や桟敷席に出没していた、もうひとりの影響力を持つ人物は、リシャール・ド・リル・ド・ファルコン・ド・サン＝ジュニエス、あるいはリシャール・オモンロワのほうが通りがよいか（なんとも盛りだくさんな名前である）。彼は、『パリ生活』や『ジル・ブラス』の社交界欄を担当していた作家である。日刊紙『ジル・ブラス』の目指すところはその副題が示す通りである。曰く、「通り過ぎる人を楽しませ、今日に浮かれ、明日を生きる」。発行部数は特別多くはなかったが、寄稿者たちの影響力はかなりのもので、同じ記事をほかの複数の新聞に載せることができた。ラファエルが、リシャール・オモンロワを個人的に知っていたかどうかは分からない。しかし、彼がこのジャーナリストに親近感を抱いていたのは確かだと思う。なぜなら、オモンロワは早いうちからラファエルの才能を褒め、『ル・ゴロワ』のなかで「ヌーヴォー・シルクの若い花形」として紹介していたからだ。

第9章
ラファエルはよく響く大笑いでどのように批判をはね返したか

フランス人社会に溶け込もうとするラファエル

ヌーヴォー・シルクでのラファエルの初期のキャリアを再構築することはできたが、サーカス外の日常生活について私は何の情報もなかった。住んでいる界隈やパリの路地では、彼はどのように思われていたのだろうか？　周囲とどのような社会的関係を結んでいたのだろうか？　部分的にでもこの質問に答えてくれる唯一の資料が、新聞の「三面記事」欄だった。確かに、この種の記事は社会的現実を非常に歪めて見せる。私たちの世界を知らない火星人がテレビの時事番組を観たら、地球人はどうやってこんなにも犯罪、戦争、災害にあふれた世界を生き延びているのだろうと、首をかしげるに違いない。しかし、たいていの場合は事実に依拠したこうしたいくつもの小話を読み解くことで、私は、19世紀末のフランスに住んでいた若い黒人移民たちが日々ぶつかっていた問題に、よりはっきりとした輪郭を与えることができた。

ある晩私は、Gallicaの小さな検索画面に「ニグロ」と打ち込み、1894年6月1日付『ル・プティ・パリジャン』の次の記事を見つけた。

「本当に野蛮な出来事がフィニステール県で起こった。サント・クロワに住む画家ゴーギャン氏が友人のスガン夫妻とコンカルノーを散歩していたところ、スガン夫人が黒人だからという理由だけで、子供たちの集団が彼らに石礫《いしつぶて》を投げはじめた。散歩者のひとりが子供のひとりの耳を引っ張ると、4人が一斉に彼らに飛びかかった。襲撃者のひとりはゴーギャン氏の脚を傷つけ、足先を脱臼させた。もうひとりは、スガン夫人の肋骨を折った」

ゴーギャンの専門家がこの三面記事を知っているかどうかは分からない。しかし、この事件は、「ニグロ」とその友人たちがブルターニュ地方で歓迎されていなかったことを示している。パリでは、偏見はそこまで強くはなかったかもしれない。首都の住民たちは、黒人大道芸人たちによる路上スペクタクルを見慣れていた。しかし、外国人への身体的暴力がパリでは稀であったとしても、黒人たちはわが身が安全だと安心することはできなかった。なぜなら、彼らは常に「われわれ」パリジャンと対極の異質な存在と見なされていたからだ。ラファエルがヌーヴォー・シルクのステージに登場してから半世紀後、リヨンで医学部生として過ごしていたアンティル諸島マルティニク出身の精神科医フランツ・ファノンは、この種の苦い体験をしている。

「パリで、道を行く子供連れの母親とすれ違う。『見て、ニグロだ！　ママ、怖いよ』。ルーアン、あるいはストラスブールのカフェにいる。不幸なことに、年老いた酔っ払いがあなたに気づき、テーブルに近づいてくる。『お前、アフリカ人か？　ダカール、リュフィスク［セネガルの都市］、混乱、女、カフェ、マンゴー、バナナ？』。あなたは席を立ち、去る。後ろから罵り声を浴びせられる。『汚らしいニグロめ！　低木林にいろってんだ』」

ファノンはここで本質的なことを指摘している。謂れのない烙印を押されたマイノリティに属する個々人は、絶え間なくその安全が脅かされる。彼らは、アルコール依存症の者、精神を病んだ者、あるいは単にしつけの悪い子供たちの標的にされる。ファノンは言う。

「他者であること、それは常に不安定な場所にいると感じること、いつ何時でも職務質問されること、一方的に拒否される覚悟をしていることである」

少年期、ラファエルはしばしば拳《こぶし》を使って自分の尊厳を守ってきた。いまはもうそれを使うことはできない。アーティストになることで彼が獲得した自由は、好き勝手に行動することを許さなかった。警察当局と問題を起こせばすぐに解雇されることを定めた契約書の文面を、彼はもちろん空《そら》で覚えていただろう。私は、あらゆる新聞に目を通し、警察文書を子細に調べたが、ラファエルがパリジャンとの口論に巻き込まれたことを示すいかなる痕跡も見つからなかった。

もしかしたら、自分の名声を使って、彼は人種差別的行為を公然と非難すべきだったと考える者もあるかもしれない。しかし、当時、ラファエルはまだフランス語を自在には操れなかった。彼が公に発言しても、誰も真剣には受け取らなかっただろう。あるジャーナリストが語った1890年4月16日の次の場面を見てほしい。クリシー大通りの無政府主義者たちの集会の場だ。演壇にはふたりの有名人がいる。ひとりは、ニューカレドニアへの流刑から戻って来たばかりの有名なパリ・コミューン参加者ルイーズ・ミッシェル、もうひとりはまだ極左を支持していた作家のモーリス・バレスだ。会場では、ある「縮れ髪の小男」が発言しようとしていた。しかし、聴衆たちは「おい、やめろ、ショコラ！」と叫びながら、彼の発言を遮ろうとした。それでも縮れ毛の男は踏ん張り、人々の嘲笑を浴びた。集会の最後、彼はもう一度何か言おうとしたが、職員が灯りを消し、散会となった。

19世紀末、差別の被害を受けていた外国人は、公の場にアクセスすることはできなかった。それゆえ、ラファエルも心の内で考えていたことを声高に表明する機会などなかっただろう。だからといって、ラファエルが侮蔑の言葉をただ受け入れていたとは、私は認めたくない。どんな人間も自衛の手段がないなかで尊厳を傷つけられる状況に耐えることはできないだろうと思うからだ。ラファエルがどのように対抗したかを考えるべきだ。文学が再び私の助けとなる。作家のルネ・マランは、ボルドーに近いタランスの高校の寄宿舎に入るために、1894年、7歳で生まれ故郷のガイアナを離れた。回想録のなかで、彼は学校で唯一の黒人の生徒だったと語っている。結果、彼もまた強烈な形で「他者」というアイデンティティを背負うことになった。しかし、彼は自分を侮辱する人々に暴力では返さなかった。ただ、そうした人々を避け、本のなかに避難した。小説や歴史書を読んでいるとき、私たちは守られているように感じることができる。光沢のある紙の世界から登場人物たちは出てこられないのだから、彼らが自分を傷つけることはないのだと、私たちは分かっている。過酷な環境で生きなければならない者は一様に、脅威から自分を守ろうとする。しかし、どのような方法を取るかは、人によって様々だ。ルネ・マランの父親は公務員だった。彼は息子に高等教育の機会を与え、ルネは作家になることができた。

キューバの奴隷の家に生まれたラファエルは、パリに着いた頃、フランス語を話せないだけでなく、アルファベットも読めなかった。掟《おきて》（コード）を理解できない世界に放り込まれた根無し草たち（デラシネ）がみなそうであるように、彼は座標軸を失ってしまっていた。彼もまたどこかに避難する必要があったが、マランのように言葉の要塞を作る術《すべ》はなかった。サーカスが彼を迎え入れたから、そこに避難場所を求めた。だが、ヌーヴォー・シルクで働き始めた当初、ラファエルが「私たちの種の奇妙な見本」と仲間たちに思われていたことを思い出さなくてはならない。彼は一座のなかでの「他者」に違いなかった。しかし数年が経ち、状況は変化した。サーカス・コミュニティの正式な一員となり、誰もが認知し評価する陽気な仲間となったのである。ラファエルは、異質さを親密さに変えていくという、侮辱を避ける方法を見つけた。新しい国の境界はいまやサーカスという囲いで、この国境を越えれば危険に晒されることを彼は理解していた。しかし、経験からこの危険を抑える方法を学んだ。少しずつ友達の輪を広げていくのだ。

ラファエルは、自分の住む界隈に慣れるにつれ、本物のパリジャンになれそうな気がした。毎朝、サーカスに向かうためにサントノレ通りを西に行き、毎晩、自分の小さな部屋に戻るために今度は東に向かう。すぐに職人、お屋敷使用人、観光客が行き来するこの活気のある通りが居心地よくなった。斜めにひしめき合う家々、古ぼけた曲がり道、じめじめして黒ずんだ家屋には錆《さ》びついたバルコニーつきの窮屈な窓、ごつごつした瓦屋根、古い建造物やブティック、コミューンの火で黒ずんだファサードなど、サントノレ通りにはパリの歴史がそのまま宿っている。

この通りに貴族はもう住んでいない。彼らは、ブーローニュの森へと続く西方の大通りや広い並木道に移っていった。しかし、ハイ・ライフはいつも界隈の活気に貢献していた。ラファエルは頻繁にシルクハットに白ネクタイの「伊達男」たちとすれ違った。その多くがヌーヴォー・シルクに桟敷席を持っていたから、すぐに道化師ショコラに気づき、親し気に声をかけてきた。ラファエルもまた彼らににこやかに挨拶を返した。

幾度か、ラファエルはジャーナリストたちに自分が美しい衣装に目がないことを明かしている。おそらく、ハイ・ライフの人々が自分たちを特別に見せ、体面を保つためにかける努力に感嘆していたのだろう。子供の頃、ハバナの他の名もない小さな奴隷たちと一緒に、彼もまた遠くから、宮殿でカバジェロ（紳士）とセニョリータ（淑女）たちが開くきらびやかなパーティの様子を覗いていた。今では、彼はそのエリートたちの近くにいる。明白な社会的地位の上昇だ。

ラファエルはヌーヴォー・シルクという自分の領分を出て、この界隈全体に親交の輪を広げ始めた。サントノレ通り、コンコルド広場、シャンゼリゼ大通りを通ってブーローニュの森へと至る軸に沿って陣地を拡大した。彼らの大好きな気晴らしである競馬を通して、競馬愛好家たちとも親しくなった。

ジョゼフ・オレールのおかげで、勝馬投票（パリ・ミュチュエル）やオートゥイユとロンシャンの競馬場での社交を、ラファエルは知っていたのである。

ヌイイの街の縁日での出来事

ヌーヴォー・シルクは、1888年10月から1890年6月まで中断なしに営業したので、一座はくたくただった。そこで、ドンヴァルは夏のあいだは丸々サーカスを閉めることにした。21か月間休まず舞台に出ていたラファエルも、気分転換を待ち望んでいたことだろう。彼は休みを使って、温めていたある計画を実行に移した。もっとフランスの人々と出会おうとしたのである。最初の弾みをつけるために参加したのが、「ヌーヌー祭り」とも呼ばれる、パリ西部近郊の街ヌイイの縁日だったのではないかと、私は思う。そこで、ヌーヴォー・シルクで彼を見たことがある人々に出会い、親しく会話を交わした。

ユーグ・ルーの著作『サーカス芸と大道芸人の生活』を読んで、実際に起こったであろう場面を私は想像することができた。覗いてみよう！

サントノレ通りを出発し、ラファエルは、最初の小屋が並んでいるポルト・マイヨまで行ってみた。日曜日の昼下がりである。すでにかなりの人が集まっていた。そのコスモポリタンな雰囲気にラファエルは目を見張った。庶民も上流階級も見物に訪れ、警察による警備は申し訳程度だった。ラファエルはあっという間に気づかれた。

「ショコラだ、ヌーヴォー・シルクのクラウンだ！」

すぐに人垣ができた。みんな、彼に触り、話をしたがった。ひとりの少年が率先して彼の案内役を買って出た。少年に任せて、ラファエルは長い時間をかけ、パイプオルガン、射撃音、見物客の注意を惹こうと叫ぶ大道芸人の口上などの耳をつんざくような音のなかを、小屋から小屋へと見て回った。パン・デピス（香辛料入りケーキ）や揚げ物、ラード、安ワインの美味しそうな匂いが鼻をくすぐった。少年は、あまり人が入っていない射撃小屋の前で立ち止まり、言った。

「ほら、ショコラ、撃ってみろよ」

チップボールでできた勇敢な兵士が、冷酷なアブド・アルカーディル［フランスによる植民地化に抵抗したアルジェリアの指導者］に向けてピストルを構えている。ヌーヴォー・シルクでピストルを操る機会があったので、腕に覚えはあった。バン！　可哀想なアブド・アルカーディルは恐ろしいほどの断末魔の声をあげて倒れた。観衆は、植民地派遣兵としての偉業をなした英雄ショコラに対し、拍手喝采した。

それからみんなが勝手に彼を引き回そうとした。それぞれが次にラファエルがすべきことに考えがあるようだった。結局、妥協点として、彼の「いとこ」に会わせようということになった。祭りの会場の一番端にいくつか並べられた見世物小屋と呼ばれる縁日のバラックでは、格安のショーが提供されていた。こうした小屋は、布が張られ、木製の席が並べられ、4つのランプでほの暗く照らされている（電気はまだここまでは届いていなかった）。ヌーヴォー・シルクの絢爛さに慣れていたラファエルは、ここでは居心地悪く感じた。「奇形の見世物」の展示はやっとのことで避けたが、若い案内係は「モロッコ」小屋には絶対入るべきだと主張した。三人の女がなんとなく東洋的な雰囲気の長椅子に座り、竹太鼓に合わせて歌っていた。すると、大道芸人が沈黙を破った。

「紳士淑女のみなさまがた、美しいファトマ［北アフリカに多いムスリム女性の名前］を紹介しましょう。ザンジバルのニグロ王ブイヤベースの前で、ベリーダンスを披露いたします」

ラファエルは、万国博覧会のときに、たいていの「ファトマ」が実際には市外区から連れて来られた若い踊り子であることを学んでいた。顔に塗られた粉の厚さからして、この女もおそらくモンマルトルかベルヴィル辺りで生まれたのだろう。彼女は、「オリエンタル」風にしなだれたポーズを作り、腰をくねらせた。この種の安っぽいエキゾティスムが、観ている男たちの欲情を煽《あお》った。若いやくざ者が彼女に向かって何やら卑猥《ひわい》な言葉をかけた。

「ニック・ニック・ラ・クファ！」

すぐにブイヤベースが威圧的に男に近づいたので、気の弱いちんぴらは黙り込んでしまった。

なんてひどい興行だと、ラファエルは思った。疲れてしまい、彼は休みたかった。しかし、少年が非難がましく、

「兄弟に挨拶していかないのかい」

と聞いた。ラファエルは、皮肉をこめて、残念ながらブイヤベースとは家族ではないと答えた。

「ブイヤベースのことを言っているわけじゃないよ」

と、少年は返した。

「マルセイユの小屋にいるもうひとりのショコラだよ」

せっかく自分のほうから知り合いになろうと近づいたパリの人々の気を悪くさせたくなかったので、ラファエルはまた少年に人ごみのなかを案内させた。道すがら、少年は、マルセイユとはフランスで最も有名なレスラーのあだ名だと説明した。パリじゅうの腕に覚えのある者が、彼を倒せば約束されている１００フランを手に入れようと、挑戦しに来るという。毎晩、マルセイユは、人がいっぱいではち切れそうな小屋で、三試合行う。会場前には扉が開くのを待つ観客の

長い列ができていたので、ラファエルもずいぶん待たなければならなかった。

突然、がっちりした若い黒人が舞台に現れた。

「あれがショコラだよ」

と少年が耳元でささやいた。彼は「見世物小屋の火付け人」だ。今風に言えば、観客を事前に「盛り上げる」のが役割だ。試合中は審判を務めるが、会場を挑発するためにしゃあしゃあといんちきを働きもする。若い男が、有名レスラーに挑戦しようと名乗りを上げた。少々の小競り合いのあと、マルセイユが相手を転倒させた。そこで審判役のニグロが、

「決まった！　決まったぞ！」

と叫び、マルセイユが若い男を完膚なきまでに倒したと宣言した。観客は、ショコラに向かって叫び声や罵り言葉を上げて抗議した。その効果に満足して若いニグロは、笑って元の場所に戻ったが、数分後には再び煽り始めた。試合が終わり、マルセイユの勝利が宣言された。誰もが、彼が最強であることを認めた。そして、リング上のショコラもまた喝采を浴びた。

ラファエルも、自分と同名の男が観客を巧みに操る様と、白人と黒人のデュオが生み出す共犯関係に強い印象を受けた。こんなにも才能のある芸人たちが、一生を縁日の見世物小屋のステージ上で過ごすかもしれないとは信じられない思いだった。

休暇の旅行先での思い出深い出会い

ラファエルはまた、休暇期間をフランスの地方を知るために使おうとも考えたかもしれない。19世紀末、裕福な人々は夏のあいだはパリを離れ、ノルマンディー地方のドーヴィルやトルヴィルの海岸で過ごした。子供時代を広い海のそばで過ごしたせいか、ラファエルもこの地方に心惹かれたに違い

ない。私がこうした仮説を立てたのは、1891年1月のフランス・ツーリング・クラブの雑誌に載っていた小さなルポルタージュを読んだからだ。その前年にノルマンディーの海岸を自転車で走行した記者は、次のように書いている。

「さわやかな空気のなか、潑剌《はつらつ》とした気分で、私たちはゆっくりと、セーヌ・アンテリウール県サンヴァレリー・アン・コーにあるホテル・ド・ラ・プラージュにたどり着いた。海に面した唯一のホテルとの触れ込みだ。そこで知ってる人物に会った。みなさんご存知のヌーヴォー・シルクのショコラだ。私たちは自然にうちとけ、夜のカジノで会う約束をした。われわれ自転車漕ぎは抜け目なく早速チーズにありついた。真っ白なチーズだ。それはショコラが真っ黒なように自明だ。夜、カジノでは、若い女の子たちが踊りたい気分だったのか、少々ためらいながらも、私たちとワルツを何曲か踊ってくれた。その後、砂浜に出て、ショコラのありがたい助けを借りて野外コンサートを開いた。彼はどこからかアコーディオンを持ってきて弾いたが、見事なものだった。その後全員が松明を持って、サンヴァレリーから延びた道々を陽気に歩いて回った。翌日、私たちはディエップに向かった」

喜劇役者やカフェ・コンセールの歌手といったパリのアーティストたちは、夏のあいだ、ノルマンディーの海岸沿いに多く見られるカジノを巡業をしていたものだ。ラファエルはサンヴァレリーのカジノに招待されていたのだろうか。フランス・ツーリング・クラブのルポルタージュは、これ以上のことは教えてくれなかった。

私はいつも同じ問題にぶつかってしまう。なんとなく読書を進めていると、私の主人公のちょっとした情報にぶつかる。けれども、たいていの場合、それは孤立した情報だ。新しい調査を進めないと解析しようがない。ラウル・ドンヴァルのキャリアを再構成する過程で、私は、彼がヌーヴォー・シルクに来る少し前にサンヴァレリーの市営カジノで支配人をしていたことを発見した。つまり、このカジノとサントノレ通りのサーカスのあいだに関係はあるのだ。ラファエルは、ここでも自分の行動範囲を広げる努力をしていた。つまり、自分の異質性に対峙することを避けるために、親密圏を別の場所へとつなげた。フランス・ツーリング・クラブのジャーナリストが海辺のホテルでラファエルに出会ったとき、彼らの前に立っていたのはただの「ニグロ」ではなく、ヌーヴォー・シルクで拍手を送ったことのある有名人「ショコラ」だったのだ。すぐに、ふたりの男は気軽に名前を呼び合う仲になった。この記者のおかげで、ラファエルは、サンヴァレリーの住民や観光客たちと交流することができた。彼は面白おかしくアコーディオンを弾くやり方を心得ていたので、夜のパーティは盛り上がり、みんなとても喜んでくれた。ゴーギャンと彼の黒人の友人たちがブルターニュの子供たちに石礫を投げられたのに比べて、ラファエルは笑いを武器にして思わぬ幸運に恵まれた。

ラファエルは、いわゆる「役作りをする」タイプの役者ではなかった。そうできる役者は、戸籍と確かな身元を持っているものだ。彼は、フランス人がそうだと思う人物に「なる」しかなかった。そうしたイメージに自分を合わせて、自分がそのなかではよそ者でなくてすむ世界をラファエルは構築していったのである。彼は自分のアイデンティティを安定させていくことで、どのように振る舞うべきか、相手の仕草や言葉をどのように解釈すべきか分からずに不安になることはなくなった。もう侮辱に対して拳で返すことはしない。そんなことをすれば、せっかく見つけたこの居心地のいい世界からあっという間に、そして完全に追い出されてしまう。

フティットとラファエルの不安

１８９０年9月初め、ラウル・ドンヴァルがガブリエル・アストリュクとアルマン・レヴィに、『巴里をギャロップ』をモデルにした年末行事のための新しいレビューを依頼した。新スペクタクルは大成功を収めることになるが、そのためには当初足りないものがあった。台詞劇を演じさせるために、ショコラやフティットよりも流暢《りゅうちょう》にモリエールの言葉［美しいフランス語の比喩］を操ることができるクラウンを、ヌーヴォー・シルクは雇う必要があったのだ。

最初に白羽の矢が立ったのは、移動サーカスでフランスじゅうを巡業しているイタリア大道芸の古い家系出身の芸人だった。短く刈った頭に立たせた前髪、青白い顔のピエラントーニは、巨漢クラウンの系譜に属する（彼は１２０キロあった）。一世代前のグーグー・ロワイヤル［ジェームズ・ギヨンとアルマ橋曲馬場でコンビを組んでいたフランス人道化師］やトニー・グライスのように、彼もまた饒舌《じょうぜつ》型のクラウンだった。なぜなら彼の体格では身体を使った芸当は難しかったからだ。彼はよくサルタモンテスという名のカスカドゥールと舞台に立っていた。ドンヴァルはこのふたりをデュオとして雇った。彼らはサーカスの歴史のなかで、白《しろ》クラウン［白人のクラウンではなく、白塗りしたクラウンの一般名称］とオーギュストの最初の組み合わせとしてしばしば紹介されている。

サーカスは競争の激しい世界だったので、フティットにとってこれら新人の登場は面白くなかっただろうと、私は考えた。しかし、ラウル・ドンヴァルが観客に１８９０〜１８９１年のシーズンのために雇った一座全員を紹介した際、フティットがいつも通りそのなかにいるだけでなく、彼が「第一クラウン」に昇格したことを皆が知った。いかなる妥協もせずに経営陣に対して強く主張し続けた結果、フティットは望んでいたものを手に入れたのだ。彼は、いつも相手が誰であろうとデュオを組むことを断固として拒否してきた。4年前からヌーヴォー・シルクに属していたが、まだフランス語には苦労しており、鋭い声で短い台詞をいくつか口にする程度だった。彼の有名なナンバー「従順な女曲馬師」のなかで、彼は馬に向かって「あにゃたは、わたちとあちょびたい？」と言っていた。舞台監督が彼を押し出そうとすると、それを撥ねつけて、「おえ、おえ、私のむにぇに触らないで」と叫んだ。みな、彼がイギリス人クラウンの存在感を確固とするために、わざとフランス語をめちゃくちゃにしてるのではないかと訝《いぶか》しんだ。これもまたラテン系クラウンの台頭に対する抵抗だったのかもしれない。しかし、私はむしろ、フティットは朗々と喋ることを拒否して、マイムの誇りを守りたかったのではないか、と考える。

ラファエルもまた、ピエラントーニとサルタモンテスの登場で、自分の将来に不安を感じた。メドラノと一緒に、クラウンのデュオを初めて試してみたが、それはうまくいかなかった。そこに突如競争相手が現れ、危機が訪れたのだ。メドラノはドンヴァルに、若いレオナールを雇ってショコラと組ませてはどうかと提案した。その若いオーギュストはフェルナンド座でシアン＝シアンの名でデビューしたが、いまは「ケステン」と呼ばれていた。ドンヴァルはその提案を受け入れ、11月中旬に曲馬レビューが完成するまでのあいだ、『ショコラの結婚』を再演した。ドンヴァルは、この何度も上演されたパントマイムであれば長期間の練習なしにすぐに再演できることを分かっていた。さらに、もうひとつの利点として、「身内」のアーティストだけで演じられるこの演目は安上がりだった。

『ショコラの結婚』は、1890年10月2日の新シーズン開始プログラムの第三部で上演された。いつも通り、ラファエルは正装に身を包み、一座のメンバーと一緒に柵のところに立っていた。この日、いつもとは違う種類の熱狂が会場を包んでいた。すべての視線が中央桟敷席のひとつに集まっており、そこに、灰色がかったヤギ髭を蓄えた禿頭《とくとう》の年老いた男性が、たいそうエレガントな様子で現れた。

メドラノがラファエルに、あの人物はフランス最後の王だったルイ・フィリップの息子、アンリ・ドルレアン公だと教えた。共和国政府は、つい数か月前に彼に亡命先から戻る許可を与え、公は光栄なことにもヌーヴォー・シルクを訪れたのである。

『ショコラの結婚』は、再び劇評で好意的に受け入れられた。1か月後、ヌーヴォー・シルクの一座は、『鞭打って』という曲馬水上レビューで新たな勝利を獲得した。メドラノ演じるエル・セニョール・パタケスとピエラトーニ演じるその友人サン・ガルデニアは、ミス・ベッツィ（ダンサーのルネ・モーパン）と約束を取り付けた。彼女はふたりの使用人チャーリー（フティット）とジョン（ショコラ）と一緒に、エレガントな屋根なしの二輪馬車で登場する。馬で来た紳士たちは、彼女に対しその年話題になったことを語る。植民地のニュースも、憲兵が順化園（ジャルダン・ダクリマタシオン）から逃げ出したソマリア人と間違えてショコラの首根っこを捕まえるという場面を使って、紹介されている。ショコラは金をせびるが、尻に蹴りを一発食らってしまう。

批評は、このスペクタクルを「軽妙」「簡潔」で「てらいがなく」「趣味が良い」、「苦みや残酷さがない」などと書きたてた。ラファエルがそうした評価に賛同していたかどうかは疑わしい。なぜなら彼が感じる「趣味の良さ」「苦み」「残酷さ」は、おそらく批評家たちのそれとは同じではないからだ。しかし、ラファエルはそうした自分の運命を嘆くタイプではなかった。新しいスペクタクルに挑戦するたびに、彼はなにか新しいものを取り入れようとした。セニョール・パタケスとサン・ガルデニアが使用人たちと再会する場面は、『勝利の父』というコーラスつきの歌で締めくくられた。これは、普仏戦争後、対ドイツへの復讐戦にフランス人を駆り立てようと1888年に作られた、ナポレオン1世の偉業を想起させるリフレインである。

「われらが兵士が楽隊を先頭に

晴れ晴れしく通り過ぎるのを目にするとき、
あぁ、私は言う、足を一歩踏み出し、
かつてのように、『フランスは偉大だ』。
昔のように、
兵士たちよ、私は再び見るだろう
カルノーが勝利を宣言する場面を。
栄光に向かって進め！
愛《いと》しき子らよ、
勝利を手に戻ってこい」

この歌謡を歌ったとき、ラファエルはもしかしたら自分もフランスの歴史に貢献しているような気になったかもしれない。25年後の第一次世界大戦期にセネガル狙撃兵が戦場で行ったようなことを、ヌーヴォー・シルクのステージ上で彼は演じたのだった。彼にとって最も重要だったのは、この曲馬レビューの舞台で、歌う機会を与えられたことだったろう。カフェ・コンセールとの競争に挑むための新しい手だてを、ラファエルは物にしたのだった。

フティット、サラ・ベルナールの『クレオパトラ』のパロディで名声を高める

『鞭打って』は、ジョージ・フティットにとっても重要なステージだった。確かに、彼のほかに、曲馬芸、アクロバット、そしてクラウン芸を結び付けられる者はいない。当時の彼はまだ、10人の男が寄り集まって作った大きな馬を跳び越えることができた。しかし、クラウンの伝統的な地位を揺るがす競争に直面して、フティットもまた新しいものを取り入れる必要があった。『鞭打って』は、『リュ

リュ』で演じたアルルカンで芽が出た、彼の「喜劇役者」の側面をさらに磨く機会となった。

その年の文化ニュースを取り上げた幕で、シュルタックとアレヴィ（p．１９５）は、サラ・ベルナールが演じて大成功を収めた『クレオパトラ』のパロディを考えていた。フティットがエジプト女王を演じた女優に扮し、ラファエルはその奴隷カフラーを演じた。サルタモンテス演じるマルクス・アントニウスとクレオパトラの最終的な和解の場面には、巨大な紙の蛇が登場した。甲高くか細い声と非常に強いアクセントで、フティットは、サラ・ベルナールを面白おかしく真似、「あぁ、かわいちょうな蛇、食べるものがにゃにもない」と短い歌を奏でた。

19世紀後半のフランスを象徴する
大舞台女優、サラ・ベルナールのクレオパトラ（左）と、
日本人女性を演ずる天才道化師フティットのクレオパトラ（右）

このシーンはレビューのカルト的な舞台となり、演劇界でのフティットの名声を高めた。しかも、サラ・ベルナールが、実際に目にする前からこのシーンの削除を求めたことに端を発する論争で、彼の名は一層知れ渡った。フティットはこの一種の検閲を断固として拒否し、元の劇を書いたヴィクトリアン・サルドゥーがヌーヴォー・シルクを訪れるようディーヴァを説得した。偉大なるサラは、クラウンのユーモアに感嘆し、訴えを撤回した。

年度初めの成功で、ドンヴァルはサーカスでハイ・ライフと中産階級の双方の関心を惹くのにふさわしい方法を見つけたと確信した。曲馬芸のスターを雇ってハイ・ライフを魅了し、カフェ・コンセールのスタイルをどんどん取り入れ、中産階級を喜ばせた。１８９１年初めにドンヴァルはさらに新しいものに挑戦した。サロンの生活をパロディ化した『ガーデン・パーティ』という軽喜劇の小品を若いふたりの作家に依頼したのである。新聞は、これは「会話のあるパントマイムであり、サーカスでは全くもって新しい試みだ」と評した。実際、これまでのところ、会話劇のある舞台は年末のレビューぐらいだった。数年前にムーラン・ルージュに現れ、名声を手にした歌姫イヴェット・ギルベールが、このスペクタクルに少し登場していた。回想録のなかで彼女はそのことに触れている。ただし、ショコラについては何も語っていない。彼も軽喜劇の舞台にいたのは確かだ。演じた役は、「イ・ブルボン・イ・ショコラータ」という名の王子で、ロバに乗って登場し、馬に乗った使用人フティットを引き連れ、みんなを蹴散らすのである。

つまり、またもラファエルはニグロ王子というステレオタイプを演じることを受け入れたのだ。そうは言っても、彼はそこまで気にしていなかったと思う。小さな役であったし、ケステンと組んだデュオのほうが観客の熱狂的な支持を集めていた。ふたりのクラウンは１８９１年のあいだじゅうポスターに載り続け、１８９４年まで断続的に舞台に上がった。

私の主人公の跡をたどるために動員した新しい道具のおかげで、私の研究は良いペースで進んでいた。しかし、期待とは裏腹に、私たちの作った小さなスペクタクルは記憶の刷新という意味であまり大きなインパクトにはならなかった。日記を読み返し、当時の自分が少しやる気を失っていたことを思い出した。

２００９年12月8日火曜日

ラファエル、私たちの準備した演劇型講演が、君についての記憶を復権してくれるだろうと、私は思っていた。しかし、いま、私たちは袋小路にいると認めざるを得ない。私たちの活動は、市民運動の世界より先に進めないでいる。フランスでは、市民教育や民衆文化は、正統性のある創造の一形態とは見なされないのだ。悲しいけれど、そういうことだ！　あぁ、なんということだ！　もし君が画家や詩人や前衛的コメディアンで、「生粋の」フランス人と疑いようのない血統を持っていたら、物事はもっと簡単だったろう。しかし、ニグロ道化師をテーマにした演劇型講演など、本当のことを言って、誰も真剣には受け取ってくれないのだ。

もうひとつ悪い知らせがある。君の人生について書こうとしていた小さな本に、もう何年も一緒に仕事をしてきた出版社が興味を持ってくれていないことが分かった。いままでの私のキャリアのなかで、著作の企画が不採用になったのは初めてのことだ！

ヌーヴォー・シルクの支配人職にラウル・ドンヴァルが就いてから、興行収入は増大した。毎年85万フランから95万フランのあいだを行き来していた収入は、１８９３年には１００万フランの大台に達しようとしていた。ムーラン・ルージュとオランピア劇場はそこから大きく後れを取り、フォリ・ベルジェールだけが互角に渡り合っていた。

サーカスの収益を上げるためにドンヴァルが取った最も効果的な方法のひとつが、団員の負担を増やすことだった。契約によってアーティストたちは支配人の要求に全面的に従わなければならず、追加報酬を要求することもできなかった。

若い観客や特権階級の子供をターゲットにした、ドンヴァルの新戦略

ドンヴァルは、若い観客をターゲットにした。生活水準の向上、都市の中流階級の膨らみ、中等教育を受ける生徒の増加が、大変好ましい条件を作りだしていた。ドンヴァルは、学校の休暇期間並び

に、諸聖人の祝日［すべての聖人と殉教者を記念する祭日］、ノエル（クリスマス）、新年、謝肉祭、復活祭［キリストの復活を記念する祭日］、聖霊降臨祭《せいれいこうりん》［キリストの復活後50日目を記念する祭日］などの祭日に、公演回数を増やした。ヌーヴォー・シルクは6月にはシーズンを終えたが、7月14日には革命記念日を祝うための催しを、パリ市の後援を得て開くことにも成功した。若い観客を喜ばせるために、幕間にお菓子を配ることも始めた。公現祭《こうげん》［東方の三博士によって幼子イエスが発見されたことを祝う祭日］にはガレット、聖燭祭《せいしょく》［キリストが初めて神殿を訪れたことを記念する祭日、キリスト誕生から40日目］にはクレープ、サン・ニコラ［サンタクロースの由来になった聖人］の祝日（12月6日）にはブリオッシュといった具合である。当時の学校休日である木曜日と、日曜日には、子供のための「マチネ」が開かれていた。ドンヴァルは、一座に対して、今後は高校（リセ）生徒のために水曜日にもプログラムを入れることを発表した。

若い観客に向けたこの猛攻は、子供に好かれていたラファエルにとってはむしろ好機だった。

「昨日サントノレ通りのヌーヴォー・シルクのマチネで見た舞台は大変興味深かった。600人もの子供たちが、レビュー『巴里をギャロップ』のなかで、お気に入りの道化師ショコラが厄介な出来事に巻き込まれるのを見て大笑いし、目を輝かせていた」

1889年12月9日の『ル・ゴロワ』に掲載されたこの記事は最終評決の意味合いを持った。ラファエルが死ぬまで、ジャーナリストたちはこうした物言いを飽くことなく繰り返した。これは、事実なのか、それとも「大きな子供」とニグロを見なす偏見の一形態というだけなのか。私には分からない。とにかく、ショコラは子供たちのお気に入りと評価され続けたのである。

首都の特権階級の子供たちを対象にしたヌーヴォー・シルクの成功に気をよくしたラウル・ドンヴァルは、さらにすべての観客に気にいられるようなスペクタクルを作ろうと考えた。1891年4月、童話作家セギュール伯爵夫人の作品に少々のインスピレーションを得た小パントマイム『とんま（グリブイユ）』というプログラムを創った。続いては、『ダゴベルト王［フランク王国メロヴィング朝の王］』。この水上滑稽劇は大成功を収め、1891年10月初頭から1892年5月まで中断なしに演じられた。最も面白い場面はもちろん、キュロットを逆さにはいたダゴベルト王がお人よしのサン・エロワと一緒に水に落ちるところだったが、この場面が入れられたのは、貴族の観客が大好きな狩りの美しいシーンを作るためでもあった。

共和国の教育や文化を重視するフランスらしさを初めて前面に出したヌーヴォー・シルクは、お返しに当局からの支持を得た。1892年、聖シャルルマーニュの日［パリ大学の守護聖人で、パリの学生たちの祭日］に、パリじゅうの中学・高校がサントノレ通りのサーカスを貸し切り、生徒たちのための大きな舞台を用意した。途中で、ひとりの生徒がアーティストたちに呼ばれて王の馬車を引く栄誉にあずかった。

風刺的才気あふれる作家たちは、それでもラファエルにダゴベルト王を演じさせてみようという考えには至らなかったようだ。実際に、新聞に出たこの舞台の批評は、ショコラについて触れていない。ところが、1891年11月『フォト・ジュルナル』誌に掲載された『ダゴベルト王』のリハーサルに関するルポルタージュを、私は見つけた。そこにつけられた写真のひとつに、団員の応接室の前でステージへの登場を待つ一団が写っていた。そのなかに、ラファエルがいた。彼の役は、狩りの場面で勢子《せこ》［主人の狩りを手伝う人夫］の集団を仕切る猟犬係だった。舞台の終わりには、彼は他のアーティストたちと一緒にかの有名なリフレインを奏でる。「こちらはダゴです。ダゴーベーーールトなのです。笑いましょう、歌いましょう、歌いましょう、踊りましょう」。そして、舞台でちょっとしたバレエを披露する。

『ダゴベルト王』のリハーサル前で登場を待つヌーヴォー・シルクの一団。
右からふたり目がショコラ

このルポルタージュを書いたジャーナリスト、アレクサンドル・ジョルジェは、おそらくラウル・ドンヴァルに雑誌を一部送り、ラファエルも次の一文を知ることになったと思う。

「こうして応接室の前に集まったダゴベルト王の猟犬係たちのなかに、かのショコラもいた。苦痛を感じないオーギュスト、どんなに殴られてもいつも満足という彼の哲学には感嘆を禁じ得ない。彼にとって平等とはなんと無意味な言葉か」

同僚のひとりが彼にこの文章を読んで聞かせたとき、ラファエルは文字通り唖然《あぜん》としたと、私は思う。最初、彼はよく理解できなかった。どうしてこのジャーナリストはラファエルに「哲学」があるなどと言うのか。なぜ「彼にとって平等とはなんと無意味な言葉か」と書くのか。なぜ「殴られても満足」などとつけ加えたのか。ジャンプと殴られることは、クラウン芸のふたつの基本的なジェスチャーだ。確かに相手に殴られることはある。しかし、彼もたくさんお返しをしている。サルタモンテスがピエラントーニに殴られても、誰も「殴られても満足」とは言わなかった。どうしてショコラが殴られると、そこに特別な意味がつけ加えられるのだろう。もちろん、ラファエルはその理由をちゃんと分かっていた。「殴られても満足」とは、従順な奴隷についての使い古されたステレオタイプだ。それこそ、ヨーロッパ人が何世紀ものあいだ言い続け、そしていま、黒人であるという理由でラファエルに襲いかかっているステレオタイプだ。

アレクサンドル・ジョルジェはまさにダゴベルト王の子孫だ。しかし、彼の場合、逆にはいているのはキュロットではなく、その考え方だ。フランスを治める共和主義者たちに対して平等が実質を伴わない言葉だと書く代わりに、植民地政策の責任を、彼自身がその犠牲者であるラファエルになすりつけて、役割を反転させてしまっている。

ラファエルをさらに憤慨させたのが、このジャーナリストの偽善だ。彼は、ショコラの受け身を「感嘆」するふりをしているが、侮辱されることを何の反抗も示さずに受け入れる人間を真の意味で褒め讃える人間などいないだろう。実際に、ジョルジェはショコラの態度を尊厳に欠けていると糾弾している。ラファエルは、このジャーナリストにそのまま議論をお返しすることもできたのかもしれない。誰が、自分はラファエルにこんなふうに説教できる立場にあると言えるというのだろう。毎日警察署のゴミ箱を漁って、三面記事欄を満たしているゴシップ記者？　どの出版社にも自分の散文を相手にしてもらえないものだから、わずかな金でパントマイムを執筆することを「選んだ」物書き？若い頃はクラウンを軽蔑していたが、結局はオーギュストになった曲芸師？　カフェ・コンセールの歌手に鞍替えした元女優志望？　ディーヴァの好意を利用してサーカスの支配人にまでなった売れない画家？　ラファエルは、彼ら全員に対して、その「哲学」を賞賛し、どんなに殴られてもいつも満足していると、言ってよかったのかもしれない。だが、残念なことに、ラファエルは公の場で口を開くことができなかった。だから、彼はそれらを全部笑い飛ばすことにしたのだと、私は思う。サーカスじゅうを震わすようなよく響く大笑いで。

第10章
なぜラファエルは不名誉な役を受け入れたのか

ラファエルとモンマルトルとのつながり

道化師ショコラは、パリのナイト・エンターテイメント（パリ・バイ・ナイト）の世界で名高い場所のひとつ、シャンゼリゼの粋な地区で人気アーティストになった。しかし、いくつもの要素が、ラファエルがモンマルトルでも存在感を増していたことを示している。コルト通りにあるモンマルトル美術館に展示された作品のなかに、アンリ＝ガブリエル・イベルスの描いたフティットとショコラのポートレイトを私は見つけた。そこには、ふたりのクラウンが丘のふもとのメドラノ座で大成功を収めたという解説もつけられている。道化師ショコラは、バズ・ラーマン監督の映画『ムーラン・ルージュ』（２００1年度公開）にも登場している。作家でジャーナリストのミシェル・スヴェは、自分の曾祖母であるラ・グリュ（P．１９０）についての著作で、道化師ショコラがこのムーラン・ルージュの花形ダンサーの「一夜限りの恋人」であったと断言している。

私自身の研究では、この事実を確認することはできなかった。そこで私は歴史学の権威に頼ることを決め、コレージュ・ド・フランス［フランスの権威ある高等教育機関で、公開講座を行っている］の教授であるルイ・シュヴァリエが出版したモンマルトルの歴史を参照した。この卓越した歴史家によれば、パリにおいて、黒人は芸術の分野で自分たちの居場所を見つけつつあった。とはいえ、それは「コレクション収集家に買われるオブジェや小立像の形でであり、彼ら自身がというわけではなかった」。研究のなかで彼が出会った唯一の黒人といえば、「いざこざを起こしてはモンマルトル名物として人々の目を惹いていたヒモたち」だった。完璧主義者のルイ・シュヴァリエは、アフリカ専門の同僚たちに意見を求め、濃い色の肌をした無頼漢たちがどこから来たのかを探ろうとした。専門家たちは、「質問に少々面食らっていた」が、モンマルトルの黒人たちはフランス南部ミディの兵舎を脱走した兵士か、マルセイユの海運商人の船倉から逃げ出した水夫だろうと答えた。

つまるところ、私のほうはまた同じ問題に直面してしまった。夜のモンマルトルで、私の主人公の足跡をどうしたら見つけられるだろう。急にある手がかりが頭に浮かんだ。ジョゼフ・オレールだ。ヌーヴォー・シルクとムーラン・ルージュのふたつの娯楽施設を作ったのは彼だ。ラファエルがこの興行主を通して、モンマルトルの丘にたどり着いたと考えるのはあながち見当違いでもないだろう。

1900年頃のムーラン・ルージュ

熱気に包まれたこの界隈の活力をうまく利用しようと考えたオレールは、ムーラン・ルージュの改装を挿絵画家兼版画家のアドルフ・ヴィレット（p．189）に任せた。この数年のあいだに、ヴィレットは、シャ・ノワール、オーベルジュ・デュ・クルー［作曲家サティが雇われたこともあるキャバレー］、シガール［ロシュシュアール通りのカフェ・コンセール］のファサードに加えて、バル・タバラン［モンマルトルにあっては高級志向で人気を集めたダンスホール兼カフェ・コンセール］のホールの装飾を手がけていた。彼はオレールに、モンマルトルの「庶民的」なシンボルを使って、赤い風車のファサードに、窓から意味ありげな視線を交わす粉屋の男と女を描くことを提案した。それは魅力的だった。ヴィレットのおかげで、ムーラン・ルージュは丘の景観に直ちに定着した。

ジョゼフ・オレールは、ジャルダン・ド・パリの支配人をしていたシャルル・ジドレール（p．162）に今度はムーラン・ルージュの指揮を執ってくれるよう頼んだ。なぜなら、オレールは、シャンゼリゼとモンマルトルという、いままで関係性の薄かったこのふたつの地区を結びつけようとしていたからだ。彼は、ハイ・ライフが互いを簡単に行き来できるようにするための特別な馬車路線にも出資した。

フレンチ・カンカンのポーズをとるラ・グリュ

ジャルダン・ド・パリと同様に、ムーラン・ルージュはまず第一にダンスのための娯楽施設だった。1889年10月5日の公の落成式の夜、豪華な招待客たちは盛大に迎え入れられ、ステージまわりに設えられたテーブルに着席したのは真夜中に近かった。するとまず、ヴァランタン・ル・デゾセとその踊り子の一団が、彼らを有名にしたカドリーユ・レアリストを披露した。演技は彼らがテーブルまで降りたところで終わり、続いてラ・グリュ――彼女はこのときジョゼフ・オレールの愛人になっていた――が現れ、年老いた紳士たちの髪先を短靴の先で乱していった。フレンチ・カンカンの伝説が生まれようとしていた。

しかし、ラファエルはこのムーラン・ルージュの落成式には招かれなかった。私が確認したところによれば、この同じ日、ヌーヴォー・シルクでは公演があった。ラ・グリュが老齢のしゃれ者たちを相手にしているあいだ、ショコラはサントノレ通りでおどけていたわけである。

ジョゼフ・オレールについての調査を進めていくうちに、彼が1888年にモンターニュ・リュスの支配人となった理由が分かってきた。カピュシーヌ大通りのこの遊園地は、劇場が多く集まるグラン・ブールヴァール地区に位置し、新しいカフェ・コンセールを作るのに理想的な場所だった。ファンタジー・オレール（p．127）の失敗から15年、オレールはいまこそ雪辱を果たすときと判断したのである。1892年末、彼は、遊園地をなくして「オランピア」と名づけた「ミュージック・ホール」に変えることを発表した。同年、パリ西部近郊のアシェールに保有していた競馬場を売却して得た金で、ジャルダン・ド・パリとムーラン・ルージュのジドレールの持ち株を買い取った。さらには彼を支配人職から解き、自分の弟に経営を任せた。

1893年4月11日、ハイ・ライフの有力者たちが勢ぞろいするなかで、オランピアで盛大な落成式が執り行われた。確認したところによれば、ヌーヴォー・シルクのアーティストは誰も出席を請われなかった。ラファエルがラ・グリュに出会ったとしてもそれはまだこのときではない。

オープンから最初の数年間、ムーラン・ルージュとオランピアはヌーヴォー・シルクと同種のナンバーを多く上演していた。ただし、曲馬芸の部分はダンスのスペクタクルに差し替えられていた。つまり、ジョゼフ・オレールが作ったミュージック・ホールは、同じ男が創設したサーカスと競合していたのだ！　新聞の言うことを信じるならば、大きなサークルはどこもオランピアの桟敷席を年間契約していた。社交界のみなみながいくら毎晩出かけようとも、いくつもの場所に同時にはいられない。ラウル・ドンヴァルは、これら上流階級の客たちをオレールが取り込んでしまったら、ヌーヴォー・シルクは破産に追い込まれてしまうだろうことを、このとき理解した。だからこそ、自分のところのアーティストたちに別の場所でステージに上がるのを認めることなど論外だった。

ラファエルがジョゼフ・オレールを通じてモンマルトルのアーティストたちと交流があったと考えたのは、どうやら間違いだったようだ。実際には、その逆だった。パリのナイト・エンターテイメントを手中に収めていた男は、ラファエルの仕事の手助けをしなかっただけでなく、足を引っ張ってさえいたのだ。モンターニュ・リュスに設置した小さなステージに、オレールは、男女4人ずつにひとりの少女から成る「キューバ・バレエ」と銘打った黒人ダンサーの一団を登場させた。さらに、ハワード・ベイカー、メイソン&ディクソンなどの「滑稽（ビュルレスク）ニグロ」も招待し、彼らは後にオランピアのステージにも出演した。

ミュージック・ホールの隆盛はミンストレル・ショーに有利に働いた。そのエキセントリックな身振りは、ラ・グリュが髪を乱して魅せたカドリーユに通じるものがあった。これらの流行が社交界の面々を捉え、アヴァンギャルドの作家たちが復権を目指していた古典的なパントマイムにとっては不利な状況となった。『ジル・ブラス』のあるジャーナリストは、パントマイムの創始者ドビュローたちは、いまや、モダンなマイム技法の端的な表現だ」。ミンストレルとピエロのあいだの溝は、一（p. 123）のピエロはいまでは「時代遅れ」であると述べる記事を掲載した。他方、「滑稽ニグロ時はアンリ・アグストがショコラという人物像を創り上げることで埋めようと試みたが、いまではかつてないほど深いものとなっていた。

ドンヴァルと挿絵画家たちとの「人種」論争

オレールとドンヴァルのあいだに生まれた緊張関係の存在を知り、ラファエルとモンマルトルのアーティストの交流を明らかにする別の手懸かりを私は得た。ヌーヴォー・シルクの支配人は、自身も丘のほうへ進出することで、ジョゼフ・オレールの猛攻に対抗したのである。ちょうどアドルフ・ヴィレットが『ル・ピエロ』という新たな挿絵つき雑誌を創刊したところだった。ドンヴァルは彼に、ヌーヴォー・シルクのために『ル・ピエロ』の登場人物たちを使った新しいパントマイムを演出してほしいと頼んだ。ヴィレット自身は作家ではなかったため、順調な売り上げを見せていた『ル・クリエ・フランセ』の寄稿者エマニュエル・ポワレをドンヴァルに薦めた。彼は、ロシアに定住したナポレオン1世の近衛兵の孫であるが、フランス人に戻るためにフランスで兵役を務めることを選んでいた。カラン・ダシュ［ロシア語で「えんぴつ」の意］の筆名で、ポワレはシャ・ノワールで挿絵画家としてデビューし、このキャバレーの影絵劇場で上演された作品のおかげで、ある程度の知名度を獲得した。今日では漫画（バンド・デシネ）の創設者のひとりと見なされているカラン・ダシュは、『叙事詩』と名づけられた一大絵巻で、ナポレオンの伝説を描いている。続く数年間で、彼は急速に名を上げ、多くの雑誌にユーモアあふれるデッサンを掲載した。ラウル・ドンヴァルは最終的に彼に『叙事詩』を小パントマイムにアレンジしてほしいと依頼し、フティットを主人公にした『ピエロ兵士』が出来上がった。

以下は、ヌーヴォー・シルクの歴史のなかで重要なこの時期に関する情報を元にして、私が作った小さなシナリオだ。

舞台は1893年春である。アドルフ・ヴィレットはその午後をヌーヴォー・シルクで過ごしていた。カラン・ダシュに新しいパントマイムの装飾と衣装について助言を与えるためである。リハーサルの後、ふたりは、フティットとドンヴァルと一緒にバーに向かった。この作品でのラファエルの役は小さなものだったので、彼はいつものようにバー・カウンターの後ろに座ってくつろいでいた。この小さな世界を観察するのにうってつけの気に入りの場所である。新聞は、1893年8月に予定されていた国民議会選挙について様々に書きたてていた。4年前、アドルフ・ヴィレットはパリ9区で立候補した。頭にゴロワのヘルメットを着け、胸をはだけ、ラッパ

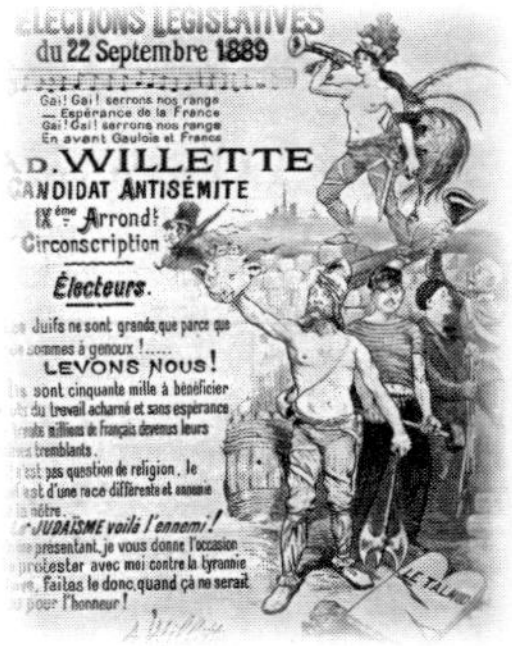

アドルフ・ヴィレット自ら描いた、
パリ9区の選挙ポスター

を吹く洗濯女を自分で描いたポスターを、地区の道という道に貼りつけた。デッサンには彼の手による短い文章が載せられていた。

「アドルフ・ヴィレット、反セム主義（反ユダヤ主義）の候補者。有権者たちよ。私たちが膝を屈しない限り、ユダヤ人に力はない。ユダヤ主義、これが敵だ」

会話を盛り上げようと、ラウル・ドンヴァルがヴィレットに尋ねた。

「聞かせてください、親愛なる友よ、今年も立候補するのですか？」

「いえいえ、もう政治は十分ですよ！」

と、ヴィレットが苛立ったように答えた。

「あなたはちょっとユダヤ人を強く叩きすぎたんじゃないでしょうか」

と、ドンヴァルは重ねて言った。

「なんですって、強く叩きすぎた？　じゃあ、あなたも彼らを擁護するっていうんですか？　この国には、いつの日か取り除かなきゃならないタブーがある。私の友人であるドリュモンの『ユダヤ的フランス』［19世紀のフランスにおけるユダヤ人の影響を告発し、大反響を呼んだ本］を読んでくだされば、私が言いたいことがお分かりでしょう」

カラン・ダシュが同意を示してうなずき、つけ加えた。

「われわれを犠牲にして彼らが金儲けをしたことは疑いようがないでしょう。われわれが1870年の普仏戦争に負けたのは、ユダヤ人スパイがプロイセン人にわれわれの軍事機密を漏らしたからだということは、誰もが知ってますよ」

「ユダヤ人には祖国というものがないのです」

　と、ヴィレットが続けた。

「もしあるとするなら、それは金なんでしょうな！」

　と、カラン・ダシュが少し興奮したように言った。

「ロスチャイルド家を見てごらんなさい。ベルリン、パリ、ロンドン、彼らはどこにでもいる。そうやって、いつでも勝者の側にいられるというわけです」

　ドンヴァルは、自分が始めたこの議論の展開に少し落ち着かない気分になってきたようだった。それで、招待客の興奮を少し抑えようとした。

「マレ地区のユダヤ人たちは銀行家ではないですよ。彼らの多くが労働者や職人です。彼らは迫害を逃れてきたのです」

　しかし、この反論がかえってふたりのモンマルトルの挿絵画家を興奮させてしまった。

「親愛なるドンヴァルさん、あなたはあそこの界隈をあまり訪れたことがないようですね」

　ヴィレットが言った。

「一度見学しに行ってごらんなさい。そして、あそこでまだ生活している本物のフランス人と話してごらんなさい。ユダヤ人が彼らの商店や工房を奪ったせいで、彼らはいまにも餓死しそうだと、教えてくれるでしょう。たった5万人のユダヤ人が、可哀想な奴隷となった3000万人のフランス人が汗水たらして得たものから、利益を得ているのです。そんなことはまともじゃないでしょう」

「こうした宗教戦争は終わりにしたほうがいいとは思いませんか」

ドンヴァルは彼に尋ねた。

ふたりの挿絵画家は顔を見合わせ、了解したかのように微笑んだ。ヴィレットが続けた。

「実のところ、ドンヴァルさん、これは宗教戦争ではないのですよ。人種の問題です。ユダヤ人は別の人種で、私たちの敵なのです。あなたの気質は実に羨ましい。誰のこともお好きなのですね。しかし、信じてほしいのですが、彼らは私たちのことが好きではないのです。そして私たちを狙っている致命的な危険に目を向けない、あなたのような楽天主義こそ、フランス国民を危機にさらしているのですよ」

「彼らは、金融、政府、新聞、労働組合をコントロールしています。この状態をどうにかしなければ、われわれに待っているのは死でしょう」

拳をテーブルに打ちつけて、カラン・ダシュは強い口調で言った。

ラファエルはこの場面を興味深く観察していた。彼は「奴隷」という言葉にヴィレットと同じ意味合いを認めてはいなかったが、それ以上に彼を面白がらせたのが、支配人の敗北色だった。ドンヴァルは表立ってはヴィレットとカラン・ダシュに反論したくない。しかし、政教分離を支持するこの共和主義者は、反セム主義の妄想にはついていけなかった。彼は、会話をもっと穏当な議題に持って行こうと必死の軌道修正を試みた。

「それで、ピエロ兵士ですが、どのような感じですか？」

カラン・ダシュが答えた。

「モンマルトルのピエロといったところです」

ヴィレットがつけ加えた。

「私が『ル・クリエ』に毎日描いているピエロですよ。モンマルトルの至るところで目にしているでしょう？　ドンヴァルさん、私は選挙が何の役にも立たないことが分かったのですよ。でも、幸いなことに、芸術家は闘いを続けるための手段を他に持っている」

カラン・ダシュが笑いながら言った。

「黒いピエロですよ。アドルフの最近の思いつきです」

「その通り。私のピエロは、純真さはアルルカンに拠っているんですが、衣装は黒いんです。この人物は、セム人、あるいはキリスト教徒の肉体にユダヤの魂を宿した人々から絶え間なく騙されてきたキリスト教徒を象徴しているのです」

ジョージ・フティットは黙ったままだった。ラファエルは、彼がヴィレットにひどくいらだっているのを感じた。結局、パントマイムのピエロは、伝統的な白い衣装のままとなった。初めて、パリの有名日刊紙の「演劇」欄を担当するジャーナリストたちがヌーヴォー・シルクに言及した。名高い『ジュルナル・デ・デバ』［18世紀末のフランス革命のさなかに創刊された、政治と文学の両方に強い有力紙］がフティットについての長い記事を掲載し、彼の来歴、舞台での功績、才能に触れ、まるで彼を「作家」あるいは「哲学者」であるかのように紹介した。このイギリス人クラウンの評判は、アバンギャルドな界隈で高まりつつあった。

「サントノレ通りのサーカスは、パリが誇る優れた芸術家たちを惹きつけている。彼らは、フティットの演技に興味津々で、熱狂している」

と、1893年4月に『ジル・ブラス』は書いた。

フティットに人気があったのは、彼が女性の役を多く演じたからでもある。彼は軽々と性的アイデンティティの境界を越えてみせた。この種の才能はとりわけ、数少ないホモセクシュアルの作家たちに評価された。そのうちのひとりジャン・ロランは、バル・デ・カザールでピンクのレオタードに、あの見世物小屋のレスラー、マルセイユ（p．211）のヒョウ柄のパンツをはいて登場し、スキャンダルを起こしたことがある。彼もまたシャ・ノワール出身で、『ル・クリエ・フランセ』の編集長となり、さらにはパリの二大日刊紙『レコ・ド・パリ』と『ル・ジュルナル』の寄稿者になった。1890年代末、ロランはパリで最も稼ぐコラムニストになった。

ヌーヴォー・シルクとモンマルトルのつながりは、フティットの名声には役に立ったが、ラファエルにとってはそうではなかった。アドルフ・ヴィレットはユダヤ人に敵対する活動のために「黒ピエロ」を生み出したが、ショコラがこのような人物像に扮することはできるはずもなかった。

丘のアーティストたちとラファエルのあいだに本当に交流があったのかを知るための最後の手がかりは、謝肉祭（カルナバル）だ。謝肉祭の行進はパリの古い伝統だった。山車《だし》には市場の肉屋の若者とパリの洗濯女たちがとりわけ積極的に参加し、行列は首都の路地をくまなく練り歩き、その場にふさわしい仮装をした子供たちの一団がその後をついていった。1870年の普仏戦争で伝統が中断され、再開には1880年代を待たねばならなかった。それを主導したのが洗濯女たちだった。各洗濯場が女王を選出し、彼女たちはレピュブリック広場のアメリカ風カフェに集まった。そこで、「女王のなかの女王」が選ばれ、謝肉祭の行列の先頭に立った。

モンマルトルのアーティストたちとムーラン・ルージュが、謝肉祭の復活に大きな役割を果たしていた。典型的な「モンマルトルの女」に扮したラ・グリュが、ダンス場に早変わりした山車の上でお得意のカドリーユを踊り、そのまわりをロバに乗った粉屋が囲んだ。

1893年、学生たちも参加し始めた。第二帝政以降、学生数は倍増し、いまではカルティエ・ラタン周辺に1万7千人以上が住んでいた。美術学校の学生たちが、『ル・クリエ・フランセ』の花形挿絵画家の何人かが同校の出身者であることから、ヴィレットに謝肉祭の祝宴の一環としてムーラン・ルージュで舞踏会を開くことを提案した。美術学校の建築、彫刻、絵画、版画部門が参加していたので、この催しは「バル・デ・カザール」と呼ばれた。しかし、舞踏会の前に学生たちが企画したパレードが物議をかもすことになった。何人かの若い女性が全裸で参加していたのである。舞踏会を開催した学生には100フランの罰金が科され、若い女性たちには猶予が与えられた。

この処罰は学生たちを怒らせた。7月初め、「ばか騒ぎ行列」がソルボンヌ広場で企画され、集まった数千人はみな、連帯のしるしとして服のボタン穴や帽子に紙製のブドウの葉を挿した。警察の乱暴な弾圧が、悲劇的な結果を招いた。たまたまその場に居合わせた若い男性が負傷し、それがもとで死亡したのだ。パリじゅうに怒りが蔓延《まんえん》した。長官は数日後に辞任を余儀なくされた。

学生たちはこの事件の犠牲者と見なされ、翌年、洗濯女とマルシェの肉屋と並んで、首都で企画された大行進の主要参加者となる名誉にあずかった。パリ市民たちが謝肉祭に熱狂していたため、スペクタクルの興行主たちも特別公演を企画した。ヌーヴォー・シルクはこの機に『シャラントンのバラ冠《かんむり》の乙女』という新しいパントマイムをプログラムに入れることに決めた。謝肉祭のために学生たちが練り上げたスペクタクルを水上パントマイムとして脚色したのである。

学生たちはカルティエ・ラタンから乗合馬車で、ヌーヴォー・シルクを見物するために、十字軍に扮してやってくることになっていた。通常のパントマイムと同様に、筋はたいしたものではなかった。

ある催しがモンマルトル界隈の乙女のために企画されていたのだが、その公の祝祭のただなかで、「ダホメ［現在のベナン］の王子」（ショコラ）が「イギリス人ジャーナリスト」（フティット）を伴って乱入する。黒石鹼《せっけん》の発明者という設定のこの王子は、洗濯女の祭りを見たかったのである。ジャーナリストが洗濯女たちのあいだに騒ぎの種をばらまいたため、市長が憲兵たちに言う。

「その男を使用人と一緒に市門のほうへ連れて行け」

ショコラが言う。

「王子だ！　使用人じゃない！」

市長が言い返した。

「王子？　だとしたら、ベハンジン［ダホメ最後の王。西アフリカの反帝国主義運動の代表的指導者のひとり］のスパイだな」

王子の気を惹いてうまいこと勲章をもらいたい市長は、王子に葉巻を与えたが、ショコラはそれをあっという間に食べてしまう。王子（ショコラ）はフティットと共に牢屋に入れられるが、ふたりは逃亡に成功する。洗濯女たち、憲兵たち、そして市長は、追跡を開始する。

国立文書館に収められたシナリオを読んだところによれば、最終的には、

「破廉恥なショコラに狡猾に振り回され、公式の観客席の面々は水のなかに飛び込む」

ラファエル、初の女性役を演じる

この時期、ラファエルは、いくつものパントマイムでこの種のステレオタイプ的な役を演じなければならなかった。『シャムのボール』では、サンガプール王という登場人物の娘に恋をするニグロ王子ウイユ・ド・ペルドリという役を演じた。しかし王は、娘をヨーロッパ人と結婚させたいと考えていた。旅行中のふたりの商人、フティット演じるイギリス人とメドラノ演じるフランス人は、ウイ

ユ・ド・ペルドリの絶望に心を打たれ、彼の顔を白くすることに成功した。それが功を奏し、サンガプールは、娘とニグロ王子の結婚を許した。盛大な水上パーティが開かれ、音楽家の才能を持つ象たちも加わって結婚が祝われた。

この粗筋《あらすじ》を読み、ジェームズ・ボールドウィンの自伝で読んだある一節を、私は不意に思い出した。

「そのうちあちこちの小劇場で、私は白人のために書かれた役を演じるようになった。それは、何か奇妙な心持ちがし、非常に気の滅入ることだった。［中略］そうした役を演じるだけで、私は否応なしに、虚無感にさいなまれた。絶望的な気分でそのなかでもがいた。どう考えても無駄に思える表現方法の技術を磨くことは、とても辛かった。しかし、そうしなければならなかった。磨かなければならなかった。そうしなければ、いつかチャンスが与えられた日に、十分に準備できていないと判断されてしまうのは、あまりに不面目だ」

2011年9月13日火曜日

一昨日、私はパリのリヨン駅で電車を待っていた。外国人と思われる貧しい身なりをした女性が、近づいてきて手を差し出した。私の隣に座っていた身なりのいい老婦人が、体を起こして、激しく頭を振り「ノン（だめ）」という仕草をした。それから、老婦人は私のほうを向いて、さも心得た様子で、「誰か私たちにはめぐんでくれないのかしら、ねえ?」と、言った。貧しい身なりの女性はそっと立ち去った。私は、老婦人の言う「私たち」に含められることがどうして私にとって我慢ならないことなのかをこの女性に説明する代わりに、読んでいる本に熱中している振りをした。

私が黙っていたのは、有史以来脳に刻み込まれているこの種の反応に対して闘うのに、合理的な説明（あるいは知識人の著作）がどんなに無力であるかを、いまでは分かっているからだ。どんな出自、どんな社会階層であれ、たいていの人は、自分を犠牲者として位置づけることを欲する。そして、今日、ヨーロッパじゅうに増殖している外国人嫌悪で人種差別的な政党は、こうした地盤をせっせと耕している。それは、すでに君の時代、そして1930年代でも同様だった。

ラファエル、この日、電車を待ちながら、私は君のことをずっと考えていた。きっと君はこの種の言葉をさんざん聞かされていたのだろう。「どうして彼で、私たちじゃないの！」。しかし、君は経験したあらゆる困難にもかかわらず、文句を少しも言わなかった。君はいつも闘っていた。君は自分の人生の主役だった。だからこそ、君は私のお気に入りのヒーローになったのだ。

自分の他者性を思い知らされる役を何度も演じさせられることは、ラファエルにとって簡単なことではなかったと想像できる。パリの謝肉祭の時期、彼はハバナでの諸王たちの祭りを懐かしく思い出したことだろう。そこでは、彼は奴隷コミュニティの紛れもない一員であり、自分がいるべき場所にいるのかどうかという疑問など頭をかすめもしなかった。いまの彼の心配ごとは、パントマイムや水上レビューでニグロの使用人や奴隷を演じ続けたら、いつも新しいことを求める観客たちにそのうち飽きられてしまうのではないかということだった。

ラファエルにとって、役の幅を広げることが重要性を増した。もちろん彼の駆け引きの余地は大きくはなかったが、何もないというわけでもなかった。1893年2月10日に上演された『パリ・クラウン』という曲馬水上レビューにおいて、ラファエルは、金髪のかつらをかぶり、女性司会者役を演じた。ショコラは、1年の時事ニュースを取り上げるレビューで、コンコルド広場に立つアシスタントのマドモワゼル・ショコラになったのだ。同じスペクタクルの別の場面では、彼（彼女）はスペイン人バレリーナに扮し、ペンデレッタというスペイン風タンバリンを巧みに演奏した。あるいは、シャルロット・コルデー［フランス革命のさなか、フランス革命の指導者ジャン＝ポール・マラーを暗殺した女性。最期は断頭台で処刑される］に扮し、ピエラントーニ扮するダントンとサルタモンテス扮するロベスピエール［共に、フランス革命時の代表的政治家］に向かってギロチンの上からボンネットを投げた。これがラファエルが女性に扮した最初である。この曲馬水上レビューでは、メアーズ三姉妹という曲芸師と演じたミンストレルのナンバーのおかげで、彼のダンサーとしての才能を見せつける機会となった。

翌年、シュルタックとアレヴィが準備した年末の新スペクタクル『エクスプレス・レビュー』では、やはりベハンガンを演じることを避けられなかった。なぜなら、この人物はここ数か月新聞の一面を飾っていたからだ。しかし、それだけではなく、フォリ・ベルジェールで大成功を収めたアメリカ人ダンサー、ロイ・フュラー［アメリカ出身で、パリで活躍した19世紀後半のモダン・ダンスの祖］についての場面にもラファエルは登場した。ラウル・ドンヴァルは、「足の指を身をかがめずに触ることができる」カフェ・コンセールの芸人ブリュナン［エキセントリックな芸を売りに活躍していた芸人］が、感嘆のあまり口をあんぐり開けたライオンの一群の前で、蛇の踊りを演じるナンバーも考えていた。ラファエルは、猛獣使いの役を演じることを受け入れた。当然ながら穏やかな気質のライオンが選ばれたが、それでも巧妙に鞭をふるやり方を学ぶ必要があった。前年にダーリンの猛獣の1匹に噛みつかれたラファエルにとって、これは本当に命がけの挑戦だった。が、彼は、またしても堂々とやりきった。

対カンガルーとのボクシング・マッチ

サーカスの動物と親しむためにここ数年われらが主人公が重ねていたすべての努力が、徐々に実を結びつつあった。おそらくラファエルは、栄光ある「クラウン」の肩書で、ソロでステージに立つことを夢見ていただろう。メドラノとドンヴァルは、その望みを分かっていた。しかし、相方がいないときのラファエルは、途方に暮れ、当惑しているようだと、ふたりは思っていた。ある日、ある突飛な考えが支配人の頭をよぎった。「キャプテン・ウィリアムズ」と呼ばれる調教師を数か月間の契約で雇っていたのだが、彼は「カンガルー・ボクサー」とのナンバーを披露していた。ドンヴァルは、ラファエルにショコラ対カンガルーのボクシング・マッチでクラウン寸劇を披露することを提案した。

実際に相対して、観客に本物の試合だと信じ込ませるために、ラファエルはボクサーの構えをして動物の前に立たなければならなかった。カンガルーがたった一撃で6匹の犬の腹を裂けることを、ラファエルは知っていた。いよいよ練習が始まり、初めてその前に立ったとき、ラファエルがすっかりびくついてしまったことは想像にかたくない。『駅長』の寸劇（p．106）のときよりもずっと足ががくがくした。彼が腕を動かすと、カンガルーも後ろ足ですっと立ち上がり、どっしりした尻尾で体を支えた。2メートルはあった。興奮しだし、前足を動かし始めた。ラファエルは、そのしゃがれた息づかいが自分の顔にかかるのを感じた。調教師がカンガルーにグローブをはめたが、ラファエルはその下の大きな爪を想像してしまった。カンガルーが自分に触れてきたら、もう観念するしかないだろう。最初は、カンガルーの前に立つだけで精いっぱいで、興奮し始めたら、すぐに逃げ出して調教師のウィリアムズに任せた。だが少しずつ、自信をつけ、動物の動きにも慣れていった。そして、ついに1893年1月16日、観客の前でナンバーを披露した。棒をぐるぐると回してカンガルーを怒らせ、その後は調教師に任せて甘いもので動物を静めてもらった。

いまでは誰も覚えていないとしても、このナンバーは当時強烈な印象を残した。1924年になって、30年前は『ル・クリエ・フランセ』の挿絵画家だったダヴィッド・ウィドッフが、いまはないリモージュのサーカス劇場の装飾のために描いた絵で、この場面を再現している。いまではこの絵はリモージュの市美術館に収められている。

演技の幅を広げるために、ラファエルは、相棒のケステンと数多くクラウン寸劇を演じた。彼らのデュオは、ピエラントーニとサルタモンテスの組よりも優れているとの評判だった。1894年3月、『ル・クリエ・フランセ』は、ケステンとショコラに一ページを割き、大きな挿絵をつけた。

「ヌーヴォー・シルクを率いるふたりのクラウンはよく知られている。彼らはあふれんばかりの人を楽しませる才能を持っており、毎晩観客に向かってそれを披露している」

ジャーナリストは続ける。

「ケステンは、カブリオールに長《た》けた古い伝統を受け継ぐクラウンで、しゃがれた叫び声の博識者だ。ケステンが大きな身振りを交えながら声を上げれば上げるほど、ショコラは知らん顔を決め込む。しかし、彼の無気力な様子はとても滑稽だし、茫然自失の様子はコミカルで、目が離せない。ショコラはヌーヴォー・シルクのステージ上で大変な人気者である。成功を収めた『ショコラの結婚』で、広く観客たちに知られるところとなり、それ以来彼はみんなのお気に入りのおどけ者だ」

『ショコラの結婚』初演から6年が経ち、ラファエルのイメージは大きく変わった。彼の動作はもう「奇妙」「癲癇発作」あるいは「猿のよう」とは見られない。サラバンドを踊っていた彼のダンサーとしての資質が語られることはなくなり、いまでは彼のコミカルな無気力さや茫然自失の演技を批評家たちは強調している。ラファエルはこの数年をかけて自分の出自の名残を消す努力をしたのだと、私は理解した。もう猿と比較されたくはなかった。つまり、彼は自分のからだを制御することを覚えたのだ。彼は、しかめ面や顔真似の技術を磨き、あまり動かずにコミカルさを見せる意味での「不動」のクラウンの範となった。周囲に溶け込みたいという気持ち、ニグロに対するステレオタイプから逃れたいという意志が、ラファエルを逆方向に向かわせたのかもしれない。ケステンとショコラのデュオでは、白人が大きな身振りをして、黒人が不動で立っていた。からだを斜めにし、おぼつかない足取りでの入場、もごもごしてつかえがちな言葉、片眼鏡を落としては戻そうとするがうまくいかない様子、彼がしょっちゅうほこりをはらう袖、彼が殴られて、ときには自分が最も強いんだとお返しする平手打ち、といったラファエルの姿を観客たちは覚えていた。この数年間で、ラファエルは、オーギュストの立場を変えるのに決定的な役割を果たした。彼のおかげで、サーカスの何でも屋だったカスカドゥールが、クラウンの本物の相棒となり、その名がプログラムに載るようになった。

ケステンとショコラのデュオについての情報を探していて、ついにどのようにラファエルがヌーヴォー・シルク以外のステージに登場するようになったのかを、私は発見した。1892年、ゲテ劇場の舞台監督が、それ以前のようなアーティストに限ったものではない、すべての被雇用者を対象とした共済組合を設立した。社会保障も失業保険も年金公庫もなかった時代、職業集団は、分担金と、連帯するアーティストの公演の興行収入を拠出して自分たちで救済金庫を作らねばならなかった。1892年6月1日、慈善マチネが企画され、大勢の役者、カフェ・コンセールやオペラの歌手が参加した。ケステンとショコラもこの試みに協力した。この日、生まれて初めて、ラファエルは劇場というものの舞台に立った。今日では誰も、とりわけ演劇関係者は覚えてないが、道化師ショコラは相互扶助運動の発展に寄与した最初のアーティストのひとりなのだ。共済システムにはすぐにショー・ビジネス界で働く人々の大多数が参加することになった。

2年後、ケステンとショコラのデュオは再び別の場所から出演を請われた。今度はエリゼ・モンマルトルというカフェ・コンセールの経営陣に、指揮者のために企画されたチャリティ夜会を盛り上げてほしいと言われた。この集まりには、様々な娯楽施設から数多くのアーティストが参加した。ケステンとショコラはこの夜サーカス界からの唯一の参加者だった。ここで、ラファエルがついに丘のアーティストたちと交流することになる。エリゼ・モンマルトルの門をくぐると、ふたりの男は、入り口近くに置かれた屑鉄でできた巨大なニグロにすぐに気づいただろう。その腹の部分に2スーを入れると、0キロを指す針がついた計測器が出てくる。客は、ニグロに拳をぶつけて自分の力を測ることができるのだ。200キロまで測量可能だ。ケステンがラファエルのほうを向いて、ウィンクをして「試してみる?」と言うところを、私は想像する。だが、ラファエルは誘いを断る。すでにピストルでアブド・アルカーディルを撃ち落としているのだ。このうえニグロの腹を叩いてストレス解消なんてことはしたくない。物事には限度というものがあるのだ!

第11章
ロートレックとラファエルの交流

フティット、ロシア人ダンサーと駆け落ちする

「ショコラはといえば、観客たちを大いに喜ばせている。彼は、いま乗りに乗っているクラウンで、あらゆる幕間の出し物、あらゆる祝祭に欠かせない人物だ。曲芸の世界で、彼の黒い顔が、痩《や》せて青白いピエロの姿に取って代わった。ショコラの勝利だ。ショコラを見に行こう。ショコラに何か特別な役どころを与えよう。いまや『ショコラの結婚』は、かの18世紀の愚鈍なジャノ［18世紀フランスの劇作家ドルヴィニーが生み出した愚直で不器用なキャラクター］と同じくらい有名だ。ショコラなしに陽気な夜会はありえない。ショコラが登場すればパリの子供たちは大はしゃぎ。たとえるなら、アメリカで『ラ・ボエーム』［プッチーニが作曲した4幕のオペラ］にエンリコ・カルーソ［オペラ史上最も有名な19世紀末から20世紀初頭のテノール歌手］が出てくるようなものだ。ショコラが王様だ。ショコラがご主人様だ。ショコラ万歳！」

この文章を書いた男の名を、ジュール・クラルティと言う。彼は、現在の『ル・モンド』に相当する『ル・タン』のコラム欄のひとつを担当していた。おそらく19世紀末フランスのカルチャー・シー

ンを語る際の最重要人物だろう。コメディ・フランセーズ支配人、アカデミー会員、文芸家協会会長、影響力を持つジャーナリスト、そして100近い作品を著していた。サーカスの世界を知り尽くした人物で、それを題材にいくつかの記事や小説も書いた。

私がこの「権威ある」批評をここで完全な形で引用したのは、ラファエルは当時のフランスで最も有名なアーティストのひとりだったと私が言うたびに、大げさだと考える人が多いからだ。このテキストで注目すべきもうひとつの点は、フティットに全く言及していないことだ。道化師ショコラの名前を出すすべての本、すべての記事、すべての辞書の項目が、自動的に彼をフティットと結びつけている。そして、そのうちの多くがこのイギリス人クラウンのいじめられ役としてラファエルがキャリアを開始したと述べている。しかし、それは完全なる誤りだ。なぜなら、ふたりのアーティストがデュオを組んだとき、ラファエルはすでに9年もヌーヴォー・シルクで働いていたのだし、フティットを除く一座の他のすべてのクラウンとのデュオを試していたのだから。

集合的記憶がどのようにして歴史的事実をここまで歪めてしまったのかを理解するためには、忘却が生み出されたメカニズムを解析しなければならない。ラファエルを歴史の虚空へと突き落とす契機となった大きな変化が、1895年初頭に唐突に起こったことに、私はすぐに気がついた。

『ピエロ兵士』（p．231）でフティットがマイムの役を演じて以降、パリの新聞は彼についての裏話や記事をこぞって掲載するようになった。それで私は、彼がこのパントマイムで相手役を務めた若いロシア人踊り子と恋に落ちたことを知った。フティットは30歳だった。彼は18のときに結婚した女性と、4人の子供をもうけていた。若者という年ではもうなかったが、恋愛の熱に浮かされて彼は文字通りすっかり変わってしまった。ふだんは寡黙で内にこもりがちなこの男が、ずいぶんとはしゃぐようになった。彼は誰かれかまわず、妻にはもう我慢できないのだと打ち明けた。彼女がロンドンに子供たちと一緒に戻るか、そうでなければ自分が家を出ることを考え始めた。契約を破棄すれば訴訟を起こすというドンヴァルの警告にもかかわらず、フティットは、サンクトペテルブルクのシリセッリ座との夏期契約に恋人と一緒にサインをし、ヌーヴォー・シルクを去った

数か月後、新しい噂がパリじゅうを駆けめぐった。フティットの体調がまったくもってよくないらしい。1893年11月20日、日刊紙『19世紀』のジャーナリストがこの件について調査し、情報を公にした。「フティットはいま現在病気だ。引き裂かれる以上の胸の痛みに蝕《むしば》まれ、ほとんど動けない。あらゆる種類の衝撃を体験した後、夢から覚め、無一文で病院のベッドにただ横たわっている。粉砕された痛ましい愛の敗残者として」。明言はされていないが、どうやらフティットは鬱《うつ》病にかかっていたと考えられる。恋の情熱は長続きしなかった。ロシアの観客も、彼が期待していたほどには熱狂的に迎え入れてくれなかった。そして、セーヌ裁判所がヌーヴォー・シルクの支配人へ違約金を支払うようフティットに命じた。ひとりで耐えるには過酷すぎる状況だった。

フティットがあっさりとヌーヴォー・シルクを離れたのは、自分が望めばドンヴァルはすぐに復帰させてくれるだろうと信じていたからだった。しかし、それは思い違いだった。支配人は、1893～1894年のシーズンのために、シドニーやエミリオといった新しいクラウンを雇用していた。一座のアーティストたちは、フティットのいないあいだに自分を売り出そうとした。そして、まさにこの期間に、ラファエルもカンガルー・ボクサーとの寸劇やケステンとのデュオで大成功を収めていたのだ。フティットの離脱を機に、ドンヴァルはヌーヴォー・シルクとカフェ・コンセールの結びつきをもう少し強めることにした。そのために歌謡曲の世界で頭角を現していたハリー・フラグソンというイギリス人アーティストを雇った。1894年春に作られたパントマイム『ビダール代理店』では、フラグソンがピアノで自分の持ち歌のいくつかを歌い、ラファエルは、スペインから来たドゥミ・モ

ンドの踊り子でフォリ・ベルジェールで大成功を収めていた「ダイアモンドの女」カロリーヌ・オテロのパロディを演じた。このナンバーは大変な人気を博した。

つまり、ヌーヴォー・シルクはいまやフティットなしでもやっていくことができたのだ。しかし、イギリス人クラウンのほうは、愛の逃避行のせいで新聞に追いかけられていた。いまで言う『ピープル』誌が生まれようとしていた。サーカス界のスターとロシア人ダンサーの恋愛関係は売り上げ部数を倍増させるための格好の素材だった。いわゆる「お堅い」新聞さえも、目を惹く見出しをつけて事件を追った。曰く、「クラウンの恋」、「あるクラウンの不幸」など。

フティットの伝説はこのときに生まれた。大きな販売部数を誇る『ルビュ・イリュストレ』誌は、彼のしかめ面や舞台での演技の写真、そして「ジョージ・フティット、コメディアン」という名刺のコピーまでつけたルポルタージュを掲載した。その記事は以下のように語っている。


フティットは芸能一家に生まれた。類まれなる曲馬師であり、英国女王の前で演じたこともあったが、ボルドーでのある晩、賭けで馬を失ってしまった。それゆえ道化師になったのだが、天賦の才によりすぐに名声を手にした。しかし、いままた、若い踊り子への愛のために再び栄光を失ってしまった。


ほかの雑誌も、シェイクスピアの国のクラウンの災難を誇張した。ある記事には、王の道化師の頭蓋骨を手にしたハムレットが引用され、「あぁ、気の毒なフティット」と書かれた。

メディアからの注目を利用しようと、ラウル・ドンヴァルはシーズンを6月末まで延ばし、フティットに『クラウンの目覚め』と題した小さなパントマイムを演じるように言った。このタイトルは、物語の結末を知る者たちには、自己批判として受け取られた。そして、観光客が大勢パリに押し寄せる季節でもあったから、ドンヴァルはラファエルに『ショコラの結婚』の再演を提案した。

1894年5月20日、フランスで最も読まれていた日刊紙のひとつ『ル・マタン』が、「クラウンの恋」というタイトルでフティットのインタビュー記事を一面に載せた。対談について紹介した「前書き」で、ジャーナリストは次のような場面を目撃したと言っている。

フティット「ショコラ、ここだ、ショコラ」
ショコラ「ムッシュー、その名前で呼ばないでって言ったじゃないですか」
フティット「なんだって？　どういうことになるか分かってるんだろうな？」

彼は、ショコラに平手打ちを食らわせた。すぐに二発目、さらに強烈な蹴りが続いた。あぁ、これこそフティットだ！　忘れがたい感覚に胸を突かれ、ショコラは感傷的になった。そして、フティットの腕に飛び込んだ。

パリじゅうが夢に見た、ふたりの人気クラウンの組み合わせ

この場面は、『ル・マタン』の記者の完全な創作だが、実際にあったある出来事を元にしている。それについては数年後にフラン＝ノアンが『フティットとショコラの回想録』のなかで触れている。イギリス人クラウンがヌーヴォー・シルクに戻って来たとき、ある団員が彼の失踪について冗談を言った。フティットが彼に強烈なパンチを食らわしたので、それ以降この件に触れる者はいなくなった。この事件を元にしたジャーナリストの想像上の小話を読んだドンヴァルは、自分の一座で最も名の知

られたふたりの道化師を組ませたら、評判はさらに高まるのではないかと考えるようになった。サーカスの催しについてのジャーナリストの批評は、サーカス団のプレスリリースをそのまま一字一句写したものであることがしばしばあった。同じ文句をあちこちの新聞で見かけるのはそういう理由だ。1894年6月にヌーヴォー・シルクが『ショコラの結婚』の再演を発表したとき、パリじゅうの日刊紙が「一座が誇るふたりの素晴らしいクラウンを存分に活かすために特別に用意された、常軌を逸した即興劇」と記載した。この文章は、ドンヴァルが様子見に準備したものである。フティットとショコラのデュオはまだ正式に始動したわけではなかったが、ふたり組の売り込みは始まっていた。結果は約束されていたようなものだった。ヌーヴォー・シルクは、前売り券完売でパントマイムをお披露目した。

1894年6月14日、雑役係がカーペットを巻いて水槽のステージを設置している最中に、舞台監督が観客に向かって、今夜『ショコラの結婚』が200回目の上演を迎えることを知らせた。公演の最後にラファエルがまだ汗だくの一団を率いて一列に並び、締めの挨拶をすると、熱烈な喝采が、今日のヒーローを讃えるために、オーケストラ席から桟敷席まで響き渡った。上演後には、シャンパンを開けようとみんなが団員応接室に集まったと、私は想像する。ドンヴァルは、一座に向かって、ヌーヴォー・シルクの2階にキャバレーを開き、シャ・ノワールの反逆者たちに盛り上げてもらうことを考えていると伝えた。さらに、シャン・ド・マルス広場の芸術館1階にあるスペース、ギャルリー・ラップを借り、ヌーヴォー・シルクが閉まる夏のあいだ、そこに曲馬サーカスを設置すると話した。指揮を執るのはメドラノだが、ドンヴァルは、そこでふたりの花形クラウンがデュオを組むことを望んでいた。

フティットはこの提案を固辞した。ヌーヴォー・シルクの第一クラウンになって以降、彼はステージで他のクラウンと組みたがらなかった。カスカドゥールが補佐につくことは頻繁にあったが、彼らの名前はポスターに記載されない。この時期に新聞に掲載されたフティットのインタビューを読んで、このイギリス人クラウンが最初のうちラファエルに対し軽蔑に近い感情を抱いていたことを、私は確信した。彼の目には、トニー・グライスがマドリードから連れてきたこの読み書きもできない奴隷は、真のアーティストではないし、またこれからそうなることもないであろうと、映っていた。ラファエルの成功は、サーカスが何たるかを全く分かっていない幾人かのジャーナリストの愚論によるものでしかないのだ。だからフティットにとって、ショコラの名前が自分の名前と並ぶなど考えられないことだった。しかし、ドンヴァルがふたりを組ませることにこだわったため、フティットはしぶしぶ引き受け、ただし、プログラムには「クラウン・フティットと彼のオーギュスト・ショコラ」と載せることを条件にした。これが、フティットがヌーヴォー・シルクの支配人に返答した大まかなところだ。

この解決策は、もちろんラファエルには受け入れがたかった。彼はフティットに尊敬の念を抱いていたし、その天賦の才とも言える能力を讃えていたが、自分たちはそれぞれに独自のスタイルを持っているのだ。トニー・グライスと縁を切り、ラファエルは自由を獲得した。後戻りする理由などない。この数年、ラファエルがフティットのクラウン寸劇で何らかの役を演じたことは何度もあった。ときどきであればそうすることは、やぶさかではない。しかし、白《しろ》クラウンのオーギュストとして舞台に出ることなど問題外だ。

ドンヴァルはふたりのネガティブな反応を当然予想していた。興行施設のマネージャーとして生業《なりわい》を立てているからには、彼はアメとムチの使い方を心得ていた。まずは、ふたりのアーティストに、雇用形態は支配人の裁量に従うという一文を含む契約書に彼らがサインしていることを思い出させた。支配人の言うことに逆らえば、ラファエルは居場所を失う危険があった。フティットもまたドンヴァルに反抗できる立場にはなかった。サンクトペテルブルクへの出奔《しゅっぽん》は、彼を難しい立場に追いやっていた。セーヌ裁判所はヌーヴォー・シルクに違約金を払うことを彼に科していたが、フティットにこの債務を支払う当てはなかったので、ドンヴァルは彼に、支払いを可能にする特別公演を催すことを約束していた。フティットがここでショコラと組むことを拒否したら、この計画も水の泡になるだろう。

とはいえ、ドンヴァルは花形アーティストたちとの良好な関係は維持したかった。事を一気に進めずに、まずは彼らの好きな形でクラウン寸劇のコンビを試してみることを提案した。満足のいく結果となったら、ふたりのクラウンは翌年のシャン・ド・マルス曲馬場での公演のプログラムに組み込まれることになる。それまでのあいだは、フティットはヌーヴォー・シルクでのソロ出演を続け、ラファエルは、マッツォーリという道化師と組んで、ピエラントーニとサルタモンテスのデュオと交代で出演することになった。

ヌーヴォー・シルクとシャン・ド・マルス曲馬場のプログラムを検討するなかで、ヌーヴォー・シルクの支配人とふたりのクラウンのこうした交渉を私は想像した。同じ史料から、デュオとしてふたりが最初に演じたクラウン寸劇は『ヴィルヘルム・テル』であることも分かった。ラファエルは、トニー・グライスのもとでのデビューを思い出させる『駅長』の寸劇でフティットとのデュオを始めたくはなかったのだと思う。白人クラウンと『駅長』を演じれば、自分のカスカドゥールとしての過去に囚《とら》われてしまう。『ヴィルヘルム・テル』という選択は、悪くない妥協だった。ラファエルは、フティットが主人公を演じることを受け入れ、その代わりに、ふたりの名前を『フティット&ショコラ』としてポスターに載せることをイギリス人クラウンに了承させた。

ドイツの古い伝説を元にフリードリヒ・シラーが書いた戯曲では、スイスのある州の村々で横暴を繰り返していた民事裁判官ゲスラーが、ヴィルヘルム・テルに対して彼の息子の頭上に置いたリンゴを矢で射貫くよう強要した。誰もが知っているであろうこの場面は、ヌーヴォー・シルクでクラウンをしていたこともあるイギリス人道化師ビリー・ヘイデン（p. 80）によってクラウン寸劇に脚色された。ヘイデン版ではヴィルヘルム・テルに焦点を当てた「ソロ」で、息子役は一介のカスカドゥールが演じていた。フティットとショコラによるこのクラウン寸劇の再演では大きな変更が加えられた。つまり、新たに力点が置かれたのは花形クラウンの演技ではなく、父と息子の「関係性」だった。このクラウン寸劇をきっかけに、知らず知らずのうちにフティットとショコラは、クラウン芸術の掟に大きな揺さぶりをかけ、白《しろ》クラウンとオーギュストのデュオ誕生への道を開くことになった。

調査のこの段階では、フティットとショコラがサーカスの世界にもたらした革新が正確にはどのようなものであったのかを、私はまだはっきりとは分かっていなかった。私はいくつかの解釈のあいだで迷っていた。ただ、ラファエルの肌の色こそがこの寸劇の一連の改変を促したという点については、このときすでに確信しており、いまでもそう思っている。黒人クラウンを大きな子供として表象することは、当時形を取り始めていた植民地の構図をより明確にするものであった。ラファエルほどの名声を獲得しているクラウンならば、通常はこのような下位に置かれる役を受け入れはしないだろう。一方で、ソロからデュオへの移行自体が大きな進歩でもあった。自分を支配する世界と双方向的な関係を結ぶということは、自分がもはや鎖につながれた奴隷ではないし、檻につながれているわけでもないことを意味するのだと、ラファエルはよく分かっていた。トニー・グライスと働いていたとき、ラファエルはただ拳を受けるだけだった。いまの彼は、役を演じている。大げさな身振りでリンゴを食べ、フティットの怒りを煽り、最後にはフティットに水鉄砲でびしょぬれにされる。

このクラウン寸劇は１８９４年12月のプログラムに初めて登場した。「ヴィルヘルム・テル、演じるのは道化師フティットとショコラ」。ふたりのアーティストがデュオで演じたのはこの寸劇のみだった。ショコラはキャプテン・トロゴーという曲芸師とカンガルー・ボクサーのナンバーを演じ、フティットはいくつかのソロや女性曲馬師とのデュオでステージ上に立った。

ラウル・ドンヴァルは、ふたりのクラウンに焦点を当てた「ヌーヴォー・シルク：フティット&ショコラ」という差込み広告をあらゆる雑誌に掲載させた。サーカスがこの宣伝文句に大金を投じたので、ジャーナリストたちはスペクタクルの批評を載せないわけにはいかなかった。実のところ、批評家は往々にしてサーカスをどう評していいか分からないでいた。サーカスとは見るもので、書くものではないのだ。ドンヴァルは、彼らが苦労せずしてステージの見どころを理解できるように、「着目ポイント」をあらかじめ知らせたのである。

ラファエル、『オセロ』で初めて演劇の役を演じる

期待した効果はすぐに現れた。1894年11月、年末行事のために作られた新しい曲馬水上レビュー『ピルエット・レビュー』がヌーヴォー・シルクで上演された。最後の部は、その年世間を騒がしたニュースを取り上げたショーである。デズデモーナ役を演じる女性曲馬師と共に「ニースのカーニバル」の曲に乗せてショコラが演じたオセロの最期の場面は、イタリアの作曲家ヴェルディがシェイクスピア劇を元に作ったオペラのパロディだった。1894年10月のオペラ座での『オセロ』初演には共和国大統領カジミール・ペリエとジョゼッペ・ヴェルディその人が観に来ていた。ショコラのステージは、もちろんそんな名誉にはあずからなかったが。ヌーヴォー・シルクの曲馬水上レビューはいつも舞台がプールに変わりフィナーレとなるので、オセロの悲劇的運命もまた水のなかで終わる。

しかし、その場面はラファエルのキャリアにとって重要な瞬間だった。人生において初めて、彼は演劇の登場人物を演じる機会を得たのだった。それまで、パリで作られたスペクタクルで、黒人俳優

がオセロ役を演じたことはなかった。ジャーナリストたちは盛んに賞賛した。ドンヴァルによって親切にも配られた「見どころ」に従って、新しいデュオの演技についても盛んに記事にした。

「道化師フティットとショコラの奇抜さを存分に楽しむ」

「フティットとショコラがあふれる才気でレビューを盛り上げた」

ラファエルによる滑稽なオセロの演技は、アンビギュ劇場の支配人であるグリジエ某《なにがし》に大層気に入られた。彼はちょうど、喉頭炎《こうとうえん》予防のための子供へのワクチン接種を母親に啓蒙《けいもう》する目的でルー医師が創設した、チャリティ「喉頭炎ワクチン団体」への財政支援のための慈善公演を準備していた。タンプル大通りにあるこの劇場は、パリで最も古いもののひとつだ。サンジェルマンの定期市から移されて、1769年に設立された。グリジエは、3年前にフティットが演じたサラ・ベルナールのかの有名なパロディのことも覚えており、ふたりのクラウンが、12月21日の午後に予定されていた慈善マチネを必ずや盛り上げてくれるだろうと考えた。首都じゅうの大きな劇場はみな参加した。オペラ座、コメディ・フランセーズ、オデオン座、ルネッサンス座、ヴォードヴィル座、ジムナズ座、ヴァリエテ座に加えて、いくつかのカフェ・コンセールの名もあった。世紀の大女優サラ・ベルナール、喜劇女優のレジャーヌ、コメディ・フランセーズのコクラン・カデに、歌手のポランも参加を表明した。サーカスから来たアーティストは、ラファエルとジョージ・フティットのふたりだけだった。『ヴィルヘルム・テル』の寸劇の成功、新聞の好意的な批評、パリの名だたる役者たちが集まる成功間違いなしの催しへのふたりの参加は、白人クラウンと黒人クラウンという驚きのコンビに対する熱狂のようなものを作りだしていった。

　素晴らしい技術と賞賛されてきたプールに早変わりする舞台装置への観客の関心が薄まり始めていたので、技師はヌーヴォー・シルクといえば水上ショーという評判を維持するために絶えず新しい発明をする必要があった。1894年10月に上演された『ムッシュー・デュランのヨット』では、垂直に沈んでいく船を観ることができた。次のパントマイムでは、ドンヴァルはプールでの機関車の脱線を構想した。この『アメリカ』という作品は、「最高に奇妙でエキゾティックな滑稽劇、錯乱すれすれの盛り上がりを見せて、みんな笑い、歌い、踊る」と、宣伝された。

パントマイムの舞台は、新しい鉄道路線が開通したテキサスだ。作品は、アンリ・アグストとハンロン・リー座が始めた伝統への回帰であり、突飛な跳ね起き、蹴り、平手打ち、駆けっこがごたまぜに高速で繰り広げられる。『ショコラの結婚』では、アグストは、『スイスへの旅』で実践したような大がかりな仕かけのギャグを取り入れることができなかった。水上ショーでは、実現が難しかったからだ。7年経って技術は格段に進歩し、本物の機関車が水に高速で突っ込む派手な場面をヌーヴォー・シルクの観客に披露するところまでいった。

ヌーヴォー・シルクでは、伝統的レパートリーから取った、場、ナンバー、クラウン寸劇を中心に構成された単純なシナリオの場合は、上演作品を2、3か月ごとに入れ替えていた。『ショコラの結婚』は、ジェスチャー、リズム、駆けっこが多彩に取り入れられた舞台であり、それらの要素は『アメリカ』でも効果的に使われた。さらに『アメリカ』には、『シャムのボール』（p．238）のなかの頭をちょんぎったり、くっつけたりするギャグも入れられた。ラファエルは、以前のスペクタクルで練習していたミンストレルのダンスも披露した。『アメリカ』の舞台は駅であるため、ショコラが三等車の客を演じたトニー・グライスの寸劇を、ドンヴァルは再び取り上げることにした。ある場面で、フティット演じる駅長が、ラファエル演じるバーの給仕トムに、乗客の切符にパンチを入れる駅員の代わりをするように命じる。トムはそれがどんな仕事かよく分からなかったので、駅長が乗客に扮して、ボーイに何をすべきか説明しようとした。トムは興奮し、駅長のことを叩いてしまう。怒った駅長は、自ら改札を行うことにした。ここで、トニー・グライスが作った一等、二等、三等の乗客が登場するナンバーがパントマイムに入れられた。トムが三等のチケットを持って再び現れる。フティットは彼を取り押さえて、線路に投げ出す。観客はすぐに、これは駅長がさっきトムにお見舞いされたパンチへの返礼だと理解する。

雑誌『ニブ』に掲載された
ロートレックによる
フティットとショコラのデッサン

画家ロートレックにとってのフティットとショコラ

1895年1月8日にヌーヴォー・シルクで初演された『アメリカ』は、批評家に非常に好意的に迎えられた。ジャーナリストたちは、本物の機関車が水に突っ込む技術に喝采した。しかし、これらの賞賛にあふれる劇評と対照的なある文書が私の目を惹いた。それは、『ニブ』という小雑誌に掲載されたデッサンなのだが、この雑誌名を私はこれまで聞いたことがなかった。ショコラのお尻に強烈な蹴りを食らわせようとしているフティットと、お尻を押さえて逃げようとしているショコラが描かれている。これが『アメリカ』の一場面とはどこにも書かれていないが、デッサンの掲載が1895年1月末であることを鑑みるに、作者はおそらくヌーヴォー・シルクで着想を得たのだと考えられる。フティットはその「タンタン風」の金髪の一房ですぐに見分けがつく。ショコラはといえば、猿のような外見に戯画化されている。このイラストをよくよく見ると、作家はショコラの顔の上に毛を描き、ますます猿に近づけていることが分かる。そして、次のような説明文が付されている。「とっとと立ち去れ、汚いニグロめ、お前はショコラじゃない。ショコラはこの世にひとつ。それは、ショコラ・ポタン［パリの食料品ブランド、フェリックス・ポタンを指す。チョコレート（ショコラ）も販売していた」だ」。

　これまでに私が閲覧した道化師ショコラに関するいかなる文書にも、「汚いニグロ」という人種差別的な罵《ののし》り言葉は見られなかっただけに、このデッサンには強いショックを受けた。しかも、当時、この罵り言葉はそこまで流通していなかった。少なくとも「汚いユダヤ人」に比べればずっと少なかった。こんなカリカチュアを堂々と掲載したアーティストの名を、アンリ・ド・トゥールーズ＝ロートレックという。フランスのなかでもとりわけ古い貴族の家系に生まれた彼は、中世初期にルイ８世と戦ったトゥールーズ伯の子孫である。父親は、ヌーヴォー・シルクの特権的な観客を構成していたハイ・ライフを代表する存在だ。サン・シール陸軍士官学校［フランスのエリート軍学校］出身の騎馬将校であり、見事な馬術を持っていた父アルフォンスは、モリエ・サーカスの舞台にも何度か登場していた。彼は幼い息子を頻繁にサーカスに連れて行き、曲馬師たちの卓越した技術を見せた。一族の高貴な伝統を息子が引き継ぐことを望む父親の眼前で、幼いときからアンリも馬の乗り方を学んだ。しかし、13の歳に、アンリは骨の病気にかかり、この優雅な子供はあっという間に爆笑と恐怖を引き起こす奇形の存在に変えられてしまった。彼に身体障害の最初の兆候が出たとたん、父親は息子に背を向けた。

　画家トゥールーズ＝ロートレックがサーカスに魅了されたのは、彼の貴族階級という出自と幼少時の悲劇の影響が大きい。ジャーナリストたちはみなヌーヴォー・シルクの水中に沈む機関車に驚嘆したが、トゥールーズ＝ロートレックはフティットとショコラのデュオに熱狂した。ふたりのクラウンは、彼の幻想世界のなかで、自我の両極を表象していた。晩年のデッサンのひとつで、トゥールーズ＝ロートレックは、自分自身を半分フティット、半分ショコラとして描いている。フティットは彼の理想形である。サーカスの非現実的な世界においては、彼はクラウンの貴族、主人、王子だった。類まれなる騎手、卓越したアクロバット師、天賦の才を持つマイム師であり、世界のどんな大物さえも茶化すことができる。フティットはイギリス人だったから、なおさらトゥールーズ＝ロートレックは彼に自分を重ねた。当時の貴族たちにとってイギリスは文明の頂点だったのだ。

しかし、トゥールーズ＝ロートレックはショコラにも自分を重ねた。彼は、ショコラを人類が創り出したもののなかで最も下層で、最も原始的なものの表象と考えた。彼の目には、黒人であることは遺伝的異常と映り、自分自身の苦しみと重なった。アフリカ系キューバ人の出自を持つかつての奴隷ラファエルは、トゥールーズ＝ロートレックが病気のために自身の内に飼っていた怪物の化身《けしん》だったのである。

この戯画化は、画家が持っている世界の認識の仕方を如実に投影している。モンマルトルの社会を描くとき、画家はその暗部を好み、人々の欠陥や奇癖に焦点を当てた。自分自身を襲った不幸の埋め合わせをするかのごとく、その筆致は他者の尊厳を破壊しようとした。道化師ショコラを猿に似せて描くとき、トゥールーズ＝ロートレックは「ニグロ」に特徴的な原始性という偏見をひたすらに強調した。

以上が、トゥールーズ＝ロートレックが水中滑稽劇を観た際に、他の批評家たちは誰も言及しなかったフティットとショコラの駅長の寸劇に彼だけが目を留めた理由である。そのデッサンで、画家は——多くの場合記憶を頼りに描いていたのだが——、短い筋書きのなかでも、尻に蹴りを受ける場面というショコラにとって最も屈辱的な一瞬をすくい取った。今日、このカリカチュアを検証する多くの人が、元になった寸劇はアメリカを舞台にしたものであること、そしてフティットの蹴りはショコラのパンチに対する返答だということをすっかり忘れてしまっている。

たとえ黒人と猿の対比が当時の人々にとってそこまでの衝撃ではなかったとしても、このデッサンの挑発的な意図は明らかである。『アメリカ』のシナリオとロートレックのデッサンの説明を比較し、「汚いニグロ」という言葉はオリジナルのテキストにはないことを私は確認した。貴族の観客たちに「ふさわしくない」と判断されるであろうこの言葉を、フティットはヌーヴォー・シルクのステージ上で口にしていないと私は確信している。同時に、蹴りを入れられたショコラが尻を押さえる戯画は、「滑稽ニグロ」ショーの典型的なシーンであり、サントノレ通りの特権的な観客に受け入れられるものではなかった。

トゥールーズ＝ロートレックのデッサンは、かくして十分に読者を驚かせる結果となった。これは、『ニブ』という雑誌の創刊号に掲載されたのだが、ニブの意味するところは「どうでもいい」というスラングだ。創始者たちの目的は、20年前にカルティエ・ラタンで花開いた「水恐怖症派」や「どうでもいい派（ジュモンフティスト）」といったアナーキスト団体の精神に回帰することにあった。『ニブ』は独立した出版物ではない。フランス国籍に帰化したポーランド人銀行家の息子ナタンソン兄弟によって１８８９年に創刊された『ラ・ルビュ・ブランシュ』の増刊号だった。他の前衛的性格の出版物と異なり、『ラ・ルビュ・ブランシュ』は潤沢な財政基盤を持っていたため、十分な報酬を提供して最も優れた文筆家たちをそろえていた。雑誌への寄稿者たちは、ブルジョワ社会の因習と決別する意志を明確に表明し、強い知的要求を擁護した。

トゥールーズ＝ロートレックのデッサンが雑誌に掲載されたときの『ラ・ルビュ・ブランシュ』編集次長の名は、なんとレオン・ブルム［フランスの政治家。１９３６年に人民戦線内閣を結成］と言った。アンドレ・ジッド、マルセル・プルースト、ジュール・ルナール、ポール・クローデルといった作家たちが、この名高い雑誌に寄稿していた。マラルメやアポリネールの詩も掲載された。雑誌は、ボナールやヴァロットンといった絵画の新しい潮流や前衛劇を支持した。『ユビュ王』の作者アルフレッド・ジャリや、象徴美学の殿堂ウーヴル座の創設者でリュニェ・ポーとも呼ばれたオレリアン＝マリ・リュニェもまた『ラ・ルビュ・ブランシュ』の支援を受けた。その内容は、「領域横断的」であり、政治状況や社会問題に深く踏み込んだ記事、演劇や本の批評、さらには、時事ニュース、詩、リトグラフなども掲載された。発行部数はあっという間に1万部を超えた。

この成功で、雑誌創刊者たちは、毎号をアーティストと作家ひとりずつの協力を得て編集する増刊号の発行を思いついた。『ニブ』の創刊号は、トゥールーズ＝ロートレックと劇作家のトリスタン・ベルナールに依頼された。私がフェリシアン・シャンソール（p. 163）を通して検討した貴族階層と前衛アナーキストたちの結びつきは、ここでもまた明白だった。『ラ・ルビュ・ブランシュ』はまた、若いユダヤ人知識人や地方出身者といったアウトサイダーの作家たちも惹きつけた。その多くが、コンドルセ高校［パリで最も古い高校のひとつで、自由主義的校風で知られた］で中等教育を受けていた。『ラ・ルビュ・ブランシュ』の創刊者たちも同校の出身だった。企画を開始するにあたり、ナタンソン兄弟はこの高校の卒業生たちのネットワークを活用したのである。トゥールーズ＝ロートレックもまた、モンマルトルで画家としてのキャリアを開始する以前は、この学校に通っていた。1886年、彼は支離滅裂（アンコエラン）絵画のサロンに出品した。『シャ・ノワール』および『ル・クリエ・フランセ』の寄稿者となり、絵画の世界でもポスター作家として大きな名声を獲得した。『ニブ』創刊号の準備のために、『ラ・ルビュ・ブランシュ』編集部はトゥールーズ＝ロートレックにもうひとりのコンドルセ高校の卒業生と組むことを提案した。ポール・ベルナール、筆名はトリスタン・ベルナールである。ブザンソンの建築家の息子で、弁護士、工場経営者、自転車と競馬の愛好家であったトリスタンは、文学に情熱を持ったユダヤ人エリートのひとりだった。創刊以来『ラ・ルビュ・ブランシュ』の寄稿者を務めており、1894年の時点でトゥールーズ＝ロートレックより2

歳若い28歳でありながら、すでに数冊の小説を世に出していた。

生きるために侮辱を受け入れるしかない者は、自尊心を捨てて侮辱を相対化するしかない

私の主人公の立場に自分を置いてみて、トゥールーズ＝ロートレックの専門家たちが問うたことはない、ある疑問が頭をもたげた。自分を侮辱的な立場に置いた芸術作品を見つけたとき、人はどのような感情を抱くのだろうか。アメリカの黒人作家リチャード・ライトの『ブラック・ボーイ』のある一節が、答えのヒントをくれた。


その白人は静かに笑い、ポケットのなかの硬貨をかちゃかちゃ言わせ、ひとつ取り出し、地面に投げた。ショーティがかがんでそれを拾おうとしたところを、白人は歯を食いしばり、尻に強烈な蹴りをお見舞いした。ショーティはけたたましく笑い転げ、その声はエレベーターの箱全体に響き渡った。

「ほら扉を開けろよ、このニグロのクソガキめ！」

と白人は唇に薄笑いを浮かべて言った。

「はい、すぐにー！」

と、ショーティは軽やかに言い、だがまずは硬貨を拾い、口のなかに入れた。私はこの場面の証人であり、あるいは似たような場面を少なくとも10回は目撃した。怒りも憎しみもなく、ただ吐き気を覚えた。ある日、私は彼に尋ねた。

「ショーティ、一体全体どうして、お前はこんなことするんだ？」

「僕は25セントが必要で、ついに集めたんだよ」

と、彼は静かに、だが誇らしさは隠さずに言った。

「だけど、25セントであいつらがお前にしたことが清算できるわけじゃないだろう」

と、私は言った。

「聞けよ、ニグロの知恵だよ」

と、彼は言った。

「僕のケツは頑丈だし、25セントは貴重だ」


この場面を通して、生き抜くために侮辱を受け入れるしかない者は、自尊心を捨てることで侮辱を相対化するしかないのだという考えを私は強めた。8年前にフランスに着いたとき、ラファエルは「ショコラ」というあだ名を受け入れるしかなかった。しかし、彼は自分なりの方法でこの名の軽蔑的な色合いを薄めた。サーカスの批評家に「猿」のようだとは見なされない演じ方を生み出したのだ。そして、対等な立場で演技できる相棒ケステンを見つけた。それなのにいま、伝統破壊的なひとりの画家の幻想が、こうしたすべての努力を無にしようとしていた。確かに、自分自身に責任の一部があることをラファエルは分かっていたに違いない。ギュギュス（p．134）を馬鹿にされたときに、ジェームズ・ギヨンは自分が攻撃されているとは感じなかった。なぜなら、クラウンとしての名前とそれを演じる自分は別物だからだ。一方、名字を持たない奴隷から出発したラファエルは、肌の色を想起するあだ名を姓として受け入れ、それが同時にクラウンの名前となっていた。「ショコラ」という言葉は白人によって黒人全般を指すのに使われていたから、白人クラウンの尻へのひと蹴りは、主人によって文明の外へ追放される原始的なニグロを示す象徴的な意味合いを自然と持ってしまう。

それゆえクラウンのこの行為は、個人としてのラファエルと、黒人全般の両方に対して侮辱的なのである。しかし、トゥールーズ＝ロートレックも『ラ・ルビュ・ブランシュ』の他の寄稿者たちもそのことには気づいていなかった。彼らにとって、ショコラは実在する人間ではなかったのだ。ショコラは、舞台の上でも街なかでもクラウンだった。なぜなら、彼は名前を変えることはなかったし、化粧を取ることもなかったからだ。

トゥールーズ＝ロートレックの他の作品をより詳細に検証していて、『ニブ』に掲載されたデッサンとりわけ対照的なあるリトグラフを見つけた。『バーで踊るショコラ』という題がついたそのリトグラフは、新しい風刺週刊誌『ル・リール』に1896年3月末に掲載された。道化師ショコラが踊っている場面で、立ち見の少数のグループが彼を注意深く見守っている。トゥールーズ＝ロートレックの友人たちが出版した回想録のおかげで、この場面が、ヌーヴォー・シルクからすぐのロワイヤル通り33番地のレイノルズというアイリッシュ＆アメリカン・バーであることが分かった。奥に長い店内には、壁に平行に設置された革張りの長椅子とその前に一列のテーブルがあるだけで、主な客層は、オートゥイユやロンシャンの競馬場で働く馬事係、ジョッキー、調教師。その多くが格子柄のツイードを着たイギリス人だった。そこはまた、界隈の劇場やレストランから主人が出てくるのを待つ御者たちが集まる場所でもあった。

ジョージ・フティットとラファエルは、仕事がはけた後、しばしばこのバーに来て歌ったり、タップダンスを踊ったりした。ここで、画家は彼らと知り合った。こうしたほろ酔いの夜会の証言者のひとりであるルネ・ピーターによれば、クロード・ドビュッシーもまたレイノルズでふたりのクラウンに出会い、「この素晴らしいタンデム」に好感を抱いた。トゥールーズ＝ロートレックの親戚である美術批評家ギュスタヴ・コキオを信じるならば、ロートレックは、オペラ座近く、ジョッキー・クラブからすぐのスクリブ通りにあるバー・アシーユでもふたりのクラウンと頻繁に会っていたという。

フティットは、同国人に会え、故郷の雰囲気も味わえるこれらの場所に通うのを好んだと考えられる。こうしたバーに通っているうちに、ラファエルもおそらく信頼できるいくつかの親密な関係を築くことができたのではないか。酒の力もあり、野蛮なバンブーラを踊っていると責められないように自分の動きを律する必要はもはやないと感じた。それどころか、ハバナでの奴隷としての幼少時代の遺産である身のこなしは、伝統に縛られた形式から自由なエキセントリックさで愉快な仲間たちに大いに評価されたに違いない。

ロートレックによるリトグラフ
『バーで踊るショコラ』

『バーで踊るショコラ』のリトグラフで、ラファエルはバレエのポーズをとっている。真っ直ぐ伸びた足はつま先立ち（ポワント）で、右手は内側に折り、軽妙に動く指はハバネラを踊るキューバのセニョリータの如くである。ラファエルの隣には、ハーディ・ガーディ［イギリスの伝統的民族楽器］を奏でるミュージシャンがいる。おそらく、この楽器を完璧に操っていたヌーヴォー・シルクの指揮者ローラン・グリエのほのめかしだろう。彩色されたこの作品は、非常に手が込んだものである。ショコラは、仕立てのいい白地の服に格子柄の帽子をかぶり、ドビュッシーが「格子の人々」と呼んだレイノルズのイギリス人たちに目配せを送っている。帽子は顔の上部を隠し、踊り手の顎をより際立たせているが、そこには人種差別的理論の影響が見て取れる。なぜなら、この「突顎《とつがく》」［顔を真横から見たときに顎が前に突き出ていること］は「ネグロイド種」に特徴的と考えられていたからである。

このリトグラフにおけるショコラの身振りは、ミンストレルも想起する。しかし、その様子は、カフェ・コンセールのポスターで見かける黒塗りした白人アーティストが滑稽ニグロを真似たグロテスクなポーズとは似ても似つかない。この作品を注意深く観察し、トゥールーズ＝ロートレックがミンストレル・ショーの源泉である喜劇役者トーマス・ライスに回帰しようとしていたのだと、私は理解した。ライスは、ニューヨークの港でウナギを得るために踊る奴隷たちから着想を得て、ミンストレルを生み出した。このリトグラフは、ライスが作り上げたジム・クロウという有名な人物像の古い版画（p．136）と比べられるのではないかと考えた私は、その類似に驚愕した。足の動き、折った膝のたわみ具合は全く同じで、片手を山形に曲げて腰にあて、もう一方を楕円《だえん》に曲げて空中に上げた動作もよく似ている。

黒人ダンサーとしてのショコラのオリジナリティは、アフリカ系キューバの奴隷文化に由来する要素と、ヌーヴォー・シルクでアンリ・アグストから教わったクラシック・バレエの要素の見事な融合にあることを、トゥールーズ＝ロートレックは私たちに教えたかったのだろう。しかし、彼のこの証言は現在に至るまで埋もれたままだった。フランスの美術史家たちは、サーカスの歴史もミュージック・ホールの歴史も知らないのだから。ラファエルのダンサーとしての才能に対する唯一のオマージュは、ヴィンセント・ミネリによるものである。彼の映画『巴里のアメリカ人』のある場面で、ジーン・ケリーは『バーで踊るショコラ』のポーズを取り、悪魔がかったミンストレルを全身で表現している。

２０１４年５月20日

君は粋なミンストレルのポーズを取って私の前にいる。君の姿はトゥールーズ＝ロートレックによって不滅のものとなった。私はこのリトグラフを君についての最初の本の表紙に使った。今日「レイシズムを告発するために」君について語る著作の数々で披露される、白人クラウンによって侮辱されるニグロの戯画化にうんざりしていたからだ。君は格子柄の帽子を目深にかぶって、私を見ようとしない。君は永遠に沈黙のなかに避難することを決意しているかのように、何も語らない。君は、きっとこっそり笑っているのだろう。ひとりの歴史家が、文書の空白を想像力で補いながら「道化師ショコラの真実の物語」を語ろうとしていることを、きっと君は面白がっているのだろう。

もし君が私に口を開いてくれるのなら、黒人ではない私には君の代わりに話すことなどできやしないと主張している人々に対してとっておきの反論を披露できるだろうに。ラファエル、こうしたアイデンティティ上の割当てを君がいつも拒否してきたことを私は知っている。私は君の記憶に忠実でありたいから、君のアイデンティティのいくつもの側面が状況に応じて揺れ動いたそのバランスについて言及したい。しかし、それは本当に簡単ではない。君も分かっているだろう！

1年の間《ま》を置いて出版されたラファエルのふたつのポートレイトを通して、トゥールーズ＝ロートレックは、フランスのショー・ビジネス界最初の黒人アーティストの持つ相反するふたつのイメージを後世に残し、その判断を委ねた。すぐに判決が下された。白人クラウンに侮辱されても満足し、平手打ちされるニグロのイメージ。あっという間にそれが広まり、ダンサーの側面は忘れられた。

第12章
マリーと愛の物語について

ラファエル、警察署に「仮滞在許可書」を取りに行く

私たちはみな、戸籍［フランスでは「戸籍」は家族単位ではなく個人単位で管理される］を持っている。私たちの存在は、出生時に両親によって申告される。そして、それ以降、私たちのアイデンティティはここを出発点にして徐々に構築されていく。私たちは、姓の読み方をたどたどしく学び、書けるようになる。「氏名、生年月日、出生地」。何度、行政書類の質問票のこの欄を埋めてきただろう。もはや考えることもせず、ただお役所仕事に毒づきながら。しかし、この登録手続きのおかげで、私たちは「固有名」と呼ばれるこの素晴らしい財産を所持できる。私たちが相続する名前は、私たちを言語的コミュニティ、そしてナショナルな共同体に結びつけている。それは、私たちの身体的特性や性格、個性については何も語らない。確かに、今日、姓が雇用における差別の要素になりうることは知られているし、いつの時代も、外国人嫌悪の政党は、「覚えにくい変わった名前」の移民たちを激しく攻撃する。しかし、もし姓を持たなかったら、私たちは社会に存在できなくなってしまうだろう。

ラファエルは30年間もパリで姓を持たずにどうやって生きていけたのだろうと、私はしばしば自問した。ハバナでの奴隷時代は、彼は自分を所有する主人を通じて法的身分を有していた。そして、自

分と同じ識別法則に従うコミュニティに組み込まれ、その成員であることは生きていくうえで必要なアイデンティティ上の安心感を彼に与えていた。トニー・グライスのもとで働いていたときも、ラファエルは、自由を奪われた主従関係のもとに置かれていたが、それが一種の身分保証にもなっていた。自分の翼で飛び始めたとき、市民としてのアイデンティティの問題に直面することになった。彼は、フランス共和国において唯一ではないにしても、極めて稀な状況にあった。すなわち、法的には解放されていないが、実質的には奴隷状態から自由になった人間である。

ラファエルは1893年のうちにこの問題に唐突にぶつかったと、私は考える。8月8日、フランスの国会議員は、移民の歴史において大きな転換点となる法律を可決した。1860年にナポレオン3世が調印した自由貿易に関する条約は、フランスと合意を結んだ国から来た旅行者に対するパスポート義務を撤廃していた。政権の座に就いた共和主義者たちは、すぐにこの自由主義政策を加速させ、国内パスポートや労働手帳を廃止した。今日の感覚では驚くべきことに、1880年代半ばまで、外国人は、行政当局に監視されることなしにフランス領土に入り、滞在し、働くことまでできた。なぜなら彼らはどこにも登録されていなかったからだ。その頃のフランスは深刻な経済危機に揺れており、それが情勢を一変させた。フランス人労働者の保護を訴える声がますます大きくなった。そのときになって、公権力が在仏外国人数を算定する術を持っていないことに、人々は気がついた。

パリに来たときには共和政的自由主義を享受していたラファエルは、新たな状況に置かれることになった。「国民の労働の保護」に関する1893年8月8日の法が、フランスで職業的活動をするすべての外国人に対し、居住地の役所への申告義務を定めたのである。パリ在住者は、警察署で登録を行うことになった。ラファエルにとっては悪い知らせだ。しかし、私の調査にとっては幸運だ。歴史家なら誰でも、行政が個人に関心を持ったとき、公文書でその足跡をたどれる算段が高いことを知っている。研究のこの段階で私はまだ、あらゆるサーカスの歴史書のなかで道化師ショコラの「本名」と紹介されていた「ラファエル・パディヤ」の姓から、何か手がかりを得られるのではないかと期待していた。だが残念なことに、警察文書館での私の調査は何の結果にもつながらなかった。念のために、個人の出入りや陳情がパリの各区警察署ごとに管理されている登録簿をすべて閲覧して最終的な調査をした。徒労に終わった。「シナリオ」方式に頼るしか解決策は残っていない。19世紀末の外国人の身元証明について記した記録や文献を元に、ラファエルにとって事態がどのように進んだのかを私は想像した。


パントマイム『アメリカ』でのミンストレルの場面をリハーサルしていたある日、ラウル・ドンヴァルがラファエルに自分の事務所に来るように言った。

「ラファエル、ちょっと。君は確かハバナ生まれだったね？」

ラファエルは頷いた。

「国籍は何だい？」

ラファエルは質問の意味がよく分からず答えられなかった。人が彼の「人種」について話すのを聞くことはよくあったが、「国籍」とはヨーロッパ人に限った話だと思っていた。ドンヴァルは続けた。

「書類に団員の国籍を書き込まないといけないんだ。役所のやつらは、私たちを困らせるものばかりよく発明してくるよ。フランスで働く外国人に役所での登録を義務づける法を議員たちが通したみたいなんだ。君も住所の申告を忘れないようにね。証明書をくれるから、それを大切に保管しておきなさい」

ラファエルは、「フランスをフランス人に」と叫び、外国人労働者に税金を払うよう要求するデモの一団とたびたび街なかですれ違うようになっていた。これまで、彼はこの種の脅威が自分に直接関わりあることだと感じたことはなかった。サーカスはコスモポリタンな世界で、独自のリズム、独自の法則で動いていた。多くのフランス人が自分のことを「奇妙なやつ」と見ていることは分かっていたが、法的あるいは政治的な意味で「外国人」と感じたことはなかったのだ。

しかし、外国人嫌悪とレイシズムの逆風が激しく吹き始めたので、ラファエルは支配人の助言に従ったほうがよさそうだと感じた。翌日、彼は市役所に向かった。長いこと列に並んだ後、職員はラファエルに、セーヌ県に住む外国人はケ・デ・ゾルフェーヴル36番地の警察署で申告をするようにと指示した。市役所があるルーヴル広場から、セヴァストポル通りを右に取り、数百メートル歩くと警察署がある。20分後、ラファエルはその場にいた。連絡係が、国籍局の場所を教えてくれた。「第4部局、第一課。中庭に出て、あちらの新しい建物です」。

1893年8月8日法の可決以降、申告を受け付けるために7つの事務室が急いで設置された。各扉の前では、案内係の監視下、数人の男女が待っていた。通訳を除いて42人の職員が、巡査としての従来の部署を離れて、書類記入のために配置された。3か月のあいだにここを訪れた外国人の数は15万人で、1日1600人のペースだ。

各事務室の扉には、対応する国籍が張り出されてあった。ラファエルは、連絡係にキューバ生まれだと伝えた。その国名は掲示板には載せられていなかったので、係は「その他の国籍」、つまりはお役所的思考の天才たちがフランスには馴染みのない国の出身者のために準備した寄せ集め部屋なのだが、その張り紙の前に並ぶように言った。しかし、自分の番が来たとき、ラファエルは自分が「その他の国籍」に属するわけではないことを知った。キューバはこの当時まだスペイン支配下の植民地だったのだ。そこで、今度は「スペイン国籍」の部屋の前に並び直した。

さらに30分待って自分の番が来た。「スペイン人」の身元確認を担当する小部屋にラファエルは通された。顔を上げずに、巡査は質問票を読み上げた。氏名、生年月日、出生地。ラファエルが答えないので、巡査は目を上げ、大声で笑いだした。ラファエルは、相手が自分が誰か分かったのだと思った。それで、自分でできる一番美しいクラウンの笑いを浮かべて、微笑み返した。しかし、相手はすぐに調子を戻した。

「私たちはサーカスにいるんじゃないんですよ、親愛なるムッシュー。ここはパリ警察署です。身元調査のことで笑うわけにはいきませんよ。あなたの戸籍をお願いします。証明書類が必要です。出生証明、家族手帳に、結婚証明と領事証明の写しをお願いします」

ラファエルは、巡査に自分が道化師ショコラであることを説明しようとした。この界隈ではみんな知っていることだ。詰問されたので、自分の来歴を簡単に話した。奴隷として生まれたこと、それがいままで戸籍を持ったことがない理由だ。それからあるスペイン人に売られたが、その人物は彼を申告せず、フランスに来る直前に、トニー・グライスがパスポートに使用人としてラファエルを記載した。

職員は意地悪な男ではなかった。クリスマスの時期には、ヌーヴォー・シルクに子供たちを連れて行き、ショコラの冗談に大いに笑った。しかし、規則は規則だ。だから、「係争事案」を扱う中央事務室にラファエルを向かわせた。知事はそこに優れた専門家たちを集め、ナショナル・アイデンティティに関するどんな質問にも答えられる特別チームを編成していた。ショコラの「事案」を長々と検討したあと、専門家たちは判決を下した。

「あなたを政治亡命者用の暫定文書に記載することにします。上層部にあなたの状況を上げて、改めてお呼びします」
　2フラン55サンチームというわずかな金額で、ラファエルは仮滞在許可書を受け取って警察署を後にした。大切にしまったその仮滞在許可書には、次のような記載がされていたと想像する。

姓　：ショコラ
名　：ラファエル
出身：不明
職業：クラウン
特記：ニグロ

　この書類があれば、ラファエルはもう警察にわずらわされることはない。安心して、リハーサルを持ち前のエネルギーでこなしていった。急いで物事を進めなければならなかった。ますますいろいろなところから出演のお呼びがかかるようになったからだ。彼とフティットとのデュオは、慈善イベントを盛り上げる芸人を必要とする娯楽施設の支配人たちを魅了していた。

ふたりの意識を変えたムーラン・ルージュの舞踏会

　この時期にラファエルはムーラン・ルージュと出会った。これまで本書で何度も取り上げた『ムッシュー・クラウン！』の著者エドゥアール・ド・ペロディーユは、政治権力とも実業界とも距離を置くが、社交界では依然として大きな影響力を奮っていた、貴族の新しい世代を代表する人物だ。フランス南部タルネ・ガロンヌ地方の非常に古い貴族の家系の出であるエドゥアールは、初めは政治の世界でチャンスをつかもうとした。パリ10区で保守政党の候補者として出馬するもうまくいかなかったので、文学へ転向し詩集を一冊出版した後、クラウンについての著作を発表した。その間、ジャーナリストにもなり、当時フランスで一番読まれていた『プティ・ジュルナル』の寄稿者となった。ペロディーユはまたヌーヴォー・シルクを頻繁に訪れる競馬愛好家の小集団に身を置いていた。しかし、彼の専門は馬術でもフェンシングでも器械体操でもなかった。ペダル式自転車だ。タイヤの使用により、自転車は近代的なフォルムに変わろうとしているところだった。この新しい移動手段への熱狂が高まり、各地でクラブが作られ、全国組織も生まれた。貴族の娯楽に限られていた「スポーツ」という言葉は、より広い意味で用いられるようになり、それは「クラブ」という言葉でも同様だった。ペロディーユはついに自分が活躍できる分野を見つけたのだった。1892年8月、67時間でパリ〜マルセイユ間を走破した。さらに、パリ〜ウィーン間、続いてパリ〜ミラノ間でも記録を打ち立て、ポルト・マイヨにできたばかりのビュファロ競輪場で催された大会でも大活躍をした。これらの偉業達成で、彼はフランス・ペダル式自転車連合により、公式タイム・キーパーに任命された。

　ペロディーユはチュイルリー自転車クラブ会長でもあったので、常に観客の拡大を狙うラウル・ドンヴァルは、1894年10月にその会員たちをヌーヴォー・シルクの公演に招待した。数か月後、クラブが小さな年次懇親会を開いたとき、ペロディーユは道化師ショコラにトンボラ［ビンゴに似たゲーム］を盛り上げに来てほしいと依頼した。この催しに参加したアーティストはみな、報酬としてクラブの記章をもらった。ラファエルはうれしかった。彼にとって最初のメダルだったのだ。

　この日にショコラが出会った招待客のなかに、自転車クラブ「パンクをしない会（アンクルヴァブル）」の会員である数名の役者がいた。劇役者協会の扶助金庫を潤《うるお》すために、彼らはムーラン・ルージュでの舞踏会を催し、花形スターに盛り上げてもらおうと考えていた。当時、ムーラン・ルージュの支配人になっていたジョゼフ・オレールはこの種のイベントを毎年数回主催しており、「16世紀のヴェネツィア」「古きパリ」といった歴史的主題がテーマになることが多かった。「パンクをしない会」のテーマは、自転車だったが、慣習として、舞踏会の開幕前に、劇場、オペラ、カフェ・コンセールのアーティストたちがスペクタクルを行っていた。幕間の出し物のために呼ばれたフティットとショコラは、またしてもサーカス界からは唯一の参加者だった。

舞踏会は大盛況だった。だから、一部の観客しか、このブランシュ広場の小劇場で舞台を見られなかった。ムーラン・ルージュに、短いキュロットのジェントルマンと自転車乗りの恰好をした美しい婦人たちがこんなにもあふれていたのは初めてだった。自転車の流行は、そうとは知らずに、女性に伝統的なコルセットを捨てさせ、女性解放に一役買っていた。

スペクタクルと最も美しい衣装への賞の授与のあと、トンボラへと移った。それから、舞踏会が始まり、朝の6時まで続いた。ワルツ、ポルカ、マズルカ、カドリーユが次から次へと目まぐるしく踊られた。フティットとショコラは一晩じゅう駆り出された。ふたりのギャグは大受けして、新聞は「彼らの信じられない転倒の仕方に腹の皮がよじれるほど大笑いした」と報じ、喝采を送った。影響力を持つ劇役者協会の責任者たちは大喜びだった。収益は1万3千フランを超え、9千フランの純利益だった。

ムーラン・ルージュの舞踏会は、ジョージ・フティットとラファエルにとって非常に重要な出来事だった。というのも、彼らは、自分たちがデュオを組めばパリじゅうの舞台で人気者になれることをそのとき確信したのだった。彼らのデュオは突如として、フランス社会に起こっていた変動の中心に置かれた。娯楽の民主化は、社交の新しい形態を生み出した。サイクリングはスポーツ分野におけるその明白な事例であるが、社会面においても変化は顕著だった。給与生活者の増加は共済組合の数を増やし、こうした組織は金庫を満たすため祝祭的な催しを企画するようになった。

多くの職業集団が急速に組織化し、それは新聞の世界においても同様だった。議会記者職業組合連合は、なかでも最も力のある組織で、共和国政権も機嫌をとりたがるほどであった。議員や閣僚たちの多くが自身もかつてはジャーナリストだったのであり、それが両者の距離を一層近づけた。年次懇親会は、組織にとって最も重要な行事だ。1895年、懇親会は3月13日、オペラ座からすぐのスクリブ通りとカピュシーヌ大通りが交わるところにあるグラン・ホテル（現在は「インターコンチネンタル」になっている）の大きな祝賀ホールで開かれた。ムーラン・ルージュでの勝利から1週間もしないうちに、フティットとショコラはまたも夜会を盛り上げるために声をかけられた。

主賓席のすぐ前に設置された小さなステージで寸劇を披露したとき、ラファエルは多少臆していたのではないかと思う。連合会長の右に座っていたのは国民議会議長であるアンリ・ブリソン、左には植民地相のカミーユ・ショタンがいた。共和国大統領フェリックス・フォールと前任者カジミール・ペリエは、出席できない旨の謝罪メッセージを送っていた。重要な議会委員会の委員長たちも出席し、信じられない数の元老院議員と下院議員がテーブルを占めていた。ジャーナリストの世界も負けてはいなかった。新聞組合の権威ある議長で、『ル・プティ・パリジャン』の編集長でもある、シャルル・デュピュイは貴賓のひとりだった。

翌日、新聞はこの催しについて多くの紙面を割いた。そのおかげで、食事中にはロマの楽団の演奏があり、それに続いて客たちがフティットとショコラの寸劇を観たことを、私は知った。公教育・芸術・宗教相レイモン・ポワンカレと内相ジョルジュ・レイギュは会食には参加できなかったが、スペクタクルのときには同僚たちに合流し、ふたりのクラウンの冗談に拍手を送った。

1895年4月22日、演劇界のスター、新聞界の大物、共和国の大臣、そしてあらゆる団体の会長に出会った後にラファエルが知り合ったのは、フランス学知の最先端にいる人々だった。年初から、新聞は高等師範学校（エコール・ノルマル・シューペリウール）の100周年の準備について多くの記事を載せていた。それで、フティットとショコラがこの記念すべき行事に参加していたことを、私は知った。このことはいかなる歴史書にも記されていない。

数か月前、高等師範学校の事務局長は100周年のプログラムについて相談をしにヌーヴォー・シルクの支配人のもとを訪れ、そこにジョージ・フティットとラファエルも同席していたと考えられる。

「学校長の応接間での音楽と文学のマチネの後、生徒たちはフランスじゅうから訪れる3000人の卒業生とその家族の前で芝居を披露します。会場は1500人までしか入れませんから、二回公演を行います。火曜の夜には大舞踏会がヌーヴェル・ソルボンヌの講堂で開かれ、フェリックス・フォール共和国大統領とレイモン・ポワンカレ公教育相も参加してくださる予定です。公教育全体の祝賀となるでしょう。レジオン・ドヌール勲章は、初等師範学校を出た教師から高等師範学校卒の教授まですべての層の教育者に授与されることになっています。私はあなたがたに、月曜日の午後にある生徒の祝賀会に来ていただきたいのです。親が芝居を観劇しているあいだ、幼い子供たちの面倒を見るクラウンが必要なのです」

「子守り」の役割を果たせというこの提案は、ふたりのクラウンにはさして喜ばしくなかったに違いない。しかし、ラウル・ドンヴァルはこの記念祭になんとしても参加したいと思った。数年前から、彼はパリの知識人の世界に近づきたいと様々な努力を重ねていたのだ。謝肉祭のおかげで、カルティエ・ラタンの学生たちとはよい関係を結ぶことができていた。準備中の『ベルシーの女王』という特別パントマイムでは、学生たちが「女王のなかの女王」という「即興」役で参加するはずだった。ドンヴァルはまた、ヌーヴォー・シルクの2階に「シアン・ノワール（黒い犬）」というキャバレーの開店準備を進めていたし、毎週火曜日と金曜日の午後に真面目なテーマでの講演会を企画することも考えていた。「高等」師範学校に背を向けるべきときではなかったのだ。ふたりのクラウンは支配人の望みに従うしかなく、フランスの知を牽引する天才たちの子供らを楽しませにウルム通りに向かった。

この社会階層の歴史については私も多少なりとも知識があったので、1895年4月22日月曜日にラファエルが彼らを見て驚いただろうことを想像できる。ラファエルは、場所に馴染むため、そして演技の準備をするために、舞台の開始時間にだいぶ余裕を持って到着しただろう。芝居のマチネはメガトリウムと呼ばれる会場で行われたに違いない。親たちが次々に到着し、子供を預けていった。卒業生にとって、記念祭は再会の場でもあった。彼らのなかには、卒業以来この場所に戻ったことがない者もいた。彼らの多くは高校教師だ。最年長者は黒服を着用し、他の者たちは、なんてことのない生地で作られた、くすんだ灰色の服を着ていた。地方在住者は、招待状のおかげで鉄道会社の割引があったことを喜んでいた。「この人たちはあまり稼いでないんだな」と、ラファエルは思った。子供たちと共に会場が開くのを待っている男たちの会話をこっそりと聞いていて、彼らが実に奇妙な言葉を使うことにラファエルは気づいた。「キューブ」「アルシキューブ」「チュルヌ」「コチュルヌ」「タラス」「カイマン」。しばらくして、彼は「アルシキューブ」がこの学校の卒業生を意味することを理解した。彼らはこれらの秘密めいた隠語をこれ見よがしに使っていた。そうすることで、自分たちが強い愛着を持つエリート集団への帰属（「われら、卒業生」）を確認するのだった。なかには非常に強い恨みの気持ちを持つ者もいることに、ラファエルは気がついた。

「明日は貴賓席はないみたいだね。すべての卒業生が入学年度順でテーブルにつくそうだ」と、ひとり目が言った。

「偉大なる高等師範学校生の友愛か。科学の前にはみな平等というわけだ。よく言うよ！」

ふたり目が言い返した。

「僕はランボー［1881年ソルボンヌ大学教授、1896〜98年に公共教育相・美術相に就任した人物］のいるテーブルだ。彼が科学を称揚して一席ぶつことに賭けてもいいね。だけど、彼はここを卒業してからは、持っていたなけなしの知識さえ元老院議員の椅子に座るために売り渡してしまったけどね。最近じゃ、大臣になるんじゃないかという勢いだからね」

「それで僕は、おや、サルセーの隣だ！」

「なんと！　フランシスク・サルセーか。確か『ル・タン』の文学欄を担当しているんだったね？」

「ご立派なことだ。ここの生徒だったときは、全然たいしたことないやつだったのにな。いまでは、文芸王国の太陽王だ」


ラファエルは、教師たちの事情を知らなかったため、彼らがこんなにも醒《さ》めきった様子なのが理解できなかった。子供の頃、これらの教師は学校の教科書に登場するような人物に自分自身を重ねていた。勉学に励んでいた彼らには、輝かしい将来が約束されていた。青春時代をかの有名な選抜試験のために捧げ、それが学知への扉を開いてくれるものだと彼らは信じていた。しかし、とてつもない努力を重ねて獲得した自分たちの知識が、栄光をもたらすものではないことに徐々に気づき始めた。学校での努力と、真の学者になるために新たな犠牲を払って獲得しなければならない能力のあいだには、大きな溝があるのだ。大学のポストは少なく、大多数の卒業生たちは中等教育におけるキャリアで満足するしかなかった。地方都市の教師では、公証人、薬剤師、農村保安官ほども重んじられないことが多々あった。そして、その月収は、クラウンになったラファエルが半月で稼ぐ額よりも少なかったのである。

卒業生たちは、公権力が100周年記念祭にあたって演出した平等という偽善にとりわけ憤慨しているようだった。卒業生のうち最も有力で、最も有名な者たちは、すでにずっと前から学術的な仕事から遠ざかり、ジャーナリスト、国家公務員、あるいは大臣にさえなっていた。記念祭は、失われた幻想のメッカへ巡礼するようなものだった。それでも、教師たちはみな、共和国政権がその幻想を顕彰することを誇りに思い、自分たちもまた少しのあいだその幻想の栄光に浴することに満足感を覚えたのである。自分自身の存在意義を正当化するために、彼らはどうあれ共和国政権が恥ずかしげもなく利用する学問の理想を信じ続けるしかなかった。

この日ラファエルは、どうして知識人が道化師を好きでないのか理解したに違いない。ラファエルがたどった社会的道筋は、彼らのそれと真逆だった。幼い頃、誰も彼に輝かしい未来など約束しなかった。ラファエルは自分は一生のあいだ奴隷なのだろうと納得さえしていた。唯一の望みは、いい主人に恵まれ、十分に食べられ、ぶたれたりしないことだった。自分の運命に文句を言う卒業生たちの話を聞きながら、最下層から出発したのはラッキーだったのかもしれないと彼は思った。「転落」の危険はないのだから。

彼がこうした考えごとにふけっていると、フティットがやってきた。芝居の催しも始まった。ラファエルは、この日、輝かしい将来を期待されている子供たちが100周年記念に見たニグロ道化師のいい思い出を持ってくれるよう、精いっぱい頑張った。

2014年7月10日火曜日

親愛なるラファエル、私が10年以上も教鞭を執っていたこの学校に、君が少なくとも一度は来たことがあると知って、私はとても驚いた。君が中庭のエルネスト池の前にいるところを想像してみる。私は、食堂での社交を避けるため、いつもそこで金魚たちと向かい合わせにサンドイッチを食べていた。1895年4月22日に君が訪れたとき、あの金魚たちはもういたかい？　いや、もちろんそんなことはないだろう。彼らの寿命はどんなに長くても30年くらいらしい。いずれにせよ、彼らは君のように押し黙っている。

この学校に来て一番印象的だったのは、本校舎の壁に彫刻された40点余りの天才たちの胸像だ。北側には、ビュフォン、アンペール、ラヴォワジエといった科学者たち、南側には、デカルト、モリエール、ルソー、シャトーブリアンといった文学者たち。まるで私がいまの地位に本当にふさわしいか見極めようとする試験審査員のように、彼らが私を監視しているような気がした。

フティットと君にこの日拍手を送った子供たちのなかに、小さなマルク・ブロックはいなかっただろうかと、私はふと思った。1895年に彼は9歳で、父親は高等師範学校の教授だった。彼が君と出会ったということは十分にあり得る。彼自身も偉大な歴史家となった。ブロックの著作を読んで、私はこの職業につきたいと思ったのだ。

ショコラの恋

長期にわたる調査の末、こうして私は道化師ショコラが1895年初頭にムーラン・ルージュのステージに立ったという証拠を見つけた。この「パンクをしない会」の舞踏会の際にラ・グリュ（p.190）と出会ったのではないか？　しかし、日付を確認して、それが一致しないことに気がついた。有名なカンカンの踊り子ラ・グリュは、この舞踏会より前にムーラン・ルージュを去っていた。ジョゼフ・オレールから逃れるために、彼女はついに契約を破棄したところだった。しかし、執念深い年老いた男は彼女を法廷で訴え、彼女のこれまでの誠実で献身的な奉仕にもかかわらず、２０００フランの違約金を支払うよう要求した。ラ・グリュは、ヌイイの祭り（p．２０９）で大道芸の小屋を出すことにした。有名な猛獣使いプゾンという曲芸師の動物小屋の前にだ。１８９４年6月、観衆を集めるため、彼女はライオンの檻のなかに入り、そこでめまぐるしく回るダンスを踊って見せた。大成功だった！　ラファエルとラ・グリュの愛の物語は伝説でしかないのだと私は納得し始めていた。たとえこのふたりが似た者同士だったとしても。何もないところから出発し、その生きようとする強い欲求ととてつもないエネルギーでもって、彼らはショー・ビジネス界を席巻した。

しかし、これらの検証は、ラファエルがパリに来てから育《はぐく》んだ感情的なつながりについては何も教えてくれなかった。ジャーナリストたちはフティットの恋愛沙汰については長々と書いたが、ラファエルの私生活には関心を示さなかったようだ。おそらく、彼らはショコラというキャラクターの裏側に生身の人間が潜んでいることなど想像しなかったのだ。

トリスタン・レミのクラウンについての著作（p．28）のなかで、私は「マダム・ショコラ」と呼ばれたマリー・エッケの存在を知った。現在ではネット上で確認できる戸籍登記簿を子細に調べていて、この女性の貴重な情報をいくつか見つけることができた。彼女は税関職員のジョバンニ・グリマルディという男性と結婚し、ふたりの子供をもうけていた。家族はパリ18区のラ・シャペル通りに住んでいた。これらの情報を私は２０１２年に出版した『ニグロ道化師ショコラ』で公にしていた。この年の11月26日、私は電子メール上で一通のメッセージを受け取った。

「ムッシュー、

私は『ル・モンド』の書評欄で道化師ショコラについてのあなたの著作を知りました。彼の伴侶であるマリー・グリマルディに関することで、連絡を取らせていただきました。どこで彼女についての正確な情報を得られるか教えていただけないでしょうか。私の家族にまつわる歴史のなかで、祖父の叔母にあたる人がショコラと暮らすために出ていったと伝え聞いているのです。

残念ながら、それ以上のことは家族の記憶のなかに残ってないのですが、唯一伝えられている話が混血の遠い親戚がいるということでした。亡くなった私の名づけ親は、幼い頃メドラノ座のショコラ［これはおそらくショコラの息子ウジェーヌのことだろう］に頻繁に会いに行っていたことを覚えていました。しかし、ショコラのためにすべてを捨てたこの血縁の女性は、親戚のあいだでは「ものにされた女」と見なされていたようです。父方の親戚の姓をエッケといい、元々はフランス北部ピカルディ沿岸地方のノワイエル・シュル・メールの出です。私の調査にあなたが興味を示してくださったらうれしく存じます。敬具」

親愛なる読者よ、言うまでもなく、このメールに私は大層感激した。道化師ショコラの歴史を広く一般に知らしめ、フランス人の集合的記憶のなかで散らばり埋もれている思い出を蘇《よみがえ》らせようと2年前に蒔《ま》いた種が、ついに実を結んだのだ。

この連絡により、マリー・エッケの出生地を知ることができた。彼女は1870年6月13日にディエップ「ノワイエル・シュル・メールの近く、大西洋に面した町」で生まれ、1887年2月14日に同地で結婚した。結婚証明書を閲覧して、戸籍担当職員が1895年5月9日月曜日にセーヌ民事裁判所が宣言した離婚通告を添付文書として書き写しているのを見つけた。グリマルディ夫人は、「代訴人からの再三の呼び出しにもかかわらず、応じなかったこと」により、欠席判決を受けた。裁判所は、

「夫側の要請による、夫に利する形での離婚」を宣言した。公証人は共通財産の分割に関する書類を作り、執行吏《しっこうり》が欠席者に通達した。

この公文書は、夫婦の住所も記載している。ジョバンニ・グリマルディは相変わらずラ・シャペル大通り17番地に住んでいたが、マリー・エッケはサントノレ通り338番地に移っていた。ヌーヴォー・シルクの目と鼻の先だ。マリーは、つまり、ラファエルと暮らすために、夫のもとを離れたのだった。

当時、妻に対して不貞を働いた夫は罰金を払うだけで済んだが、不実な妻は3か月から2年の禁固刑に処される危険があった。夫婦の家を出たことは、「重大な侮辱」と見なされる加重要件だった。不倫の共犯もまた、罰金、あるいは禁固刑に処される可能性があった。19世紀末、この種の軽犯罪で男女を拘禁しようとする裁判官はいなかっただろうが、マリーとラファエルが司法により罰せられる可能性はゼロではなかったのだ。残念ながら、その点について知ることができる裁判文書を私は見つけられなかった。民法は、子供たちは離婚した夫側に預けられることを定めていたが、裁判所が逆の決定をした場合はその限りではなく、マリーとラファエルの場合は彼らがウジェーヌとシュザンヌを育てることになった。

フランス共和国の法律には、アメリカでとりわけ顕著だった人種に基づく差別は存在しなかった。しかし、不倫の取締りは、白人女性が黒人男性のもとへ走り、夫を裏切った場合は、より厳しいものとなったようだ。この種のミックス婚は当時のフランスではまだ非常に稀だった。しかし、私は日刊紙『ル・マタン』でこのタイプの事件に関する三面記事を見つけた。ある既婚女性が夫婦の家を離れ、愛人である元使用人の黒人男性と小さなアパートに引っ越したとある。夫が被害届を提出し、ふたりは警察に現行犯逮捕されることとなった。妻が夫にも何人も愛人がいた証拠を示したが、裁判所は女性の不貞に対し1週間の実刑を宣告した。人権擁護に特別な関心を持たない『ル・マタン』紙もこの評決には驚き、「裁判所がこのような厳しい判決を下したのは、両者の肌の色の違いに由来するのだろうか」と疑問を投げかけている。

マリーの子孫は私に送ったメールのなかで、マリーが「ショコラのためにすべてを捨てた」とはっきり言っている。それは家族と縁を切ったことを示唆する。メールでのやりとりを続けるなかで、私はマリーの出身社会階層についてさらなる情報を得ることができた。エッケ家は代々税関吏だった。マリーの祖父はピカルディ沿岸地方のソンム県ポントワールでこの職に就いており、父親はそこで生まれた。彼自身も税関で働き、「監査官補佐」の地位に達するための梯子を登っていった。両親夫婦には5人の子供がいた。マリーのふたりの兄弟のうちマルセルも税関での仕事を開始したが、鉄道に方向転換をし、サン・ラザール駅でノール鉄道会社の会計係になった。

つまりマリーは、経済成長著しい成立期の第三共和政下で増えていた、農村世界を出て雇用労働者や下級役人の職に就くようになった下層中流階級の出身だった。『フティットとショコラの回想録』で、フラン＝ノアンはマリーの「エレガントな筆跡」について言及し、彼女は伴侶の「献身的な秘書」になったと記している。共和国が少女たちの読み書き教育を普及させたため、マリーもおそらく初等教育修了証書を取得するまで学校教育を受けた。両親は税関吏の娘、妻、母にふさわしい教育を施したいと考えたのだ。

マリーの父親は1885年7月23日に亡くなった。18か月後、若い娘は、ディエップの税関の下級役人だったジョバンニ・グリマルディに嫁いだ。まだ17にもなっていなかった。ジョバンニのほうは32歳だった。この結婚は、税関の世界に家族が根を下ろすことを願う親戚たちの強い意向を聞き入れてのものだったと思わせる。結婚の立会人はみな税関の職員だった。ジョバンニはその後出世し、パリ北駅近くの別の税関に勤めることになった。ふたりはディエップを離れ、開発ただなかのパリの庶民地区ラ・シャペル大通りに落ち着いた。ふたりの第一子ウジェーヌは1891年2月に生まれた。3年後、マリーは娘を出産した。シュザンヌ・グリマルディである。

第三共和政は、田舎出身の若い娘たちの可能性を大きく広げ、彼女たちは祖母や母とは違う生き方を望むようになった。マリーもテレザ（p．193）について聞いたことがあっただろう。テレザはペルシュ地方からパリに移住した仕立て人の娘であり、フランス歌謡界における最初のアイドルだった。マリーも舞台のスターになることを夢見たことがあったのではないか。しかし、怪しげな斡旋屋に惑わされないだけの分別がマリーにはあった。彼らは若い娘たちに輝かしいキャリアをちらつかせてそそのかすのだが、彼女たちの大半は物乞いや売春婦に身をやつすことになった。

マリー・エッケの人生は、彼女が理性的で、穏やかで、家族を大事にする女性であったことを示している。そんな彼女が、ラファエルと暮らすために夫との生活を捨て、離婚の全責任を公に受け入れ、裁判の日に法廷に現れなかったという事実は、本気の恋愛であったことの表れだ。彼女は、当時「ニグロ」と暮らす（数少ない）白人女性に向けられていたまわりからの厳しい非難に耐える覚悟ができていた。なぜなら、彼女は大いなる愛を見つけてしまったのだから。1895年、ラファエルはおそらく27歳、マリーは25歳だった。ラファエルはすでに有名なアーティストだった。『ショコラの結婚』は数か月前から再演されており、新郎の恰好をしたショコラがコロンビーヌと手に手を取っているポスターがパリじゅうの壁に貼られていた。彼は税関の世界と対極にある国の住人で、それにマリーは魅了されたのかもしれない。

彼女がラファエルに惹かれたのは、彼のなかに自分の幻想を投影したゆえと考えるのも不可能ではない。「異質性」はしばしば恐れと不快感を招くが、同時に欲望も刺激する。それがエキゾティスムが往々にして大衆の人気を集めるゆえんだ。

ラファエルのほうは、マリーを待たずともこの種の欲望を満足させる機会はあった。しかし、料金設定のある性的関係では、彼が何よりも望んでいたものを手にすることはできないでいた。彼が求めていたのは、家族を一緒に作ろうとしてくれる女性からの愛だ。

マリー離婚後の息子ウジェーヌの就学書類によれば、ラファエルは屋根裏部屋を離れ、サントノレ通り４０２番地にあるアパルトマンに引っ越した。界隈で最も瀟洒《しようしや》な一角で、ヴァンドーム広場とサン・フロランタン通りの近くに位置し、ロチルド家の豪奢な私邸もほんの数十メートル先にあった。この当時はまだ、サントノレ通りの低層階建ての建物のなかに、月３００から３５０フランの家賃でキッチンつき二部屋の住居を借りることは可能だった。ショコラ一家はそこに10年ほど住んだ。しかし、これらの古い家々の跡は何も残っていない。20世紀初頭には壊され、大きな建物が取って代わった。

第13章
赤いジレを着て

フティットとショコラへの、芸術エリートたちの突然の熱狂

私の調査は意外な結論に至った。ラウル・ドンヴァルは、フティットとショコラのデュオが定着するよう心を砕いてきたが、当のふたりのクラウンは初めのうちヌーヴォー・シルクで定期的に組むことを拒んでいたのだ。慈善の催しや公的祝賀のための単発の公演のみ受け入れていた。それゆえ、デュオが最初の成功を収めたのは、劇場やミュージック・ホールの舞台、あるいは共和国政治に関わるエリート層や売れっ子ジャーナリストたちが集まる高級ホテルの大広間での宴会の場であった。

エリートたちがフティットとショコラのデュオに急に熱狂し始めたことはどのように説明できるだろう。トゥールーズ＝ロートレックの戯画がきっかけになったのだろうか？　この秩序破壊的な画家は、そのデッサンが社交界の趣味に影響を与えるほど、すでに有名だったのだろうか？『ラ・ルビュ・ブランシュ』の他の寄稿者たちも、ふたりのクラウンに夢中になっていたのだろうか？　この雑誌の目次を子細に調べていて、トゥールーズ＝ロートレックが戯画を描く数週間前に、パントマイム『ピエロ兵士』の批評が掲載されていたのを発見した。ロマン・クーリュという筆者は、筋書きの貧相さにけちをつけながらも、フティットの演技を賞賛している。「もし私がヌーヴォー・シルクの支

配人だったら、この素晴らしいパントマイム師の全く違う面を引き出してみせる。もっとぴりっとした刺激のあるシナリオで彼に演じてもらう」。

こうして、私の本に新たな登場人物が出てきた。クーリュがルネ・マックス・ヴェイユという人物の筆名であることはすぐに分かった。22歳で哲学の高校教員資格を取得した高等師範学校生で、高校の哲学教師の地位では自分の才能に見合わないと信じて疑わない、華々しい生徒たちの典型である。小説『三都市物語』で、エミール・ゾラはこうしたインテリの悪い癖を厳しく糾弾している。

「何かというとヴォルテールを担ぎ出していた彼らは、いまではサロンで流行っている精神主義や神秘主義に回帰している。彼らは高等師範学校出を感じさせてしまうことを何より怖れている。いかにもパリ的に振る舞い、あえて危ないことをしたり、隠語を使ったりしてみせる。粗野な若い博識者たちに媚び、気に入られようと必死になる」

ロマン・クーリュはこの肖像を完璧に体現している。科学を諦め、早々に文学的キャリアを積み始めた。最初の戯曲が1893年に上演されたとき、彼はまだ25にもなっていなかった。『ラ・ルビュ・ブランシュ』で積極的に活動し、「象徴派」の推進者のひとりとして芸術のための芸術を標榜し、激しく闘った。それはおそらく「高等師範学校出を感じさせ」ないためであったし、社会小説やゾラの「自然主義」とも距離を取った。

トゥールーズ＝ロートレックが彼らの編集グループに合流したことはロマン・クーリュとその友人たちを非常に喜ばせた。彼らがヌーヴォー・シルクを発見したのもロートレックを通してだった。これら教養人たちは、サーカスの世界を全く知らなかった。もっと言えば、彼らは机上の知識以外は持っていなかったのだ。テオフィル・ゴーチエやテオドール・ド・バンヴィルといった芸術のための芸術を標榜した前世代の作家たちが、サーカスを「饒舌《じょうぜつ》な」演劇と正反対にあるモデルと見なしていたことを知っていた彼らは、その伝統を復活させたいと願った。そのためには、新しいピエロ、新しいドビュローが必要だった。フティットは、その理想的な候補だった。

1895年1月末、クーリュは風刺週刊誌『ル・リール』に、「拉致《らち》についてのフティットの定理」と題するパントマイムの台本を載せた。その意図は、それまでのパントマイムのジャンルを刷新することだった。フティットの女性の衣装への強い執着をうまく使って、クーリュは、彼が警察官に扮したショコラと共謀して若い女性を拉致する話を構想した。ショコラはフティットの兄弟で、「ノール県の娘とストライキに消極的な炭坑夫のあいだの婚外子」という設定である。作者は彼の「ごつごつした手」を描写し、さらに「ショコラが馬鹿みたいに笑い始めたら、鼻にパンチをくらわせる。そうすれば彼は自分が何をすべきか十分に理解するのだ」と、つけ加えた。

雑誌『ニブ』のためにロートレックが描いたショコラの顔（右）と、対峙するふたりのデッサン（左）

学歴のおかげですっかりうぬぼれが強くなっていたルネ・マックス・ヴェイユは、自分ならサーカスの専門家たちよりもうまく「ぴりっとした刺激のある」パントマイムをささっと書くことができると信じていた。だが、すぐ前に載せた引用だけでも、彼の文章がどれほどひどいものかを示しているし、読者のみなさんも必ずや私に同意してくれるだろうと思う。クーリュは、当時流布していたあらゆる人種差別的偏見をなぞり、ショコラを猿にたとえ、黒人の肌の色を先天性の遺伝的異常と述べていた。

トゥールーズ＝ロートレックはこの文章にいくつかのデ

ッサンを添えることを承諾した。そのうちのひとつは、ショコラの顔がクローズアップされ、『ニブ』（p．258）に載せられた戯画に似た猿のように描かれた。別のデッサンは、（パントマイム「アメリカ」にかけたのか）カウボーイに扮したフティットとショコラがピストルを手に対峙する場面だ。前面のフティットはぴんとはねた髪の房と真っ白な顔ですぐに分かる。後ろのショコラは、帽子がかぶさった単なる黒い染みで記号化されている。

『ラ・ルビュ・ブランシュ』周辺の調査を進めるなかで、同時期にもうひとりの寄稿者、挿絵画家でありアナーキストのアンリ＝ガブリエル・イベルスもフティットとショコラに興味を持っていたことが分かった。パリのサーカスとカフェ・コンセールについての『半人前の芸人たち（レ・ドゥミ・カボ）』という共同執筆本に、彼は挿絵を描いている。弟のアンドレ・イベルスの詩も数篇収められている。以下に示すのが、ヌーヴォー・シルクのデュオに捧げられたそのうちの一篇で、題を「黒と白、真逆の神」という。

「祭り用の布切れを飾り立てるために
その布がうらやましいショコラは、
コンゴの臭いを振り撒くことを喜んで受け入れる、
猿のゆっくりとした動作で」

フェリシアン・シャンソール（p．163）が彼自身のパントマイム『リュリュ』に着想を得た小説を発表したのは、このすぐ後だ。1888年にヌーヴォー・シルクで最初に上演されたときは、ショコラは登場していなかったが、小説では、トゥールーズ＝ロートレックの戯画をヒントに、著者はひとつの場面をつけ足している。

「フティットが友人であるニグロのショコラを紹介した。彼は、厚い唇をぽかんと開け、女クラウンに見とれた。女クラウンは叫んだ。『彼は真っ黒ね。銀行家の魂のよう』。黒ん坊（モリコ）のオーギュストは意味が分からず、彼女の前に膝を屈め、胸に手を当て崇拝の仕草を向けた。インクのように黒い顔は、まぬけで愚かな表情を浮かべ、恍惚としていた。リュリュは再び言った。『まずは、しっかり顔を洗ってきなさい！』」

ショコラのネガティヴなイメージは、ここでもまた、フティットと対置されている。フティットは、「前髪の房」を立てたクラウンで、毎晩「全身全霊で舞台に立つ」と描写されている。

フティットとショコラのデュオへのエリートたちの熱狂は、つまるところ、トゥールーズ＝ロートレックの戯画の文学版である。そこにあるのは、白と黒、光と闇、文明と野蛮を正反対に捉える象徴主義的な見方である。

私は、教養人たちの小さな世界で、フティットとショコラのイメージがどのように変化していったかを知りたかったが、どんなに『ラ・ルビュ・ブランシュ』の記事を子細に調べ、挿絵や版画を見て、批評を隅から隅まで読み込んでも何も出てこなかった。本当に何も。１８９５年初頭の一時の大騒ぎの後は、この左派系知識人の雑誌はヌーヴォー・シルクのデュオを忘れてしまった。

いや、あえて言うなら、悪影響を残した。パリの芸術家や作家たちの一撃はひとつのモデルを作った。そして、そこには正当性があると考えた多くの文化的仲介者たちが、このモデルを広範囲に広めていった。

トゥールーズ＝ロートレックとほぼ同時期に『シャ・ノワール』でキャリアを開始したフラン＝ノ

アンもまたこのステレオタイプを若者向けの著作で繰り返した。ロートレックの作品を展示する美術館や画家を称賛する専門家たちも、中継地となった。ひとつの例で十分だろう。私の目の前にある美しい本は、『サーカスのトゥールーズ＝ロートレック』（1991年出版）と題されている。そして、『ニブ』の戯画がページいっぱいに掲載されている。紹介文として、著者はジャン・コクトーを引用した。

「馬鹿なニグロのショコラは、黒絹のぴったりとしたキュロットに赤い燕尾服を着て、いじめや平手打ちの相手となった」

教養エリートたちの偏見についての調査を通じて、どうしてふたりのクラウンが長いことコンビを組むのを拒否していたのかを私は理解した。インタビューのためにフティットの自宅を訪れたあるジャーナリストは、壁にトゥールーズ＝ロートレックとアンリ＝ガブリエル・イベルスの作品が掛けられていることに気がついた。フティットがふたりの画家と親しくしていた証拠である。こうしたつながりもあって、イギリス人クラウンは最初のうちは一層躊躇《ちゅうちょ》していた。「ニグロ」と舞台に立つことは、彼にとって堪え難い格下げを意味した。ラファエルもまたこのイギリス人クラウンとのコンビを望んでいなかったと思う。教養階層によるショコラについての品位を欠いたイメージづけを自ら請け合うようなことは避けたかった。以前、彼がメドラノ、ケステン、ピエラントーニとデュオを組んでいたときは、こうした侮辱的な批評をされることはなかった。いまさらそれを引き受けなければならない理由などあるだろうか。

それでも、1895年7月以降、フティットとショコラは、ケステンとマッツォーリに代わって、シャン・ド・マルス曲馬場で連日プログラムを演じることになった。同年10月のヌーヴォー・シルクでのシーズン開始の大きな公演では、ふたりの道化師はいくつかのクラウン寸劇に登場した。フティットは彼の有名な女曲馬師のパロディをショコラと一緒に演じることさえ受け入れた。この日から10年にわたって、ふたりのアーティストは常にヌーヴォー・シルクのポスターを飾ることになる。

ラファエルにとって、フティットと正式にデュオを組むことは、キャリア上の転換点、いやむしろ新しい出発であり大きな挑戦であったに違いない。ドンヴァルの見立てが適切だったことを彼は否定できないだろう。フティットがいなければ、この数か月のあいだに大臣、議員、演劇界のスター、フランス学知の頂点たちの前で演じるという信じられないような冒険はできなかっただろう。ヌーヴォー・シルクの外でも名を知られ認められるためには、イギリス人クラウンと組むことが不可欠であることをそのとき理解したに違いない。しかし同時に、ここまでの影響力を持つアーティストと組んで演じることは、平等のための新しい闘いに身を投じることだった。マリーとふたりの子供とサントノレ通りの家に引っ越した後、ラファエルは、例のキューバから持ってきた魔除け（レスグアルド）を入り口の扉前に置いてみたかもしれない。フティットとデュオを本格的に組む前に、彼は改めてこのお守りに伺いを立ててみた。特に悪い予兆はなかったので、自分は新しい挑戦に立ち向かうことができると確信した。

トゥールーズ＝ロートレックや『ラ・ルビュ・ブランシュ』の執筆者たちの勝手なイメージづけは、のちのちまでのフランス人の集合的記憶に深く刻まれることになったが、だからといってフティットとショコラのデュオ演技の実際の中身について私に何かを教えてくれるわけではなかった。そこで、彼らのレパートリーを調査しなければならないと思った。しかし、いま一度サーカスが視覚的で、しかも見た後には消えてしまう芸術であることが障害となった。この世界に身を置いた大道芸人（サルティンバンコ）たちは、自分たちの軌跡に関して多くの跡を残さない。パントマイムの台本を見つけられたのは、サーカスが検閲局に提出する義務があったからで、クラウン寸劇にその義務はなかった。

私にとって運のいいことに、名の定かでない誰かが、フティットとショコラの有名なナンバーをいくつか書き写してくれていた。このタイプで打たれた文書は、国立図書館の演劇芸術文書に保存されている。さらに、この貴重な史料を、新聞に掲載された批評で補うことができた。シネマテークの文書館を探索し、ヌーヴォー・シルクでリュミエール兄弟［フランスの映画発明者で、「映画の父」と呼ばれる］が撮影したいくつかの映像も見つけた。これら1分もない白黒無声の小品も、ふたりのクラウンの演技についておぼろげではあるが見通しをくれた。何もないよりいい。これらの映像が１８９８年にリュミエール兄弟によって作られたカタログのなかにあることも、興味深い。フティットとショコラがデュオを組んだ当初に制作されたということだ。

『ヴィルヘルム・テル』『ボクサー』『ポリスマン』『ショコラの死』『竹馬』といった撮影されたすべての映像で、動作のコミカルさが強調されている。無声映画の時代であることを思えば不思議はない。しかし、トニー・グライス、ビリー・ヘイデン、メドラノ、ピエラントーニと違い、ジョージ・フティットとラファエルは当初「饒舌型クラウン」ではなかったことは忘れてはならない。彼らはマイムで名声を獲得し、ラファエルの場合はダンサーとしても評価されていた。デュオを結成するにあたって、彼らはクラウン寸劇の伝統的なレパートリーを選び、大いに成功した『ヴィルヘルム・テル』のやり方を踏襲した。つまり、主役のクラウンひとりに力点を置くこの古い遺産を、デュオで演じるために脚色したのである。

フティットの徹底した完璧主義

ソロからデュオに移るには、手札を変える必要があった。ふたりのアーティストのやり取りが重要になってくる。フティットは、デュオとしてのデビューから数年後に、彼らの共同練習は、平手打ちの演技を磨くことから始まった、と新聞上で語っている。実際、ふたりのクラウンが殴り合いをしているように見せる演技を念入りに準備することは不可欠であった。リュミエール兄弟が撮影した場面は、はっきりと、配分が不均等であったことを示している。フティットは、受けるよりも返すことのほうが多かった。しかし、ショコラも受けるばかりではなかった。平手打ちの応酬は対話であった。1920年代に掲載されたジョージ・フティットの一番上の息子の証言を信じるならば、この振付を完成させるには長い練習が必要だった。

「父は、観客の前で演じるほぼすべての寸劇を自分で作っていました。いつもの相棒ニグロのショコラと一緒に、長い時間をかけて練っていました。父は、コメディアンとして、ひとつひとつの動作、台詞ひとつひとつの抑揚まで調整しました。父の成功は、特別にこだわった技術の鍛錬のたまものなのです」

技術を習得すると、ふたりのクラウンは、仕草を大げさにし、クラウン芸に特徴的な戯画的味つけをした。フティットとショコラが巧みにマイムを演じたので、平手打ちの応酬は、観客たちの目に非常に暴力的なものに映った。イギリス人クラウンと組んだ時点で、ラファエルにはメドラノやケステン、他のクラウンとのデュオの長い経験があった。それゆえ、これまで正式な相方を持ったことのないフティットは、完成度を高めるうえで、ラファエルのやり方から学んだところも多かったのではないかと考えられる。

ラファエルとの寸劇が自分の演技を豊かにする新しい可能性であることにフティットは気づいたのだろう。彼の芸を見た者はみな、イギリス人クラウンはステージに上がると別人になると口をそろえている。日常生活では多少抑制気味の衝動を、ステージ上では思う存分に爆発させるのである。彼に名声をもたらし10年以上にわたってほぼ毎日演じてきたナンバーである『従順な女曲馬師』（p．2

16）のパロディを演じるときには、彼はアイデンティティを変えて本物の女性になるとさえ、言われていた。ステージ上は、彼が自分の女性性をためらうことなく承認できる場所だった。フティットは、ロンドンのコヴェント・ガーデンでデビューしたときの話を好んでいた。ステージには37人のクラウンが次から次に登場したが、このパロディのおかげで彼はひときわ異彩を放った。

「クラウンの白い顔のまま、私は、スパンコールつきの襟ぐりがあいたブラウスに、薄布のスカートをはいて女装をし、これでもかとしなを作ってみせた。物凄い拍手喝采だったね」

ショコラと演じるなかで、フティットは、平手打ちの動作をものにすることは、いままでどうにか抑えてきた自分のパーソナリティのもうひとつの側面をむき出しにすることなのだと気がついた。すなわち、暴力的衝動である。『駅長』の寸劇は撮影されなかったので映像としては残ってないが、実際に見た観客たちには強烈な記憶として残った。トニー・グライスがアントニオとショコラをカスカドゥールとしてこのナンバーを演じたときは、饒舌型クラウンのエスプリと巧みな言葉遊びを際立たせることが狙いだった。グライスは、こんなふうな長い前口上から始めるのだ。

「舞台はサン・ラザール駅です。こちらの紳士方は乗客です。そして、私は運転士です」

フティットとショコラは、台詞を身ぶりに置き換えて、このナンバーを脚色した。背景説明の長い台詞はもう必要ない。駅長帽、ベル、汽車に見立てたいくつかの椅子、それだけで十分だ。この簡潔さのおかげで、観客はふたりのクラウンのジェスチャーにだけ集中できる。ショコラ演じる遅れてきた三等車の客に気がつくと、駅長の怒りは加速し、最終的な爆発に至る。舞台上でフティットが表現する怒りの苛烈さについては、多くの証言が残っている。顔は青ざめ、歯はカチカチと鳴り、目は大きく見開かれる。肩は震え、膝はがくがくしている。背中を曲げて身を縮めると、彼は、可哀想な客に向かってずんずんと進み、鋭く甲高い声でわめくのだ。「何等車だ?」。ショコラはおずおずと答える。「三等車です」。この言葉を発するや否や、平手打ちと蹴りをさんざん浴びせられ、ショコラは手すりの向こう側まで押し出されてしまう。

フティットとのジェスチャーがこんなにもコミカルに映るのは、ラファエルが自分のスコアを正確に奏でたからである。駅長が威嚇すればするほど、ショコラはおののき、最終的には恐怖で固まる。演技は少しずつ加速する。体全体を震わせ、腕を大きく広げ、膝を折る。この震えるさまは、ラファエルの演技としてまさに「商標」となり、「ショコラ風に演じる」という表現が演劇界にまで広まるほどだった。つまり、それは非常に入念に仕上げられた動きだったのであり、ミンストレルのぎくしゃくした身振りを拒否する洗練された観客たちの期待にもかなうものであった。

これらのナンバーは、起承転結を備えたストーリー性の高い「クラウン喜劇」の名を冠するにはまだ至っていない。なぜなら、言葉による演技部分が非常に少なかったからだ。それでも、フティットとショコラのレパートリーは徐々にではあるが豊かになっていった。それは、ヌーヴォー・シルクの2階に1895年3月に設置されたキャバレー「シアン・ノワール」のシャンソニエ（風刺歌謡作家）たちのおかげでもある。

シャンゼリゼのシックな界隈にこのキャバレーがオープンしたことは、奇異なだけでなく不条理でさえあった。モンマルトルのボヘミアン・アーティストたちが、白ネクタイの守衛が迎え入れる選ばれた観客の前で演じていたのだ。しかし、シアン・ノワールは、一部のアナーキスト芸術家とハイ・ライフの結びつきの別の面を示唆する。保守的な観客たちは、共和政権を告発するシャンソニエたちの風刺の利いた歌詞を称賛した。右派が農村世界を「真のフランス」の象徴として仲間に引き入れたこともあり、キャバレーの常連客たちは地方礼賛《らいさん》の歌手たちをこよなく好んだ。いまで言うシンガーソングライター、テオドール・ボトレルは、ブルターニュの海の男たちに捧げた「パンポルの娘」で一躍スターになった。フランス北東部のロレーヌ地方の伝統文化を褒め讃えたレパートリーで、地元出身で若手のジョルジュ・シェファーもまた成功を収めた。このときはまだパリ1区の議員ではなかったにせよ、モーリス・バレス［フランスの小説家、政治家］も熱烈な拍手を送っていたに違いない。

2011年4月26日火曜日

シアン・ノワールでジョルジュ・シェファーが語ったおかしな話のことを覚えているかい？「子供の聖体拝領」。聞き覚えはあるかい？　どうだろうな。シェファーの話はロレーヌの少女ペトロニーユが主人公の冒険譚《たん》だったんだが、君は面白いとは思わなかっただろう。私が小さかった頃、母がよくこの話をしてくれたものだよ。私たちはフランス北東部のヴォージュ地方の古い民間伝承に基づく話だと思っていたのだが、実はこの冒険譚は、地方主義的文学で一旗揚げようとパリにやって来たベル・エポックの作家が作りだしたものだったんだ！

親愛なるラファエル、君も気づいてるとおり、前回の日記からずいぶんあいだが空いてしまった。君を忘却から救うために2年前に始めた闘いを続けるにはどうしたらいいか分からず、放っておいてしまったのだ。今日、君に伝えたいいいニュースがふたつある。ひとつ目は、私の小さな本のための出版社を見つけた。来年初めには書店に並ぶだろう。ふたつ目は、偉大なる演出家マルセル・ボゾネが最近私に連絡を取ってきた。演劇一座と一緒に、君についての戯曲を書くことになった。私はやる気を取り戻したよ！

昨日、私たちはディエップを訪れた。ウアール通り4番地にマリーが生まれた家があった。その窓からは美しい景色が広がり、港の出入り口辺りの断崖に礼拝堂が見えることに気がついた。マリーと君が最終的には彼女の母親と和解できたことを私は知っていた。君もまたこの家に来たことがあるんじゃないだろうか。

シアン・ノワールと契約を結んでいなくてもときどきここを訪れるシャンソニエは大勢いた。そうした機会に、アルフォンス・アレはジョージ・フティットと知り合った。新聞は、この風刺作家がヌーヴォー・シルクのデュオのために戯文《ぎぶん》［滑稽文］を書くことになったと報じた。企画が実行に移されたのかは分からない。しかし、こうしたシャンソニエとの交流のおかげで、そしておそらく彼らの助けを借りて、フティットは、伝統的なクラウン芸のレパートリーから取った設定に時事問題を絡めたスケッチを、自分でも書くようになった。

『もう家には帰らない』は、そうしたナンバーの好例だ。ハンロン・リー座のパントマイム『ド・ミ・ソ・ド』（p．１２４）では、アンリ・アグストが、ミンストレルの伝統的場面を取り入れ、ミュージシャンたちが繰り出すパンチにもかかわらず指揮棒を振り続けるオーケストラ指揮者の役を演じていた。フティットもこの構図を使った。寸劇は彼が歌うところから始まる。「私たちはもう家には帰らない」。母ともいうべき場所であるシャ・ノワールと関係を絶ったアーティストたちを暗示している。そこへショコラが現れ、フティットをぼろぼろにするまで殴るが、彼は歌い続ける。このナンバーの歌詞は「私たちはもう家には帰らない」だけなのだが、シャンソニエの世界で大いに話題になり、自分で寸劇を書く天才道化師フティットのイメージを高めた。フティットは、クラウンひとりが主役の時代は過ぎ去ったことをそのとき理解した。サーカスの世界では、徐々にデュオの数が増えていた。この趨勢が避けられないものであるなら、自分の優位性を保つための一番の手段は黒人のショコラと組むことだと考えたに違いない。彼とだったら、自分が陰に追いやられることはない。

実験的期間を経て、ふたりのクラウンは、型となる人物像を固めるために、それぞれの役割を安定させようとした。いくつかの証言を信じるなら、デュオを決定的に有名にしたナンバーは『ショコラ、それは僕』だ。10年前にこの寸劇の誕生に立ち会った『ジル・ブラス』のジャーナリストは、1906年11月1日付の記事に次のように書いている。


ある晩、フティットが心配げな様子で舞台に現れ、振り向きざまに呼び始めた。

「おーい！　やった！　やった！　やった！　ここだよ！　そっちじゃないよ！　こっちだってば！」

エナメルの靴に、黒い絹のストッキング、同色のサテンのキュロットとベスト、赤い上着、白いネクタイと手袋、耳にかかるオペラハット、手にはステッキを持った素晴らしいニグロが、目を大きく見開き、口を大きく開け、びっくりしたように、低く大きな声で言った。

「僕はここだよ」

そして、屈託なく笑った。

「こちらショコラしゃん、私の乳兄弟《ちきょうだい》［血のつながりはないが、同じ女性の乳で育てられた人物］です」

と、フティットは観客に向かって言った。

「僕がショコラです！」

と、彼も繰り返し、さらに大きく笑った。ふたりは、描写しようのない飛び跳ねを繰り返した。そのなかで、ショコラはいくつもの悪態とパンチを受け、どんと倒れ、ぽんと跳ね起き、また崩れ落ち、しかし、くつろいで満足げな様子は保ち、低く重い声色で繰り返す。

「僕がショコラです」

完全な勝利だった。翌日、フティットとショコラは有名になった！

このスケッチは、既存のクラウン劇から取られたものではなかった。確かにミンストレルのデュオの延長線上にあるが、ふたりのクラウンが共同で作り上げたオリジナルの作品であった。ここでも、重きが置かれたのは会話よりも身振りである。コミカルさのおおもとは、彼らの「描写しようのない飛んだり跳ねたりの連続」だった。フティットの支配的な立場は、彼が相方に与えるおびただしいパンチと、「私の乳兄弟です」という肌の色についての控え目な冗談によって、強調されている。このナンバーは、衣装に革新をもたらした点でも、デュオの歴史にとって極めて重要である。ショコラは初めてかの有名な赤いジレで、フティットのほうは、金髪の一房と青白い化粧という、今後観客が彼をすぐに見分けることになるふたつの際立つ印をつけて、登場した。

フティットの心に残っていた、ラファエルに対する優越感とプライド

フティットは、ナンバーを完成させる際に相方が重要な役割を果たしていることを十分に承知していた。しかし、それを最小限に留めようとした。大サーカスの家系でもない「ニグロ」と組むことが自分の第一クラウンとしての立場を傷つけるのではないかという考えを捨てきれないでいたのだ。

いくつかの証言が、ジョージ・フティットがいかに化粧の儀式を重んじていたかを強調している。それは、もしかしたら、「真」のクラウンはこの自分だけなのだと、ラファエルに日常的に思い知らせる手段のひとつだったのではないか？　化粧すること、それは生身の人間から劇中人物に変わることを象徴的に示すことである。フティットは鏡の前に座り、壺のなかからクルミ大の亜鉛華《あえんか》［顔料に用いるときの酸化亜鉛の別称］を取り出し、自分の顔にしっかりと塗りつけた。それからパレットの上

に白墨粉《はくぼくこ》をひとつかみ取り、細かく砕いて粉末にし、スエード羊革のパッドで青白い顔に塗り重ねた。筆を使って洋紅《ようこう》を二か所ぽんぽんと乗せることでピンクの唇を、真っ黒な線を二本入れることで一部白くなった金色の眉毛を際立たせた。それから、厚手の布で裏打ちされ、大きなヒマワリや見事なアイリスが外側に刺繍された黄色い絹のクラウンの上っ張りを引っかけた。「クラウンの王：フティットとショコラ」と題された1907年のポスターに載せられた正装である。

衣装を着終わると、フティットは鏡を覗き込んだ。散らばった毛束に櫛を入れ、短い前髪を額の上にまとめ、ビリー・ヘイデンから受け継いだ小さな尖った帽子を頭の上にゴムで固定させた。公演の後は、同じ儀式を逆からもう一度繰り返す。石鹸では、油脂と白墨粉が混ざった化粧は落としきれない。たっぷりのラードで顔を十分にこすってから、石鹸で洗い落とすのだ。

自分の優位性を相方にはっきりと知らしめるために、フティットはジャーナリストたちのあいだで高まっていた自分の名声を利用した。1895年7月にはすでに、ジョルジュ・モルベールという名の『ジル・ブラス』の定期寄稿者が、フティットへの熱狂的な賞賛記事を書いた。

「あぁ、偉大なるウィル（シェイクスピア）、あなたのヨリック［『ハムレット』に登場する道化の名］、あなたのひょうきん者、あなたの道化師を、彼が蘇らせたよ。そう、そのエスプリ、その空想力、その跳躍でもって、フティットのなかに蘇ったんだよ。彼は、パリじゅうが知っている比類ないクラウン」

フティットは、支配人への違約金支払いのために催されたマチネの際に、ステージ上での彼の天賦の才についての評判をさらに高めることとなった。1896年4月18日に予定されていた公演はあらゆる新聞で告知された。数日前に『ル・タン』からの求めに応じて行われたフティットのインタビューが、「あるクラウンの告白」という題で4月14日に掲載された。ショコラとのデュオでは、自分だけが真のアーティストであることを、それをまだ分かっていない人々に新聞上で伝えようとしたのである。このお堅い日刊紙の読者層は教養を持つブルジョワ階層で、劇場には熱心に通うが、サーカスには女中の都合がつかないときに子供たちを連れていく程度だった。フティットにとってはたやすい相手だ。

「みなさんは曲馬で、馬から落下するふりを見たことがあるでしょう？　これは、クラウンの仕事とは何の関係もないものなのです。よいクラウンであるためには、私のように小さいときから、そして私のように曲馬、跳躍、鉄棒とほとんどすべての技をたしなんでいなければなりません。どれも難易度が高く器用さが求められます。カスカドゥールはこうした訓練は必要としません。かつてのジョクリス［16世紀から演劇に登場する愚かで不器用な人物］のように、カスカドゥールというのは平手打ちを受けていればいいのです。しかし、もちろんそれを上手に受ける技術は必要です。相方の動きすべてを目で追って、相手にタイミングを合わせられるように動きを読み、クラウンの手が近づくまさにその瞬間に、自分の腿《もも》の上で大きく手を響かせるのです。一見簡単そうに見えますが、実はとても難しいのです。ショコラはその点で素晴らしい。すぐにその才能を見せつけました。それで、グライスが去っても、ヌーヴォー・シルクはショコラを引き留めたのです。彼はいまや一座の支柱のひとりでもあります。観客は彼のことが本当に大好きです。もちろん私もです。彼が平手打ちを受ける技には驚くべきものがあります」

このインタビューは、平手打ちの所作が訓練を要するものだという点については真実をついているが、フティットの褒め言葉には棘《とげ》がある。なぜなら、彼は、ラファエルを依然として単なるカスカドゥールとして扱い、ヒエラルキーの下にいることを明確にしているからだ。

4月18日の公演は、フティットの名声を確固たるものにした。しかし、ラファエルはこの催しには

かったらしい。

呼ばれなかった。どうやら、このイギリス人クラウンは、自分とショコラのデュオの宣伝をしたくな

ハイチ人ジャーナリストの「人種差別」への告発

白人クラウンに殴られても満足している馬鹿なニグロの伝説が今日まで続いているのは、その当事者が公の場でこのことに言及する機会を持つことがなかったからだ。民主主義の場では、公の場で声を上げて訴えることができない者は、存在しないのと同じである。そして誰もそんな彼の利益を守ろうとはしない。当時、自分たちの優越性を信じて疑わないパリジャンは、地球全体を冗談の種にし、とりわけユダヤ人、農民、女性を馬鹿にしていた。しかしやがて、嘲笑の対象とされた人々は、自分たちが犠牲となった侮辱に対して集団で抗議するために団結するようになる。「ニグロ」だけが言い返す可能性を奪われていた。彼らの人数はあまりに少なく、パリに住む「ニグロ」の多くがフランス市民ではなかった。彼らが抵抗しないので、「ニグロ」は生身の人間ではなく、小説やパントマイムの劇中人物なのだと、からかう側はますます信じるようになった。

しかし、この黒人世界を際限なくおとしめるユーモアを告発する声が少しずつ上がるようになった。ベルギーのブリュッセルで『ラ・ルビュ・ブランシュ』（p．261）が誕生してから1年後の1890年8月、週刊誌『ラ・フラテルニテ（博愛）』がハイチ人ジャーナリストのベニート・シルヴァンによって発刊された。10月14日付の論説で、彼はこの傾向を「ニグロ嫌悪（ネグロフォビ）」と呼んで強く告発した。

「パリの新聞には、面白い題材がなくて困るとすぐに、黒人をネタにしたちょっとした冗談を誌面に載せたり自分で作ったりする3、4人のコラムニストがいる。最初のうちはそんなに気にな

らなかったし、少しの悲しみも覚えなかった。ただ、決して性根が意地悪というわけではない人々が、彼らに何の迷惑もかけていない他人の悪口を嬉々として残酷なまでに言いつのることが、私にはどうしても理解できないでいた。しかし、黒人がこうした冗談まじりの中傷に敏感になればなるほど、誹謗《ひぼう》するほうはますます執拗になっていった。だから、彼らに対抗する最良の方法は、冷たく無反応を貫くことだと私は結論するに至った」

レオン・ブルム（p．261）のような左翼知識人、それにトゥールーズ＝ロートレックやアンドレ・イベルスのようなアナーキスト芸術家たちが無自覚でいた黒人に対する冗談のなかに潜む侮辱的側面に、どうしてこのジャーナリストは気づくことができたのだろう。知性、教養、道徳心の問題ではない。理由はずっと単純なことだ。ベニート・シルヴァンはパリに住む黒人知識人だったのである。つまり、彼自身が絶え間なく揶揄《やゆ》されてきたコミュニティの出身であり、彼の明晰《めいせき》な洞察はその生きた経験ゆえと言える。シルヴァンの抗議はパリの新聞業界で何の反響も起こさなかった。ハイチ領事館の資金援助を得ていた彼の週刊誌『ラ・フラテルニテ』は、ヴィクトル・シュルシェールのような奴隷制廃止運動で著名な人々がいくつかの文章を寄せることはあったにしても、極めて一周辺的な雑誌であった。

　私がこの記事に心を打たれたのは、自分を侮辱する人々の言葉や行動がわざとではないからこそ、彼らを憎むことができない人間の苦しみが表明されているからだ。このときにはまだフランス語になかった「レイシズム」という用語は、数年後に、まさに出身や外見を理由に特定の集団を侮辱する目的で「意図的に」なされる言論や行動を意味する言葉として生まれる。良心に基づく理性的な判断が望めない世界では、「肌の色への偏見」と闘う唯一の方法は、「立場ある人間」となり普遍的な友愛を主張することだ、とベニート・シルヴァンはつけ加えている。

この知識人が、道化師ショコラをおとしめる言論を非難し、黒人の尊厳を守ろうと実際に行動したのかどうかを、私は知りたいと思った。『ラ・フラテルニテ』の全バック・ナンバーを熱心に読み込んだが収穫は少なく、この雑誌でショコラについての記事はひとつしか見つけられなかった。1892年、シルヴァンは、なんということか、ダホメ最後の王ベハンジン（p．238）が流刑先であるフォール・ド・フランス［カリブ海にあるマルティニック島の街］監獄から脱走し、ショコラがその代わりとなったという偽《にせ》のスクープを報じているのだ。つまり、黒人知識人が、同立場の白人たちと同様のやり方でニグロ道化師を扱ったのである。ラファエルの生い立ちとその驚くべき運命についての情報を読者に伝えることもできたであろうに、彼もまた生身の人間と劇中人物を混同していたのだ。

しかし、シルヴァンとラファエルには共通点もあった。ふたりとも、白人世界に受け入れられるためには、友愛のカードを切らなければならないと感じていた点だ。しかし、その目的を果たすために手にしていた道具は異なっていた。ベニート・シルヴァンは、長い時間を勉学に費やした。彼は、自分が対話相手のフランス人と同じくらい知的で、機知に富み、教養深いことを証明したいと思っていた。それは、彼らと同等の言葉を話さなければならないということだった。ラファエルは労働者でしかなかった。彼にとって「立場ある人間」になるということは、白人を楽しませる面白いニグロの役を受け入れることであり、そうすることでステレオタイプの万力を緩められればと望んだ。シルヴァンは自分を黒人（ノワール）と考え、ラファエルはニグロだと感じていた。肌の色という共通性にもかかわらず、まさに社会的な溝が彼らふたりの世界を隔てていた。

ラファエルがフティットの支配に抵抗しようとした努力の痕跡を見つけることができなかったので、実際に目にすることは決してない星の存在を計算によって発見する天文学者のように、私は推論するしかなかった。化粧をしないラファエルには、化粧の儀式に時間を費やすことで、自分のアーティストとしての立場を主張することはできなかった。それが、彼が生涯ずっと舞台衣装に非常にこだわっていた理由に違いない。

ラファエルの赤いジレは、貴族たちへの目配せだった。モリエ・サーカス（p．89）で守衛役を務めた競馬愛好家たちはこの色のジャケットを着ていた。この特別なサインを通して、ラファエルは公の場で自分とハイ・ライフとのつながりを想起させたいと願った。ヌーヴォー・シルクの選ばれた観客たちは紳士の恰好をしたクラウンが馬鹿にされることを好まなかったため、赤いジレは自分を侮辱から守るためのひとつの手段だった。もしかしたら、赤い色には気をつけろと子供たちに語っていたハバナの年老いた奴隷たちの話（p．41）が記憶に残っていたのだろうか。そして、呪われたこの色を自分の物とすることで、自分は鎖を完全に断ち切ったのだと象徴的に見せたかったのかもしれない。

あるいは、ラファエルは、この衣装でもって誹謗者たちを黙らせたかったのかもしれない。１８３０年、かの「エルナニ合戦」［ヴィクトル・ユゴーのロマン派劇『エルナニ』がコメディー・フランセーズで上演されたとき、古典派支持者とロマン派支持者のあいだで起きた乱闘騒ぎ］の際に、テオフィル・ゴーチエは友人たちと共にコメディー・フランセーズを占拠し、ヴィクトル・ユゴーへの連帯を表明した。そのとき、ゴーチエは、古典派の黒い服と強い対照をなす、見事な赤いジレを身に着けていた。ラファエルは、テオフィル・ゴーチエの模倣者であったロマン・クーリュ（p．２８９）らが自分を揶揄することへの返答として、最良の方法を考えたのだろう。それは、今度はラファエル自身が赤いジャケットを羽織り、公の場でアーティストとしての自分、そしてひとりの人間としての自分の立場を要求することだと。

第14章

ふたりは映画発明以前に大スクリーンのスターになった

ある画期的な出会いと出来事

ラファエルは人生の新しい1ページを開いた。これからは、彼はひとりではない。ステージには頻繁にフティットと共に上がるようになったし、マリーと出会い、気楽な独身生活は終わった。面倒を見るべきふたりの子供がいる家族の大黒柱となったのである。ウジェーヌは5歳で、シュザンヌは2歳になったばかりだった。子供たちにサーカス芸を手ほどきするにはまだ早すぎたが、その考えはすでに彼の頭のなかにあっただろう。マリーのおかげで、生活は幾分か規則正しいものとなった。バー・アシーユ（p．266）でのほろ酔いの夜や競馬場での慌ただしい時間をラファエルがきっぱりやめてしまうことはなかったけれども。

1896年初め、われらがふたりのクラウンの歴史にとって非常に重要な出来事があった。一連の流れを正確に描写するだけの材料を私は見つけることができた。2月のことである。公演の後、ラファエルとフティットは、観客たちが待っているバーに向かった。シアン・ノワールができてから団員応接室はシャンソニエたちに占領されるようになっていたのだ。小柄な男が恥ずかしそうに彼らに近づいてきた。彼は、毎晩「女曲馬師」たちを口説いている伊達男のようには見えなかったし、流行だからという理由だけでサーカスを罵《ののし》るアバンギャルドの若い作家たちとも違っていた。彼の雰囲気は、どちらかというと高等師範学校の１００周年祭で見かけた地方の年老いた教師に近かった。髭を生やし、50がらみ、ナフタリンの臭いがする少ししわの入った服を着ていた。フティットは、彼が自分たちと話したがっているが、一歩を踏み出せないでいることに気づいた。そこで、軽口を叩いて、安心させてやろうとした。

「シアン・ノワールは2階ですよ。ここはがなりたてる場所ではありません。笑うところです」

「シャンソニエを聞きに来たわけではありません。あなた方にお話がありまして」

と、彼は答えた。そして、帽子を持ち上げて軽く挨拶をした。

「自己紹介させてください。エミール・レイノーと申します」

ラファエルは彼にサーカスで働いているのかと尋ねた。レイノーは笑い出した。

「残念ながら、そのような幸運には恵まれませんでした。私は技師で、工芸院で機械学の教師をしています。プラキシノスコープと呼ばれるものを発明しました」

この言葉にふたりのクラウンはぴんとこなかった。

レイノーはさらに言った。

「まさか光のパントマイムのことも聞いたことがないなんて言わないですよね？」

そして、彼らに一枚の絵ハガキを見せた。薄い衣を纏った美しいコロンビーヌに向かって、背景に描

シェレの版画による
光のパントマイムの宣伝ポスター

プラキシノスコープで作られた
『哀れなピエロ』の一場面

かれた青白いピエロが内気な恋人のポーズを取っている。書かれている文字はこうだ。

「グレヴァン美術館。光のパントマイム。E・レイノーのテアトル・オプティーク。音楽：ガストン・ポーラン。毎日昼3時～6時、夜8時～11時」

レイノーはつけ加えた。

「これはシェレの版画です」

その瞬間、フティットの目が輝いた。

「『哀れなピエロ』、あれはあなたですか？　お座りください、ミスター・レイノー。ビールを一杯いかがでしょう」

フティットはラファエルに、ヌーヴォー・シルクから数百メートルのモンマルトル大通り10番地にあるグレヴァン美術館は、『ル・ゴロワ』の経営者アルチュール・メイエ（p.95）によって作られたのだと説明した。挿絵画家、彫刻家、そして舞台衣装創作家であったアルフレッド・グレヴァンなる芸術家は、有名人の蠟《ろう》人形を展示するという考えを思いついた。フティットは、妻と子供たちと一緒にこのポートレイト・ギャラリーを訪れたときに、地下で興味深い催しを見たことを思い出した。幻灯機のようなものが、大スクリーンに『哀れなピエロ』という名の色つきパントマイムを照らし出していた。

「あれは素晴らしかったです。ピエロが本当に生きているようでした」

絵がはめ込まれたベルトをリールに巻きつけ、スクリーンに映写することで動いているように見えるのだと、彼はふたりのクラウンに説明した。

レイノーによるテアトル・オプティーク

「私の父は時計職人でした。私はいつも精密機械に夢中でした。しかしこの計画を始めた当初は、これがどんなに大変な仕事なのか想像もしていませんでした。お分かりですか。この『哀れなピエロ』という短いパントマイムのために、私は500枚以上のデッサンを作成し、それを小さなゼラチン板の上にひとつひとつ手で描き、投光器の前で滑らすベルトを作ったのです。4年前、楽士と一緒に大スクリーンでの上映を始めました。私の前にこの種のスペクタクルを作った者はいません。私はこの発明を大道芸人に売ろうとしたのですが、誰も欲しがりませんでした。そこで、グレヴァン美術館と契約を結ぶことにしたのです。平日には1日5回、週末には12回上映しています。3年間、私は少なくとも1500枚のコマにデッサンを描き、色をつけました。それにテープはあっという間に摩耗してしまうので、毎晩色を塗り直さなければなりませんでした。すっかり疲れてしまいました。すべてを捨てる気になっていたときに、どこかの誰かが「クロノフォトグラフ（動体写真機）」という新しい機械を発明したと聞いたのです。そのとき、絵に彩色するのではなく、写真を使えるのではないかと思いました。そこで、『フォト・セノグラフ』と名づけたカメラを作りました。画像を写真として記録することで、かなりの時間が短縮できるようになったのです。この技法を使って新しいスペクタクルを作りたいと思っています。グレヴァン美術館の取締役会は、観客を大勢動員できるような有名アーティストを使うという条件で、資金を出してくれることになっています。私たちはそれであなた方をと思ったのです。『ヴィルヘルム・テル』は、フォト・セノグラフを始めるのに理想的な作品と言えるでしょう」

レイノーはふたりのクラウンに、彼が写真を撮るので、その前でヌーヴォー・シルクでの公演と同じようにナンバーを演じてほしいと、手短かに説明した。提案を承知してもらえるよう、レイノーは、あなた方は世界じゅうで最初に大スクリーンにカラーで映し出されるアーティストになると、保証した。

数週間後、フティットとラファエルは彼のアトリエを訪れた。

「見てください」

と、レイノーは言った。

「これまでは透明インクでフィルムに直接人物を彩色していました。背景はガラス板の上に描き、二番目の光源で映写しました。そこに36個の鏡と一緒に回転するシリンダーがあります。そして、銀棒を使ってアルルカンがピエロに加えるパンチの音を出すようにします。音と画像の両方があるのですよ」

と、彼は笑いながら言った。

「ここでわれわれの写真を撮るのですか?」

と、フティットは尋ねた。

「まさか!」

と、レイノーが答えた。

「こんなガラクタの山では無理ですよ。背景が必要です。メネシエに頼んだので、彼の家で撮影をしましょう」

ラファエルが見たことがなかったので、レイノーは『哀れなピエロ』のパントマイムをもう一度映写した。ラファエルもまた機械学の教師の素晴らしい発明を讃えた。しかし、彼は、それをルイ・リュミエールのシネマトグラフと比べるという失態を犯してしまった。ラファエルは、カピュシーヌ大通り14番地のグラン・カフェにある「サロン・アンディアン」で１８９５年12月末から上映されていた小品を見たばかりだったのだと、私は想像する。『列車連結』『工場の出口』『水をかけられた散水夫』という日常生活の小さなシーンを白黒で映したものだった。これらの動く映像のリアリズムは、観客を熱狂させた。この上演を目撃しようと２０００人が毎日列を作った。

ラファエルの比較は、レイノーを激しく苛立たせた。

「シネマトグラフはいまは確かに流行ってます。でも、私の意見では長くは続かないでしょうね。キネトスコープのことは覚えていますか？」

ふたりのクラウンは顔を見合わせた。知らない言葉だった。

「ほら、誰も覚えてないでしょう！　でも、去年あのアメリカの発明家エディソンが自分の発明を見せにパリに来たとき、みんながこの天才に熱狂したのですよ。小部屋に入り、硬貨を投入口に入れるんです。アメリカ人らしい実利的なやり方ですね！　つまり、硬貨を入れると、小さな画面上を動く映像が見られるんです。ベリーダンス、蛇ダンス、サーカスのナンバーなんかがね。エディソンは、カタログのなかで、この種のテーマが70種もセルロイドのテープに保存してあると言っています。それを彼は、なんでしたっけ、ええと、もう！　英語でなんて言うのかは忘れてしまいました。フティットさん、英語で薄い膜というのはなんと言うのでしたっけ？」

フティットは頭を掻いて、

「膜……膜……、そうですね、フィルムじゃないでしょうか」

レイノーがうなずいた。

「そう、それです！　フィルムだ。エディソンはその言葉を、セルロイドのベルトを指して使っていました。しかし、彼はパリでは成功しませんでした。彼の機械は現実を記録することしかできなかったからです。何も作りだしていません。リュミエールもエディソンのやり方をなぞって満足しているだけの写真家です。ただ、彼はフィルムを大スクリーンに映すことをやってのけました。なんたる偉業でしょうね！　私はすでに4年も前から映写機を使っていますけどね。そして、私は映像を映すだけでは満足しない。舞台の上でアーティストとミュージシャンと一緒にスペクタクルを作るのです」

エミール・レイノーの熱弁と血気に説得され、ふたりのクラウンは提案を受け入れ、指定日にパリ19区プティ通りのアメデ・メネシエのアトリエに向かった。彼らはこの人物とすでに顔見知りだった。パリの舞台芸術の界隈で「メネス」と呼ばれていた人物で、劇場装飾の第一人者であり、ヌーヴォー・シルクのためにもオープン以来定期的に働いていた。メネシエは、三人の男をアトリエに招き入れ、『ヴィルヘルム・テル』の舞台装飾に使われていた巨大なカンバスの覆いを取った。それは、サン・クルー公園の再現だった。

1週間後、一行は再びメネシエのアトリエに赴き、パントマイムの「撮影」を開始した。レイノーが彼らに何度も写真に撮る、と説明していたので、フティットとラファエルは、写真家が「動かないで」と言うたびに、ぴたっと動きを止めなければならないものと考えていた。しかし、レイノーは、逆に、彼がいないかのように、自分たちの寸劇を演じてほしいと言った。ふたりから見えるのはレンズだけで、数メートル離れて置かれた銅箱の器械のなかからまるで彼らを覗く巨大な片目のように彼らのほうを向いていた。レイノーは、ハンドルを手で回しながら、休みなく写真を撮り続けた。そうして出来上がったネガで、パントマイムの展開をジェスチャーごとに再現した。発明家は、ふたりのアーティストのカギとなる動きを写す画像を選別し、硬質ゼラチンの板の上でポジに拡大した。いくつかの線を強調し、手で色を入れた。それから、テアトル・オプティークのベルトの上にコマを合わせていった。

スクリーンに映し出されたショコラとフティットの『ヴィルヘルム・テル』

アメデ・メネシエとエミール・レイノーについて集めたいくつかの明白な要素から、映画の黎明《れいめい》の先触れとも言うべきこの場面を再構築することができた。レイノーはフティットとショコラのすぐ後に、ガリポーという喜劇役者にもフォト・セノグラフの別のシーンを演じるよう依頼しており、彼の回想録から仕事がどのような手順で進められたかも私は知ることができた。また、この革命的な器械による『ヴィルヘルム・テル』の最初の上映会が１８９６年5月13日に行われたことも確かめた。グレヴァン美術館の取締役会が勢ぞろいした。筆頭株主であるガブリエル・トマ、グレヴァンを引き継いで美術館の顔となっていたポスター描きの大家ジュール・シェレ（p．１２５）、『ル・ゴロワ』の経営者アルチュール・メイエなどだ。もちろん、ラファエルとフティットもその場にいた。

上映会はエミール・レイノーの完全なる勝利に終わった。株主たちは文字通りひれ伏した。発明家に長い拍手を送り、この大スクリーン上で演技を披露したばかりのふたりのアーティストにも喝采した。「素晴らしい！　驚くほど迫真的だ」と、ひとりが言った。「あなたがたは、実際よりも本物らしかったですよ」と、もうひとりがつけ加えた。「サーカスで観るあなた方の身振りと表情の細かいところまで、この大きなスクリーン上で見られました」。このプレミア・ショーに参加した特権層の観客たちは、レイノーがただ映像を映すだけでは満足しなかったことに一層感嘆していた。楽士を呼び、パントマイムにバックサウンドをつけていた。そして、彼自身も上映に積極的に参加していた。観客の反応に応じて、ベルトを止めたり、早送りしたり、巻き戻したりしたのである。

この記念すべき集まりの数日前、ジョゼフ・オレールが、グレヴァン美術館から数百メートルのところにあるオランピア座の2階に、リュミエール・シネマトグラフを設置していた。しかし、レイノーのフォト・セノグラフによって映された『ヴィルヘルム・テル』を観た者たちは全員、リュミエール兄弟との対決ではレイノーが優勢だろうと確信した。グレヴァン美術館での彼のキャリアはすぐに再開された。経営陣はレイノーに新しい企画を任せ、フォト・セノグラフの寸劇は1896年8月から1900年3月まで中断なしに上映された。合計で50万人以上の観客が、フティットとショコラが演じるヴィルヘルム・テルの偉業を目にしたのである。

パリの観客に自分の好ましいイメージを与えようとラファエルが日々取り組んできた闘いにおいて、エミール・レイノーとの協力は重要な節目だった。この経験は彼を力づけた。なぜなら、ヌーヴォー・シルクから解放されたいという希望のもとに彼がこれまで参加してきた企画のおおかたが失敗に終わろうとしていたからだ。彼が期待していたのとは裏腹に、1895年3月に参加したムーラン・ルージュでの舞踏会は、ラファエルにとってもフティットにとっても、ミュージック・ホールへの進出の一歩とはならなかった。ラウル・ドンヴァルが一座のアーティストにジョゼフ・オレール配下にある娯楽施設で演じることを禁じていたからだ。トゥールーズ＝ロートレックは、彼らをモンマルトルの丘のアーティストたちの世界に招き入れるようなことは何もしてくれなかった。バー・アシーユでのどんちゃん騒ぎから数か月、彼は何の便りもよこさず、徐々にモンマルトルの自分の城に閉じこもっていった。

ラファエルはパリの謝肉祭の際にカルティエ・ラタンの学生と結んだつながりが、真の協力関係に発展することも期待していた。しかし、企画者間の軋轢《あつれき》のために、ラウル・ドンヴァルはこの祝祭から手を引くことにした。同時に、ラファエルとフティットは自分たちがシャン・ド・マルス曲馬場のプログラムにもう組みこまれることはないと聞かされた。１８９５年夏の公演が評価されなかったのだ。

サルタモンテス（p．２１５）が、健康状態が良くないためヌーヴォー・シルクを去った後、ピエラントーニはドンヴァルを説得して、饒舌型クラウンで曲馬師でもあったシャルル・バルビエ、通称ボブを雇わせた。１８９６年8月、ヌーヴォー・シルクがアントニオ（p．67トニー・グライスの養子兼オーギュスト）を雇用したことをラファエルは知った。今ではトニート・グライスと呼ばれ、トニー・グライスの息子として紹介された。8年間顔を合わせていなかったが、ラファエルはすぐに、『ショコラの結婚』の際に外されたことをアントニオがまだ許せないでいることに気がついた。彼は復讐の機会を狙っていた。

フティットの本当の姿

フティットはといえば、自分の名前が自動的にショコラと結びつけられることを望んでいなかった。他の者とデュオを組むことも拒否し、ヌーヴォー・シルクの公演ではソロを演じたいと思っていた。ドンヴァルはいくつかの代替案を試してみた。しかし、どれもうまくいかなかった。アーティスト間のエゴのぶつかり合いが邪魔して、フティットとショコラの腕前が作りだした役柄に匹敵するレベルのものは出来上がらなかったのだ。

ライバルたちの失敗はラファエルをほっとさせただろう。たとえ、対等な関係が望めないいま、自分はますます相方に依存することになってしまうと分かっていても。フティットが去ったら、自分はどうなるのだろう？　気まぐれで、躁鬱《そううつ》を繰り返し、今日は愛想がいいかと思ったら、翌日は短気で暴力的になるフティットは、予測不能の男だった。芸能一家に育ち、幅広い交友関係を持っていたから、多くのサーカスで演じることができた。妹のエレナ・ベティは評判の高い曲馬師であり、グーグー・ロワイヤル（p．215）と一緒にフェルナンド座で成功を収めていた。

1896年初夏、フティットはドンヴァルについてロンドンに赴き、ミュージック・ホールを廻った。ラファエルは、相方が向こうで自分に代わる別の相手を見つけやしないか、新しい曲馬師と恋に落ちやしないか、心配だった。フティットはそのうち劇場に雇われるという噂もあった。バー・アシーユで、牛乳を飲むかの如くジンのグラスを空ける髭面の若い男とフティットが話し込んでいるのを、ラファエルは何度か見かけていた。アルフレッド・ジャリ（p．261）という名で、全くもって風変わりな戯曲を準備していた。彼はそれを『ユビュ王』と名づけたがっていた。最近発見された手紙で、ジャリは友人にこう書いている。「ボルデュール［ユビュ王の側近である大尉］を演じるのにフティットはどうかと考えた。舞台はポーランドだから、英語のアクセントを持つ者が必要だ」。ラファエルは、同時期に、フティットがモンダン劇場での舞台のために雇われたことも知った。『フティット・どうにでもなれレビュー（ラ・ルビュ・ジュモン・フティット）』は、1897年5月いっぱい上演された。

ラファエルは、相方に従順を示すほかなかった。ただ彼はそのことでそんなには苦しみはしなかった。この従属的な立場は自身の技を磨くには都合がよかったからだ。ふたりの年齢差はせいぜい4、5歳程度だったが、ラファエルはフティットのことを、会ったことがない父親、あるいは主人のように感じていたのではないか、と私は思っている。フティットとの共同作業は、ラファエルがアンリ・アグストのもとで過ごした修業時代に通じる気持ちを彼に思い起こさせたのかもしれない。

ラファエルは、ステージ上だけでなくその外でもこの師匠にくっついていった。フティットのおかげでラファエルは夜の世界を知り、トゥールーズ＝ロートレックやドビュッシーとのほろ酔いの夜会に興じた。フティットは、さらに、競馬の内幕を彼に見せた。そこは、当時、イギリス人の調教師、ジョッキー、馬丁に独占された空間だった。ギャンブラーの素質を持っていたラファエルは、すぐにこの世界が居心地良くなった。そして限度も知らず散財した。大勝ちするためにはすべてを失うことも厭《いと》わない者たちに特有の強烈な感情をただただ感じたかった。

調子がいいと、フティットは非常に外向的な男だった。自分の伝説を残すために、彼は人目があるなかで「目立つおふざけをするのが好き」だったという証言が多くある。深夜午前2時ごろ、彼はブラッスリー［カフェレストランのような飲食店］に到着する。そしてゆで卵を注文する。「もうありませんよ、ムッシュー」とギャルソンが答える。フティットはその独特の英語アクセントですぐに言い返す。「たまごがないだって！　じゃあめんどりをたのむ！」。

こうした夜には、アルコールの力も手伝って、フティットは、自分が5歳のときにはもうステージに上がっていたことを好んで話した。

「父さんと演じるときは、おそろいの衣装を着たんだ。当時のクラウンがみんな着てたようなね。ぴったりしたレオタードに膨らんだガウン、赤と黒の花がちりばめられた白い上着さ。石炭で顔を黒くし、いろんな色のヘアピースを頭につけた。父さんは跳ね起きたり、ハンカチーフ、葉巻、マッチをジャグリングしたりした。それから、舞台監督が赤い大きなハンカチーフで包んだ箱を運んでくる。父さんがそれを開けると、突然男の子の小さなまぬけ顔が飛び出し、その子は鼻の頭で手をひらひらさせて馬鹿にしてくる。つまり私だ。父さんは私を箱から取り出し、がつんとやり、私はうずくまる。それから私を腕にかつぎ、父さんは退場する。爆笑必至だ。観客は有頂天さ」

こうした機会に、フティットはまた自分の役者としての才能をまわりに思い出させようとやっきになり、サラ・ベルナール（p．218）が演じたクレオパトラを、自分は赤い縮れ毛、指輪、耳輪をつけて真似たことを話した。彼があまりに上手に女性の役を演じるものだから、騙された男はひとりどころではなかったという話をするのは、特に好きだった。ヌーヴォー・シルクじゅうがその話題で持ちきりだった1882年11月のある事件は、ラファエルも目撃していた。バーでウイスキーを飲みすぎていたある男が、女性曲馬師の恰好のままステージから出てきたフティットとすれ違った。彼を女性だと思ったその若い男は、フティットに言い寄った。これに対し、一座は憤慨した。切符係の責任者と座席案内係に引っ捕えられたこの不届き者は、直ちに追い出された。だが、この事件で正確なところフティットはどうしたかったのだろうか。それは誰にも分からなかった。

次第に互いの心の奥を知り、ふたりの絆は固くなっていった

徐々にラファエルは、フティットの人格の別側面、彼の不安と根っからのペシミズムを発見していった。自分に自信があり支配的な人物の裏に、不安定で、苦悩に満ち、絶え間ない疑念にさいなまれているもうひとりの彼が隠れていた。たとえフティットが完璧に切り替えができていたとしても、ドンヴァルが彼にショコラとのデュオをほぼ強制的に命じたとき、格下げの恐怖が彼につきまとった。フティットは、これまで自分が思い描いていたニグロ像とラファエルとが一致しないことに気づき、動揺したのではないかと私は思う。冷静に考えられるときには、ラファエルが自分よりもコミカルな感覚を持ち、自分のからだを自在に動かせる類まれな能力を有していることを、フティットは認めていたに違いない。それでも、「ニグロ」と組むことを衰えの第一歩と見なす他人の視線を気にせずにはいられなかった。

まるで今日《こんにち》移民の多い界隈に住むことを強《し》いられたプティ・ブルジョワが苦しむように、フティットはこの状況に悩んでいたのだろう。ラファエルは、格下げの責任はラファエルにあると相方が考えていることに気づき、とても辛く感じたに違いない。親愛なる読者よ、想像できるだろうか、自分の外見のせいで、触るものすべての価値を下げ、隣に並ぶ者に不利益を与えているのではないかと自問することがどんなにか苦しいことか。だが、ラファエルは元来が楽天的だったので、そうしたことも笑ってしまえる力をきっと持っていただろう。白人は、野蛮で原始的な黒人というステレオタイプを生み出した。そして、最終的には自分たちが誰よりそのことでに苦しまされることになったのだ。なんという矛盾だろう！

ラファエルは、こうして人間とはどういうものなのかを学習したのである。最初は、この白人クラウンを確固たるもの、絶対的なモデル、ぶれない存在と見なしていたに違いない。フティットのような天才は、疑念に襲われたり、自分のアーティストとしての価値に疑問を抱いたりすることはないのだろうと信じていた。だが、ラファエルは、どんな出自、地位、文化を持っていようと、評価という法廷の場から逃れられる人間などいないことを、あるとき理解した。どんな人間も他者から下される審判から解放されることはないのだ。

ふたりのクラウンは自分たちのナンバーをリハーサルし、それから公演に出て、毎日毎日一緒に過ごしていたので、フティットは誰にも明かしたことのない傷口さえも相方に打ち明けるようになったということも十分あり得るだろう。ラファエルは、そうしたとき、相方の気分を楽にするような言葉をかけたに違いないし、その大きな笑い声は、塞ぐ気持ちを吹き消しただろう。こうした交流はラファエルを安心させた。なぜなら無意識のうちに感じたのだ。もしフティットが自分を必要とするようになったなら、見捨てるようなことはしないだろうと。

ふたりのクラウンのあいだに生まれた共犯関係は、レパートリーの充実のために決定的なものとなった。フティットは、民衆演劇の伝統的な場面からインスピレーションを得た小さな寸劇を書き始めた。例えば、こんな感じだ。

ショコラ「喉が渇いたよ」
フティット「お金はあるのですか？」
ショコラ「お金はない」
フティット「お金はないのですね。でしたら、あなたは喉が渇いていないのです」

この寸劇の主題は、18世紀末に劇作家ドルヴィニー（p．246）が書いた有名な戯曲『殴られし者は罰金を払う』から引かれている。街に出てきた純真な農民ジャノは、殴られたことに対する異議申し立てをしに警官のもとに行く。しかし、警官は、「金がない者は文句を言ってはいけないことを学びなさい」と、答える。喜劇のなかでは台詞の場面に表れていた面白味が、クラウンのジェスチャー表現によるものへと移された。

同種のスタイルは、『私はあなたに平手打ちをする』というナンバーでも試された。フティットは、陰気で疑い深い様子で相方に近づく。「警告しておこう、ムッシュー・ショコラ、もしあなたが私から何か盗ったようなことがあれば、私はあなたに平手打ちせざるを得ない」。そして、彼のまわりを歩き、縫い目に至るまで注意深く調べる。ラファエルは震え始め、その大きな丸い目を落ち着きなくぐるりとさせ、何もしていないのに追い詰められてしまう者が見せる不安をうかがわせる。すると、フティットが丹念にラファエルのポケットを調べ――まず右から裏地までめくり、続いて左――、驚

き と不快感を表現する。彼は観客に証言を求めるが、証拠はないと認めざるを得なくなる。しかし、それでも満足げにその悪意を見せつける。「それでは、ムッシュー・ショコラ、あなたはなにもお盗りになってはいないようですな。しかし、それでも私はあなたを平手打ちしますよ。あなたが何かを盗ったと私は信じていたのですからね」。

こうしたナンバーでは、右の農民ジャノや愚かなジョクリス（p．305）のような民衆演劇の古くからの登場人物に現代的な味つけがなされ、社会批判の形式が醸成されていった。これはいままでクラウン芸の世界には見られなかったことである。おそらくは、「フランス特有」の農民の特徴を持った犠牲者像を見せてもパリの観客を笑わせることはもうできなくなっていたのではないか？　農村地帯の人々はいまやフランスの有権者のなかで最大数のグループを構成していた。彼らの手に共和国の政治家たちの運命は握られていた。植民地征服の進むなかで、この種の登場人物を演じさせるなら黒人クラウンを選ぶほうがよっぽど確実と言えた。とはいえ、植民地への言及は、内密な暗々裏《あんあんり》のものだった。フティットとショコラの寸劇では、ニグロの王子、奴隷、使用人が登場することはなかった。舞台上で、ショコラはいつも非常に正確なフランス語を操り、フティットは彼に丁寧語を使っていた。

ラファエルがクラウン寸劇で演じていた役柄と、パントマイムでの役のあいだのコントラストには目を見張るものがある。1895年の年末行事の際に作られた曲馬水上レビュー『パリ・パレード』では、挿絵画家のカラン・ダシュに台本が依頼され、ラファエルはまたしてもニグロ王子だった。『猫背の島』では宦官《かんがん》に、『パリ＝北京《ペキン》』では使用人を演じた。数か月前に上演された『ココ』では、様々な色の鳥の羽根をつけた若いアフリカ人役で、ホームシックから動物園を逃げ出す。猿と間違えられた彼は若い既婚女性に近づこうとするが、その夫からひどく殴られる。

両者の違いは、ひどく単純な理由で説明できる。パントマイムではラファエルは演出に口を挟むことはできなかったが、クラウン寸劇では彼自身も提案したり、個人的な解釈を口にすることができた。フティットはそれらを考慮に入れた。演技をよりダイナミックにするためにはラファエルの抵抗には意味があると、フティットは判断することができたのである。

結果として、クラウンの武器を動員してステレオタイプの万力を緩めようとするラファエルの戦略は、有効と言えた。フティットとショコラの寸劇の成功により、ラウル・ドンヴァルはパントマイムでも同じモデルを使うことを考えた。登場人物はいつもステレオタイプ的であったが、細部のテーマはクラウン寸劇の影響で変わり始めた。1896年初頭に作られた『猫背の島』では、構成員がみな猫背であるコミュニティに、ピエロが降り立つ。彼自身は「真っ直ぐな背中」であり、よそ者だと認識された。他の人に似ていないという理由で、彼には死刑判決が下された。しかし、王の娘もまた「真っ直ぐな背中」の人種であり、彼女はピエロに恋をした。そこで彼女は臣民に対して自分の欠陥を隠さずに見せ、ふたりは結婚する。

『猫背の島』のすぐ後にプログラムされた『地獄のピエロ』では、フティット演じるピエロは社交界から侮辱される哀れな落伍者《らくご》だ。ショコラ演じる悪魔が魂と引き換えに富を与えようと提案する。しかし、ピエロは最終的にお金が幸運をもたらさないことを知る。同様の社会批判は、『100キロ』という題名の水上滑稽劇のなかにも見受けられる。フティットとショコラは、「抵抗するボルトねじ」というダンス場を備えた酒場（ガンゲット）で給仕をしている。100キロ協会のメンバーが一堂に会し、最も重い者を選出する。激しい争いに陰険な足の引っ張り合い。最終的に、勝利者がインチキを働いたことが発覚する。腹に詰め物をした痩せた男だったのだ。

このパントマイムでは、会話が重要な位置を占めた。フティットとショコラは「饒舌型クラウン」

となり、ラファエルはまるで「パリっ子」のように下町の言葉を操った。

彼らのレパートリーは、頻繁に時事と結びつけることで一層成功した。例えば、『小さな浜辺』では、フティットとショコラは、ブルターニュの村の小さなオーケストラの指揮者とその補佐だった。フティットはバンジョーの小品のリハーサルを始める。ショコラは、釣り竿を手にやってくる。竿先ではオマール（ロブスター）が飛び跳ねている。ショコラが釣り竿を相方の鼻の先でゆらゆらさせると、フティットが振り向き、彼を楽器で引っ叩《ぱた》き、叫ぶ。「この馬鹿め！」楽士の一団が現れ、歌う。「あれ、オマールを持っているのかい？」村長が叫ぶ。「オマール？　あぁ、なんという馬鹿か！」。

この種のギャグは、いまの私たちには面白いとは思えない。なぜなら、19世紀末のパリジャンたちにとって、私たちは皆よそ者だからだ。彼らにとって親しみのある事柄は、往々にしていまの私たちには分からない。1896年初頭に『小さな浜辺』の公演を観にきた客たちの頭には、驚くほど大ヒットした「あなたはオマールを持っていますか？」というシャンソニエのシュルバックの歌が浮かんでいたからだ。同時期に、「この馬鹿め（サル・ベット）！」という表現は流行語だった。あるジャーナリストは言っている。

「あぁ、この馬鹿めらが！　まるでそれが汽車のなかでの人としての義務であるかのように、現在大流行しているこの幸せな呪いの言葉を1時間のうちに一度も発しない者などいない」

フティットとショコラは、『小さな浜辺』のこのシーンを「蜘蛛《くも》」という別の寸劇でも繰り返しており、その場面のポスターはフラン＝ノアンの本の表紙にも使われている。フティットはクラシックな白《しろ》クラウンの衣装を着ている。ショコラはあの伝説的な赤いジレだが、シルクハットではなくカノチエ帽（カンカン帽）をかぶり、ミュージック・ホールのみんなに向かって目配せをしている。

デュオの成功は、舞台監督に任せられるようになった新しい役割のおかげでもあった。曲馬芸の衰退に伴い、曲馬師たちは転向を余儀なくされていた。レオポル・ロワイヤルの弟であるアルセーヌ＝デジレ・ロワイヤルの場合は、ヌーヴォー・シルクで兄の後を継いでいたが、自由跳躍の芸を見せることは諦めた。アルセーヌ＝デジレ・ロワイヤルはヌーヴォー・シルクで最初の「スピーカー［ステージ上で司会者的な役割を担う盛り上げ役］」になり、いまでも「ムッシュー・ロワイヤル」と呼ばれる舞台上の伝説的な人物像を作りだした。ステージ上に登場したアーティストたちを引き立てるのがいまや彼の役目であり、ときにはおどけ者の役も引き受けた。

フティットとショコラの高まる名声により、１８９５年春を頂点に落ち着きを見せていた外部からの出演要請が再び始まった。１８９６年11月30日、フティットとショコラは、植民地の軍人と公務員が加入していたトンキン連盟相互扶助協会が主催したホテル・コンチネンタルの祝賀ホールでの懇親会に出席した。海軍将校や植民地省の役人といったエリートが、クラウン芸に拍手喝采した。翌月には、雑誌『モード・プラティック』の編集部が、社員の子供たちのために開いたクリスマスツリーの飾りつけにふたりを呼んだ。アシェット社が刊行するこの週刊誌は、家庭を切り盛りし、子供たちのお遊びに気を配る「専業主婦」と呼ばれ始めた中流階級の女性に人気があった。各号は、家計、料理レシピ、ゴシップ、三行広告、そしてお勧め小説や絶対に見るべき芝居の情報などから構成されていた。

１８９７年3月21日、ふたりのクラウンは、下院議員でアカデミー会員でもあるアルフレッド・マジエールが会長を務めるパリ記者連盟の年次懇親会に招かれた。その夜、内務大臣ルイ・バルトゥーが貴賓席に座り、下院議員、元老院議員、実業家、銀行家らが大勢押し寄せた。１２００人を数える共和国フランスのエリート層が、グラン・ホテルの祝賀ホールに一堂に会したのである。

食事のあいだじゅう、招待客は、第24師団軍楽隊の演奏を楽しんだ。続いて、コーラス隊が革命歌を奏で、さらにポラン、ジュディック、ユジェニー・ビュッフェといったミュージック・ホールの人気歌手たちが軽妙な歌を披露した。オペラ座のダンサーたちが、古謡に乗って優雅にメヌエット・ガヴォット［フランスの地方のフォークダンス］を踊った。そして、コメディー・フランセーズの正団員であったジョルジュ・ベールとムネ＝シュリーの名で知られるジャン＝シュリー・ムネが舞台上で詩を朗唱した。いつも通り、フティットとショコラは、自分たちのベスト・ナンバーを披露しながら、幕間やつなぎを盛り上げた。つまり、彼らは共和国のクラウンになったのだ！

２０１５年2月25日火曜日

ラファエル、君がいまのパリに戻ってきたら、とても驚くだろう。君は道を歩いても誰の注意も惹かない。君はパイオニアで、道を開いたんだ。君のような人間たちのおかげで、フランスはコスモポリタンな国になった。私はもう30年以上パリ近郊の庶民的な界隈に住んでいる。高層住宅の下に市が整備した広場を散歩するのが私は好きだ。天気のいい日には、あらゆる出自、あらゆる信仰を持つお年寄り、女性、子供たちが集い、おしゃべりに興じている。小さな子供たちはブランコや自転車で遊び、少し大きい子らはサッカーをしている。この種の社交は、いつも私をとても楽しい気分にさせてくれる。それは、私が自分の著書で常に主張してきた社会的混成の理想にのっとった姿に対して感じる満足感から来るものなのかもしれない。

とはいえ、私たちの社会では差別は完全に消滅しているとは思わないでほしい。君の時代のように黒人を嘲笑することはない。しかし、ステレオタイプは続いている。今日、彼らの姿は、私たちが日常的に接している軽犯罪やテロリズムのイメージと結びついている。

そうした世論に押されるように、政府は移民に関する法律を強固にする一方だ。国境コントロールがかつてここまで厳格であったことはない。毎週、地中海で死ぬ者たちがいる。われわれがヨーロッパに受け入れようとしないからだ。

パリ・サーカス界の衰退が始まる

読み書きができないことは、ラファエルにとって大きなハンディキャップだった。そのせいで、キャリアの初期は、契約や新聞記事、サーカス世界の情報を読むのにいつも他人の力を借りなければならなかった。しかし、マリーのおかげで彼は少しずつ自立していった。いまでは、彼女が家計簿をつけ、手紙を書き、ラファエルに新聞を読むようになった。彼女を通して、ラファエルは1896年に起きた出来事を知った。エチオピア皇帝メネリク2世は、エチオピア北部のアドゥアでイタリア軍に対し決定的な勝利を挙げた。日本では津波が2万7千人の犠牲者を出した［明治三陸地震のこと］。クーベルタン男爵によって第一回近代オリンピックがアテネで開かれた。マダガスカルがフランスの植民地になった。

ハバナを出て以降自分のルーツとは完全に切り離されていたが、ラファエルは、キューバで奴隷制が廃止されたことを知っていただろう。マリーがニュースを読むのを聞きながら、ラファエルは、独立戦争が日々どのように展開しているかを知り、アメリカ人が彼の生まれ故郷の島を占領するため介入してくるのではないかと不安に感じた。こうした故郷との間接的なつながりは、彼のなかに矛盾する気持ちを掻き立てたのではないかと、私は想像する。同郷の人々が隷属の鎖を打ち砕いたことはとても喜ばしい半面、ラファエル自身がこの解放を享受することはなかったのだ。歴史のいたずらか、彼は自由人になることを夢見てヨーロッパへ旅立ったのに、いまではすべてのキューバ人が戸籍を持っている。ただひとり、ラファエルを除いて。

外国の地で長いこと孤独に暮らすことが多い移民たちが、家族の結びつきを見出すことにとりわけ重きを置いていることに、彼らの物語を読むなかで私は何度も気づかされた。成長する子供たちの存在が、彼らにとって未来に向かって進むうえでの希望となり、それは、受け入れ先の社会に溶け込むことを容易にすることでもあった。

マリーが読んで聞かせた新聞上の彼への褒め言葉を、ラファエルは誇らしく思っていたに違いない。なぜなら、いまでは自分だけのために働いているわけではないからだ。毎日何時間もステージの上で同じ身振り、同じ仕草、同じ動き、同じ言葉を繰り返し、彼はへとへとだ。それは、毎朝マリーが新聞を手に大きな笑みを浮かべて彼に近づく、この純粋に幸福な時間をずっと続けたいからこそなのだ。

しかし、フティットとショコラの高まる名声といえども、ヌーヴォー・シルクの衰退に歯止めをかけることはできなかった。『統計・比較法制紀要《きよう》』で見つけた娯楽施設の興行収入に関する数字データによれば、1893年にもう少しで100万フランという額に達したのち、1894年には76万フランに再び下落し、下降傾向はその後数年間続いている。1896年の収益は、63万フランというヌーヴォー・シルク誕生以降最も低い数値を記録し、フォリ・ベルジェールの半分以下だった。そして、オランピア座が初めて、ヌーヴォー・シルクを超えた。

パリのすべてのサーカスが被っていた危機の影響をサントノレ通りのサーカスもまた受けていた。シルク・デテ（p.76）は破産寸前であり、フェルナンド座も瀕死の状態だ。しかし、ヌーヴォー・シルクの衰退には、内部要因もあった。ラウル・ドンヴァルは初期の情熱を失ってしまったようだった。彼は妻のテレザと別れ、若い愛人と再婚した。それ以降、彼はしばしば一座を留守にし、ヌーヴォー・シルクの将来よりも私生活に気を取られているようだった。息切れし、疲れが見え、疲労困憊の様子でもあった。

1897年6月、ジェロニモ・メドラノがラファエルの楽屋にやってきて、数年前に大成功を収めた象のパロディをまた演じてみないかと提案した。ラファエルは驚いた。5年来、メドラノはもうクラウンの衣装に袖を通しておらず、舞台監督の仕事に徹していた。しかし、「ムッシュー・ブム・ブム」（メドラノの愛称）は、これが退任公演になるだろうからと、ラファエルに明かした。彼はヌーヴォー・シルクを去るつもりだった。フェルナンド座を所有することになり、名前をメドラノ座に変えた。

数年来の慣習通りシーズンは6月で閉じたが、ヌーヴォー・シルクは1897年7月14日には例外的に開き、革命記念日のためにパリ市が後援した子供たちのためのふたつのマチネが行われた。最後の公演の後、ラウル・ドンヴァルは一座を団員応接室に集め、自分がヌーヴォー・シルクを去ることを伝えた。夏の終わりには新しい支配人が就任する。彼の名は、イポリット・ウックといった。

第15章
サロン曲芸師

ある高校生の鋭い主張

フランスじゅうを巡って、地域の小劇場、社会文化センター、教育施設で行った演劇型講演は、私に全く新しい現実を体験させてくれた。人生で初めて、ミュージシャンや役者と一緒に舞台に上がった。この普通ではあり得ない状況についてあるカルチャー週刊誌は、このスペクタクルを紹介する小さな記事に「歴史家のシャツが汗で濡れるとき」というタイトルまでつけた。そのせいで幾人かの同僚にからかわれることになった。というのも私の属する職業集団においても、真面目に取り合ってもらうためにはその肩書きにふさわしい行動をとる必要があるからだ。この演劇型講演の企画に全力を注ぐために、知識人の世界でこれまで果たしていた責任を私は放棄した。「駆け出し」研究者に戻ったというわけだ。多くの人が、大義のためにノワリエルは道を踏み外したと考えたに違いない。実際のところ、私は学問の理想を諦めたわけではなかった。ただ、大学の世界では、少数のグローバルなエリートだけに益する知識を生産する専門家たちが、ますます幅を利かせるようになっている。そうした人々と、私は何の共通点もないように感じたのだ。

前述のジャーナリストは正しかった。私は、文字通りの意味でも比喩的な意味でも、シャツが「汗で濡れた」。あくまでも講演者の役に徹していたものの、観客との関係性はそれまで慣れていたものとは比較にならなかった。専門家という肩書きのもとで聴衆の前に立つのであれば、人はあなたのいうことを「厳かに」聞くものだ。あなたは、45分か1時間くらい自分のちょっとした知識を読み上げる。続く質疑応答では、質問者に対して彼らが理解しなかった箇所を説明するという教育者的才能を発揮すればいい。なんとも快適だ。私たちの世界に、あらゆる種類の専門家たちがあふれているのも不思議ではない。

しかし、演劇の舞台に立つと、たとえ歴史家の役を演じるだけであっても、観客との関係性は教える側／教わる側というものではなくなる。観客は、「よかった」「いまいちだった」と言いながら、判断を下していくのである。公演期間は、肉体的にも精神的にも過酷なものだった。舞台装置も自分たちでつけたり外したりしなければならず、演劇に不向きな場所をあてがわれることもしばしばで、公演後には自分たちで会場の掃除をしなければならないこともあった。しかし、私を最も辛く不安にさせたのが、自分が観客の存在に依存しているという感覚だった。私はもう長いこと、一般読者ではなく自分の同業者に向かって物を書くという、大学に特徴的な世界の見方というものを内在化してきた。フランス共和国が市民の税金を使って私たちに提供した自律性は、民主主義の貴重な成果である。そのおかげで、社会科学の研究者は、いかなる社会階層にも迎合しない知識を生み出すことができるようになった。しかし、この特権のために研究者はある事実を忘れてしまう。すなわち、社会における大多数の人は自分たちが所属する世間と「うまくつきあわなければならない」ということを。

毎公演後に行った討論会はいつも面白いものになるとは限らなかったが、私の研究にとっては非常に重要な意味を持った。私たちの演劇型講演は市民教育の側面があったので、道化師ショコラが被った差別を前面に押し出すことに決めていた。当時の私は、主にフラン＝ノアンの著書とトゥールーズ

＝ロートレックのリトグラフに基づいて調査を進めていた。「メッセージ」が盆に載せられて私たちに提供された、まさにそうとしか言いようがない。卑劣で愚かな人間を撲滅する闘いにとって、道化師ショコラに押しつけられた侮辱的なイメージは、レイシズムの恰好の証拠だったのである。フティットとショコラのナンバーは、白人の優位性を説いて植民地政策を正当化しようとしたジュール・フェリー（P．76）の演説を、サーカスの場で繰り返したものなのだと、私は話した。「ムッシュー・ショコラ、私はあなたに平手打ちをしなければなりません」というフティットの決まり文句は、当時フランス人の多くが感じていたある使命を代弁しているのである。つまり、「劣った人種」はフランスが啓蒙し、文明化しなければならないということを。

ある日、郊外の職業高校の生徒たちの前で公演を行ったとき、彼らのひとりがかなり辛辣なトーンで口を開き、私たちに向かってショコラがこうした侮辱に何の反撃も示さないなどありえないと訴えた。私たちのスペクタクルが黒人の尊厳を傷つけるものだと彼は感じたのだ。しかし私たちの意図したことは真逆だった！　彼の発言は私を強く揺さぶった。自分の著作ではレイシズムという現象の説明と、その告発を混同して研究する歴史家の傾向をずっと批判してきただけに、動揺はなおさらだった。

アーティストたちと長い議論を重ね、よりダンスに重きを置く方向でスペクタクルを構成し直すことに決めた。つまり私たちは『ニブ』の戯画（P．２６５）を参照するのではなく、「バーで踊るショコラ」（P．２６５）からインスピレーションを得ることにしたのである。この時点から私は本の書き直しを開始し、それがこの本へとつながる。文献調査を進めるなかで、文章化されたものを通して世界を読み解くことに慣れてしまった大学人特有の無意識の反応に、自分自身縛られすぎていることに気がついた。私の主人公は文字が読めないし、ましてや書けない。だから書かれた物のなかに、ラファエルの侮辱への抵抗の跡を見つけ出すことは不可能なのだ。私はもっと彼の身振りや動きを真剣に取り上げなければならなかったのだ。この確信に基づいて、閲覧してはいたが無視していた史料を徹底的に分析しなおすことにした。道化師の「動き」を検証できる唯一の映像資料、リュミエール兄弟の文書に収められている寸劇の映像である。

最初にこれらの映像を見たとき、私は落胆した。デュオは、ヌーヴォー・シルクでの公演の最中に生《なま》で撮影されたわけではなかった。カメラのレンズの前で、舞台装置も台詞もなしに、自分たちのナンバーを演じていた。それゆえ、彼らの成功の元であったコミカルな即興のやり取りは残されていない。サーカスの雰囲気も舞台装置も音楽も伝えられていない。がっかりしたのは、撮影されたこれらの小品が中途半端なものだったからでもある。デュオの演技をライブで捉えたものでもなく、映画へと至るこの新しい芸術の要請に応えたシーン、つまりフィクション作品でもなかった。

ふたりのアーティストの動きに着目して注意深くこれらの映像資料を観返すと、前述した若い観客が私たちに向けた批判が的を射たものであったことが分かった。いつも殴られていつも満足なニグロとしてショコラを描く、当時のステレオタイプ的記述と、私の目の前で繰り広げられる映像のあいだには、驚くべきずれがあった。リュミエール兄弟によって撮影された最初の寸劇は『ポリスマン』である。これはデュオが作った最初期のクラウン寸劇のひとつだ。1896年2月の『ル・フィガロ』では以下のように賞賛されている。「道化師フティットとショコラは、創意工夫に富む全く新しいパントマイム『ポリスマン』で会場中を楽しませた」

リュミエール兄弟の撮った映像を私はさらに読み進めた。ふたりのクラウンは、ひとりのカスカドゥール［補佐役］と一緒に舞台に登場する。ショコラが彼を一方から引っ張り、フティットがもう一方から引っ張った。カスカドゥールは、ふたりを振りほどき、彼らを叩いた。フティットとショコラが彼に平手打ちを食らわす。カスカドゥールは彼らを脅して逃げ出す。そして、警官の制服を着たマネキンを連れて戻ってくる。フティットが近づきマネキンを叩くとそれはひっくり返り、ショコラが摑まえて立たせる。フティットはもう一度叩くが、その間にマネキンは本物の警察官になって反撃に転じ、フティットを派出所に押し込む。ショコラは彼らに続き、「そうだそうだ、そいつを牢屋に押し込んでください」と言いたげな大げさな身振りをする。

『ボクサー』と名づけられた寸劇のなかでは、ふたりのクラウンが対峙し、挑発し合い、胸をど突き合う。彼らが罵り合っている。彼らは勝負を判定してくれる審判たちを探しに行く。フティットがショコラを叩くと、ショコラは反撃しようとするが、審判たちが止めに入る。フティットがさらに叩き、そして逃げ出す。ショコラがそれを追う。ふたりのクラウンは勝負を再開するが、最後には審判たちを殴り始め、彼らのほうが倒れてしまう。

『シーソー椅子』のナンバーでは、フティットがショコラを殴り始めるが、ショコラもフティットを椅子で脅し返す。フティットは膝をついて許してくれと言わんばかりに懇願する。続いてふたりのクラウンは横にした椅子の端と端に座る。フティットが急に立ち上がってショコラを落とす。そして、からかう。ショコラは反撃に出て、彼を殴る。

これらの寸劇はいずれも、ニグロはいつも白人クラウンにいじめられ、堪えているという言説を助長するようなものではない。映像をスローモーションにかけると、身のこなしの上での彼らの変化がよりはっきりと判別できる。ふたりのアーティストは、10年前にキャリアを始めたばかりの頃に見受けられた、しなやかさや敏捷さをすでに失ってしまっている。たとえ、フティットがいまでも連続したアクロバティックな跳躍をすることができたとしてもだ。ラファエルの場合は、拳を受けるやり方や身振りにおいて、特に顕著だ。しばしば、彼はジャンプした後にぼうっとしたり、足がそろわなかったりした。

ショコラが反撃もせずあらゆる侮辱をただ受けていたなどあり得ないと主張した若い観客は、ある真実を口にした。私が今証明しようとしているのはその点だ。この若い男性はショコラの人物像に感情移入し、白人クラウンに殴られる黒人クラウンのイメージに憤慨した。なぜなら、どんな人間も侮辱されることにただ甘んじたりはしないと、彼は知っていたのだ。ところが、この当たり前の真実は、道化師ショコラのキャリアに言及したあらゆる文学者、博識者、歴史学者によって無視されてきた。

フティットとショコラの関係を理解するために私が最初に提示した解釈において、私は知識人にありがちな過ちを犯していた。言葉に囚われすぎていただけでなく、他のある場面で繰り広げられた行為については政治的な解釈さえしていた。もう一度出発点に戻り、新しい手がかりを調べる必要があった。

精神分析医が読み解いたフティットとショコラの寸劇の意味

私はこの頃、ある精神分析医が白《しろ》クラウンとオーギュストに関する詳細な研究を出版していたことを発見した。そこではフティットとショコラが果たしたパイオニア的役割にも言及されていた。この研究によれば、ショコラは「馬鹿なこと」ばかりしてサド・マゾヒズム的挑発を繰り返す子供を体現していた。フティットは厳格な父親であり、ショコラの怖がる気持ちを利用して、彼を脅したり罰したりした。デュオが演じる寸劇は、大人の説明を通じて子供が「認識」する世界を投影したものであると、この研究は述べている。こうしたクラウン寸劇を、子供たちを夢中にさせることができる教育的好機として捉えるべきだ。なぜなら、子供たちに希望を届けているからだ。オーギュストは叩かれるが、笑顔を浮かべ、機嫌も良いままだ。彼は受けた暴力を絶対視してはいないのだ。

私は国立文書館の映像資料閲覧用の一区画に再び座り、この新しい読解法で『ヴィルヘルム・テル』を見直した。確かに、この寸劇のなかでフティットは大人として振る舞っている。銃を手に持ち、息子であるショコラの頭の上にリンゴを載せ、それを銃で狙った。ショコラは従わざるをえなかったが、フティットが背中を向けているあいだにリンゴをかじって抵抗し、父親を怒らせた。ショコラは怖がっているように見える。彼があまりに震えるので、リンゴは頭の上で安定しない。大人に対して、暴力は最良の教育方法ではないことを説明するかのようである。それから、フティットはショコラの頭の上にリンゴを押しつぶして固定し、銃を構えた。最終的に、すべては丸く収まる。「罰」の代わりに、ショコラは水鉄砲でびしょ濡れになる。幸福な結末は、子供にとって希望の糧《かて》となる。

数年にわたって、ふたりのクラウンは芸を磨いた。フティットは悲劇的な苦痛の仮面を装着した。大げさに唇をわなわなと震わせ、厳めしい父親らしく眉を上げ、尊大な貴族のように軽蔑的に口を歪めることで、彼は、威圧的で、怒りにかられ、だが同時に不安げで、それでいてかすかに微笑んでさえいる様子を表現した。ショコラは逆に、かの有名な震えと百面相を組み合わせ、観客に不安を伝えるのだが、それでもいつでも上機嫌なのだ。震えは従属の印ではなく、抵抗の形だった。なぜならリンゴを振り落とそうとしていたのだから。

フティットとショコラの寸劇は、お芝居だと分かっていても、子供たちに不安な状況を追体験させた。だから、蜘蛛の寸劇など彼らのいくつかのナンバーがショコラの「これはおふざけだよ」の言葉で終わるのは、偶然ではないのだろう。

２０１４年12月15日月曜日

沈黙を強いられた人間は、それでも自分のからだを使って尊厳を守ろうとするものだと理解するまでに、私は少し時間を要した。しかし、漠然とではあるが、私はすでにそのことを知っていたのだ。誰しもあると思うが、私も屈辱的だと思える立場に置かれ、黙ってしまうような状況を経験したことがあった。とりわけ学校のテストや就職活動のような「審査される」ときだ。そうしたとき、からだが勝手に話し出したことを、私は思い出した。神経性のチック、反射的動作、膝の震え。こうした無意識の身体的反応によって、「審査される」という分別であふれたこの状況にナンセンスを持ち込みたいと、私は願ったのだ。

『ヴィルヘルム・テル』の誕生がクラウン芸術の歴史において決定的瞬間であったことを私は確信した。このナンバーのおかげで、白クラウンとオーギュストの関係がはっきりとした形をとるようになった。それ以前、オーギュストが子供として登場したことはなかった。ギュギュスは、庶民の男であり、頭が悪く、お人好しで、抜け目がない。ラファエルにこの種の人物を演じることはできなかったろう。しかし、ヴィルヘルム・テルの息子役は完璧な説得力を持って演じることができた。無意識のうちに観客を味方につけて、ラファエルは近代的オーギュストの輪郭を作り上げ、その姿は20世紀を通じてサーカスのステージ上に君臨することになった。

精神分析的説明は私にとって新たな手がかりではあったが、それで『ヴィルヘルム・テル』のすべての側面が明らかになったわけではない。ふたりのクラウンの衣装が、演じる人物像と一致していないのだ。赤い服にシルクハットのラファエルは、大人の服装だ。フティットのほうは、当時の幼い子供たちが着ていたセーラー服だ。『ヴィルヘルム・テル』でフティットはリンゴをむしゃむしゃとかじり、そのかけらをショコラの顔に吐き出した。彼は息子を罰したかったのだが、息子のやり方を真似たい気持ちを抑えられなかった。つまり、子供が父親に「馬鹿なこと」を教えたのだった。

後に彼に続く白クラウンたちとは異なり、フティットは権威的な父親の役に留まることを常に拒否した。彼が舞台で演じる役柄の特徴のひとつは、そのなかに、相反する性格が同時に存在していることである。しばしば厳しい父親を演じながらも、彼は、その立場を揺るがすような様々なイメージを増やしていった。権威の押しつけに失敗し嘲笑されるこの姿が、若い観客のあいだでのフティットの人気を高めたのである。

デュオのあっという間の成功を、フティットとショコラの演技が、観客に自分たちが子供時代に体験した様々な感情を思い出させたからとも説明できる。１９００年にヌーヴォー・シルクに曲芸師として雇われた道化師ベビは、ヌーヴォー・シルクの花形デュオがいかに阿吽《あうん》の呼吸で演じていたかを、回想録のなかで感嘆を込めて触れている。

「ショコラは、ある種の共同作業でより一層力を発揮するタイプのまさに見本である。彼は見事に相棒を補完する。彼のすべての身振り、すべての顔の表情、すべての台詞は、奇跡的なまでに、相手のそれとぴったりと合う。彼らはふたりで完全な道化役となる」

「奇跡的なまでに」。なんとも強い言葉である。出自も社会階層も修業過程も経歴もまるで対極にいるふたりのアーティストが、どうしてこんなにも早くここまで見事に調和できたのか、フティットとショコラの同時代人は首をかしげた。

ふたりのクラウンには、その違い以上に大きな共通点があったのだと私は思う。彼らはふたりとも幸福な子供時代を喪失していた。ラファエルは孤児だった。そして、10歳のときには唐突にコミュニティから引き離された。フラン＝ノアンによれば、ジョージ・フティットは財布に乾燥させたフクシアの花（品のある美しい赤紫色の花）を忍ばせており、決して手離さなかったという。それは、彼が父親の死の知らせを受けた日に寄宿していた中学の庭で摘んだものだった。その数か月後に家族経営のサーカスは倒産し、ジョージの母はある曲馬師と一緒に暮らし始めた。幼いジョージはこの男にすぐに敵愾《てきがい》心を感じた。それが理由で、彼は叔父の一座に雇ってもらい、イギリスを離れフランスに向かった。

子供時代を奪われたふたりのクラウンは、しかし突如として気がついたのだ。共にステージで演じれば、それをもう一度取り戻すことができることに。

私が見つけたデュオの写真のなかで、とりわけ目を惹いたものがある。おそらくコンビを組み始めた当初のものだろう。ふたりの顔はまだとても若い。フティットの左手は親しみを込めて相方の肩に置かれている。彼はショコラを気遣うように見つめている。ラファエルの顔は軽く傾き、励ましてもらいたがっているかのようにフティットの額に触れている。その目は空を見つめ、深い悲哀が見て取れる。その姿は、毎日ヌーヴォー・シルクのステージを沸かせる愉快なデュオのものではない。ふたりのアーティストが互いに懐旧の情を感じている瞬間を、カメラマンが不意に切り取ったかのようである。

新支配人イポリット・ウックが行ったヌーヴォー・シルクの「アメリカ的転回」

1898年3月11日、ラウル・ドンヴァルの死を新聞が報じた。彼の葬儀は数日後にマドレーヌ寺院で行われた。ヌーヴォー・シルクでは、支配人の座がイポリット・ウックに替わって以降、様々な変化があった。取締役会が彼を選んだのは、ウックが舞台裏を知る人間だからである。フランス北部に生まれ、サーカスの古い家系レオナール家の出だった。親族はヨーロッパじゅうに分散し、コペンハーゲンとベルリンに拠点があった。イポリット自身も優れた騎手だったが、パリではアルマ橋曲馬場の支配人として知られていた。この人選は、ヌーヴォー・シルクを限りなくカフェ・コンセールやミュージック・ホールに近づけるというラウル・ドンヴァルの戦略の終わりをはっきりと告げている。サントノレ通りの一座は、サーカスの三本柱、曲馬師・曲芸師・道化師の「原点」に回帰しようとしたのである。

イポリット・ウックの最初の決定は、シアン・ノワールを閉めることだった。この「セーヌ右岸で最も楽しいキャバレー」は、あまりに洗練されすぎてお行儀がよく、客を集めることができていなかった。ウックはまた、シャン・ド・マルス曲馬場を手放し、サントノレ通りでの活動に一座を集中させることも決めた。メドラノが去ったことが変化に拍車をかけた。舞台監督の座が空いただけでなく、メドラノは、フティットとショコラの活躍で隅に追いやられたクラウンたち、すなわちピエラントーニ、ケステン、マッツォーリを一緒に連れていってしまった。それでもパリで一番のデュオを手にしていたウックは、代わりの新しいクラウンを雇おうとはしなかった。ドンヴァルの時代にクラウンたちを消耗させていた絶え間ない争いを避けるために、安定した中核をひとつ据え、あとはその時々の流行のアーティストを短期で雇用するほうがいいと判断したのである。

ラウル・ドンヴァルの目指した活動領域は、イギリスはロンドンのミュージック・ホール止まりであった。その点、イポリット・ウックはアメリカをよく知っていた。その影響はとりわけ新しく広告を重視し始めたことに表れている。新聞との関係を深めるために、ウックは宣伝の専門家を雇った。彼の名をピエール・ラフィットという。１８７２年にボルドーで生まれ、１８９２年にパリで仕事を始めた。自転車愛好家であるラフィットは、『レコ・ド・パリ』紙の「サイクリングよもやま話」というコラムを担当した後、１８９８年に自分の出版社を設立し『野外生活：挿絵入りスポーツ雑誌』を創刊した。それからの数年のうちにこの若い経営者は、種々の挿絵入りの本や人気小説の双書刊行を開始し、アルセーヌ・ルパン、ルルタビーユ［作家ガストン・ルルーの小説の主人公。18歳の新聞記者］やシャーロック・ホームズを廉価版で出版した。イポリット・ウックにとって、ラフィットはまさに「適材適所」な人物だった。

ヌーヴォー・シルクの「アメリカ的転回」は、1897年10月のシーズン開幕時にウックのもとで作られた最初の水上パントマイムでも明らかだ。アメリカから曲芸師たちが呼ばれ、『テキサスにて』と題されたこのパントマイムで、彼らはフェニモア・クーパー（P．173）の小説からそのまま出てきたかの如きカウボーイやインディアンとして登場した。第一部では、投げ縄、野生馬の調教、先住民の踊りのデモンストレーションを観客は目にした。第二部の水上パントマイムは、アメリカの極西部地方（ファー・ウエスト）に焦点を当てていた。カウボーイたちが「ランチョ・ガール」（「農場の娘」の俗語）をさらったインディアンの追跡を開始する。最終場面では、カウボーイたちが馬ごとプールに飛び込む。このスペクタクルに、観客たちは大いに熱狂した。曲馬芸ながらも全く新しいジャンルに挑戦し、巧みにハイ・ライフの趣味を満足させたのである。さらに、パントマイムは「アメリカ風に」宣伝された。主要登場人物を演じたアメリカ人騎手トム・ウェッブが馬で水に飛び込む場面を描いた巨大なポスターがパリじゅうに貼られた。カウボーイたちはその振る舞いでもパリのゴシップ欄を賑わせた。彼らのひとりがブーローニュの森で犬に投げ縄をかけ、そのまま200メートル引きずったことが、住民たちの怒りを招いたのである。「野蛮なヤンキー」という当時のヨーロッパ人の強い偏見は一層強まることになった。

翌年ウックは、『テキサスにて』を成功に導いたやり方はそのままに、今度は舞台をフランスの森に置き換えた。

これらのパントマイムは、ドンヴァル時代にはかすんでいた曲馬師たちの権威を回復させた。ウックはまた曲馬師界隈のつてをうまく利用して、国際的に有名な騎手を呼ぼうとした。例えば、「世界で最も巧みな跳躍騎手」として名を馳せていたジョン・ヒギンスのプログラムを数か月のあいだ上演した。さらにウックは女性曲馬師の活躍の場を拡大させ、ヨーロッパのサーカスの有名家系出身のテレーズ・レンツやローラ・シューマンなどを呼んだ。

エリート貴族たちは、ラウル・ドンヴァルのような「平民」がヌーヴォー・シルクのトップにいることを真に認めてはいなかった。ドンヴァルのカフェ・コンセールへの接近も事態を好転させるにはうまく働いていなかった。それゆえ、曲馬師が再びトップに就いたことと曲馬演技の刷新は再び競馬愛好家たちの関心を再び引き寄せることになったのである。上流階級の観客たちの心を摑むために、ウックはちょっとした象徴的サービスを次々と繰り出した。例えば、「ユリの紋章（ブルボン家の紋章）」の家系の人物がサントノレ通りにやって来た場合には、ファンファーレを鳴らすようにオーケストラに要請したのだ。こうしてサーカス座は初期の絢爛さを取り戻した。大きなクラブが所有する桟敷席には再び白いジレや黒服の男たちが押し寄せるようになった。

ウックはヌーヴォー・シルクのパントマイムでもうひとつ大きな変革を敢行した。スポーツの演技を徐々に増やしていったのである。その結果、フランス・オトモビル（自動車）・クラブやフランス・ヴェロ（自転車）・クラブが桟敷席を年間契約するようになった。

勢いが盛り返したことはすぐに数字に表れた。１８９７年、４年振りに興行収入が上向きに転じ、ヌーヴォー・シルクはオランピア座を抜き返した。翌年はさらに成長著しかった。他のサーカス座やミュージック・ホールは停滞していたが、サントノレ通りのサーカス座だけは90万フランに達する勢いだった。株主たちは喜び、イポリット・ウックの契約は１９０２年まで延長された。

この変動は、フティットとショコラのデュオにとっても結局のところ吉兆だった。確かに、ウックはときおりロンドンやニューヨークで見初《みそ》めたコミック・アーティストを登場させていた。例えば、ミンストレル芸盛り上げのために幾度目かの挑戦をしていた滑稽ニグロのベアンザン一家や、多様な芸を披露する小人のピッコロズなどである。しかし、彼らの誰も、一座の専属道化師デュオにはかなわなかった。巨漢クラウンのピエラントーニ（P．215）の離脱とカフェ・コンセールのアーティストたちとの絶縁が、フティットとショコラのデュオが台詞芸を含むあらゆるクラウン喜劇の技を磨く機会となった。彼らの人気はうなぎ登りで、ヌーヴォー・シルクのプログラムには「1階には、フティットとショコラが営むバー」という記載までされるようになった。

デュオへの熱狂は、外からの出演要請が再び増大したことからも分かる。1897年7月には、彼らはフリーメイソン団体が催した「自由人の祝祭」に招かれた。数か月後には、芸術孤児院（オルフェリナ・デザール）［1880年に設立された芸術家の子供のための孤児院］を組織したマリー・ローランが、10月24日に開催予定の大きなチャリティ・イベントを盛り上げてくれるようにふたりのクラウンに頼んだ。文芸者協会の後援を受けているこの組織は、ヴァンヴ通り69番地（今日のレイモン＝ロセラン通り）に建物を所有し、創設以来、芸術孤児院は130人以上の生徒の教育を助けてきた。しかし、毎年60人の子供しか受け入れることができなかった。運営陣はその3倍の受け入れを決定し、必要な予算を獲得するために個人の寄付を募ることにした。

ふたりのクラウンの演技は非常に高く評価され、芸術孤児院の運営陣は彼らに1897年12月6日から8日まで『ル・フィガロ』社内にある広間で開かれる大きな慈善バザーにも参加するよう依頼した。開催側はスタンドを設置し、後援者の女性たちだけでなくサラ・ベルナールのような著名アーティストたちが売り子として立った。彼女たちはいろいろな物を売ったが、屋根裏を塞いでいたような古美術品のオブジェが実際の価値より高めの値段で売られることもしばしばで、組織の財政困難を救う手助けをした。レクリエーションの部の役割は、大勢の客を集めること、つまり潜在的な買い手を引きつけることだった。ジョージ・フティットとラファエルは、この機会に、女優で歌手のマルグリット・デュヴァル、ラ・フォンテーヌの寓話を演じたジョルジュ・ベルや国立高等音楽院のヴァイオリン・カルテットなど、各界の時《とき》の有名人らの隣に並んだ。

新聞で大々的に報じられたこのイベントは、またしてもふたりのクラウンの大躍進の足がかりとなった。『ル・フィガロ』は彼らを大いに称賛し、彼らが「『サロン曲芸』という新しいジャンルを作り出した」と述べた。実際、外からの出演要請の増加をきっかけに、フティットとショコラは、サーカスのステージ外の様々な場所で演じられるよう、自分たちのクラウン寸劇をアレンジしていった。現在で言う「パフォーマンス」の原型である。

貴族からの招待の堪えがたい夜会

「サロン曲芸」の評判は、ふたりのキャリアの新しい分水嶺となった。かつては、私的な夜会に彩りを添えるためにハイ・ライフの邸宅に招かれるのは、音楽家、オペラ歌手、作家、有名役者に限られており、道化師がその名誉にあずかることはなかった。芸術孤児院のバザーを開催した名士たちのなかには、１８９５年からの在仏イタリア大使の妻トルニエッリ伯爵夫人もいた。ロシア出身の彼女は、パリの外国大使館の面々が定期的に集まる華々しいサロンを主宰していた。このコスモポリタンな人々は、ハイ・ライフのなかでも際立った集団で、各邸宅で開かれるチャリティ・イベント、舞踏会、晩餐会などを通して彼らの社交は成り立っていた。

1897年12月末、トルニエッリ伯爵夫人の友人であるグールド夫人の私設秘書が、クレベール大通りの彼女のサロンで1月7日に開催されるバル・ブラン（白い舞踏会）を盛り上げるためにフティットとショコラに来てもらいたいと、イポリット・ウックに要請した。グールド夫人は、パリのハイ・ライフのなかでも最上流で最古参のひとりだった。第二帝政期のイギリス外交団の長であったルイ・グールドの未亡人で、パリで最も目立つサロンを主宰していた。彼女の息子の名づけ親は、なんと皇帝ナポレオン3世である。夫の死後もグールド夫人はパリに留まり、友人のアングルシー侯爵夫人と共にイギリス人コミュニティの中心となった。

年頃の娘を持つ母親たちのみが開くことのできるバル・ブランには、「花婿予備軍」たちが熱心に通った。『ル・ゴロワ』が1月7日の夜会について詳細に報じたおかげで、われらがふたりのクラウンがこの日その前で演じた招待客の豪華な名簿を、私は復元することができた。サン・フロランタン通りの館に住むレオノラ・ド・ロチルドがそこにいた。彼女は60歳で、ロチルド（ロスチャイルド）家フランス分家の創始者であるジェームス男爵の長子アルフォンスの妻だった。ノール鉄道会社社長で、1855年以降はフランス銀行理事であり、中央長老会会長も務めていたアルフォンス・ド・ロチルドは、ジョッキー・クラブと芸術アカデミーの会員でもあった。グールド夫人がレオノラを招いたのは、夫妻に独身で30歳になるエドゥアールという息子がいたためであろう。アデライド・ド・ロチルドも出席していた。彼女はジェームス・ド・ロチルドの末息子エドモン男爵の妻である。収集家で芸術の庇護者でもあり、芸術アカデミー会員のエドモン男爵は、パリでも最も豪華と評判のフォーブール・サントノレ通り41番地のポンタルバ邸を手に入れていた。アデライドとエドモンには17と20になる息子がおり、彼らもこの舞踏会に出席していた。他の招待客も外国大使館に所属する上流階級ばかりだった。イタリア大使トルニエッリ伯爵とその妻、オランダ大使デ・スチュアース騎士とその妻、ドイツ大使館書記官フォン・ベロウ公、イギリス大使館商務官オースティン・リー卿とその妻、元国務卿で元ボンベイ総督のレイ卿とその妻。アメリカ人コミュニティで最も著名な夫妻、ヘンリー・ドレイク卿とその妻もまた、このバル・ブランに招かれていた。

フランス人で招かれていたのは、パリ8区の区議会議員フランソワ・フロマン＝ムーリスとその妻、ラ・マズリエール侯爵とその妻、そして1871年のパリ・コミューン参加者虐殺に関わって栄誉ある昇進を果たしたある将校の息子ル・フランソワ中尉である。イギリス人コロニーのなかで最も魅力的な若い娘のひとりと目され、そして確実に最も裕福な家系のひとりだったグールド夫人の娘は、ロチルド家の息子ではなく、この慎ましいフランス人中尉と結婚した。

親愛なる読者よ、貴族と名士たちの集まりが、われらがふたりのクラウンにとってあまり居心地がいいものではなかったであろうことは容易に想像がつくだろう。上流社会のサロンでは、アーティストはほとんど召使いのように扱われることを、彼らはこのとき理解した。彼らが家の女主人と会うことはなく、夜会の段取りについて話す相手は執事だった。彼がふたりのクラウンを迎え入れ、何をしてほしいのかを説明した。

「舞踏会のための楽士以外で、マダム・グールドが招いたアーティストはあなた方だけでございます。ダンスの合間の時間に、場を盛り上げていただきたいのです。ですが、招待客のうちの幾名かは、心《しん》からの芸術家でいらっしゃいます。オースティン卿の奥方は上流社会ではまことに評判の高い歌い手で今夜もお歌をご披露なさいますし、フォン・ベロウ公も素晴らしいバリトンを聞かせてくださいます」

その晩の楽屋として準備された小部屋に行くには、ふたりのクラウンは使用人用階段を通らなければならなかった。フティットはとりわけ不本意だったと、私は想像する。執事が彼らに入るよう合図するのを待っているあいだ、フティットはラファエルにこの状況は屈辱的だと打ち明けた。自分の人生のなかで最も辛かった瞬間を思い出させるのだ。

「叔父のサンガーのところで曲馬師をしていた頃のある日、クラレンス公爵が私たちを彼の城館に呼んだんだ。ヴィクトリア女王その人がいた。私たちは庭に設えられたテントで待たされたのさ。すごく、すごく寒かった。指先が完全に凍ってしまった。その晩、私は貴族の奴ら全員を罵《のの》ったね。それからしばらくして、今度は将来のエドワード王、ウェールズ公の前で演じた。スペクタクルの後、彼は私の楽屋に来て5リーヴルを握らせて言った。『取りなさい、勇士よ。余の健康を祈って乾杯をせよ』。私は、このウェールズ公様たちの面《つら》に拳を一発食らわせてやりたいと思った。私が貴族ってやつを好かないわけが分かるだろう?」

ラファエルのほうはフティットほど、支配階級の侮辱的言動に傷つきはしなかったろう。イギリス人クラウンは、マルセル・プルーストが言うような「貴族のサロンでの柔軟体操でしなやかに」なってなどいなかった。彼は背中を曲げて服従することには慣れていなかった。一方でラファエルは生まれたときから人に仕えていた。彼は使用人として扱われることに恥ずかしさは覚えていなかったと思う。なぜなら長い間そうやって生きた経験があるからだ。ラファエルにはおそらく「ニグロ」に対する庶民の軽蔑の眼差しのほうがよっぽど堪えただろう。そうとは言わなかったけれども、ラファエルは心の底ではフティットが屈辱で唇を噛んでいるのを見て喜んでいたに違いない。ラファエルはそうした気持ちをもっと頻繁に味わっていたのだから。それに彼は、自分の相方をずっと近くに感じていた。

この晩、ふたりのクラウンは話し合って最小限の演技に留めたと、私は思う。「あなたにお金がないのなら、あなたは喉が渇いていないのです」という類のナンバーは避けた。彼らの演技は今回も評判がよく、それ以降デュオを社交界の夜会に呼ぶのが流行《はやり》になった。当時『ル・マタン』の記者だったコレット［19世紀後半から20世紀前半に活躍したフランスの女流作家］が、ふたりのクラウンへの熱狂について証言を残している。彼女の小説『ジジ』では、登場人物がある晩パーティを開くシーンがあるが、そこでは国立音楽アカデミーのエトワールたちが踊りを披露し、フティットとショコラが寸劇を演じている。

どんな世界、どんな場所でも演じることができる唯一のアーティスト

同時期、われらがデュオにはロシア人学生協会からサロン・オッシュでの夜会のために連絡があり、役者で演出家のアンドレ・アントワーヌからは自分が準備する催しを盛り上げてほしいと頼まれた。彼のリーブル劇場は数年前に破産していたが、それに代わる新しいアントワーヌ劇場をちょうど開いたところだった。自分の劇場を軌道に乗せるために、彼はアンビギュ劇場とすでに契約していた花形役者のフィルマン・ジェミエを引き抜いた。契約中途破棄の賠償のために、彼は3万フランを支払わなければならなかった。アントワーヌがフティットとショコラに頼んだ夜会での収益は、その支払いにまわることになっていた。

プログラムは、作曲家ジュール・マセネの『異教のクリスマス』、コメディー・フランセーズ所属の俳優コクラン・カデの独演劇、オペラ座の女流歌手らの歌、フィルマン・ジェミエが演じるトリスタン・ベルナールの戯曲、そして『真面目な客』という題の劇作家クルトリーヌの戯曲。フティットとショコラはいつものように幕間の寸劇を受け持ち、彼らの「驚くべき跳躍（カブリオール）は大笑

いの渦を引き起こした」。カフェ・コンセールやミュージック・ホールのアーティストたちが誰もこの催しに呼ばれていなかった点は重要だ。フティットとショコラだけが、前衛劇場のエリートたちのお気に入りだったのだ。この催しの成功だけで収益は８２００フランを超え、ジェミエは早々に負債を返済することができた。

共済組合が発表した収支報告によれば、数年間で医療費、退職年金、葬儀費など支出は大きく増大した。慈善公演はいまでは収益の三分の一を超えた。私たちが今日知るような社会保障が存在しない時代、この種の催しが命綱だった。フティットとショコラは以後、パリのショー・ビジネス界のアーティストたちを保護するメカニズムの重要な歯車となった。ふたりは１８９８年5月12日にゲテ劇場で開催されたマチネに参加した。続いて、オペラ歌手と劇役者の共済組合によって開かれたチャリティ・イベントや『プティ・ジュルナル』の催しにも協力した。彼らの名前は、困窮したアーティストのための催しでもしばしば見つけることができる。１８９９年4月には、自殺したアルカザール・デテ座の喜劇役者マティアスの家族のためにエルドラド座で開かれた連帯のマチネに参加した。この日は、イヴェット・ギルベール、ポレット・ダルティ、フラグソン、シュルバック、ポランといったカフェ・コンセールの花形たちがみなそろっていたが、そこに劇団俳優はひとりもいなかった。

フティットとショコラは、ブーローニュの森の貴族のサロンからグラン・ブールヴァールやモンマルトルのカフェ・コンセールに至るまで、どんな世界でも演じることができる唯一のアーティストだったのである。

第16章
アポポイト・ミアマ！

ラファエル、マリー、そして子供たちの日々

『ラ・ルビュ・ブランシュ』の寄稿者たちのつながりを調べていて、私はラファエルに関心を持つ作家をもうひとり見つけた。その名はジュール・ルナール。かの有名な『にんじん』の作者だ。フランス人が好んだユーモア週刊誌『ル・リール』誌上に当初掲載された小説『サーカスにて』で、作者はヌーヴォー・シルクでサーカスを見たばかりのふたりの子供、少年ピエールと少女ベルトに次のような会話をさせている。

ベルト「私、ショコラと結婚したいわ」
ピエール「彼は君とは嫌がるよ」
ベルト「でも私は彼がいいの」
ピエール「白人の女の子は黒人と結婚しちゃいけないんだよ。道でみんな言うよ、『あの小さな娘さんをご覧なさい、ニグロの奥さんですよ』って」
ベルト「どうして？　彼はとっても優しいわ」

ピエール「サーカスではね。でも街ではどうかな。街ではニグロはいつも危ないやつだよ」

もちろん、作者はたわいのない子供の会話という形を取っているので、これらの発言の影響力は相対化できるだろう。ベルトは同じように「私、ギニョル［人形劇の主人公の名前］と結婚したいわ」とも言っていたかもしれない。けれどもそれは、ラファエルの妻マリーにとって、言い訳にはならなかっただろうと、私は確信している。現実にギニョルと結婚する女性はいない。ジュール・ルナールがピエールに「街ではニグロはいつも危ないやつ」と言わせるとき、それはショコラという人物像を指しているのではなく、その後ろにいる生身の人間のことを言っている。そして、マリーはその男と暮らしているのだ。ジュール・ルナール風の「子供の会話」を、ウジェーヌは毎日学校で聞かされていたに違いない。

彼の通った学校はカンボン通り28番地にあった。そこに当時の記録はもう残っていないが、パリ市文書館に保管されている生徒の登録簿のなかにウジェーヌの足跡を見つけた。名字は次のように記されている。「グリマルディ・ウジェーヌ『別名ラファエル、あるいはショコラ』」。小さなウジェーヌがニグロ道化師の息子だと見なされていた明白な証拠である。「ショコラ」という名が芸名として記されているにせよ。

書類によれば、ウジェーヌがこの学校に入ったのは、もう9歳を超えた1900年10月31日であり、1902年3月3日には正式に辞めている。校長の評価は容赦ない。

「年齢の割に著しく勉強が遅れ、授業に真面目に出席しない。ほとんど読み書きができない」

当時、サーカス芸人と教育機関との関係は良いものではなかった。しかし、同じ界隈に住んでいたジョージ・フティットは、息子たちをパリ近郊のノジャン＝シュル＝マルヌの私立学校に入れ、しっかり教育を受けさせようとした。驚くべき対照だ。ウジェーヌが授業にあまり出席しなかったのは両親の意向でもあった。ヌーヴォー・シルクの囲いのなかは、公然と繰り広げられる糾弾から彼らを守る避難場所だったのだから。

「白人の女の子は黒人と結婚しちゃいけないんだよ」。ジュール・ルナールがピエールに言わせたこの「子供の会話」は、当時のフランス社会で蔓延《まんえん》していた偏見を反映している。確かに、共和国は白人と黒人の結婚を禁止してはいない。しかし、黒人は、ペロディーユ［P．66『ムッシュー・クラウン！』の著者］の言葉を借りれば、「われわれの種の奇妙な見本」と見なされていた。フランス人女性が、そのような疑わしい人間、もっと言えば自然に反した人間と運命を共にすることなどできるだろうか。19世紀初頭以降、文学は叶《かな》わぬ愛というテーマのもとにこのステレオタイプを掘り下げてきた。ヴィクトル・ユゴーの戯曲『ビュグ・ジャルガル』では、黒人の主人公は憧れの白人女性に気持ちを打ち明けることさえしない。同一テーマの小説がその少し後に、さらに広範な読者に読まれることになった。１８６６年2月の『ル・フィガロ』に掲載されたガブリエル・ダントラグの連載小説『あるニグロの遺産』で、語り手は、パリの上流階級に拒否され、愛する女性に侮辱されたブルジョワ階級の若い黒人の苦しみを描写している。

第三共和政［１８７０～１９４０］初頭、ミックス婚の夫婦の話題は三面記事欄にあふれていた。そして、叶わぬ愛のドラマティックな物語は消え、いかがわしい愛を強調したものが主流となった。それ以降、偏見はとりわけユーモアを通じて伝播することになった。１８９２年1月3日付『ル・クリエ・フランセ』は、黒人使用人と不貞を働いた妻を非難する次のようなコメントを寄せた。

「なんと卑怯なニグロ、いやむしろ卑怯な白人女と言うべきか。彼女はこのニグロを選んだ。なぜなら、魅了された大勢の女たちの言うことを信じるならば、ニグロには抗《あらが》い難い身体的特徴があるのだ」

「優れた人種」の女性が「下等人種」の男性を愛することは、口にできない秘密の理由によってでしか説明されないものなのか。性差別がレイシズムと結びつき、コラムニストたちの性的幻想を煽った。

移民史研究に携わるなかで、移民の出身がどこであれ、私はこの種の状況をしばしば目にしてきた。数百人の外国人労働者が押し寄せたロレーヌ地方の村々では、地域の名士たちはイタリア人炭坑夫の「信じられない生殖欲求」を告発した。イタリア人と結婚した女性は、コミュニティの不名誉となり、家族から拒否され、両親はと言えば、娘は人生を棒に振ったと悲嘆に暮れることもままあった。「彼ら」と「われわれ」の距離が住民たちの目に大きいものであればあるほど、この種の幻想は強いものとなった。19世紀末、マリーのようなピカルディー地方の農村出身の女性と、ラファエルのようなアフロ・キューバ系奴隷コミュニティ出身の男性の結婚においては、ふたりのあいだの距離はその最たるものだった。まるで人類の両極にいるふたりを運命が結びつけたかの如くだ。こうした偏見に彼らがどのように対抗したかを示す資料は見つけられなかった。しかし、マリーの子孫である女性は、家族の記憶は痛々しい苦難の思い出を留めていると、私に打ち明けた。

「ショコラと暮らすために彼女は親戚との縁をすべて切ったと、家族のうちでは伝えられています」

アポポイト・ミアマ

多くの社会学の研究が、自分に軽蔑的な視線を向ける社会で生きる者たちは、家族やコミュニティの閉鎖的空間にこもりがちになると論じている。マリーとラファエルの場合もそうだった。Gallicaのおかげで、1902年4月『ル・フィガロ』に掲載された小さな記事が、ラファエルの私生活についてのちょっとした情報を載せているのを見つけた。

「ヌーヴォー・シルクの道化師ショコラは素晴らしい夫、愛情深い父親、品行方正な借家人だ。20年来、彼は同じ家に住んでいる。ショコラの不在時には、家族は音楽を奏でながら何時間も楽しむ。マダム・ショコラは窓を開け、その堂々たる魅力的なからだに外気を吸い込む。彼女がアコーディオンを奏でれば、他の借家人たちもうっとりと耳を傾ける。そして三人のプティ・ショコラたちが、ささやくような声でリフレインを口ずさむ。『ゴンドリ・ゴンドラ。こちらにおいで、こちらにおいで』」

もちろん性差別的で信憑性に欠けるこの記事は注意深く読み解かなければならない。マリーとラファエルの子供は三人でなく、ふたりだ。１９０２年、夫婦はまだこの家に「20年来」は住んでいなかった。ラファエルがパリに着いたのは１８８６年でしかない。しかし、ジャーナリストは、深い絆で結ばれた穏やかな家族の真実味のある姿を描いている。誰の目から見ても、マリーは「マダム・ショコラ」で、威厳のある女性で、音楽家であり、子供たちの芸術教育を引き受けていた。

ショコラ一家についての『ル・フィガロ』の記事は、ラファエルが「素晴らしい夫で愛情深い父親」だったと述べている。確かに、フティットとは違い、ラファエルは家族生活を非常に大事にしていた。根を下ろすこと、子供たちを通じて連続性のなかに自分を組み込むこと、いわゆる「子孫をもうけること」、それが、出身コミュニティから唐突にそして完全に切り離された幼いキューバの孤児が挑んだもうひとつの闘いだったのだ。マリーは彼に安心感を与えた。自分がどこから来たのか、そして大事なレスグアルド（魔除け）のことも彼女には打ち明けることができただろう。民俗学者リディア・カブレラがハバナで数十年後に収集したキューバのおとぎ話をもちろん知っていただろうラファエルが、『赤頭巾』や『スガンさんのやぎ』のお返しに彼女に『アポポイト・ミアマ』の話をする場面を、私は想像する。マリーはそれを空《そら》で覚え、彼がサーカスから戻るのを待つ晩に、子供たちを寝かしつけながらその物語をこう聞かせるのだ。

「緑の目をしたムラートの女に村の男たちはみな夢中になった。腹を立てた村の他の女たちは彼女に呪いをかけた。彼女は貧しくなり、中国人のところでパリの香水を買うこともできなくなった。若いときにはレグラの聖母［キューバの民間信仰サンテリアにおける海と多産の守護聖人］の如く豊かだった髪は失われ、続いて歯もなくなった。彼女の鏡は濁った石鹼水のようで、老いた魔女の醜い顔を映し出していた。村の賢人が与えた水さえも彼女を癒すことはできなかった。蛆虫《うじ》に蝕《むしば》まれたからだで、彼女は自分を癒す唯一の希望アポポイト・ミアマを探しに出かけた。彼女は何日も何日も歩いた。樹々は彼女に陰を与えることを拒み、彼女が通ろうとすると、地面は棘で覆われる。何も食べられず飢え死にしそうになり、何も飲むことができず脱水で死にそうになった。『エンデュンバ・ピカナナ（ふしだらな女）』と、平原のただなかで井戸の底から誰かが叫び声を上げた。突然、銀糸で刺繡された黒のビロードのクッションの上におさまったアポポイト・ミアマの切断された首が現れた。

『アポポイト・ミアマ！

アポポイト・ミアマ！

アポポイト・ミアマ！

私は罪を償わなければなりません。どうしたら私の過ちを償えるのでしょうか』

『こちらに来なさい』

と、アポポイト・ミアマが震えるムラートの女に言った。アポポイト・ミアマの蠟でできた瞼は緑色で重たい。彼女の目は全く何も映さず、その見開いた瞳は月光のようだ。

『私の頭のところまで上ってきなさい』

　ムラートの女は従い、アポポイト・ミアマの豊かな髪を編んだ縄を懸命によじ登った。

『私の額の中心に来なさい。私にあなたの声が聞こえるように私の耳に近づきなさい』

　ムラートの女性はあまりに恐ろしく、言葉を発することができなかった。アポポイト・ミアマには彼女の怖《おそ》れの息づかいしか聞こえなかった。

『私にあなたのことを感じられるように私の鼻に近づきなさい』

　しかし、ムラートの女は恥ずかしがった。

『もっと近く、もっと近く』

　アポポイト・ミアマは口を開けた。それは大地の夜だった。深い溝、むっとする熱気！　ムラートの女は呻《うめ》いた。

『死ぬの？　あぁ、いや！　死ぬの？　いいえ』

　一匹のザリガニがその声を聴いた。ザリガニはすべての場面を目撃していて、頭を動かせないアポポイト・ミアマはそれに気づいていなかった。ザリガニは鋏でムラートの女のスカートの裾飾りをつまみ、つまずかせて振り落とした。アポポイト・ミアマの口のなかに落ちてしまう代わりに、ムラートの女は地面に転がり助かった。アポポイト・ミアマは怒りで唾を吐いた。ザリガニはそれを頭に受けた。その日以降、ザリガニは頭を失った。ザリガニは後ろ向きに歩くようになり、その甲殻にはアポポイト・ミアマの頭の像が刻まれている。不死で博識のザリガニは、ムラートの女の傷を塩で癒し、喜び、若さ、優美さを取り戻させた」

家族を「芸能一家」にするという夢

ラファエルは、家で息子や娘の面倒を見ることはほとんどなかった。しかし、子供たちをなるべく早くサーカスの世界に馴染ませようとした。子供たちを、ラファエル自身がそうであることはできなかった「芸能一家の子供」にしたかったのだ。マリーもまたサーカスの世界に母として、そして「お針子」として溶け込んでいった。彼女は縫製を学び、伴侶の衣装をつくろったり、あるいは製作したりもしていた。それはサーカスの慣習だった。妻は舞台裏で、人目に触れることなく、お針子として腕をふるい、ステージに立つ夫、息子、兄弟のための見事な上着をつくろうのだ。

たった4歳のシュザンヌがすでに馬事係を手伝い、動物の世話をしていた。ウジェーヌは7歳だった。ラファエルは彼に曲芸の基礎的な訓練を施し始めた。最初は単純なトンボ返り、続いて手だけを地面につけてする動き、そして、座っての着地の代わりにどうやって足で着地するかまでをラファエルは教えた。ウジェーヌは父親と働くのが好きだったと私は思う。学校では、ニグロの息子であることは嘲りの対象となったが、サーカスではショコラの息子であることが誇らしかった。すぐに、彼の努力は実を結んだ。１８９８年末、ウジェーヌは『速歩《そくほ》のパリ』というレビューの一場面に出演した。

ラファエルの家から遠くないフォーブール・サントノレ通り7番地の豪奢なアパルトマンに住むフティットの4人の子供たちとの関係も早くからあった。彼らは、プティ・ショコラたちよりも年上だった。トミーが14歳、ジョージィが12歳、リリーが10歳、そして、ウジェーヌが一番仲が良かった末っ子のハリーは同い歳の7歳だった。彼らもサーカス芸人を夢見ており、トミーはもうヌーヴォー・シルクの舞台に立っていた。しかし、ラファエルとマリーの家族に比べて、フティット一家の結びつきは希薄だった。サンクトペテルブルクへの出奔後、フティットは表面上は妻と和解していたが、しこりは残っていた。彼はほとんど家に寄り付かず、息子たちの面倒も見ていなかった。彼らはとんでもない悪がきとして近所でも評判だった。新聞までがそのことを伝えている。１８９９年7月、トミーとジョージィはチュイルリー河岸で釣りをしていた。彼らが目を離したすきに弟のハリーはセーヌ川に落ち、危うく溺れかけた。

この種の出来事は、ショコラ一家に関してはいっさい見当たらない。しかし、先ほど引用した『ル・フィガロ』の記事の一文は、完璧な父であり夫というラファエルのイメージに少々含みを持たせるものである。ジャーナリストは暗黙のうちに夫婦の不平等を示唆していた。曰く、家の正面階段はショコラのためのものであり、「彼の白人の妻と三人の黒ん坊（モリコ）は裏階段しか使えなかった」。

この種の言葉にどの程度の信憑性があるものなのか、私は長いこと考えていた。マリーが（使用人のように）裏階段を使わせられていたと認めるのは、妻を隷属させるニグロの風習という偏見を増長させるやり方だ。だからといって、ラファエルが当時の大方の男たちのように振る舞っていたという仮説を退けることもできない。ラファエルはアーティストで、マリーは彼の陰で生きていた。けれども、彼女の読み書き能力や中流ブルジョワという社会的出自は、男女の不平等を部分的にでも薄める要素となった。ラファエルにとって、役について学ぶため、契約を読み直すため、出演条件の交渉のために、マリーは必要な存在だった。

しかし、ラファエルが家にいることは稀だった。ほとんどの時間をヌーヴォー・シルクでのリハーサルと公演に費やしていたからだ。夜は、団員応接室に顔を出し、その後はフティットが頻繁に彼をバーに連れ出した。日曜日は、ラファエルは競馬にのめり込んでいた。そこでは、ヌーヴォー・シルクの株主たちや、桟敷席を年間契約している競馬愛好家たちと一緒だった。貴族たちは、自分たちとラファエルが同じ世界の人間ではないと、ラファエルに感じさせていただろう。しかし、彼らはラファエルの観客の「中核」であったから、親しい関係を結ぶ必要があった。馬主たちは自分の馬について、体調、ジョッキーの名前、戦略、時には手口までラファエルに教えてくれた。これだけの「パイプ」のおかげで、ラファエルは賭け事仲間の間でちょっとした存在に慣れていた。

ラファエルは確かに競馬場での大イベントの熱狂が好きだった。「勝負」に勝って無名から成り上がった者たちは、自分の存在を一か八かに賭けたその不確定な瞬間を再び経験したいと望むものである。競馬場でラファエルは勝つよりも負けることが多かった。しかし、この種の差引勘定で彼が傷つくことはなかった。なぜなら、賭金を受け取るときに感じる強烈な幸福感は何ものにも勝るのだ。

権力を持つ者は、権力に苦しむ者に茶化される

賭け事への情熱は、フティットとの共通項のひとつだった。競馬をラファエルに手引きしたのはフティットだったし、カード賭博ができる少々違法のいかがわしい場所を教えたのも彼だった。こうした夜な夜な続くお祭り騒ぎは、フティットとショコラのレパートリーの成熟に有効だった。1898年から1900年にかけて、彼らは社会的風刺の割合を増やしながらクラウン寸劇を磨いていった。時事問題は材料に事欠かなかった。労働運動は益々多くの権利を要求するようになっており、ストライキやデモがパリやフランスじゅうで増加していた。異議申し立てはショー・ビジネスの世界でも始まった。1898年春、ヌーヴォー・シルクのダイビング騎手たちがイポリット・ウックに出演料を三倍にしなければストライキをすると迫った。数か月後、雇われていたある女性アーティストが民事裁判所第5部に、経営側が契約の文言を尊重していないと訴えを起こした。ヌーヴォー・シルクは2000フランの違約金を彼女に払うよう命じられた。フランス社会の民主化は新しい段階に入った。

これまでアーティストに対して一方的な契約を強いていた劇場支配人たちは、もはや独裁的な権限を振るうことはできなくなった。彼らは譲歩し、交渉する必要が出てきた。フティットとラファエルはこの種の抗議自体には参加せず、報酬増額を協議する提案を受け入れていたようだった。しかし、こうした異議申し立ての雰囲気は徐々に彼らのナンバーに影響を及ぼした。フティットの反抗精神が存分に発揮されたのである。

近代的発明がもたらした大変動も、彼らの時事ネタの種となった。鉄道に続いて、電気、電話、自転車、自動車、写真、そして映画がフランス人の日常生活にあふれるようになっていった。

フティットとショコラのレパートリーの主要な特徴は、19世紀最後の数年間に形作られた。社会批判と近代批判を結びつけ、デュオは全く新しいスペクタクルの形態を構築した。真に「クラウン喜劇」と呼べるものである。なぜなら、最も完成されたナンバーは、起承転結を備えていたからである。

こうした寸劇の構想を練りながら、フティットは徐々にあらゆる形の気まぐれな権力に対して自分が感じる本能的憎悪を大胆に見せるようになった。ラファエルはそれを支え、補い、色合いをつけ、豊かにした。ふたりのクラウンはこの作業において本能的に一致したのである。彼らの『ヴィルヘルム・テル』のパロディでは大人に虐げられる子供の話を読み取ることができた。無理やり頭の上にリンゴを置かれ、実の父に標的にされるのである。しかし、父と子の力関係は揶揄《やゆ》される。息子はリンゴを食べることで逆境を乗り越える方法を見つけるのだ。この支配と抵抗の構図は、デュオが他の多くの権力関係についての寸劇を作るうえでの骨子となった。

全盛期の良く知られたナンバーのひとつでは、フティットがショコラに武器の使い方を説明する。「まずはロシア語で命令しよう」彼は、特徴的な甲高い声で、ロシア語のような響きの言葉を唱える。ショコラは、その独特のジェスチャーで、何も分からないと伝える。「それでは英語だ」と、フティットは続け、何か奇妙な音を発し始めるが、うまくいかない。「それでは中国語だ」、とフティットはうなる。ショコラのしかめっ面は徐々にぽかんとした表情に変わっていき、フティットはついには爆発する。「それではフランス語で話そう。あなたは他の言葉を知らないようだから」。彼は、もごもごと話す年老いた軍曹のように、理解不能な軍隊用語から持ってきた擬音語を発し始めた。ショコラは怯えて、銃を放って逃げ出した。

ふたりがどのように
演技したかがわかる
写真の一枚

このナンバーは、軍の権威主義を揶揄している。当時としては勇気のいることである。残念ながらリュミエール兄弟には撮影されなかったが、国立図書館の文書の中に、ベル・エポック期のアーティストたちが好んだ写真家のひとりヴァレリーが写した何枚かの写真を見つけた。ラファエルがどのように役を演じたかをうまく切り取っている。そのうちの一枚では、彼を叩こうとするフティットに対し、ショコラは身を屈めそれを避けて逃げながら、相手を馬鹿にする仕草を見せている。ここでもまた、寸劇は抵抗のジェスチャーで終わる。

つまり、『ヴィルヘルム・テル』の「哲学」をここに再び見出すことができる。権力を持つ者は、権力に苦しむ者に茶化される。ふたりのクラウンが愚か者を演じることで権力に対抗できるのだと見せるときにも、この構図は表れる。フティットはショコラを「この馬鹿！」と罵倒する。ショコラは分からないふりをする。フティットはあらゆる調子で、メガフォンまで使い、ショコラに向かって「この馬鹿！」と繰り返し、へとへとになる。しまいには疲労のあまり倒れる。ショコラはそのときになって勝ち誇ったように言う。「最初から分かっていましたよ」。同じ着想は『テレフォン』という彼らの最も有名な寸劇のひとつでも展開されている。

他のあるナンバーでは、フティットは背中の後ろに硬貨を隠している。そして、ショコラに尋ねる。「どっちの手だ？」。ショコラは右を指す。フティットはこっそりと硬貨を左手に入れ、叫ぶ。「負けだよ！」。二人のクラウンは同じ遊びを何度か繰り返す。そして、ショコラが言う。「今度は僕が当てさせる番だ」。しかし、フティットは首を振り、言う。「優れたスポーツマンとは、いつも勝つ者のことを言うのさ」。このシニカルな態度は『ボクシング・マッチ』のなかでも現れる。フティットは審判だ。試合をショコラが殴られたところで止め、彼が反撃できないようにしてしまう。

私はこれらの寸劇を見つけ出し、本質を歪めている批評のなかの不純物を取り除くことに多大なエネルギーを費やした。この長い調査を通し、フティットが常に権力を持つ側の人物を、その悲劇的で感傷的で愚かな側面を見せながら演じていたことを私は理解した。ショコラは支配される側、犠牲者の側を代表していたが、その一方で生きる喜びを体現していた。なぜなら、彼は物事のいい面を捉え、大概の場合茶化してその場を切り抜けていた。たとえフティットがリーダーで、デュオの広報官であっても、彼らのクラウン喜劇は最も弱い立場の視点、自分たちが耐え忍んでいる権力を茶化すことしかできないすべての人の視点も反映させている。

われらがふたりのクラウンは、クラウン芸術の規則を逸脱することなしに、ヌーヴォー・シルクの舞台を自由自在に、公的空間としての円形劇場、力を持つ者に対して彼らが物申す演壇に変えてしまったの

ジョージ・フティットの肖像写真

だという結論に私は至った。作家モーリス・ヴェルヌが出版したフティットの晩年のインタビューを読んで、私はこの仮説の信憑性を一層確信した。イギリス人クラウンは、対談のなかで、クラウンの役割は笑いという武器を使って人間の欠点を告発することだと、はっきりと言っている。

「私たちは観客のカリカチュアなのです。観客は自分の隣に座る者を見て、言うでしょう。『おい、あれはお前のことじゃないか』。人間に悪意が存在しなかったら、クラウンなどいません。観客は、私がみなさんのしかめっ面やその人生の愚かさを反映させているなどと思いもよらないのでしょう。もしそうだと気づいたら、みなさんはピストルを取り出して、わたちを撃ち殺すでしょうね」

フティットとショコラの後継者たちとして、例えばまずフラテリーニ兄弟などが挙げられるが、彼らはフティットとショコラのレパートリーの風刺的側面を捨て、表現を和らげ、「善良」風の味つけにした。気まぐれな権力や意思疎通が困難なことを批判する傾向は、サーカスのステージを去り、演劇の舞台へと移った。サミュエル・ベケットの戯曲『ゴドーを待ちながら』のポッツォとラッキーというふたりの登場人物は、フティットとショコラが50年前に自分たちの寸劇で扮した役の直系の後裔《こうえい》と見なすことができるだろう。

しかし、フティットとショコラのレパートリーが決して風刺に留まるものではないことは強調しなければならない。長い時間のなかで、彼らは何百ものギャグを発明した。その多くはとても短く、彼らがインスピレーションのままに作ったものだ。即興性は彼らの芸の最も核の部分で、ジャズ・ミュージシャンのように、いつでもふたりの息はぴったりと合っていた。お互いを知り尽くしているからだ。自分たちで作ることもあった様々なオブジェを、目印や小道具として使うこともした。楽屋の隣に小さな物置きを設置して、必要になるかもしれないガラクタを詰め込んでいた。白粉《おしろい》まみれのぼろ着が雑然と積まれ、埃だらけのあらゆる種類の小道具が山のようにあった。風船、竹馬、小さな鈴、ゴム袋、サルの檻、銃床、解体されたバイオリン、フルート、バンジョー、壊れたマンドリン、樽、マネキン人形、などなど。この物置きの壁は、あらゆる言語の文字で覆われている。芳名録のように、彼らを訪ねてきたクラウンたちが友情の証を残していったのである。

社会風刺以外でのフティットとショコラのお得意のスタイルは、ハンロン・リー座の伝統を受け継ぐ滑稽ユーモアだった。人工保育器の寸劇はまさにそうした寸劇の典型だ。アシスタントがステージに、温度計、圧力計、文字盤などの奇妙な道具を運んでくる。フティットは、舞台監督のアルセーヌ＝デジレ・ロワイヤルに、短時間で新生児を人工的に大きくさせる新発明をしたと、説明する。そして、彼は舞台裏に駆け込み、産着《うぶぎ》でくるまれたバラ色の赤ん坊を大事そうに運んでくる。一方、黒人の赤ん坊は頭を下にぞんざいに腕に抱えて持ってくる。彼は、保育器のふたを開け、ふたりの赤ん坊を入れる。そして、閉める。それから、灯りをつけ、手回しハンドルを回しながら、観客に向かって器械の機能について詳細に説明した。突然、ベルが鳴る。「よし！」。フティットが叫ぶ。「赤ん坊が大きくなったよ」。彼が保育器を開けると、赤ちゃん用の服を着、頭巾をつけたショコラが出てくる。フティットはなかを覗いて言った。「もうひとりはまだ小さいな。もう少しこうしておかなくちゃ」。器械を閉め、相方のほうを向いた。「モッシュー・ショコラ、わたちとあちょびたい？」と、切れの鋭い平手打ちと強烈な足蹴りを繰り出しながら言った。突然、ベルが鳴り響いた。フティットは両手で頭を抱えた。「あぁ！　保育器を忘れてた」。彼が慌ててふたを開けると、赤ん坊用の服を着たままの、腹まで白い髭が伸びた追いはぎのような男が器械から出てきた。フティットは、新生児を自分に預けてくれた管理人になんて言ったらいいんだろうと嘆く。

２０１４年1月17日金曜日

ラファエル、君が人生の節々で見せた様々なリアクションや気持ちを読者に提示するために私が頻繁に想像力に頼るとき、同時に調査の道筋の詳細も明記していることに、君は気づいていることだろう。歴史家の仕事を一変させている新しいテクノロジーを使いこなすのに、私がどんなに苦労したか。君が生活していた環境を再現することも大変だった。君は当時のあらゆる社会階層と交流があったから、君の途方もない運命をたどりながら、フランス社会の歴史を、少なくともパリジャンたちの歴史を、君の視点から描こうと思った。これはわれわれ自身の世界に向けられた前代未聞の、そしてこれからもまずはありえない視線だ！

ショコラへのステレオタイプ的イメージを再生する広告ポスターの数々

フティットとショコラは、彼ら以前のどんなデュオも有しなかった人気を獲得した。それは彼らがパリで最も威光ある娯楽施設で演じていたからだけではなく、近代の企業家たちが彼らをうまく使ったからでもある。エミール・レイノーのフォト・セノグラフ、リュミエール兄弟のシネマトグラフに続いて、広告業界が彼らに近づいてきた。

時代はまだ、当時の言葉で言う「レクラム（広告）」の黎明期だ。レクラムには二通りの方法があった。新聞上の差込み広告と壁に貼られたポスターである。とりわけ劇場、サーカス、ミュージック・ホールなどの興行主たちが、ポスターに飛びついた。色刷りポスターの生みの親ジュール・シェレ、そしてトゥールーズ＝ロートレックの作品の多くが、パリの歓楽街やアーティストたちを宣伝するものだった。しかし、１８８０年代末になると、産業・商業分野の企業家たちも、絵つき広告に関心を持ち始めた。自分の名を冠した百貨店の所有者ジョルジュ・デュファイエルがこの武器を最初に使い始めた人物だ。日用品をターゲットにし、直ちにラム、コーヒー、カカオなどのエキゾティックな商品の広告を作った。綿花畑の農業労働者、白人植民者にココアの器を差し出す使用人、そしてかの有名なネグリタ・ラムの瓶に描かれたアンティーユの娘など、商業ポスターは黒人世界のステレオタイプ的イメージを増幅させた。すぐに広告業界は、その少し前にユーモア新聞の挿絵画家たちが作ったモデルに影響を受けた。「漂白されそこねた」ニグロについての冗談は、こうして洗剤販売の企業家たちに利用されることとなった。

私は道化師ショコラがこの種の広告素材として使われたのかどうか知りたいと思った。様々な種類の史料探索の結果、ポスター、とりわけ彩色イラストなどの挿絵資料をいくつか発見した。そのうちのひとつは、サーカスのステージ上で、ジャベル水（漂白・殺菌剤）の前に立つ白人クラウンと、椅子に座った腰巻きだけつけた黒人を描いたものである。この絵には次のようなキャプションがついている。「ブム・ブム、ジャベル・ラ・クロワの魔法の水で君を白くしたい」。

この広告は１８９０年代初頭のものに違いない。なぜなら、メドラノとショコラのデュオを参照にしているからだ。ただし、戯画的なやり方で。ショコラに腰巻きをつけ、「小さなニグロ」相手の言葉を使っている。ふたりのクラウンの名前ははっきりとは書かれていないが、当時の広告においては登場人物は無記名であるのが常だった。

『ニブ』に載せられたトゥールーズ＝ロートレックのデッサンは広告の歴史における転換点であろう。たとえ彼がフェリックス・ポタン社の注文を受けていたわけでないとしても、つけられた「ショコラはひとつしかない、ショコラ・ポタンだ」というキャプションは広告文句のように受け取られたことだろう。19世紀末、フェリックス・ポタン社はフランスで最も業績の良い食品会社のひとつだった。

取引総額は4500万フランに達し、2000以上の商品を販売しており、自社製チョコレートも作っていた。

ポタン社は広告に新しいやり方を取り入れていた。チョコレートのパッケージに子供たちがアルバムに貼りつけることのできるイラストをつけたのである。国立図書館のヴィリエ文書で、フティットとショコラが登場する4枚のイラストを見つけた。トゥールーズ＝ロートレックのデッサンと同種のおかし味を使いつつ、小さな子供たちをターゲットにしていた。イラストのひとつでは、フティットがショコラの耳を引っ張っている。他のものでは、イギリス人クラウンがニグロ道化師を棒で殴っている。なぜなら、ショコラに板チョコを取られたからだ。その口からチョコレートのかけらを引っ張りだす。その頭で板チョコを割り、ショコラは膝をついて泣いている。これらのイラストにキャプションはついておらず、みな「ショコラ・フェリックス・ポタン」と書かれている。

ラファエルは続いて洗剤会社に起用された。ラ・エヴ社が作成したポスターは、白い顔、尖った帽子に髪を一房はねさせたフティットが相方の顔を洗っている場面で、キャプションは「ラ・エヴの石鹼。ショコラ特別バージョン」となっている。同時に、デュオは新聞に掲載された広告メッセージのなかにも登場した。ミシュラン兄弟はちょうど、『ル・リール』や『ル・クリエ・フランセ』でユーモラスな挿絵を描いていたマリウス・ルシヨンを雇ったところだった。馬車の所有者たちに彼らのタイヤを使ってもらおうという狙いだ。会社のロゴとして現在まで使われているビバンデュムのキャラクターを生み出す以前、オガロップという筆名だったルシヨンもまたフティットとショコラの人気にあやかっていた。『ラルマナック・ヴェルモン』には「サーカスのタイヤ」というタイトルで、彼の白黒デッサンが載せられている。お馴染みの衣装を着ておしゃべりをしているふたりのクラウンが描

(左)イギリス人クラウンにいじめられたのか、ニグロが泣きべそをかいている。
「フェリックス・ポタン社の広告」
(右)石鹸会社の広告では、フティットがショコラの顔を洗っている。
コピーには「ラ・エヴの石鹸。ショコラ特別バージョン」とある。

かれている。

フティット「ねぇ、ショコラ！　ミシュランの通常タイヤがどんな感じか、わたちに教えてくれますか？」

ショコラ「知らない！」

フティット「なんと、お馬鹿さん！　ミシュラン通常（オーディネール）タイヤはね、ただただ最高（エクストラ・オーディネール）なんです！」

なんという宿命なのか！　名声への階段を一段上るたびに、ラファエルは自尊心ゼロの場所に戻され、またそこから始めなければならなかった。広告業界に身を投じると、フティットとショコラのデュオは、ラファエルがステージ上では克服することに成功した不平等で屈辱的な構図を再生産することになった。ラファエルはまた新たな挑戦に立ち向かった。「レクラム（広告）」の専門家たちが彼につけたイメージを、ラファエルは変えることができたのだろうか？

第17章 カルティエ・ラタンにて

二度目のパリ万国博覧会

数年来、ラファエルは来《きた》る大イベントのための工事の進捗を間近に観察していた。トロカデロ、シャンゼリゼ、アンヴァリッド広場一帯には解体業者が入り、続いて建設業者が作業を開始した。新しい万国博覧会が1900年4月に開幕することになっていたのだ。どうやら1889年の万博よりも大きなものになるらしい。シャンゼリゼ大通り近くには、芸術とアール・ヌーヴォーを讃える堂々たる建物が建設されていた。プティ・パレとグラン・パレである。近代的発明とテクノロジーを讃える建築物が再びシャン・ド・マルス周辺に集められた。1889年はエッフェル塔に象徴される製鉄業にスポットライトがあてられていたが、今回のメインイベントは間違いなく「電気の精」だろう。世界各国からやって来た出品者のパビリオンは、アルマ橋とアンヴァリッド橋の間の「ナシオン（諸国民）通り」に並び、植民地帝国を称揚する「エキゾティック村」のあるトロカデロまで延びていた。200ヘクタールを超える空間に、4万5千人の外国からの参加者を含む8万3千人の出品者が場所を確保し、世界中から5000万人以上の来場者が見込まれていた。

大勢のコスモポリタンな観客にショコラの名を知らしめた前万博から11年、ラファエルは再び祝祭が始まるのが待ちきれなかっただろう。あふれる観光客を存分に引き寄せるため、ヌーヴォー・シルクの経営陣は夏の間も休業しないことを決めた。アーティストたちは80週ぶっ続けで働くことになった。毎晩の公演、そして水曜日、土曜日、日曜日、祝日にはマチネもあった。賭ける価値はあった。サーカス座の経営状況は万全というわけではなかったからだ。スポーツや映画など新しい形の娯楽施設との競争にさらされていたし、ミュージック・ホールの盛況にも対抗しなければならなかった。2年来、クリシー広場では新しい曲馬場の建設が進んでおり、ヌーヴォー・シルクの面々は大いに心配していた。イポリット・ウックが陰でこの新計画の糸を引いているという噂があったのだ。

博覧会は1900年4月4日に公式に開幕した。しかし、この地球規模のイベントを招聘《しょうへい》するための大工事は何も完了していなかった。その後2か月間毎日のようにどこかで落成式が執り行われ、それが、あたかも永遠に続く祝祭のような雰囲気を盛り上げた。最初の大イベントは4月14日、シャンゼリゼ大通りとアンヴァリッド広場をつなぐアレクサンドル3世橋の竣工式だった。この新しい橋は、フランスとロシアの新同盟のシンボルだ。

万国博覧会会期中、ヌーヴォー・シルクは実質、新作品の公演は行わなかった。1899年の新シーズンにプログラムに取り入れられたパントマイム『水底で』は、前シーズンに作られた『水に突き落とすぞ、水に』を脚色したものだった。ラファエルは金持ちの銀行家ラスタコウエロス・イ・カスタピペの役で、フティット演じるイギリス人女性に恋をしていた。彼女をものにするために、彼は遠方の島への旅行をプレゼントする。舞台はその瞬間巨大な水族館と化し、魚、クラゲ、真珠採り、そしてワニまでが泳ぎ回った。

デュオは間違いなくヌーヴォー・シルクのメインの呼び物となっていた。ローラン・グリエが作曲したポルカ『フティットとショコラ』が、オーケストラによって毎晩演奏された。博覧会会期中、曲芸師たちもまた称賛を受けた。1900年代初頭には、18歳と19歳の「ピグミー（小人）」デュオ、ファトマとスマインが熱い注目を浴びた。プログラムには、「世界最小54センチと55センチの背丈」の彼らは、シャムの国境付近で真珠採りによって発見されたとある。

さらには、1900年6月、ヌーヴォー・シルクのステージ初登場時から大成功を収めたのが、フレディアーニ兄弟だった。彼らの曲馬ナンバーは通《つう》たちを熱狂させ、1900年10月の万博閉会まで出演を続けた。アリストデモとググリエルモ・フレディアーニ、通称ベビとウィリーは、イタリア・トスカーナ地方で移動サーカスを経営していた曲芸師の息子たちだった。大型馬車でヨーロッパじゅうを廻ったのちに、ヌーヴォー・シルクでの契約を勝ち取った。ベビは後年回想録の中で、この豪華絢爛なサーカス座を見たときの兄弟の衝撃を語っている。

「私たちは特に内装に感激した。こんなにも金ぴかできらきらしたサーカスは、見たことがなかった。そして、エレガントな観客、燕尾服の男たちに胸元の広くあいたドレスの女たちといったら」

1900年の博覧会を訪れた5000万人の観光客全員がヌーヴォー・シルクに赴く機会があったわけではない。しかし、サーカス座は毎晩満員御礼で、遠方よりやって来た観客たちは「生で」かの道化師ショコラを見ることができた。新聞は「博覧会に来た著名人でヌーヴォー・シルクを訪れなかった者はいない」とまで報じた。イポリット・ウックが率いるこのサーカス座は、その創設期からヨーロッパの王族たちのお決まりの待ち合わせ場所であり、いまではアフリカ、近東、アジアのフランスの同盟国やその「保護」下にある国の君主たちも頻繁に訪れるようになっていた。1900年8月、ウックはペルシアのシャー（国王）のための特別興行（ガラ）を行った。続いて、フランスが西アフリカ・トゥクルール王国の長に据えたアギブ王が貴賓として招待された。ラオス北部のルアンパバーン、スーダン、カンボジアの君主たちもまた、一族郎党引き連れて特別興行を観覧した。「バベルのサーカス」の異名を取ったヌーヴォー・シルクは、フランスの植民地政策の文化部門を受け持ち、光の都が博覧会会期中褒め讃えようとした普遍主義の象徴ともなった。新聞は頻繁にそれを書きたてた。「何か国語も話せるようになりたいならサントノレ通りのヌーヴォー・シルクの公演に行けばいい。世界じゅうの言葉が話されるこの場所では、生きた外国語の授業が受けられる。実際のところ、この唯一無二のサーカス座の公演を見に行かない外国人などほとんどいない」

非ヨーロッパ圏の君主たちがとりわけフティットとショコラのデュオを称賛したことを、多くの証言が強調している。マダガスカル女王は、1901年6月初頭にふたりのクラウンに出会ったとき、「大いに笑わせられ」「夢中になった」そうだ。これら王族たちの社会的身分は、パリの貴族たちと近いものだった。しかし、そのような立場にもかかわらず、彼らは植民地支配の影響を強く感じていた。おそらく彼らは、おぼろげながらも、冗談をうまく使って白人クラウンの権威を嘲笑するニグロ道化師に自分を重ねていたのだろう。

新聞業界との関係を統括していた責任者ピエール・ラフィットが進めた広告戦略によって、デュオの成功は一層大きなものとなった。キャンペーンが効果的であるためには、記憶に残るショッキングなスタイルでなければならないことを、ラフィットは知っていた。『ツーリスト』の公演を宣伝する際に彼が用意したプレスリリースには、あっという間に広まることを意図したフティットとショコラの褒め言葉が差し込まれていた。先陣をきったのは『ル・フィガロ』だ。「この即興劇のフティットとショコラを見ていない者は皆、急いでこのしかめっ面のプリンスたちに拍手しに行きましょう」。『ジル・ブラス』もすぐに続いた。「ショコラは舞台で比類ないマイムを見せる、抗《あらが》えない魅力を持つ道化師だ。もししかめっ面のアカデミーを作るなら、ショコラはその会長に任命されるだろう」。ジヨルジュ・クレマンソーの『ラ・ジュスティス』やルネ・ヴィヴィアニの『ラ・ランテルヌ』といったこれまでサーカスに関心を持っていなかった政治新聞も、同様の言い回しを使った。「私たちはすっかり感激してヌーヴォー・シルクを後にした。フティットとショコラは間違いなく自分たちの最高傑作を作った。彼らのしかめっ面とおどけた仕草は、繊細と言ってもいいほどの、常に機知に富み、決して退屈させない創造性に彩られている。彼らについて語るとき、『しかめっ面のプリンスたち』という表現が衆目の一致するところだ」。

フティットとショコラ、別々の場所で同時に演技する！

１９００年の万国博覧会は、映画の歴史にとっても重要だ。その点について十分な情報を集め、私は次のシナリオを作った。いつものようにすべて事実であるが、ただ実際にこのような出会いがあったかどうかは定かでない。

ある日『ツーリスト』の一場面をリハーサルしていたふたりの花形スターに、ウックがある女性が彼らにいますぐ会いたがっていると伝えた。名前はマルグリット・ヴリニョー。彼女は女優で、万国博覧会中にどうしても実現したいある計画に夢中になっているという。それは、蓄音機と映画技術の改良を最大限に利用して、われらがアーティストを讃えるというものだった。彼女はこの考えをポール・ドゥコヴィルという技師に伝えていた。彼は１８９９年12月に博覧会場内に施業権を有する小さな区画を獲得していた。２か月後、フォノ・シネマ劇場社がその場所に誕生した。企画の芸術監督に就任したマルグリット・ヴリニョーは、リュミエール兄弟の撮影技師のひとりクレマン・モーリス（本名はクレマン＝モーリス・グラティウレ）に接触を図った。グラン・カフェのリュミエール・シネマを一時は譲り受けていたモーリスは、写真家でもあり、劇役者のポートレイトを専門にしていた。

そのおかげで彼は分厚い顧客リストを持ち、世間を驚かせるプログラムを提供できる準備があったのだ。今回の目的は、1897年5月4日に慈善バザー団体（バザール・ド・ラ・シャリテ）の会場で映写機ランプが原因で生じた大きな火災以来、危機に瀕していたシネマトグラフを、もう一度軌道に乗せることでもあった。

マルグリット・ヴリニョーが自分のプログラムにどうしてもキャスティングしたい「スター」のなかで、フティットとショコラは当然ながら上位にいた。それがこの日彼女が彼らに会いにきた理由だ。彼女に同行したクレマン・モーリスが計画について簡単に説明した。

「私たちは、博覧会の観客に向けて、フランスのショー・ビジネス界の最も偉大なアーティストたちを網羅した一大パノラマを映画として作りたいんです。すでにサラ・ベルナールの承諾は得ていて、かの有名なハムレットの決闘場面を演じることになっています。レジャーヌは『厚かましいマダム』の一部分を演じてくれます。コクラン・レネも登場します」

「『シラノ・ド・ベルュラック』でしょう?」

と、フティットが言った。

「いいえ、『シラノ』じゃないんです」

マルグリット・ヴリニョーが答えた。

「『気取った奇行』の一場面がいいかと思いまして」

「カフェ・コンセールのスターたちもいますよ」

と、クレマン・モーリスがつけ加えた。

「ポランはもちろんのこと、他にもたくさん出ますよ。あなた方にはサーカスの世界を代表していただきたいんです」

フティットはこの提案を内心非常に喜んでいたが、いつもの通り何食わぬ顔を続け、それでそれは払いはいいのかと尋ねた。

「私たちの予算には限りがあります」

と、マルグリット・ヴリニョーは彼に答えた。

「けれど、この映画の反響は大きいだろうと思ってます。あなた方は永遠に、フランスの最も偉大なアーティストのパンテオンに残ることになるでしょう。何百万人もの人があなた方を博覧会会期中に目にするでしょう。あなた方は観客たちに紛れて、自分たちが演じるのを目にし、観客たちがあなた方に拍手喝采するのを聞くことができるのですよ。それに、この映画でヨーロッパじゅうを巡業することも考えています」

ラファエルは、エミール・レイノーのスペクタクルのように映画はカラーになるのか、そして自分たちの声の音声はあるのかと聞いた。クレマン・モーリスは微笑んだ。

「いいえ。カラーは無理なんです。可哀想なレイノーは苦い経験をしました。グレヴァン美術館は彼に契約更新をしないと告げたばかりですよ。結局彼は計1万2800回の上映を行って、50万人もの人が彼の光のパントマイムを目にしました。けれどレイノーのやり方だと持続性がないんです。コピーができませんから。私たちの映像は写真と同じで永遠に複製できるんです。それで、蓄音機から出す音と連動させようと思っています」

「パントマイムとダンス以外はですが」

と、マルグリット・ヴリニョーは訂正した。

「視覚的スペクタクルに関しては、ピアノ伴奏がいいと考えています」

ラファエルとジョージ・フティットは最終的にマルグリット・ヴリニョーの提案を受け入れることにした。博覧会開幕の数週間前、彼らはフォノ・シネマ劇場が入っているパビリオンの屋根の上に設置されたスタジオに呼ばれた。クレマン・モーリスは彼らに、中央にひとつ、側面にふたつの穴が開いた35ミリのカメラを使うつもりだと言った。カメラマンは、『ポリスマン』『ヴィルヘルム・テル』『竹馬』『椅子の上の曲芸師』の四つのナンバーを撮影した。編集に際して、ふたつずつ組み合わされ、長めの寸劇がふたつ作成された。ひとつ目は1分30秒強で、ポリスマンの寸劇がメインで、フティットが竹馬に乗るシーンが少しだけ前につけられている。イギリス人クラウンのアクロバティックな能力を強調するのが狙いで、彼はいくつかの跳躍を見せ、さらにはショコラの顔に竹馬で蹴りを入れた。ふたつ目のシーンは2分30秒ほどだ。『ヴィルヘルム・テル』のパロディを演じた後、ふたりのクラウンが椅子に座っている場面が続く。

演じ終えたふたりのクラウンは、出来栄えを早く見たいと待ちきれなかっただろう。フォノ・シネマ劇場は1900年4月28日に開幕した。劇場はセーヌ右岸のアルマ橋とアンヴァリッド橋の間の「パリ通り」と名づけられた場所にあり、「笑い小屋」「大人形劇（グラン・ギニョル）」「歌の庭」「ダンス宮殿」といった様々な娯楽施設が軒を連ねていた。スクリーン上に静止画を投影する「パノラマ」と呼ばれる催しが、世界一周やシベリア鉄道での旅へと誘うべく観客を連日集めていた。パリ上空を飛ぶ気球から撮った画像を映写した「シネオラマ」も、新しいジャンルを提供した。フォノ・シネマ劇場のすぐ隣に設置されたテアトロスコープも同様だ。

上映後、フティットとラファエルは自分たちの声が録音されなかったことに胸をなでおろしたに違いない。音は鼻にかかっていた上に小さすぎた。シンクロナイゼーションは映写技師のクレマン・モーリスの息子たちによって手作業で行われ、彼らは蓄音機の円筒型蠟管《ろうかん》に合わせ、映像の速度を遅くしたり速くしたりしていた。つまるところ、中途半端だった。この技術的未熟さは、アーティストたちの価値を低めていた。しかし、新聞は大絶賛だった。「舞台上のつかの間の姿が、こうして未来永劫に固定された」と、『ル・フィガロ』は述べた。ふたりのクラウンは自分たちのナンバーが編集でずたずたにされたことを嘆きはしたが、フランス人の集合的記憶のなかに「未来永劫に」刻まれたことは、慰めとしてラファエルは大いに評価した。

近代技術の魔法のおかげで、フティットとラファエルは１９００年の万博会場で、三つの場所に同時に存在することになった。「本物」はヌーヴォー・シルクで、映像はフォノ・シネマ劇場で、そして農業館に設えられた博覧会祝賀ホールでは彼らの寸劇が放映されていた。ルイ・リュミエールが巨大なシネマトグラフを設置し、いままで撮り貯めたフィルムを毎晩流していたのである。

２０１４年2月15日土曜日

私は昨晩シネマテークで君を見た。君自身は一度も見たことがないものだよ。フォノ・シネマ劇場社が作った映像はすべて修復され彩色されたんだ。君はあの有名な赤いジレに、燕尾服、黒い蝶ネクタイ、大きすぎる白手袋、そしてシルクハットという姿だ。フティットは縞模様のパンツにブルーの水兵服を着ている。残念ながらこの映像を紹介するシネマテークのカタログには、君の「本名」として「パディヤ」という姓が載せられている。君が生前この名を使ったことはないのにね。デュオは「権威的な白人クラウンに、いじめられ役の黒人オーギュスト」の組み合わせだとも述べられている。この文章を書いた人たちは映像を自分たちで確認していないに違いない。

（左）当時の万博の賑わいを表した絵
（右）エッフェル塔の脇に建てられた160メートルの大観覧車

一座の他のクラウンたちとどうにか調整して自由になった幾晩かは、ラファエル自身も博覧会の驚嘆すべきイベントの数々を楽しんだと想像する。数十万人のパリジャンたちと同様に、マリーとふたりの子供たちと一緒にラファエルも、開催側が観客のために準備した新しい移動手段を体験した。歩かなくてもオルセー河岸からシャン・ド・マルス広場までベルトコンベヤーが連れていってくれたのである。彼らは、エッフェル塔の脇に建てられた１６０メートルの大観覧車に乗って1周し、アルマ橋の右岸側にできた遊園地マジック・シティでも楽しい時間を過ごした。

7月末、ショコラ一家はおそらくポルト・マイヨに向かい、1週間前に開通したばかりのメトロでポルト・ヴァンセンヌへの小旅行を奮発した。ラファエル、マリー、ウジェーヌ、シュザンヌは、セーヌ川のナイトクルーズも試した。夜になると、「電気の精」がパリを魔法の街に変えた。光は、あちこちから湧き出る水の上を煌めき、石や木、鉄の骨組み、樹々の間を照らした。イルミネーションは建造物に一層の威厳を与えた。投光器が浮かび上がらせたエキゾティックな街の屋根、鐘楼、ドーム、尖塔の輪郭が遠くに見えた。「ナシオン通り」に、川に沿って二重に並んだ建物を見ると、自分たちがまるで世界一周大旅行に向けて出航したような気にさせられた。あらゆる出自の観光客たちが、この偉大なるスペクタクルに熱狂した。ラファエルは世界の首都となったこの光の都に住んでいてスイスの農民役を演じていた。ラファエルはマリーに、ニグロだけがエキゾティスムの役を演じているわけじゃないと分かってまんざらでもないねと、ささやいたことだろう。

の急流や本物の滝がある典型的なスイスの村が作られていた。３００人のエキストラが伝統衣装を着

ファム）もおそらく訪れたに違いない。それからスイス村も廻ってみたかもしれない。山の麓《ふもと》に本物

マリーにせがまれて、彼らは女性の歴史をその起源から今日までたどった女性宮（パレ・ド・ラ・

る自分を誇らしく思ったに違いない。

ラフェエルの「同胞たち」

キューバ館は、トロカデロ宮内の「アメリカ植民地」に割り当てられた場所に設置されていた。そこから遠くないところにレユニオン［マダガスカル島東方のインド洋上にあるフランス領の島］、グアドループ、マルティニック［共にカリブ海に浮かぶ西インド諸島の一角にある、フランス領の島］といった「旧フランス植民地」の部屋があった。１９００年の万国博覧会の最中に、ラファエルがキューバ館を実際に訪れたかどうかを知る術はなかった。ところが、彼にパリの他の黒人居住者との交流があったことを示す挿話を見つけた。１８９９年8月末に『ジル・ブラス』のある号に載ったものである。

「体面を重んじる大方のパリのセレブリティのようにレンヌ旅行に出かけるでもなく、ド・シャブロル通りの立てこもりを見物しに行くでもなく、あるいは故郷の植物の前で夢想にふけるために植物園をさまようでもなく、勇敢なるショコラは、ミュゼットとミミ・パンソンの機嫌を取り、『ボヘミアン生活』のかのリフレイン『若さは一瞬！』を歌った。毎年、アンリ・ミュルジェールの界隈にはニグロの集団が押し寄せる。そして、ショコラがオデオン座周辺に愛情を抱くのは、

それがサハラを思い出させるからだけではなく、そこに行けば同胞たちと出会えるからだ。昨晩私は、ショコラがあるカフェのテラスで白いハンチング帽をかぶった品のいい黒人と一緒にいるところを見た。ショコラは、絡んできた界隈の常連客の女と口論になっていた。彼は他人が自分を馬鹿にするのを許さなかった！」

私たちがいまではすっかり忘れてしまったもろもろの出来事に言及しているこの記事の解読は困難だった。1899年8月、紙面の時事欄はジュール・ゲラン一色だった。彼は反セム主義の扇動者で、ド・シャブロル通り51番地の民家に30人ほどの仲間たちと立てこもっていた。「レンヌ旅行」とは、カルティエ・ラタンの大学人たちが夏の休暇をブルターニュ地方で過ごすことが多かったことを指している。最後に、アンリ・ミュルジェールとは、『ボヘミアン生活の情景』という小説のなかでミュゼットとミミ・パンソンという登場人物を生み出した7月王政期の詩人のことである。

この記事は、私の研究に重要な情報をもたらした。ラファエルが夏のバカンスの時期にカルティエ・ラタンで「同胞」たちと会っていたというのである。「同胞」とは誰のことだったのだろう？10年ほど前に共和政権が華々しく落成式を執り行ったソルボンヌ・ヌーヴェル大学は、あらゆる来歴の学生を大勢集めていた。地方出身者の多くは依然として方言やお国言葉を話し、出身ごとに同じ家具つきホテルに集まる傾向にあった。首都にあふれた外国人学生もまたコミュニティごとに固まった。ラファエルはもしかしたらマリア・サロメア・スクロドフスカ、後のマリー・キュリー［放射線の研究でノーベル物理学賞と化学賞を受賞した女性科学者］とすれ違ったりしただろうか？この若いポーランド人女性は一時期フラテール通りの家具つき部屋に住んでいた。

ラファエルの友人たちを表現するのに「同胞」という言葉を使うとき、『ジル・ブラス』のジャーナリストが地方出身者や外国籍の学生たちを指していたわけではないことは、容易に察しがつく。彼の頭のなかでは、この言葉は国籍や地理的出身地を示すわけではない。肌の色のことを言っているのだ。記事は、オデオン座周辺に決まって集う黒人コミュニティがあったことを暗示していた。このことについて調査すると、確かに当時、黒人学生の集団がこの界隈の下宿屋に住んでいたことが分かった。その多くはハイチ人だったが、アンティル諸島出身の若いフランス人の数も増え始めていた。ハイチ人は最高位にいた。なぜなら彼らは独立国の市民で、パリにはハイチ領事館（外交上の序列では大使館の下の位置づけ）があった。彼らは政府から月450フランの奨学金を受け取り、物質面では何不自由なく暮らしていた。毎夏、彼らの一部が国に戻り、新しい一団が代わりにやって来た。この行き来を指して、ジャーナリストは「ニグロの集団が押し寄せる」と述べたわけである。

ラファエルの「同胞」はみなが学生だったわけではなく、彼らの一部は勉学の後フランスに定住した。そのなかでも古株だったのが、エドモン・デデだ。彼は1827年に、ハイチ出身でニューオーリンズに移住した家族のもとに生まれた。パリ国立高等音楽院への入学を許可されたデデはフランス人女性と結婚した後、ボルドーに居を構え、アルカザール・オーケストラで指揮棒を振った。1859年にグアドループのポワント・ア・ピトルで生まれたカミーユ・モルトノルもまた、1880年に入学を許可された理工科学校（エコール・ポリテクニーク）で学んだのち、フランスに定住した。モルトノルは自分の意思とは関係ない理由で、第三共和政の最初の数十年で最も有名な黒人だったろう。噂によれば、彼が理工科学校の生徒だったとき、学校を訪れたマク＝マオン［フランスの軍人で、第三共和政期には政治家として活躍］が「君が噂のニグロか。なるほど、頑張りたまえ（コンティニュエ）！」と、彼を讃えたという。信憑性はともかく、この逸話が「いつまでも（コンティニュ）ニグロ」という表現の由来となった。これは「漂白されそこねたニグロ」と同様、当時広まっていた黒人に対するからかいの表現である。
パリに定住した黒人卒業生のなかで、中心的な人物はなんといってもベニート・シルヴァン（P.306）だろう。1880年代半ば、彼が法学部に通っていたころ、彼は在フランスのハイチ人学生の最初のサークルを結成した。彼が数年間編集長を務めた『ラ・フラテルニテ（博愛）』は当初この活動の機関誌であり、ハイチ政府から年に1万5千フランの助成金を得ていた。

「ショコラの同胞」と述べた『ジル・ブラス』のジャーナリストの頭にあったのは、パリに大勢いたカリブ海周辺地域出身のムラートたちだったかもしれない。彼らの多くは、アフリカ系の母とヨーロッパ系の父を持ち、比較的高い社会階層に属していた。第三共和政の誕生以降、そのうちの何人もがアンティル諸島やレユニオン島で議員に選出されていた。ハバナのある貴族の息子だったセヴェリアノ・ド・エレディアはルイ・グラン高校の卒業後、急進党の活発な党員となり、市議会議員、そして国会議員に選出された。少しのあいだだが公共事業大臣も務めた。ムラートたちもまた人種差別的侮辱に苦しむことはあったが、それから逃れるために常に黒人世界との差別化を図ろうとしていた。1876年9月には、『ル・フィガロ』のジャーナリストが「ハイチ黒人植民地」と書いたことを発端に、フランスとハイチ共和国の外交関係が断絶しかけた。数日後、『ル・フィガロ』は公的な謝罪に追い込まれ、「彼らのなかにニグロはひとりもいない。肌の色は、何とも美しいクレオールのマットな白から淡い栗色の色調までのあいだのヴァリエーションだ」と、述べた。今日《こんにち》では、人種に基づくアイデンティティ・イデオロギーが一定数の歴史家のあいだで再び支持され、その結果、実際に存在したこうした分裂の強さを隠してしまっている。ラファエルもハバナ生まれだが、セヴェリアノ・ド・エレディアは決して彼のことを「同胞」のひとりだと認めはしないだろう。

黒人とムラートのあいだの対立が19世紀末には多少は解消されていたとしても、いかなる特定の

「所属意識」も、パリジャンから一様に「ニグロ」と見なされていた者たちを連帯させることはなかった。政府が惜しみなく与えていた奨学金のおかげで、ハイチ人学生たちはフランス人学生の平均よりも高い所得を得ていた。彼らはその優雅さで際立っており、人目をはばかることなく恋人を連れてあちこちに出入りしていた。

大勢の貧しいアフリカ出身者は、「ニグロ村」で雇ってもらおうと万博会期中のパリに押し寄せた。彼らは夜になるとトロカデロ広場に集まり音楽を奏でた。三面記事欄で拾い集めた小さな記事のおかげで、彼らの多くが歩いてきた道がラファエルのそれと似通っていることに私は気がついた。ただし、彼らに成功はもたらされなかった。幼い頃は奴隷であり、船で逃げ出し、あちこちを放浪し、最後にはどこかの興行主に拾われ「人間動物園」で「原住民」を演じる。これが、その後パリの裕福な家庭に使用人として雇われるための近道だった。

こうした哀れな男たちも頻繁にカルティエ・ラタンを訪れ、「フランスの黒人」コミュニティとの親交を温めようとした。学生たちはたいていの場合彼らに小銭をやり、寛大であるという評判を受けていた。実際のところは、そうすることで学生たちはこうした「同胞」と距離を取る権利を「買って」いるのだった。なぜなら、彼らと一緒にされることをひどく恐れたからだ。そのせいで教養ある黒人ブルジョワを客として大事にしたいカルティエ・ラタンのホテルやレストランは、ニグロの使用人や鞄持ちを雇おうとしなかった。彼らがいては、客の気分を害してしまうのだ。

ふたりのハイチ人同胞

以上のようにラファエルの「同胞」であったかもしれない集団を一通り挙げてみたところで、『ジル・ブラス』のジャーナリストが言うところの「白いハンチング帽をかぶった品のいい黒人」が登場するシナリオを書く準備ができた。その人物は、ベニート・シルヴァンだったのではないかと、私は想像する。ラファエルは数週間前に彼と出会っており、シルヴァンはラファエルに熱烈な喝采を送っていた。

「ショコラ、パリで一番有名なニグロ！　知り合えるとはなんて光栄なことでしょう。私の新聞であなたのことを書きましたよ」

シルヴァンは、よく通る大きな声で笑い、続けて言った。

「黒色人種は白色人種から侮辱されるのを黙って受け入れていてはいけません。私たちに向けられたあらゆる冗談、もううんざりです。3年前、私たちの種の名誉をかけて私は決闘に臨みました。ほら、見てください」

ベニート・シルヴァンは、上着を脱いでシャツの袖をまくり上げ、前腕についた傷痕を見せた。ラファエルはそうは見せたくはなかったが、自分と同年代のこの饒舌な男に確実に魅了された。数分で、ベニート・シルヴァンは自分の受賞歴から輝かしい功績まですべて開陳した。ハイチ海軍の中尉であり、フランス民俗学協会東洋部門の名誉会員でもあった。植民地における先住民の運命についての博士論文をソルボンヌ大学で準備していた。数か月後には、万国博覧会の反奴隷制会議に出席する予定だ。シルヴァンはフランスの黒人のリーダーであることを自任していた。メネリク2世陛下の副官として働いていたエチオピアからちょうど戻って来たところだった。「最も素晴らしいヨーロッパ文明を身に付けようとフランスにやって来た若い黒人たちは、もし国の独立が脅かされるようなことがあれば私の号令でエチオピア皇帝のためにすぐさま駆けつけるでしょう」。ラファエルはこの男の毅然とした態度と自信に圧倒された。そして、ベニートの話し方が白人のものと全く同等であることに驚嘆した。これまでそんなニグロには会ったことがなかった。ベニート・シルヴァンは、通常ニグロに対して人が持っているイメージからかけ離れていた。さらに、ラファエルはもうひとつの理由で彼に感嘆していた。全く当然だというふうに、なぜ白人の冗談が黒人にとって侮辱的であるのかを説明する彼の姿である。

私のシナリオでは、ショコラの「同胞」についての記事を書いたジャーナリストがカルティエ・ラタンのカフェのテラスでふたりの男に気がついたとき、それは彼らの「二回目」の出会いだったという設定である。ベニート・シルヴァンがラファエルに、彼について書いた『ラ・フラテルニテ』の記事を渡すためにもう一度会おうと提案したのである。シルヴァンの白い帽子に見入っていた『ジル・ブラス』のジャーナリストは、彼らと一緒にテーブルについていた三人目の男には気づいていなかった。名前をマシヨン・コワクーといい、彼もまた35歳前後だった。ゆっくりとした、無気力なほどの、大げさな身振りを制御しているかのような動作の男だった。彼はクレオール訛《なま》りのないフランス語を話した。彼はラファエルに自分は二度代議士を務めており、いまは、アンテノール・フィルマン「人種間の平等を論じた著作で知られるハイチの政治家」の命のもとで在パリ・ハイチ領事館の書記官だと言った。彼は詩人であり、劇作家でもあった。そのうちのひとつがもうすぐパリで上演される予定のようだ。

三人の会話は突然ひとりの女性の割り込みで中断された。かなり酔っており、グラスを高く上げて彼らに侮蔑の言葉をぶつけた。

「あなた方は、その肌の色の疑いようのない様子から、よそ者だとお見受けするね。さぁさぁ、旦那さん方、いつまでもニグロで頑張んなさいよ（コンティニュエ）！」

ベニート・シルヴァンは勢いよく立ち上がり、カフェの客全員を証人にして、人権の国で黒人を侮辱することを酔っ払いたちに許すことなど言語道断だと叫んだ。

ラファエルは何度か新聞で、カルティエ・ラタンの黒人学生たちが「漂白されそこない」と扱われることを甘受しないがために頻繁に巻き込まれるもめ事について読んでいた。これらのハイチ人は、自分たちの国では優遇された階級に属していた。仕えられ、称賛されることに慣れていた彼らは、庶民が日常的にしているように屈服してしまうことを良しとしなかった。それゆえに、フランス人が彼らに向けた不快な言葉に我慢ならなかったのだ。

知識人エリートとの交流で、ラファエルは言葉が侮辱に応答する効果的な道具となりうることを発見した。これまで、破滅的な結果をもたらしてしまう暴力行為で応えることを避けるために、ラファエルはいつも対立を生みそうな状況を愉快なニグロの良く響く高笑いで未然に防ごうとしてきた。しかし、この晩、ベニート・シルヴァンに倣って、彼はいつもと違う行動に出たのである。それが『ジル・ブラス』のジャーナリストが記事のなかで書いた場面であり、ショコラは「絡んできた界隈の常連客の女と口論になっていた。彼は誰かが自分を馬鹿にするのを許さなかった！」。

ラファエルはその後も何度かベニート・シルヴァンやマシヨン・コワクーと会う機会があったと、私は想像する。コワクーは何度も、ハイチの魂は「フランス的特質を引き継ぐ娘」なのだと繰り返した。

「ハイチでは、私たちはどんどん白くなっています。私たちもまた自分たちの革命を起こしましたし、トゥーサン・ルーヴェルチュール〔18世紀後半のハイチの独立運動指導者〕のおかげで自分たちの国民性を自覚しました。私たちのフランスへの愛は、私たちの国では黒人男性が黒人女性よりも白人女性との結婚を好むことからも分かります。１世紀後には、われわれの人種は元来の印を大方失っているでしょう」

ベニート・シルヴァンは、あまりにも宥和《ゆうわ》的過ぎると、コワクーの意見には賛成していなかった。

シルヴァンの考えでは、「いまだ中世のような考えを持っている偏見にあふれた脳みその持ち主で、肌の色に固執する特権身分の人たち」に対し、責めても責めすぎるということはなかった。シルヴァンは、「ヨーロッパで私たちに敵対する世論を増幅する機会を常にうかがっている、私たちの種にとって無視できない敵」に対する闘いを飽くことなく続けようとしていた。

偏見と闘う必要性という点ではコワクーはシルヴァンに賛同していた。しかし、彼は、文化に立脚するという平和的な方法を推奨した。

「私たちはブルターニュ地方の農民よりもずっとうまくフランス語を話します。フランスで教育を受けたハイチの学生たちが全国コンクールで勝ち取った成功を見てごらんなさい」

コワクーはアンティル諸島の姉妹であるハイチに対するフランスの無関心さを嘆いた。彼自身、辛い体験があった。彼はエミール・ゾラに自分の小説のひとつを送ったのだが、返事のひとつももらえなかったのだ。おそらくゾラはドレフュス事件にかかりきりだったのだろう。

何度も会うにつれ、ラファエルが最初にふたりの男を知ったときに感じた魅惑の感情は少しずつ薄れていったに違いない。ひとりは科学のみを信奉し、もうひとりは文化にだけ誓いを立てていた。その違いにもかかわらず、彼らふたりは少なくともある一点では合意していた。彼らはもうニグロが白人を笑わせることを望んでいなかった。そう言うとき、彼らは、ラファエルがそれで稼いでいることに頭が回らなかったのだろう。こうした会話の最中、彼らは、ラファエルの人となり、そしてクラウンという仕事に全く関心を抱いていなかったのだ。

違いはあっても、シルヴァンとコワクーは二滴の水の滴《しただ》りのように似通っていた。彼らは、果たすべき「使命」があると信じる知識人だった。偏見を撲滅するためには大衆を教育する必要があった。ラファエルはニグロの条件を変える「使命」を自分に感じたことはなかった。彼は「使命」が何たるものかさえ分かっていなかった。大いなる大義のために人生を賭けるという贅沢が許される世界の出身ではなかったのだ。

この「ショコラの同胞」についての『ジル・ブラス』の挿話は、私に「代表性」という概念について深く考えさせた。ベニート・シルヴァンは「黒色人種」の代弁者を自任し、そのように振る舞っている。彼は明らかにこの「人種」という概念に魅了されている。他の人々に自分たちの疎外を意識してもらうために、彼らの代弁者となるという知識人の役割を請け負っている。ラファエルもまた黒人世界の「代表」となった。その世界出身の誰かについて話すとき、ジャーナリストたちはいつも「ショコラの同胞」「ショコラの兄弟」「ショコラの同族」といった表現を使う。子供たちが道で黒人の男に会えば、彼らは叫ぶ。「ママ、チョコラだ!」。

自身の人気によって、ラファエルもまた偏見と闘うことが可能となったのである。「黒色人種」についての大仰な弁舌によってではなく、彼のよいイメージを与えること、ヌーヴォー・シルクのステージで多様な演技を見せることでだ。

第18章
フティットとショコラは女性役を演じて栄光を手にいれる

隠れた傑作『ショコラの死』

私はシネマテークを再び訪れ、『ショコラの死』というリュミエール兄弟が撮影した寸劇を見返した。すでに前回見たものだったが、詳しい解析はしていなかった。デュオのレパートリーの中ではマイナーなものと考えていたからだ。この寸劇に触れたジャーナリストはいなかったし、私は要約の類を見つけることもできなかった。

そこに取り上げられた「死」という主題は、サーカスのパントマイムにおいては古典的なものだ。しかし、ここでは、極めて特殊な意味合いがあった。支配的な立場にいるフティットの場面から寸劇は始まる。彼は知識人で、新聞を読んでいる。ショコラはフティットを平手打ちすることで、彼を特権的地位から引きずり降ろそうとする。フティットは反撃し、ショコラはばったりと倒れる。白《しろ》クラウン（知識人）を平手打ちするという冒瀆《ぼうとく》を犯した者としてショコラは厳罰に処されることになる。つまり、死刑だ。しかし、話はここで終わらない。自分の行為を悔いて、フティットは涙に暮れる。自分がこのニグロなしにはどうにもならないことをこのとき理解するのだ。友人を懲らしめたくて死んだふりをしていたショコラは、この瞬間に「復活」し、彼の死を泣いていた者たちの前で大笑いをする。最後の場面で、感嘆符と共に、私たちは理解するのだ。結局のところ、すべてを操っていたのはショコラだったのだと。

1898年にリュミエール兄弟が編集したカタログのなかに出てくるこの寸劇は、デュオの結成当初からふたりが練り上げてきたものだ。ラファエルは完成度を高めるにあたり、重要な役割を果たしたに違いない。彼は寸劇のなかで、パントマイムの動きを最大限に動員し、ショコラのことを白クラウンの可哀想ないじめられ役としか見ない人々への反論としていた。おそらくこのナンバーは、いつか名高い相方と同等に扱われたいというラファエルの希望を表明したものなのである。

1900年の万国博覧会が幕を閉じたとき、ラファエルはこの夢が叶ったと感じたに違いない。この年、ヌーヴォー・シルクの興行収入はいま一度100万フランの大台に乗った。この記録的な収益のおかげで、イポリット・ウックは上演作品に一層の輝きを与えるためサーカス座を改装することができた。1889年、いまは亡きラウル・ドンヴァルは、万博の最高に盛り上がっていた瞬間を呼び起こす『巴里をギャロップ』という曲馬水上レビューを発表して大成功を収めた。それから11年、ウックもまたこのやり方を踏襲し、『アレクサンドル橋』という作品をプログラムに入れた。フティットとショコラも1900年の万国博覧会に焦点を当てたこの新しいレビューで先導的役割を果たした。ふたつのスペクタクルを比較すると、11年のあいだにラファエルがたどった道筋がはっきりと表れる。『巴里をギャロップ』で彼が演じたのは羽根飾りをつけた馬鹿なニグロ王子だったが、『アレクサンドル橋』では、ラファエルは、その外見と直接結びつかない複数の役、日本人の踊り子、カンボジアの王子、アメリカ人ジャーナリスト、フランス人憲兵を演じたのである。

ラファエルは、ヌーヴォー・シルクに来てからずっと続けてきた、ステレオタイプに対する静かなる戦いに勝利しようとしていた。道化師ベビが日記のなかに、デュオの職業的姿勢に対する称賛という形で貴重な証言を残している。

「ヌーヴォー・シルクのふたりの花形スターほど、少しの言葉と小道具で大爆笑を起こすことができるクラウンを私はほとんど知らない。彼らは一緒に演じることにすっかり慣れているので、ごくわずかな動きで、ずれたからだのバランスもすぐに修正することができるのだ」

デュオの名声は、万国博覧会を観にきた外国の興行主たちの注意も惹いた。われらがふたりの相棒は、１９０１年8月後半にロンドン曲馬場でステージに立つことを請われた。ラファエルにとって、ミュージック・ホールの都への招待は新たな承認を得たことを意味した。この豪華な施設は、ヌーヴォー・シルクをモデルにして１９００年1月に開業していた。中央ステージは水上アリーナで、基礎工事技術の進歩のおかげで1分で競技スペースに早変わりした。ロンドン曲馬場は、夢幻劇と組み合わせたサーカスのスペクタクルを提供していた。他のどんな劇場でも見られない催し物だった。派手に脚色された『シンデレラ』が１９００年のクリスマスから１９０１年4月までずっとポスターを飾っていた。観客はこのとき、子供のタップダンス一座で2年前にデビューしたばかりの12歳の若いパントマイム師に拍手喝采した。少年の名はチャーリー・チャップリンという。

回想録のなかでそうと触れた箇所はないが、チャップリンは観客としてフティットとショコラの公演を観ていたかもしれない。もちろんデュオのほうは、この見知らぬ少年が、世界じゅうの映画スクリーン上で、彼らが発展に寄与した滑稽パントマイムを演じることになるとは思いもしなかった。

私はドーバー海峡の向こう側まで調査の手を広げなかったので、フティットとショコラがロンドン曲馬場の観客に好意的に迎え入れられたのかどうかは分からない。パリの新聞は、凱旋《がいせん》を報じた際に、彼らがロンドンで「素晴らしく歓迎された」と書いている。しかし、こうした言葉には多少の修正が必要だろう。もし彼らが本当にロンドンの観客に絶賛されていたなら、その後も出演要請があって然るべきだが、そういうことはなかったからだ。

ヌーヴォー・シルクでの彼らの影響力は絶大で、会場の雰囲気を和らげるためのちょっとした余興を演出するまでになっていた。毎回が、観客を参加させる機会だった。観客参加型のこうしたナンバーのひとつでは、ショコラがひとりでステージに現れる。彼は何度もフティットの名を呼ぶが、返事はない。イギリス人クラウンはとうとう会場のなかから返事をするが、ストライキ中だと言う。ショコラは彼を諭すため、観客たちに加勢してもらう。舞台進行役のアルセーヌ＝デジレ・ロワイヤル、そして遂には一座全員が加わって、フティットに戻ってくるよう呼びかける。フティットは観客のほうを向き、叫ぶ。「ノー！　今日は観る側だ！」。そして、沈痛な面持ちで立ち上がり、彼の賛美者たちの眼をまっすぐ見つめ、言う。「わたちを笑わせてみろ」。

デビューの頃からのシルクハットではなくカノチエ帽をかぶるようになり、ラファエルはミュージック・ホールのアーティスト風を装おうとしたのかもしれない。この頃には、彼の歌手としての才能が頻繁に強調されるようになっていた。ジャン・コクトーは幼いときに、『パパ・クリザンテーム（菊）』の公演を見ていた。「ベージュの山高帽をかぶってパリから戻って来たショコラが、流行歌の一節を歌う。『タラブムディエ、僕は文法にはうんざりさ』」と、コクトーは書き残している。この有名なシャンソン『タ・マ・ラ・ブヌム・ディ』は、ミズーリ州セントルイスの黒人ミュージシャンによって作曲され、1880年にママ・ルーという黒人女性歌手が歌ったものだ。その後、この歌は大西洋を渡り、ロンドンのコメディ・ミュージカルで演じられ、パリでは新しい歌詞に乗って歌われた。クラシカルな手順に基づくアフロ・アメリカンな音楽のフランス化――あえて「漂白」とまでは言わないが――が、この曲にも行われたのである。

ラファエルはまた純フランス歌謡も歌った。デュオで演じたパントマイムのひとつでは、ラファエルがバンジョーを片手に『ラ・マルセイエーズ』を数節口ずさんだ。赤いクラウン衣裳の子供たちが突然現れ、彼の楽器を取り上げ、『インターナショナル』を喚きながらそれを踏みつけた。このとき、ショコラはフティットのほうを振り向き、叫ぶ。

「助けて、ムッシュー・フティット、私からこの意地悪な少年たちをどけてください」

するとハさな赤クラウンたちは歌いながら舞台を離れていった。

「万事うまくいってるよ、ムッシュー・フティット」

「大丈夫だよ、もっとうまくいくよ、ムッシュー・ショコラ」

ショコラとフティット、絶頂期を迎える

数年間の困難な時期を乗り越えて、ヌーヴォー・シルクは再び流行りの場所となっていた。それでも、1900年5月13日にクリシー広場曲馬場の落成式が盛大に執り行われたとき、一座は最悪の事態を恐れた。だが、十分な資本力があったにもかかわらず、曲馬場は万国博覧会のすぐ後に閉じられ、他のサーカス座はどこも胸を撫で下ろした。

とはいえ、ヌーヴォー・シルクにライバルがいなくなったわけではなかった。ヨーロッパじゅうに複数のサーカスを所有していた著名なドイツ人調教師アルベルト・シューマンがこの曲馬場を買い取り、イッポ・プラスを作ったのだ。モンマルトルの人々は、巨大なキャラバン、60もの荷車、150頭の馬、エキストラを数えずに500人の芸人が到着するのを目撃した。イッポ・プラスもまたかつてのアルマ橋曲馬場をモデルにしたサーカス座だった。ロワイヤル一族のひとりが舞台監督として雇われたことが、昔日のサーカスとのつながりを明確に示している。ラファエルは、シューマンが一座にトニー・グライスの養子アントニオを雇ったことを知った。いまではトニトフと名乗っていた。彼

はイッポ・プラスの「白《しろ》クラウン」に就任予定で、オーギュストは義弟のアントネットだった。彼らの使命はもちろんフティットとショコラに取って代わることだった。しかし、彼らは早々に舞台を去ることになった。数週間でプログラムから外され、1902年6月になると曲馬場は完全に扉を閉めた。周囲200メートルを誇るテントに450頭の馬、「奇形」の動物や人を引き連れて、この年初めに「地球で一番のグレート・ショー」の謳い文句でパリに作られたアメリカの巨大な移動サーカス、バーナム座でさえ、ヌーヴォー・シルクを引きずり下ろすことはできなかった。

ラファエルにしてみれば、他のいかなる「ニグロ」も自分の地位を奪うことができなかったことに誇らしさを感じた。実際『ショコラの結婚』以降、興行主たちは彼の代わりを見つけようという努力を怠ったことはなかったのだが、そのなかの誰もパリジャンを魅了できなかったのだ。

フティットとショコラの名声は、ハイ・ライフのなかでますます高まった。それを測るには、新聞に載せられた情報という不完全な資料しか私の手にはない。当然のことながら、私はジャーナリストが書かなかった公演依頼の数を考慮に入れることはできないわけだが、その数は間違いなく多かっただろう。それでも、文字資料による足跡にだけ限定しても、その収穫は驚くべきものだ。デュオはますます多くのプライベートな祝賀の催しに呼ばれるようになった。1899年10月、ふたりのクラウンは、銀行家エリー・コーエンとパリ証券取引所の著名な株式仲介人の娘ブランシュ・ゴールドシュミットの結婚式を盛り上げた。このとき、役者のフィルマン・ジェミエやオペラ座の何人かのバレリーナにも再会した。グールド夫人のサロンでの演技がロチルド男爵夫人を魅了したのか、われらがふたり組は、ヌーヴォー・シルク近くのサン・フロランタン通り2番地のタレイラン邸に招待された。のちにアメリカ合衆国大使館となるこの素晴らしい私邸は、19世紀初頭はタレイラン＝ペリゴール家のものであったが、そののちジェームス・ド・ロチルドが買い取った。それ以後は、その息子アルフォンスが所有者となっていた。フティットとショコラはそこに結核児童慈善協会のバザーを盛り上げるために呼ばれたのだ。

職業団体もまたふたりのアーティストの出演機会を奪い合った。1900年3月、彼らは宝飾店親睦協会のダンスパーティを盛り上げた。ラファエルにとっては、レピーヌ警察長官や、何人かの下院議員、市議会議員と知り合う場となった。いまだに戸籍を持たない彼は、パリ警察のトップと面識ができたことに満足したに違いない。彼らのサーカス外での出演年表を根気強く再構築しながら、私は、舞台芸術の世界からふたりへの出演要請が増えていったことにとりわけ驚いた。ジョゼフ・オレールがオランピア座を率いているうちは、ふたりのクラウンがそこに呼ばれることはなかった。1898年、オレールはイゾラ兄弟に施設を譲渡した。その直後から、フティットとショコラは、この威光あるミュージック・ホールの慈善公演のプログラムに何度も取り入れられた。ゲテ劇場、ヴァリエテ劇場、シャトレ劇場などの劇場もどんどんふたりに出演を請うようになった。1900年7月、彼らは再び劇役者共済組合の依頼で、ブーローニュの森での大祝宴に参加した。競馬や、花で飾られた自動車の行進、偉大なるサラ・ベルナールからの賞の授与など盛りだくさんだった。

新聞に掲載された批評を読み、似たような顔ぶれのアーティストたちがこうした催しに毎回出演要請されていることに私は気がついた。フティットやショコラのかたわらには、しょっちゅうベル・エポック期の二大女優、サラ・ベルナールとガブリエル＝シャルロット・レジュの名があった。男優のなかで至るところで請われたのは、コメディ・フランセーズの三人の正団員、ジョルジュ・ベール、コクラン・カデ、そして20世紀初頭この神聖なる劇場の最古参だったムネ＝シュリである。

パリ演劇界のセレブリティたちとの交流は、ラファエルとジョージの演劇への関心をますます高めることになった。この種の憧れはフティットにとっては昔からのものだったが、ラファエルもしまいには熱中するようになった。彼がフランス語をもっと操れるようにマリーが手助けをしていた。確かに、台本を覚えるには時間がかかったし、スペイン語のアクセントは残っていた。しかし、パントマイムの作者たちはもう彼に台詞つきの役を与えることを躊躇しなくなっていた。

新聞によれば、名の知られた耽美主義者や文士の一団も、ヌーヴォー・シルクへの道を見出していたようだった。『ラ・ルビュ・ブランシュ』に掲載された『プティ・プセ』（1901年にプログラムに取り入れられた水上滑稽ファンタジー）についての批評のなかで、アルフレッド・ジャリは、古典的な仰々しさに聞き飽きてコメディ・フランセーズをそっと抜け出し、右へ方向転換しサントノレ通りのクラウンを称賛しにいくことがよくあると告白している。しかし、7年前のクーリュなどとは違い、ジャリはショコラを貶《おとし》めるどころかその「機知に富んだ不器用さ」を褒め讃えた。数年前には先住民の愚かさや野蛮さの表れと考えられていた彼のジェスチャーは、いまや滑稽さの繊細な表現と見なされるようになったのだ。

この高まる評価の絶頂が正確にはいつだったのかと問われたら、私は迷わず1901年6月15日と答える。この夜、ラファエルとジョージは、支配人ペドロ・ゲラールがオペラ座で催した盛大な夜会に参加した。その場の詳細な描写を残した『ル・ゴロワ』が案内役だ。親愛なる読者よ、あなたの想像力を駆使してほしい。あなたはラファエルの隣にいる。燕尾服のジェントルマンや流行りのデザイナーのドレスをまとった優美な婦人たちに囲まれて、あなたは大階段を一段一段上る。多種多様な人がごった返す仮面舞踏会ではなく、上流階級が笑いさざめくエレガントな集まりだ。シャンデリア、大燭台や枝付燭台がきらきらと輝く大広間では、カップルたちがワルツやポルカのリズムに乗って回っている。金の縁飾りがついた赤いビロードが敷かれた廊下には、緑の植物がふんだんに飾られている。桟敷席は花で縁取られ、午前1時に予定されていた花合戦に備えていた。オーケストラの指揮者ルイ・ガンヌと楽士たちが聴衆に向かってハーモニーを響かせている。12時半！　パリ・オペラ座大賞典が行われる時間だ。寄せ木張りの劇場の床が広い競技場に変わった。表示板の杭と審判席が背景に加わる。競争者のリストが通知される。「オリラピアン、青い水玉模様の白いチュニック」「ザクソン、オレンジのチュニックにブルーの騎手帽」。好奇心は最高潮に達する。オーケストラが『マルムーゼ行進』を奏で、愉快な行列が動き出す。まずは巡査たち、そして美しいパントマイム師ジェーン・チルダが続く。彼女がゴールの審判だ。そして、ラファエルがフティットと一緒に登場する。ふたりは、ジェーン・チルダのすぐ後に続いた。彼らは今夜スターターを務めるのだ。そして、ヌーヴォー・シルクの13人の女性ダンサーが乗った13頭の紙の「馬」の小隊が行進する。彼女たちはジョッキー役で、この日実際ロンシャン競馬場で走った本物の騎手の絹シャツを着ている。

フティットとショコラは今夜ばかりは真剣だ。彼らはフライングへの注意を喚起する。そして、遂に競技が始まった。壮大で滑稽な戦いはザクソンとシェリのデッドヒートにもつれ込み、最後にはシェリが勝者と宣言された。みんながシャンパンを振りかけ合う！　美しいジェルメヌ・ガロワがオーケストラの指揮者の席に立ち、花で飾られた指揮棒を手に取った。彼女の合図で、楽団は『恋人たちの行進』を奏で始める。続いては、ポレット・ダルティが、ロドルフ・ベルジェの有名なワルツ曲『恋人よ』を指揮する。そして、ダイヤモンドで身を飾ったカロリーヌ・オテロの登場だ。彼女はルイ・ガンヌの『タタール行進』の指揮棒を振った。花合戦の後、ルイ・ガンヌが指揮に戻り、舞踏会は明け方まで続く。

ラファエルがマリーに一緒に来るように誘ってもおかしくなかった。彼のスターターの役目はそんなに時間を取るものではなかったから、この夜会はふたりにとってオペラ座の丸天井の下でダンスを踊る唯一無二の機会となったはずだ。私は想像した。オーケストラが『恋人よ』の最初の数節を奏で始め、ラファエルはマリーを強く腕に抱く。この最高に幸せな瞬間を永遠に留めておきたくて。

フランス社会の、ショコラへのまなざしの変化

新聞上でも、道化師ショコラのイメージは数年ほど前から変化していた。ジャーナリズムの新世代が生まれたところで、写真や美しい塗工紙上の鋼板刷りといった近代的様式が多用されるようになっていた。

挿絵雑誌『ラ・グランド・ヴィ』の１９０１年のある号では、ジャーナリストのシャルル・キヌがヌーヴォー・シルクのリハーサル風景に関する企画記事を掲載した。数枚の写真が、フティットの指示のもとで動く何人かのアーティストを写している。またもや、イギリス人クラウンが引き立てられているわけだ。しかし、ショコラの紹介の仕方という点においてこのルポルタージュはこれまでのものと一線を画する。ジャーナリストは、ショコラが自分をこの日ずっと案内してくれたと書いている。初めて、雑誌がニグロ道化師に話す機会を与えたのだ。「『この素晴らしいプードルのトムをご覧ください。手回しオルガンを弾くんです。ローマ賞だって取れちゃいますよ』。そうショコラが言った」。記事の結論はまさにジャーナリストたち、少なくともその一部の、ラファエルに対する新しい見方を如実に表している。「ショコラは彼の小さな帽子を私の頭の上に載せ、それから私たちは仲間たちの集まるバーへ友情の証のウイスキーで乾杯をするために向かった」。親愛なる読者よ、１８９１年に『フォト＝ジュルナル』に載ったヌーヴォー・シルクについての最初のルポルタージュ記事を思い出してほしい。ショコラは、自分の尊厳が嘲笑されても反抗せずに受け入れる、辱《はずかし》められた可哀想なニグロとして紹介されていた。10年後、ジャーナリストが彼と友情の杯を酌《く》み交わすようになった。なんという違いだろう！

同時期に『みんなの読書（レクチュール・プール・トゥス）』に掲載されたヌーヴォー・シルクについての別のルポルタージュには、ふたりのクラウンが働いている写真があり、その説明文を見ればラファエルが彼らの作品の共同制作者と見なされていたことが分かる。「自分たちのナンバーを探求しているフティットとショコラ。白人クラウンと黒人クラウンのふたりが、観客を楽しませるための喜劇パントマイム、物腰、表現を一緒に研究している」。

道化師ショコラについての好意的な描写がこれらの雑誌特有のものなのか、それとも、より一般的な変化を反映したものなのかを、私は知りたかった。パリの大きな日刊紙が載せたデュオのナンバーについての批評を再調査し、私はすぐにその答えを見つけた。大新聞もショコラについて以前と異なる認識を持つようになっていたことは明らかだった。20世紀初頭、フランスで一番の日刊紙は『ル・プティ・パリジャン』で、「世界じゅうで最も売れている」とさえ主張していた。その2万を数える販売所は、本土全域に広がっていた。１９０１年11月7日、フティットとショコラに多くを割いた「アクロバット学校」という記事が一面に掲載された。この記者もまたヌーヴォー・シルクに取材に行き、リハーサル後のふたりのアーティストにインタビューしている。特筆すべきは、フティットがいまでは相方の才能を認めているということだ。

「人は道化師として生まれるのです。道化師になるわけではないのです。道化師はその血のなかにもう可笑しみや『冗談』を持っていて、ステージ上でコミカルな技を学ぶわけではないのです」

ジャーナリストは続いてラファエルについて語る。

とても落ち着いた様子で煙草を吸いながら、ショコラはシルクハットで遊んでいた。

「私は完璧な曲芸を演じられたことなど一度もありません。16のときにビルバオでトニー・グライスのところで始めただけですから。私の師匠は、私のなかに喜劇の才能を見出してくれて、彼がいまの私を作ってくれたのです」

「つまり、パリで一番面白いひとりということだね」

と、フティットがこの仲間を軽く小突きながらつけ足した。

このルポルタージュは、ふたりのアーティストの関係が以前より平等で真に友好的なものになっていたことをよく示している。フティットはもう相方に対する自分の優位性を公の場で思い知らせたいという強迫観念には囚われていないようだ。反対に、その喜劇の才能を「天賦のもの」だと明言し、ラファエルに対して最上級の賞賛を送っている。

司書の的確な助言に従って国立図書館のコレクションを調べているうちに、私は同時期に作られたいくつかの広告ポスターを見つけ、そこでもショコラがいまではフティットと同等と見なされるようになっていたことを発見した。そのひとつは、次の説明文と共にある写真機メーカーの長所を褒めそやしていた。「デマリア兄弟社製のカメラは、最高の結果をもたらす」。この広告を作ったオーギュスト・ルビーユもまた、当時信じられないほど多くの才能を輩出していた『ル・クリエ・フランセ』と『ル・リール』の出身だった。オレンジ色の背景に、ポスターの左側には、帽子はかぶっていないが、黒の燕尾服に白手袋をつけ正面を向いたショコラが描かれている。彼は、白い髪の房が特徴的な黒人クラウンの写真を指差している。ポスターの右手には、小さなとんがり帽子をつけ、緑のジレに白いゆったりした上着を着たフティットが、白塗りの顔に縮れ毛のクラウンの写真を手にしている。

インターネット利用の拡大によって歴史家と史料の関係が大きく変わったのは、史料のデジタル化という理由だけではなく、公領域と私領域の境がずらされたからでもあることに、調査を進めるなかで私は気がついた。商業が、記憶を好き勝手に扱い始めたのだ。古参であろうと新規参入者であろうと、収集家たちが当時の挿絵雑誌を解体し、イラスト、版画、あるいはちょっとしたデッサンといった史料の断片を、専門サイト上で売りに出すようになった。結果、私の史料は流動的なものとなり、定期的に航海《ナビゲーション》に出て新情報収集のために網を投げる必要が出てきた。

　インターネット上に載せられた史料は十分に用心して取り扱わなければならない。私たちが道化師ショコラの存在を一般に知らしめてからというもの、いい商売になると察知したいくつかの画像取次店が、広告上の黒人をショコラだと紹介して複製を作り、売りに出すようになった。しかし、実際にはショコラでないことも多く、１９２０年代にモデラノ座で有名になった息子ウジェーヌをラファエルと混同しているものもあった。悪知恵の働く者は、ショコラがラ・グリュの腕に抱かれてケーク・ダンスを踊る「古びた」ポスターを偽造し、ネット上に載せるという詐欺まで働いた。

　それでも、こうした調査のおかげで、私はいくつか貴重な史料を発見することができた。そのなかでも最も興味深いのは、間違いなく「グラスのバランス」という題がつけられたフェリックス・ポタン社のイラストであろう。フティットとショコラは子供の恰好をして、小さなパリジャンといった体《てい》だ。ショコラだと分かるのは、顔の色が少しだけ相方よりも濃いからだ。彼はグラスを積み上げている最中で、フティットがそれを微笑みを浮かべて見ている。そして、次のように書かれている。「可愛い子供たちよ、ショコラを真似しないでくださいね。そして、彼にはこのままグラスを積み上げさせておいてあげましょう。簡単なことです。でも揺らしちゃいけません。ムッシュー・クラウンが辛抱強くこの美しい塔が崩れるのを待っているのですから。そして、可哀想なショコラは平手打ちを受けることに……。あぁ！　やった!!!　署名：トム・ティット」。

フェリックス・ポタンは初期の広告コンセプトにいまだに忠実だった。つまり、フティットがショコラを罰するのだ。ただし、このイラストの場面が子供の世界の出来事で、年上の子と年下の子の話であることは明らかである。7年前のトゥールーズ＝ロートレックのデッサンで主題だった原始的なニグロを文明から追い出そうとする白人クラウンの尻への一撃は、いまでは完全に忘れられたようだ。ラ・エッヴの石鹼やジャベル・ラクロワ水の広告ももう終わった。カスターニョ姉妹がラファエルを漂白しようとして以来彼が肌に感じてきた強い痛みは、ようやくかさぶたになりつつあった。

フティットとショコラはこの頃、レ・グリマス・パリジェンヌのような名の知れたいくつかの仮面制作会社のカタログにも登場した。フランスの作家兼政治家ポール・デルレード、ロシア皇帝ニコライ2世、エミール・ゾラらと並んでだ。黎明期のおもちゃ産業もふたりのクラウンを見逃さなかった。私は最近ある骨董品屋でブリキでできた可動式の彼らの上半身のおもちゃを見つけた。ふたりのクラウンの口が開いたり閉じたり、頭を揺らしたりと、ネジのからくりで動くようになっていた。「パントグラフ」と呼ばれていたこの種のおもちゃは、1897年の年末、大通りに並ぶクリスマス市《いち》で売られていた。

デュオは、「レ・シャポー・ヴァルズール」あるいは「レ・シャポー・カスカドゥール」といったボードゲームにも着想を与えた。私は偶然にもパリ南部ポルト・ド・ヴァンヴの蚤の市で売りに出ている一セットを見つけた。フティットとショコラは初期のいくつかのバンド・デシネ（漫画）にも主人公として登場している。例えば、週刊誌『ラ・ジュネス・イリュストレ』に採録されていたバンジャマン・ラビエの作品などである。

ベビの証言を信じるならば、1901年から1902年にかけて、大きな成功を収めていたラファエルとフティットはかなり豪勢な生活を送っていたようだ。この時期、フティットの年収は3万フランと推定され、さらにはプライベートな夜会に出演すれば謝礼を受け取っていた。ラファエルの収入はそれよりは低かったが、年に2万フランには達していた。当時としてはかなりの額だ。しかし、ふたりとも一切倹約することがなかった。ベビの回想によれば、

「稼いだ金の大半が煙のように消えた。売れっ子時代、フティットとその相棒は大貴族のような生活を送っていた。彼らは競輪場や競馬場、それに縞模様のお仕着せを着た従僕に迎えられるシックなサークルに出入りしていた。優雅なお茶会にもよく通っていた。フティットは何度か私を一緒に連れて行ってくれた。彼が到着すると、給仕長が深々とお辞儀するのだ。彼への褒め言葉がどのテーブルからも聞こえた。『フティット！』。ひとりのロマ——あの頃はまだロマがいた——がヴァイオリンを手に彼のほうに向かい、恭しく尋ねる。『ムッシュー・フティット、どの曲をご所望ですか？』。そこでフティットは一曲頼み、たっぷりと心づけを与える。名士たちの賛辞を有り難く受け入れ、数多くのディナーの招待のうちのひとつにあずかるのだった」

女性役をも完璧に演じたふたりは、ついに本物の役者と認められる

調査を進めれば進めるほど、私はラファエルの類まれなる運命に引き込まれた。しかし、彼の人生がおとぎ話のようにはいかなかっただろうことは分かっていた。私がこれまで読んできたこの種の道筋をたどる自伝的物語ではたいてい、ときおりちょっとした予兆が挟まれているものだ。噂によれば、ショコラは、

「ラムの小瓶を少しも表情を変えずに飲み干した」

アルコールは、彼がまわりに馴染もうとするときに勢いをつけるために必要なエンジンだったのだ。こうした夜の世界でのつき合いを広げ、舞台でも街なかでも「ショコラ」であり続けるために、彼は

冗談の技に磨きをかけ、彼自身と演じている人物像のあいだの差をゼロに近いところまで縮めていく努力を絶えずしなければならなかった。

社会学の研究や文学的証言が、謂れのない烙印を押された人々は侮蔑《ぶべつ》から自分自身を守るためにしばしば自分で自分を笑いの種にするようになると、述べている。ラファエルはあらゆる種類のニグロに関する冗談を知っていたと私は考えている。長いこと会っていなかった友人が彼に「君は変わらないね」と言えば、すぐに「ショコラは年とったからといって漂白されたりしないよ」だとか「ニグロはいつまでもニグロさ」などと返した。彼はまたヌーヴォー・シルクの「最高のニグロ」を自任していた。あるニグロ女性がひとりのパリジャンにドルオ通りからマドレーヌ寺院への近道を尋ねたというジョークもラファエルは披露した。パリジャンは彼女に答える。「木をつたって行きな」。あるいは、ニグロのパン屋に会って驚いたトトのジョーク。「どうしても黒いライムギパンを作らなくちゃね」と彼の母親が言った。

日常生活で、ラファエルは自尊心を守るために常に警戒していなければならなかった。フティットはその必要はなかった。彼の肌は彼を守ってくれる色だったからだ。しかし、芸術の世界で、ふたりのクラウンは徐々に同じレベルに置かれるようになっていった。なぜフティットは「ニグロ」が自分と対等であることを遂に認めたのだろうか。10年前にはラファエルを「私たちの種の奇妙な見本で、彼の喉は何を言いたいか分からない支離滅裂な音しか発しない」と書いていたジャーナリストたちが、どうしていまでは彼を真のアーティストと見なすようになったのか？　この奇跡の理由を理解するためには、私の史料ファイルにはまだもうひとつ欠けているものがあった。1902年9月12日に『ル・タン』に掲載されたフティットとショコラのスペクタクルについてのある批評を検討していて、私はその欠けていたピースを探し当てた。

「私はあなた方が一緒に仲良くサーカスのバーに入っていくところを見かけた。高いスツールに腰かけ、マホガニーのカウンターに肘《ひじ》をつき、やっとのこと息を整えようとしていた。ショコラは額の汗を拭くと、どんよりと疲労をにじませた目つきで様々な形の酒のボトルを凝視した。シヨコラの髪は乱れていて、ふたりとも髪につけていた飾りがずり落ちていた。あなた方はもはや互いに良く似ていますよ。経験があなた方を思いがけず痛ましいほどに似せたのですね」

この記事の著者はフェルナン・ノジエール、本名はフェルナン・ヴェイユである。このジャーナリスト兼劇作家の道程は、ロマン・クーリュのそれと酷似している。パリの文学界にしっかりと根をおろした彼も、昼、意志、空想、力強さを象徴する白人クラウンと、夜、無気力、伝統、弱さを体現するニグロ道化師を対比させて講釈していた。しかし、ノジエールは、「経験があなた方を思いがけず痛ましいほどに似せた」と述べ、ふたりのクラウンのスペクタクルを見て感じた困惑を告白している。その現実は彼にとっては苦痛であったが、それでも彼は白人と黒人が結局のところ似ていると認めざるを得なかったのだ。デュオがこの時期に行っていた演技の内容を詳細に検討して、ふたりのアーティストがどんどん入れ替わり可能な人物を演じるようになっていたことに私は気がついた。それが彼らの相似の本質的な理由だ。この役割の交換は人種的な次元のものではない。フティットがニグロ道化師を演じたり、ラファエルが白人クラウンを演じるナンバーはひとつも見つからなかった。デュオがアイデンディティの交換まで発展させたのは、セクシュアリティの領域だ。

フティットの女性役へのこだわりは、20世紀の最初の数年間でさらに加速した。なぜなら曲芸クラウンとして彼の名声を高めた肉体的なパフォーマンスを、もはや演じることができなくなっていたからだ。1904年のヌーヴォー・シルクでのスペクタクルでフティットが扮したのは「旅籠屋《はたごや》の年老いた女主人で、イギリス人兵士が言い寄ってくる。その男と彼女（彼）は互いに夢中になり、彼らは危うく氾濫した川に飲み込まれそうになる」。イギリス人クラウンはもはやステージと階段席の境を越えることをためらわなくなっていた。ある証言者によれば、ある日金髪のヘアピースをつけたフティットが柵を越えて、客席に飛び出していき、観客の男性のひとりに無理やり接吻《せっぷん》した。

フティットはセクシュアリティ上のアイデンティティを主題にしたデュオのナンバーを増やしていった。パントマイム『山の中で』（1898年10月）では、「巻き毛のかつらをつけたマドモワゼル・ショコラが、世にも素晴らしいフティットを喜ばせるために、あか抜けない下着を見せようとした」。イギリス人クラウンは恋人の後ろを一歩一歩ついて歩き、ときどきそのお尻に蹴りを喰らわした。そのたびに、「マドモワゼル・ショコラ」は怒って振り向くのだが、「ずっと君のことを愛してる」とささやくフティットの甘い瞳を前にするとつい許してしまうのだった。

『ショコラの結婚』の新バージョンでは、フティットが黒人ピエロの妻コロンビーヌの役を演じた。ふたりともが女性役を演じることもあった。こうした女装の成功はすぐにヌーヴォー・シルクの囲いを越え、デュオのパフォーマンスは公的催事、サロン、劇場などでも大いに評価されることとなった。ひとつだけ例を挙げれば、万国博覧会会期中の1900年7月6日、デュオはロンシャンで行われた芸術家協会主催による大祝賀会に招待された。この催しについて報告した記者は、われらが主人公たちの登場を次のように讃えている。

「ついにヌーヴォー・シルクの馬車がやって来た。マダム・フティットとマダム・ショコラが堂々と座っている。色鮮やかな古着を着て、滑稽きわまりないふたりだ」

女性役を演じることで、ジョージとラファエルは本物の役者と認められるに至った。イポリット・ウックはオプジュル――おそらく当時最も有名だったレビュー作家のひとりでポール＝ルイ・フレールの名で知られていたレオン＝ピエール・ピュジョルの別の筆名だろう――というレビュー作家に、『パリ＝バロン』と題する次のような軽喜劇を依頼した。

ラポワール男爵夫妻が、飛行船操縦者のセントス・デュポンのために晩餐会を開き、そこには彼らの娘アントワネットも出席した。彼女は若いセントスに恋をしていた。4人の小さな白人使用人が裾を持つ贅沢なドレスをまとったアウラ・パタタ・デ・パタタス子爵夫人（ショコラ）が登場し、続いてミス・ポルケピック（フティット）が入ってきた。ふたりの「夫人」はセントスを誘惑しようと競い合った。この場面のコミカルさの核は、アイデンティティの攪乱《かくらん》にある。男性が女性役を演じるというだけではなく、あるときには彼らは役割を反転させ、黒人・白人のアイデンティティでも笑いを誘った。ミス・ポルケピックは子爵夫人の白粉を使い真っ黒になり、そして反対に子爵夫人は真っ白になった。続いて、ミス・ポルケピックはくるくる回転して渦巻ワルツを踊り始め、子爵夫人は逆向きでワルツを踊った。第一幕は歌で終わる。『愛はちょうちょ』をふたりのアーティストが一緒に歌うのだ。

この滑稽軽喜劇の次の場面では、「ふたりの女性」が馬の上で飛び跳ねながら美男のセントスを追いかけ回し、ドレス屋でパニックを引き起こし、警官を打ちのめし、彼の代わりにマネキンを置いていく。スペクタクルは、リナ・ペレスが振りつけ、ヌーヴォー・シルクのダンサーたちが踊るバレエ『ツバメの舞踏会』で幕を閉じる。最後に登場人物たちがみな和解し、『気球に乗る若い娘』をコーラスで歌う。メネシエに替わってルムニエがこの軽喜劇の背景を担当し、新指揮者ジョルジュ・ヴィットマンが音楽を作曲した。百貨店ボン・マルシェが気前よく街着衣装を提供してくれ、セルポレ社も自社の自動車を貸し出した。

この喜劇は、パリジャンがみな知っている出来事に関連していた。アルベルト・サントス＝デュモンの父親はブラジルに帰化したフランス人で、コーヒー産業で財を築きフランスに戻って来た人物であった。飛行船パイロットとして有名になっていたアルベルトは、1901年8月、パリの西の郊外のサン・クルーとエッフェル塔間の競争の際にゴシップ欄を賑わせた。彼の飛行船はセーヌ川沿いのパッシー河岸の建物にぶつかり、6階に吊るされたままになってしまったのだ。

スペクタクルは批評家たちを喜ばせた。『ル・フィガロ』は四つの批評に加え、セムのユーモラスなデッサンを掲載した。とりわけ演者に高い賞賛が寄せられた。「可笑しなファンタジー『パリ＝バロン』のなかでフティットとショコラが作りだした役は、彼らがいままで演じたもののなかで一番愉快だ」。批評は初めて、彼らのパフォーマンスを描写するのに「初演」「解釈」といった演劇用語を使った。

この軽喜劇は、警官に変わるマネキンや、ちょん切られた首といったサーカスのパントマイムの古典的なギャグを使っているが、台詞場面、ダンス、マイム、歌を取り入れ、全体としてひとつの喜劇となっている。女性役を演じることで、ふたりのアーティストの対等な立場をこれまで邪魔していた障害物を取り除くことが可能になったのである。

フランスの「ベル・エポック」期が完全に始まったとき、ラファエルの運命はまさに追い風に乗っていた。栄華の絶頂にあり、すべてのライバルたちに勝利し、ステージ上でフティットと対等と認識されるまでになった。この瞬間まさに、彼は自分のことを無敵だと信じることができた。『フティットとショコラの回想録』のなかで、フラン＝ノアンは「夜会服に、白いジレとネクタイ、ボタン穴にはクチナシ、巻き毛の髪は中央で完璧に分け目をつけた」ラファエルの素晴らしい写真について触れている。そこには、妻マリーの献辞が添えられていた。「誕生日に私の母へ贈ります。マリー」。フラン＝ノアンはこの贈り物を見て、ショコラ家が本当に「家父長的」だと感じたようだ。私は、これは縁を切っていた母親と和解するための行為だと思う。つまりマリーはこう言いたかったのだ。

「ママ、私はこの男性と一緒になって人生をやり直すことができたのよ。分かるでしょう。だって彼はいまこんなにも有名なのだから」

2013年5月3日金曜日

ラファエル、国立文書館図像文書部門で私は遂にこの写真を見つけることができた。君は、ポートレイトを撮影するためにパリで最も有名な写真家のひとりデュギーのところに行った。彼のアトリエはサントノレ通り368番地にあった。君の家のすぐそばだ。この写真で私が驚いたのは、君が右手に持っていた大きな葉巻ではなく、君の姿勢だ。君は斜め前から撮影されている。自然に見せようとしている。でも君は仰々しく、堅苦しい。胸を思い切りぴんとさせている、張っていると言ってもいいくらいだ。まるで全世界に向かって君がハイ・ライフの頂点まで上り詰めたと伝えたいかのように。『ショコラの結婚』から14年、君は成功に次ぐ成功を重ねてきた。でも、もしかしたら君は、これは本当であるには素晴らしすぎるんじゃないか、ずっと続かないんじゃないかという考えを払いのけられなかったんじゃないだろうか？　それで君は、転落への恐怖から自分の名声にしがみつこうと、そんなにも真っ直ぐぴんとして、堅苦しくしているのだろう。

Walery

第19章
「陽気なニグロ」

パリとフランス全土に巻き起こったケーク・ウォークの熱狂の嵐

「アメリカから来た、
そうさ、おいらはクレイジー！
最高さ
イエス、アイ・ラブ・ユー
ケーク・ダンスはこう踊るのさ
ゴー、ゴー、ゴー
腕はこうやって取るのさ
ゴー、ゴー、ゴー
オーライ、ブラック・レイディ！
ここはどこよりアメリカさ
オーライ！
そう、ここはフォブール・サン・ジェルマン」

1903年1月にトリアノン劇場で上演されたあるスペクタクルの批評のなかに、ヴィクトール・ド・コッタンが詞を書き、ルイ・ヴァルネの音楽に乗せられたこの歌を発見したとき、私は少々の疑いを持った。いままで読んだ研究の大半が、黒人音楽がフランス本土にあふれ出したのはジャズが到来した1917年以降だと言っていた。そう記す歴史家たちにとって、その定着に決定的な出来事は、1925年にフォリ・ベルジェールのステージで、ジョセフィン・ベイカーが彼女の有名な「ニグロ・レビュー(ルビュ・ネグル)」を披露したときということになっていた。コッタンとヴァルネの歌は、それに先立つ熱狂の存在を示している。このスペクタクルに関するさらなる情報を探してみると、フランスの観客がこの種のアフロ・アメリカ文化を発見した正確な日付にすぐにたどり着くことができた。1902年10月24日である。この日、ヌーヴォー・シルクで、フティットとショコラによる新しいパントマイム『陽気なニグロ』の初演があった。スペクタクルは、新しいジャンルの音楽「ラグタイム」と新しい踊り「ケーク・ウォーク」によって、パリじゅう、そしてフランス全土に、驚くべき熱狂を巻き起こしたのである。

この年のシーズンは通年よりも早く開幕した。1902年9月初めにすでに、イポリット・ウックはペルシアのシャーのためのガラ公演をヌーヴォー・シルクで開催した。シャーは、スペクタクルが大変気に入ったようで、翌日の夜も現れた。新聞はフティットとショコラを「ふたりの笑いのシャー」と紹介し、彼らの「陽気な奇妙さに金切り声が上がった」とつけ加えた。シャーの後にサントノレ通りのサーカスが迎えたのは、ギリシャ王とポルトガルのアメリア王妃だった。王室の人々の来訪はとどまることがなかったようだ。

数年来の慣習で、ウックは夏の数か月を使ってロンドンやニューヨークを訪れ、パリの観客が気に入るようなナンバーに目星をつけた。シーズン開幕時の会合の際に、『アメリカ』をモデルにしつつ、いくつかの革新を加えた新しいパントマイムを作ることを考えていると発表した。水中に落下する列車やニグロをいじめる駅長は出てこない。

「ミュージカル形式のスペクタクルを考えています。私たちの観客にラグタイムを見せたいのです。アフリカのリズムにインスピレーションを受けた音楽で、ケーク・ウォーク、つまりケーキのダンスと呼ばれる新しい踊りと組み合わされています。この2年、ロンドンやニューヨークで大流行しているんです」

だが、一座の団員たちはこの計画にそこまで飛びつきはしなかっただろう。曲馬師たちは、自分たちのナンバーを削ってミュージック・ホールの比重を徐々に増やすというドンヴァルと同じ轍《てつ》を踏んでいると、ウックに詰め寄ったに違いない。ヌーヴォー・シルクの厩舎にはもう15頭ほどの馬しかいなかった。フティットとラファエルは、自分たちがコミカルな役を演じる新しい軽喜劇を作って、『パリ＝バロン』の成功を支配人がもっと生かそうとしないことを残念に思っただろう。振付師のリナ・ペレスは、ミンストレルがかつてパリのハイ・ライフで流行ったことなど一度もなかったと指摘した。しかし、こうした反対意見があっても、ウックの決意は揺るがなかった。

「親愛なるリナ、いまの世界は目まぐるしく変わるんですよ。上流社会はもう観客のほんの一部でしかないんです。私たちは新しい層に目を向けなければなりません」

「貴族層が徐々にアメリカ化していることは言うまでもなく」

と、この会合にウックが招いていたピエール・ラフィット［P．343 一座の有能な広告担当者］が続けた。

「あなた方は、『ニューヨーク・ヘラルド・トリビューン』のジェームズ・ゴードン・ベネットや、格別の影響力を持つクラブマンであるヘンリー・リッジウェイをご存知のことと思います。しかし、今日パリには6000人のアメリカ人がいるのは知らないでしょう。15年前までは多勢を占めていたのはイギリス人でしたが、いまではヤンキーたちなのです」

「数年前にボニ・ド・カステラーヌ伯爵とミス・グールドの結婚が社交欄を賑わしました」

と、ウックが念を押すようにつけ加えた。

「でも、これが唯一というわけでは全くないのです。ガネ侯爵はミス・リドウェイと結婚しましたし、ダラマン伯爵とミス・フィッシャー、ブルトゥイユ侯爵とミス・ガーナー、ラ・ロシュフーコー公爵とミス・ミッチェルの例もあります」

「オリヴィエ・ド・ラ・ロシュフーコー伯爵夫人はアラバマ州モンゴメリーの生まれですし、タレイラン＝ペリゴール侯爵夫人もカーティスの生まれです」

と、ラフィットが続けた。

「例を挙げればきりがありませんよ。こうしたフランコ・アメリカンたちが好むのは、リズム、動き、競争などで、馬で紙の輪を飛び越える曲馬ではないんです」

「こうした金持ちたちが本当にハーレムのニグロに関心を持つとお思いなんですか」

と、フティットがからかうような調子で質問した。

「私たちのスペクタクルはいつも現実世界との接点を持っているからこそ成功しているんです」

と、ラフィットが言い返した。

「人種隔離はアメリカではデリケートな問題です。テオドル・ルーズベルト大統領が最近ホワイト・ハウスにニグロを迎え入れたというニュースをみなさんも新聞で読んだでしょう。彼はこう言いました。『どの黒人もどの白人も各々の能力に応じてもてなさなければならない』」

『陽気なニグロ』では、私たちのやり方で、人種隔離と闘う人々を支持したいのです」

と、ウックはつけ加えた。

「アメリカ大統領の誕生日にはガラ公演を開催して、大使を招待しようと思っています」

「アイム・ソーリー、ミスター・ウック、でもフランスには人種隔離は存在しませんよ」

と、フティットが言い返した。

「アメリカ人にショコラを称賛してほしいなんて思ってませんよ。うちにはもう陽気なニグロがいるんですから、他のニグロを連れてくる必要なんてありません」

「おそらくあなたは正しいですよ、親愛なるフティット」

と、支配人は答えた。

「ただパリジャンはアメリカで起きていることにますます興味を持つようになっていますからね。『テキサスにて』と『アメリカ』は大変な成功を収めました。ヌーヴォー・シルクで水球を披露したときも観客たちは大興奮でした。『陽気なニグロ』ではコンペを提案するつもりです。誰もが参加できるケーク・ダンス大会の開催を考えています」

「万全を期すために高額な広告予算をつけるつもりです」

と、ラフィットはつけ加えた。

「宣伝には『ル・フィガロ』の力を借ります。すでに、アルマン・レヴィ、ガブリエル・アストリュク、カラン・ダシュに話をしました。雑誌『みんなの読書』で私が雇った若い挿絵画家モーリス・マウにも、ケーク・ダンスを踊る黒ん坊たちの美しいポスターを作ってくれるように頼みました」

この会合から数日後、『陽気なニグロ』の最初のリハーサルが始まった。パントマイムには以前ヌーヴォー・シルクの滑稽劇で好評だった要素が多く使われていた。ただし、舞台はハーレムだった。第一部の舞台はバーだ。「ニグロ」に扮したフティットとショコラがビリヤードを始めるが、いつの間にかボクシングの試合になってしまう。彼らの演技に、アクロバットや調教動物のナンバーが加わる。第二部はすべてダンスに充てられている。パントマイムは、いつものように、大きな水上ショーで幕を閉じる。

ウックはアメリカから二組のダンサーを呼び寄せた。ひと組目は「ミスター&ミス・エルクス」という。この夫婦は白人だが、黒人に扮してはいなかった。しかし、彼らは黒人のように踊った。カップルは、音楽のリズムに合わせて目まぐるしく跳ねまわり、激しくからだを動かした。信じられないほどからだが柔らかく、どこもかしこも自在に動かし、ふたりのダンサーは、トランス状態にあるかのように、腕を揺らした。彼らは、胸を前に出し、肩を後ろに引き、腕は水平に伸ばし、膝を最大限に上げながら足を交互に出す。

ふた組目のリトル・ウォーカーは黒人の子供たちで、パリの新聞にはプティ・ウォーカーと呼ばれていた。ふたりは姉と弟で、10歳前後だ。彼らは、後ろ足でからだを支えた博識の犬に扮してステージ上に登場する。そして、百面相の無言パントマイムを繰り広げ、丸い目をぐるりと回したり、大笑いしながら真っ白な歯を見せたりした。彼らは投げキスをし、続いて、姉のルディが自分から逃げる素振りをする弟フレディの腕を摑み、フレディは膝から崩れ落ちる。最終的にナンバーは悪魔に取り憑かれたような演技でフィニッシュとなる。

ヌーヴォー・シルクのステージ上でこのように激しくからだを揺らす踊り手たちを初めて見たとき、ラファエルは衝撃を受けただろう。ケーク・ウォークは「トゥンバ・フランセーサ（「フランスの太鼓」という意味のスペイン語）」のヴァリエーションのひとつである。トゥンバ・フランセーサとは、ハイチの奴隷たちがアレンジしたサロンの踊りで、18世紀後半、トゥーサン・ルーヴェルチュール（P．390）の革命を逃れたフランス人植民者がキューバにたどり着いたときにこの島でも広まった。目の前でからだをねじって踊るプティ・ウォーカーは、ラファエルに子供の頃ハバナのカーニバルで目にして感嘆した踊り手たちのことを思い出させたに違いない。「野性的」あるいは「原始的」と評されないジェスチャーをものにするために何年にもわたってからだを律してきたラファエルは、ヌーヴォー・シルクのステージ上でこんな痙攣したかのような身振り手振りを演じることが許されるなどとは信じられなかっただろう。この滑稽ニグロたちは、その先人たちと同じ運命をたどることになるだろうと、彼は思った。つまり、少しのあいだ舞台を楽しませた後、あっという間に消えてしまう。

フランスの芸術家、ジャーナリストらも絶賛

ところが、『陽気なニグロ』の初演は、観客の熱烈な喝采に迎えられた。この晩会場には、数年後にフランスで最も有名な芸術家のひとりとなる若い観客がいた。ジャン・コクトーである。彼が回想録のなかに残した証言は、ケーク・ウォークのダンサーたちがステージに登場した際にパリの観客たちを捉えた大きな興奮を完璧に伝えてくれている。

「観客は立ち上がって足を踏み鳴らして熱狂し、ステージ中央ではエルクス夫妻が踊っていた。踊る彼らは、痩せてぎすぎすしたからだつきをしており、リボンで身を飾り、星形装飾がきらきらとまたたき、白い光に包まれていた。帽子を片側の目と耳にかけ、膝は後ろに反らした顔よりも高く振り上げ、手は弾力性のあるステッキを揺らす。人間技とは思えぬ動きをしながら、エナメル製の短靴のつま先の金具を床にぶつけて鳴り響かせた。彼らは踊り、彼らは滑り、彼らは上体を反らし、彼らはからだをふたつ、三つ、四つに折り、彼らは身を起こし、最後の挨拶をした。そして彼らの後ろで、街じゅうが、そしてヨーロッパじゅうが、踊り始めた。そして彼らに倣って、リズムが新世界を包み込み、新世界のあとは旧世界が包まれ、このリズムが機械へと広がり、そして機械が人間へと伝え、もう止まることはないに違いない。エルクス夫妻が死に、ショコラとフティットが死に、ヌーヴォー・シルクが死んでも、死者も生者も混ざった行列は、小さなステッキとリボンに巻かれたエルクス夫妻の骸骨《がいこつ》に誘われて、踊り続ける」

コクトーは同じ節のなかで、ヌーヴォー・シルクはこの日、「アメリカのリズムの到来という、舞台芸術における歴史的出来事が起きた場」だったと述べている。出来事から33年後の1935年に初版が出版されたこのテキストのなかで、コクトーの記憶には多少曖昧なところがあるのは否めない。彼は『陽気なニグロ』を1904年の上演としているが、初演は1902年10月24日であるし、また、白人ダンサーのカップルだけに言及し、プティ・ウォーカーには一言も触れていない。

前衛アーティスト的偏見に囚われていたコクトーは、パリのシーンへのケーク・ウォークの突然の登場を美学上の奇跡のようなものとして紹介し、この革命で文化的仲介者たちが果たした重要な役割を隠してしまっている。ところが、ピエール・ラフィットを中心とした交友関係を再構築すると、

『陽気なニグロ』のプロモーションのために取られた宣伝戦略を明らかにすることができた。初演の日、『ル・フィガロ』はこの公演を一面、そして五面、六面でも紹介した。翌日、同紙にはこの「興味深いパントマイム」を称賛する長い記事が載せられ、「アメリカ合衆国の黒人たちが猛スピードで迫ってくる」ような公演と称された。アメリカ人ダンサーたちへの言及は一言もなく、すべての賛美が「傑出したふたりのアーティスト」フティットとショコラに向けられていた。

続く数日、そして数週間、フランスの文化評論において最も権威あるこの日刊紙は、『陽気なニグロ』についての記事を書き立て、徐々にケーク・ウォークについても触れるようになった。11月1日、ついに『ル・フィガロ』は「前例のない大成功。毎晩、満員の会場はケーク・ウォークの魅惑的で奇妙なダンスに喝采を送った。とりわけふたりの愛すべきニグロ坊やたちに拍手せずにはいられない」と書いた。これ以降、フティットとショコラの影は薄くなった。ケーク・ウォークに関する記事のひとつに次のように書かれていたのを私は見つけた。

「このダンスが流行するであろうから、『フェミナ』は読者に向けてその情報を開示することにした。今号で、若い娘から大人の女性まですべての女性のニーズに応える同雑誌は、ケーク・ウォークの踊り方を掲載する。『フェミナ』の素晴らしい妹分『ミュジカ』も12月1日号でケーク・ウォークの音楽について書く予定だ」

この文章は、ピエール・ラフィットが『ル・フィガロ』編集部と密接な関係にあったことの証拠である。三万部以上の売り上げがあった『フェミナ』と四万五千部の『ミュジカ』は二誌とも、ラフィットがガブリエル・アストリュクと協力して創刊したばかりの月刊誌なのだ。ピエール・ラフィットと同じボルドー出身のアストリュクは、世界ユダヤ連盟の共同創設者であったラビ［ユダヤ教における宗教的指導者］の息子だった。彼は「パリに上京し」、文壇で名を上げることを夢見ていた。最初のうち彼は複数の雑誌の「演劇欄担当記者」として勤め、その後はヌーヴォー・シルクの曲馬水上レビューの作者として観客たちの注目を浴びた。作家としてのキャリアはその時点でもう諦めていた。当時の有力編集者ウィルヘルム・エノックの娘であるマルグリットとの結婚のおかげで、ガブリエル・アストリュクは1897年、音楽関係の編集会社を立ち上げることができた。続いて、豪奢な月刊誌『ミュジカ』を創刊するにあたりラフィットと手を組んだ。国立図書館のアストリュク文書を調査しても、雑誌とヌーヴォー・シルクの関係については何の情報も私は得られなかった。しかし、モナコ海水浴場協会との手紙のやりとりを見つけた。ガブリエル・アストリュクはその会長に対して、計2000フランでモンテ＝カルロの音楽に関する1ページの記事を4つ書くという契約を提案している。『ミュジカ』の読者たちは、もちろんそれらの記事が偽装された広告であったことを知らなかっただろう。

ケーク・ウォークのプロモーションはおそらくこの種の裏工作によって促進された。事実はどうであれ、1902年11月15日、ガブリエル・アストリュクが『ル・フィガロ』の一面に挑発的な記事を載せたことは確かだ。その狙いは明らかで、社交界でケーク・ウォークを流行らせようというものだった。記事のタイトル「オレスコ・レフェランス（語るだけで戦慄してしまう）」といい、記者の語りのトーンといい、読者に衝撃を与えたいという意図は明白だ。

「このような大波が来るとは、恐れおののいて私の筆はたじろぎ、情報を書き写すことを拒否しています。そう、マダム、この冬、最上流社会のサロンでは、私たちの姉妹、娘、妻たちがバンブーラを踊るのです！　ショコラの同胞たちが、巨大なブリオッシュのまわりに集まり、次から次へと奇抜な振付をお披露目するでしょう。最もうまく踊った者は、褒賞《ほうしょう》として『名誉のケーキ』を受け取るのです」

この大ニュースのスキャンダラスなトーンを和らげるために、アストリュクは急いで、ケーク・ウォークの起源である「鈍く滑稽なバンブーラ」はロンドンとニューヨークの振付師たちのおかげで優美な踊りになったと、つけ加えた。彼はパリのダンス教師たちに、いまは足りない「フランス風味づけ」をケーク・ウォークに与えてはくれないかと誘った。

記事の効果は記者の予想以上だった。すぐにハイ・ライフで賛否両論の物凄い論争が巻き起こった。『ル・フィガロ』は勢いに乗って、この踊りに社交界からのお墨つきを得るための記事を量産した。フランスの観客に提案されたのは、アメリカの「ビジネスマン」モデルだった。

「弁護士、銀行家、財界のボス、法曹界、医師、文学者といった真面目な男たちが、ダンスの抵抗できない賑やかさに屈し、感謝祭の折にサロンでケーク・ウォークの喜びに身を委ねる」

『ル・フィガロ』はこれ見よがしにニグロ・アートを擁護してみせた。

「いいや、社交界のいかなる伯爵も公爵夫人も、騎士も侯爵夫人も、ステージ上を動き回る驚異的なニグロに太刀打ちできないでしょう。黒人の特質を手に入れたいならばニグロの滑稽さを習得するほかにないのです」

似たようなトーンは、『みんなの読書』（アシェット社）などの雑誌上でも見られた。

「黒色人種は、なんとも皮肉な世の定めと言うべきか、自分たちの文明の恩恵を白色人種に授けたいようだ。彼らは手始めに、われわれのダンス芸術を刷新しようとしている」

メッセージの中心にあったのは、フランスの観客に向かって、ニグロの文明が存在するということだけでなく、それがフランス人に何かをもたらしうるのだと伝えることだった。前衛芸術はすぐにケーク・ウォークに飛びついた。ワルツの王と称されるオーストリアの音楽家ロドルフ・ベルガーは、早速「陽気なニグロ」と題するケーク・ウォークを作曲し、エノック社で出版された。１９０８年、クロード・ドビュッシーは「ゴリウォーグのケーク・ウォーク」を作曲した。ジョルジュ・メリエスによる映画『地獄のケーク・ウォーク』で人気に火がついたこの新しいダンスは、演劇の舞台をも席巻した。

ガブリエル・アストリュクが予言した通り、良家の若い娘たちがサロンで狂信的なまでにケーク・ウォークを踊るようになった。街じゅうで教室が開かれた。エルクス夫妻やプティ・ウォーカーはレッスンを授けるためにあちこちに招かれた。成功があまりに早かったので、この新しいダンスを最初に上演したのがヌーヴォー・シルクだったことをみな忘れてしまった。イポリット・ウックが、『ル・フィガロ』に次の文章を寄せたほどだ。

「ケーク・ウォークをパリに輸入したのは私なのです。ケーク・ウォークは、ヌーヴォー・シルクで10月24日以来毎晩パントマイム『陽気なニグロ』第二幕で踊られています」

ケーク・ウォークをめぐる論争

パリジャンのケーク・ウォークへの驚くほどの熱狂は、アベル・ヘルマンのような保守派からの辛辣な批判を招いた。このノルマリアン（高等師範学校卒業生）——若い頃は極左で、その後風俗作家となり、1927年にアカデミー・フランセーズに選出され、ヴィシー期にはペタン元帥の熱狂的な支持者になる——は、新しいダンスへの抵抗の首領となった。彼の目に、この「癲癇発作的なバンブーラ」は、「美に対する流行《モード》の新しい攻撃」と映った。ヘルマンはいまいまし気に、ヌーヴォー・シルク脇のワイン商の店でケーク・ウォークのレッスンが行われていると述べた。サーカス座を訪れた際に、彼は「ニグロの教師のもとで進められるクラス」を直接目撃したのだった。本物志向の者たちが「最も下層なニグロ」とレッスンをしているのを見ると侮辱されているような気持ちになったと、彼は読者に打ち明けている。

風刺新聞は、フランスの文化的退廃を皮肉るためにケーク・ウォークを利用した。『ル・クリエ・フランセ』のある挿絵には、ケーク・ウォークの踊り手のチンパンジーに共和国大統領がレジオン・ドヌール勲章を授与する場面が描かれた。この種の批判は「ニグロ芸術」にだけでなく、後《のち》にアメリカ帝国主義と呼ばれるものに対しても向けられていた。『リリュストラシオン』に掲載された新しいダンスに関する記事は、ヨーロッパが徐々にアメリカに侵略されていることを嘆いている。

「ヤンキーたちは、その魅力によって、あるいは力ずくで、私たちの旧大陸を侵略している。彼らはパリの投資に手をつけ始めている」

メディア戦略がどんなに素晴らしいものであっても、それが観客の欲するところと合致しなければ成功は望めない。『陽気なニグロ』をめぐる論争は、フランスが変化のただなかにあることを示していた。ガブリエル・アストリュクの自伝を読んで、彼がケーク・ウォークを熱心に売り出したのは商売上の関心だけが理由ではなかったことを私は徐々に確信した。アストリュクはこの本のなかで、アメリカ旅行から戻り『ル・フィガロ』に一本の記事を掲載したと述べている。滞在中、彼は人種問題をめぐる対立の苛烈さに衝撃を受けていた。差別に対して闘う人々は、社会学者のウィリアム・エドワード・デュボイスや、大統領がホワイトハウスに招き入れた作家のブッカー・ワシントンといった黒人知識人を前景に押し出していた。進歩主義的・人間主義的《ヒューマニスト》陣営は、ラグタイムを支持した。なぜなら、その創始者のひとりスコット・ジョプリン自身が黒人音楽家だったからだ。反対に、人種隔離の支持者たちは、この音楽を毛嫌いし、ケーク・ウォークを野生人のダンスと嫌悪した。

軍事裁判所のドレフュス大尉への不当な有罪判決を告発するために1898年1月に『ロロール』に掲載されたエミール・ゾラのかの有名な「われ弾劾す」以降、反ユダヤ主義はフランスでも似たような憎悪を醸成していた。重なる論争のなかで「ラシスム（人種差別）」や「クセノフォビ（外国人嫌悪）」といったフランス語の新語が生まれるのに時間はかからず、個々人が自分の経験に基づきこれらの語の意味範囲を拡大させた。「人種差別」はユダヤ人にのみ関係するのではなく、抑圧されるすべての人々を指すようになった。ドレフュス大尉を支持するために１８９８年に創設された人権同盟は、すぐに他の形態の差別に対しても闘いの場を広げた。新聞上ではますます多くの記事がロシアでのユダヤ人迫害やアメリカでの黒人へのリンチを告発するようになった。

自分自身しばしば反セム主義に苦しめられていたガブリエル・アストリュクは、アメリカ旅行の際に、ユダヤ人の運命が黒人の運命と結びついていることを意識し始めたのだと、私は考えている。しかし、自身がヌーヴォー・シルクのために書いた曲馬水上レビューで「ニグロ」のカリカチュアに一役買っていたことは忘れることのできない事実だった。『ル・フィガロ』の一面に載せられた彼の記事は、「ニグロもまた文明を持っている。それを尊重しよう」という議論を中心に構成され、自身の過ちを告白する響きがある。アストリュクは、この文章のなかで、ケーク・ウォークの特徴的身振りがいかに新しいものかを強調して書いている。「腰を振る動き」や「癲癇発作的」動作は、ずっと以前からミンストレルや滑稽ニグロにも見られた。真の新規性は、奴隷文化に深く根づいたこのダンスのアフロ・アメリカ的起源が初めて認められ、価値を与えられたことにある。

つまり、ケーク・ウォークをめぐる論争は、ミュージック・ホールの世界を大きく超えたいくつかの世の関心事を反映していた。人の移動の増加は、パリで生活する黒人が多様化する契機となった。以前は「ニグロ」の大半が白人に仕えていたが、いまでは黒人の学生、踊り子、スポーツ選手が見られるようになった。シャンゼリゼ大通りでは、旅行者はしばしばパリ・メトロポリタン鉄道会社の制服に身を包んだひとりの黒人男性を目にするようになった。アンティル諸島出身のこの男性は、１９

02年12月にこのメトロ駅の駅長として雇われた。しかし、世論に最も大きな影響を与えた出来事は、エジェジップ・レジティミュスの当選だ。彼は1898年にグアドループで選出された第三共和政初の黒人議員だった。極右は、彼の当選を白色人種にとっての最大級の脅威だと騒ぎ立てた。「われらの気の毒な植民者を、ニグロやユダヤ人といったダニに食いつぶさせるな」と、ポール・ド・カサニャックが叫んだ。中道的共和主義者たちはむしろこの件を取るに足らないことと考えたがり、人権の国に人種隔離が存在しない証と捉えた。

フティットとショコラ、花形スターの座を奪われる

アメリカ人ダンサーたちがヌーヴォー・シルクに雇われたのは3か月だけだったので、ジョージ・フティットとラファエルは年末行事のために新スペクタクルが作られるだろうと思っていた。しかし、ふたりにとっては残念なことに、観客のケーク・ウォークへの熱狂はすさまじく、支配人はエルクス夫妻とプティ・ウォーカーとの契約を1903年6月まで延長した。つまりこれではっきりしたのは、今シーズンのパントマイムは『陽気なニグロ』だけということだ。7年間で初めて、フティットとショコラはサーカスでの花形スターの座を奪われた。

この突然で予想外の落胆すべき状況によって、イギリス人クラウンは再びメランコリーに襲われた。これまでの成功のおかげで、フティットは、父親の死と家族サーカスの倒産を知ったときから彼のなかに居ついていた不安感をどうにか抑えることができていた。その再燃は彼の傷口を深くえぐった。1903年11月18日、『ル・タン』紙に掲載されたインタビューで、フティットは自分の痛みを公に明かしている。

「私たちの仕事はあまりに困難で、あまりに不確定です。サーカスの数はどんどん減っています。

クラウンがいつまでも観客に好かれる保証などありません。いまの成功がその後どうなるかなど分かりません。能力も敏捷さも機転も、クラウンに安泰の未来など約束してはくれません」

ラファエルは道化師の在り方について、こうした悲観的見方は共有していなかった。自分の星の巡り合わせの良さを信じて、パリジャンはすぐに自分にケーク・ウォーク・ダンサーの称号をくれるだろうと、彼は思っていたに違いない。これはニグロの踊りなのだし、フランス人にとってラファエルはその代表なのだから。しかし、この評判が彼に不利に働いた。1903年3月21日土曜日にヌーヴォー・シルクで開かれたケーク・ウォーク第1回大会の規則には、ラファエルにとって致命的な一文があった。

「アメリカの一座のアーティストおよびニグロが大会に参加することを禁ずる」

「ニグロ」という立場が切り札になるただ一度の機会を、ラファエルは奪われてしまった！

このイベントは大成功を収め、運営陣は4月に第2回大会を開いた。6月初めの3回目は、ロンシャン競馬場のグラン・プリを記念したガラ公演の際に開かれた。大会から黒人を除外する規則は削除されたが、ラファエルの名前は参加者のリストには載らなかった。

ペレス姉妹に倣って、アメリカ人同僚たちから少々の手ほどきを受けたダンサーの一団がケーク・ウォークのスペシャリストとしてステージに登場した。「ニグロ」というその立場にもかかわらず、ラファエルははっきりと理解した。彼は若いライバルたちに対抗できない。歳を取りすぎてしまっていた。まだ35歳にもなっていなかったが、ラファエルは舞台で15年も自分を酷使してきた。それに、フティットと共に豪遊してきた。そのツケを払わなければならないときが来たのだ。ふたりともまだ気づいてはいなかったが、ケーク・ウォークの大流行は、彼らの万能アーティストとしてのキャリアに歯止めをかけることにもなった。ふたりはこれ以降、マイム師であり、ダンサーであり、喜劇役者でもあると認められることはなくなった。しかし、彼らのクラウンとしての名声だけは無傷で残った。デュオが1902年のクリスマスに『ル・クリエ・フランセ』の職員のためにオランピア座で催されたイベントに呼ばれたのはクラウンとしてだった。その1か月後、サラ・ベルナールが彼女の劇場での『完全なるマイム』と題する催しにふたりを招待した。パリ劇場・音楽堂支配人協会が組織したこのイベントは、その偉大なる才能にもかかわらず大衆の目立った人気を集めることはないマイム師たちを顕彰することが目的だった。偉大なるマルチネッティがそこにいた。フティットとラファエルが敬愛するセヴランもいた。この招待は、今シーズン開幕以来ふたりの道化師が感じていたフラストレーションを払拭してくれるものだった。

ともあれヌーヴォー・シルクでの日常の仕事をこなしていかなければならず、フティットとショコラは新しい状況に適応していった。子供たちのためのレクリエーション公演の際には、彼らはダンス教師を即興で演じた。この新しい役がウゼス公爵夫人の目に留まり、ふたりはブーローニュの森で夫人が1903年6月に開いたバザーに呼ばれた。この祝祭は若者向けケーク・ウォーク大会で幕を閉じた。ふたりのクラウンは、そこで教師と審査員を務めた。

ケーク・ウォークの流行は、ウジェーヌとシュザンヌにとっては好機だった。サーカス関係者やジャーナリストは常に彼らを「プティ・ショコラ」と紹介していた。学校で、界隈で、ヌーヴォー・シルクで、彼らはニグロの子供と見なされ、しばしば「黒ん坊」として語られた。だから、彼らがプティ・ウォーカーに自分たちを投影したとしても不思議ではない。プティ・ウォーカーの踊りを目にし、子供たちは文字通り熱狂した。盛り上がった雰囲気のなか、ショコラ家全員が居間でケーク・ウォークを踊り始めた。この家族のダンス大会はすぐに実を結ぶことになった。1902年12月以降、ウジェーヌはムーラン・ルージュのレビューにクロディウス「ヴァリエテ劇場の俳優でオペレッタ歌手」とプランス［ヴァリエテ劇場の喜劇俳優で、のちにサイレント映画で活躍］と一緒に出演するようになった。2年後、ウックは新聞業界が後見人となっている孤児のためのケーク・ウォーク大会を新たに開催したが、フティットとショコラは進行役を任された。高名な作家ジャン・リシュパンが審査員長を務める審査団は、10歳半だったシュザンヌに三等賞を授けた。

翌シーズン、イポリット・ウックは、『陽気なニグロ』と同系列の『モダン・スポーツ』という新パントマイムのプログラムを上演した。ヌーヴォー・シルクの支配人は、今回もこのスペクタクルにプティ・ウォーカーを呼び、彼らにボストン・ボールとトランスアトランティックという2種類のアメリカ発の新しいダンスを披露することを頼んだ。1904年4月、ハーレムの若いダンサーたちに代わって、アメリカのトップダンサーふたりがパリにやってきて大成功を収めた。レーヌ・モリスとエディス・アダムスである。新聞はふたりの「黒人女」の「優雅さ、才能、美しさ」を褒めそやした。ふたりの大陸移動が始まった。この日から、黒人アーティストがどんどんアメリカからパリにやってきて、ステージに登場するようになった。

フティットとショコラはこれ以降、公演第二部にのみ出演するようになり、サーカス界においてさえ彼らの優位性に陰りが見え始めた。フェルナンド座を買収して自分の名前を冠していたメドラノは、あえて道化師に力点を置いた経営をしていた。道化師は動物調教師や曲馬師よりもだいぶ安くつくからである。1897年に『ムッシュー・ブム・ブム』という短編小説を書いたジュール・クラルティの後方支援を得て、彼自身も復帰していた。小説は、メドラノが医者からも見放されていた少年をいかにしてその冗談で癒したのかを描いていた。この伝説を使い、メドラノは思いやりにあふれる子供たちの治療師として舞台に上がったのである。

同時期、われらがデュオはまた別の脅威にも突如として見舞われていた。1903年11月、モンマルトルのイッポ・プラスがあった場所に、ボストック・グレート・アニマル・アリーナがオープンしたのである。フランク・ボストックは猛獣使いであり、アメリカで同種の娯楽施設をいくつも経営していた。彼の野心は、パリに動物や「奇形の人」に特化したフランス版バーナム［動物の調教芸を中心に据えた巨大移動サーカス］を作ることだった。当初は動物小屋の見学だけに留まり、そこで子供たちは像やラクダの背中に乗ることができた。しかし翌年になると、ボストックはサーカスのスペクタクルをプログラムに組み込むようになった。1903年にアリーナは24万人を動員し、1904年には100万人に達した。

こうした新しい競争相手を前に、ジョージ・フティットとラファエルは、演劇界ですでに獲得していた名声を使って対抗しようとした。1904年、『文字盤一周』と題された劇作品を告知するポスターがパリの壁に貼られた。大文字で「フティット&ショコラ巡業」と書かれ、楕円の枠にふたりのアーティストの写真が納まっていた。ポスター真んなかの大きな文字盤の上で、ふたりのクラウンが時計の針の代わりに11時45分を指している。『文字盤一周』は第二帝政期以来のブールヴァール劇［フランスの大衆向け娯楽劇］の古典的作品だった。主人公ガエタンに起こった珍事件で、遺産を手にするために主人公がパリで起こる様々な誘惑を12時間ぶっ続けでかわさなければならないという内容だ。彼の財産をつけ狙う人々が、パリの夜の歓楽をちらつかせ、彼が誘惑に屈するよう画策した。

軽喜劇専門の劇場フォリ・ドラマティックの支配人が、1904年初頭、かつての大ヒット作のひとつであるこの『文字盤一周』を再演することにした。彼は、ラファエルとジョージ・フティットに主要登場人物を演じるよう依頼した。提案によれば、彼らは演劇界にわけなく足を踏み入れることができそうだった。作品にはサーカスのナンバーが多く取り入れられ、ふたりは少しのやり方の違いを受け入れるだけでよかったのである。ふたりのクラウンは、フティットの息子（トミーとジョージィ）とウジェーヌも巡業に参加できるよう交渉した。フォリ・ドラマティックの役者数名と、ブッフ・パリジャン座とヴァリエテ座からの役者たちが、フティットとショコラのまわりを固めた。

『文字盤一周』は地方巡業も行った。『リヨン共和通信』紙が、1904年6月15日から26日までリヨン周辺で上演されたこの軽喜劇についていくつかの記事を載せた。そのうちのひとつによれば、『文字盤一周』は、「フティットとショコラの地方での真のデビューである。このふたりの有名クラウンの名声は世界規模であるが、これまでパリを離れたことはなかった」。この記者は続いて「家族で観るのに最適な趣味のいい小軽喜劇で、全く悪意がなく、ところどころ滑稽でさえある。フティットとショコラに関していえば、彼らはまさにショコラであり、まさにフティットであった」と、述べた。同年7月7〜8日にトゥーロンのエデン・シルク座で、7月9〜10日にはマルセイユのジムナズ座とトゥールーズのヴァリエテ劇場で、この劇が上演されたことを私は確認した。

しかし、劇場巡業はそれだけで終わってしまった。1904年10月にはデュオは古巣に戻った。ハイ・ライフとの結びつきを新たに強くしようと、イポリット・ウックは、シーズン開幕のスペクタクルとして、数年前に上流階級の貴族たちを熱狂させた『猟犬狩猟』にうりふたつのパントマイムをプログラムに入れていた。1905年1月、フティットとショコラはヌーヴォー・シルクのステージ上で『ル・シッド』［17世紀の劇作家コルネイユの代表作］のパロディの軽喜劇を演じることになった。「われは父を侮辱した男と決闘しに行く。われはル・シッドだ」と、ショコラが堂々たる口調で言う。続いてフティットが銃を持って現れ彼を脅す。ショコラはそこで走って逃げる。このパントマイムはあまりうけなかったので、ウックは早々にプログラムから外した。

彼は1905年3月『陽気なニグロ』を再プログラムすることにした。少し前のロンドンでのイベントをモデルにしたダンス大会を行うことも告知された。ウックは1902年以来パリで成功していたアメリカ人黒人ダンサーたちを雇った。すなわち、リトル・ウォーカー(もう誰もプティ・ウォーカーとは呼ばなくなっていた)、グレゴリ、ベンゴ、デイビス、レーヌ・モリス、エディス・アダムス、さらにはミンストレル・ダンサーたちに、カルテット「ザ・アメリカン・バーズ」である。パリは、「黒人女」たちが踊りを踊れるというだけでなく、歌も歌えることを発見した。

『陽気なニグロ』は再び成功を収めた。アメリカのダンスへのパリジャンの熱狂は相変わらずだった。この時期にヌーヴォー・シルクで短期契約で演じていた曲馬曲芸座のルイ・ラヴァタは、回想録のなかで、当時のサントノレ通りに満ちていた祝祭の素晴らしい雰囲気を伝えている。公演後、オーケストラが2階のカフェに向かい、すべての窓が開け放たれ、ラグタイムを演奏し始める。ときおり、乗合馬車が乗りつけ、観客たちはクラウンやオーギュストと混ざってケーク・ウォークを踊る。ラファエルとフティットはもちろんこの場の盛り上げ役として、新聞にも好意的に取り上げられていた。しかし、リトル・ウォーカーと一緒にケーク・ウォークを踊らせるために、ウックはメドラノ座で目をつけたふたりの若いクラウンを雇っていた。ピントとリトル・ウォルターである。いまは無名のこのふたりの時代がもうすぐ幕を開ける。

2013年11月20日水曜日

少し前に私を非常に動揺させる便りを受け取った。君には話したくなかったけれど、やはり話すことにする。君にも関係あることだからだ。アルザスでの子供時代について触れた私のインタビューが地方紙に掲載された後、ある読者が私に次のように書いてきたのだ。「あなたの名前を新聞で読んで、半世紀前の古い思い出が私のなかで蘇りました。あなたのことをよく覚えています。あなたは他の大半の生徒たちと非常に異なる面貌でした。浅黒く、黒髪で、痩せ形長身の少年のことをよく覚えています」。

「面貌」だとか「浅黒い」という単語を読んで、少年時代の辛い記憶が突然私のなかで蘇った。私は生まれてからの数年はヴォージュ地方の小さな村にいたが、6歳のときに家族はアルザスの村に引っ越した。ふたつの村は直線距離で100キロも離れていないが、この移住を本物の亡命のようだと私は感じていた。私はアルザス地方の方言を話せず、私の両親は信心深いカトリック教徒ではなく、そして、おそらく、私は適切な「面貌」ではなかった。南仏では気にも留められないような身体的特徴が、この地方の人々には私の「異質さ」のはっきりした印《しるし》と映った。さらに、この読者の便りは、私が心の奥に封じていた思春期のある場面の記憶を呼び覚ました。新学期のことだ。学監が点呼した。私が自分の名前を口にすると、彼は答えた。「そりゃそうだろうな」。みんなが笑った「著者の姓「ノワリエル」は、フランス語で「黒」を表す単語「ノワール」を想起させる。教師は、その姓が著者の風貌にぴったりだとからかったのである」。

忘れられていた記憶を唐突に思い出して、君の話がどうして私を文字通り熱狂させたのかを私は理解した。いっときのことではあるが、私も、君が人生を通じて闘わなければならなかった屈辱の類を体験したことがあったのだ。だから、私はどうしても君がどうやってそれを克服したのかを知りたいと思った。なぜなら、この自尊心のための日常的な闘いが君のアーティストとしての才能を大きく伸ばしたのだと、私は確信していたし、いまでもそう考えているからだ。

第20章
ラファエルは、もうバンブーラを踊れないことをいかにして悟ったか

ふたりは突然一座を解雇され、フティット、精神を病む

1905年10月29日日曜日、パリの主要日刊紙が一斉にふたつの悲しいニュースを読者に伝えた。昨晩アルフォンス・アレが突然亡くなったこと。そして、ジョージ・フティットの気が狂《ふ》れたこと。リスボンのコリセウ・ドス・レクレイオスでの一連の公演に招待されていたフティットが精神科病院に収容されているという噂は、1週間以上前からささやかれていた。しかし、パリでは誰もそれを信じたがらなかった。だが、それは事実と受け取らざるを得ないようだった。

「私たちのところに届いたニュースによると、最近報じられたフティットの精神の病は残念ながら本当のようだ。ヌーヴォー・シルクで子供も大人も楽しませてきた愉快なクラウン、このショコラの楽しい相方は、リスボンで錯乱状態に陥った」

どの新聞もこのドラマに飛びついた。若いロシア人ダンサーへの恋心の犠牲となった日から12年、気が狂れた道化師の話題は1週間以上新聞を賑わせた。1893年にさんざん目にしたシェイクスピア的言い回しが再びあふれかえった。「あぁ、哀れなフティット！（Alas poor Footit）」。多くの死亡告知風の記事が天才道化師の偉業を回顧した。彼が突然気が狂れた理由を誰もが知りたがった。

お堅い新聞でさえも、フティットが正気を失ったことと、数か月前に彼の人生に起きた重大事を関係づけて論じた。ヌーヴォー・シルクでの20年にわたる献身的で申し分のない奉仕の末、ふたりのクラウンは唐突に暇を出されていたのだ。「フティット&ショコラ」の商号はもう終わったのだ。この時期の会社の収支を検討して、解雇は経済的理由によるものではないという結論に私は達した。確かに1904年の数字は芳しくなかったが、イポリット・ウックが『陽気なニグロ』を再プログラムしたことで、1905年最初の数か月で収支は持ち直していた。新聞は、フティットとショコラを依然として一座の支柱と見なし、彼らの名前はポスターに大文字で書かれていた。ふたりのクラウンの息子たちもいまでは一座に所属し、ウジェーヌは1904年10月に馬のヴォルティージュ芸［馬の背で見せるアクロバティック芸］のナンバーでヌーヴォー・シルクでの華々しいデビューを飾っていた。

1905年9月1日付のプログラムを読んで、すぐに謎を解く鍵を見つけた。ウックに取って代わって新しい支配人が就任していたのだ。名をマチアス・ベケトフという。北ヨーロッパを廻る巡業サーカスのクラウンとしてロシアでデビューし、その後高等馬術の曲馬師かつ動物調教師となった。モスクワに自身のサーカス座をオープンさせたのち、ローマ、ブダペスト、コペンハーゲンにも新しい施設を作った。露仏同盟に見られる昨今の政治状況は、「ロシア派」にとって追い風だった。1901年9月にイッポ・プラス座で成功を収めたベケトフは、それ以降、セーヌ川沿いに自分の施設を持つことを夢見ていた。

モンマルトル曲馬場を本物のサーカスに変えるために、支配人のフランク・ボストック（P. 433）は信頼できる人間を必要としていた。彼はイポリット・ウックに依頼し、ウックはその申し出を承諾した。こうしてヌーヴォー・シルクの支配人席が空いた。そこで、ベケトフは自分の夢を叶える機会だと考え、ヌーヴォー・シルクの運営を引き受けた。彼は自分の一座を率いてサントノレ通りに到着する。新しい道化師デュオがプログラムに大文字で載せられた。「トニトフと彼のオーギュスト・セフェール」。ロシア人支配人は自分のサーカス座にトニー・グライスの養子を雇っていたのだ。そして、名前をロシア風に変えさせ、外見も一新させていた。スキンヘッドに、タタール人風の長い三つ編みを頭のてっぺんでまとめ、への字の口元はフティットの化粧を真似ていた。トニトフの外見は、シベリアをテーマにしたパントマイムを演じるのにぴったりだった。

ラファエルは、後釜に譲るため、これまで自分が使っていた楽屋を空にしなければならなかった。ラファエルの敗北に立ち会うことを夢見ていただろうトニトフを避けるために、その日、彼はヌーヴォー・シルクに朝早く向かったと私は推測する。夜が明けたばかりだ。人も動物も、サーカスの住人たちは、みなまだ寝ていた。汚れたガラスを通して入ってくる灰色の明かりで辛うじて照らされたステージは、陰鬱な雰囲気だった。黒っぽい布が座席の並びにかけられていた。前夜のスペクタクルに使われた小道具がカーペットの上にそのまま置きっぱなしで、一層打ち捨てられ、悲痛な印象を与えていた。楽屋につながる階段を上る前に、ラファエルは柵の前に立ち、最後にもう一度舞台装置を一《いち》瞥《べつ》した。今夜8時半になれば、スペクタクルは再び幕を上げる。しかし、この20年間で初めて、彼はその場にいない。光にあふれた会場は、再び色を取り戻すだろう。深紅のビロード、金箔のきらめき、けばけばしく派手な衣装。陽気で騒がしい観客たちが階段席や桟敷席を埋める。そしてオーケストラ指揮者の魔法の杖の一振りで、ざわめいていた人々が一変してお行儀のいい観客になり耳を澄ませる。

ラファエルは、最後にもう一度、小さなキューバの奴隷をパリ・ナイトシーンのプリンスに仕立て上げてくれた人々に思いを馳せた。いくつもの初演の夜を思い返した。ハイ・ライフの人々がオペラ座に来るかのような夜会服を着て優雅に入ってくると、一座の興奮も頂点に達した。厩舎、機械室、立見席、そしてバーを、最後に見やった。この場から、彼はこの世界を知っていった。初めはなんて奇妙で理解に苦しむ世界なんだろうと思った。自分が本当の意味でこの金ぴかの世界に属しているとはついぞ感じたことはなかった。それでも、この世界が彼に冷たかったことは一度もなかった。

ショコラとマリーと子供たち

ヌーヴォー・シルクの花形クラウンふたりの解雇は、私の研究に進展をもたらした。「ストロッツィ」と自分の記事に署名する『ジル・ブラス』紙のジャーナリストが、ラファエルの反応を知ろうと彼の家を訪れたのだ。1905年8月21日「ショコラの家で」と題する記事が『ジル・ブラス』の一面に掲載された。ラファエルの謎に包まれた日常生活に少しの光を当てたこの記事のおかげで、私は彼の新しい住所を知ることができた。『ル・フィガロ』の記事から、一家が長いこと大きな階段のある家に住んでいたことは分かっていた。しかし、ストロッツィの記事では、ゴンブスト通りの家具つきホテル6階にある「天井が低い狭い部屋」と書かれている。つまり、解雇後、ラファエルは引っ越しを余儀なくされたのだった。しかし、同じ界隈に留まっていた。ゴンブスト通りはサントノレ通りの目と鼻の先だ。

ショコラ一家は『ジル・ブラス』のジャーナリストを待ちかねていたと思われる。昼下がり、ストロッツィがドアをノックしたとき、家族全員がそろっていた。まず彼はマリーの毅然とした態度に驚かされ、「堂々たる女性」と紹介している。彼女は、ストロッツィに座るように勧め、すぐにウジェーヌとシュザンヌが芸を披露できる空間を準備した。

「マドモワゼル・シュザンヌは12歳、そしてムッシュー・ウジェーヌ、ふたりとも素直で利発そうだった。私のために、ダンスと器械体操を組み合わせたオリジナルの芸を見せてくれた」

ストロッツィは、一家を包む温かい雰囲気についても記している。マリーは「勇敢なるママン、きめ細かい女性」と描かれ、夫に次のように話しかけている。「あなた、シュザンヌにパンタロンをはかせてあげて」。ラファエルの素晴らしいキャリアを振り返ったあと、ジャーナリストは彼の現在の苦難に触れる。

「可哀想なクラウンは、契約が突如切られてしまったことを不当だと感じていた。20年来――そう、みなさん、20年です！――大人も子供も楽しませてきたヌーヴォー・シルクに別れを告げるのは、耐えがたい悲しみだった。友情に厚いショコラは、ステージ上の盟友フティットと別れるのはさらに辛かった。しかし、これからは、子供たちと一緒に働くのだ」

この記事は、3年前に『ル・フィガロ』に書かれていた、家族に重きを置くラファエルの日常生活を、裏づけている。子供の将来を深く気にかける、強い絆で結ばれた夫婦というイメージが前面に出されている。しかし、この記事で重要な情報は、彼がフティットと一緒に働くことをもう考えていなかった点だ。いまの彼の目的は、ウジェーヌとシュザンヌと一座を作ることだった。ショコラ一家がストロッツィに見せた小さな即興芸は、おそらくジャーナリストという影響力を持つ一団に属する彼を魅了するためだったのだろう。

ストロッツィは、明らかに意図的に、記事を次の言葉で締めた。

「願わくば、どこかの思慮深い支配人がこのニグロに芸を続けさせてくれますように」

この呼びかけはすぐに聞き入れられた。ボストック曲馬場の芸術監督の座に就いたばかりのイポリット・ウックが、モンマルトルに合流してデュオを復活させないかと、ラファエルとフティットを誘ったのだ。フティットは、リスボンのコリセウ・ドス・レクレイオスとの契約にサインしたばかりだという理由でこの申し出を断った。そこで、ラファエルはこの巨大な曲馬場のステージにひとりでデビューすることとなった。初日は１９０５年10月１日だった。彼の復帰は新聞で拍手喝采された。

「昔からのお気に入りの登場に狂喜乱舞する子供らに迎えられたショコラは、年をとっても漂白されてはいなかった。彼は相変わらず元気いっぱいで賑やかだった。その独特な機知と予想だにしない冗談でもって、どんなに落ち込んでいる者の気分も明るくする」

しかしながら、10月半ば以降、ショコラの名はボストックのプログラムから消えた。新聞、雑誌、舞台芸術に関する文書をどんなに調べても何も出てこなかった。ラファエルは、この新しい環境に馴染むことができなかったということなのだろう。モンマルトル曲馬場は巨大なサーカスだった。音響技術の質は悪く、アーティストたちは声を届かせるために拡声器を使わなければならなかった。ラファエルはそのような条件下で働くことに慣れていなかった。彼は、これまで相手にしてきた貴族やブルジョワたちより庶民的で騒々しく積極的な観客の態度に混乱してしまったのだろう。サーカス座の他のクラウンたちから距離を置かれたことにも苦しんだだろう。ラファエルにとって、その才能を存分に発揮するにはチームで働くことが重要だった。10年間フティットとコンビを組んだことで、その傾向はさらに強まっていた。彼の反応、彼のマイム、彼の動作は、相方との対話の中でこそ存分に活かされるのだ。曲馬場のステージにひとりで放り出されて、ラファエルは自分の見せどころの大部分を失ってしまった。

フティットがラファエルに下した最終判決

10月末、フティットが数日前に『デイリー・メイル』に送付していた絵葉書のメッセージが新聞に掲載された。

「新聞各紙は私が気が狂れたと書きたてています。私は正気を失ってなどいません。ただ今月はずっと病気で臥《ふ》せっていたのです」

翌日、フティットはフランス大西洋岸の港町ル・アーブルに降り立ち、パリへの一番列車に乗った。そしてジャーナリストたちに会い、彼についての噂のあれこれを打ち消そうとした。しかし、彼の説明は多くのコラムニストたちに疑念を残すものだった。そのひとりは、このショコラの分身は「彼らを無理やり引き離した何らかの事情によって精神を混乱させられた」のではないかと訝《いぶか》った。別の者は、フティットの病気は「彼が大成功を収めていたサーカス座から遠くに」突然追放された結果だとの仮説を示した。

イギリス人クラウンはポルトガル滞在中に新たに鬱状態になったのだと、私は思う。そして、それは解雇を知らされて強いショックを受けたためだろう。彼にもまた、ラファエルと共に過ごした10年の歳月は消し難い刻印を残していた。彼の演技にそうしたぎこちなさが滲み出てしまうので、ポルトガルの観客の反応は曖昧だったのだろう。ステージに立ち続けることができず、フティットは療養を余儀なくされた。

『ル・マタン』のあるコラムニストが、ラファエルの妻マリーを訪問し、フティットの病状について自分たちの知らない何らかの情報を持っているのではないかと探った。

このコラムニストの記事で私が得た新情報を検討する前に、１９０５年11月2日に『ル・マタン』紙の一面に載せられたこの記事を見つけたときにマリーがどう感じたのかを想像してみたい。ストロッツィが2か月前に『ジル・ブラス』紙に掲載した記事のことをマリーはまだ覚えていたに違いない。なんという違いだろう！　極めて近い政治的意見を持ち、似たような新聞に寄稿しているジャーナリストふたりがこうも異なる意見を表明したことを、どのように説明したらいいのだろう？　ストロッツィは心遣いを見せ、マリーとその家族に憐憫《れんびん》の情さえ向けていた。それに対し、『ル・マタン』のコラムニストはマリーとその娘の外見についてなんとも不快な描写をしているのである。

マリーはそれでも、重要だと思えるふたつの情報をこのジャーナリストが読者に届けたことには意味があると自分を慰めた。フティットの錯乱についての噂は悪意ある者たちによって言い触らされたものだと考えていたマリーは、表には出さなかったものの、フティットとショコラのデュオが収めた成功に嫉妬し、彼らが第一線に復帰するのを何としても邪魔しようとしているライバルたちが問題だとしていた。マリーはまた、ふたりのクラウンがステージに戻る日も近いと読者たちに報じられていることも好ましいと感じた。

実際、フティットとショコラはフォリ・ベルジェールの年末レビューのための一座に雇われたところだった。この種のレビューは、いまでは数百人のアーティストを動員する壮大なスペクタクルとなっていた。舞台美術家メヌシエのサインがある18の舞台装置に、高級仕立て店メゾン・ランドルフが作る600もの衣装も準備されていると発表された。その年の政治、社会、文化に関するニュースを、綺羅星《きらぼし》の如く並んだ著名アーティストたちの歌、踊り、会話劇によって紹介していく。ジョルジュ・メリエスが製作した映画の一部も、ショーの幕間に上映される予定だった。

明らかに、「フティット&（et）ショコラ」のデュオはまだまだドル箱だった。彼らの名前はプログラムで他の誰よりも大きく書かれていた。ところが、ある細かい点が私の注意を惹いた。フランス語の等位接続詞［あるふたつの言葉を対等な関係でつなぐ接続詞］のetが消えているのだ。ふたりの名前は、「フティット，ショコラ」と並び、カンマで区切られている。与えられた役を検討すると、このレビューでふたりのクラウンは、彼らに名声をもたらしたクラウン寸劇をいっさい演じていない。ラファエルは、使用人、オーギュスト、実験室の助手など、脇で副次的な役を演じた。逆に、フティットはスペクタクルの第二部を通して、女性司会者マリエット・シュリーと共に盛り上げ役の司会者に抜擢されていた。

等位接続詞のカンマへの変更は、植字ミスではなかった。これがジョージ・フティットの要望であることはすぐに分かった。初演前夜の1905年12月23日、『ラ・プレス』に掲載されたインタビュー記事で、彼はこのスペクタクルが自分のキャリアの転機となるだろうと話している。

「ショコラはいつだって親友で、彼と働くのは喜びです。でも、コンビ名は数年前からやめたいと思っていました。私たちふたりの名前をいつもくっつけるという習慣のせいで、外国の支配人たちとの間に誤解が生まれやすいんです。私はショコラと演じますが、彼なしでも演じるんです。支配人たちは、私たちがふたりでひとつの出し物で、相方なしに片方だけ雇うことはできないと思ってしまうのです。それに、お分かりですか。私には子供たちがいます。そしてショコラには、プティ・ショコラたちがいます。これは私たちふたりにとって問題です。そこで、問題解決のために、これからは息子たちと演じたいと思っているのです」

おそらくこう結論づけることで、フティットはヌーヴォー・シルクの解雇というトラウマを遂に乗り越えることができたのだろう。人間の普遍的な特質のひとつとして、自分に起こった不幸を他人の責任にせずにはいられないというものがある。もしフティットとショコラのデュオがうまくいかなくなったのだとしたら、責任がある罪人、それは「ニグロ」だった。ラファエルと離れて、上の息子たちトミーとジョージィとだけ働けば、すぐにこの不調を脱することができるだろうとジョージ・フティットは自分に言い聞かせた。そして、サーカスにもう未来はないと思っていたので、彼は繰り返しジャーナリストたちに「私は喜劇役者になった」と話した。

ラファエルの追放を後押しした陰《かげ》のふたり

この日以降、フティットはまるでラファエルの敵《かたき》のように振る舞い始めた。証明することはできないが、フォリ・ベルジェールのプログラムでetをカンマに変えるように言い張ったのはフテイットだと、私は思っている。フティットは自分の影響力を使って、自分のふたりの息子がレビューで雇われるように計らい、ラファエルを脇役に押しやった。

彼の錯乱を暴いた「スクープ」記事を散々書いたとはいえ、サーカスに関心を持つジャーナリストたちは長いことジョージ・フティットと親密な関係を築いてきていた。相方についての彼のコメントは、最終判決だったのだ。あらゆる批評がフティットのコメントを事実として簡単に引き写してしまう。10年前にショコラとコンビを組まざるを得なくなったとき、イギリス人クラウンは自分のメディアでの知名度を使い、ショコラをカスカドゥールの座に引きずり降ろそうとした。デュオの大成功により、フティットはラファエルについて称賛の言葉を口にするようになったが、ヌーヴォー・シルクを解雇され、息子たちと新しいキャリアを始めるという考えに取り憑かれるようになると、再びニグロ道化師の評判を落とすためにメディアのつてを最大限利用した。数週間デジタル上で追跡をして、ラファエルの格下げへと至るプロセスの中でその推進力となった人々を特定することができた。

ひとり目はアドルフ・ブリソンという人物だ。『ル・タン』紙のジャーナリストで、編集者ジュール・ブリソンの息子、そしてフランスで最も影響力のある文学批評家フランシスク・サルセーの娘婿だった。アドルフ・ブリソンは同時に「日曜発売の人気雑誌」だった『政治・文学年鑑』の経営者兼編集長だった。その名の通り政治と文学を結びつけたこの一般向け週刊誌の販売部数は20万部近く、政界・文学界で最も名の知れた人々が執筆陣に名を連ねていた。ブリソン自身もこの雑誌に、本名あるいは筆名で多くの記事を書いていた。彼の記事の影響力は計り知れない。なぜなら、その多くが『リリュストラシオン』『ルビュ・イリュストレ』『ル・モンド・イリュストレ』といった大きな販売部数を誇る新聞に転載されていたからだ。

「フティットの錯乱」はメディア界に一大熱狂を引き起こし、ブリソンも直ちに飛びついた。『政治・文学年鑑』の1905年11月第一週に出た号で、彼は筆名セルジーヌの署名で、アルフォンス・アレの死とフティットの錯乱を結びつけた。「散々陽気にはしゃいだせいで、クラウンは本当に精神に異常をきたしてしまった」ということについて誇張して論じた後、彼は次のように続けた。

「フティットの功績のひとつは、ショコラを作り上げたことだ。噂によれば、ショコラを思いのままに扱うために、フティットは毎晩彼に40スー渡し、自分が好きなように繰り出す平手打ちをおとなしく受けるようにさせていたという。フティットは横暴な主人で、ショコラはいじめられてばかりの可哀想なニグロだ。彼のぴくりともしない表情からは、彼が完全なる野獣なのか、あるいは逆に、自分の精神的欠落を知っているから納得し、何も言わない、非常に利口で不幸な人物なのか、観客は読み取ることができない。人生には、平手打ちを与える人々と、平手打ちを受ける人々が存在する。フティットたちと、ショコラたちがいる」

ブリソンが「100回は観た」という駅長の寸劇は、このらちもない巷《ちまた》の哲学談義を分かりやすく説明するのに役立った。実際には、彼はサーカスに行ったことなどなかった。ブリソンがこのナンバーを引き合いに出したのは、単にロートレックが『ラ・ルビュ・ブランシュ』増刊号でそのカリカチュアを描いて以降、この寸劇が前衛的文学者たちのあいだでよく引用されていたからである。

ブリソンが個人的にジョージ・フティットを知っていたかどうかは分からない。しかし、いまのフティットが自分のかつての相方を貶《おとし》めるために口にしていた言葉は、この中途半端な共和主義者ジャーナリストの世界の見方と完全に一致するものだと、私は思っている。1898年6月、黒人であるエジェジップ・レジティミュスがグアドループで国会議員に選出されたとき、アドルフ・ブリソンは彼を道化師ショコラと比べることで、評判を下げようとした。

「私たちにとってのニグロはいつだってあの伝説的でナイーヴで、無垢で珍奇な、善良な小さなニグロだ。ボードレールが愛するマラバール［インド南部の海岸］の女に捧げた優雅なサルの風情で、彼はバンブーラを踊っている」

2013年11月8日金曜日

今日《こんにち》になっても黒人が猿と比べられることがある。君の時代、こうした言葉を発する人々に悪意はなかった。彼らは自分たちを「共和主義者」とさえ称していた。今日、こうした人種差別的侮辱は法律で罰せられる。それをわざわざ口にする人々は、自分たちに似ていないフランス人に対しての本能的憎悪を募らせた政治意識の持ち主だ。残念ながら、こうした攻撃の犠牲者たちは、ときに自らのアイデンティティに基づく反射的行為の中に閉じこもってしまう。もちろんそうする気持ちは理解できるが、私にとっては少々居心地の悪いことだ。この種の侮辱に頻繁に直面している政府高官が、最近あるジャーナリストに次のように告白した。「私の痛みを、あなた方が感じることは絶対にないでしょう」。私自身は、人は、自分の実体験から直接生じたわけではない痛みでも、それを自分自身の過去に起きた出来事と共鳴させることで、感じることができるはずだと信じている。文学、演劇、映画の役割のひとつは、人と人との多種多様な結びつきを想像させるような語りを通じて、私たちをより普遍的な世界に近づけることである。

ラファエルの格下げに中心的役割を果たした二番目の人物は、もちろんフラン＝ノアンだ。彼が『フティットとショコラの回想録』を書き始めたのは、「フティットの錯乱」が大事件として報じられていた頃だったと分かった。文章のなかで、フラン＝ノアンがショコラについてのブリソンの言葉をそっくりそのまま引いていることにも私は気づいた。「完全なる野獣なのか、あるいは逆に、自分の精神的欠落を知っているから納得し、何も言わない、非常に利口で不幸な人物」という部分だ。

１９０５年末、フラン＝ノアンは33歳になったばかりだった。彼は『ジル・ブラス』のジャーナリストで、他の様々な媒体にも寄稿していた。フランス中部のニエーヴル県コルビニィという町に生まれ、戸籍上の名前はモーリス・エティエンヌ・ルグランだ。４年前にマリー＝マドレーヌ・ドーファンと結婚したことで、パリのアート・シーンで地歩を固めた。マリー＝マドレーヌは『ル・リール』など複数の雑誌で挿絵画家をしていたが、何より音楽家レオポール・ドーファンの娘だった。この恵まれた結婚のおかげで、フラン＝ノアンは作曲家クロード・テラスの知遇を得、彼のためにいくつかのオペレッタの台本を書いた。テラスはといえば、画家ピエール・ボナールの義弟であり、アルフレッド・ジャリの『ユビュ王』の音楽を担当していた。私生活の人間関係を自分の公的キャリアのために適宜活用すべく、フラン＝ノアンはトリスタン・ベルナールに結婚の証人を頼み、ジャリには息子ジャンの名づけ親になってもらった。

こうした交友関係のおかげで、フラン＝ノアンは軽喜劇やオペレッタの作者としてちょっとした名声を手に入れた。ピエール・ラフィット（Ｐ．３４３）に出会ったのは、ちょうどラフィットが自分の出版社を立ち上げ、若者向けの挿絵つき本のシリーズ刊行を検討していた頃だ。中流階級の成長と教育水準の向上により、有望な市場となることが期待できる若年読者層という新しいカテゴリーが生まれた。ラフィットは、『青春（ジュネス）！』と題する隔週雑誌の計画も温めていた。彼はフラン＝ノアンに刊行予定のシリーズの編集責任者を任せ、『青春！』の創刊号から掲載できるフティットとショコラについての連載記事の執筆も依頼した。これらの記事はその後まとめて編集され刊行される予定だった。挿絵はラフィットやアストリュクと同じボルドー出身の若い挿絵画家ルネ・ヴァンサンに依頼された。ヴァンサンは『ル・リール』でデビューし、『フェミナ』でも活動していた。『フティットとショコラの回想録』第1話は1905年12月に掲載され、最終話の第8話は1906年4月に配本された。ふたりのクラウンは数度にわたってフラン＝ノアンの自宅を訪れ、自分たちの人生について語った。彼らは、自分たちの出会いについて互いに大きく異なる話をしたようだ。残念ながら、ノアンはイギリス人クラウンのした話だけを採用し、ショコラを相方に選んだ先見の明のあるフティットという伝説を広めた。そちらのほうが、アドルフ・ブリソンが掲載したばかりの記事と一致していたのだ。さらにこの話には、雑誌の読者層を魅了する可能性も十分にあった。フランスの若者たちはフティットに共感するだろうと信じていたフラン＝ノアンは、とりわけ彼の偉業を強調した。芸能一家の息子、陽気な少年時代、ステージの天才、発想豊かなクリエイター。フティットを立派に見せるためには、どうしてもショコラの価値を低くする必要があったのだ。

結局のところ、この『フティットとショコラの回想録』は、10年前に『ラ・ルビュ・ブランシュ』増刊号の『ニブ』にトゥールーズ＝ロートレックが掲載したデッサンの長いコメントにすぎなかったのである。さらに言えば、ルネ・ヴァンサンの挿絵のひとつは、フティットがショコラの尻を蹴り飛ばして追い払うという場面を再現している。ただし、彼にロートレックのような風刺画家としての才能はなかったようだが。

フティットとショコラが栄華を極めていた数年前、ラファエルはステージ上で何年ものあいだ闘ってきた偏見についに打ち勝ったと信じていた。しかし、ヌーヴォー・シルクからの解雇、そしてフティットによる彼を貶めようというキャンペーンによって、ラファエルの人生の新たな段階が始まった。いまやラファエルの落ちたイメージは大新聞によって広められ大衆の知るところとなり、状況は一層気がかりなものとなった。彼はどうやって立ち向かったのだろう？

第21章
パリジャンが憐れみの目を向けたときにショコラに起こったこと

精神を病んだラファエルにパリ市民は寄付を贈った

「マルセル・ピカール：50フラン、マダム・ヴェイテンス：20フラン、ジャクリーヌとオデット：20フラン、S．B．：100フラン、A．ジョアニデス：20フラン、マノからショコラへ：10フラン、エドゥアール：10フラン、ジャンヌ・デュコス：20フラン」

1906年11月20日火曜日、『ル・フィガロ』の定期購読者たちがこのお気に入りの新聞を開いたときに目に飛び込んできたのは、一面に載せられた奇妙なリストだった。18日、新聞は「病気で困窮にあえぐ可哀想なショコラ」への寄付を開始した。反応は素早かった。『ル・フィガロ』は、2日後に、270フランが集まったと報告した。翌日には、二回目のリストが掲載された。日刊紙は寄付をここで打ち止めにすると発表した。「元気になった」道化師ショコラは、再びヌーヴォー・シルクで働き始めたのだ。それでも三回目のリストがその翌々日にまたも一面に掲載された。

寄付は3日の間に合計1300フラン以上に達し、これは機械工が1年に稼ぐ額に相当した。ラファエルはこの多額のお金をパリ9区ドゥルオ通り26番地の『ル・フィガロ』本社に受け取りに行ったと考えられる。

当時、新聞がこの種の慈善活動をすることは珍しいことではなかった。しかし、これまで他のサーカス芸人がその恩恵を受けたことはなかった。数えられないほど多くのサーカス芸人が惨めなままに死んでいったが、新聞は彼らに一片の憐れみも向けなかった。『ル・フィガロ』のキャンペーンは、他のいくつかの日刊紙の冷ややかな反応を招いた。『ロロール』紙は、実際のところ道化師ショコラは病気などではなかったと報じている。

「私たちの同業者(『ル・フィガロ』)は、おそらくショコラのライバルから、彼がヌーヴォー・シルクで月600フランをいまでも受け取っていると聞いたのだろう。寄付を突然停止した」

事実を明らかにするために、私はパリ医療機関公的扶助文書館に向かった。ラファエルが主人公が重篤な病気だったら、ここに足跡が残っているだろう。通常、誰か全く無名の人物を調査するときでも、名字というひとつの手がかりはあるものだ。その人が人生で関わったすべての施設は、名字からその人物を特定している。戸籍登録、選挙人名簿、社会福祉事務所の書類、電話帳、など。私はといえば、ある有名人の歴史を書いている。しかし、彼に名字はない。

もしラファエルが病院に収容されていたのだとしたら、どの姓で登録されていたのだろう。私はまずはショコラChocolatでアルファベットのリストを探し始めた。シャサーニュ、ショーヴァン、シュミエ、シロン、ショブラン、ショタール……ショコラはなかった! だとしたらほかにどんな名前をラファエルは使えただろう?『フティットとショコラの回想録』のなかで、フラン=ノアンは、この問題を解消するために、「ムッシュー・ラファエル(Raphael fではなくph)」と呼んでいた。その結果、彼の妻は「マダム・マリー・ラファエル」、息子は「ウジェーヌ・ラファエル」となった。

そこで、1906年11月のRの記録簿を開いた。ショコラ同様ラファエルもなかった。もしかしたら、マリーが彼を連れてきて、彼女自身の名前か子供たちの名前で登録したのではないか？　まずはHを探したが、エッケHecquetはなかった。続いてGを探したが、グリマルディGrimaldiもなかった。念のためにPも調べてみた。パディヤPadillaという名前があるのではないかと思ったのだ。ラファエルは今日この名字でサーカスの歴史に名を残している。はっきりしたのは、１９０６年10月から11月にかけてパディヤでパリの病院に登録した者はいなかったということだ。

ラファエルが入院していなかった確証を得ることはできなかったが、パリ医療機関公的扶助文書館に何の痕跡もないことはおそらくそういうことだと、推測していいだろう。『ル・フィガロ』は寄付を終えたとき、読者に次のような謝辞を寄せた。「あなたがたのおかげで、ショコラはいまより楽しい時間を過ごせるようになり、暗い考えに取り憑かれることも少なくなるでしょう」。この言葉から分かるのは、ラファエルの「病気」は精神的なものだったということだ。彼もまた鬱の時期を過ごしたのだ。しかし、この伝説的なまでに楽天的で陽気な男がどうして「暗い考え」に取り憑かれたのか、私は理解に苦しんだ。

この時期のラファエルの毎日を少しずつたどっていくと、１９０６年初頭に彼がとりわけ苦しい時期を過ごしていたことが分かった。フォリ・ベルジェールの契約は、レビューが終わる3月末で切れた。ラファエルはメトロポール座で雇ってもらおうとした。アンヴァリッド近くのパリ7区モト＝ピケ大通り18番地にオープンしたステージ芸術のための新しい施設である。

残念なことに、メトロポール座の舞台監督アレクサンドル・ナヴァ自身がクラウンであり、カカオという名のオーギュストと組んでいた。それまで誰も名前を聞いたことがない「ニグロ道化師」である。「ナヴァ＆カカオ」の野心は、もちろんフティットとショコラに取って代わることだった。しかし、パリではいかなる黒人道化師もわれらが国民的ショコラを追放することはできなかったのだ。数週間の公演の後、ナヴァとカカオは認めざるを得なかった。自分たちでは観客を魅了できない。そこで、メトロポール座の経営陣はラファエルに、彼を雇うつもりがあるが、そのためには友人フティットも連れてくることが条件だと告げた。

1906年3月末以降、新聞はふたりのクラウンがすぐにでもやってくると報じていた。しかし、イギリス人クラウンは耳を貸そうとしなかった。彼は自分の新しい肩書「フティット&息子たち」を定着させることに文字通り躍起になっていた。この考えにこうも固執したのは、彼の後悔の表れでもあった。フティットは自分が模範的な父親ではなかったことを分かっていた。確かに、彼の子供たちは適切な教育を受け、非常に若いうちからステージでの技を磨いてきた。しかし、フティットの怒りっぽい気質、気まぐれ、若いロシア人ダンサーとの逃避行、妻との不和は、家族に影を落としていた。彼の息子たちは、抑制が利かず、暴力的で、しょっちゅう酔っぱらっていた。末っ子のハリーも兄たちと同じ道を選んだ。数年前にセーヌ川に落ちたハリーは、1905年3月、今度は家の前で馬から振り落とされた。

フティットは、ラファエルと同じサーカスで働けば、いかに彼がジャーナリストたちにもうデュオは存在しないのだと口を酸っぱくして繰り返しても無駄で、みなが「フティット&ショコラ」のことを話し続けるだろうと確信していた。そこで、メトロポール座の申し出を断り、もう何度目かの台詞、自分はもうクラウンではなく、いまは喜劇役者なのだと、繰り返した。それに、彼はふたりの息子と一緒にオランピア座との4週間の契約を結んだところだった。

ラファエルは結局1906年5月初め、メトロポール座に雇われた。彼のための大きな特別公演さえ催された。その1か月後、なんということか、フティットがふたりの息子を連れて現れた。どうやらミュージック・ホールでの新しいキャリアがうまくいかなかったようだ。しかし、それでもショコラと一緒にされたくないという彼の意思が、プログラム上に見て取れる。曰く、「フティット&息子たち、ショコラ」。１９０６年６月30日にジャルダン・ド・パリで開催された大祝宴に彼らが出演した際も、同じように紹介された。

　メトロポール座はいい買い物をした。「フティット」「ショコラ」はいまでも大勢の観客を惹きつける魔法の名前だった。そう、王族たちでさえも。カンボジア王のシソワット１世陛下のパリ滞在を報じた『ル・ゴロワ』紙は、王が予定表に「フティット&ショコラに会いたい」と記していると伝えた。１９０６年６月30日、王のための特別公演が催され、２００人もの随員が王のまわりを固めた。王はスペクタクル後に楽屋でふたりのクラウンに会い、もし曲芸師ルイ・ラヴァタの証言を信じるならば、自分と一緒にカンボジアに来て喜劇団を率《ひき》いないかとラファエルを誘った。彼は王からの誘いを断った。いまではパリが彼の故郷になっていたからだろう。右も左も分からない遠い国に妻と子供たちと引っ越し、人生を一から始めるなど考えられなかった。

メトロポール座の絵葉書写真

　絵葉書型のメトロポール座の写真を私は見つけた。中央には、正面玄関に続く広い道があり、右の壁に、ダンスの一歩を踏み出すポーズをとる夜会服を着たショコラの大きなポスターが貼られている。キャプチャーには「ショコラがいつもメトロポール座で待ってるよ」とある。１９０６年春、彼の状況は回復したように思える。夏になり、ラファエルはヌーヴォー・シルクから別のいいニュースを受け取った。ベケトフは惨めな失敗を味わっていた。アメリカに帰らなければならないという言い訳で、彼は４月末にシーズンを早々に終わらせた。経営を上向きにするどころか、ヌーヴォー・シルクの赤字は増大し、興行収入は42万フラン以下に急降下した。初めて、メドラノ座が勝った。

ひとりのクラウンが成功すれば、別のクラウンが退場する

イポリットの甥、ジャン・ウックがロシア人支配人に取って代わった。この高等馬術の若い曲馬師は、何度もステージに立ったことがあり、ヌーヴォー・シルクをよく知っていた。彼はすぐにここにかつての仲間たちを呼び戻そうとした。ラスゼウスキに曲馬部門を指揮するように頼み、もちろんジョージ・フティットとラファエルにも古巣に戻るよう声をかけた。

こうして1906年9月、ラファエルはかつての家と古い仲間たちに再会した。新しい支配人がウジェーヌのことも雇ってくれたので、彼はなおさら満足だったに違いない。ウジェーヌは数か月前に15歳を祝ったところだった。まだラファエルと正式なデュオを組んではいなかったが、父と息子はこれからはふたり同じサーカスで働くことになった。吉兆だ。誰もがウジェーヌは多くの才能を持っていると褒めた。ラファエルは、息子に真のクラウンが物にすべきあらゆる技の基礎を教えており、ウジェーヌは曲芸師で、曲馬師で、マイム師でもあった。パリの腕白坊主だった彼は、「饒舌クラウン」にもなった。さらに、ムーラン・ルージュで大盛り上がりだったケーク・ウォークのお披露目会でも、非常に巧みなダンサーであることを見せつけていた。

ヌーヴォー・シルクは1906年9月7日に、完全新装した開幕プログラムを発表した。女性曲馬師、シロクマ、綱渡り師、そして新しいクラウンの一団「マルティネック、ボブ、ピポ、オッド、ファニー」。そしてショコラ、夜会燕尾服を着た完璧な紳士にして世界水準の面白さを見せる黒人ピエロ」。どの新聞も彼の復帰を好意的に報じた。ジャーナリストたちはまるで失踪したと思っていた古い友に再会してほっとしたかのようだった。

しかしこの好転は一時《いっとき》のことだった。ジャン・ウックは、かのフティットとショコラのデュオをなるべく早く蘇らせることだけを考えていた。そこで、イギリス人クラウンに頼んでみたが、フティットはそれをきっぱりと拒絶した。息子たちと一緒にメトロポール座とその年の契約をもう結んでいたのだ。そのすぐあと、ラファエルは、ウジェーヌがヌーヴォー・シルクを離れることを考えていると知った。ウジェーヌはモーリス・ドネの戯曲『王子の教育』での小さな役でヴォードヴィル劇場と契約していた。この作品が大きな成功を収めたので、彼は数か月一座と一緒にヨーロッパじゅうを巡業するつもりだと両親に告げた。このニュースにショコラ家は喜びに沸き、ウジェーヌを誇らしく思った。しかし、同時にラファエルを狼狽させたのではないかと私は思う。このニュースは、父と息子のデュオ演技が近日中には実現できなくなったことを意味するからだ。

この新シーズンのためにジャン・ウックに雇われた新規のクラウンたちは誰もラファエルと組みたがらなかった。自分を目立たせるため、若者たちは年長者たちから一線を画そうと躍起だった。ラファエルはこうして世代交代という残酷な掟を知ることになった。

「ひとりのクラウンが成功すれば別のクラウンが退場する」

と、サーカスの世界では言ったものだ。しかし、どうしてステージの新しい花形たちは、ショコラに対してこうも恩知らずな態度を見せる必要があったのだろうか?

フティットとショコラは「時代遅れだ」と騒ぎ立てたこれら若いクラウンたちは、完全に間違っていたというわけでもなかった。ふたりの道化師は早くに老いた。ラファエルはまだ40歳にもなっていなかったが、もうデビュー当時のようにジグを踊ることはできなかったし、カンガルー・ボクサーに対峙することもできなかった。フティットももはや若い頃そうであったような類まれな曲馬師で曲芸師というわけにはいかなかった。ふたりのクラウンは、ショー・ビジネス界の最近の変動の影響をもろに受けた。ヌーヴォー・シルクはかつて、サーカスとミュージック・ホールの両方を組み合わせるという戦略を極限まで進めていた。フティットとショコラが大きな成功を収めたのは、彼らがこのふたつの世界で認められるのに必要な才能をうまく融合させていたからだ。サントノレ通りのサーカス座の経営が徐々にうまくいかなくなったことで、このモデルは機能しなくなったことが分かった。逆に、メドラノの成功は、サーカスが再び、曲芸クラウン、曲馬師、調教師といった昔ながらのステージに立ち戻る契機となった。そして、彼らが喜劇役者やダンサー、歌手のナンバーを演じることはもうなくなった。

ラファエルにとっては不利なこの状況のせいで、「暗い考え」が彼の心のなかでどんどん育っていったのだろう。1906年末、彼はその両肩に孤独がのしかかるのを感じていた。アンリ・アグストとローラン・グリエが1901年に亡くなっていた。翌年にはカフェ・コンセール出身の喜劇役者ドゥラムと挿絵画家シュブラックも亡くなり、名クラウン、ジェームズ・ギヨン（P.134）は療養生活に入っていた。ラファエルをアーティストへと押し上げてくれた観客たちもまた姿を消していた。ヌーヴォー・シルクのステージに戻って来たとき、ベケトフの方針が古くからの馴染み客たちの足を遠ざけてしまったことにラファエルは気がついた。大きなサークルの桟敷席の半分は空だった。彼があんなにも愛していた家庭的で温かい雰囲気は失われていた。

ロシア人支配人に状況のすべての責任があるわけではなかった。貴族はもはやヌーヴォー・シルクの支配的客層ではなくなっていた。彼らはパリの社会で享受していた影響力ある立場を失おうとしていたのだった。御者や召使いを従え、家紋の色を誇らしげに掲げたきらきらとした一団が、サントノレ通りに現れることは稀になった。ラファエルは、10年前、『ショコラの結婚』の再演の際に、ジュール＝アルベール・ド・ディオン伯という貴族が、オルレアン公の隣の桟敷席に座っていた光景を思い出した。この風変わりな発明家は、1883年にジョルジュ・ブトンという男と一緒に、「蒸気ドッグ・カー」を製造する会社を起こし、ガソリン・エンジンを備えた自動車を開発しているところだと、誰かがラファエルに教えてくれた。ラファエルはブーローニュの森で、ディオン伯が奇妙な乗り物を運転しているところと何度もすれ違っていた。車体を引く馬なしで乗り物が動くようになると信じていたこの風変わりな男を、ラファエルはフティットと一緒におそらく馬鹿にしていただろう。しかし、その5年後、ド・ディオン＝ブトン社は、世界で最も大きな自動車製造業者となっていた。そして、1903年、カーニバルの山車がヌーヴォー・シルクの前を通ったとき、ラファエルは選出された「女王のなかの女王」（P．236）がこの奇妙なマシンを運転しているのを見た。

ラファエルは、貴族という長く続いた文明の最後の煌めきが消えていくのを、ただ見ていることしかできなかった。貴族社会は馬を中心に自分たちのアイデンティティを構築してきたが、本物の騎士はもうずっと以前から過去の遺物となっていたし、いまでは御者が消えつつあった。彼らは新しい乗り物の運転を学ばなければならず、シルクハットを脱いでハンチング・キャップをかぶる必要に迫られた。しばらくのあいだ、主人たちは、従者を車の後部に取りつけた補助席に立たせた。パリの街なかで自分たちの特権性を見せつけずにはいられない一時代前の人々のこうした姿に、道行く人は笑ったり苛立ちをぶつけたりした。勢いを失った貴族たちは内にこもるようになった。ジョッキー・クラブが段々と閉じたサークルになっていったのもその表れである。

社会的大変動は、風景のなかにも如実な痕跡を印していた。ラファエルはもう若い頃のパリ、彼が親しむことのできた白い街を見出せなかった。サントノレ通りは自動車が絶えず行き来しどんどんうるさくなり、かつての魅力、そしてその静かなたたずまいを失ってしまった。ゴム製タイヤの発明は石畳を車輪が走るつんざくような音を多少は和らげたが、悪影響もあった。オーストリアの作家シュテファン・ツヴァイクは日記に次のように記している。「パリの街はあふれかえる交通量で恐ろしいことになってしまった。通りにはガソリンの臭いが充満しているし、横切るのは命がけだ」。ラファエルはもう「彼の」シャンゼリゼ大通りとは感じられなくなった。フティットと一緒にサロンで演じたことのある邸宅はひとつ、またひとつと姿を消し、近代的な建物に代わった。解体と再建の熱は、ショー・ビジネスの世界にも波及した。ブドロー通りのエデン劇場は、ラファエルにとっても思い出深い場所のひとつだ。ここに、まだ若い逃亡奴隷でしかなかった彼はアンリ・アグストに連れられ、悪魔的なオーケストラ指揮者のまわりでハンロン・リー座の面々が大げさな身振りを見せているクレランの有名な天井画を見たのだ。エデン劇場もまた取り壊され、クレランの天井画は灰燼《かいじん》に帰した。その跡地に解体業者と建設業者が作ったアテネ劇場は、1996年には「歴史的建造物」に指定された。

ふたりの男のバーでの会話

古巣に戻ってくるようにジャン・ウックが申し出たときは大喜びしたラファエルだったが、彼はヌーヴォー・シルクで再びよそ者になったと感じていた。新しい道化師の一団は寸劇を作る際に、ラファエルの意見に耳を傾けようとしなかった。そして、彼の楽屋は用意されないと知らされた。そこで、誰も彼に文句を言わない唯一の場所、ヌーヴォー・シルクのバー・カウンターの後ろへと逃げ込んだ。ラファエルはこの難攻不落の場所に執着していたと、私は想像する。彼はここからいつも自分の運命がたどり着いた世界を観察していたのだった。ある晩、公演の後、ふたりの男が彼の近くに席を取ったので、ラファエルはその会話を耳にすることができた。ふたりの男のうち、年を取ったほうが誰だか、もう何年も見かけていなかったにもかかわらず、ラファエルにはすぐに分かった。少し髪が薄くなり、そろそろ60代にさしかかろうというところだ。しかし、相変わらず堂々とした風情で、両端がぴんと上に向き繊細に整えられた美しい髭をたくわえていた。「おや、リシャール・ド・リル・ド・フラコン・ド・サン＝ジュニエス子爵じゃないか」と、ラファエルはひとりごちた。そして、この長たらしい名前についてのフティットの冗談の数々を思い出して笑みを浮かべた。サン・シル陸軍士官学校出身で、騎兵隊大尉だった子爵は、1891年に軍を退役し、リシャール・オモンロワという筆名で執筆活動を始めていた。彼はヌーヴォー・シルクの成功を支えていたハイ・ライフを代表する存在だった。しかし、時間の経過の中で、その出身階級の変化と同様、この男自身もずいぶんと変わったと、ラファエルは感じた。貴族の社会的・文化的格下げに伴い、彼はユダヤ人や外国人への恨みを募らせ、人種差別的な文言を数多く口にするようになっていた。

ジン、ウイスキー、カクテルと客の注文を次々にさばきながら、カウンターのなかにいたラファエルはふたりの貴族の会話に注意深く耳を澄ませていたと、私は想像する。またしても、外国人が批判の対象となっていた。

「パリはますますいかがわしい外国からの病原菌に晒されているようだ。ペルシャ人、アラブ人、トルコ人、中国人、それにきちんとからだを洗ってない奴ら」

と、オモンロワがぶつぶつ言った。

「ニグロを忘れてますよ、親愛なるリシャール。ニグロをパリの路地でますます見かけるようになりましたよ」

と、相手がつけ加えた。

「誰に向かって言ってるんだ！」

と、オモンロワは答えた。

「私が新聞の三行広告欄を愛読していることは知っているだろう。ゾラ風の小説を読むよりよっぽど現代世界について教えてくれるよ。それでね、今日『ル・マタン』で面白いものを見つけたよ。聞きなさい」

オモンロワはバーのテーブルに新聞を広げ、読み始めた。

「美しい若い女性、洗練された20歳、地位のあるニグロあるいはムラートの男性との結婚を希望」

彼は、笑った。

「あなたは地位のあるニグロなんて知っているか？　私はショコラしか思いつかないね。ヌーヴォー・シルクで平手打ちに賃金が支払われているのかは知らないがね。だが、親愛なるポール、この黒い肌の人々を好む傾向はなぜだと思うかね？」

「ニグロには何か特別な抗《あらが》い難い魅力があるとは言いますがね。私が言いたいこと、お分かりでしょう」

と、ポールは意味ありげに答えた。

ふたりは笑い出した。

「確かに近頃多い、半ば裸でステージに立つニグロのダンサーやボクサーたちを見て、フランス人のお嬢ちゃんたちがどう思うかは想像つくがね」

と、オモンロワはさらに言った。

「どうせなら、実用性と心地よさを兼ね備えたものをということですね？」

と、ポールは続けた。

「あなたの小説『陽気な生活』ではすでにこのテーマを扱ってらっしゃいますね」

「その通り。主人公のハリファックス卿はニグロの召使を愛人ジェーン・ダーリングにあてがい、彼女の貞節を試すのだ。ところが、このニグロはもちろんショコラとは似ても似つかない。アシャンティ族の美しいニグロなのだ。そして、その人種特有の短くて縮れた髪、平べったい鼻、扁平な額、突き出た頬骨を持っている。しかし、その下顎は突き出てはおらず、縮れた髭が厚い唇を隠している」

「そして、もちろんジェーン・ダーリングはニグロの魅力に身を任せてしまうのですね」

「小説のなかで私が伝えたかったのは女性の残酷さだ。愛人を苦しめるために、ジェーン・ダーリングはこう責め立てた。『私に与えられたのは、このすでに長い人生のなかでも感嘆せずにはいられない最も見事な男性の見本です』。ピストルの一撃よりもきつい一言だ。ハリファックス卿は自身の男性らしさを猿の子孫によって完膚なきまでに侮辱されたのだから！」

「まことに卿にとってはこれ以上残酷なことはありませんね！　つまり、親愛なるリシャール、ユダヤ人でもニグロでもない哀れなわれらパリジャンは、大事な袋のために心配すべきことがあるというわけですね」

ふたりの子供にまで押された謂れもない烙印《らくいん》

この冗談はふたりのジャーナリストを大いに笑わせた。しかし、ラファエルは脳天に新たな一撃を食らった気分だった。彼がかつて体現した殴られても満足なニグロというステレオタイプが、どんなに必死に闘っても消えないばかりか、いままた復活してきた理由が分かったのだ。アフロ・アメリカンのダンサーやスポーツ選手の到来によって、黒人世界の新たなイメージが生まれた。男性的で危険な黒人というステレオタイプが、従順で滑稽なニグロという古くからのステレオタイプの対極として広まってしまった。

しかし、ラファエルがとりわけ心配したのは子供たちのことだったと、私は考えている。『王子の教育』についての批評のひとつに、彼は次の文言を見つけたに違いない。

「ムッシュー・ショコラの息子を称賛したい。ムハンマドの小さな役で、私たちを大いに喜ばせてくれた」

親愛なる読者よ、この文章を読んだラファエルの気持ちを理解しようとしてみてほしい。彼はウジェーヌを本当の息子として育ててきた。それは、彼が「芸能一家の子供」、普遍的なアーティストとなることを願ってのことだ。しかし、このコメントは、自分の名前を彼に与えたことで、ラファエルがウジェーヌに自分の「遺伝的異常」まで伝えてしまったことを意味している。これからの人生、息子もまたずっと未開な人間として扱われることになるだろう。肌の色についての不快な言葉を浴び続けなければならないだろう。ラファエルは、この批評が極右の保守主義者の憎しみから発せられたものだからと、自分を慰めることもできなかった。この批評が掲載されたのは、社会党党首ジャン・ジョレスが創刊したばかりの日刊紙『ユマニテ』であり、そこには人権同盟の闘士たちが多く文章を寄せていたのだ。

ラファエルは、人生の最初の決算をしなければならない年齢に達していた。辛酸を舐《な》めたのであればなおさらそうすべきだろう。これまでほとんど考えたことはなかったある疑問が彼を悩ませるようになった。パリに着いたばかりの彼にパリジャンが与えた侮蔑的な名前を、彼は拒否すべきだったのだろうか？　マリーがこの名前を受け入れるのを、彼女とふたりの子供たちのために思いとどまらせるべきだったのではないか？

戸籍を持たないことで、ラファエルはフランス社会の周縁で生きることを強いられた。マリーと結婚するのであれば、ラファエルは、セーヌ裁判所の通訳者が訳した出生証明書を作成し、彼の身元が警察署によって確認される必要があっただろう。さらに法律により、外国人の場合、両親の同意を領事館を通して取得しなければならなかった。ラファエルは自分が決して白人になることはないことも分かっていた。彼はずっと「ニグロでい続け」、「年をとっても漂白されない」のだ。逆に、彼は早々にサーカスの世界の紛れもない一員になることができた。ヌーヴォー・シルクのステージ上では、彼は結婚する権利があった。『ショコラの結婚』は何百回も祝福された。ラファエルは他の者と同じフランス人になれなかったので、マリーとふたりの子供たちはこの大道芸人の小さな世界に迎えられることを望み、「ショコラ」という名字を受け入れた。逆向きの同化の美しい例だ！

誰もジョバンニ・グリマルディがウジェーヌとシュザンヌの生物学上の父親だとは知らなかった。新聞や雑誌の記事というものは「ストーリーテリング」であることが鉄則であったから、ジャーナリストたちは読者の期待に沿うような人物たちを描こうと躍起になった。「プティ・ショコラ」たちは「ニグロ」でなければならなかったのだ。１９０５年10月、シュザンヌが『ル・マタン』紙の記者のために玄関のドアを開けたとき、彼はすぐに彼女がまさに父親の娘だということを示す「縮れ毛」に目がいった。翌年、『ル・フィガロ』が『王子の教育』で若いムハンマドを演じたのが誰かと調査したときの記者の結論は断固としたものだった。

「ムハンマドが正真正銘のニグロだという事実を私は確認した。そう、ムハンマドは正真正銘のニグロだ！　パリの有名なニグロの息子が演じていた。そう、正真正銘ショコラの息子なのだ」

その人生の終わりまで、ふたりの子供たちは「ニグロ」という素性を言われ続けた。ふたりがその秘密を明かすことはなかった。

２０１４年11月23日日曜日

昨日、私は１９６４年5月14日付の『新文学（ヌーヴェル・リテレール）』の古い号を見つけた。１ページ目には、画家パブロ・ピカソの美しい写真が載せられ、その横にはジャン・ノアンの署名がつけられた「フティット&ショコラ大通りのために」という記事があった。君はジャブーヌというあだ名のついたジャン・ノアンのことを覚えているかい？　君の『回想録』を執筆していたフラン＝ノアンの家を訪ねたときに、君が会ったことがある小さな男の子だ。彼はこの記事のなかで、毎週木曜日に、両親が彼と妹をヌーヴォー・シルクに連れて行ってくれたこと、そして、ある日父親が大ニュースを伝えたことに触れている。「フティットとショコラの人生についての本を書くように頼まれたんだ。明日彼らが家に昼食に来るよ」。バレス、コレット、ジャリ、ラベル、アレなどがすでにフォーブール＝サントノレ通り19番地の小さなアパルトマンに招待されていた。しかし、ジャブーヌにとって、これらの作家たちが、笑いの王様に匹敵するはずがなかった。ジャン・ノアンは記事のなかで君たちを喜ばせる次の言葉を書いている。「フティットとショコラはすべてを創り出した。捉えどころのないふたりの人物像、風刺の利いた哲学、それに茫然自失のふり。映画業界の友人は、彼らについて驚くほど美しい映画を作ることができるだろう」

この記事で私を一番驚かせたのは、結論だ。彼は君たちが集合的記憶から消えてしまったことを嘆き、風刺作家レイモン・ドゥヴォスの言葉を引いた。「あなたの名を冠した道、あなたの記念碑、あなたの生誕１００周年を祝う演説が欲しいなら、将軍、外交官、あるいは政治家になりなさい。パリの地図は、名前を聞いたこともない多くの海軍大将や髭の生えた市議会議員であふれています。けれど、フラテリーニ大通り、グロック広場、フティット&ショコラ大通りはないのです」。

私はレイモン・ドゥヴォスの言葉を嘘にしようと決意を固めた。パリ市長に君の名を冠した通りを作るよう約束を取りつけた。そう、君にはその資格があるのだから。

『ル・フィガロ』が始めた寄付の成功は、ショコラがいまでもパリで大変な人気者であることをジャン・ウックに納得させた。それがラファエルの契約が延長された主な理由のひとつだろう。彼と働きたくない他のクラウンたちの反発を抑えるために、ウックはラファエルに『ショコラの結婚』の再演を提案した。

初日は1907年2月16日だった。この晩、ヌーヴォー・シルクは日本の軽業師集団アンドー座をプログラムに入れていた。彼らは、斜めに張った綱の上で演じられる綱渡り芸で世界じゅうで名を知られていた。一番若い者が観客に挨拶し、パラソルだけでバランスを取り、まるで手のように足の力を使って綱を上っていく。一番先まで達すると、今度は振り返ることなしに、そのまま地面まで滑り降りる。観客のあいだに感嘆のざわめきが広がった。

ラファエルは、寛容にも、一座の他のクラウンたちにも拍手を送った。ボブ&ピポ、マルティネック兄弟、モリス&ヴァンサン。ただ、客観的に言って、彼らは、ジャン・ウックがニームから呼び寄せた「エキセントリック・ブリック&グロック」の足元にも及ばない、とラファエルは思った。グロックはヴァイオリンを使って犬の吠え声に似た音を出し、ブリックが吠え返した。ラファエルはこのナンバーに大笑いした。ところが、観客は、少々下品だと感じたのか、あまり評価しなかった。このときはまだ誰も、ヴァイオリンを弾いたグロックことアドリアン・ヴェタックが、その並外れたキャリアのほんの入り口にいるところだと知らなかった。彼は、20世紀で最も有名なクラウンのひとりとなるのだ。

新『ショコラの結婚』は批評家たちに好意的に迎えられ、「祝祭の主人公、かつてないほど饒舌」とショコラは紹介された。パントマイムは、5月初めの年度終わり、ロンシャン競馬場のグラン・プリの日の晩までサーカス座のポスターを飾り続けた。ラファエルはこのとき、自分は復活するのだと思えただろうか？

第22章
笑いの負債

『ル・フィガロ』が行った、ショコラへの寄付の本当の意味

１９０７年末、ある差込み広告が、パリの主要な新聞すべての「贈り物用装丁本」欄に入っていた。

「子供たちにお勧め、道化師『フティットとショコラの回想録』：カラー挿絵つき本、文：フラン＝ノアン、挿絵：ルネ・ヴァンサン（通常版：5フラン、豪華版：10フラン）。本屋・商店で販売中」

子供の教育のために、挿絵がたくさん入った「ある黒ん坊の苦難」（6章タイトル）について語るこの本を新年の贈り物にすることを、多くの親が真剣に考えたに違いない。この本がベストセラーになったかどうかは分からない。ただいまでも古本屋で、通常版を１７５ユーロという「安値」で見つけることができる。

出版社は1年前に『青春！』で数号にわたって掲載されたテキストをそのまま本にした。その際に、作家のアンリ・デュベルノワの序文がつけられた。「この本の内容はすべて真実です」と強調した上で、デュベルノワはショコラを「フティットのいじめられ役」と紹介した。さらに念を押すかのように言い添えた。「フティットはさんざん平手打ちを食らわせた後、決まってショコラに向かってこう

言います。『汚ないニグロ』と」。

デュベルノワは自分の言葉を次のように和らげている。「フティットの平手打ちは意地悪からではありません。これは宿命的な平手打ちなのです。フティットが平手打ちをするのは運命で、ショコラが平手打ちを受けるのも運命です。そして、それでも彼は微笑むのです」。

デュベルノワは、ニグロ道化師は打たれても満足だと断言している。なぜなら白人クラウンの平手打ちは悪意からではなく、「宿命的」なものだからだと。この文章の「宿命論」的言い分には、私は驚かなかった。デュベルノワは奴隷についての古い言説を暗に繰り返したのだ。キリスト教ヨーロッパが何世紀ものあいだ可哀想なニグロを憐れむために好んできた言い回しだ。旧約聖書のなかで、アフリカ人はハム［ノアの方舟《はこぶね》の説話に登場するノアの三人の息子セム、ハム、ヤペテのひとり。この三人から世界じゅうの人々が生まれたとされ、アフリカを中心とする人類の祖先といわれる］の子孫として描かれた。そしてノアは、ハムの息子カナンを「兄弟たちの奴隷の奴隷」という状態に強いた。こうしてニグロは、悠久の果てまで白人に仕えることを宿命づけられたのである。

私が疑問を覚えたのは、どうしてアンリ・デュベルノワは、フティットの平手打ちは「意地悪からではありません」とわざわざ断るべきだと考えたのかという点だ。いじめられ役ショコラのステレオタイプを醸成してきた、彼以前の作家たちは誰も自分の言葉を釈明する必要を感じていなかった。10年前、トゥールーズ＝ロートレック、クーリュ、イベルス、シャンソールらがニグロを戯画化したとき、ショコラに対するフティットの暴力を、その平手打ちは「意地悪からではない」と言って相対化しようなどと、彼らは考えもしなかった。このトーンの変化をどのように説明できるだろう？　デュベルノワの同情は、彼の個人的資質に由来するものなのだろうか？　その点を見極めるために、私はこの作家についての調査を開始した。

彼の戸籍上の名前は、アンリ＝シモン・シュヴァバシェールだ。パリに移住したハンガリーのダイヤモンド商の息子であり、文学の道を志し、日の当たる場所での活躍を夢見るジャーナリスト兼作家たちの巨大な星雲のなかに飛び込んだ。デュベルノワは1920〜30年代にかけて栄光を得ることになるが、1907年時点では完全に無名だった。30歳の頃、彼は、ラフィットが数年前に創刊した週刊誌『フェミナ』に劇評家として寄稿していた。おそらくこのラフィットが彼に序文を書いてもらうことを思いついたに違いない。デュベルノワが1896年のジョージ・フティットのための特別公演にも立ち会っていたことを知っていたのだ。それにデュベルノワは、ヌーヴォー・シルクで最も有名な曲馬師のひとりリタ・デル・エリド（本名マルガレタ・リープマン）と交際していた。ふたりは1910年に結婚している。

デュベルノワは、フラン＝ノアンやその仲間と同じジャーナリスト兼作家の交際網に属していた。だから、フティットのいじめられ役のショコラというイメージを持っていても不思議ではない。しかし、それでは私の疑問に答えていない。なぜデュベルノワは、フティットの平手打ちは「意地悪からではない」と書いたのだろうか？

ある日、パリ東部の高速道路を、もう何度目かは分からないがまたこの疑問に思いを巡らせながら、私は車を走らせていた。すると、突然かちっと音を立て、答えが浮かんだ。車を運転するためにからだを固定し、両手でハンドルを握りしめ、アスファルトの帯に焦点を合わせているときが、私にとって思考をあちこちにさまよわせる絶好の時間だった。たいていの場合、こうした瞬間に、私がその後に著作で展開させるアイディアが生まれる。頭に浮かんだ考えがやって来たのと同じ速さで飛び去ってしまわないように、私は急いで車を止め、古い封筒の裏かどこかにメモする。この日私は、「ノジエール参照、おそらく、恩義」と殴り書きをした。

この数日前、私はジャーナリスト作家のフェルナン・ノジエールが『リリュストラシオン』に掲載した記事を読んでいた。『ル・フィガロ』が「可哀想なショコラ」のために寄付を始めたのと同時期のものだ。このノジエールの言葉とデュベルノワの序文のあいだには、なにか共通点があると私は感じた。しかし、それはなんだろう？　家に帰ってから、私の心に引っかかった文章を時間をかけて読み返してみた。ノジエールはこう言っている。

「私たちはみな長いこと大人も子供も笑わせてきたこのクラウンに恩義がある」

この「恩義」という言葉が私の気を惹いたのだった。これこそが、ニグロ道化師への共感を欠いていたそれ以前のジャーナリスト兼作家たちと、ノジエールを隔てるものだった。

ノジエールとデュベルノワの共通項は、ラファエルについての彼らの言葉に同情的響きが見られることだ。この新しい見方は、１９０６年11月18日に『ル・フィガロ』が「可哀想なショコラ」のための寄付を開始した際に展開した議論とも、完全に一致する。

「私たちは、彼が楽しませてきたすべての人々、そして彼に笑いの恩義を感じているだろうすべての人々が応えてくれることに確信をもって、この寄付を呼びかけます」

ニグロ道化師に関する全く新しい言説が生まれようとしていた。その言わんとすることはつまりはこうだ。

「私たちは、可哀想なショコラに感謝する義務があります。なぜなら彼は私たちを大いに楽しませてくれたからです」

「笑いの負債」についての論拠を、私は初めうまく理解できなかった。通常、アーティストのほうが自分たちを有名にしてくれた観客たちに恩義を感じるものだ。どうして道化師ショコラの場合は、この理論が逆なのだろう？　彼への寄付を募った『ル・フィガロ』の記事を注意深く読み返すと、同情が彼のアーティストとしての役割を貶める文章と組み合わされていることに私は気がついた。

「偉大なるフティットの相方である陽気なショコラのことを誰が忘れられるでしょう？　そのいかにもニグロな男は、何年ものあいだ、クラウンたちの王様にあざ笑われてきました。自分に浴びせられた嘲笑を仕方がないと諦め、その馬鹿正直さから転倒を繰り返していたショコラに楽しませてもらったことのないパリジャンなどほとんどいないでしょう。陽気なショコラは、いまでは可哀想なショコラです。病気が彼を襲い、彼の顔からは笑いが消え、苦痛に歪んでいます。困窮に陥った可哀想なショコラは、不幸です。とても不幸なのです。私たちは、彼に楽しませてもらったすべての人々、そして彼に笑いの恩義を感じているだろうすべての人々が応えてくれることに確信をもって、この寄付を呼びかけます」

これまで『ル・フィガロ』がニグロ道化師を白人クラウンのいじめられ役と紹介したことはなかった。すぐさま、アドルフ・ブリソン（P．４４６）がいつものようにこの隙間に自分をねじ込ませてきた。１９０６年12月2日付の『政治・文学年鑑』のなかで、この寄付の理由について次のように念を押したのである。

「フティットは真のクラウンだ。ショコラはカスカドゥールだ。茫然自失で情けない表情をした可哀想ないじめられ役は、人々をいつだって楽しませるのだ」

『ル・フィガロ』の記事にはもうひとつの特質がある。過去において継続された出来事や状態を表すフランス語の時制、「半過去時制」で書かれているのだ。まるで、ショコラの「病気」が彼のキャリアを終わらせたかのように。従順で馬鹿なニグロはフランス人を「かつては」楽しませたが、もう時代にそぐわない。なぜなら、１９０６年、白人に殴られる黒人を見て笑うことなどもうできないからだ。それがサーカスのステージ上であっても。

ドレフュス事件がここで関係してくるのだ！　すべてのフランス人が人権同盟を支持していたわけではなかったが、「可哀想なショコラ」への「笑いの負債」について書くために筆を執った人々は皆、ドレフュス派に属していた。ニグロ道化師のための寄付より9年前、『ル・フィガロ』はドレフュス大尉への不当な有罪判決を告発するエミール・ゾラの最初の記事を掲載した。かつてガブリエル・アストリュクが「ニグロ文明」を復権させるためにケーク・ウォークを支持するキャンペーンを張ったのも、この日刊紙上でだ。ノジエールとデュベルノワにはアストリュクとひとつの共通点があった。彼らもまた、反ユダヤ主義に苦しんでいた。それゆえに、自分を守るため、彼らは古いフランスの香りがする筆名を使っていたのだ。ドレフュス事件を契機に、ノジエールとデュベルノワは意識し始めたのだろう。自分たちが過去に書いたものは、ニグロ道化師のステレオタイプを増幅させ、自分たちがいま告発しようとしている悪に加担する種類のものであったことを。従って、「笑いの負債」についての文章には、罪の意識を告白する響きがあった。

ところが、このジャーナリスト兼作家たちはサーカスの世界をほとんど知らなかったので、ショコラの真の才能とはなんら関係のない、彼ら自身が作ったショコラの戯画的イメージを元に、議論を構築していた。本当に負債を支払いたいのであれば、ジュール・クラルティ（P．246）のように、この道化師を第一級のアーティストと認めるべきであったのだ。しかし、彼らは、言葉を巧みに操って自分たちの責任をうまく隠し、厄介者になった人物像をお払い箱にしてしまうことを選んだ。それが、彼らがショコラを半過去時制で描いた理由だ。

２０１５年3月15日日曜日

作家のトリスタン・レミが１９４５年に出版した『クラウンたち』はベストセラーとなった。

なぜなら、歴史研究として紹介されているが、実際には読みやすい文学風筆致で書かれており、脚注もついていないからだ。そのため本のなかの重大なミスはこれまで気づかれずにきた。著者が読者にそれを確かめる術を与えなかったのだ。この過ちに陥らないため、そして私の研究に助言をくれたすべての人の恩義に報いるために、私は脚注で史料に言及すべきだった。それが読者に対して、歴史家は知識人のコミュニティに属し、他方、作家を縛るのは己のみであることを示す最良の方法であろう。

親愛なるラファエル、数え切れないほどの同僚たちが、私に進んで手を貸し、君の人生の足跡を掘り起こすのを手伝ってくれた。まるで世界じゅうに広がる歴史家のコミュニティが、君を忘却から救い出すために立ち上がったかのように。レベッカ、アミン、ヨランダ、ニコラ、マルティーヌ、ハヅキ、ミリアム、アレハンドロ、オマール……すべての人をここで挙げることはできないが、君は彼らに多くの恩があることを知ってほしい。さらには、たくさんの技術者、資料保管係、文書館員のおかげで、私は君の人生の、ときには本当にわずかの、跡を見つけることができたのだ。

しかし、彼らの恩義に報いるために脚注を増やせば、私の話のダイナミックさが失われてしまい、とりわけ読んでほしい読者層にこの本が届かないだろうことは分かっていた。私は長いことこの問題は解決不可能だと思っていたが、遂に解決策を見つけた。www.clown-chocolat.com というサイトを作ることにしたのだ。読者にここにアクセスしてもらい、私は、使った史料や参照した研究書についてのすべての質問に答えようと思う。いろいろな読み方を可能にするために私はこの本のなかで多くの小さな目印をちりばめたので、この掲示板は私がこの本をどのように書き上げたのかを説明する機会にもなるだろう。読者のおかげで、今後君の人生に関する新史料を見つけることができるかもしれないし、もし私が間違いを犯していたなら、それを正す機会にもなるだろう。こうして君の記憶は生き続けるのだ。

ラファエルはおそらく『ル・フィガロ』による寄付の呼びかけと観客の反応に非常に感動したに違いない。「可哀想なショコラ」を助けようと貯金箱を割った子供たちの存在は、パリジャンの集合的記憶のなかでラファエルが大きな場所を占めていたことを如実に示している。けれど、おそらくラファエルは、観客たちと親密な関係を結び、よそ者と見なされないようにしようと努力してきたその戦略が、そろそろ限界に達したことに気がついたようだ。フランス人はショコラのことが好きだった。でもそれは犬や馬を愛でるのと同じようにだ。犬や馬もときにショコラと名づけられた。彼らの憐憫はステレオタイプを取り除くには十分でなかった。むしろ反対に、この憐憫の情が、ショコラを犠牲者の立場へと引きずり落とし、アーティストとしては死刑宣告ともなる言説を醸成させていった。数年後に掲載されたある記事で、フェルナン・ノジエールは結論するに至った。

「赤い上着に黒のキュロット、ショコラは社交界の悲しいカリカチュアのようだった。彼は主人の洋服を借りて気取って歩く間抜けに自分を似せようとしていた。目はおどおどし、足は曲がりぐらぐらし、白人がやって来るのをとても怖がっていた。しかし、彼の冷酷な支配者は、自分自身の怒りの犠牲者となった。ショコラを強く殴りすぎて倒れたのはフティットで、ショコラは笑っていた。これが、植民地政策の何とも美しい情景だ」

またしても半過去時制で書かれたこの記事は、遂に我らが主人公を植民地主義の犠牲者に仕立て上げたのだ。こうして、ノジエールは後継の者たちに新たな道化師ショコラの使い方を残し、それは反レイシズムの歴史研究のなかで大いに活用されることになる。記憶の落とし穴が再び作られようとしていた。ラファエルのことを馬鹿にする者も、それを嘆く者も、結局のところラファエルについてのひとつの人物像を共有していた。そして、それこそが彼がこれまで全力で拒否してきた人物像だった。

「サーカスの時代」から「映画の時代」へ

10年前、トゥールーズ＝ロートレックと『ラ・ルビュ・ブランシュ』の彼の友人たちがステレオタイプの最初の型を作ったとき、ラファエルはクラウンが持つ武器でステージ上から応戦することで、ステレオタイプに立ち向かった。残念ながら、状況はもう同じではない。もはやサーカスに追い風は吹いていなかった。１９０７年9月、株主たちがジャン・ウックに託した1年間の任期が失敗に終わったとき、ふたりの実業家がヌーヴォー・シルクの買い手として名乗りを上げた。シャルル・ドゥブレとシャルル・ティゾンという人物だ。ふたりは、同時にメトロポール座の経営権も手に入れ、シルク・ド・パリと名を変えた。ティゾンがふたつのサーカス座に出資したのは、偉大なる曲馬師になることを夢見ていた若い妻テレーズ・ド・テルナンを喜ばそうとしてのことだった。ところが、彼は舞台裏を知らなかった。それゆえ、ヌーヴォー・シルクの真のパトロンはシャルル・ドゥブレであった。ドゥブレは複数のカフェ・コンセールを経営してきたスペクタクルの興行主であり、「ミュージック・ダンス・ホール」を流行らせたことで知られていた。彼は、サントノレ通りのサーカス座に数年前の輝きを取り戻させたいと願った。そのためには、どうあってもフティットとショコラのデュオを蘇らせなければならなかった。フティットと息子たちはこのときまだメトロポール座との契約下にあった。このサーカス座がちょうどティゾンとドゥブレの指揮下に入ったので、新経営陣はヌーヴォー・シルクでかつての相方とデュオを組むことに関してジョージ・フティットの説得に成功した。

イギリス人クラウンは、パリのシーンに息子たちの名を知らしめようと力の限り奮闘していた。しかし、大した成功は得られなかった。本人はそうと認めたがらないとしても、ジョージ・フティットのなかにもまた、ラファエルと共に過ごした濃密な10年間が刻みこまれ、消えることはなかった。彼の反応、彼の技、彼の個性には、ふたりの歴史が染み込んでいた。ラファエルがフティットなしではみなしごのように感じていたように、フティットもショコラなしでは腕を振るうことができなかった。

イギリス人クラウンが了承するや否や、シャルル・ドゥブレは「フティット&ショコラ——ヌーヴォー・シルクのスター」という文句をつけた大型ポスターを印刷した。そして、あらゆる編集部にこのスクープを広めた。すべてのメディアがすぐに反応した。「子供も大人もフティットを彼の元来の観客の前に連れ戻してくれた新しい経営陣に感謝するだろう。会場は、彼に熱烈な喝采を送った」「ヌーヴォー・シルクと再契約を結んだばかりのフティットとショコラは、まるで自分の王国で復権した君主のような拍手を受けた」。1907年12月には、デュオはグラン・パレに招かれた。フランスじゅうが喪に服した水害被害の犠牲者たちのための慈善パーティが開かれたのである。クリスマス・イヴにはヌーヴォー・シルクが主催したオルフェリナ・デザールの小さな寄宿生たちのためのマチネを盛り上げた。しかし、これらの成功にもかかわらず、ふたりのクラウンはこの年の終わりにはデュオを解消した。フティットと息子たちが地方巡業の契約を結んでしまったのだ。

数年前からサーカスの世界で感じられていた強い危機感が、この時期に突如として現実のものとなった。1907年12月18日、クリシー広場が再び扉を開いたとき、それはサーカスのスペクタクルや動物の見世物小屋のためではなかった。ここは映画館になったのである（1911年にはレオン・ゴーモン［フランスの映画製作会社ゴーモンを興した人物］に買収された）。新しい会場は6000人を収容できた。時事ニュースを映し出す大画面に目が釘づけになった観客たちは、目の前で繰り広げられるウィルバー・ライト（ライト兄弟の兄）の偉業に感嘆した。まるで自分たちもその場にいるかのような臨場感で、彼が小さな飛行機に乗り1時間以上にわたって空を飛ぶのを鑑賞した。観客たちはまたイタリア海軍の大演習に参加したり、シチリアの災厄（地震）の犠牲者たちに涙したりした。

10日ほどのち、クリシー広場の映画館オープンよりもさらに衝撃的なニュースがサーカスの世界を震撼させた。シルク・ディベールがその歴史に幕を下ろし、パテ社［フランスの大手映画製作会社］による映画館に変わることになったのだ。これは決定的打撃だった。シャルル・フランコーニは、第一帝政期にパリにサーカスを作った大家系の最後のひとりだった。数十年にわたって、サガン公と並んでハイ・ライフの最も華々しいひとりと目されてきた。自転車や自動車が移動手段として馬に取って代わっても、彼はよく持ちこたえていた。しかし、抵抗の淡い望みは、シルク・デテが解体業者のつるはしで粉々にされるという悲惨な結果に終わった。そして、今度はシルク・ディベールまでもがなんとも屈辱的なことに映画館に姿を変えてしまった。

翌月、シルク・ド・パリも映画館になると伝えられた。ティゾンとドゥブレがタオルを投げたというわけだ。「世界一の大スクリーン」を１９０８年2月21日にパテ社がオープンさせた。この頃、パリでは50ほどの映画館が営業し、フランスは世界一の映画輸出国になっていた。１８７０年以降パリでオープンした常設サーカスのうち、残っているのはヌーヴォー・シルクとメドラノ座だけだった。ただし、エルネスト・モリエのアマチュア・サーカスは相変わらずブーローニュの森の彼の所有地で毎年何度かの公演を行っていた。

すでに病魔が巣くっていたサーカス界への相次ぐ強烈な攻撃に、ラファエルも強く苦しんだろう。もしかしたら、このときラファエルは、フティットと自分はサーカスを食い尽くそうとする映画産業の隆盛に一端の責任があるのではないかと、考えたかもしれない。エミール・レイノー（P．２８４）がフォト・セノグラフのレンズの前で『ヴィルヘルム・テル』のパントマイムを演じることを彼らに提案したとき、自分たちが大スクリーンにカラーで映し出される世界最初のアーティストだと言われ、彼らは感激した。続いて、リュミエール兄弟やクレモン・モーリスによる撮影も了承した。つまり、ラファエルとフティットは映画の発展に貢献したのだ。ところが、この１９０８年初頭、ふたりのクラウンは詐欺の犠牲者のような気分になっていた。誰も映画界で彼らが果たしたパイオニア的役割を認めなかったからだ。

この否認に責任があるひとりが、ジョルジュ・メリエスだった。１８９８年、彼もまた、最初の映画制作時に、主題のひとつとして『ヴィルヘルム・テル』の寸劇を選んだ。しかし、フティットとショコラに出演を依頼はしなかった。リュミエール兄弟は実際の場面を撮影するドキュメント映画を発明し、サーカス芸人を撮影したが、メリエスは映画俳優を求めた。彼の目的は、舞台芸術の延長にある新しい芸術を作ることだった。時事テーマよりも長い尺のスペクタクルを演出し、背景もつけるのだ。メリエスの映画は短いフィクションで、映画ならではの資源を動員し、なおかつ映画の制約をうまく生かしたものだった。彼は何度も職業マイム師は雇いたくなかったと認めている。なぜなら、映画のためのからだの動きは、サーカスで求められるものとは異なる質のものだからだ。「役者は、音は発しないけれども、耳が不自由な人に理解されているに違いない自分を想像する必要がある」。ジョージ・フティットやラファエルのようなサーカスの道化師は、観客とジェスチャーでコミュニケーションを取ることに慣れていた。しかし、観客を見ることも聞くこともできない「遠隔」コミュニケーションに基づく芸術には、彼らはおそらく戸惑っただろう。

とはいえ、メリエスは、サーカスのパントマイムのレパートリーを恥も外聞もなく使った。『ヴィルヘルム・テルと道化師』を観たラファエルとフティットは、文字通り横領されたような気になったと、私は想像する。この小品は、クラウンが部品からマネキンを組み立て、その頭上にカリフラワーを置き、撃ち抜こうとする話だ。クラウンが後ろを向くたびに、マネキンは自分の頭や腕を引き抜いて、クラウンを叩き始める。メリエスは明らかにフティットとショコラの三つのナンバーに着想を得ている。カリフラワーでのクラウンの演技は、『ヴィルヘルム・テル』の寸劇でのデュオの冗談を思い出させる。クラウンを殴ろうとマネキンが動き出し暴れる場面はポリスマンのナンバーから借りたものだし、切られた頭は『アメリカ』以来の滑稽パントマイムの伝統だ。

メリエスはミンストレルのレパートリーも大いに活用した。『シャラントンからの逃亡者たち』（1901年）、あるいは『偏執狂たちの乗合馬車』と呼ばれた作品は、ブラックフェイス演劇［黒人以外の演者が顔を黒く塗って黒人を演じる舞台］と関係がある。4人の偽ニグロが機械仕かけの馬に引かれた乗合馬車の屋上席で暴れている。馬は後ろ足で彼らを蹴り上げる。するとニグロたちは白人ピエロに変わる。それぞれが隣の男に平手打ちを食らわすと、相手は黒人になる。最終的に、彼らはくっついてひとりの巨大なニグロとなり、運賃を払うのを拒否する。運転手は乗合馬車に火をつけ、ニグロは粉々に破裂してしまう。同様のでたらめなやり取りは、メリエスが1903年に上映した『地獄のケーク・ウォーク』でも見られる。ヌーヴォー・シルクでこのダンスが始まってから数か月後の作品だ。アリス・ギやフェルディナン・ツェッカといった映画監督らも同様の主題を扱った。映画のパイオニアたちは、フティットとショコラの貢献を覆い隠してしまっていたのだ。それでいて彼らは、サーカスよりもずっと広範な観客たちに、歪められたニグロ・モデルを垂れ流したのだ。ラファエルが『ショコラの結婚』以来懸命に闘い、払拭することに成功していたのにである。

子供たちを楽しませることは、いつでもクラウンの仕事の主たる側面のひとつだった。オルフェリナ・デザールの寄宿生たちのための催しの数日前、ラファエルは住んでいた界隈でのクリスマスツリーの飾りつけイベントを盛り上げた。この選挙区の新議員でアカデミー会員でもあるモーリス・バレスがこのイベントを取り仕切っていた。ラファエルは、パリ1区の国粋主義的共和委員会がもう何年もの間開催してきたこの子供のためのお祭りを、何があっても逃すわけにはいかなかったろう。この日、シュザンヌとウジェーヌは父親が格別に誇らしかった。界隈の貧しい子供たちにおもちゃや砂糖菓子を配ったのは、ラファエルだったのだから。

１９０８年初頭、ラファエルは学校教育ライシテ（政教分離）団体の会長ピエール・リファールから連絡を受けた。リファールは彼に週二回パリの病院を訪れ、病気の子供たちに少しの喜びを与えてやってほしいと頼んだ。ラファエルは喜んでこの提案を受け入れた。子供のためのクラウンという新しいアイデンティティは、現在ヌーヴォー・シルクで甘んじている副次的な立場よりはずっと受け入れやすいものだったに違いない。いままでは家族全員が一座に入っていたので、彼はこれまで以上に一座と波風をたてないようにしていた。シュザンヌは14歳になろうとしていた。馬に乗ることができ、綱渡り芸と曲芸の技も磨いていた。ウジェーヌは17歳だった。彼はヌーヴォー・シルクでの仕事を再開し、父親と懸命に新しいレパートリーの制作と練習に励んでいた。もうすぐ新しいデュオとしてお披露目される予定なのだ。

もうヌーヴォー・シルクの花形クラウンではなかったが、ラファエルは一座の古参だった。ここで働く誰もがラファエルのことを知っており、彼に対して心からの情愛を抱いていた。彼と距離を取っている者たちさえもである。新参者も彼が親しみやすく社交的であることに感嘆した。この頃、ラファエルはルイ・ラヴァタと知り合いになった。１８９１年生まれ、ウジェーヌと同い年の少年である。孤児だったルイは、クリシー曲馬場で機械工をする義父にパリ近郊のポルト・ド・サン＝トゥアンで育てられていたが、まだ幼いうちに曲馬師・曲芸師一家のレキュソン家に引き取られた。一家はルイを息子として育て、彼は若くしてすでにあらゆる曲芸技、曲馬芸を身に着けていた。

1930年に大きな日刊紙に掲載された回想のなかで、ラヴァタはサーカス芸人たちを結びつけていた友情の絆をよく示す裏話を披露した。ある結婚式の場で、彼はジェームズ（ラヴァタはジミーと呼んだ）・ギヨンとラファエルのあいだに座っていた。ラファエルは一晩じゅうこっそりと、ギヨンの前にあったワインボトルを次々とくすね、空瓶をそこに置いていき、このかつてのギュギュスを大層驚かせた。

「ショコラは潑剌とした率直な男で、私は大好きだったし、彼といると気分が良くなった。そして彼はこんなふうにいたずらをするのが大好きだった。彼にとって人生とは巨大なサーカスのようなもので、彼はそのなかでいつも演じているのだった」

このラヴァタのコメントは、ラファエルの心理をうまく言い当てている。つまり、自分自身と自分の演じる役柄のあいだの溝を埋めるために、友人たちの前でさえも、彼はいつも多大なるエネルギーを使ってきたのだ。

1908年夏の終わり、ヌーヴォー・シルクの団員たちは、興行主のティゾン（P. 477）が一座を離れ、テレーズ・ド・テルナン（ティゾンの妻 P. 477）もいなくなることを知った。残るのは支配人のドゥブレ（P. 477）だけだった。彼は大いに支出を抑えねばならなかった。最初に取り組んだことは、アーティストの出演料を下げる交渉だった。ラファエルは、当然この財政引き締めの対象となっただろう。おそらく、このときからオーギュストと同額の支払いになった。

1908~1909年のシーズン初めのプログラムを検討していて、私はある奇妙な名前に興味をそそられた。「タブレット（板チョコ）」である。この年雇われていたクラウンのリストのなかに、カカオ、アヴェリノ、そしてショコラに並んで彼の名前はあった。この風変わりな芸名の後ろには、誰が隠れているのだろう？　答えは、ウジェーヌがポール・ヘイノンの求めに応じて記入した質問票のなかにあった。彼は、1908年から1912年にかけて父親と共にデュオを演じ、そのコンビ名は「タブレット&ショコラ」だったと、書いていたのである。ふたりのクラウンは、この言葉遊びは観客にうけるだろうと考えたのかもしれないが、そうはならなかった。露骨なチョコレートへのほのめかしは、お粗末で下品だとさえ思われた。ジャーナリストたちは「ショコラ&彼の息子」と呼ぶほうを好んだ。デュオは期待されていたほどの人気を得ることができず、早々にポスターから外された。デュオを組む計画は諦められたわけではなく、父と息子が真のレパートリーを練り上げるまで待つことになった。ウジェーヌは馬の軽業師としてプログラムに残り、ラファエルは、ヌーヴォー・シルクの新しい花形クラウンであるアヴェリノと組んだ。

シャルル・ドゥブレは流行の文筆家トレブラとコディに、1908年の時事を中心に据えた新しい曲馬水上レビューの執筆を依頼した。この年、グアドループ選出議員エジェジップ・レジティミュス(P.429)がゴシップ欄を賑わせていた。選挙時の汚職で起訴された彼は、裁判を逃れようと姿をくらませていた。裁判所は欠席裁判で彼に2年の禁固刑の判決を下した。トレブラとコディはすぐにこの一件を取り上げ、レビューの一場面に(フランスの観客がまさに発見したばかりの)シャーロック・ホームズを登場させ、レジティミュスの跡を追わせた。有名な探偵は遂に彼を……ヌーヴォー・シルクで発見した。そこで、彼はめった打ちにされていた。なぜなら、みなが彼をショコラと間違えたからだ。この議員はほとんど国会議事堂のあるブルボン宮殿に来ることがなかったから、ふたつの建物を混同してしまったのだ。

この概要を読んで、ラファエルは、ガブリエル・アストリュクとアルマン・レヴィが19年前に書いたレビュー『巴里でギャロップ』のことを思い出したに違いない。そのなかには、1889年の万国博覧会を訪れた羽根飾りをつけたニグロ王のあの有名なシーンがあった。ただ、今回は、嘲笑されたのはアフリカの王ではなく、フランス共和国の議員だった。

運命の星は弱まり、ラファエルはデビュー当時のステレオタイプ的役割を再び受け入れなければならなかった。このシーンを演じれば、国内政治に参入することを黒人に断念させようとする企みに自分が加担することになると、ラファエルは意識していなかったのではないだろうか？　もしかしたら、この役を受ける代わりに、息子がレビューでいくつかの役を演じられるように交渉したのだろうか？　もしかしたら、ラファエルは最悪な事態は避けられたと思うことで自分を安心させようとしたのだろうか？　レジティミュスを演じれば、ヴァンセンヌの森での野蛮人の展示や、黒人女とゴリラのあいだの息子として、ダンスホール兼カフェ・コンセールのバル・タバラン（P．227）に登場したジジ・バンブーラ（実際にはチンパンジー）といった生々しい植民地事情に巻きこまれることから、彼は逃れることができたのだ。

パリに戻ったフティットとその息子たちは、幕間を演じるために、クリシー曲馬場の映画館に雇われた。偉大なるフティット、この「有名なクラウン喜劇役者」が、いまではパテ社が映写するフィルムとフィルムのあいだの空いた時間を潰す役回りに追い込まれていた。彼らはミニチュアサーカス・コルヴィや空中ブランコ宙返りの王者ルイ＝ルイと交替でステージに出ていた。１９０９年1月、フティットと彼の息子たちは、『女たち、ただ女たち』と題したレビューでオランピア劇場に再び姿を現した。今度も批評はイギリス人クラウンの子供たちのことを全く相手にしなかった。満場一致で絶賛されたナンバーは『フティットとマダム・ショコラ』だった。何度も一緒に女性役を演じてきた相方の代わりに、フティットは「マダム・トプシー＝ショコラ」に助けを求めた。彼女は「熱狂的で悪魔的なアフリカ人ダンサー」で「驚くべきピルエットを見せる女性」と紹介されている。

ショコラとフティット、ヌーヴォー・シルクで再びデュオを組む

矛盾することだが、デュオはすでに何度もジャーナリストたちによって葬られていたし、フティットは息子たちのプロモーションのために必死になってデュオを避けていたのに、「フティット&ショコラ」はいまでも観衆を惹きつける魔法の呼称だった。１９０９年初頭、再度の復活を彼らに説得するため、ドゥブレはふたりのクラウンにある契約を提案した。彼らはデュオの寸劇を再び演じ、４月から11月まで連続してプログラムされる三つのパントマイムを盛り上げる。その代わり、彼らはそれぞれ息子たちとのナンバーを演じることができる。ふたりはこの提案を受け入れた。４月初頭から、ヌーヴォー・シルクの人気回復のために、パリじゅうの新聞で、フティットとショコラの帰還が大々的に宣伝された。

トレブラとコディが書いた子供のための「水上童話」『ココリケット』は、復活祭休暇前夜にプログラムに入れられた。クラウン視線で書かれた金の卵を産む雌鶏《めんどり》の話だ。スペクタクルは6月半ばまでポスターを飾り、その後別のパントマイムに変わった。タイトルは、『予備役軍人フティット』である。新聞はまたも大絶賛した。

「ヌーヴォー・シルクの成功は目覚ましく、他のサーカス座が次々と閉まっていくなかで、ドゥブレはまたも新作を発表した。昨夜、グラン・プリ・レースのためにやってきたハイクラスの外国人たちも含めたパリのお歴々が、『予備役軍人フティット』の初演に顔を出した。このクラウン喜劇役者が、この作品でかつてない滑稽で芸術的な幻想性を表現した」

パントマイムは１９０９年8月15日まで休演なしに毎晩演じられた。ヌーヴォー・シルクはその後年次休暇に入った。１９０９年10月末、ドゥブレは新シーズン開幕のスペクタクルとして『飛行家シ

ョコラ』をプログラムに入れた。この「水上飛行ファンタジー」は、航空技術の始まりとブレリオ［フランスの飛行家兼飛行機製作者］の偉業に対する大衆の熱狂をうまく利用したものだった。フティットがショコラを連れて、飛行機のレッスンを受けにやって来る。そこにフティットの息子トミー演じる係官が、教官が来られなくなったという電報を持ってくる。そこで、フティットは、隣で震えるショコラと一緒に、自ら飛行機を操縦することにする。ふたりの飛行士は、波乱に満ちた旅行へと繰り出し、コンゴに到着、ショコラは「彼の家族に再会する」。コンゴ皇帝はヌーヴォー・シルクの常連客だったので、クラウンが誰かすぐに分かり、彼のために大祝宴を催す。ふたり組はパリに凱旋し、ジャーナリストたちに真のヒーローとして迎え入れられる。

　批評はまたも非常に好意的だった。『ル・タン』でさえも『飛行家ショコラ』についていくつかの批評を載せ、

「パントマイムは大成功を収めた。比類ない盛り上がりのなか、人々は笑い、歌い、踊る」。風刺週刊誌『アシエット・オ・ブール（バター皿）』に掲載された色刷りデッサンは、『アンドロマケ』［ギリシャ神話］の一場面をパロディー化したもので、オレステス（フティット）がピラデス（ショコラ）の肩に手を置き、次のように言う。「そう、忠実な友に再会したから、私の運命も新しいほうへ向かうだろう」。

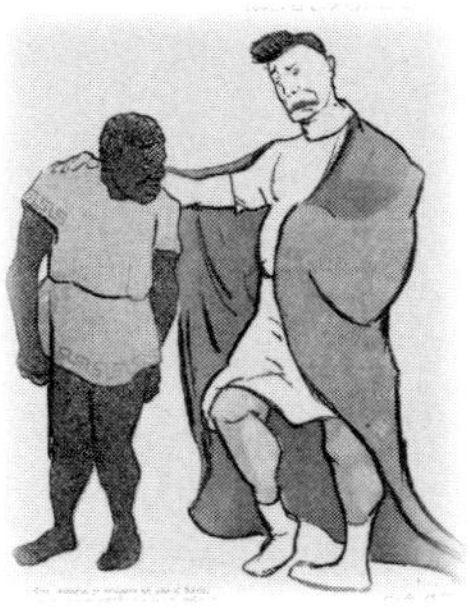

ギリシャ神話を題材にとった
『アンドロマケ』で共演する
ショコラとフティットの一場面

　挿絵にはアンリ＝ガブリエル・イベルスとサインがある。画家エドゥアール＝アンリ・ボドもまた『飛行機に乗るフティットとショコラ』というデッサンを描き、彼なりに最新パントマイムを称賛した。

同時期、ある日刊紙が報じたところによれば、パリ北西部の町ルヴァロワ＝ペレのイギリス病院で最後の日々を過ごしていた著名なギュギュスであるジェームズ・ギヨンが、もう一度最後にフティットとショコラに会いたい気持ちを抑えきれずに看護師に何も告げずに姿を消したという。ウィルソン・ディッシャーの道化師についての本や、それを引いたトリスタン・レミ（P．28）の著作、さらにはフェリーニ監督のサーカス芸人に捧げられたドキュメンタリーのなかでも言及された伝説とは異なり、実際にはジェームズ・ギヨンの死は演技中の心臓発作によるものではなかった。彼は1年後の1910年4月、数か月の苦しい闘病の末に息を引き取ったのだった。

シャルル・ドゥブレの作戦は有効だった。たとえ、ショコラがいまではサーカスの世界で中心的存在でなくなっていたとしても、彼の名前はいつでも人を集めることができた。とりわけ、フティットの名前と並んでいるときには。ステージ上で彼らに取って代わったクラウンたちは彼らより才能があったのかもしれない。しかし、彼らほど有名ではなく、またその後そうなることもなかった。1880年から1900年にかけてサーカスが体験した常軌を逸した大流行は、終わりを告げようとしていた。

「フティット＆ショコラ」のラベルをもう一度使って、ヌーヴォー・シルクの輝かしい歴史とかの有名な水上パントマイムをおのずと想起させるプログラムを採用したシャルル・ドゥブレは、彼のサーカス座に大勢の観客を集め、利益を増大させた。1908年、ヌーヴォー・シルクは、68万8千フランの興行収入を記録し、パリのサーカス座のなかで頂点に立った。1909年には、興行収入は、82万フランを超えた。

第23章
ラファエル、病気の子供たちを笑わせて勲章を授かる

「わたしはいきているのです。ショコラを演じています」

　ある晩、電子文献の海原を航海中、私は1909年11月19日付の3ページ目下部に小さな囲み記事を見つけた。初めは、ヌーヴォー・シルクのスペクタクルに関する数ある批評のひとつだと思った。ともかくも、このサーカス座に関するものにはすべて目を通すことを自分に課していたため、「ズーム」ボタンをクリックし、印刷された文章を解析しようとした。それは、私の主人公の研究に費やしたこの数年間のなかで、最も強い感動を覚えた瞬間のひとつとなった。ナイル川のほとりで1799年にフランス兵が発掘した黒い石（ロゼッタ・ストーン）の上に、クレオパトラ、ラムセス、トトメスの名前を解読したとき、シャンポリオン［ロゼッタ・ストーンを解読し、古代エジプト象形文字を解明したフランスの古代エジプト学者］は自分の発見に茫然自失し、碑文・文芸アカデミーに報告するまで数日要したという。確かに私はシャンポリオンではないし、ラファエルもクレオパトラとは何の関係もない。しかし、親愛なる読者よ、この日、私の主人公が自らの手で記した文章を目にしたとき、私は紛れもなく「茫然自失」したのだ。

11月17日
ムッシュー、
あなたの新聞に、ゆうしゅうなしんぶんきしゃであるムッシュー・ミルが、私がオーギュストとしてしんだとかいたことを、しはいにんがおしえてくれました。
私はおつたえしたいのです。私はいきているのです。そして、毎晩ヌーヴォー・シルクで飛行家ショコラを演じています。あなた方がそう言いたいのであれば、私はひょうはくされてもいないのです。
ショコラ
けいぐ
ショコラ
ていせいをおねがいします。私にめいわくがかかっています。

私が最初に手を着けたのはもちろん、道化師ショコラの死を報じた「ゆうしゅうなしんぶんきしゃ」である「ムッシュー・ミル」とは一体誰なのかを調べることだった。答えはすぐに分かった。なぜならこの男はラファエルよりも運が良かったからだ。彼はフランスの集合的記憶のなかで、好位置につけていた。ムッシュー・ミル、つまりピエール・ミルは、ベル・エポック期のフランス新聞業界で影響力を振るっていたジャーナリスト兼作家たちの巨大な星雲を代表する傑出した人物だった。『ル・タン』の著名な記者で、彼が熱烈に擁護する植民地帝国についての著作や記事で名を知られていた。フランス新聞組合が毎年最も優れたルポルタージュに与えている賞の創設者でもあり、彼の名はパリ15区にある通りの名として残っている。
ピエール・ミルは、「カイユー」というあだ名の子供が登場する、若い読者向けの一連の作品の著者でもある。1909年11月18日に『ル・タン』に掲載された記事には、ある日カイユーが、「いつも足蹴りを食らわし合っている真っ黒なニグロと大きな赤い鼻のすごく汚い服を着た紳士」を見るためにサーカスに行きたがった、と書かれている。カイユーの両親は息子がどうやってこの道化師たちの話を知ったのだろうと訝しんだ。なぜなら、「オーギュストとショコラはもうずっと前に死んでいるのだ」。問いただしてみると、カイユーが彼らをサーカスで観たのではなく、絵で見たことが分かった。「彼は自分と道化師たちを同一視していた。そして、積木を使っていろんな物語を作りながら、彼らを生き返らせた」。

ショコラの死は、この物語のなかでは枝葉末節だ。ミルの文章はラファエルを評価する響きさえある。なぜなら作者は、フランスの子供たちの空想世界にショコラが登場するという心理プロセスを描いており、さらにはいまでも子供たちの遊びに登場するとも言っているのだ。しかし、なぜラファエルがジャーナリストに対して、彼自身で筆を取り答えることにしたのか、私はその理由を摑みかねた。フティットの例に倣うこともできたろう。彼は新聞に掲載する文章は自分で書いていると主張していたが、実際に文章を書いていたのは広報担当者だった。ラファエルはまた、この手紙を書くのをマリーに任せてもよかったかもしれない。彼女は彼の秘書を務めていたのだから。ラファエルは、この威光ある新聞の購読者たちに、綴りミスが多く文法も不正確な文章を読ませることがひどい効果を招くかもしれないとは考えなかったのだろうか？　それは頭をよぎったかもしれないが、彼にとってそれはさほど重要ではなかった。なぜなら、クラウンという立ち位置から自分を表明することが自然だと、彼は考えたからだ。ステージ上でクラウンたちに成功をもたらしていたのは、彼らの外国語訛りと歪められたフランス語ではなかったか？　それはそうだろう。しかし、『ル・タン』のような日刊紙は、サーカスのような限られた特別な空間にのみ存在するわけではない。公共圏の大メディアだ。話し言葉から書き言葉への移行は、事情を変える。クラウン風な語りで自分の意見を表明したラファエルは、もの笑いの種になる危険があった。

何かのっぴきならない理由が彼自身に筆を取らせる決心をさせたに違いない。その理由はあなた方にも察しがついているのではないかと、私は思う。ピエール・ミルはサーカスについて何も知らず、「可哀想なショコラ」を数年前に葬っていた教養階層の代表であった。ラファエルは、コラムニストたちが自分のことを過去形で話すことにもう我慢できなくなっていた。彼は共和国のなかで目につかない場所に隠された屍《しかばね》にはなりたくなかった。それゆえにラファエルは公に声を上げることを決意したのだ。マリーが根気強く彼に教えた真新しい知識を使う機会だった。幼い頃から読み書きができる私たちには、歳を取ってから書き言葉の文化に接するようになった者が覚える誇らしさと自由な気持ちを理解することはできない。『ある移民の告白』で、カッサ・ウアリはその点を強調している。「言語の習得は私の人生に少しの希望をもたらした。この訓練は、私たちが捕まえられず入り込めないでいたあらゆるものにアクセスするための通行許可証のようなものだった」。読む能力を獲得したおかげで、ラファエルは台本を理解することができるようになり、喜劇役者としていろいろな役を演じられるようになった。書く能力は、一人称単数で自己表明する可能性を彼に与えた。

ラファエルが『ル・タン』に自ら手紙を送ったのは、おそらく『ル・フィガロ』での「可哀想なショコラ」のための寄付の際に作り上げられた同情的言説を払拭したかったからではないか。新聞上で彼を戯画化する者たちに対して、ステージ上からのピルエットでの応答に甘んじることはもうできないと思い、ラファエルは言葉には言葉で闘いたいと望んだ。マイム師に課せられる沈黙を破るという禁忌を犯さなければならないとしても。

この手紙を少なくとも20回は読み返してようやく、これは自分の持てるあらゆる手段を駆使して書いたラファエルの抵抗の書なのだと、私は理解した。ラファエルは自身の寸劇の中核だった不服従の仕草を、文字の世界に移調したのだ。『ヴィルヘルム・テル』の寸劇を思い出してほしい。フティットの銃を前にしてショコラはあまりに震え、リンゴを落としてしまう。つまり彼は、服従の仕草を戯画化することで白人主人の命令に背く。同様に、間違いだらけのフランス語で自分を表現したラファエルは、あらゆる明白な印でもって自身が社会的に下位にいることを示した。そうすることで、読者には脅しと気づかれることなしに、社会を動揺させる言葉を口にしているのだ。民衆史の研究をしていると、この種の行動を目にすることがよくあった。一見へりくだった服従の態度が、往々にして抵抗の形を隠しているのだ。そして、資産家や教養人などの特権階層はそのことに気づきもしない。

当時の読者の誰も、この手紙のなかでラファエルがさりげなく自分の考えを表明したことに気づかなかっただろうと、私は確信している。一般的に、綴りミスをするような者は、ほのめかしのレトリックなど使えないと思われている。しかし、この文章の最後を読み返してほしい。「あなた方がそう言いたいのであれば、私はひょうはくされてもいないのです」。この結びの言葉は、『ヴィルヘルム・テル』の震えと同等のものであることは明らかだ。ラファエルは、フランス人を笑わせるニグロの冗談を自ら繰り返し、支配的な視線に屈しているように見える。ところが、行間を読めば、この文章は全く別の意味を持つ。つまり、こうだ。「あなた方は私を同化させることはできませんでした。なぜなら、私は、私自身と私のルーツに常に忠実だったからです」。クラウンとして書き、自分自身を笑いの種にしたラファエルは、「黒色人種」を擁護するために自らの文体を完全に「漂白」したカルティエ・ラタンのハイチ人知識人たちとも距離を置いた。文章の無作法な調子は、「あなた方がそう言いたいのであれば」という言葉で一層増す。その意味するところは、

「あなた方、私がすでに死んだと発表した教養あふれるジャーナリストのみなさん、どうぞいつ

までも私の肌の色で言葉遊びを楽しんでください。それは私にはどうでもいいことなのです」「私はいきているのです。そして、演じています」というなんともない一文は、間違いなく、ラファエルのことを過去形で話し、犠牲者として描く者たちへの抵抗の叫びである。これまで彼について書かれてきたすべてと真っ向から対立するこの一文は、「私は演じています」と言う彼自身と、ステージ上で彼が扮する劇中人物をはっきりと区別している。手紙のなかでフティットに触れられていないことは、この指揮官から完全に解放されたいというラファエルの意志を示すものである。

ショコラの笑顔が多くの子供たちを救った

この記事は差し当たってはほとんどインパクトを引き起こさなかった。『飛行家ショコラ』は1910年1月までポスターを飾り続け、続いてシャルル・ドゥブレは『鹿狩り』を再びプログラムに入れた。ラファエルはまたもフティット演じる貴族トュン卿の使用人役を演じることを課せられた。全てが楽観できる状況ではなかった。サーカス業界自体が危機にあるだけでなく、数週間前からパリでは雨がほとんど途切れることなく降り続いていた。セーヌの川床はどんどん膨らみ、遂に水があふれ出した。1910年1月28日、日刊紙のタイトルを読んだハイ・ライフの人々のあいだにパニックが起こった。「不安な一日」(『ル・マタン』)「水がパリを支配する」(『ル・プティ・パリジャン』)「パリの四分の一が浸水。イヴリー橋は振動している。セーヌ川の水位は上がり続けている。先行きは悲観的だ。犠牲者も増えるだろう」(『ラ・プレス』)。

雨は天から降ってきていたが、最も破壊的な作用は静かに水面下で進んでいた。路面や家の土台が浸水し、次々に亀裂が入っていった。サントノレ通りとサン・フロランタン通りとの角には裂け目が入り、毎日少しずつ拡大し、遂には本物の深い穴となった。

市の汚物収集係の手がまだ届いていなかった何千という便槽から流れ出た汚物で汚れた水が、突如公共衛生にとって有害なものとなった。腸チフスの伝染を防ぐために、生水を飲むことと生野菜の消費が禁止された！　あちこちに浸水が起こり、ボイラー室を破壊していった。ガスも電気も電話も使えなくなり、市電とメトロが動かなくなった。「世界一美しい大通り」シャンゼリゼは、完全に冠水し、奇妙な静けさと闇のなかに沈んだ。トーチの仄《ほの》かな青い光やぼんやりと広がったランタンの黄色っぽい光では太刀打ちできない暗さだった。病院の前では、浸水して亀裂の入った家から早々に逃げ出した避難民たちが長い列を作り、助けを求めていた。最も抜け目のない者たちだけがこの状況にすぐに対応していた。足を水に浸して撮った写真を彼らは数か月経ってからポストカードとして観光客に売ったのである。

ラファエルは、パリに雪が降るのを初めて見た際に目撃した情景を、この日思い出していたに違いない。あのときは、どんなに難しい状況であってもそれをうまく利用できる者たちの力強さに、彼は驚嘆したのだった。その姿に力づけられ、ラファエルはアーティストになるという意志を固めた。その1886年12月からずいぶんと時間が過ぎた。ラファエルは、若い頃の情熱を失っていた。彼はもう同じ目で世界を見てはいなかった。いま、街で繰り広げられる情景を見て彼が驚くのは、人々の行動の対照性だった。労働者は昼夜を分かたず強力ポンプで水を排出し続け、堰《せき》を作った。警官たちは、川の流れに立ち往生してしまった子供たちを助けるために迷わず水のなかに飛び込んだ。その間に、金持ちたちは小舟を何度も行き来させて、私邸の地下室に山積みにしていた巨匠の絵画や宝石、貴重品などを急いで運び出していた。

自然の気まぐれに対峙したパリジャンたちのスペクタクルを見ても、ラファエルは持ち前の楽観論を取り戻すことはできなかった。彼は逆に、栄誉や成功とは常に儚《はかな》いものだという思いを強めた。天候の気まぐれは、数年のあいだにフランス人の日常生活を根底から変えたあらゆる技術革新を、いとも簡単に打ちのめしてしまった。科学を信奉していた者たちが、ただただ空を見上げてその意向を推し量り、太陽が戻ってくるようにと祈りのろうそくを献納するしかなくなった。災厄を予想できずに無能さを露呈した公共事業省の水位測定課の専門家たちはすっかり信用を失った。ところがこの状況下で、ぬかるみのなかを必死に歩く白人たちを見て、ラファエルは微かな笑みを浮かべずにはいられなかったのではないかと、私は思っている。結局のところ、それはちょっとしたお返しだ。なぜなら、彼らの文明の名のもとに、白人たちは何世紀ものあいだニグロを嘲笑してきたのだから。

調べによれば、洪水にもかかわらず、ヌーヴォー・シルクはその扉を閉めなかった。ラファエルは、1910年5月末まで毎晩『鹿狩り』で使用人役を演じ続けた。

1908年初頭に道化師ショコラが病気の子供たちを楽しませるためにパリのある病院で演じたと、私は新聞で読んでいた。しかし、これが例外的な公演だったのか、ラファエルが継続して行っていたことなのかは分からなかった。その点を見極めるために、パリ医療機関公的扶助文書館をあらためて訪れた。目録を検討していると、「トゥルソー病院の催しと娯楽」という名のファイルを見つけた。そのなかに、病院長によって書かれた1909年6月22日付の手紙があった。病院共済委員会が組織したある公演に関して監督者としての彼の報告が記されていた。委員会は「あらゆる一般医局および外科病室で、クラウンたち（そのなかのひとりはショコラ）と多様な芸人に様々な芸や寸劇を演じてもらった」。ショコラの名前は手紙の中で強調され、公演は13時30分から17時にかけての3時間以上に及ぶものだったと、病院長は明記している。

パリの他の病院に関する文書でも同種の手紙をいくつか見つけた。そのうちのひとつには、190

9年、革命記念日である7月14日にヘラルド病院で子供のために行われた催しについて書かれている。病院長の手紙には、出演要請を受けたコミック歌手、役者、クラウンたちの名が記されたポスターが添えられていた。クラウンのなかには、フティット・フィス（息子）、アヴェリーノ、ショコラがいた。報告書のなかで、病院長は、この試みの明確な効果を主張している。

「あぁ、クラウンたち！　彼らの参加がどんな好結果をもたらしてくれたか。クラウンたちを迎えて子供たちがこんなに大喜びで手を打ち鳴らし、鈴を振るような笑い声を響かすとは誰も予想できないだろう。子供たちは帰る時間になり、看護婦たちに連れられてすでに遠く離れても、いつまでもクラウンたちの眼差しを探していた。この催しが子供たちに最も有益なものだったことは、皆の一致するところだ。まわりの人々と楽しみと喜びを分かち合う幸福感から、病気の子供はより心を開き、病院関係者にもより協力的になる」

最後の文は重要だ。病気の子供のためにクラウンが果たせるセラピー的役割をフランス人医師たちは意識したのだった。他のアーティストたちが例外的にしか病院で演じなかったのに対し、ラファエルは、もう1年以上、毎週小さな観客たちの生活に彩りを添えてきたのだった。だから、カメラマンはラファエルを写真の真んなかにフォーカスしたのだろう。私が目にした写真では、ラファエルが腕に小さな子を抱えている。彼のまわりには、病気の子供たちや他のアーティストたちがいる。右手にいるのは小人のマルヴァルで、この年ヌーヴォー・シルクに雇われていた。

これらの文書によって、新聞で読んだことが確認できた。ラファエルは間違いなくフランスのサーカスでセラピーに関わった最初のクラウンだろう。

1910年5月末、教育事業ライシテ（政教分離）団体に属する病院共済委員会によって、サルペトリエール病院300年祭が、当時は「精神遅滞《ちたい》児」と呼ばれていた子供たちを前に、シャルコ講堂で執り行われた。公演は14時にショコラとその息子のクラウン寸劇から始まった。それから他のアーティストたちがデュオを引き継いだ。スペクタクル後は、委員会を後援する女性たちが、おもちゃやお菓子を配った。最後に、功労奨励国民連合によって30の栄誉章が「人生に恵まれない可哀想な子たち」に少しの喜びを与えたアーティストたちに与えられた。ラファエルはこの日顕彰された唯一のクラウンだった。

この名誉ある出来事は、ラファエルの人生の新しい転機だった。ラファエルはあらゆる新聞で喝采された。まずは、『ロロール』『ル・ラディカル』『19世紀』といったライシテ（政教分離）のための闘いで先陣を切っていた共和派日刊紙が、率先してラファエルを絶賛した。すぐに文化欄に強い新聞が続いた。すべてのコラムニストが一致してこの栄誉は賞賛に値すると述べた。1910年6月16日、小説家ジェラール・ド・ボルガールが『ジル・ブラス』のなかでみんなが共有する気持ちを総括した。

「ショコラが功労勲章を授与された。ショコラ、そう、ショコラだ。あなた方が夕食を共にしたママンの家で子供たちに彼の百面相を真似してみせたあのニグロ道化師だ。ショコラ、道化師のなかの道化師だ。他の道化師たちと較べて劣っていると同時に優れてもいる。自分でも認めているが、彼は議員や上流社会の人間やアカデミー会員にはなれない。金持ちの暇人たちは、医学と応急処置の授業を取る。それは自分を何かの役に立てるためであるが、盛大な式典の場で、十字架、赤、緑、白といったあらゆる勲章を身につけるためでもある。彼らは軽い捻挫を直したり、傷口を殺菌し、痛みを和らげたりすることはできる。一方ショコラは、多かれ少なかれ感染する熱の痛みと不安に苦しむ者たちの間に、微笑みを伝染させることを考案した。苦しむ者を楽しませるよりも体調が良い者をうんざりさせることばかりに人々が専心するこの時代において、この発見が全くもって軽視すべきものではないことは間違いない。微笑み、それは痛みの忘却、苦痛に対する積極的抵抗、治癒へと向かう最初のジャンプ、悲嘆と絶望という恐ろしい病原菌に対する最上の殺菌法だ。

ところで、微笑みの力を知るショコラは、彼に会いに来るにはあまりにも貧しかったり病気だったりする子供たちに、微笑みを届けに出向く。そして、この善きニグロの存在だけが、すべてを悲観的に考えることを防ぐという、他の奇跡以上に矛盾にあふれる奇跡を起こす。それゆえ、笑いを引き起こすことに長けた道化師に授けられたこの勲章に口を尖らす前に、まずは、あなたが同じことをすることができればあなたのまわりの人々がどんなに幸せかを考えてほしい」

共に生き、共に行動する

ユーモアを含んだこの長いコラムは、ラファエルが目的を達したことを証明している。人々は彼を「子供のための道化師」という下位の役目に押し込めていたが、わずか2年ほどで、ラファエルは、この役目の地位を高らしめることに成功した。「可哀想なショコラ」についてのお涙頂戴の論調が消え、この勲章の授与を権力者への庶民の反撃と紹介する分析が取って代わった。同時に、ラファエルは、治癒道化師の伝説を巧みに自分のところに引き寄せたのだ。

この勲章のおかげで多くのインタビューを受け、ラファエルは再び自分の声を聞かせることができた。彼は、『ジル・ブラス』のコラムニストであるジョルジュ・ミッシェルに、「ハバナで奴隷として売られたあの朝からサントノレ通りのサーカスに入るまでの途方もない冒険譚」を語った。演劇誌の『コメディア』では、なぜこの賞を誇りに思っているかを説明している。

「私は先日授けられた勲章をとても幸せに思っています。私自身に、そして十分に重んじられているとは言えない私の職業に名誉をもたらしてくれました。私はここに来てからもうすぐ25年になり、ヌーヴォー・シルクの長老と言われています。私はいまのところ勲章を授けられた唯一のクラウンです。しかし、誰もが認める功績を持つ仲間たちのなかから、近いうちに私と同様の喜びを得ることができるクラウンが誕生することを望んでいます」

ラファエルが勲章のおかげで得た公の謝意によって、新聞は敬意を持って彼を扱うようになった。この新しい敬意は、彼が口にした言葉を書き言葉に移し変えている点や、ジャーナリストたちが彼の言葉を忠実に引き写すことに注意を払っている点に表れている。それゆえ、私の主人公の人柄のいくつかの側面を窺い知ることができた。なんとなく感じ取っていたものの証明できずにいたものだ。

ラファエルはこの機にすぐさま自分の勲章を「仲間たち」に捧げ、彼らの功績を称賛している。この言葉はステージ上の彼の仕草を研究しながら私が本能的に感じていたものを裏づけるものだった。ラファエルはキューバでの奴隷時代から「共に生き共に行動する」という反射的習性を身に付けていた。いま彼が擁護するのは、奴隷あるいは黒人コミュニティではなく、あらゆる出自、あらゆる肌の色を持つ、彼のような大道芸人が集まる道化師コミュニティだった。自分のこと、自分の生い立ち、自分の才能、自分のプランしか話さないフティットの多くのインタビューとは、なんという違いだろう！

ラファエルの別のインタビューを読んで、『ヴィルヘルム・テル』でフティットと演じる彼を見たときに私の頭をかすめたある仮定の信憑性についても確証を得た。

「私は頻繁に病院で子供たちを楽しませるように頼まれます。ときには大人もです。子供たちの前に立ち、笑いかけると、私の微笑みが彼らに伝染します。彼らを腕に抱き、私の帽子をかぶせ、一緒に遊び、おどけてみせます。彼らが喜んでくれると、私はうれしくなるのです」

「彼らが喜んでくれると、私はうれしくなるのです」！　告白しよう。この文章を読んで、私自身も本当にうれしくなった。私の主人公は、私の期待に応えてくれる人物だったのだ。彼は読者に、熱意、自己犠牲、献身などといったお馴染の言葉を口にせず、ただこの一点を強調した。つまり、子供たちを笑わせることで、ラファエルは自分自身を癒していた。ラファエルはフランスの子供たちのヒーローになった。なぜなら、彼自身が大変な子供時代を生き延びたからだ。彼がかつてそうだった子供、そして彼のなかにいまでも生きている子供は、道化師ショコラの冗談にうれしそうに声を上げて笑うのだ。

人生で大きな苦難を味わった者は、ときに他人に献身することで精神の安定を見出す。彼らにとって、それは、自尊心を取り戻し、人生に意味を与える術なのだ。ラファエルは、この種の人間のカテゴリーに属していた。彼はいつも誰かの役に立ちたいという思いに突き動かされていたのだろう。自分の陽気なニグロの側面をどんどん見せていくことで、白人世界の偏見を押しやることができればと期待していた。おそらく、その点に関しては自分は失敗したと、彼はこのとき感じていたに違いない。しかし、病気の子供たちの笑い声が、自分の道化師という仕事が社会的役割を兼ね備えていることを彼に気づかせた。大人たちの前で演じるときにラファエルに常につきまとう恐ろしい疑念、「彼らを笑わせることができるのは、自分がニグロだからなのか、それとも才能があるからなのか」を、小さな観客たちの前では感じずに済んだ。子供たちの笑い声は普遍的で純粋なものだ。なぜなら、国籍、人種、カーストにまつわる憎悪にまだ汚染されていないのだから。

トゥルソー病院での催しで、病気の子供たちのために芸を披露するショコラ(左上)たち。
芝居のあとに、幼い子供たちを抱くショコラや他の芸人たち(下)

ショコラとフティットの再起

ショコラはいまや共和国が認めた子供たちのための道化師だった。すぐに広告業界がこの新しい名声を利用しようとした。国立図書館に収められたフティットとショコラのデュオの宣伝イラストを集めたファイルのなかに、「ボン・マルシェ、コミカルな場面を演じるショコラ」と題したいくつかの挿絵を私は見つけた。これらは、１９１０年にラファエルが勲章を獲得したときに作られたものだ。つまり、以前のものから10年近く経っている。子供たちのおかげで、ラファエルはジョージ・フティットから完全に解放されるに至ったのだ。

百貨店ボン・マルシェはかなりの予算を「広告」に使っていた。冊子、手帳、カタログが無料で数十万部配布された。「ボン・マルシェ、コミカルな場面を演じるショコラ」と題した挿絵はそれぞれ黒人道化師を有名にした7つの寸劇を模している。「平行線」「小さな木片」「闘牛」「聾唖《ろうあ》者」「蜘蛛」「引き算」「テレフォン」である。フティットが脇役になっていることは、デュオがヌーヴォー・シルクで数年前に頻繁に演じていた「肖像画」の寸劇を描いた挿絵にはっきり見てとれる。フティットが相方の顔を描こうとするがあまりに似ていないので、ショコラが遂にはキャンバスに頭を突っ込み、叫ぶ。「こうしたほうがましだよ」。しかしボン・マルシェによる挿絵では、フティットは消え、ギュギュスに代わっている。

少しのあいだ映画館となっていたシルク・ド・パリは、１９０９年10月に本来の用途に戻った。ヌーヴォー・シルクの元支配人イポリット・ウックが支配人職を受け入れたのである。時代を反映して、公演は木曜・土曜・日曜に限られ、他の曜日は、政治的集まりや、とりわけボクシングの試合のために会場は貸し出された。

人を集めるため、ウックはヌーヴォー・シルクの伝説的デュオを復活させることを考えていた。フティットはすぐに提案を受け入れた。なぜなら彼は袋小路に入り込んでいたからだ。息子たちのキャリアを始動させるために自分の才能を犠牲にして以来、彼の星はずっと勢いを失ったままだった。最初の妻と別れ、彼は1909年6月にアニー・アシュレイ・ジョンストーンという女性と再婚した。しかし、彼の息子たちトミーとジョージィはその攻撃的で喧嘩っ早い振る舞いのせいで、サーカス界で悪い評判が立っていた。1910年3月24日、ヌーヴォー・シルクの公演後、ふたりの息子はマレルブ大通りにあるバーの給仕たちと喧嘩になった。トミーは左のこめかみにナイフの一撃を受け、病院に担ぎ込まれた。重傷だった。1か月後、兄弟ふたりはヌーヴォー・シルクのかつての舞台監督をめった打ちにした。100フランの罰金と500フランの賠償を科された。フティットはおそらく、シルク・ド・パリで安定した契約を結べば、息子たちを制御できると考えたのだろう。

ラファエルもまたイポリット・ウックに肯定的な返答をした。なぜなら、子供のための道化師としての新しい名声にもかかわらず、ヌーヴォー・シルクでは相変わらず脇役扱いで、シャルル・ドゥブレはラファエルとウジェーヌのデュオを定期的にプログラムすることにも難色を示していたからだ。「タブレット&ショコラ」はそれでも若い観客のあいだで人気を集め始めていた。彼らは頻繁に病院や公的な祝賀行事に出演していた。デュオは、1910年6月19日にセギュール伯爵夫人を顕彰した記念碑の落成式がリュクサンブール公園で盛大に行われた際に、数千人の子供たちを楽しませるために呼ばれてさえいたのだ。

シルク・ド・パリにフティットとショコラがやってくることを知らせるために、イポリット・ウックは美しいポスターを作成させた。『ル・プティ・パリジャン』がスクープを報じた。

「子供にも大人にも朗報だ。フティット、その息子たち、そしてショコラが地方や外国での輝かしい巡業から帰ってきたところだ。さて、どこで彼らに会えるだろう？　もちろんシルク・ド・パリだ。やり手の支配人イポリット・ウックは大金を払って笑いの王様たちを雇い入れたのだ」

10月までヌーヴォー・シルクでの契約があったウジェーヌは、１９１０年11月にシルク・ド・パリに合流した。ラファエルは目的を達したのだ。「フティットと息子たち、そしてショコラと息子は、いまのところかつてない成功を収めている。他の施設で有名クラウンに喝采したことのある観客たちは、彼らをより大きな舞台で観られることに興味津々で、新作の中で彼らがますます面白くなっていることにうれしい驚きを覚えている」。この批評は、１９１０年12月10日に主なパリの日刊紙に載せられ、ウックがクラウン集団のために自分の持てる宣伝戦略を最大限に使ったことを示している。

パリ市文書館のヘイノン文書に収められている道化師ショコラに関するファイルのなかに、私は父親の横にいるウジェーヌを写した写真を見つけた。そこには次の言葉が添えられている。「ムッシュー・ウジェーヌ・ショコラからの寄贈。１９３３年9月12日。サーカス博物館のために、ヘイノン氏へ」。写真のなかでは、ふたりのクラウンがレンズのほうを向き、手を取り合っている。ラファエルはいまではオーギュストの部屋着風の衣装を着るようになっていた。彼には大きすぎる上着とパンタロン、古びたジレ、首回りに無頓着に巻かれたネクタイ、サラダボールあるいは植民地兵のヘルメットに似た麦藁帽子。ウジェーヌは、小さな蝶の刺繍がちりばめられ白《しろ》クラウンの美しい衣装を着、顔を青白く塗り、眉毛と口を化粧で強調している。さらに、フティットの小さな帽子を頭につけている。この写

シルク・ド・パリに
フティットとショコラが
やってくることを知らせるポスター
（中央左がフティット、右がショコラ）

真で驚かされるのは、父親の顔が息子よりも若く見えることだ。ウジェーヌがフティットの場所に取って代わり、ラファエルは、なんというか、自分の息子の息子になったようだ。

シルク・ド・パリは週に3日しか営業しなかったので、興行収入は多いとは言えなかった。1909年、ヌーヴォー・シルクの82万フラン、メドラノ座の53万フランに対し、やっと32万フランに届く程度だった。「パートタイム」で雇用されていたラファエルは、収入をやりくりするのに苦労したに違いない。ともあれ新聞に掲載されたある囲み記事がそのことを示唆している。「人生ずっとニグロとして働いてきたけれども、ショコラは将来を悲観している。彼は老い、生活は厳しい」。この状況の変化のせいで、彼はパリ1区を離れ、デュヴィヴィエ通り9番地の家具つきホテルに引っ越すことになった。いま働いているシルク・ド・パリからすぐの距離だ。

ラファエルの物理的状況がさらに不安定になったのは、彼が賭け事への情熱を失っていなかったからでもある。おそらくこのときの財力では競馬場まで行くことはできなかったが、賭博場でいつもカードゲームをしていた。道化師ベビは回想録のなかで、ショコラがしょっちゅうサーカスの会計係で前払いを頼み、それをサイコロゲームに使い込んでいたと、語っている。ある冬の日、彼は外套を借りることまでした。なぜなら、もう持っていなかったからだ。そして、数日後には賭けに負けて失ってしまった。ルイ・ラヴァタ（P．401）の回想録のなかでは、この薄暗い描写は多少和らげられている。彼によれば、ラファエルはその気前のよさのせいで窮地に陥っていた。ある日シルク・ド・パリの一団がデュヴィヴィエ通りのカフェに集まっていたとき、ラファエルが立ち上がり、年中着ている毛裏つきコートを脱ぐのをラヴァタは見た。ラファエルはパリの気候に真に馴染むことはなかったのだ。

「うっとりとした目つきの客たちの前で、ショコラは、首元から裾まで50フラン札、１００フラン札、１０００フラン札が縫い留められた裏地を見せた。拍手喝采だった。大盤振る舞いが始まった。アペリティフにつぐアペリティフ、それから彼はスペクタクル後にレ・アール［『パリの胃袋』と呼ばれた中央卸売市場の付近］で会おうとみんなと約束した。サーカス座の職員だけでなく、一瞬のうちに彼の友人となった見知らぬ者たちとも」

ラファエルは億万長者にもなれたかもしれないが、その無頓着さと気前のよさの犠牲になったのだと、ルイ・ラヴァタはつけ加えた。

ラファエルは、その人生のなかで堪え難い屈辱に対峙してきた。そうした精神的圧迫は、おそらく苦しいほどのアイデンティティ上の不安に彼を陥れたに違いない。社会心理学によれば、この種の拒絶を経験した者たちは、しばしば、自分のパーソナリティの最も社交的な面をはばかることなく前面に出し、他人に受け入れられることを痛いほど切望するという。ラファエルが病気の子供たちを笑わせることで感じた喜びと、賭け事で得た金を惜しげもなくばらまいて覚える誇らしさは、人生の厳しさのなかで彼に刻まれた人格がふたつの形で表れたものである。

２０１５年4月17日金曜日

私は昨晩奇妙な夢を見た。君がステージにいて、巨大な鉤《かぎ》に吊るされ、空中をくるくると回転していた。フティットは先の尖った小さな帽子をかぶり、青白い化粧を施していた。彼は君を「漂白され損ね」として扱った。彼のまわりには、君をうるさく責め立てる小さな悪魔たちが大勢いた。このとき、私は、赤いジレを持って君を救おうと、柵を飛び越えた。そして、あらゆる出自の子供たちの一団が君の名前を連呼しながら、私についてきた。悪魔たちは、一目散に逃げ出した。すると、フティットは泣き出し、君は彼を慰めに行った。

1911年1月、シルク・ド・パリは、フティットとショコラがシェイクスピア劇『ハムレット』のパロディを演じる場面を含む滑稽レビューをプログラムに入れた。新聞を信じるのであれば、このスペクタクルを見た、当時オデオン座の支配人を務めていたアンドレ・アントワーヌが、イギリス人クラウンに『ロミオとジュリエット』の一役を引き受けてくれるように持ちかけた。フティットはジャーナリストたちにこの話は自分にとって非常に重要なものだったと告白している。しかし、最終的には断念された。アルフレッド・ジャリもアンドレ・アントワーヌも、劇場の舞台の上で役者になるというイギリス人クラウンの夢を叶えさせてやることができなかった。アントワーヌはオーディションをした上で彼を雇うことを諦めたのだろうか？　あるいは、フティットがサインしたシルク・ド・パリとの契約をちらつかせて、イポリット・ウックが計画を邪魔したのだろうか？　真相は分からない。いずれにせよ、この一件がフティットとウックの関係を悪化させた。

1911年2月初頭、フティットと息子たちはシルク・ド・パリを離れ、コート・ダジュール巡業に出発した。4月、フティットは自分のサーカス座を開いた。景気が最悪だったことを考えれば、大胆な賭けだった。しかし、彼は、スペクタクル興行主のガストン・アクンから援助を受けていた。このアメリカ人は、自分がニューヨークのコニー・アイランドに作ったものと類似の「ルナ・パーク」をブーローニュの森の順化園に開園させたところで、「ウォーター・シュート」「悪魔の観覧車」「モンターニュ・リュス（ローラーコースター）」などのアトラクションがあった。アクンはフティットにこの遊園地の真んなかにある円形の建物のなかに彼のサーカスを作ることを提案した。

イポリット・ウックはフティットの穴を埋められる者をすぐには見つけられなかったので、ラファエルを再び売り出すことにした。新聞には差込み広告があふれた。「シルク・ド・パリ。様々なアトラクション。ショコラ」。成り行きとはいえ自分のサーカスの花形クラウンとなった男を盛り立てるために、支配人はショコラのための一大特別興行を組織した。『ラ・プペ・モデル』『ラ・ヴィ・ウールーズ』『ラ・モード・プラティク』『ル・ジュルナル・ド・ラ・ジュネス』『モン・ディモンシュ』といった雑誌が、この催しを支援することに同意した。学校教育ライシテ（政教分離）団体も同様だ。１９１１年4月29日に載せられた『ル・ラペル』の記事は、「ニグロ道化師」のための大々的動員の理由を説明した。

「30年来、子供たちを楽しませるための協力を求めると、いつもショコラは迷わずに応えてくれた。多くの団体が彼には深い感謝の念を抱いている。もちろん、病気の子供たちやダンフェール・ロシュロー通りの孤児たちもだ。彼にふさわしい賞を与えるために、委員会が設置されたところだ」

レユニオン島選出議員リュシアン・ガスパランとグアドループ選出議員エジェジップ・レジティミユスというふたりの政治家が、この催しを後援した。『コメディア』でのインタビューでレジティミユスは、ラファエルはこの日再び公的に顕彰されるだろうと述べている。

「私はショコラのことは良く知りません。しかし、みんなが彼に教育功労章を与えたがっています。ショコラはそれにふさわしい。彼は健全なやり方で笑いを広め、子供たちに喜びを惜しみなく与えてきました。ショコラが毎週病院で、病気の子供たちのベッド脇にやって来て、その善良な奇抜さでもって子供たちを一時《ひととき》癒したことを忘れることはできないでしょう。本来なら彼の献身は公的な形で報いられるに十分値します」

議員ガスパランとレジティミュスは、功労勲章に次いで、ラファエルにより威光ある勲章を与え、さらなる峠を越えたいと考えた。ラファエルが海外県エリートたちの連帯の恩恵にあずかったのは、これが初めてだった。このグアドループ出身の議員としては、勇気ある行為だった。なぜなら、レジティミュスの敵たちは、頻繁に彼をショコラと比較して彼の評判を貶めようとしてきたからだ。もしかしたら、ラファエルはこのとき多少の罪の意識を感じたかもしれない。なぜなら、ヌーヴォー・シルクでの水上レビューでレジティミュスを戯画化して彼についての悪趣味な冗談を増長させたのは、ラファエルだったから。

1911年5月5日について解説した新聞はなかったので、ラファエルが本当に教育功労章をもらったかどうかを確かめるために私は国立文書館に赴いた。そこには、幸運にも選出された者たちの名前が載せられた記録簿が保管されている。年次順・アルファベット順に分類されているので、仕事は簡単だろうと思われた。しかし、私がどんなに隅々までリストを検討しても、ショコラのどんな痕跡も見つからなかった。私はまたしても、彼の身元に関する解決不可能な問題にぶち当たったのだ。フランス共和国がその名高い教育功労章を彼に授けるのであれば、クラウン名のままラファエルを登録することは全くありそうもないことに思えた。どこを探せばいいのか分からなかったので、1911年にノミネートされた者の名字をすべて点検した。何の手がかりもなかった。この役に立たない書類の海に沈めば沈むほど、ラファエルが勲章を授かったなどあり得ないことのように思えてきた。教育功労章はいくつかの省庁から与えられるものであり、共和国大統領の訪問の際や何らかの祝賀の場で授与された。記録簿には「外国人」のための特別欄があり、そこには献身的で優れた務めを果たし、それに共和国が報いた植民地帝国の「原住民」の名前が書き留められていた。例えば、1910年2

月22日、「サイード・アリ陛下、大コモロ・スルタン、サイダナ皇子、マダガスカル総督」が、教育功労章オフィシエ章に選ばれていた。

ラファエルが教育功労章を得られなかったとしたら、それは肌の色のせいだけではなかった。むしろ、名もないアーティストが「陛下」と見なされるはずがないからだった。かつて顕彰された道化師はいなかった。胸元に誇らしげに勲章をつけた者たちは皆、もしラファエルが勲章を授与されたら、自分たちが侮辱されたと感じるだろう。自分よりも下等だと大勢が見なしている人間に謝意の勲章を授けることは、その公的シンボルの価値を貶めてしまう危険性があるのだ。

ショコラのためのイベントが開催されるとされた日、フティットが、スペクタクル興行主たちが自分の名前を不当に使ったと告発する声明を新聞に掲載し、今後自分は、自分のサーカス座でしか演じないと念を押した。ジョルジュ・ミシェルが、この日の特別公演のプログラムに彼が登場しなかった理由を聞きに、しばらくしてフティットの元を訪れた。ジャーナリストは、「話題が自分の関心あるものになったときにしか口を開かないメランコリックなジェントルマン」

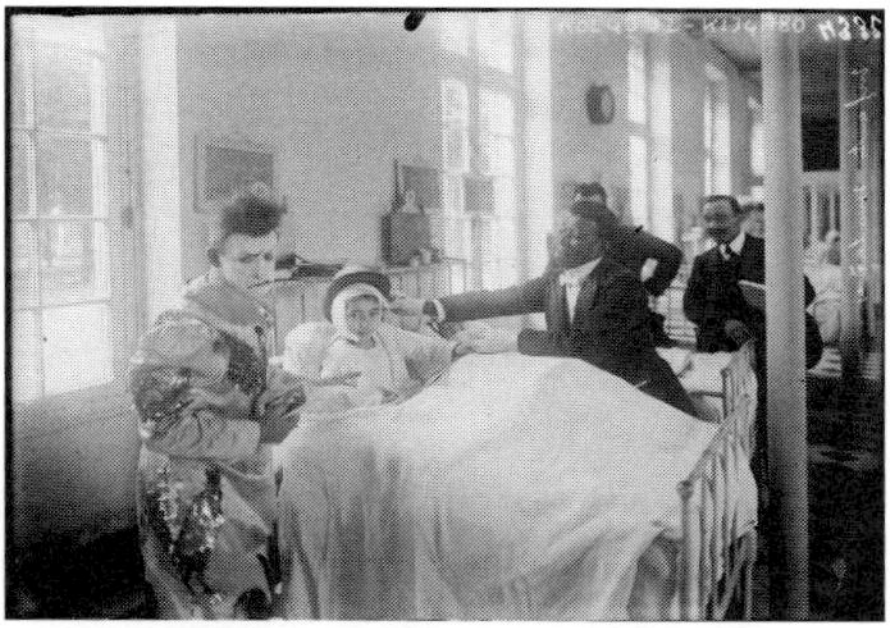

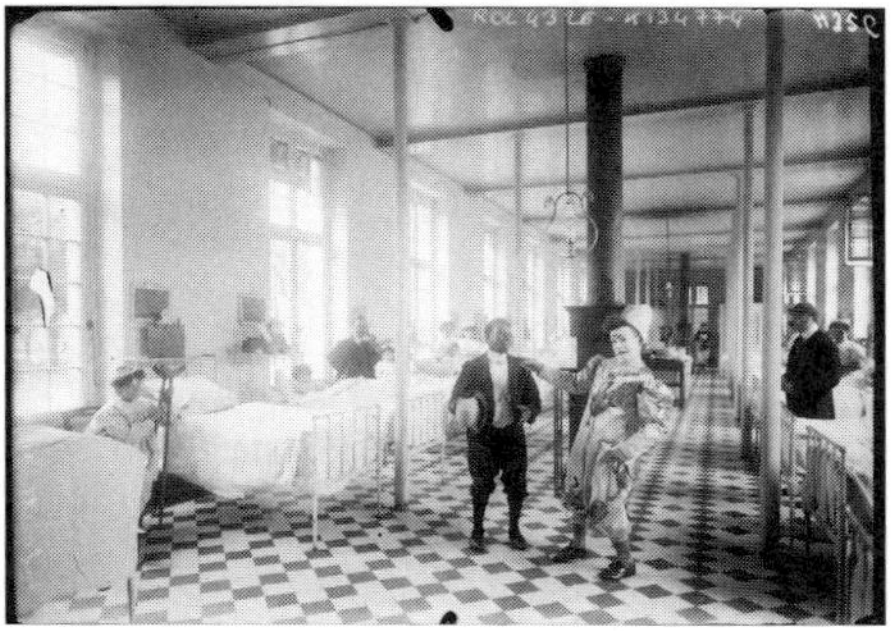

小児科病院を慰問に訪れ、寝たきりの子供のためにおどけてみせるフティットと仲間のクラウン

と対峙しているという印象を持った。ラファエルの催しの話になると、フティットは突然無気力状態から抜け出した。

「彼は椅子から勢いよく腕を離し、私のジャケットの裏を摑み、ショコラが自分には何も頼んでこなかったのだと叫んだ。頼まれれば、自分は喜んで手伝っただろうと」

このトーンの激しさは、ふたりの男の関係がかなりぎすぎすしたものになっていたことを示している。噂によれば、ラファエルはフティットのサーカスで働くことを断っており、それが5月5日の夜にフティットがいなかったことの説明にもなるだろう。しかし、それでもこのフティットの言い分は溜まったフラストレーションゆえでもあると、私は考えている。自分は何の公的な顕彰も受けたことはないのに、公権力がラファエルに勲章を与えたという事実を、フティットは認めることができなかった。ジョルジュ・ミシェルは彼にふたりの物理的状況の違いを思い出させた。フティットはサントノレ通りの豪華なアパルトマンに住んでいた。ラファエルは家族で家具つきホテル暮らしだ。フティットは、この不平等に自分は一切の責任はなく、ショコラの不用意のせいだと話した。ラファエルが勲章にふさわしいかどうかを、このジャーナリストがフティットに尋ねたとき、彼は返答をうまく避けた。昔からの癖で、彼はラファエルを褒めることから始めた。

「ショコラは偉大なコメディアンです。私が知る限り最も素晴らしい有色人のコメディアンです。どんな寸劇のなかで演じても彼があれほど面白いのは意図的にそう演じているからなのかどうか、私にはわかりません。それほど自然なのです。あまりに自然なので、街なかでもコメディアンを演じているかのようです。彼はまじめで働きものです。読み書きを知らないのですから、役について学ぶことは彼にとって地獄のように大変だったでしょう」

しかし、こうしたお世辞を並べたすぐ後に、フティットは、ラファエルは「完全なアーティストではありませんでした。脇役です。ひとりではやっていけません」と、つけ加えた。

こう述べることで、フティットは自分の自己中心的な性格を露呈させている。彼の見解では、真のアーティストとは絶対にソロで演じなければならないのだ。ジョルジュ・ミシェルのインタビューではフティットの真意が分からなかった者でも、このすぐ後に彼がサーカスの危機についての新聞インタビューに答えたとき、合点がいった。

「私は自分がしようとしてきたことをそれほど重要視したくはないのです。しかし、なかには私が新しいジャンルを創り出したとまで言う人々がいます。からかいのなかに常に冷静さを保つことで、まさにジャンルを本質的に刷新し、冷静なユーモア、いかにもパリ的な懐疑的冗談を生んだと言うのです」

この誇張した文章を書いたのは確かにフティット自身ではないだろう。しかし、彼が自分自身をそう見せたかったイメージには一致している。

第24章
モイーズ

ショコラ、喜劇役者としてデビューする

シルク・ド・パリの新シーズン開幕公演は、1911年10月6日に行われた。プログラムを検討して、イポリット・ウックがこの時点でも観客の注目を彼のニグロ道化師に集めようとしていることが分かった。ラファエルの息子「タブレット」がスペクタクルの第一部に、デュオ「ショコラ&その息子」は第二部に登場した。ウックは、小さな青いポスターを印刷することまでした。「シルク・ド・パリ。有名クラウンCHOCOLAT（ショコラ）に会いにおいで」と書かれ、アーティストの大きな写真もついている。新聞がそれに続いた。「開幕プログラムでは、新しいアトラクションが盛りだくさん。そして、大人も子供も大喜び、類まれなショコラ」。しかし、ラファエルにとっての今シーズンの目玉イベントは、その2か月後に行われた。1911年12月8日、ショコラはアントワーヌ劇場の名高い舞台の上で喜劇役者として大きなデビューを飾ったのである。

ニュースはみんなを驚かせた。しかし、演劇への進路変更は、ハバナの小さな奴隷の途方もない運命に組み込まれるべき、当然の帰結と言えた。ラファエルはマイム師で、道化師で、歌手で、ダンサーでもあったが、誰もが口をそろえる彼の最も優れた資質は喜劇役者としてのものだった。友人のル

イ・ラヴァタは、ラファエルが「いつも演じていた」と回想し、フティットも同じ感想を口にしている。「それほど自然なのです。あまりに自然なので、街なかでもコメディアンを演じているかのようです」。フランス人が彼自身の人格と演じている姿を混同しているので、ラファエルは常にショコラ役を「演じ」なければならなかった。彼が舞台上で「自然」だったのは、日常生活のなかでは「自然」でいられなかったからなのである。

フティットとラファエルはクラウン喜劇を考案した。『パリ＝バロン』や『文字盤一周』などの軽喜劇でも成功した。ラファエルは、オセロ、ル・シッド、「ラ・ベル・オテロ（カロリーヌ・オテロ）」、その他大勢の演劇界やミュージック・ホールの歌手たちを面白おかしく真似てきた。演じる道化師としての彼の才能は演劇界でも認められ、それゆえ、幾度となく役者のための公演への参加を要請された。その種の出演で彼はいつも、サラ・ベルナール、コクラン兄弟、ムネ＝シュリー、レジャーヌ、イヴェット・ギルベールといった演劇界の大スターたちと共に舞台を盛り上げてきた。

ラファエルは、エリートたちが彼を閉じ込めておきたがった犠牲者の地位に反発し立ち向かった。『ル・タン』紙上で自身のできうる限りの美しい筆致で、自分はまだ生きていると訴えた。公共圏に乱入したことはポジティブな結果をもたらした。ラファエルが病院で果たした社会的役割について、公権力の関心を惹くことになったからだ。功労勲章と新聞に掲載された多くのインタビューは、おそらく、ラファエルに自分は新たな峠を越えることができたという思いを強くさせたに違いない。ニグロでいることに疲れ、彼は黒人になりたいと望んだ。ヌーヴォー・シルクでの辛苦により、黒人の地位を得るためには正統な役者として認められる必要があると、ラファエルは考えた。

彼の決意は、経済的理由にもよる。ショコラ家の懐《ふところ》事情は大変厳しいものになっていた。1911年8月末、あるジャーナリストが読者に、ニグロ道化師が「ドアボーイ」として雇われているところを目撃したと伝えた。

「あんなにも喝采されてきたアーティストが、子供たちのパンを稼ぐために自分ができることは何でもするという姿勢を恥じる必要はないだろう。しかし、彼は抗議し、自分にはパリの大きなサーカス座での契約が待っていると告げた。そこで、彼は娘と一緒にセンセーショナルなナンバーを作るというのだ」

ラファエルは、人が彼に同情するのを望まなかった。ジャーナリストに会うたび、彼は同じメッセージを発した。たとえ難しい状況に置かれていたとしても、彼は自分の星の巡り合わせの良さを信じているふりをした。しかし、再び浮かび上がるには瀕死のサーカス界を去るべきだと、彼は分かっていた。映画はこの衰退の唯一の原因ではなかった。別の競争相手がサーカスをさらに窮地に追いやっていた。スポーツ、とりわけボクシングである。シルク・ド・パリは、頻繁に当時の優れた選手たちを集めて試合を開催していた。当時のパリで最も有名だったボクシング選手は、サム・マック・ヴェアだ。アメリカの人種隔離政策を逃れてパリに移住したマック・ヴェアは、「アメリカ式ボクシング」の授業を提供する教室をいくつも開いた。彼は、クリシー広場曲馬場、ヌーヴォー・シルク、シルク・ド・パリ、ワグラム・ホールで定期的に試合を行った。同時に「ル・ボン・サム」として、ミュージック・ホールのレビューでもエキシビションを披露していた。

ラファエルは、おそらくこの頃、自分のような道化師たちがどうして見捨てられたのかを理解した。ボクサーたちもまた、拳《こぶし》の打ち合い、すなわち身振りからなる無音のスペクタクルを披露した。1909年4月17日のコラムを騒がせたマック・ヴェアVSジャネットのような一連の試合は、ドラマティックな筋書きとヒーローと犠牲者が登場する古代悲劇であった。ローマ時代からすでに民衆を熱狂させていたグラディエーターの闘いの遠い延長にあるこうした試合は、強烈な感情を掻き立てた。この頃サーカス芸人たちは会場を一杯にするのに苦労していたが、シルク・ド・パリの7千席は、大きなボクシングの試合が告知されると、あっという間に埋め尽くされた。

　１９１０年7月4日、アメリカ人黒人ボクサー、ジャック・ジョンソンが、白人ボクサー、ジム・ジェフリーズを倒し、世界チャンピオンになった。この勝利がアメリカじゅうの多くの都市で騒擾《そうじょう》を引き起こし、数人の黒人がリンチにあった。パリの人々は、ジャック・ジョンソンを知っていた。多くの人がフォリ・ベルジェールで上映されたジョンソンの試合のドキュメンタリーで、彼を目にしていた。エディソン映画会社の競合相手だったアメリカン・ビオグラフが作ったものだ。ジョンソンの勝利とそれに続く暴力は、フランスで大いに話題になり、新聞は一丸となって黒人に対するリンチを告発した。１９１１年7月17日付『ル・フィガロ』の記事で、ジャン・ダルビニャックは次のように書いた。

「われわれもまた、ひとりのニグロを持っていた。善きニグロだ。人生を通してわれわれを楽しませてくれた。風刺画家のように。子供のあいだでも大人のあいだでも、偉大なるフティットに匹敵する人気を集めていた。私はみなさんに一度ならず、すっかりパリジャンになったイギリス人クラウンへの賛辞を書いてきた。ショコラもまた、われわれが好感を抱くに充分値する。われわれをこんなに笑わせてくれたのだから！　そして、私は、大いに喜んで、教育功労章へのノミネートに賛同した。ショコラは、いまやボタン穴に紫のリボンを差している。そう、まさにパリジャンだ！　……ヌーヴォー・シルクのパリジャン」

　ラファエルがこの記事（あるいは、同種の他の記事）を知るところとなり、水滴がついに花瓶をあふれ出したのだと、私は考えている。過去時制を使って、このジャーナリストもまた、まるでショコラが死んだかのように考察した。彼が「賛美する」フティットと「好感」の対象であるショコラの間に陰険なヒエラルキーを作った。彼は、ショコラの同化に疑いを持っており、それゆえに「ヌーヴォー・シルクのパリジャン」と紹介した。ラファエルは、誰も彼のことを正真正銘のフランス人と見なしてはいないことを知っていた。当時の多くの文献のなかで、「ニグロ」と「フランス人」は矛盾する用語として使われていた。ところが、ラファエルは25年来パリに住んでいるのだった。街はもうずっと以前から彼を受け入れていた。だから、彼自身は自分を正真正銘パリジャンだと感じていた。

それにラファエルはこのジャン・ダルビニャックが嘘を吹聴したことにも憤慨したに違いない。彼がもらったのは、教育功労章ではなく、功労勲章である。そして、この嘘には政治的側面があった。このジャーナリストは、読者に対し、フランスは人権の国であると伝えたかったのだ。フランスはニグロを顕彰する国で、アメリカは彼らをリンチするのだと。パリで大歓迎されたマック・ヴェアのようなボクサーたちは、彼ら自身、アフリカとフランスというふたつの故郷を持っていると認めることで、フランスは人権の国というイメージを広めた。

ラファエルはこの種の言論にくみすることはできなかった。黒人チャンピオンたちは、パリに着いたときすでに栄光に包まれていた。みな戸籍も名字も持っている。彼らは――難局を切り抜けるために――屈辱的なあだ名を受け入れる必要はなかった。正真正銘の役者として認められたいという強い意志は、まさに、もう白人共和国の黒人道化として描かれたくないという欲求で一層堅固なものとなった。フティットとの関係が難しくなっていたこともラファエルの気持ちを後押しした。ラファエルのことを白人クラウンの脇役でしかないと主張しているすべての人々の口を封じる最良の方法は、偉大なるフティットさえもが失敗した場所で成功することだった。

ラファエル、旧知の俳優フィルマン・ジェミエの門を叩く

1911年5月3日、『コメディア』は自らの記念日を祝う特別公演を告知した。そこには、「パリ

は笑わせてくれた人々を決して忘れない」と、書かれていた。この論調に気持ちを強くして、ラファエルは、雇ってもらえないかと演劇関係の斡旋事務所のドアを叩いて回った。しかし、共済組合の金庫のための資金集めの際にはラファエルを大喜びで迎え入れていた人々は、今回は一様に鼻先でドアを閉めた。

それでも最終的には、ラファエルの熱意と粘り強さが実を結んだ。1897年12月、フティットとショコラは、フィルマン・ジェミエ（P．351）のためにアントワーヌ劇場で催された公演を盛り上げる仕事を受けたことがあった。いまではジェミエが、長年の舞台監督の任を経て、アンドレ・アントワーヌが作ったこの劇場の支配人となっていた。

フィルマン・ジェミエ

1911年夏、ジェミエはいくつかのインタビューに次のように答えている。「巡回劇場を率いてフランスじゅうを廻ったときに、私は観衆のサーカスへの熱狂をはっきりと意識しました」。こうした言葉を聞いて、おそらくラファエルはジェミエに連絡を取ってみたのだろう。ジェミエはちょうど1911年12月にアントワーヌ劇場で上演する新戯曲を準備しているところだった。ドストエフスキーの小説『永遠の夫』の脚色である。巡業の負債を解消するために、ジェミエは数年前に『アンナ・カレーニナ』で収めたような大成功をもう一度引き寄せたいと望んでいた。ラファエルをこの芝居に雇うのは問題外だった。しかし、ジェミエは、エドモン・ギローが数年前に彼に送っていた『モイーズ』という「ポシャド」（一幕芝居）の主人公が「ニグロ」だったことを思い出した。そこで、ラファエルにその役を提案し、この芝居を『永遠の夫』と一緒にプログラムに入れることにした。

エドモン・ギローに関する文書が収められているル・ヴィガン・セヴェンヌ博物館館長の親切な協力を得て、私はギローのキャリアに関する文書と『モイーズ』の手書き台本（未刊行）を見つけ、ラファエルがジェミエ一座に雇用される経緯を再構築できた。

1879年にニームで生まれたギローもまた、文壇での成功を夢見て首都に上京した地方出身の若いブルジョワ階層に属した。セヴェンヌ地方の作家の息子で、パリのアンリ4世高校で中等教育を収め、ソルボンヌ大学で法律の学位を取った。パリ政治学院に登録したが、文学的使命に駆られ前衛作家たちに近づいた。リュニェ＝ポーがギローをウーヴル座の支配人として雇ったが、ふたりの関係はもつれ、ギローは難しい状況に置かれた。ロシュシュアール通りの小さな屋根裏部屋で、彼は長いこといくつもの一幕芝居を書いていた。こうした作品は、キャリア初めの作家たちにとってしばしば頼みの綱だったのである。『モイーズ』もこの時期に書かれたものだろう。

法学部に在籍していたことは、全くもって無駄だったわけではなかった。1905年、エドモン・ギローは芸術省に官房付補佐官として雇われた。このときに、フィルマン・ジェミエと知り合い、トルストイの小説『アンナ・カレーニナ』を舞台に脚色してみないかと提案された。1907年に主人公を務めたジェミエとその妻アンドレ・メガールと共に作り上げたこの戯曲は大成功を収め、フランスで400回以上、外国でも数百回上演された。著作権料として15万フランを得たエドモンは、ロシュシュアール通りの屋根裏を出て、ショセ＝ダンタン通りの美しい建物に仮の住まいを構えた。

サーカスのコメディと劇場の喜劇のあいだにある大きな溝

1911年11月末、4年前に創刊された演劇系日刊紙『コメディア』のある寄稿者が、出版業界で囁かれている噂についてもっと知りたいとエドモン・ギローに電話してきた。ジェミエは本当に、『永遠の夫』の前座として一幕芝居『モイーズ』をプログラムすることを考えているのか？　ギローはその話は本当だと答え、その小さな軽喜劇についての詳細も知らせた。釣りにしか興味がない年老いたブロ氏が、若いアリス・ブロと結婚するが、彼女は憲兵のカヴェラックと浮気をしてブロを裏切っていた。ブロ氏はある「ニグロ」が溺れたところを助けた。彼の名はモイーズという。アリスと憲兵との関係を知ったモイーズは、夫に言いつけるぞと脅してアリスの気を惹こうとする。彼女は慌てて「脅し」に屈するが、結局、ブロ氏は妻とカヴェラックの関係に気づいていたことを、みんなが知ることになる。

ショコラがモイーズ役を演じることは認めたものの、ギローは責任を免れるために細心の注意を払った。「ショコラの起用？　言っときますが、それはひとえにジェミエの考えです。現在の舞台の花形スターたちは、その多くがカフェ・コンセール出身です。サーカスのステージから引き抜いたらいけない理由はないでしょう。役はニグロだから、どんなに巧く化粧したアーティストよりもショコラがうまく演じてくれるでしょう。彼がかつて演じた面白劇に見られる個性的なコミカルさから判断するに、彼は間違いなく大きな成功を収めるでしょう」。それでもギローは、モイーズは劇の主人公ではないし、他の出演者はみな演劇界出身だとつけ加えた。

「そう思う人がいるかもしれませんが、これは決してミュージック・ホールのショーではないことをお分かりください」

最後のひと言は、ラファエルがこの方向転換の試みのなかでぶつかることになる障害の兆しである。12月初め、ブロ夫人を演じる予定だったアンドレ・メガールが降板したことが分かった。彼女に代わって、若い女優レオーヌ・ドゥヴィムールが急遽《きゅうきょ》配役された。メガールの離脱が大幅な遅れを引き起こし、リハーサル期間は5日間しかなかった。

脚本執筆者ギローと主要登場人物の女優が立て続けにこのスペクタクルから距離を置いたのである。この一幕芝居の台本を注意深く読んで、彼らがわれさきにと逃げ出した主たる理由を私は理解した。エドモン・ギローは、当時のブルジョワ階層の観客の期待に応える軽喜劇を書いていた。彼はモイーズの人物像を深めることを全くしていなかった。この登場人物はきっかけに過ぎない。つまり、他の三人の関係の歯車を軋《きし》ませる砂粒だ。彼は、訴訟を逃れて失踪したオ・ウバンギ県選出議員という設定だが、レジティミュスをほのめかしていることは明白だ。彼の事件が、ギローにこの戯曲の主題を思いつかせたのである。モイーズは、フランス社会で広まりつつあった饒舌で女たらしの黒人という新しいステレオタイプを体現していた。

台本を読んで、ラファエルは間違いなくサーカスのコメディと劇場で演じられる喜劇のあいだにある溝を意識しただろう。劇作家として認められたいという考えに取り憑かれていたギローは、自分ならではの「長ぜりふ」を詰め込み、ラファエルはそれを覚え演じることにひどく苦労した。相手との対話に重きを置いたパントマイムを演じることにこれまで慣れていたからだ。例えば、ラファエルを苦しめた文章のひとつが次のようなものだ。

溺れたところをブロ氏に救ってもらったモイーズは、彼の行為を責め立てた。

ニグロ「気楽に聞いてくれ……私は犯罪者だ。私の自殺によってこの地が怪物から浄化されようとしていたのに、君が私を元に戻してしまった……君はよほどのとんまと見受けられる……おっと、失礼、これはマダム、愛しの義姉上《あねうえ》！！！

(彼は彼らの茫然とした様子を笑う)

ヒ！　ヒ！　ヒ！　ホ！　お馬鹿さん！　……私の哀れなお馬鹿さん！！！　……この国は美

しい！　……私の義姉は美しい！　私の兄は勇敢な男だ！　……そして、憲兵は偉大なる魂を持っているにちがいない……聞いてくれ……私は2週間ほどしかあなた方といられない……ひき止めないでくれ、それ以上は無理なのだ。パリでの仕事がこの頃忙しくてね……そしてなにより私を迎えるのに無理をしないでくれ……私は居間のソファーで寝るから……そして、毎食、愛のこもった一品を頂ければ、私はあなた方のいつもの質素な食事で満足しよう……おやおや、兄弟にそんなに尻込みしないで。特にモイーズの命を救ってくれたんだから。ヒ！　ヒ！　ヒ！　……いやはや！　私が笑うときはどうも！　私の哀れなお馬鹿さん……どうも失礼、少し眠れば調子が良くなるから……それではまた後で……あぁ、私はなんと美しい義姉上を得たことか！」

悲惨なリハーサル

フィルマン・ジェミエは左派で、自分が人種差別主義者ではないことを示そうと腐心していただろう。彼は、アメリカで最初の黒人社会学者ウィリアム・エドワード・デュボイスが自伝で言及したヒューマニストたちに似ている。

「彼らは少しためらったように私に近づいてくる。好奇心あるいは哀れみの目で私を見る。そして、直接『問題の種でいるというのはどんな感じだい？』と聞く代わりに、彼らは私に言う。『私の街にも知り合いに立派な有色人がいるのですよ』」

ただし、民衆演劇の創始者ジェミエにとって、右の最後の台詞を口にするのは難しかっただろう。なぜなら彼はショコラ以外に「有色人」を知らなかったのだから。

１９１１年12月初頭まで、ジェミエはすべての時間を、自身が主人公を務め、演劇界の一大イベントとして注目されていた戯曲『永遠の夫』に費やしていた。彼は初演のほんの数日前からようやく

『モイーズ』に取り組み始めた。その時点で、彼は惨憺たる事態に気がついた。ジェミエにとって、ギローにとってそうであったように、モイーズ役は「ニグロ役」だったのであり、どのニグロが演じようと同じだと考えていた。白人であればブルジョワと民衆の区別をつけられるジェミエであったが、黒人となるとその違いを分かっていなかった。キューバ出身の元奴隷で職業クラウンのラファエルが、フランス市民で国会議員のエジェジップ・レジティミュスを模したモイーズ役を「自然に」演じる必要があった。ふたつの階級を区別する主な基準は、もちろん使う言語である。ジェミエは、ラファエルが第三共和政の議員のように台本を朗々と読むことを望んでいたのだろうが、ラファエルは25年来フランスに定着している移民労働者のようなフランス語を話していた。どんなに気をつけても無理があった。キューバのクリオーリョのアクセントを完全に消すことはできなかった。彼の奴隷としての過去はいまでも否応なしに姿を覗かせてきたのである。マリーは夫が戯曲の難しいフレーズを理解するのをできうる限り手伝ったと思う。しかし、それでは十分ではなかったのだ。

リハーサルは彼の人生のなかで最も辛い時間のひとつだったに違いない。口を開けば、彼はジャッジされ、テストされ、価値を下げられている気がした。彼が言葉につまれば、他の役者たちの顔に見下すような皮肉の表情が見て取れた。その表情はすぐに怒りに変わり、最終的には激しい恐怖に変わった。誰もがこの喜劇役者気取りのニグロ道化師が見せる奇妙なスペクタクルのせいで自分たちの評判に傷がつくのではないかという不安に囚われた。

リハーサルの場に居合わせたジャーナリストが言うところでは、現場は極度の緊張感に満ちていた。ラファエルは強いストレスを感じ、健忘症を発症するまでになった。はっきりと発音しようと努力すればするほど、ますますもごもごと台詞を口にした。ジェミエも遂には苛立ち始めた。しかし、ラファエルを雇うと決めたのは彼だったので、息切れするラファエルを責め立てることを選んだ。うんざりして、ジェミエは黒人コメディアンのほうを向き、叫び始めた。「ニ！　ホ！　ニ！　オ！　ヒ！　ハ！　ハ！」と彼を馬鹿にし、まわりは爆笑の渦だった。この場面を目撃したジャーナリストによれば、ショコラも一緒になって陽気な善きニグロの響き渡る笑い声を上げ、場を和ませた。

急を要するため、ジェミエはギローに台本を短くしてほしいと頼んだ。最も難解な箇所は書き換えられ、長すぎる文章は騒がしい擬音語とけたたましい笑いに置き換えられた。モイーズのおどけた側面を強めたものに筋も作り直された。こうした変更は、新しい視点を導入した。ただし、その点を指摘したのは、1911年1月9日『コメディア』に掲載されたレオン・ブルムの批評だけだ。

「ニグロを家に引き取る。ニグロは言葉を発しないと信じているから、彼の前では遠慮なく振る舞う。悪戯好きのニグロはコダック・カメラを奪い、相手のはしゃぎすぎをスナップ写真に収め、彼を慌てさせる。最後にようやく、ニグロは言葉を発するのであり、カメラにはフィルムが装塡《そうてん》されていなかったことを理解する」

この人物像の変化にラファエルが関わったかどうかは定かでないが、彼は設定の変更を喜んだだろう。「ニグロ」に関する白人世界の偏見がどのように白人自身を裏切ることになるかを、戯曲ははっきりと示しているからだ。しかし、当時の誰も、レオン・ブルムでさえも、この作品から政治的教訓を学ぶことができなかった。

劇作家としての評判を気にして、ギローは、責任逃れをしようと幾通もの手紙を新聞業界に送った。

「リハーサル時、私の台本を彼に合わせることを恐れはしませんでした。難解な言葉のつながりが上手く口から出てこないとき、ショコラがまず笑い出し、この笑いには抗い難い魅力がありました。私は言葉を短くして、笑いを残すことにしました。ショコラのために私の台本が犠牲になったことを皆が感謝するのではないかと思います。ショコラは国民的な人物ですから。ショコラのためには犠牲を払うことができるのです」

時間に急かされたジェミエは、ギローに台本を削ることを頼むという安易な解決策を選んだ。演劇がサーカスに近づくことは望んだが、道化師のパントマイム特有の美学や、言葉を仕草に置きかえる術を理解するための努力は払わなかった。しかし、ラファエル自身がジェミエに演出をサーカス芸術の方向へ向けさせる手助けをしていたのかもしれない。私の目の前に新聞『エクセルシオール』が一部ある。この日刊紙は、ピエール・ラフィットが億万長者バジル・ザハロフの財政支援を得て創刊したばかりで、当時20万部を発行していた。初演前夜の1911年12月7日、ラフィットはいま一度ラファエルに救いの手を差し伸べた。5つのリハーサル写真を含め『モイーズ』に半ページを割いたのである。キャプションによれば、「すべてのサーカス愛好家たちを楽しませてきた有名道化師ショコラのセンセーショナルな劇場デビュー」。写真のひとつには、舞台ではどのように演じるかをラファエルに説明するジェミエが写っている。真剣に聞き入るラファエルは、彼には小さすぎるように見える背広を窮屈そうに着ている。しかし、他の写真では、ラファエルは力いっぱい動いていた。表情をくるくる変え、舌を出し、目をぐるりとさせている。膝を曲げ腕を体に沿わせているが、それは否応なしにマイム道化師の動作を思わせるものである。彼の横では、他の役者たちが完全に不動のまま、朗々と言葉を紡ぎ出すという役割に徹していた。写真を注視すると、この戯曲の上演のために全く異なるふたつの世界が並べ置かれたのだということが分かる。

『モイーズ』を紹介する新聞の挟み込み広告と実際の配役を検討し、その熱意にもかかわらず、なぜラファエルが演劇の場で決して真剣に扱われることがなかったのか、その理由を私は理解した。

「モイーズ、ムッシュー・エドモン・ギローの一幕芝居。配役、マドモワゼル・レオーヌ・ドゥヴィムール：ジュリー、ムッシュー・ショコラ：モイーズ、ムッシュー・クラシス：ブロ氏、ムッシュー・マレシャル・カヴェラック」

観客にモイーズを演じるのが道化師ではなく、ひとりの喜劇役者――つまり誰もが知っているかの人物とは異なる人間――だと分からせるために、ショコラの前に「ムッシュー」という言葉をつけ加えることが決定された。結果は破滅的とも言えた。あのフティットの有名な台詞が、ヌーヴォー・シルクでラファエルを見たことがあるすべての人の頭に残っていた。「ムッシュー・ショコラ、私はあなたに平手打ちをしなければなりません」。「自分の立場を一転させる」ために、そして、舞台役者としての信頼性を高めるために、ラファエルもまた名字を持つべきだったのかもしれない。しかし、その名前を、共和国はまだ彼に与えてはいなかった。サーカスから劇場に移り、彼はただ「ムッシュー」になった。

初演の夜は、ラファエルにとって極めて痛々しいものだった。『エクセルシオール』の演劇欄を充実させるためにラフィットが雇った作家兼ジャーナリストのロベール・デュードネは、幕が上がる直前にラファエルと視線が交差した。

「開演前に、暗い片隅にひとりでいる真っ黒な君に気づいたとき、午後になってから両親に寄宿学校に連れられてきて、レクリエーションのあいだも片隅でひと言もしゃべらずひとりぼっちでいる新入生でも見たのかと、私は思った。君の憂いを帯びた瞳には、郷愁――いや！　君の遠い国に対してではない！――、青いパンタロンの曲馬師が大活躍するサーカスのステージへの郷愁、尻への足蹴りへの哀惜、フティットの声がもう聞こえない悲しみが見て取れた。君は子供や新米のように動揺している。言葉は喉で詰まり、つかえてしまう。とんぼ返りでもすればよかったのかもしれないが、そうしようともしなかった」

ラファエルがフティットの平手打ちを懐かしがっていたと考えるのは、デュードネの明らかな間違いであるが、ラファエルの狼狽の理由を彼はよく理解していた。この晩、ラファエルは、フランス人が彼を呼ぶために用いた侮辱的なあだ名に尊厳を与えるために彼が辛抱強く構築してきたアイデンティティをまさに捨てようとしていた。この晩、ラファエルは、最後にとんぼ返りをしてアントワーヌ劇場から逃げ出すようなことはしなかった。なぜなら、パリの観客、白人エリートたちにとっての優劣を測る物差しで、自分自身が判断されることをラファエルは受け入れたからだ。

メディアから無視された「俳優ラファエル」と劇『モイーズ』

公演後、アントワーヌ劇場は小さなレセプションを催し、役者たちがジャーナリストと話せる場を作った。その際、翌日の紙面に書くべきことが新聞記者たちにほのめかされた。国立図書館に収められている『モイーズ』に関して書かれた新聞の切り抜きを閲覧し、この晩がラファエルにとってどのようなパーティだったかを想像できた。彼はまたも「片隅にひとりぼっち」でいたとあるので、レセプションのあいだじゅう、修業のために自分の前で繰り広げられる見知らぬ世界を観察するという、いつものお約束を始めたと私は考える。ラファエルはすぐに他の者がみな自分を避けていることに気がついた。その理由に心当たりはなかった。なぜなら、この世界では、批評は声高には発せられず、目と目でなされるということを、彼は知らなかったのだ。みんなが離れた場所でひそひそと話し、そしてその内容が新聞に仰々しく書かれるのだ。

ラファエルはまたこのとき、ここの住民たちの別の特徴的な側面を発見した。彼らは、互いに称賛し合うクラブの会員だったのだ。公演を観にきた大半のジャーナリストたちは、同時に劇場や出版社に自分の台本を売り込もうとしていた。彼らは、その分野で力を持つ者たちに対して協調性があることを見せるのに熱心であった。なぜなら、この小宇宙では、評判が超音速で広まるのである。フィルマン・ジェミエは顔が広かった。だからみんなが一様に彼に賛辞を捧げた。「唯一無二の威信」「強い反逆心」「魅惑的」「愛情深い」「天才」「強い感受性」。すべての批評が彼の演じた『永遠の夫』に向けられていた。主人公の幻覚症状、哀れみ、不安、恐怖、「心を痛いほど乱される感情」を表現することができると絶賛された。

フェルナン・ノジエール［ジャーナリスト兼劇作家P．409］がこのパーティに出席していた。彼はドストエフスキーの小説の舞台用脚本の共同執筆者だったのである。口元に煙草をくわえ、役者、劇作家ジャーナリスト、あるいはジャーナリスト劇作家たちの中心で、気取って喋っていた。彼はラファエルを見て見ぬふりをし、『永遠の夫』でナディア役を演じた女優ドゥニーズ・ミュセのほうに一直線に向かった。「ドゥニーズ、愛しいドゥニーズ、挨拶のキスをさせてくれ。あなたは急に成長したね。あなたの才能は計り知れないほど素晴らしいものとなった」。ノジエールはさらに「知的で感じがよく、美しい」とレオーヌ・ドゥヴィムールに優しい言葉をかけ、ブロ氏を演じたクラシスのことは「善良で才能豊か」なところを見せつけたと述べた。

褒められた者はすぐに褒める側に回った。「素晴らしい、親愛なるノジエール。ドストエフスキー自身もこれほどまでにはできなかっただろう。あなたは作品を尊重しつつも、演劇的な要素を作品に加えたのだ。本当に傑作だ」。そして、自分自身ほど自分に役に立つものはないから、ノジエールは恥も外聞もなく裁く側にも裁かれる側にもなれるその立場を使った。翌日から早速、彼は『ジル・ブラス』紙上に、次の言葉で始まる長い記事を載せた。「『永遠の夫』について話すのは難しい。なぜなら私は作家のひとりだからだ」。そして、三段にわたって、自身の作品を賛美し、「批評家たちにそろって評価された」とまでつけ加えた。

初演の翌日、あるいは続く数日のうちのどこかで、ジェミエは『モイーズ』の作者ギローと出演者たちを集め、総括を行ったと想像する。新聞は『永遠の夫』には多くのページを割いたが、この一幕芝居についての批評はせいぜいが数行だった。従って、総括はあっという間にできた。ジェミエは目の前の新聞の山をざっと検討し、口を開いた。

「『スペクタクルに付随したギロー氏の一幕芝居は全くもって興味を惹くものではない』、これが『ル・マタン』の評です。『ショコラの百面相にもかかわらず、一幕芝居はたいして愉快でない』。これが『コメディア』のレオン・ブルムです。『ル・タン』のブリソンの意見でも『モイーズはさほど楽しめなかった。少々重たく、多少ショコラ色が強すぎる芝居だ』。さらに他はこうです。『エドモン・ギロー氏の小芝居はもっと陽気なものを目指したようだが、半分ほどしか成功してない』『この小品は期待していたほど私を楽しませなかった』などなど。これ以上続けても無駄だと思いますので、やめましょう」

「親愛なるフィルマン、『ル・フィガロ』でレジス・ギニューがどう書いているかは教えてくださいよ」

と、ギローは無頓着を装った調子で続けた。

「『モイーズは抗い難い喜劇、道化芸だ。そのなかに潜む皮肉っぽい観察眼に危うく気づかないところだった』」

「道化芸か、エドモン！　道化芸。そう、それが問題です。観客がお気に召さなかったのは、マダム・ブロがニグロ道化師の魅力に身を委ねかねないところでしょう。台本を読んだときはそのことに気づきませんでしたが、確かに少々信憑性に欠けますね」

「もしこの役に本物の役者を選んでいたら、観客は絶対に受け入れてくれたと思いますよ」

と、ギローは答えた。

ギローはおそらく正しかった。ラファエルの演技は辛辣な批評の対象となった。「ショコラはサーカスを捨てるべきではなかったと私は考える」「ショコラはもう少し発声法の訓練が必要だ」「道化師は演技よりもクラウン芸に向いている」「不幸なクラウンは意味不明ないくつかの言葉しかはっきり発音できなかった」「誰も笑わなかった。ただショコラ、善良なショコラだけが舞台上で笑っていた。しかし、笑いすぎだ。この陰鬱な笑いは哀しい、哀しい、哀しい」。好意的な批評でさえ讃えるのはクラウンのパフォーマンスであり、役者としてのそれではなかった。「ニグロのショコラは最も愉快な猿、想像できる限り最も奇想天外な道化師だ。彼の話し方、彼の百面相、彼の転倒、彼のとんぼ返りに大きな拍手が送られた」「ショコラは彼のくすくす笑い、言葉遊び、ちょっとした高速ダンスで、自分の役を全うした」。

これらの批評のせいで、フィルマン・ジェミエは『モイーズ』をプログラムから外した。初日が12月8日金曜日で、千秋楽は12月14日だった。『永遠の夫』のほうは1911年12月末までアントワーヌ劇場のポスターを飾った。それからジェミエは一座で二度目の巡業へと出発した。10年ほど後に彼が『ロミオとジュリエット』を演出した際、彼はジャーナリストにデズデモーナ役にフティットを雇わなかったことを後悔していると言い、「ショコラは素晴らしいヴェニスのムーア人（オセロ）を演じたことだろう」とつけ加えた。第一次世界大戦はベル・エポック期の思い出を一掃した。フティットとショコラは亡くなっていた。もう誰も『モイーズ』を覚えていない。だからジェミエは、異論を唱えられる心配なしに、前衛的演出家のポーズを取ることができた。

ラファエルが功労勲章を得たときには彼に話す機会を与えたジャーナリストたちだったが、『モイーズ』について彼に話を聞く気はなかった。それゆえ、『ラ・プレス』に演劇欄担当として雇われたばかりのマックス・ヘレールが彼にインタビューを申し込んだとき、われらが主人公は喜んだに違いない。その少し前、ヘレールはサラ・ベルナールについての長い記事を書き、このスターが出演した舞台『ルクレツィア・ボルジア』の初演の夜を次のように描写した。「彼女は舞台の前に進み出た。世界じゅうで賞賛されている人々だけが歩く光のなかに彼女の金髪の頭があった」。

ジャーナリストを信頼して、ラファエルはインタビューを受け、ノルマンディー出身の妻のマリー、曲芸師で綱渡り師の娘のシュザンヌについて話した。また、息子のウジェーヌが数か月後には兵役に出発することへの不安を口にした。ヘレールは、ウジェーヌはフランス人に帰化したのかと尋ねた。ラファエルは頷き、ウジェーヌは自分がかつてスペインを愛したようにフランスを愛しているのだとつけ加えた。彼は自分の生まれた島がアメリカに占領されたことを嘆き、ハバナの同郷人たちは自分がパリで人気のアーティストになったことを知ったら誇りに思ってくれるに違いないと話した。続いて、自分のキャリアを簡潔に振り返った。ヌーヴォー・シルクの解雇以来、彼はしばしば劇場の扉を叩き、アンドレ・アントワーヌにも働きかけたが、アントワーヌは耳を貸そうとしなかった。だから、『モイーズ』に出演できて非常に幸せだったが、ラファエルが台本を正確に発音できなかったから劇は失敗したとジェミエが言ったことについては不満を表明した。

1912年1月5日に『ラ・プレス』上でラファエルの言葉をマックス・ヘレールがどう文字化したかを目にしたときに、彼がどのように反応したかを私は想像する。ラファエルの話したことは不可解なものになっていた。なぜならジャーナリストがそれらを「片言のフランス語」に「翻訳」したからだ。タイトル「ムッシュー・ショコラの失望」は、「ムッシュー」という言葉を再び用いることで、読者にサーカスではなく演劇が舞台なのだと示している。ジャーナリストは、ラファエルが彼に話したことをすべて歪めて、滑稽な言い回しにしようと工夫を凝らしていた。例えば、時たま「ヤクク！

ヤクク！　ヤクク！」と合いの手を入れた。ラファエルは「黒い顔」「突き出た厚い唇」「縮れ髪」といったように戯画的に描かれた。最も大きく書き換えられたのが、ジェミエによって傷つけられた喜劇役者としての名誉を守るためにラファエルが語った言葉だった。

「作品は良かった。ムッシー、私も、私も良かった。そう、分かってる、分かってるよ。ショコラは自分の台詞を言えないって言われてることはね。長い台詞になると、ショコラは、えっと、えっと、混乱してしまうんだ。ムッシー・ジェミエが話したことはさ、優しくなかったよね、ムッシー・ジェミエは。ショコラにたくさんお金くれたけど、優しくなかった。だってそうでしょ、ムッシー、ショコラはお人好しニグロみたいなフランス語は話してないよね？」

過去に、極めて稀ではあったが、ジャーナリストがラファエルの言葉をこんなふうに戯画化することはあった。彼が道化師である限りそれは重要なことではなかった。言葉を歪めることは、クラウン芸術の範疇だからだ。逆に、劇場では、特に当時は、フランス語をきちんと話すことが各々の力量を測る重要な基準だった。客観的な記者の中立的な語調を任じながら、マックス・ヘレールは、ラファエルがフランス語を口ごもってしまうことを責めたジェミエが正しいと思わせるような話し方をラファエルにさせているのである。

著作『黒い皮膚・白い仮面』のなかで、フランツ・ファノンは、フランス本土に移住したアンティル諸島出身の若き精神科医として体験した苦しみを告白している。「白人から同僚と認められるようになること、そしてヨーロッパ人患者に医者として認められるようになることは、決して起こらないのではないかという耐え難い印象を彼は抱いていた」と。ラファエルは、サーカスステージ上でそのような気持ちになったことはなかった。彼の道化師としての才能は、即座に認められたからだ。『モイーズ』の失敗とマックス・ヘレールの記事は、自分が越えられないであろう限界をラファエルにはっきりと示した。そのとき、おそらくラファエルは自分が演劇界の役者たちの高尚な集まりには決して属することはできない理由を理解した。それは、外見的問題というよりも、言葉遣いの話だった。フランスの舞台でスペイン人ニグロのようにモリエールの言葉(フランス語)を口にするなど言語道断だった。セーヌ川沿いの界隈では、肌の色でニグロをリンチすることはなかったが、アクセントを理由に彼らを晒し台に乗せた。武器は銃ではなく、嘲笑だった。

2015年4月14日

マックス・ヘレールの不愉快極まりない記事は君をさぞ苦しめたと思う。しかし、安心してくれ、ラファエル。この数年来、君についての記憶を取り戻し、名誉を回復させようとしてきた私たちの闘いは実を結びつつある。マリーと君は、新しいフランスの誕生に貢献した。新しいフランスは、君のことを理解し、共感し、私たちの集合的記憶のなかに君にふさわしい場所を見つけようと闘っている。ボルドーで、「道化師ショコラの友の会」という名の団体が発足した。昨年、シルカフリカのショーが、「私たちの歴史における最初の黒人道化師ショコラの記憶を残す」ために捧げられ、大きな成功を収めた。

ラファエル、それだけではない。現在君の人生についての映画が撮影中だと、今日は君に伝えたい。本物の映画俳優になることを夢見ていたかもしれない君が、長編映画の主人公になるんだ。何百万人の人がスクリーン上の君を見て、君は再び有名になる！　もうすぐ、君の名を冠する通りができ、辞典のなかに君の項目ができるだろう。私たちの団体もみなとても誇らしく思っていることを君に伝えたい。君を忘却から救おうとわずかな資金で始めた小さな演劇型講演から7年前、私たちはなんという道をたどって来たのか！

第25章
沈黙の掟を破ったラファエルはいかに罰せられたか

娘シュザンヌの死

1913年9月5日、『コメディア』に「ショコラが……一杯食わされる（ショコラ）」という題の記事が掲載され、ラファエルが自分の絶望を語った。私は、祖母が騙された人を指すときにこの形容詞「ショコラ」を使っていたことを思い出した。その語源を探すと、月刊誌『研究者と好事家《こうずか》の仲介』の1919年のある号に、次の説明書きがあった。

「ショコラなこと：当てが外れ、失望すること。黒色人種に属し、それゆえにショコラという名前をつけられたある道化師が、この用語を広めるのに大いに貢献した」

親愛なる読者よ、もしあなたの本棚に『フランス語歴史辞典』［日本では、『小学館ロベール仏和大事典』がそれに当たる］があるなら、「ショコラ」のページを開いてみてほしい。上の説明がほとんど一字一句引き写されているのを確認できるだろう。

歴史の皮肉か、アーティストとして名を上げたかった男が、失望と欲求不満を想起させる形容詞の形でしか、フランス人の集合的記憶のなかに残っていない。しかし、人生の最後の数年に、絶望的なまでのエネルギーをもって、ラファエルはこの残酷な運命から逃れようと闘った。『モイーズ』の失敗後、彼はシルク・ド・パリのステージに戻った。１９１２年６月24日、イポリット・ウックが再び彼のための特別公演を開いた。午後は子供たちを対象としたもの、そして夜の公演は大人たち向けだ。新聞は「フランスと外国の名だたるサーカス芸人たちが集合」とこの催しを紹介したが、演劇界の役者たちは誰も協力しなかった。職業組合はもう十分に負債を返したと判断したのだ。

ショコラとその息子はまた、出演依頼を受けていくつかの慈善イベントを盛り上げた。エダンブール通りのスケートリンクが催したパーティや、パリ批評家組合の特別公演に参加した。ルイ・ラヴァタは回想録のなかで、クラウンの父と息子が１９１２年末に、シェイクスピアへオマージュを捧げる「道化の大騒ぎ」に参加するようロンドンのビッグ・サーカスに招待されたと記している。この頃、デュオはもうシルク・ド・パリ座に所属していなかった。なぜなら、ウジェーヌが兵役のためにフランス国旗のもとに召集されたからだ。「タブレット&ショコラ」のデュオに唐突な終止符を打たせたこの新兵編入を、ラファエルは不当だと強く感じたに違いない。彼自身はフランス人だと認められたことは一度もなかった。共和国は彼に戸籍を与えることさえしなかった。それでいて芸のパートナーでもある彼の息子は、祖国を守るために旅立たなくてはならなかった。こうして、ラファエルは生計手段を失ってしまった。

当時の兵役期間は24か月だった。そこでラファエルはデュオを１９１４年秋には再開できると期待し、それまでの間は、18歳を過ぎたばかりのシュザンヌと一緒にステージに上ることを考えていた。彼女は優れた曲馬師、ジャグラー、曲芸師だった。父と娘は彼らにしかできないレパートリーを作りあげていたかもしれない。そして、パリの観客たちはきっとそれを称賛しただろう。残念ながら、ラファエルはこの計画を具体化できなかった。軍隊が息子を奪い、病気が娘を取り上げようとしていた。

１９１３年１月29日付の新聞のなかで、私は悲しいニュースを知った。

「今朝9時、サンピエール・デュ・グロ＝カイユー教会で、マドモワゼル・シュザンヌ・グリマルディ＝ショコラの葬式が執り行われた。彼女は有名道化師の娘で、デュヴィヴィエ通り9番地の両親の家で月曜日に亡くなった。19歳半だった」

翌日、『ジル・ブラス』一面で、ジャーナリストのアンドレ・トゥレットが若くして亡くなった娘とその父に美しいオマージュを捧げた。そのまま引用しよう。

「非常に質素な葬列だった。つましい馬車、白いラシャ、白い花！　若くして亡くなった娘のための一団だった。ひとりの男が馬車の後ろを歩いていた。ニグロだ！　このニグロは毎晩人を笑わせるのが仕事だった。その彼が泣いている！　われわれはシュザンヌ・グリマルディ＝ショコラ嬢の葬列の場にいるのだ！　もちろん彼女もショコラの名を受け継いでいた。有名な芸名だ。そして、不幸なニグロの愛《いと》しい者たちすべての名前となった。彼女は19歳で、溌剌《はつらつ》として陽気だった。みな彼女のことをプティット・ショコラと呼び、かわいがった。しかし今日は、礼儀と慣習から、シュザンヌ・グリマルディ＝ショコラの葬式で祈りを捧げるために集まった。

仲間同士、親しいものたち同士——この言葉に最もふさわしい意味を与えるなら兄弟や相棒たち——でみんながやってきた。輝いている者も没落した者もいるサーカスのボヘミアンたち、観客を魅惑したり、驚かせたり、楽しませたりするのが仕事の者たち。だが彼らは毎晩破滅に追い込まれる可能性もある！　笑わせるのが仕事の彼らはまた、白い棺に続いて歩くこのニグロについて、そう、この泣いているニグロ道化の悲劇についてすべてを知っている！

まさに、ある路地を曲がったとき、一枚のポスターがみんなの目を惹いた。ショコラだった。プティットの有名な相棒のショコラは赤い衣装を着て、口には大きな笑いを浮かべている！　可哀想なショコラ！　彼は喪服の下で苦痛に震え、泣いている。葬列の一団は、成長を見守ってきた少女の優しさを口にする。そして、ショコラの最も美しい夜、彼の成功、彼の見事な曲芸、彼の滑稽な着想を語る。世界最強の鎖破り芸人がその腕で老いた道化師を抱きしめる。道化師は自分の祖先の名も知らず、もう長いこと興行主、支配人、同僚、その子供たち、賛美者たちは彼をオーギュストと呼んでいる！　鎖破りが語るところによれば、かつて、少女が病気になれば、父親はベッドの脇であどけない魂を喜ばせるのにぴったりの冗談を披露してみせた。彼女を元気にしたのはあなただ、ショコラ。そうドクターは彼に言ったものだ！　可哀想なショコラ！　可哀想なシュザンヌ！　今度ばかりは父親は彼女を治せなかった。病気はあまりに重かった。考えてもみてほしい。彼女は20歳になるかならないかというところだった。なのに、不幸はすでに幾度となく家のなかに入り込んでいた！　シュザンヌはすでに笑いの欺瞞、喜びの儚さ、幻想を知っていた。なんということか。私は、憂鬱な気持ちで、生気がなくくすんだ色の服を着た人々を見送った。彼らは、上半身に星形のラメを施したバラ色の綱渡り師たち、侍従のように美しい曲馬師たち、詩人たちに愛される狂った蝶のごとき道化師たち、自分の頭の上で愛しい妻やかわいい子供を回転させ確実な一手でキャッチするカーペットの王たちだというのに。

今夜、サーカスの丸天井の下では金管楽器が明るく鳴り響く！　プログラムはいつものように華々しい。しかし、ショコラはいない。彼は2日か3日は出てこないだろう。悲しいニグロ。そして、ある晩、彼は戻ってくるだろう。飛び跳ね、滑稽な様子で、冗談を口にし、『ショコラ！』という曲馬師の呼び声に応えるために。誰かを亡くして泣いたとしても、元気に生きていかなければならない。いま、彼は泣いている。

墓場の入り口で、彼はまるで樹脂製の板の上でそうするように泥だらけの短靴をこすって拭いた……私は今夜はサーカスに行かない」

「不幸はすでに幾度となく家のなかに入り込んでいた」ということは、ラファエルがパリの病気の子供たちを担当する部署と関係ができたのは、彼の娘自身がそこで世話になっていたからだという可能性もある。この推論を確かめるため、私はいま一度パリ医療機関公的扶助文書館に向かった。グリマルディ、ショコラ、そして念のためにエッケの名前で記録簿を調べたが、残念なことに、調査は無駄に終わった。シュザンヌの病気が何だったかは分からないままだ。

アンドレ・トゥレットの記事は、研究を通じて私を強く捉えていた確信をさらに強めた。「上流階級」の人々は、ラファエルをフランス人と見なしたことはなく、正統なパリジャンとさえも考えていなかった。しかし、「草の根」のフランス、大道芸人のフランス、「身分なき」フランス、「泥だらけの短靴」を履く者たちのフランスは、ラファエルを受け入れ、彼のことを父あるいは兄弟と感じていた。レイシズムは、出身や肌の色によって規定される集団間の越えられない柵をなぞるものではないということだ。関係が結ばれ、愛情が育まれ、変化を恐れぬ者は、「彼ら」と「われわれ」のあいだを隔てる境界を越える。そして、こうした人々は、差別された人々が感じる苦しみを分かち合う。

私はパリ近郊にあるバニューの墓地に向かった。新聞でシュザンヌがここに埋葬されたと読んだからだ。管理人が記録簿を調べ、シュザンヌ・グリマルディという名の人物が確かに1913年1月30日に埋葬されたと確認してくれた。しかし、彼女の墓の前で手を合わせることはできなかった。彼女は地中深くに埋められ、もう何の跡も残っていない。パリ7区区役所はその後私に彼女の死が記された戸籍簿の抄本を送ってくれた。

「1913年、1月27日、午後6時、死亡証書作成、シュザンヌ・ブランシュ・セリーヌ・フェリシ・グリマルディ、無職、1894年2月24日パリ生まれ、1月27日午前1時、デュヴィヴィエ通り9番地自宅で死亡、エンリコ・フランシスコ・シルヴィオ・ジョバンニ・グリマルディ、58歳、アルフォールヴィル在住、および、マリー・アントワネット・アンジュリナ・レオニー・エッケ、彼の妻、42歳、無職、死亡者の同居者のあいだの娘。証人は、マルセル・エッケ、58歳、バルベス通り商店勤務、死亡者の叔父、及びピエール・リファール、40歳、パリ警察庁職員」

親愛なる読者よ、あなた方もおそらくお気づきの通り、この正式な死亡証書にラファエルは存在しない。何か月も愛する娘の枕もとで看病を続け、埋葬の日は葬列の先頭を歩いた彼が、証人としてさえ出てこないのだ。彼は友人のピエール・リファール［教育事業ライシテ（政教分離）団体の会長］に自分の代わりに署名するように頼まざるを得なかった。マリーがラファエルと人生を歩むことを彼女の家族が決して許さなかった証拠であり、だからこそ彼女の兄マルセルは戸籍係にマリーがジョバンニ・グリマルディの「妻」だと明言した。実際には18年前に離婚は正式に成立していたというのに！

このとき私は、ラファエルが、かつての法で「民事死亡」と呼ばれたものに近い状況を生きていたことを理解した。司法によって犯罪者として判決を受けた者への重い罰であり、法人格の消滅を意味した。この刑に処された者は、人として「もはや存在しないと見なされる」。民事死亡は、給料を得るための労働契約にサインしたり、金を借りたり貸したりすることはできる。しかし、不動産所有者になることはできないし、死亡時には全財産が国に納入される。公民権を持たないので、結婚することはできず、私生児を認知することもできない。民事死亡は19世紀半ばにフランスの法から削除された。人間の尊厳の毀損《きそん》と考えられたからだ。

ラファエルの法的立場は、多くの点において、この民事死亡という不可触賤民《ふかしょくせんみん》の立場と比較が可能である。子供時代の終わりに自分のコミュニティから切り離された年端のいかない孤児は、受け入れ国で家族を作ることができると信じていた。しかし、この夢は唐突に壊れた。息子は軍隊に取られ、娘は死亡した。そして、彼は決してマリーと結婚できなかったのだから、国は彼らの結びつきを認めることを拒否していたということだ。

２０１５年5月27日水曜日

ラファエル、私はどうして君が私に話したがらなかったのかをついに理解した。ハバナのサンテロが君に渡した真珠の首飾りを君は割ったんだね。だけど、それでは霊の怒りを鎮めるのに十分ではなかった。おそらく君は、神々が君を罰したのは、パントマイム師として、そしてニグロとして守らなければならなかった沈黙の掟を自分が破ったからだと、感じたんじゃないだろうか？　それで君はもう誰も君を咎《とが》めることがないようにしようと誓った。君はもう歴史に無知のお人よしではいたくなかった。

「彼は2日か3日は出てこないだろう。悲しいニグロ。そして、ある晩、彼は戻ってくるだろう。飛び跳ね、滑稽な様子で、冗談を口にし、『ショコラ!』という曲馬師の呼び声に応えるために」。アンドレ・トゥレットの見通しはあまりに楽観的だった。実際には、娘の死から立ち直るのにラファエルは相当の時間を要した。彼の名前は、１９１３年3月にピポとのデュオで登場するまでシルク・ド・パリのプログラムに全く出てこない。4月半ば、ピエール・リファール率いる教育事業ライシテ（政教分離）団体が催した公演に参加した。５０００人の子供たちと数人の市議会議員が集まった。１か月後には、借家人国際・国内連盟が住所不定の子だくさん家族のために催した特別公演を盛り上げた。8月末、グラン・パレで発明展レピーヌ・コンクールに合わせて催された子供のための大きな祝祭の

黒人ボクサー、ジャック・ジョンソン

際には、ラファエルはかつての同僚エミリオと一緒にデュオで登場した。

同時期、「トニトフ&彼のオーギュスト・セフェール」のデュオがメドラノ座で活躍していた。つまり、20年以上にわたるラファエルとアントニオのあいだの古いライバル関係は、アントニオの勝利で決着がついた。フティットとショコラが作り出した白クラウンとオーギュストを組ませたクラウン寸劇は、ひとつの規範となった。トニトフ&セフェール、アントネット&グロック、アレクス&リコといった、パリのサーカス座で人気を博していたデュオたちはみな、フティットとショコラのアイディアを取り入れていたが、彼らの誰も年長者の恩義に感謝の意を示さなかった。

喜劇役者として拒否され、クラウンとして片隅に追いやられたラファエルは、新世代の黒人アーティストの誕生にも突如として向かい合うことになった。スーダンにルーツを持ち、アルジェリアのオランで生まれ、パリで勉学を収めたハビブ・ベングリアが、ジャック・リシュパンの戯曲で１９１３年に劇場デビューした。ジェミエとギローが『モイーズ』に出演させたかったのは、彼のような黒人役者だった。10年後、オデオン座の支配人を任されたジェミエは、ベングリアを一座に雇い入れた。

ボクシングのますますの成功により、別タイプの黒人ヒーローが公共の場で人気を集めるようになった。アメリカ合衆国では、人種隔離に関する法により、ニグロ・ボクサーが白人と試合をすることが禁止された。そのため、アメリカ司法に訴追されたジャック・ジョンソンは、パリへの亡命を決意した。１９１３年７月、人権の国は彼を両手を広げて迎え入れた。到着したばかりのジョンソンが絹のスーツを着てレーシングカーを運転する姿を、人々はパリの路地で見かけるようになった。彼の妻は「ブラウンという名の小さなニグロ」が運転する快適なリムジンに乗り、夫のあとをついていった。4回結婚したジョンソンは、トロフィーか権利書かのように白人の妻を見せびらかすのが好きだった。これが、人種隔離に対する彼の闘い方なのだった。

前衛文学の作家たちが他から一線を画そうとする戦略のなかで、黒人ボクサーが白ピエロに取って代わった。ジャン・コクトー、トリスタン・ベルナール、ギョーム・アポリネールらはボクシングに熱狂した。解放された女性たちも黒いからだの官能性にただただ陶酔した。『ル・マタン』でコラムをひとつ担当していたコレットは、ジャック・ジョンソンに魅了され、「ニグロのならず者のように心を乱す存在」と告白した。

ジョンソンの行動は、おそらくラファエルに不快感を与えたに違いない。彼は、笑い、親しみ、共感といったカードを切って、白人の世界に受け入れられてきた。マリーとの夫婦生活を静かに送れるように、彼は控え目に振る舞うことを選び、サーカスの世界のなかに溶け込んだ。ジョンソンは全く逆のアプローチを取っていた。彼は粗野なニグロのイメージを使って観客を挑発した。ラファエルはジョンソンと何ら共通するものを感じなかっただろうが、同時に、彼を憐れみもした。なぜなら、ジョンソンのこうした横柄な態度の裏には苦しみが隠れていることを、ラファエルは分かっていた。白人の主人たちがお遊びは終わりだと口笛を吹けば、バッド・ニガーは姿を見せなくなるだろうことも知っていた。

その後のラファエルとフティット

ウジェーヌが軍隊へ出発した後、ラファエルとマリーの金銭的状況は極めて深刻なものとなっていた。当時、失業保険は存在せず、積極的連帯所得手当（ＲＳＡ）ももちろんなかった。１９０７年１月以来、身体障害者、不治の病人、老齢の困窮者は、フランス国籍者であることを示せば市の救済を受けられるようになった。戸籍さえ持たないラファエルにとってその証明は難しかった。極めて悲惨な状況に置かれた者には、最も絶望的な解決策が待っていた。セーヌに身を投げるのだ。１９１１年のあいだに、３２８の不幸な死体がパリでは引き上げられた。ラファエルももしかしたらすべて終わりにしたいという思いに駆られたことがあったかもしれない。社会学者ノルベルト・エリアスは、モーツァルトの伝記のなかで、人生の意味を失ったがゆえに人は死ぬことがあると書いた。降格したクラウン、評判を落とした喜劇役者であり、夫と父の立場を否定されたラファエルは、それでも、あと数年は生き延びる力を見出した。

噂によれば、この時期ラファエルは、「フティットのバーで」バーテンダーとして暮らしていたという。この情報は私には全くもって突飛なものに思えた。私がイギリス人クラウンに関する調査を中断した時点で、彼は息子たちとブーローニュの森の順化園でサーカスを経営していた。この施設がどうなったかを調べてみると、１９１２年4月には活動を停止していたことが分かった。続く数か月のあいだ、フティットは息子たちとカフェ・コンセールやミュージック・ホールに再び登場していた。１９１３年1月にはアルハンブラ座で、3月から4月にかけてはフォリ・ベルジェールで、１９１４年春にはオリンピア座で演じた。しかし、トミー・フティットとジョージィ・フティットは親離れしようとしていた。私は彼らの名前をいくつかの映画のクレジットで確認した。また、彼らはアール劇場でのオペレッタやバレエで、マイム師としてステージに登場した。フティットの娘リリーは曲芸師と結婚していた。彼らは馬術曲芸のナンバーを作り、この「ミス・フティットと彼女のコミック・ダービー」は大成功を収めた。

ジョージは疲れ、消耗していた。子供たちのキャリアが軌道に乗ったいま、彼は自分の引退を考え始めた。新しい妻の財産のおかげで、彼はモンテーニュ通りのバーを買った。彼を訪ねたジャーナリストを待っていたのは、ひどく物悲しげな様子で、僧侶の如く泰然とし、視線は虚空《こくう》を彷徨《さまよ》い、アルコールで朦朧とした男だった。フティットは、ジャーナリストに、静脈瘤《りゅう》のせいで跳躍ができず、長いこと立っていることさえ苦しくなったと説明した。それでいて彼はいまでも、イギリス人使用人役でもよいから劇場に雇ってもらいたいと思っていた。「もし私の理解が正しければ、初期のショコラのような役でフィナーレを飾りたいというのが、あなたの最後の野望なのですね」と、ジャーナリストは彼に応じた。

ステージ上で40年以上を過ごし、フティットはカウンターの後ろで人生を終えようとしていた。しかしながら、私はラファエルがこのバーのバーテンダーとして働いていたことを確認できるいかなる手懸かりも見つけることはできなかった。

当時、「サーカスの大家系」はかつての仲間を見捨てることはしなかった。サーカス施設は彼らを穴埋めとして雇い続け、生活費を賄えるちょっとした仕事を保障していた。だから、ラファエルはオーギュストとしてシルク・ド・パリに残っていたのだろう。１９１２年、シルク・ド・パリの収益は22万フランだった。一方、モンマルトル曲馬場跡にできたゴーモン＝パラス映画館は１５０万フランの収益を上げていた。ウックは勝負を放棄した。賃貸料が高騰しすぎたのだ。１９１３年9月、シルク・ド・パリは再び映画館になり、「パラス」と名を変えた。新作映画を上映し、幕間にサーカスの出し物が演じられた。フティットはすぐに出演を要請されたが、ラファエルは再雇用されなかった。『コメディア』の記事「ショコラが……一杯食わされる（ショコラ）」はちょうどこの時期に掲載された。これを機に再び「可哀想なショコラ」のためのキャンペーンが始まり、12月まで続いた。『モイーズ』のリハーサル中に撮られた二枚の写真と一緒に載せられた記事は、日刊紙1ページ分を占めた。執筆者アンドレ・ラングは、デュヴィヴィエ通りのラファエルの質素な住まいで彼に会っていた。

「ユニバーサルなショコラ、驚くほど流行ったケーク・ウォークの考案者、子供たちが言うところの『冗談で』平手打ち、パンチ、小突きを散々受けてきた男が、人生の悪戯か、『本気で』打撃を受けることになる日が来るとは、誰が想像しただろうか？　前シーズンにアントワーヌ劇場でモイーズを演じてから8か月、この有名なニグロは何の契約も現在結んでおらず、この悲惨な自由時間が軽減されるという明るい見通しは一切ない」

ラファエルは絶望しているようだった。

「もうサーカスをやっている場所がありません。かろうじて残っている施設は自分の一座を持っていますし、増員はないでしょう。クラウンの給料は減額されているくらいです。サーカスでの生活は終わりです。映画に移るという選択もあるかもしれません。だけど、私はニグロで、私が出られるような映画は本当に少ないのです。だから？　どうしろと？　私はまだ働けるし、それだけを望んでいるのです。私は劇場関係の斡旋事務所をすべて廻り、色々なところにお願いしましたが、本当に何もないのです。何も。だけど、私は劇場でだってうまく演じられます。ミュージック・ホールやサーカスと同じように」

彼以前にラファエルにインタビューした他のジャーナリストたちと同様にアンドレ・ラングが心打

たれたのは、この深刻な状況にもかかわらず、ラファエルが犠牲者として扱われることを断固として拒んだことだった。

「困窮と、次から次へとぶつかる様々な困難に落胆しているのではないかと私が言及すると、彼の自尊心は傷ついたようだった。彼は、状況は好転すると希望を持っているのだった。『今シーズンにニグロが演じるニグロ・オペレッタの話がありました。それにいま華々しく流行しているタンゴが下火になって、ケーク・ウォークの流行が蘇ることだってあります。形を変えて、もっと大きなうねりとなって』」

ラファエルは正しかった。ケーク・ウォークの歴史はまだまだ終わってはいなかった。第一次大戦後、この「ニグロ・ダンス」はジャズやスウィング、チャールストンのおかげで息を吹き返した。1970年代からはヒップ・ホップと共に再び大流行した。しかし、ラファエルは1917年にこの世を去った。

このインタビューのあいだ、若いジャーナリストは、ある別のことが彼の心を強く捉えていることに気がついた。ラファエルは全力で自分の記憶を留めようと闘っていた。なぜなら、それが自分の自尊心を守るための究極の武器だからだ。

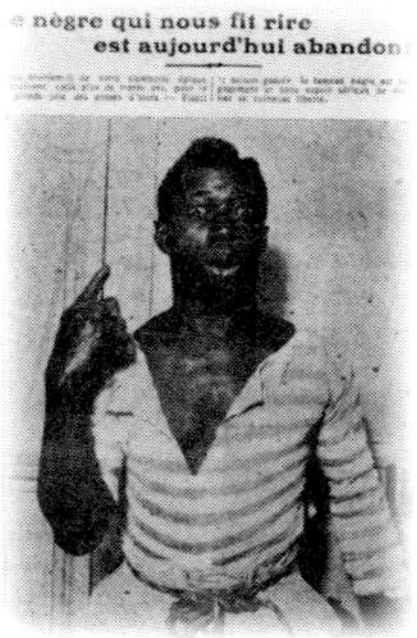

『コメディア』紙の
インタビュー記事に載った
ショコラの写真

「私は昨日の午前中、彼の質素な住まいで彼に会った。部屋の壁紙は、ポスター、写真、風刺画で埋め尽くされていた。ショコラは、吝嗇家《りんしょくか》のように彼の宝物を大事にしていた。幸せな日々の想い出がアーティストの唯一の誇りだったのだ」

パリ市民たちからの止まらない寄付と、フティットとの再会

2か月後、ガストン・レベルが雑誌『私はすべて知っている（ジュ・セ・トゥー）』に「クラウン芸術」についての論文を載せ、ラファエルに多くを割いた。

「私たちの若い頃には華々しい活躍をして私たちを大いに楽しませてくれていたショコラは、いまや苦しみで一杯だ。『私はほとんどと言っていいくらいチャンスに恵まれませんでした。フティットは得た財産で引退することができましたが、私は笑わせ続けなければなりません。私は1500もの衣装を着たし、思いつく限りの仮装をしました。フティットと私は、多くのクラウン寸劇を書き上げました。あぁ！　もし劇作家や文学者のように私たちにも著作権があったならば！　テレフォンの寸劇、欺かれた舞台監督の寸劇、ミンストレルの寸劇、意気地なしの寸劇などでちょっとした財産を作れたでしょうに』」

こうした記事は再び「可哀想なショコラ」のための新たな連帯のきっかけとなった。第一面で行われた大規模な寄付集めから7年、『フィガロ』が1913年11月29日の紙面で再び寄付を開始した。

「悪いニュースだ。私たちの子供時代を陽気なものとし、私たちの子供たちを楽しませてくれたショコラは、現在不幸だ。とても不幸だ。息子はもう1年も兵役に取られており、大切な相棒を奪われたショコラは何の契約も結べていない。去年、彼は長いこと看病していた愛しい娘を失くした。彼は全く財産を持たない。10月の家賃120フランを払えず、家主は来週の火曜日には彼を追い出すと脅している。ショコラは嘆きはしない。パントマイムはお手のものだ。しかし可哀想な妻はとても心配し泣いている。寛大な読者のみなさまにこの勇敢な人々が笑顔を取り戻せるように助けをお願いしたい。彼らは私たちに何度も笑顔をくれたのだから」

翌日から早速寄付があふれた。1日で寄付は320フランになった。『ル・フィガロ』は読者の「熱意と寛大さ」に感謝した。「ほら、この額でショコラは安心してもっと自由に新しい契約を探すことができる」。新聞はこれで募集を止めた。しかし、その後も、『ル・フィガロ』には新たな寄付が届き、新聞は「ショコラのために」という見出しを作ったほどだった。12月1日、新聞はある劇場支配人がラファエルに契約を提示しそうだと報じた。「そこで私たちはこのささやかな寄付を閉じようと思う。あぁ、他にも救済されるのを待っている不幸な人々が多くいるのだから」。『ル・フィガロ』は、こうした努力にもかかわらず、自分たちが始めた寄付の波を押しとどめることができなかった。翌日、新聞は新たなリストを載せなければならなかった。

「ありがとう、ありがとう。善きショコラはこれで安心だ。昨日伝えたようにショコラに契約の申し出がある。私たちの寄付は終わりだ。舞台裏にいる、この冬ムッシュー・ロワイヤルと呼ばれることはない他のアーティストたちのことを考えなければならない」

それでも、まだ数日、新聞はさらなる寄付を受け取った。最終的にこの寛大さのほとばしりは、『ル・フィガロ』が読者にショコラのための特別公演がモンマルトルのキャバレー、エパタンで催されることになったと伝えたことで、終止符が打たれた。寄付は合計で700フラン以上になった。1906年の寄付に比べると半分だが、今回の寄付への反応はいずれにせよこのニグロ道化師がいまだに人気者であることを示した。

クリシー大通り100番地にあるキャバレー、エパタンで予告された特別公演は、1913年12月6日に行われた。支配人のウィリアム・バトレーは、フォリ・ベルジェールで1905年12月に行われた大レビューに参加していた。おそらくはこのときにラファエルと知り合ったのだろう。『モンマルトルのスキャンダル』と題されたスペクタクルは、ヴィクトル・ビュトーが書いた茶番裁判劇で、粋なシャンソンが添えられていた。このキャバレーはその後ドゥー・ザーヌ劇場となった。今日ではパリ市の歴史記念物として登録されている。しかし、言うまでもないが、ラファエルはこの場所の記憶のなかに自分の足跡をいっさい留めていない。

『ル・フィガロ』が始めたショコラのための連帯の動きのおかげで、他の施設もラファエルに年末公演への出演を依頼するようになった。最も大きなものは、ヴォルテール・スポーツ施設が教育社会研究所の後援のもとに催した青少年向けの祝祭である。2000人が集まり、その多くが地域の学校の教師や生徒だった。祝祭のプログラムには、ダンスのコンクールや奇術ナンバー、そして「フティット&ショコラのコミック寸劇」があった。それぞれの道をたどった末に、ふたりのアーティストはこの大きな教育的イベントの場で再び巡り合ったのだ。続く数か月、彼らは再び何度か共にカフェ・コンセールのステージに立った。とりわけ1914年1月初めにはアンピール座で演じた。

その後ラファエルはパラス映画館に雇われ、『ベベとアントワーヌ叔父さんのブタ』『ジャンヌ・ダルクの一生』『ファントマ』といった映画の幕間を盛り上げた。特に木曜日の午後には、家族向け特別公演に登場した。プログラムはこんな具合だ。「ショコラ&相棒オレ」「ショコラ&彼のオーギュスト・ジム」「ショコラ&彼のオーギュスト・トト」「パリ・パラス・シルク：毎マチネに子供たちは大喜び：ショコラ！」。

戦争のさなかで

1913年5月、議会は3年法を採択した。ラファエルにとっては悪いニュースだ。ウジェーヌは軍隊にもう1年いなければならなくなった。7月末、彼は上等兵に昇進し、続いて伍長になった。1914年8月1日にフランスじゅうに総動員令が発せられたことをマリーとラファエルが知ったとき、この名誉は少しも慰めにならなかった。息子は前線に行くだろう。これ以降、彼らは戦争の苦しみに晒されたフランス人が毎日感じる不安を共有することになった。

総動員令は唐突にショー・ビジネス界に終焉を告げた。すべての劇場、サーカス、映画館が直ちに閉鎖された。パリ・パラス・シルクは徴用され、ドイツ軍の猛攻から追い立てられたベルギー人避難民を受け入れた。ステージ、階段席、桟敷席、厩舎、そして階段までも、途方に暮れた男、女、子供、老人で埋め尽くされた。ベルギー戦争被害者と友の会は、かつてのサーカス座の事務所に拠点を置いた。そこに、診療所、衣料配布のための部屋、戦闘のさなかで引き離された家族を探し出す任を請け負った事務所などが設置された。医師や看護婦などのボランティアや赤十字社社員が、即座に活動を始めた。

１９１４年11月から、文化施設は徐々に営業再開が許された。しかし、スペクタクルの総収入の一部を税として納めなければならなかった。その納入金は公演に戻ることができないアーティストたちに分配された。多くの場所で、困窮したアーティストのために「国民的特別興行」が催された。１９１５年末までパリ・パラス・シルクの職員たちは、ベルギー人避難民の流入に伴い必要となった実務を日々こなしていた。アーティストたちもまた犠牲者を力づけるために催された行事を盛り上げるよう求められた。精力的なピエール・リファール主導のもと、教育事業ライシテ団体は12月6日の聖ニコラの日に避難民の子供たちのために公演を催し、おもちゃや砂糖菓子を配った。ラファエルはこの催しに積極的に参加した。彼はまた他の愛国的連帯の行事にも協力した。ブーローニュの森で戦争孤児のために催された大バザールの際に撮られた一枚の写真には、野外に設置されたステージ上でトミー・フティットと一緒に演技をしているラファエルが写っている。

矛盾するようだが、この深刻な状況がラファエルに実利的な効果をもたらした。彼は開戦当初より再びパリ・パラス・シルクの一員となったのである。彼にとっておそらく最も重要だったのは、戦争によって遂に国民共同体の紛れもない一員となったことだろう。ラファエルとマリーは、息子を前線に送り出した何百万もの家族のひとつだった。この意味で、彼らはすべてのフランス人と関心事を共有し、同じ敵に対峙していた。共通の敵、これほど集団を結びつけるものはない！　その敵には開戦時から名前が与えられた。つまり、「ボッシュ（ドイツ野郎）」だ。ラファエルはこの頃もしかしたらベリヨン医師がちょうど発明したばかりの新しい科学「民族化学」について聞いたことがあったかもしれない。ボッシュの尿と汗を解析して、この傑出した学者は、ドイツ人という種族が劣性であることの「反論できない証拠」を発見したと主張したのである。ベリヨン医師は、ボッシュは「円錐形の耳」と「横隔膜下の膨れた腹」を持っているから、簡単に見分けがつけられるともつけ加えた。

ラファエルはおそらく、国境の向こう側に住む白色人種に対しても下等人種という言説が使われるのを知って、とてもうれしかったに違いない。なぜなら、これまでこの種の言葉は、「黒色人種」や「黄色人種」といった植民地化された人々に対してのみ使われていたからだ。黒人世界への眼差しの変化は三面記事欄にも現れた。例えば、1915年6月13日、ある新聞が報じるところによれば、ひとりの巡査が、黒人運転手が運転する車を「おい！　ショコラ、止まれ！」と、乱暴に呼びかけて止めた。続いて、彼を「漂白されそこね」呼ばわりした。しかし、後部座席にいた旅行者が割って入り、巡査を非礼だと責めた。この場面を報じたジャーナリストは次のようにつけ加えている。「巡査は、新たな登場人物の出現に完全に当惑し、答えた。『悪いが、ニグロのことはいつもショコラと呼ぶんですよ』。一番驚いたのは勇敢なニグロだ。権力に逆らう主人を初めて持ったのである」。

1915年5月以降、パリの映画館は、シャルロという名の男が主人公の映画を立て続けに上映した。『マベルとシャルロの買い物』『歯医者シャルロ』『浮浪者シャルロ』といった具合である。この若いイギリス人俳優［チャーリー・チャップリンのこと］の所作は、クラウンの滑稽パントマイムによって鍛えられたものだったが、サーカスはもはや「7番目の芸術」、つまり映画には対抗できなくなっていた。

1916年初頭から、パリ・パラス・シルクは、新聞の折り込み広告で、サーカス芸人たちが盛り上げる幕間と一緒に映画上映を再開すると宣伝した。「木曜、日曜、土曜。アトラクション、クラウン、花形たち。ポニー、猿、犬と一緒のシュジー・ド・ヴェルの回転テーブル、ボブ、ショコラ、アルベルティ、ルイスら滑稽ピエロたち」。同年3月には、ショコラとボブ・オコナーはヴァリエテ劇場に雇用され、『すべて前進』というタイトルのレビューに出演した。

彼らの名前は『ニューヨーク・ミステリー』という新作のポスターにも登場する。大衆の映画への熱狂をパロディ化したスペクタクルで、1916年夏に興行された。8月、新デュオはルナ・パークでも演じた。「マチネと夜公演：1フラン、ミュージック・ホール、映画館、遊具、スケート。5時には、袋や手押し車で卵探し。ミュージック・ホールには、ルマニャン人形、有名道化師ボブ&ショコラ」。

シルク・ド・パリは、大がかりな愛国的スペクタクルを優先的に上演することを決定した。1916年7月の戯曲『フランスの女たち』の後には、5幕8景の演劇『兵士の心』が続いた。「バリトン歌手ポール・リュクスが『ラ・マルセイエーズ』を歌ったとき、熱狂した観客は、戯曲、演者、劇作家に拍手喝采した。大劇場を埋め尽くした群衆は、立ち上がってわれらが国歌に聞き入り、賞賛すべき歌手に続いた。私たちの兵士が手榴弾で闘い、ドイツ国旗を奪ったとき、熱狂の渦となった」。この種のスペクタクルに道化師の居場所はなかった。ボブとショコラの契約は更新されなかった。

それでもふたりのアーティストは、ランシー座で新しい契約を見つけた。フランス最大の巡業サーカスのひとつで、19世紀半ばにテオドール・ランシーによって創設された。ロワイヤル座の綱渡り芸人だったランシーは、経営者の娘のひとりと結婚し、猛獣使いベデルと組んで自分の一座を作った。19世紀末、大衆のサーカス芸術への熱狂をうまく使って、フランスのいくつかの大都市に、しばしばシルク・ディヴェールと呼ばれる常設サーカスを建てた。テオドールの死後は、長子であり、馬使いだったアルフォンス・ランシーが跡を継いだ。彼の娘マルセルは、１９０６年から１９０７年にかけてヌーヴォー・シルクの支配人を務めたジャン・ウックと結婚した。こうしたサーカスの大家系の連帯のおかげで、ラファエルはランシー座に雇われたのだろう。

ショコラ、ボルドーに死す

冬のあいだアニエールという町に滞在していた一座は、春が訪れるとすぐにフランスじゅうを廻り始め、11月まで巡業を続けた。当時、ランシー座は１００頭を超える馬、ライオン、象を所有し、ダンサー、曲馬師、クラウン、曲芸師の一団がおり、テントは２６００人を収容できた。開戦当初は営業を中断させられたが、サーカスは１９１５年から徐々に巡業を再開した。

公演について知るそれ以上の史料はなかった。道化師ショコラが１９１７年にボルドーで亡くなったことは分かっていたので、彼の人生の最後の日々についての情報が得られないかと、地元の新聞を念入りに検討した。ボルドー周辺地域の主要日刊紙のひとつである『ラ・プティット・ジロンド』を参照し、数年来、ランシー座がこの街で春と秋の定期市の時期に毎回公演を行っていたことを知った。しかし、道化師ショコラの名前は、新聞のなかでは１９１７年10月15日に彼のナンバーに関して言及されたのみだった。

「恒例のランシー座のプログラムはとても魅力的だ。美しい空中ブランコ乗りのマドモワゼル・

モラレス、デンワルツ兄弟、4頭の馬の見事な調教を見せた優美なマダム・ウック、ディアボロの女王アンリエット・ルフェブル、トム・ティットとポルヴェール、ふたりのオーギュスト、コモッティとカルーゾ、そして道化師フティット・フィス（息子）、オコノール、ショコラ。特にマルヴィ兄弟と、驚くべき柔軟さを見せつけた腕無しのヴェニュス・ド・ミロが収めた大成功は特筆に値する」

プログラムには他にも、ジャン・ウックとアンドレ・ランシーという曲馬師の名が載っていた。ラファエルのボルドー滞在について何か情報が得られないかと、ジロンド県文書館に連絡を取った。館長は私に次のように返答した。

「1917年11月4日の彼の死亡時、ショコラはメリアデック地区に近いサン・セルナン通り43番地に住んでいました。当時はコスモポリタンな界隈で、貧しい労働者やくず屋であふれ、様々な歓楽施設がありました。ショコラが亡くなった家はもうありません。地区の改修時に、他の非衛生的な建造物と一緒に取り壊されました」

3週間後、ラファエルが人生最後の日々を過ごした場所の全体像を理解するために、私は現地に赴いた。伝統的に、19世紀初頭から――そしていまでもそうなのだが――、ボルドーに来る大道芸人は巨大なカンコンス広場で芸を披露していた。今日この広場を散歩すると、恐怖政治の犠牲となったジロンド派議員を記念するために1894年から1902年にかけて建造された威厳ある記念碑に目を留めずにはいられない。記念碑を囲むふたつの大きな石柱の上に、海の世界を想起させる彫刻が私の目に留まった。ボルドーがフランスで最も大きな港のひとつであったことを思い出させるものだろう。私は記念碑に刻まれたメルクリウス［ローマ神話に登場する商人や旅人の守護神。英語名のマーキュリー、ギリシャ神話のヘルメース］のケリュケイオン［ギリシャ神話のヘルメース神がたずさえる杖］と大海で船乗りたちの道標となる星に気がついた。正しい星をたどってアフリカ大陸に向かい、船倉を奴隷で一杯にしアメリカに連れて行く船の数々を思わずにはいられなかった。そして、私は、いま一度、私の主人公の恐ろしい運命に思いを馳せた。彼は、キューバ島のサトウキビ・プランテーションに彼の祖先を強制移送させたかもしれない船が出発した港で死んだのだ。

１９１７年10月。フランスは第一次世界大戦の開戦3年目に突入していた。人々は祝祭を楽しむ心持ちではなかったし、天候が憂鬱な雰囲気に拍車をかけていた。実際、土砂降りの雨は、カンコンス広場を沼地に変えてしまった。「長いこと経験していなかった大雨が降り続き、不幸な大道芸人たちは陰鬱で暗い日々を過ごしていた」。砂糖菓子売りや、背中に小さな赤い水がめを背負ったココナッツジュース売り、回転木馬係、古本売り、ガラクタ売りなどがさえない顔色でたたずんでいた。ランシー一座にとって状況は一層深刻だった。初めて、もうひとつのサーカス、コリセ・カロルがカンコンス広場に設置され、ライバルとなったからだ。

降り続く雨、半分空の階段席、そして餓死しないように生活費を稼ぐため自分の損なわれた体を観客の不健全な好奇心の前にさらす腕のない気の毒な女性！　ラファエルはおそらく毎晩ステージに上がり、おどけニグロの役を演じるために、歯を食いしばらなければならなかっただろう。ランシー座に行くためにはカンコンス広場を横切る必要があったので、彼がある日新聞を売るキヨスクの前で立ち止まってみたところを想像する。ブケ出版社が１９１５年に編集した新しい図版に興味を惹かれたのだ。それは両面印刷で、紙製の小さな登場人物たちを切り取ると、組み立てたり貼りつけたりする必要なしに、立たせることができた。イラストの多くはフランス軍の栄光ある兵士を描いていたが、ひとつだけサーカスをモチーフにしていた。ジャグラー、猛獣使い、曲馬師、曲芸師などすべての登場人物に名前はなかったが、フティットとショコラの名前だけは図版に印刷されていた。ラファエルはそれをまじまじと見た。赤い衣装を着て、長すぎる白手袋、シルクハット。そして、膝をついている。しかし、画家は彼のニグロの顔つきを戯画化していた。黒炭の顔に厚い唇の彼は、グロテスクだった。ラファエルはおそらく何も言わずに印刷物を元に戻し、サン・セルナン通りの小さな部屋に戻った。

１９１７年11月４日日曜日、朝11時、一緒に巡業を回っていたふたりのクラウンが、ラファエルがベッドで息をしていないのを発見した。

アポポイト・ミアマ！　ニグロ道化師が死んだ！

エピローグ

名前、記憶、時の経過に伴う摩耗についての考察

ラファエルの死後

『ラ・プティット・ジロンド』が1917年11月6日付けの記事で悲しいニュースを報じた。「ラファエル・デ・レイオス、通称ショコラは、定期市に設えられたランシー座でこの数日仕事をしていた。日曜日11時頃、彼はサン・セルナン通り43番地の彼の部屋のベッドの上で死亡しているところを発見された。市の委託医師であるオドゥアンは、死因は狭心症発作であると結論した」。

「通称ショコラ」。この言い方が私を驚かせた。ジャーナリストが、ラファエルの名前とあだ名を明確に区別したのは、これが初めてだった。数日後、日刊紙『エクセルシオール』の記者がジョージ・フティットからかつての相棒の想い出を聞き出そうと、モンテーニュ通りの彼のバーを訪れた。ショコラの「本名」が再び話題となり、フティットは、おそらく脳みそがアルコールで一杯になった状態で、彼の名前はラファエル・パトドスだと答えた。ボルドー市文書館の死亡記録簿を閲覧し、戸籍係が「パディヤ」という名字を記しているのを発見した。デ・レイオス、パトドス、そして最後はパディヤ。あっという間にこの三つ目の偽の「本名」がみんなのあいだに浸透し、今日ではすべてのサーカスの歴史のなかでそう書かれている。

奇妙なことに、フランスではラファエルが生きているときには誰も彼の戸籍上の身元など気にもかけていなかったのに、死んだ途端、みんなが彼に「本名」を与えようと躍起になった。ラファエルの災難は、奴隷であると同時に外国人であることだった。1848年以降、フランス領内で生まれた奴隷はみな戸籍を得ていた。奴隷解放の諸政策は、植民地帝国でも適用されていた。例えば、1890年、保護領となって数年が経っていたチュニジアで、政令により奴隷制が廃止され、現地の地方官や行政官に次の文言の通達が送られた。「3か月以内に、どのニグロ使用人も、自由身分が明記された公証人証書を保持しなければならない」。

ラファエルが隷属《れいぞく》状態に置かれていないことは言うまでもなかったので、彼はそのような書類は一切必要なかった。しかし、彼が名字を持つためには、民法典46条に立脚し、個人の身元を確認できるいかなる書類もない場合は、証人によって証拠が示されなければならなかっただろう。現在でも、法的身分を持たない若い外国人に対し、それを付与するために「戸籍の確認判決」を大審裁判所が言い渡すことがある。この手続きを踏めば、その人生を通してラファエルにとって足枷《あしかせ》だった奴隷としての過去を完全に終わらせることができただろう。少なくとも民事上はフランス共和国市民として認められ、彼はマリーと結婚することもできただろう。さらに言いたいのは、彼の肌にぴたりと張りついたショコラという劇中人物から徐々に解放されることもできたかもしれない、ということだ。しかし、この人権の国では、ひとりの人間をその皮膚の色に由来するあだ名で公然と呼ぶことに何の違和感もなかったのだ。

彼の死後初めて、国の役人たちは、ラファエルが名字を持っていなかったことに気がついた。彼らは、マリアンヌ（フランス共和国を寓意した女性）が身にまとうトリコロールのマントを汚すようなこの染みを消そうと必死になった。それゆえに、ボルドー市の死亡記録簿には、ラファエルが生前に使ったことがない「パディヤ」という名字が登録されたのである。

こうしてニグロ道化師が戸籍を持ったことで、共和国は疑惑を消し去り、「漂白された」。しかしながら、パリジャンが彼に押しつけた侮蔑《ぶべつ》的なこのあだ名を、ラファエルはすでに、美しいクラウンの名前、子供たちが大好きなみんなが知っている名前に変えていた。公的記憶の場からそれを消す必要があったのだろうか？　私には疑問が残った。ラファエルが彼にふさわしい公的な承認を得られるように私たちが始めた取り組みは、形になろうとしていた。パリ市は、彼を何らかの形で顕彰する取組みを準備していた。もし私が市当局に「ショコラ通り」を提案しに行ったら、私はとんだ道化師だと思われる危険性が高い。そこで、私はもっと「パディヤ」の由来について情報を集め、この名字が「本名」の代わりとなりうるものか知る必要があった。なによりも私の主人公の記憶を裏切らないために。

このスペインの名前は、ボルドーの戸籍担当者が自分で考えついたものとは考えにくい。彼はおそらくラファエルの死を申告しに来たふたりの証人に、記載欄に記すことのできる「本名」を提出するように詰め寄ったに違いない。証人の名前はジョージィ・フティットとシャルル・バルビエ（クラウン名はボブ・オコナー）という。ジョージィは、ジョージ・フティットの二番目の息子で、１８８６年生まれだ。ヌーヴォー・シルクでウジェーヌやシュザンヌと一緒に育った。おそらくラファエルがハバナの子供時代について話すのを聞いたことがあったに違いない。「パディヤ」という名はそのときに彼の記憶のなかに刻まれたのかもしれない。

キューバでは、しばしば最初の主人の名字が奴隷に与えられた。というのも新生児が生物学上の父親の身元を知っていることは稀で、母親からもすぐに引き離され乳母の奴隷のところで育てられるからだ。キューバ人の同僚が、カスターニョ家が生活していたシエンフゴースの洗礼帳簿に、パディヤという名で洗礼を授けられた奴隷が何人かいたことを、私に教えてくれた。しかし、それだけでは、ラファエルとのつながりを示すには十分ではない。一方で、パトリシオ・カスターニョの子孫が私に教えてくれた家系図を子細に調べてみると、パトリシオの妻の名前がカリダード・パディヤであることが分かった。ラファエルは、かつての主人の妻の名前を何かの機会に口にしていたのかもしれない。それでジョージィ・フティットはその名前をボルドー市の役人に伝えたのかもしれない。仮定に過ぎないとしても、私は、パディヤという名前をラファエルの「本当」の名前として受け入れることは彼の記憶を裏切ることにはならないだろうと、結論づけた。

相棒の死後、ジョージ・フティットは決定的に鬱とアルコール中毒のなかに沈んでいった。ふたり目の妻も彼の元を去り、彼は人生最後の時間を「途方に暮れながら」孤独に過ごした。ルイ・デリュックの映画『狂熱』に「灰色の帽子の男」役で少しだけ登場した。その後、彼を最後に見るのはシャンゼリゼ劇場でのモーリス・ヴェルヌの戯曲『千一夜物語』でである。フティットは1921年8月21日に亡くなった。彼の死は新聞の一面で報じられ、パリの名士たちが埋葬に参列した。ジャーナリストたちはそこで彼の「本名」が「チュダー・ホール」だと主張した。この大仰な名前はいまでも辞典に載っているが、死亡通知書とは明らかに矛盾がある。まるで、サーカス芸人が大成功を収めるためには偽名であることが必要条件であると言わんばかりだ。

ジョージ・フティットの一番上の息子であるトミーは、ひととき父親の跡をたどった。ジャン・コクトーが彼を雇い入れ、トミーは「アデュー・ニューヨーク」と題したレビューでフォックストロットを踊った。不幸なことに、彼のキャリアはすぐに下降した。精神に破綻をきたし、1927年に43歳で死亡した。ジョージィとハリーはいくつかの巡業サーカスでオーギュストとしてぱっとしない人生を送った。

サーカス芸人が第一次世界大戦前に演じていた場所は、シルク・ディヴェールを唯一の例外として、ひとつ、またひとつと消えていった。ヌーヴォー・シルクは1926年に、シルク・ド・パリは1930年に廃業した。同じ1930年には、モンマルトル曲馬場が入っていた建物が解体された。メドラノ座はもう少しだけ持ちこたえたが、1971年に壊された。自分が発明したテアトル・オプティークの最後の版を燃やしてしまった後、エミール・レイノーは1918年1月9日に亡くなった。それ以降、フティットとショコラが映画の黎明期で果たしたパイオニア的役割に関する映像は存在しなくなった。

フランス・サーカスの黄金期に立ち会ったアーティストたちの記憶が今日留められている場所、それは墓地だ。パリ東部にあるペール゠ラシェーズ墓地を訪れ、ジョージ・フティット、レオポル・ロワイヤル、フランコーニ一家の墓石の前で私は黙禱《もくとう》を捧げることができた。ラファエルは、カンコンス広場から遠くない、ジュダイック通り193番地のボルドー・プロテスタント墓地に、プラン牧師の手で埋葬された。しかし、彼はM007区画の二列目に直に埋められたので、もう何の跡も残っていない。ただ名前が墓地の記録簿に残っているだけだ。

けれども、ニグロ道化師の想い出は、子供の頃にステージ上で彼を見た者たちの記憶のなかに鮮やかに残っていた。1900年パリ生まれで、おそらくベル・エポック期の最後の証言者である、パリで生まれ育ったアメリカ人作家ジュリアン・グリーンが、その時代を回想している。

「私はそれまでの人生でふたりのニグロしか見たことがなかった。エミリーの料理人と、他のパリっ子らと同じく黒人のショコラだ。赤い燕尾服を着て、イギリス人道化師フティットと一緒にみんなを笑わせていた。母と一緒にヌーヴォー・シルクに行った日の想い出が蘇る。母はショコラが私たちの近くを通ったときに――私たちは最前列にいた――、彼に向かってどの州から来たのかと尋ねた。『ジョージー州ですよ、マダム』『私もよ！』と母が叫び、ふたりは握手した」

グリーンはこの文章を書いたとき85歳だった。彼の記憶はかなりおぼろげなものになり始めていたと思われる。ラファエルはハバナ生まれをいつも明言していたし、アメリカ人を好きだったこともなかったから、ジョージー州出身だと自分で言うとは信じがたい。しかし、この証言は、道化師ショコラが第一次世界大戦前のフランス人の記憶のなかで大きな場所を占めていたことを裏づけている。彼はフランスの観客に最も称賛されたアーティストではなかったかもしれない。けれど、最も愛されたアーティストのひとりだった。なぜなら、彼は少しずつパリジャンの親しい相棒となっていったからだ。1880年代初頭に生まれた者たちは、幼い頃からラファエルを知っていた。大人になった彼らは、ラファエルを自分の子供たちと一緒に拍手喝采し続けた。こんなにも長いことラファエルが彼らの記憶に刻まれたのは、彼が常に「自分の居場所に忠実」だったからでもある。ラファエルは、他の大方のアーティストと違って、地方巡業には決して出なかった。

1889年と1900年の万博博覧会の際に世界じゅうからパリに押し寄せた数千万人の観光客のうち、その多くもまたヌーヴォー・シルクで道化師ショコラに拍手を送る機会を得た。国際的な調査をしなければ、彼らがショコラについてどのような思い出を持っているかを知ることはできないだろう。しかし、英語圏の新聞を少し調査しただけでも非常に示唆的だ。1914年5月3日、『ミルウォーキー・センチネル』は「クラウンになるという古いビジネス」というタイトルの記事を掲載した。ショコラはそのなかで「有色ジェントルマン」と紹介され、「アメリカのどの村でも見られる何十ものクラウン芸の考案者。おそらく、そのなかで最も知られているものは、ゴムバンド電話の寸劇」とあった。このジャーナリストは、時期尚早に積極的差別（ポジティブ・ディスクリミネーション）を信奉したのか、フティットがこれらの寸劇の発明で果たした役割を忘れてしまっていた。彼が「アメリカのどの村でも」これらの寸劇が見られると言ったのは、さすがに誇張だろう。しかし、この記事はわれらが主人公がクラウン芸術の変革のなかで果たした役割へのオマージュを示したものとして価値がある。

最後の証言者たちの死後、道化師ショコラはトゥールーズ＝ロートレックの描く幻想という形でしかフランス人の想像の世界に残らなかった。今日ショコラは人種差別的ステレオタイプを告発する者たちによって頻繁に言及されるが、そこで動員されるのはアーティスト自身や彼の作品ではなく、彼の「イメージ」である。どのような視点であれ、フランス人が今日ラファエルに言及する際、賞賛し続けるのは自分たち自身の過去なのである。この記憶の堂々めぐりを絶対に断ち切らなければならない。

ラファエルとマリーが遺したもの

ちょうどここまで考えを進めていたときに、私はモルヴァンの小村から、一通の手紙を受け取った。以下がその抜粋だ。

「親愛なるムッシュー・ノワリエル

私の母はウジェーヌ・グリマルディの娘です。彼女はいつも自分の出自が曖昧でした。私はあなたの本を読み、感動しました。心を強く揺さぶられました。私は祖父の写真は数枚持っていますが、道化師ショコラのものは何も持っていませんでした。あなたのおかげで彼の顔を見ることができました」

私は、この手紙を送ってくれたラファエルの曾孫女《ひまご》テレーズに連絡を取った。彼女は自分の小さな農場に子供たちや孫たちと一緒に、私たちを迎えてくれた。１９２２年、ウジェーヌはマルグリット・ルイと結婚した。夫婦はふたりの子供リュシアンとシュザンヌ（テレーズの母）をもうけた。ウジェーヌが１９３４年に亡くなった後、マルグリットは困窮にあえぎ、史料やポスター、衣装などを売りに出した。少なくとも、家族のうちではそう伝えられている。テレーズは祖父を直接は知らないが、誰もが彼のことを非常に「典型的」な「混血」だったと話していたのを覚えていた。その言葉の裏づけとして、彼女は数枚の写真を見せてくれた。そのうちのひとつは、ジョルジュ・ランヌの映画『サーカスの孤児』（推して知るべしだ！）に端役で出演したときのウジェーヌのアップだ。テレーズは私たちにウジェーヌの息子や娘の初聖体拝領式の日の写真を見せてくれた。写真を一通り見終わって、テレーズは正しいと認めないわけにはいかなかった。三人とも非常にマットな肌の色をしていた。彼らは非常に「典型的」だった。

青い目に金髪のモルヴァン地方の男性と結婚したテレーズは、自分が妊娠したとき、「私の赤ちゃんが黒人だったら、村でスキャンダルになってしまう！」という心配がよぎったことを告白した。この話は私たちを大いに面白がらせ、私たちは見積もりを出してみた。ラファエルは１８９０年夏の初めにサンヴァレリー＝アン＝コーに滞在した。このノルマンディ海岸の小さな村は、マリーがおそらくこの時期まだ住んでいたディエップからわずか20キロの距離だ。だとしたら、彼らはこのとき出会ったのだろうか？　ウジェーヌは１８９１年2月末に生まれたので、ラファエルが「彼の本当の父親」で、マリーの離婚はその4年後にようやく成立したとも、計算上は想定できる。

しかし、すべてはさして重要なことではなかった。ラファエルとマリーはすべての手がかりを消そうと努めた。なぜなら、彼らは自分たちのやり方であらゆる形のアイデンティティ上の囲い込みと闘ったからだ。人種、出自、肌の色といった強迫観念と縁を切るために。それこそが、彼らが私たちに伝えたかったメッセージなのだ。

パリに戻った私は、ウジェーヌのキャリアについての情報を補うための調査を進めた。彼の軍隊での記録は、戦時中に彼が十分な働きをしたことを示している。「真面目で精力的な砲兵班長であり、最も困難な状況においても班の人員の気分を持ち前のエスプリと驚くべき才気でもって明るく盛り立てることができる」。部隊の気力を上げるために、道化師ほど適した者はいない！

軍隊生活を7年送ったウジェーヌは、元の環境に適応するのに少しの時間を要した。ステージに戻るや否や、「タブレット」のあだ名は捨て、「ショコラ・フィス（息子）」と名乗った。実のところ彼はサーカスの世界では威信のある名字を持っていた。グリマルディというのは19世紀の有名なイギリス人クラウンの名前で、チャールズ・ディケンズが彼について本を書いたほどだ。ウジェーヌはそれでも父親の名前を使うことを選んだ。1922年にメドラノ座に雇われ、1927年まで一座の花形だった。批評は、この「クラウン役者」の才能について惜しみない賛辞を与えた。「彼の演技は繊細で、巧みで、モリエール的軽喜劇の要素がある。彼は、多くのクラウンたちが外国風アクセントで話すサーカスでは珍しく、フランス語本来のアクセントを強く印象づけた」。つまり、ウジェーヌは父親がそうなりたいと夢見たパリの白クラウンになったのだ。ショコラという名前を使って、ラファエルが自尊心と認知のために人生をかけて続けた闘いを、ウジェーヌは引き継ぎたいと望んだのだ。

この仮定に基づき、1933年にポール・ヘイノンのサーカス芸人の辞典のためにウジェーヌが彼に渡した質問票を、私は注意深くもう一度読んでみた。

最も重要な点は、道化師ショコラの戸籍に関する欄にあった。ウジェーヌは次のように書いている。「1890年、彼はパリでマドモワゼル・マリー・エッケと結婚し、ふたりの子供をもうけた。パノー曲馬師で1913年1月27日に亡くなった娘のシュザンヌと、息子のウジェーヌだ」。ラファエルとマリーの「結婚」についてのこの断言は、全くの間違いだ。つまり、ラファエルが「本当」の父親だという仮定の信憑性を高める年表を作ることに、ウジェーヌがいかに骨を折っていたかを示している。

この質問票を、軍隊ファイルにある１９１２年10月にウジェーヌが記した宣誓書と比べると、さらにこの思いが強まった。国当局を相手に「いんちきをする」わけにはいかないと思ったのか、このときのウジェーヌは自分が「ジョバンニ・グリマルディとマリー・エッケの息子」だと認めている。そして、「両親の住居」欄には、「生物学的」父親であるジョバンニ・グリマルディの住所「シュマン・ラテラル27番地、アルフォールヴィル」と記入している。ウジェーヌは、そして妹のシュザンヌも同様に、ふたつのアイデンティティをどちらも常に持ち続けなければならなかった。公権力に対しては、ウジェーヌはフランス市民、フランス人の父親の息子、しかし、メディア、サーカス、観客に対しては、彼はニグロで、ニグロ道化師の息子だった。

ウジェーヌが埋めた質問票の別の一節が、彼の父親への愛着の強さを私に納得させるに至った。ショコラのキャリアに関する欄のなかで、ウジェーヌはこう書いている。「１９０８年、彼は息子のためにフティットと離れる」。ウジェーヌが質問票と一緒にヘイノンに送ったデュオ「タブレット＆ショコラ」の写真は、父と息子の絆の強さを視覚的に証明している。写真には次の言葉が添えられている。「１９３３年9月12日、ウジェーヌ・ショコラからミスター・ヘイノンへ、サーカス博物館のための寄贈」。

ウジェーヌは、父親の記憶を復権させるための闘いに間違いなく身を投じていた。トリスタン・レミと彼以後のすべてのサーカスの歴史書が、フティットが息子たちと組むためにショコラを捨てたと絶えず書きたてたのに対し、ウジェーヌはここで反対のことを言っている。黒人クラウンが永遠に白人クラウンの補佐だという考えに異議を申し立てているのだ。ウジェーヌは、自分の出自を曖昧なまましておくことで、この「記憶の責務」を延長した。ジャーナリストたちは、彼のなかに「モンマルトルの悪ガキ的な雰囲気」を認めた。とはいえ、「彼の顔のいくつかの特徴と縮れ髪の房は、彼が非常に誇りを持っているその出自を疑いようのないものとしていた」とも明言した。ジェローム・メドラノは、家族的な雰囲気のサーカスで彼と数年間を隣り合わせで過ごし、回想録のなかで次のように記している。「ショコラ・フィス（息子）、父と同様に黒人であり、白クラウンが黒塗りをするという個性的なアイディアを思いついた……彼はサーカスの歴史のなかでおそらく唯一の黒塗り白クラウンだ」。

しかし、ウジェーヌの一体化願望とも言える養父への愛着が、同時に彼の失墜の原因ともなった。彼はラファエル以外の相棒と継続的に演じることが結局できなかった。道化師ポルトとのデュオは大成功を収めたが、ウジェーヌ側から唐突に契約を破棄した。その後は、セラットと組んだが、彼とのコンビもわずかな期間で終わった。ウジェーヌは、ステージ道化師となり、その後は巡回サーカスのオーギュストとなった。そして、１９３４年9月14日、若くして世を去った。

戦後、ウジェーヌはシャペル通りに戻って生活を始めた。彼が生まれたモンマルトル界隈であり、メドラノ座の目と鼻の先だ。彼の母親もそこからそう遠くないところに落ち着いた。メドラノ座でお針子の職を見つけていたからだ。当時、すでに言及したように、クラウンの妻たち、母たち、姉妹たちは彼らの衣装の製作者だった。おそらくマリーは、ラファエルがヌーヴォー・シルクでその才能を発揮していたときに、縫製の能力を獲得したに違いない。ただ証拠はない。こうした女性たちの仕事は、サーカス芸術のルポルタージュのなかでは一切言及されないからだ。両大戦間期のショー・ビジネスの世界を最もよく知るひとり、ルグラン＝シャブリエが唯一の例外で、数行を割いている。「道化師ショコラ［ウジェーヌ］が日常的に着ていた衣装のひとつは、緑の葉飾りがちりばめられた白いサテンの賑やかなつなぎで、彼の混血（ムラート）の顔と良く合っていた。ピエロの白粉でその顔を隠さなくなったのは本当に正解だ」。

ノルマンディから私に連絡をくれたマリーの子孫の女性は、クラウン衣装のウジェーヌの写真を二枚送ってくれた。それはルグラン＝シャブリエが著作のなかで触れた衣装ではないが、それでも写真の衣装は、ウジェーヌがどのように白クラウンの役を自分のものにしたかを示している。彼は「フティット風」の尖った帽子を頭に載せ、巨大なエッフェル塔が刺繍された大きなケープを身にまとっている。ウジェーヌの顔は化粧されていない。従って、彼の「混血（ムラート）」的な特徴が際立っている。

ルグラン＝シャブリエが記事の末尾でマリーの仕事を讃えたので、彼女はジャーナリストに御礼を伝えるために美しい字で手紙をしたためた。

「私の息子に関する記事を知りまして、心よりうれしく思いました。それゆえ、この件について一刻も早くあなたさまに連絡を取り、感謝の念を伝えたいと筆を取りました。彼の成功に少しでも私が貢献できたとしましたならば、本当に私は幸せです。私自身がデザインして縫製したこの衣装は、彼の演技の繊細さのなかで初めて見栄えのするものだからです。息子を愛する母として、あなたさまからのお褒めの言葉に本当に感激いたしました。

敬具」

私は「ショコラの寡婦」

私の調査にもかかわらず、マリーの写真を見つけることはできなかった。この本に登場するすべての人物のなかで、彼女だけが家族の記憶から完全に消えていた。そのような形で彼女は自分の反逆のツケを払ったのかもしれない。だからこそ、彼女の手によるこの小さな文章を見つけて私はとてもうれしかった。55歳、彼女もまた一瞬の栄誉を受けてしかるべきだった。しかし、彼女はすぐに息子に手柄を譲った。彼女のこの手紙は1925年2月10日に『ラ・プレス』に掲載された。マリーはその3日前に亡くなっていた。彼女は手紙に「ショコラの寡婦」とサインしていた。彼女は、その人生の最期の瞬間まで、「ニグロ道化師」の妻であり母であるという立場を主張していたのだ。このサインは、彼女が人生を通じて愛した男性、共にふたりの子供を育てた父親、そしてフランスのショー・ビジネス界の最初の黒人アーティストへの真心を公の場で宣言することを意味した。しかし、「狂乱の20年代」の喧騒のなかにあっては、誰もこの小さな声には耳を傾けなかった。彼女の死の数か月後、ジョセフィン・ベイカーがフォリ・ベルジェールのステージに登場した。『ルビュ・ネグル』を演じ、観客を熱狂させた。当時誰もが、このダンサーが初めてパリジャンにアフロ・アメリカ系奴隷文化から生まれたからだの動きを紹介したのだと信じた。

私の目の前には、マリーの死亡を記録した戸籍簿の抜粋がある。ナンバー638、「エッケ、ショコラの寡婦」と記録されている。

「1925年2月7日、5時、自宅にて死亡、シテ・デュ・ミディ4番地、マリー・アントワネット・アンジェリナ・レオニ・エッケ、両親の名前を届け人は知らず、ラファエル・ショコラの寡婦。1925年2月7日14時40分記録、申告者、ポール・デュケヌ、57歳、勤め人、アベス通り29番地、職員が読み上げ、オギュスト・ロンテ、18区長補佐、レジオン＝ドヌール勲章シュヴァリエ章受勲者と共に署名」

タイプされたこの申告書は、手書きで修正が施されている。エッケという名字の下にある「ショコラの寡婦」という言葉に線が引かれ、「デ・グリマルディ」と書き換えられていた（デという接頭辞

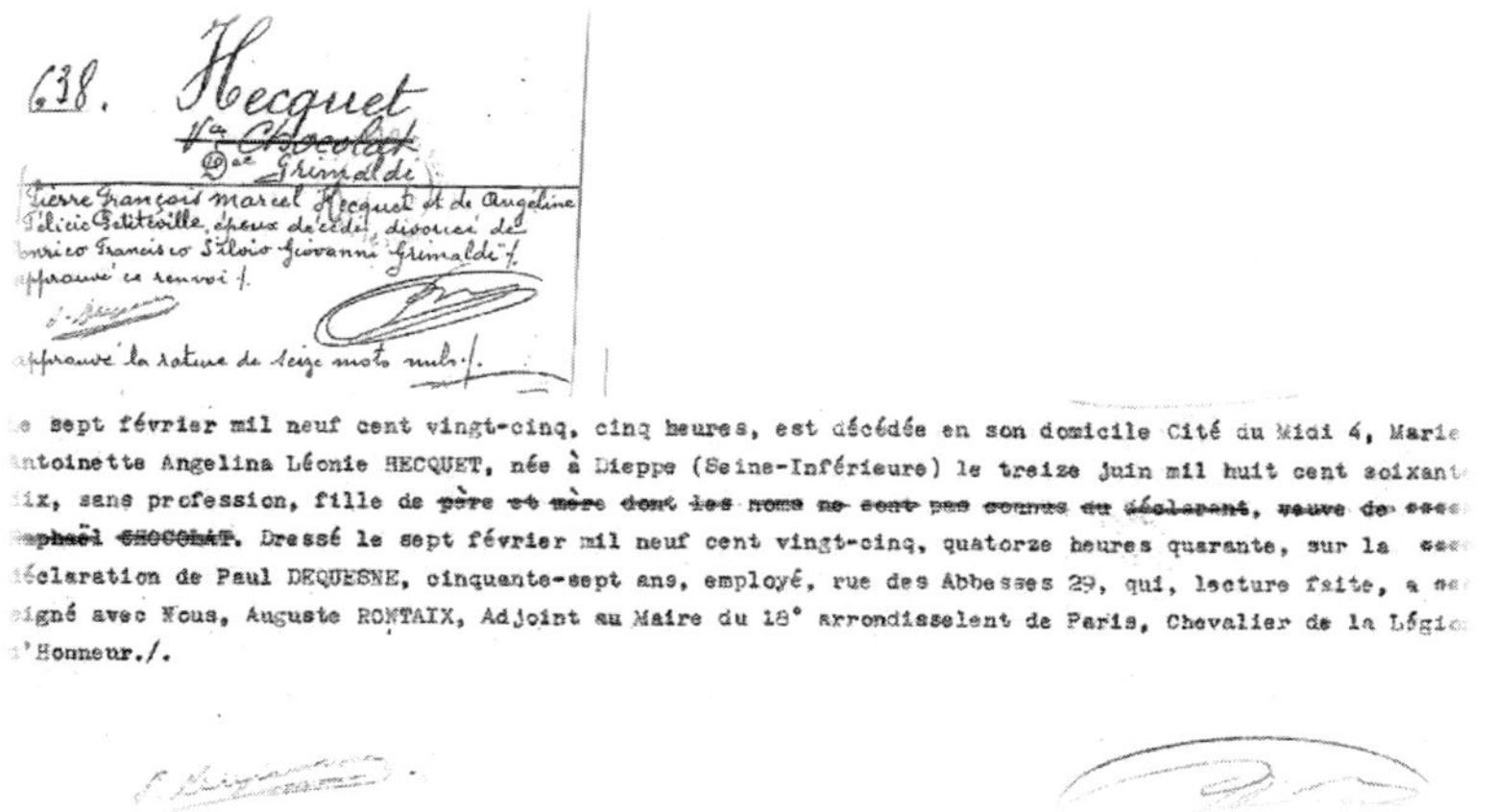
638. Hecquet
~~Vᵛᵉ Chocolat~~
Dᵉ Grimaldi

ierre François Marcel Hecquet et de Angelina élicie Petiteoille, époux décédés, divorcée de nrico Francisco Silvio Giovanni Grimaldi /.
pprouvé ce renvoi /.

pprouvé la rature de seize mots nuls /.

e sept février mil neuf cent vingt-cinq, cinq heures, est décédée en son domicile Cité du Midi 4, Marie ntoinette Angelina Léonie HECQUET, née à Dieppe (Seine-Inférieure) le treize juin mil huit cent soixant ix, sans profession, fille de ~~père et mère dont les noms ne sont pas connus du déclarant, veuve de~~ ~~aphaël CHOCOLAT~~. Dressé le sept février mil neuf cent vingt-cinq, quatorze heures quarante, sur la éclaration de Paul DEQUESNE, cinquante-sept ans, employé, rue des Abbesses 29, qui, lecture faite, a igné avec Nous, Auguste RONTAIX, Adjoint au Maire du 18ᵉ arrondisselent de Paris, Chevalier de la Légio 'Honneur./.

マリーの死亡を記録した戸籍簿の抜粋。左上の「Hecquet(エッケ)
という名字の下にある「ショコラの寡婦」という言葉に線が引かれ、「デ・グリマルディ」と書き換えられている

はおそらく離婚を意味する)。同じ匿名の筆が、「両親の名前を届け人は知らず、ラファエル・ショコラの寡婦」という文章も消している。この手書き修正が、最終的に法的効力を持ち、「削除された17語は無効と承認され」、市長補佐が署名した。「ショコラ」への言及はこうして魔法の一筆で戸籍から消えた。

フランスの公的記憶のなかから名前を持たない男の最後の痕跡を消し、市長補佐は忠実に自分の任務を果たした。まさに彼が授与されたレジオン＝ドヌール勲章にふさわしい振る舞いだ。マリーは「ショコラの寡婦」になれなかった。なぜなら、共和国にとって、ショコラ自体が存在しなかったからだ。公的に解放されることのなかった奴隷を愛した呪いは、最後の最後までマリーに取り憑いていた。しかし、この戸籍の白いページには、傷跡としてしっかり残ったのである。

太い黒線が、「ラファエル・ショコラ」の名前の上に引かれている。

写真版権・帰属一覧（数字は写真が掲載されているページ）

●**フランス国立図書館所蔵**（Bibliothèque nationale de France）
（http://www.bnf.fr/fr/outils/a.bienvenue_a_la_bnf_ja.html）
16, 22, 64, 67, 71, 72, 73（左）, 80, 108, 120, 124, 125,
134, 150, 151, 166, 201, 219（右）, 224, 232, 291, 311, 364, 365,
371（右）, 455, 487, 502（3点）, 505, 511, 519, 542, 547, 574

●**ウィキペディア（日本版、フランス版）**（Wikipedia）
26, 36, 37, 72, 73（右）, 83（3点）, 90, 92,
109, 136, 139, 219（左）, 227, 228, 312, 313, 382（2点）

●**フランス国立美術研究所**（Bibliothèque numérique de l'INHA）
258, 266

●**CIRCOPEDIA**※—The Free Encyclopedia of the International Circus
（http://www.circopedia.org/）
371（左）, 414, 576

※ドミニク・ヤンダー（Dominique Jando）によって2007年に創設され、いまなお絶えず進化し、拡大し続けているサーカスの世界を紹介するネット百科事典サイト。サーカスに関する新しい映像、バイオグラフィー、エッセイ、および関係資料を日々サイトに追加し、サーカスの魅力や歴史を世界に広めている。

ジェラール・ノワリエル　Gérard Noiriel

1950年生まれ。現在、フランス社会科学高等研究院教授。フランスにおける移民史研究のパイオニア的存在であり、著書『歴史学の〈危機〉』（木鐸社、1997年）と『フランスという坩堝（るつぼ）』（法政大学出版局、2015年）は日本でも高い評価を受ける。2009年頃から道化師ショコラの研究を開始し、研究者と芸術家が協力して文化促進をめざす非営利団体DAJAを立ち上げる。ショコラに関する演劇型講演の企画や、演出家マルセル・ボゾネの舞台『ニグロ道化師ショコラ』の脚本執筆を手がけてきた。

舘 葉月　たて はづき

1980年生まれ。フランス社会科学高等研究院博士（歴史学）。現在、日本学術振興会海外特別研究員として、ジュネーヴ大学で研究に従事。専門は、フランス近現代史、国際関係史。

トレードマークのコスチュームを身にまとい、
ポーズを取るショコラ

ショコラ

歴史《れきし》から消《け》し去《さ》られたある黒人芸人《こくじんげいにん》の数奇《すうき》な生涯《しょうがい》

2017年1月11日　第1刷発行

著　　者　ジェラール・ノワリエル

訳　　者　舘《たて》 葉月《はづき》

発 行 者　手島裕明

発 行 所　株式会社 集英社インターナショナル

〒101-0064 東京都千代田区猿楽町1-5-18

電話 03-5211-2632

発 売 所　株式会社 集英社

〒101-8050 東京都千代田区一ツ橋2-5-10

電話　読者係 03-3230-6080

販売部 03-3230-6393(書店専用)

ブックデザイン　高橋 忍

印 刷 所　凸版印刷株式会社

製 本 所　ナショナル製本協同組合

Printed in Japan　ISBN978-4-7976-7337-1　C0098